华夏60年文学精品丛书⑥

天山的红花（上）

总主编◎祝谦　本卷主编◎雷茂奎

新疆美术摄影出版社
新疆电子音像出版社

图书在版编目(CIP)数据

天山的红花：60年戏剧·影视文学选：新疆卷：
全2册/雷茂奎主编. —— 乌鲁木齐：新疆美术摄影出
版社：新疆电子音像出版社，2013.11
（华夏60年文学精品丛书）
ISBN 978-7-5469-4440-1

Ⅰ.①天… Ⅱ.①雷… Ⅲ.①剧本 – 作品综合集 –
中国 – 当代②电影文学剧本 – 作品集 – 中国 – 当代
③电视文学剧本 – 作品集 – 中国 – 当代 Ⅳ.①I230

中国版本图书馆 CIP 数据核字(2013)第 247904 号

责任编辑：栾　蕾
书籍设计：党　红
排版制作：李瑞芳

华夏60年文学精品丛书

天山的红花（上册）

总 主 编	祝　谦
本卷主编	雷茂奎
出版发行	新疆美术摄影出版社
	新疆电子音像出版社
	（乌鲁木齐市经济技术开发区科技园路5号　830026）
总 经 销	新华书店
印　　刷	三河市燕春印务有限公司
开　　本	787mm×1092mm　1/16
印　　张	49.75
字　　数	800 千字
版　　次	2014 年 1 月第 1 版
印　　次	2014 年 1 月第 1 次印刷
书　　号	ISBN 978-7-5469-4440-1
定　　价	198.00 元（上下册）

目 录

上 篇　戏剧文学剧本

上　篇

戏剧文学剧本

【话剧】

解 忧

刘肖无

人 物 表

解　忧　汉楚王戊的孙女(第一幕出场时二十岁)。

翁归靡　乌孙的大禄、昆弥,解忧的丈夫(第一幕出场时二十多岁)。

冯　嫽　解忧的侍女(第一幕出场时十六岁)。

肖　嫣　解忧的侍女(第一幕出场时十五岁)。

安犁靡　乌孙的翎侯、右大将,冯嫽的丈夫(第一幕出场时二十多岁)。

常　惠　汉司马、校尉、长罗侯,肖嫣的丈夫(第一幕出场时二十多岁)。

匈奴日逐王　先贤掸。

素　光　匈奴公主,日逐王之妹。

若　呼　乌孙翎侯,素光的丈夫。

弟　史　解忧的女儿(第三幕出场时十一岁)。

绛　宾　龟兹王,弟史的丈夫(第一幕出场时十三四岁)。

郑　吉　汉西域都护。

星　靡　乌孙翎侯。

煎　靡　乌孙翎侯。

泥　靡　乌孙翎侯,翁归靡的侄儿。

匈奴右谷①　蠡王。

匈奴僮仆都尉

---

① 右谷:读如麓。

序 幕

〔公元前86年。距今(公元1978年)2064年前。

〔西域，离长安7480里，龟兹延城负郭一带。

〔碧澄澄的天空衬托着遥远的白雪皑皑的天山。

〔沿河，一丛丛枝繁叶茂的葡萄，垂挂着累累的珍珠似的果实。

〔河上，一座木桥连接着两岸。河那边粉墙门邸，上悬匾额"龟兹馆驿"。

〔桥头河畔，商贩们陈列着各种货物。来往行人，熙熙攘攘。近处，不时传来
　　叫卖声、论价声、谈笑声、音乐声、歌唱声。总而言之，市声一片，相当喧嚣。

龟兹百姓甲　（站在桥头上，肩搭一幅彩色的锦绣）长安的锦绣，长安的锦绣……

〔龟兹百姓乙、百姓丙向这边走来。

龟兹百姓乙　（颇为感慨地）你听，你听，还有人在唱呢！这年头，兵荒马乱的，还有这
　　样的心情！

龟兹百姓丙　无事生非嘛！把匈奴的千长百长招惹来，又不知该谁倒霉啦！

龟兹百姓乙　哎！这年头！

龟兹百姓甲　长安的锦绣，长安的锦绣……

〔龟兹百姓乙、百姓丙凑过来欣赏锦绣，交口称赞。

龟兹百姓乙　好！好！

龟兹百姓丙　又好看，又结实。

龟兹百姓乙　不知是用什么东西做成的？

龟兹百姓甲　真丝的啊！道道地地长安来的。上好的货色，物美价廉！

龟兹百姓丙　（对百姓乙）您买了吧。物以稀为贵，可有几年看不见这样的东西啦。

龟兹百姓甲　对！对！您说得对极啦。自打匈奴在西域城郭设立了僮仆都尉，您在哪
　　儿还能看得见长安的货物？

龟兹百姓丙　（触景生情，长叹了一声）唉！僮仆都尉！僮仆都尉！多少好人家的儿女
　　抓到匈奴漠北去当奴隶，揪心啊！谁还有心情买这个！

龟兹百姓乙　唉！这年头，老天折磨人哟！

龟兹百姓甲　（又向别人兜售）长安的锦绣，长安的锦绣。

龟兹百姓丁　（看了看那幅锦绣，不禁诧异地）好货色！老兄，您这是从哪儿弄来
　　的呀？

龟兹百姓甲　（不无夸耀地）没这点本事还敢做生意吗？贰师将军兵伐大宛，路过咱
　　们这儿，我嘛，想了个法儿就混进了兵营……

龟兹百姓丁　偷来的？

龟兹百姓甲　哎！你说到哪儿去了,人敬我一尺,我敬人一丈,跟汉军谁能干那样不体面的事。我这是磨破了嘴皮子跟人家分来了这么一点。(自己也感觉有点说得太多了,想岔开)买下吧,不买就没有啦!

龟兹百姓丁　嗬!你好大的胆子呀!僮仆都尉有令,西域城郭官吏人民谁也不许和汉军来往,一颗粮食都不许给他们,你拿什么换来的？

龟兹百姓甲　(十分惊慌)老兄,老兄,您积德行善!这可不是闹着玩儿的事。咱们好歹都是龟兹人,连咱们龟兹王都是睁半个眼合半个眼呢!(赶紧把话岔开)买下吧!买下吧!上好的货色,物美价廉。

〔他们的谈话被杂乱的市声淹没了。

〔突然一个青年小伙子——龟兹百姓戊,惊恐万状地跑来。

龟兹百姓戊　叔叔,大伯,好心的人们,快救救我吧!

〔人们都聚拢过来,七嘴八舌地:"你怎么啦?","快说呀!"

龟兹百姓戊　百长说我是他的奴隶,偷了他家的东西……叔叔,大伯,你们都是看着我长大的,我祖祖辈辈都是这儿土生土长的……

龟兹百姓乙　唉!这年头,还有好人活的路吗？

龟兹百姓戊　叔叔,大伯,救救我吧!我要是给他抓去当奴隶……

〔一阵锣声由远而近。

龟兹百姓戊　哎呀!他追来啦!

龟兹百姓乙　快!快!你快往那边跑,这儿藏不住。

龟兹百姓戊　(跑了几步,回过头来)叔叔,大伯,你们可千万别说呀!我这辈子忘不了你们的好处……

众百姓　快走吧!快走吧!

〔龟兹百姓戊跑下,锣声更近。

龟兹百姓乙　唉!这年头!

〔随着锣声,龟兹小吏在幕后喊:"众人听着,龟兹王子有令……"

龟兹百姓甲　(松了一口气)噢!不是百长。

〔众人都把心放下了。

〔龟兹小吏上。边敲着锣,边走上桥头。

龟兹小吏　众人听着!龟兹王子有令:汉朝公主,远嫁乌孙,带领随行人马,就要到达龟兹。龟兹不幸,遭受匈奴单于残暴侵凌!君臣上下,忍辱偷生,只盼有朝一日,当今皇帝解救西域,我们龟兹人民才能重见天日,再享升平。这次公主驾到龟兹,凡我龟兹官民不许怠慢,要夹道迎接,清除馆驿,贡献方物,竭诚奉养。事关龟兹存亡荣辱,如有胆敢违令者,王子绝不宽容。

龟兹百姓乙　请您转禀王子,尽管放心,百姓们不会忘记王子平时的教导,辨别得出谁好谁坏。

龟兹百姓丙　汉朝来人这也不是第一回啦。人家和和气气,公买公卖,仁义得很。

龟兹百姓丁　就怕千长百长知道了……

龟兹小吏　僮仆都尉知道了也不怕,龟兹人的事总不能都由他管呀!

　　〔正说着,幕内人声:"百长来了!"

　　〔匈奴百长上。

匈奴百长　(怒气冲冲地)臭庄稼汉,给脸不要脸的贱东西,谁把我的奴隶藏起来了?简直是无法无天!(把在场的人一个个地扳起脸来端详辨认,一把把龟兹百姓丁拉出来)你说,你把我的奴隶藏到哪儿去了?

龟兹百姓丁　(瑟缩地)百长,我没有……

匈奴百长　(伸手就是一个耳光)快说,别跟我装糊涂。

龟兹小吏　(怒不可遏地)住手!这都是龟兹王的好百姓,你要干什么?

匈奴百长　你管不着。(还要打龟兹百姓丁)

龟兹小吏　(护着龟兹百姓丁)你太放肆啦!你借着僮仆都尉的势力,欺人太甚了!

匈奴百长　啊!?你敢说僮仆都尉,你是干什么的?

龟兹小吏　我……

　　〔号角声起,幕内人声:"僮仆都尉驾到!"

　　〔众人惊惧。

匈奴百长　(更加骄横)好!僮仆都尉来得好。给脸不要脸的东西们!看僮仆都尉会饶得了你们!

　　〔僮仆都尉率领匈奴军吏士卒上。

匈奴百长　(趋前)拜见僮仆都尉!

僮仆都尉　(申斥)跟这些臭庄稼汉拉拉扯扯的,像什么样子!

匈奴百长　禀报僮仆都尉,我的一个奴隶逃跑了,事关单于法令,不敢不来追查。

僮仆都尉　查出来没有?

匈奴百长　(指龟兹小吏)他横加阻拦,还敢诽谤僮仆都尉。

僮仆都尉　噢!诽谤我什么?

匈奴百长　话太难听了,我不敢说。

僮仆都尉　(向龟兹小吏)你是干什么的?

龟兹小吏　龟兹王子帐下小吏。

僮仆都尉　哪一个王子?

龟兹小吏　王子绛宾。

僮仆都尉　(冷笑)嘿！嘿！我正发愁找不着他哪！乳臭未干的黄口小儿,也敢图谋不
　　　　　轨,反抗我僮仆都尉！(问龟兹小吏)你到这儿来干什么?

龟兹小吏　替王子传令。

僮仆都尉　传什么令?

龟兹小吏　官民人等迎接汉公主。

僮仆都尉　反了你们啦！有我僮仆都尉在,看哪一个不怕死的敢和汉人勾结。(向匈
　　　　　奴百长)百长。

匈奴百长　(毕恭毕敬地)在。

僮仆都尉　看！哪个是你的奴隶?

匈奴百长　是。(一个个看了一遍)禀都尉,这都不是。

僮仆都尉　(指龟兹小吏)仔细看一看,这个?

匈奴百长　这个?(会意了,扳起龟兹小吏的脸看了一下)禀都尉,就是他！

龟兹小吏　你要干什么?

僮仆都尉　单于法令,奴隶背主逃亡者杀！

匈奴百长　是！都尉。

众百姓　　(环跪求情)僮仆都尉饶了他吧,他是好人呀！

　　　　　〔匈奴百长强拉龟兹小吏下。

　　　　　〔匈奴士卒如狼似虎地乱抢东西。

　　　　　〔匈奴百长持血刀上,跪在僮仆都尉面前。

匈奴百长　禀都尉！(呈验血刀)

僮仆都尉　(嘉奖地)好,杀得好！

　　　　　〔匈奴百长起立后退。

僮仆都尉　我吩咐你办的那件大事……

匈奴百长　正要禀报都尉。

僮仆都尉　讲！

匈奴百长　我派人潜入玉门阳关,探听得汉公主解忧本来不是公主。

僮仆都尉　噢！

匈奴百长　她的祖父楚王谋反被杀,削除了宗室属籍,解忧生下来就是个平民
　　　　　百姓。

僮仆都尉　噢！

匈奴百长　可是她从小就好读书,多才艺,跟她的叔祖,当代有名学者刘辟疆学得诗
　　　　　书老庄,六韬三略。

僮仆都尉　噢!

匈奴百长　这次远嫁乌孙,听说是她自奋应选的。

僮仆都尉　噢!

匈奴百长　满朝文武个个惊奇,当今皇帝十分喜爱,说她有雄才大略,壮志宏图,不愧是汉家的女儿。

僮仆都尉　(沉思片刻)此人若到乌孙,必成单于心腹之患。

匈奴百长　都尉说得是。

僮仆都尉　替我传令:西域城郭,不分尊卑贵贱,有敢不敬匈奴单于者,杀! 有敢违抗僮仆都尉者,杀! 有敢给汉公主送粮借马,迎接引路者,杀!

——幕　落

第　一　幕

〔二十天之后。

〔景同序幕。

〔静悄悄地,冯嫽一个人坐在葡萄阴下,手持缣帛书卷,默默诵读。

〔肖嬿兴冲冲地跑上,一见冯嫽,三步两步,跑到跟前,一把拉住。

肖　嬿　冯姐,冯姐,你快看看去吧。

冯　嫽　(莫名其妙地)看什么呀?

肖　嬿　我又编了一个舞,西域色彩,龟兹情调,又优美,又热烈,等咱们到了乌孙,在姐姐跟昆弥的大婚典礼上演出,算是咱姐妹们一个贺礼,你说好不好?

冯　嫽　(未加可否,其实她的心还在那缣帛书卷上)

肖　嬿　冯姐,你说龟兹这地方的人怪不怪,男女老少没有一个不会跳舞的。反正待着也没有事儿,我就跟他们学呀,学呀……(思索着)我想这个舞里一定要有一段单人舞。冯姐,你看就这样……(说着说着,就手之舞之,足之蹈之起来了)

〔冯嫽看着看着,不觉又把头埋到她的书卷中去了。

肖　嬿　(跳着跳着,忽然发现,跑过去,一把把冯嫽的书卷抢过来)哎呀! 看你,真快成书呆子了!

冯　嫽　(追过去,往回抢书)别闹! 快给我,说不定一会儿姐姐又要叫咱们背书啦。

肖　嬿　那怕什么的。

冯　嫽　我还没有背下来哪!

肖　嫣　那也不要紧。反正她又不打你,又不骂你。

冯　嫽　真要打我骂我倒不怕啦!我就怕她把眉头子那么一皱,我这心里头就……

肖　嫣　就吓得直打哆嗦,是不是?

冯　嫽　你才打哆嗦哪。我是说那么多的事儿够姐姐操心的啦!咱们从小就跟她,比
　　　　亲姐妹还亲的人要是再不听话……

肖　嫣　(不愿她再说下去)好!好!给你,给你。

冯　嫽　(接过书来)我看你也念一念,别老贪玩。

肖　嫣　我?对不起!我的好姐姐!我早就背下来了。不信,你听,你听着呀……

冯　嫽　(不容她说下去)得啦!谁还不知道你,一目十行,过目成诵,又跟我这儿卖
　　　　弄什么。(想了想)肖妹,你说,在这儿,她为什么要咱们念这个?

肖　嫣　这……(根本没有考虑这样的问题)

冯　嫽　姐姐说,有的人有雄心大志,有的人就胆小如鼠。博望侯张骞再远再难的地
　　　　方都敢去。姐姐说,博望侯去的地方难道咱们就不能去?

肖　嫣　能去!能去!我看呀!博望侯去的地方就不见得咱们都能去。

冯　嫽　那为什么?

肖　嫣　那还不明白,人家博望侯张骞是个男人,可姐姐她……

冯　嫽　哎呀呀!我的傻妹妹,你真不懂咱们的姐姐。

肖　嫣　你懂!你懂!人家博望侯持汉节,作当今皇帝的使者,到哪儿都是客,合则
　　　　留,不合则去;可是姐姐呢,嫁出门的女儿,泼出盆的水儿,是人家的人了。
　　　　尽管姐姐满怀壮志,再有本事,也得碰上一个好男人。

冯　嫽　哟!想不到我的肖嫣姑娘如今也能用脑子想这么多的事儿啦。

肖　嫣　你还开玩笑,人家可赤胆忠心,整天都为姐姐发愁呢!

冯　嫽　愁什么?

肖　嫣　人家说事情要三思而行,这么大的个事,姐姐就没有个三思!原先我也是,
　　　　反正姐姐说了,好就是好,我还想它干什么。可是,一出玉门阳关,越想越
　　　　不对。

冯　嫽　怎么不对啦?

肖　嫣　到了乌孙,人家要是跟咱们不一心,那可怎么办呀?

冯　嫽　要都一心啦,还要咱们去干什么?

肖　嫣　至少这个昆弥……

冯　嫽　那你就放心吧!姐姐说了,军须靡昆弥是个敢作敢为,一心想和汉和好的人。

肖　嫣　那还不是听说的,谁见过?

冯　嫽　万里求婚，这总不能说不是真心吧？

肖　嫣　真心！咱们到这儿都二十多天了，真心？不早应该接咱们来啦！

冯　嫽　这……

肖　嫣　司马常惠早就去了，他也不会不知道咱们住在这儿呀！我看呀，这个真心也许会变！

冯　嫽　昨儿晚上姐姐也是一夜没睡，刚才召见安犁靡翎侯……

　　　　〔从馆驿大门传呼："公主有令，官属侍御，羽林士卒，随行人等候驾启程啦。"

　　　　〔幕内接着有人传呼，越传越远。

肖　嫣　怎么，要走？常司马没回来，青红皂白都不知道，这样就走？

　　　　〔冯嫽已经把书卷收拾好。

冯　嫽　姐姐的脾气你还不知道，当机立断，敢作敢当。（走进馆驿）

　　　　〔肖嫣也无可奈何地跟着走进去。

　　　　〔音乐声起，仪仗、羽林、随行侍御、工匠人等，纷纷走来，从馆驿门前台阶下通过桥梁，排班列队，气象庄严。

　　　　〔冯嫽、肖嫣，一个捧剑，一个捧书，从馆驿门内走出，分立台阶两侧。

　　　　〔音乐声中，汉歌舞队少女上场，列好队形。

　　　　〔馆驿内传呼："公主启驾啦！"

肖　嫣　（向歌舞队少女做了个手势）起！

　　　　〔歌舞队少女翩翩起舞。

　　　　〔正在这时，杜望匆匆跑上。

杜　望　（不住地挥手）停下！停下！赶快停下！

　　　　〔音乐、舞蹈戛然中断。

杜　望　（跑到阶前，向冯嫽、肖嫣）请公主且慢启程，老臣杜望有天大要事要面禀公主。

　　　　〔冯嫽、肖嫣退入门内。

　　　　〔门内传呼："杜望求见。"

冯　嫽　（从门内走出）请！

　　　　〔杜望整整衣冠，随冯嫽进入馆驿。

　　　　〔场上，一片静肃，鸦雀无声。

　　　　〔须臾。

　　　　〔杜望从馆驿走出，立台阶上。

杜　望　（低沉地）乌孙昆弥军须靡不幸逝世，公主暂缓启程，官属侍御，羽林士卒，随行人等一律退下。

〔众人相顾惊愕,悄悄退下。

〔安犁靡从馆驿走出。

杜　望　安犁靡翎侯,这实在是天大的不幸!

安犁靡　(无限沉痛)难道这是真的吗?

杜　望　千真万确!方才我奉命去向龟兹王辞行,是他亲口对我说的。

安犁靡　昆弥正当壮年,未见衰老呀!?

杜　望　天有不测风云,人有旦夕祸福!

安犁靡　昆弥一心向汉,万里请婚,难道就这样功败垂成了吗?

杜　望　如果天未厌乱,那你我也只好尽人事,听天命了。

安犁靡　(不以为然地摇了摇头)

杜　望　公主一时行止未定,我还得设法筹措粮食。(要走,看到安犁靡如此伤感,还
　　　　想安慰安慰他)翎侯,你也要节哀,保重身体要紧。

安犁靡　(无可奈何地叹息了一声)唉!

〔杜望匆匆下,安犁靡也缓缓走下。

〔轻轻的音乐表现出忧郁而又期望、哀婉而又昂扬、犹豫而又坚决的复杂心情。

〔在这音乐声中,解忧一个人从馆驿走出,在桥头停立一会儿,在河畔徘徊
　一会儿,在桥栏欹倚一会儿。

解　忧　(望着巍峨的天山)多么雄伟呀!天山,多么辽阔呀!大地,你给人的是什么
　　　　呀?是力量!还是无穷无尽的苦难和忧伤?(走到河边,看到一朵小小的野
　　　　花,把它掐下来,玩赏着)花呀!花呀!你是多么微小呀,你是多么嫩弱呀,为
　　　　什么你不能开得更茂盛一些,更鲜艳一些,更顽强一些呢?难道你遇到一点
　　　　风沙,一点霜雪就枯萎吗?不!你不能枯萎,你不能退缩,你要开!你一定要
　　　　开!你要开遍田野,开遍山河,开遍大地。风让它吹,雨让它打,严霜酷雪让
　　　　它任意侵凌吧,我要开!我要开!(走到桥头,看着流水)看!水流得是多么
　　　　快,多么急,多么的平平稳稳。看!水往东流哪!一去不复返了。花呀,花呀,
　　　　你这朵无依无靠的花呀,只要我这么一扔,你就会走了,你就会往东流走
　　　　啦。流到遥远,遥远,你就再也不会回到这儿来了。(才要扔,但又)不!不!
　　　　你不能走,你应该在这儿,你应该在这儿……(走到葡萄阴下)

〔肖嫣、冯嫽从馆驿走出,边走边争议着。

肖　嫣　回去。

冯　嫽　不能回去。

肖　嫣　就是得回去。

冯　嫽　就是不能回去。

肖 嫣 哟! (一下子发现解忧,悄悄地拉了下冯嬺的衣襟,走过去,恭顺地)怎么一个人在这儿哪,我的公主?

解 忧 (不满意她这样的称呼)嗯?!

肖 嫣 (赶紧改口)噢! 姐姐!

解 忧 这多好,咱们从小在一块儿,姐姐妹妹多亲热。如今,离家万里,举目无亲,干吗咱们自己先疏远呢?

肖 嫣 是啊。从前咱们在家里像亲姐妹一样,经过了这番患难相处,这要是一回去,更得比亲姐妹还亲了。

解 忧 怎么? 回去?

肖 嫣 是啊……

冯 嬺 (抢着要说)姐姐……

肖 嫣 (拦住冯嬺)不,你让我说。

冯 嬺 (不理肖嫣,还要说)姐姐……

肖 嫣 (又抢上去)你让我先说嘛!

冯 嬺 (气不忿地戳了肖嫣一指头)就是你会抓尖儿。

肖 嫣 姐姐,我是说,军须靡昆弥死了,咱们就用不着再去乌孙啦。

解 忧 那是为什么呢?

肖 嫣 姐姐您这次是自奋应选,万里远嫁,已经是人人夸奖,个个称赞,连当今皇帝都另眼看待了。偏偏不早不晚,姐姐没到乌孙,军须靡昆弥他就死啦。我看姐姐你也用不着伤心,也用不着难过,这未尝不是塞翁失马,焉知非福。

解 忧 噢! 你以为这是福?

肖 嫣 是啊。咱们回长安,再不受这戈壁风沙之苦!

解 忧 回长安?

肖 嫣 是啊。回长安。这不是堂堂正正,名正言顺,谁还能说出一个不字来哪!

冯 嬺 (忍耐不住地)你呀! 你白跟姐姐这么多年,你就不懂得姐姐的心。

肖 嫣 你懂! 你懂!

冯 嬺 姐姐不辞辛苦,万里远嫁,为的是什么?

肖 嫣 那你问姐姐呀。

冯 嬺 用不着问。为的是国! 为的是民! 要为自己一个人享福,根本用不着到这儿来。

解 忧 (默默地点头赞许)

冯 嬺 如今军须靡昆弥死了,可是乌孙六十万人民的灾难,并没有减少,匈奴单于从西域城郭掠夺奴隶兵源对中原的威胁并没有解除,西域城郭和汉和好的愿望也还没能实现……

解　忧　（激动地拉住冯嫽的手）冯妹!

冯　嫽　（敬慕地、亲昵地）姐姐!

解　忧　你记得咱们临行的时候,从小教咱们读书的辟疆叔祖跟咱们说了些什么?

冯　嫽　（肯定地）我记得!

解　忧　肖妹,你呢?

肖　嫣　（有点茫然）我……

解　忧　辟疆叔祖偌大年纪,当今皇帝让他做官他都不做。可是咱们临行的时候,
　　　　他老人家不辞风霜,亲自送到十里长亭。千叮咛,万嘱咐:解忧啊,解忧!
　　　　你此去乌孙,不能像一个普通女子出嫁,只求夫妻和顺,宜室宜家。你此去
　　　　乌孙,肩负着千钧重任,你要使这世世代代、生我养我的锦绣山河不受匈
　　　　奴单于的残暴侵凌! 要使中原父老,诸姑姊妹不受僮仆都尉的掠夺蹂躏!
　　　　解忧啊,解忧! 你此去乌孙,解的是当今皇帝之忧,解的是万民之忧,解的
　　　　是子孙后代之忧啊!（思索着、沉吟着）解的是万民之忧,解的是子孙后代
　　　　之忧!

　　　　〔冯嫽、肖嫣也浸沉在回忆之中。

肖　嫣　（还是有些想不通）万里求婚的是军须靡昆弥,姐姐要嫁的是军须靡,可是,
　　　　军须靡昆弥他死啦!……

冯　嫽　还有别人做昆弥。

肖　嫣　那……

冯　嫽　当今皇帝说,到乌孙就遵照乌孙的风俗办事。

肖　嫣　这……

冯　嫽　这什么,姐姐这不是一个普通女子的出嫁,姐姐就是汉朝的万马千军,姐姐
　　　　就是万民的希望,姐姐就是……

解　忧　冯嫽。

冯　嫽　在。

解　忧　请安犁靡翎侯来。

冯　嫽　是。

　　　　〔冯嫽下。

　　　　〔解忧在徘徊思索。过了一会儿。

肖　嫣　姐姐,你真想立功西域,像博望侯张骞那样?

解　忧　那怎么不能呢?

肖　嫣　（只好顺风转舵）哎呀! 姐姐,你真好! 我真是从心眼儿里佩服你! 我一定跟
　　　　着你,永远跟着你,到哪儿也跟着你。

解　忧	（笑了笑）可是，你是一朵鲜花，太娇嫩了！
肖　嫣	你又看不起我啦！冯姐还不是跟我一样吗？
解　忧	她也是一朵鲜花，可她是一朵不怕风吹雨打的鲜花！（说着把肖嫣拉过来，爱抚地把手里拿的那朵鲜花，插在她鬓边）

〔冯嫽上。

冯　嫽	（向解忧）安犁靡翎侯到。
解　忧	请！
冯　嫽	（向幕内）有请翎侯。

〔安犁靡上。

安犁靡	安犁靡拜见公主。
解　忧	翎侯请起。
安犁靡	安犁靡惭愧惶恐，实在对不起公主。
解　忧	翎侯，你……
安犁靡	臣入长安奉迎公主，难得公主如此贤明。一路之上，我这心里不住地为昆弥庆幸，为乌孙百姓们庆幸呢。怎能想到事情会变得这么突然，安犁靡万分惶恐，死罪！死罪！
解　忧	翎侯一片忠心，全为大局着想，这我十分清楚。如今事出非常，谁也无法挽救，解忧又怎么能埋怨翎侯你呢！
安犁靡	安犁靡谢公主。（站起）
解　忧	昆弥去世，乌孙不能一日无君。但不知这昆弥将会由谁来继承？
安犁靡	看我心乱如麻，连这么要紧的事都没来得及想一想。
解　忧	昆弥跟前，可有王子？
安犁靡	有。
解　忧	（不无希望地）噢。
安犁靡	昆弥只有一子，名唤泥靡。
解　忧	乌孙法度，是不是父死子继？
安犁靡	不过，他还是个孩子。
解　忧	（一惊）啊？！
安犁靡	而且性情乖张，无恶不作，要是由他来继承昆弥，恕臣直言，实非乌孙之福。
解　忧	那……（话到唇边，沉吟了一下）
冯　嫽	（看了看解忧的眼色，索性替她说出）那就没有别人了吗？
安犁靡	别人？有。
解　忧	谁？

〔幕内传呼：“乌孙使者到。”

冯　嫽　姐姐，乌孙使者。

解　忧　请。

肖　嫣　（向幕内）请。

〔煎靡上。

安犁靡　（迎上去）噢！大吏。

煎　靡　翎侯。

安犁靡　（引见）这就是汉公主。

煎　靡　乌孙大吏煎靡拜见公主。

解　忧　大吏请起。

〔杜望暗上。

煎　靡　乌孙不幸，昆弥去世！匈奴单于命右谷蠡王率领大兵，屯集乌孙边境，眼看
　　　　战火连天，有一触即发之势。

冯　嫽　他又趁火打劫来了。

解　忧　这倒一点也不奇怪。

安犁靡　左右贵人，四十八家翎侯打算怎么办？

煎　靡　右谷蠡王虽然来势凶猛，但还没有进攻的迹象。看起来这仗嘛，要打也在乌
　　　　孙，要不打也在乌孙。

安犁靡　依大吏看，这仗要打呢？

煎　靡　拿鸡蛋碰石头，自然是自取灭亡！

安犁靡　要是不打呢？

煎　靡　左右贵人挑选的也正是这一条路。因此，才反复商议，一致决定，拥立泥靡。

解　忧　听说泥靡年轻，能够应付得了当前局势吗？

煎　靡　这倒用不着他去应付。有一条就够了，他是匈奴单于的外孙。

解　忧　那不是要乌孙向匈奴单于屈服吗？

煎　靡　乌孙世代臣服匈奴，在这非常时期，也只好还是仰求单于庇护。所以，左右
　　　　贵人一致决定派人带领丁奴三千，美女五百，骏马成群，牛羊如数，到漠北
　　　　龙庭，朝见单于。一来禀报拥立泥靡，二来迎聘匈奴公主。

安犁靡　难道你们不知道当今皇帝已经许婚，公主已经驾临？

煎　靡　知道！知道！不知道也不会派我到这儿来了。左右贵人一致决定，匈奴公主
　　　　下嫁乌孙，做昆弥的左夫人。汉公主既然来了，我们却之不恭，那就请公主
　　　　做昆弥的右夫人。

安犁靡　这左夫人？

煎 靡	在上。
安犁靡	右夫人?
煎 靡	在下。
杜 望	左夫人?
煎 靡	为大。
杜 望	右夫人?
煎 靡	为小。
冯 嫽 肖 嫣	(逼近一步)这左夫人?
煎 靡	辅佐昆弥,执掌大权。
冯 嫽 肖 嫣	右夫人呢?
煎 靡	深居百花宫中,不理政事,一年和昆弥会面一次,治办酒食,调教歌舞,供昆弥寻欢取乐。

〔冯嫽、肖嫣忍无可忍,怒目而视,步步进逼。

〔煎靡瑟缩退下。

〔解忧愤怒已极,极力克制。

安犁靡	(十分惶惑,衷心地劝慰)公主息怒! 公主息怒! 这绝不是乌孙人民的意愿。
解 忧	这是投降! 这是屈辱!
安犁靡	乌孙有志之士绝不甘心! 军须靡昆弥也死难瞑目!
肖 嫣	哎呀! 姐姐,这可怎么办呀?
杜 望	臣启公主,乌孙背信弃义,反复无常,未尝不是吉人天相。老臣斗胆,倒愿意祝贺公主。
解 忧	(思想上一下子转不过弯来,很难理解他这话)祝贺我?
杜 望	细君公主远嫁乌孙,悲愁郁闷,青春丧命,多少人不都为她惋惜吗?
解 忧	那只能怪她性情软弱,心地狭隘,目光短浅,胸无大志。
杜 望	臣想了又想,总感觉这异域和亲,并非上策。
解 忧	你说什么是上策呢?
杜 望	您想啊! 西域离中原这么远,道路险阻,满目荒凉,这土地又是寸草不生,有什么用呢?
解 忧	可是这儿的山川辽阔,地大物博。哪儿的土地不是靠人开辟出来的啊?
杜 望	这儿的人嘛,我看也是冥顽不灵,不可教训!
安犁靡	(颇有反感,怒形于色)

冯　嫽　我怎么感觉都很诚实勤恳,和蔼可亲呢!

解　忧　到底什么是你的上策?

杜　望　像这样不毛之地,臣以为得之不足喜,弃之不足惜。

冯　嫽　您不是常说身体发肤,受之父母,还不敢毁伤吗?

杜　望　那是圣人以孝教人。

冯　嫽　我看您爱惜的只是您的身体发肤。对这山川土地,苦难中的人民,您倒大方。

解　忧　那什么又是中策呢?

杜　望　如果当今皇帝好大喜功……

解　忧　嗯?!

杜　望　(自觉失言)噢!噢!宏图大志!宏图大志!当今皇帝有志边疆,也不妨采取
　　　　羁縻之策。如有不服教化的,派一介勇士,拿个匕首刺之,把人头挂在长安
　　　　城门上,也可以威镇四方。这是中策。

解　忧　下策呢?

杜　望　当然就像如今这样,公主和亲!

解　忧　这是下策?

杜　望　老臣愚见这确是下策。劳中原之民,伤中原之财,不但得不偿失,而且为虎
　　　　添翼,后患无穷。

解　忧　当今皇帝叫我做的正是你这个下策,从长安到龟兹一路之上百姓黎民盼我
　　　　做的也正是你这个下策。

安犁靡　乌孙人民盼望公主更是望眼欲穿。

解　忧　那……好吧!杜望,我就采取你这个下策吧。

杜　望　公主,您要三思,前途险恶。

解　忧　我决不回头!

杜　望　当前怎么办?

解　忧　暂住龟兹。

杜　望　粮饷不足?

解　忧　设法筹措。

杜　望　难呀!公主,龟兹贵人都怕匈奴的僮仆都尉,僮仆都尉有令,西域城郭官吏
　　　　人民一律不许借粮给我们。

解　忧　(无声地冷笑了一下)他也来逼我啦!

杜　望　公主您是金枝玉叶,皇室贵胄,回到长安,您还是养尊处优,一呼百诺,又何
　　　　必一定在这儿受这份窝囊气呢?

解　忧　(不屑于再跟他争论下去)让我一个人想一想吧!

杜　望　是。

〔杜望、安犁靡俱退下。

〔解忧徘徊苦思。

〔冯嫽有话想说。但她知道在这样的时候，不应该打断解忧的思路。

〔肖嫣对方才杜望的一席话不无同感。虽没说什么，但看得出心里早已经波浪起伏，这会儿，一浪冲到唇边。

肖　嫣　姐姐……

解　忧　（用手势制止住她。仍然思索着）

〔有顷。

解　忧　肖妹。

肖　嫣　（可这会儿她又陷入沉思，根本没有听见）

解　忧　（走到肖嫣跟前，拍了下她的肩膀）肖妹。

肖　嫣　（这才醒转过来）姐姐。

解　忧　你给我念一段书吧。

肖　嫣　（困惑不解地）念书？

冯　嫽　姐姐，念什么书？我给你拿去。

解　忧　用不着拿。（对肖嫣）你背吧，《逍遥游》。

肖　嫣　（简直弄得有些迷惘）哪一段？

解　忧　穷发之北，有冥海者，天池也。……

肖　嫣　……有鱼焉，其广数千里，未有知其修者，其名为鲲。有鸟焉，其名为鹏。背若泰山，翼若垂天之云，搏扶摇羊角而上者九万里，绝云气，负青天，然后图南。且适南冥也，斥鹌笑之曰：彼且奚适也，我腾跃而上，不过数仞，而下翱翔蓬蒿之间，此亦飞之至也，而彼且奚适也，此小大之辨也。……

解　忧　（听到这，又用手制止住她）冯妹，你说，咱们应该搏扶摇羊角而上呢？还是应该翱翔于蓬蒿之间？

冯　嫽　姐姐。

解　忧　（并不要她回答）当今皇帝为的是什么？汉兴以来，养民五世，财力有余，兵马强盛，他不坐享荣华，鄙辞厚礼，通使四邻，对匈奴单于，也不例外，不是迫不得已，绝不轻动干戈。可是，还有人说他好大喜功，说他劳民伤财。博望侯张骞他为的又是什么？他竭毕生的精力，九死一生，打通了这条阳关大道，建议当今皇帝和乌孙和亲。有人说他为的是封侯，为的是邀宠，有人说他为的是断匈奴的右臂，难道仅仅为的是这个吗？为什么都要以小人之心，度君子之腹？为什么都不懂得他们的远大理想呢？（苦思，徘徊）

肖　嫣　（又想要说什么）姐姐。

解　忧　（没容她说）肖妹，你知道博望侯从西域带回中原的是什么？

肖　嫣　乌孙的马。

解　忧　还有什么？

肖　嫣　还有喂马的苜蓿。

解　忧　是啊！为什么博望侯给当今皇帝带的不是奇珍异宝，带的却是马，是苜蓿？当今皇帝把马养在御厩，把苜蓿种在上林苑中。难道这有什么值得赏心悦目的吗？

肖　嫣　（瞠目不知所答）

冯　嫽　（老老实实地）姐姐，你说呢？

解　忧　人常说，百闻不如一见。来到西域，我才看见这儿的土地是多么好，多么多，可是这儿的人耕作的是多么勤劳，多么艰苦，连个犁都没有。

冯　嫽　有，是木头的。

肖　嫣　有的还用手刨呢！

解　忧　要是把中原人民务农的方法教他们，把中原人民务农的器具给他们……

冯　嫽　那这儿人的生活不知要好多少倍呢！

解　忧　中原耕作也不见得就尽美尽善，劳力多，牲畜少，要是家家有马，有乌孙那样的马，那打的粮食比现在……

肖　嫣　不知又能增加多少倍呢！

冯　嫽　中原需要西域，西域需要中原，中原西域，唇齿相依。

解　忧　对呀！冯妹，肖妹，为了中原，为了西域，难道咱们不应该有所作为吗？
　　　　〔冯嫽、肖嫣被解忧的话激励着，真的像肩负起什么沉重的担子，挺起胸膛，站在解忧身边，遥望着耸立的天山。
　　　　〔杜望上。

杜　望　僮仆都尉要见公主。

解　忧　（有点不敢相信自己的耳朵）谁？

冯　嫽　他来干什么？

杜　望　臣启公主，僮仆都尉险恶成性，诡计多端，依老臣愚见，还是不见的好。

解　忧　（沉吟了一下）

杜　望　公主暂且回避，让我来对付他。（说着要走）

解　忧　（急忙制止）不！

杜　望　（只得停止待命）

解　忧　难道我应该怕他吗？为什么我要向他示弱呢？

杜　望	以公主之尊,拒绝接见,不见得就是怕他,更不见得是向他示弱。
解　忧	那是说匈奴就没一个可以相信的人了,为什么我们要拒人于千里之外呢?列祖列宗,当今皇帝不也常常派人出使匈奴,力求和好吗?为什么单单我们和匈奴不能有来往呢?冯嫽。
冯　嫽	在。
解　忧	请。
冯　嫽	是。(向幕内)公主有请僮仆都尉!
	〔幕内传呼:"公主有请僮仆都尉!"
	〔僮仆都尉率匈奴军吏士卒上。
僮仆都尉	(故意做出悲天悯人的样子)公主,这真是不幸!这真是天大的不幸啊!您还没到乌孙,军须靡昆弥他就死啦!这岂不是老天有意和人为难吗?还望公主不要过分悲伤,僮仆都尉特来向您吊唁!
解　忧	谢谢都尉。
僮仆都尉	公主这次万里远嫁,艰苦卓绝,简直是当代的一件奇闻。不瞒您说,就连匈奴老老少少,也都有口皆碑,家喻户晓。连我们的单于对您都十分关心。
解　忧	为国为民,解忧义不容辞。
僮仆都尉	说实在的,我僮仆都尉却不能不替您惋惜!人的嘴是最善于颠倒黑白,混淆是非的,一个马粪蛋,可以说成一朵花。乌孙嘛,您没我清楚。依我说,公主您是只凤凰,可乌孙怎么也不能说是一棵梧桐树。唉!简直是一堆骆驼刺,梭梭柴。像您,自然是应该住在温柔乡中,用金屋贮藏,用香花供养。我真想不通,当今皇帝的心为什么会这样狠呢?自然啦,您这次一回长安,自有王子皇孙、翩翩年少向您求婚,恐怕您府上的门槛都会踢破了呢!哈!哈!
解　忧	不!都尉,我还没有想回长安。
僮仆都尉	怎么,您还要去乌孙?
解　忧	我奉了当今皇帝叫我去乌孙的谕旨,没有接到皇帝叫我回长安的诏书。
僮仆都尉	(一计不成,又生一计)乌孙有个传说,您听过没有?
解　忧	什么传说?
僮仆都尉	公主知道,匈奴单于是天之骄子,乌孙是天赐给匈奴单于的一座仓库,昆弥是给单于看管仓库的人,这是天意。军须靡违背天意,已经受到惩罚。公主,您还是不去的好。
解　忧	谢谢都尉的关心。不过,解忧只懂民心,不懂天意。
僮仆都尉	天理人情是一样的。您府上的仓库大概不会随随便便就叫别人进去吧?
解　忧	乌孙的民心大概也不会随随便便就叫别人封锁住吧?

僮仆都尉　仓库是属于单于的。

解　忧　乌孙是属于乌孙人民的。

僮仆都尉　那么说,您一定要去乌孙?

解　忧　我没有理由不去。

僮仆都尉　马上就去?

解　忧　也许等一等。

僮仆都尉　等什么?

解　忧　看一看乌孙人民的意愿。

僮仆都尉　好!那你就等吧!有本事你就饿着肚子等着吧!(把最后一招使出来)
　　　　　我僮仆都尉明人不做暗事,在这西域城郭,尊贵的公主,你休想得到一
　　　　　颗粮食。

解　忧　(微笑)就这个办法吗?

僮仆都尉　听说羽林军是汉军的精华,士卒饶勇,兵器精良,也许我会来领教领教。

　　　　　〔幕内传来一片鼓乐欢呼。

僮仆都尉　(不禁愕然,问他的部下)什么事?

解　忧　(也有些莫名其妙,示意给杜望)

杜　望　(点头匆匆下)

　　　　　〔僮仆都尉及其随从人员剑拔弩张。

　　　　　〔冯嫽、肖嫣暗暗警惕。

　　　　　〔解忧泰然自若。

　　　　　〔杜望上。

杜　望　禀公主,常司马回来了。

僮仆都尉　(这才松弛下来)告辞。

解　忧　不送。

　　　　　〔僮仆都尉拂袖而去,匈奴军吏士卒随下。

解　忧　请常司马马上来见我。

冯　嫽　是。

　　　　　〔还没等请,常惠上。

常　惠　臣常惠拜见公主。

解　忧　常司马回来了。

常　惠　臣去乌孙,正赶上乌孙一片混乱。泥靡窃取王位,人心不服,大禄翁归靡让
　　　　　臣火速回来,请公主千万别走,他很快要到这儿来和公主面商安定乌孙的
　　　　　大计。

解　忧　翁归靡？

常　惠　乌孙的大禄，军须靡昆弥的兄弟。

〔安犁靡上。

安犁靡　禀公主，有一位龟兹贵人，乔装来到驿馆，要求面见公主。

解　忧　是什么人？

安犁靡　他不肯说。

解　忧　现在哪里？

安犁靡　在我那里。

解　忧　请他来。

安犁靡　是。（退下）

杜　望　公主，龟兹形势变化无常，您还是慎重一些的好。

〔安犁靡领绛宾上，绛宾把蒙面的罩衣脱掉，移前叩拜。

绛　宾　龟兹王子绛宾拜见公主。

解　忧　王子请起。

绛　宾　（站起）公主，绛宾年幼，不懂礼仪，这话不知道应该怎样讲？

解　忧　王子不必拘束，有话请讲吧。

绛　宾　公主，您大概不难看出，龟兹地处偏僻，民贫兵弱。但我们的人民是善良的，从来就和和睦睦，惜老怜贫，既不懂得欺压乡里，也不懂得什么叫做战争。不料想匈奴单于派来僮仆都尉，无辜的黎民，转眼之间就都变成他的奴隶，想打就打，想杀就杀。绛宾虽然年幼，不是一个没有志气的人，绛宾知道，要想救龟兹，救西域，只有一条生路。

解　忧　哪一条才是生路？

绛　宾　和汉和好。

解　忧　王子，你想得很对。

绛　宾　当今皇帝把我们当人，当朋友，当兄弟。匈奴单于把我们当牛马，当奴隶。迟早有一天，西域人民忍无可忍，协力联合，赶走僮仆都尉！

解　忧　王子，你说得很好。

绛　宾　所以绛宾决心已定，冒万死也要见公主一面，把我一片诚心献给公主。公主，我已经传令龟兹百姓给公主送粮食，明里不来暗里来，白天不来夜里来。

〔绛宾向幕后召唤，龟兹百姓甲、百姓乙、百姓丙、百姓丁、百姓戊等背粮食上。

龟兹百姓　现在耳目众多，百姓们不敢全来。天一黑，请公主派人接应。

解　忧	冯嫽、肖嬚,把长安带来的锦绣,每人赠送一匹。
冯　嫽 肖　嬚	是!（走进馆驿）
解　忧	王子,各位父老兄弟,对解忧如此深情厚谊,海可枯,石可烂,西域人民的心,解忧永远不会忘记。

〔冯嫽、肖嬚持锦绣上,分赠龟兹百姓。

龟兹百姓	谢公主。

〔冯嫽又把一份礼品送给绛宾。

绛　宾	公主,绛宾不要这个。绛宾只要公主答应我一件事。
解　忧	哪一件事?
绛　宾	请您启奏当今皇帝,不要忘记水深火热中的西域人民。
解　忧	王子放心,解忧照办。
绛　宾	谢公主,绛宾在这不便久停。（取过他蒙面的罩衣）

〔幕内传来人声呐喊,金鼓齐鸣。

〔汉军吏上。

汉军吏	禀公主,僮仆都尉率兵前来。
常　惠	从哪边来的?
汉军吏	东南方向。
常　惠	西北一带?
汉军吏	没有敌情。
解　忧	常司马,护送王子出去。
常　惠	是。（向汉军吏）传令羽林军,严阵以待。
汉军吏	是。（从来的方向下）
常　惠	（向绛宾）王子,随我来。

〔常惠、绛宾、龟兹百姓从另一方向下。

〔金鼓声中。

杜　望	臣启公主,僮仆都尉这是虚张声势。
解　忧	怎见得是虚张声势?
杜　望	他不过是想吓唬吓唬咱们,逼公主回长安。臣倒有个退兵之计。
解　忧	你有什么退兵之计?
杜　望	依老臣愚见,不如趁此机会,派一介使者,就传公主之命,叫他退兵。
解　忧	他肯退兵?
杜　望	就说区区西域,公主并不屑于和他争夺。只要他先退兵,公主回长安一事从

容商议。

解　忧　（明白了他的心意）那，谁能出使？

杜　望　老臣愿效犬马之劳。

解　忧　好吧！那你就去跟他说。我奉当今皇帝之命是为和好而来，不是为战争而来。他要一定想打嘛，羽林军也不是不堪一击的！

杜　望　（等了等，可解忧的话说完了，他只好）公主，您还有什么吩咐？

解　忧　还有嘛，你自然知道，我决不回长安！

杜　望　（不禁后退了一步）公主……

肖　嫣　（站在桥头上，极目远望，不禁惊慌地）姐姐，姐姐，西北方向也起烟尘。

　　　　〔从西北方向也传来战鼓声音。

　　　　〔解忧、冯嫽都站在桥头张望。

安犁靡　（仔细地听了听）禀公主，这路兵马不是匈奴的。

解　忧　不是匈奴的？

杜　望　以老臣愚见，这路兵马一定是龟兹贵人受僮仆都尉威胁利诱也来配合。

安犁靡　臣启公主，这战鼓声音的的确确是乌孙的。

解　忧　乌孙的？

杜　望　（大吃一惊）啊！乌孙也来向我进攻，公主，公主，事不宜迟，您要当机立断！

　　　　〔汉军吏上。

汉军吏　禀公主，僮仆都尉兵马撤退。

解　忧　（奇怪地）为什么？

杜　望　这倒奇怪？为什么他要贸然进攻？为什么他又不战而退？

　　　　〔常惠上。

常　惠　禀公主，乌孙大禄翁归靡他来了。

解　忧　（急切地）谁？

常　惠　翁归靡。

安犁靡　（喜出望外）啊！（向解忧）公主，臣去迎接。（急忙跑下）

常　惠　公主请看，他率领兵马奔驰而来，这却是僮仆都尉万万没有料到的！

冯　嫽　听！多么壮烈的战鼓！

肖　嫣　看！多么鲜艳的旗帜！

杜　望　好军威！

常　惠　好士气！

解　忧　（不禁喜形于色，满意地微笑）

　　　　〔频频战鼓，振人心弦。就在这战鼓声中，安犁靡引翁归靡上。

翁归靡　（一直走到解忧跟前，躬身致礼）公主。

解　忧　（敛衽）大禄。

　　　　〔激烈的战鼓声中，二人互相对视很久，似乎都想从对方脸上看出一些什么。看得是那么认真，那么仔细，仔细得连一根头发丝儿都不肯放过。两个人精神上的距离——那些陌生、猜测、顾虑、不安渐渐缩短，短到也只有一根头发丝儿那么细。于是，两个人都从对方的脸上看到了一种共同的东西，因而产生了一种互相倾慕的心情。

翁归靡　翁归靡一步来迟，僮仆都尉无理取闹，让公主受惊了。

解　忧　解忧行动迟缓，滞留龟兹，有劳大禄远道奔波，解忧心中深感不安。

翁归靡　那么公主您打算几时启程？

解　忧　大禄您既然来了，咱们共同商定。

翁归靡　公主想必知道，当前乌孙局势不太平静。

解　忧　我相信军须靡昆弥和汉和好的愿望不会没人继承。

翁归靡　一心破坏和亲的人阴谋危害公主。

解　忧　我相信大禄您不会袖手旁观。

翁归靡　那么说公主您敢去乌孙？

解　忧　敢去。

翁归靡　您愿去乌孙？

解　忧　愿去。

翁归靡　纵有千难万险。

解　忧　解忧毫不犹豫。

翁归靡　（十分欣喜，望空遥拜）翁归靡感谢当今皇帝。

解　忧　（有些不解）大禄，您这是……

翁归靡　我庆幸乌孙百姓这一线希望到底没有落空。公主，您不知道，我们乌孙百姓有个习惯，当冬天最寒冷的时候，人们的眼睛就望着东方，说春天就要从那儿来了；当夜晚最黑暗的时候，人们的眼睛也望着东方，说光明就要从那儿来了；当匈奴单于蹂躏侵凌得最残酷的时候，人们的心没有被他征服，人们的眼睛还是望着东方，说帮助我们的人，拯救我们的人，有一天总会从那儿来的。果然就在那忍无可忍、孤掌难鸣的年月里，博望侯张骞来了。是他给我们带来了这一线曙光，带来了一线希望，是他使我们知道匈奴单于并不真是天之骄子，并不是不可战胜的。离我们不远，就有那么多，那么强大，同情我们，关心我们，愿意帮助我们，愿意和我们和好的人。军须靡昆弥下定决心，为了子孙后代，一定和汉和好。可惜他壮志未成，就先死了！他深深知道,在他死后,他的遗志一定会有人继承,可是反对和亲的人也会乘机捣乱。如今,果然不出所料,妖风阴雾迷漫天空,妖魔小丑蠢蠢欲动。

解　忧　泥靡他……

翁归靡　年幼无知,任人摆布。

解　忧　左右贵人?

翁归靡　倒行逆施,人心不服。

解　忧　匈奴单于?

翁归靡　大概想试试我们的胆量吧! 你越怕他,他越猖狂,你不怕他,他也未必就敢轻举妄动。

解　忧　四十八家翎侯拥兵观望……

翁归靡　他们观望的是力量强弱。

解　忧　谣言四起,人心不安……

翁归靡　人心我知道他们想的是什么事情, 人们的眼睛我知道他们望的是哪个方向。

解　忧　那么,大禄你打算怎么办?

翁归靡　妖风我不怕它吹得再大,阴雾我不怕它布得再浓,军须靡昆弥辛苦经营,梦寐以求的和汉和好的一番事业,我翁归靡决不能让他半途而废。

解　忧　你有这个决心?

翁归靡　我有这个决心。

解　忧　你有这个勇气?

翁归靡　我有这个勇气。

解　忧　千难万险?

翁归靡　事在必成。

解　忧　成功之后?

翁归靡　军须靡留有遗书,让我继承他的昆弥,让我继承他的遗志。

肖　嫣　(悄悄地拉了冯嫽一下)冯姐,他要做昆弥了……

冯　嫽　(制止地)姐姐知道。

翁归靡　公主,翁归靡顺民情,救乌孙,连夜赶来,面见公主,只要公主和我一路同行,回到乌孙。

解　忧　乌孙大局……

翁归靡　你我共同平定。

解　忧　和汉和好。

翁归靡　翁归靡誓死不渝。

解　忧　（向冯嫽）冯嫽。

冯　嫽　在。

解　忧　把兵符拿来。

冯　嫽　是。（走进馆驿）

解　忧　杜望。

杜　望　在。

解　忧　我命你回长安,启奏当今皇帝,解忧已到乌孙。

杜　望　老臣遵命。

解　忧　常惠。

常　惠　在。

解　忧　我命你率领全部羽林军听……（不知怎么称呼翁归靡才好,只好指了一下）他指挥。

常　惠　臣遵命。

　　　　〔冯嫽上,把兵符交给解忧。

解　忧　（接过兵符,走到翁归靡面前,把兵符交给他）这是调遣羽林军的兵符。

翁归靡　（接过兵符,对常惠）兵马?

常　惠　强壮。

翁归靡　武器?

常　惠　精良。

翁归靡　粮饷?

常　惠
安犁靡　龟兹支援,粮饷够用。

翁归靡　（感激地对解忧）公主。

解　忧　（当她把兵符交给翁归靡,就好像把自己的一生、理想和幸福都交给了他。霎时,翁归靡在自己的眼睛里越发的高大起来了。她感到自己不再是孤独的了。因而,情不自禁地,恭顺地,而又有些羞赧地）昆弥。

冯　嫽
肖　嫣　祝贺姐姐。

翁归靡　（向常惠、安犁靡）司马,翎侯,传令下去,人不解甲,马不卸鞍,三更造饭,五鼓拔营,人马列队,护送公主登程。

　　　　〔音乐声中。

　　　　　　　　　　　　　　　　　　　　　——幕　落

第 二 幕

〔来年春天。

〔地处天山谷口。背靠丛生松桷的山峦,面临莽莽平原。亘古荒芜的戈壁已经被人垦成良田,沟洫阡陌,粗具规模。

〔附近地方,有一个用穹庐篷帐和因陋就简的土屋地窖组成的建筑群。穹庐篷帐是翁归靡和他的部下的居室,土屋地窖则是解忧和她的随行人员栖息之所。

〔一阵欢笑声,人们看见一群少女在肖嫣指点下,在排练着乌孙舞。

肖　嫣　(随着舞的节奏,轻轻地拍着手)对,对,再转一个圈儿,再转一个圈儿,再转……(不高兴地把手一甩)笑!笑!就知道个笑,我说姑娘们,你们也说一说,这个舞到底哪一天才能够练好?要是姐姐一声令下,叫咱们到赤谷去参加大婚典礼,我看你们怎么办!

少女甲　怎么办?也怨不着我们。在龟兹就跳呀!跳呀!跳了那么多天,你的献礼舞还没有编出来。可这会儿你又变了主意啦。

肖　嫣　哎呀呀!我的傻妹妹!你怎么就不用脑子想一想呀?那是在哪儿?这又是在哪儿?在那儿,我看龟兹舞就挺好,谁知一到了这儿……

少女甲　你又看上乌孙舞啦?

肖　嫣　再说你不是不知道,姐姐顶喜欢乌孙啦!在姐姐的大婚庆典上,咱们一跳乌孙舞,嘿!那姐姐不知道该多高兴哪!(说着她也高兴得跳起来了)

少女甲　光说有什么用,到底你还没把舞编出来呀!

肖　嫣　那还不容易,说编出来,就编出来。

少女乙　尽说大婚典礼,大婚典礼的,这个大婚典礼到底什么时候举行呀?

肖　嫣　看把你急的,大婚典礼那可不是一件简单的事啊!(指了指建筑群)就这儿,乌孙昆弥和汉朝公主举行大婚典礼,那像话吗?

少女乙　那在哪儿呀?

肖　嫣　昆弥说了,要在赤谷百花宫。

少女乙　哟!那得什么时候呀?

肖　嫣　这不快了吗?安犁靡翎侯说,四十八家翎侯都一致拥护咱们的昆弥,昆弥这不是又派安犁靡去了,等他率领四十八家翎侯一进入赤谷……

少女乙　那就要举行大婚典礼啦?

少女甲　那还用说吗。

肖	嫣	那咱们也用不着再住这些土房子,地窝子,你也用不着跳舞的时候再嚷"我腰疼","我腰疼"啦!

〔少女们又是一阵嬉笑。

肖	嫣	又笑! 又笑! 快练咱们的舞吧。

〔少女们正跳得高兴的时候,常惠来了。

常	惠	姑娘们,你们都在这儿哪。

〔少女们一见有人来了,本能的羞怯,忽地一声都跑散了。

肖	嫣	(急得直跺脚)跑什么! 跑什么!
常	惠	(凑上去,尊敬地)肖君。
肖	嫣	(不高兴地)人家这儿跳得好好的,偏偏这时候您这位英雄又来了,这儿可有您什么用武之地呀!
常	惠	(仍然是笑嘻嘻地)肖君,我正在找你。
肖	嫣	(不屑地)又找我干什么?
常	惠	肖君多才多艺,我想请肖君给我们编一支劝农歌。
肖	嫣	什么? 劝农歌。
常	惠	是啊! 肖君知道,公主叫我在这儿屯田开垦。
肖	嫣	这不是,不到一冬天,开垦了这么多荒地。谁不知道这是常司马您的一大功劳!
常	惠	可是乌孙士卒还不相信,附近的百姓也常常给我们添一些麻烦。也难怪,他们没见过,麦苗儿长得那么好,他们说,嗬! 好一片青草啊,快把羊群赶来吧!
肖	嫣	(忍不住笑了笑)
常	惠	所以我才想到,要是肖君给我们编一支劝农歌,教大家唱,叫这儿的男女老少都知道务农好,将来历史记载乌孙屯田,也不会不把肖君您这件功劳写上去。
肖	嫣	哟! 我可没那么大的造化,还是写您常司马吧!
常	惠	(憨直地)都写! 写肖嫣,也写常惠……
肖	嫣	(肖嫣急于想摆脱常惠,忽然看见翁归靡)看! 昆弥来了。
常	惠	(看过去)
肖	嫣	哟! 姐姐也来了。姐姐叫我念的书我还没念哪。对不住! 常司马,我失陪了。(说着向土屋走去)
常	惠	肖君! 肖君!
肖	嫣	(站住)干什么?

常　惠　方才拜托的事……

肖　嫣　(早忘记了)什么事呀?

常　惠　劝农歌。

肖　嫣　那……看我高兴吧。

常　惠　常惠告辞。(匆匆走下)

肖　嫣　(望着常惠背影)真无聊,没话找话儿!(才要下去,回过头来望了望,奇怪地向幕内喊)姐姐,你们干什么哪?

　　　　〔幕内,解忧的声音:"肖妹,帮我把这个种上。"

　　　　〔随着声音,解忧和翁归靡走上,解忧抱着一捆白杨枝条,翁归靡手持铁铲。

肖　嫣　(迎上去)什么?(接过白杨枝条)噢! 白杨树枝子,哪儿来的?

解　忧　你冯姐从赤谷派人送来的。

肖　嫣　(不解地)种这干什么?

解　忧　我喜欢它!你想想看,它那么高大,那么坚强,不怕风吹,不怕雨打,只要有一点点水,它在哪儿也能成活,在哪儿也能生长。

翁归靡　好!公主,你说得真好! 在哪儿也能成活,在哪儿也能生长。

解　忧　咱们叫它在这儿长成树,长成林。

肖　嫣　(不以为然地)那又有什么用呀!我们又不会在这儿住一辈子。

解　忧　快种上吧,别等它干了。

肖　嫣　好!好!姐姐说种我就种。(从翁归靡手上接过铁铲,抱白杨枝条下)

解　忧　(目送肖嫣走后,对翁归靡嫣然一笑)昆弥,你不嫌我多此一举吧?

翁归靡　哪里!哪里!公主千山万水来到乌孙,我还时刻担心,就怕公主触景伤情,怀乡思土。没想到乌孙山川能够讨得公主的喜欢,这岂不是了却我一桩心事。翁归靡还真应该向它们致谢呢!

解　忧　(默默地听着,但看得出已经引起心中的喜悦)

翁归靡　(走进一步)说实在的,公主你贤德过人,才华盖世,我倒是听说了。可是公主你的容貌,我却想呀,想呀,到底也想不出来,应该是个什么样子。自从龟兹一见,这才……

解　忧　才怎么样?

翁归靡　才知道公主的容貌也是……

解　忧　也是什么?

翁归靡　也是如花似玉,美丽无双!

解　忧　(羞答答地故意岔开,望着秀丽的山河,更加爱慕地)看!多么青的山,多么绿的水,多么广阔无边的草原!我真万万没有想到,玉门阳关之外竟还有这样锦绣的山河。

翁归靡　山河虽好,要想绣成花朵也绝非容易。

解　忧　只要当今豪杰您有这一片雄心。

翁归靡　也得借重公主你这一双擎天玉手。

〔翁归靡和解忧并肩观望。

翁归靡　看这如画的山河,比什么缣帛不大?比什么竹简都多,公主,你有这份心,你有这份胆量,你有这绝代的才华,你就画吧!画吧!

解　忧　(有所思地)画呀!画呀!有多少漫漫的长夜,有多少风雪的征途,我这手就在这方寸心头上画呀!画呀!画那最雄武的,画那最英俊的,画那最聪敏的,画那最能体贴人心的,可是画了千遍万遍,到底一点也不像。

翁归靡　不像什么?

解　忧　(仔细地打量着翁归靡)不像昆弥您呀!

翁归靡　(受宠若惊地)我?!

解　忧　万分之一也画不出你这样雄武,你这样英俊,你这样聪敏,你这样能够体贴……(一阵红潮泛上脸颊,再也说不下去了)

翁归靡　(领会了解忧的意思)公主你放心!

解　忧　自打龟兹见面,我这颗千丝万缕悬挂着的心早就放下……一半啦。

翁归靡　(很难理解但又十分关心地)那一半呢?

解　忧　(没有回答,忽然)昆弥您看,天上飞着的鸟儿千千万,哪一只也得有个窝。会搭的搭在那苍松翠柏上,根儿深,叶儿茂,千年万年倒不了;不会搭的搭在那枯木朽株上,根不深,叶不茂,风一吹就摇,雨一打就倒。我还不知我这窝到底是搭在哪儿呢,是苍松翠柏呢,还是枯木朽株?

翁归靡　公主放心,苍松翠柏千年万年不会倒,我翁归靡的心,一生一世不会变!

解　忧　当我自奋应选,决心万里远嫁的时候,家人亲友也不是没有替我担心的。他们说,要吃是家常饭,要穿是粗布衣,要想和和气气过日子,还是普通百姓人家的好夫妻。

翁归靡　普通人家好夫妻?

解　忧　是恩恩爱爱,如胶似漆,你贴我的心,我如你的意。

翁归靡　那咱们就做这样的好夫妻吧!(亲昵地向解忧靠近一步)

解　忧　(羞怯地避开)

翁归靡　公主。

解　忧　(妩媚地一笑)这就不像了!普通百姓人家有这样一口一个公主的?

翁归靡　那?

解 忧	连个体己的称呼都没有?
翁归靡	(恍悟)噢!(无限柔情地)夫人!
解 忧	(羞得抬不起头来了)
翁归靡	这你就放心了吧?
解 忧	(白了他一眼)还是放心了一半。
翁归靡	怎么还是一半?
解 忧	普通百姓人家再简单也还有个拜天地,入洞房呀!可我这,来了半年啦,还……
翁归靡	难道你还不知道我的心? 我是想夺回赤谷……
解 忧	谁不想夺回赤谷呀!
翁归靡	我是想夺回赤谷,好在百花宫中举行咱们的结婚庆典。
解 忧	百花宫,百花宫,我就不爱听这百花宫。
翁归靡	以公主之尊,当然要在百花宫中……
解 忧	您也像那个煎靡似的,叫我在百花宫中陪着您弹唱歌舞,寻欢取乐。哼!
翁归靡	(急切地)唉! 公主。
解 忧	(娇嗔地)嗯!
翁归靡	噢!夫人,你把我翁归靡看成什么人啦!你我夫妻地久天长,同甘共苦,为的是江山,为的是人民。
解 忧	那干吗一定要在百花宫呢?
翁归靡	要是夫人你不怕因陋就简,我翁归靡还求之不得呢!
解 忧	只要你我夫妻恩爱情深,形影不离,就是草庐茅舍,荆钗布衣,解忧我还想跟着你用这一双手披荆斩棘,开辟山河呢。
翁归靡	(激动得抓住解忧的手)好贤德的夫人。
解 忧	(让他握住自己的手,无限情爱地互相注视着)这就称心如意了吧? 我的昆弥。
翁归靡	(佯怒)嗯?
解 忧	(愕然)啊?
翁归靡	你也得有个体己的称呼呀!
解 忧	(真想亲昵地唤他一声,但确难启齿)
	〔正在这时,肖嬷跑来了。
肖 嬷	姐姐,姐姐……(一见此情此际,倒叫她有点进退两难,想走也走不了啦,只好告诉她)姐姐,冯姐回来了。
	〔冯嫽上。
冯 嫽	姐姐。
解 忧	冯妹。

冯　嫽　昆弥。

翁归靡　冯君辛苦了！

冯　嫽　冯嫽奉昆弥、公主之命去到赤谷。

翁归靡　赤谷人民？

冯　嫽　听说昆弥、公主就要进驻赤谷，家家准备张灯结彩。

翁归靡　左右贵人？

冯　嫽　冯嫽把四十八家翎侯一致拥戴昆弥的信面交左右贵人，他们便见风转舵。

翁归靡　不是真心。

冯　嫽　他们说早就有意拥护昆弥，迎接汉公主，今天给我送奶酪，明天给我送酥油。可是赤谷昨天发生了一个突然的变化，张灯结彩的挨了打，准备迎接公主的被囚禁，左右贵人翻了脸，还想派人和我为难。

翁归靡　他哪儿来的这么大的胆量？

解　忧　匈奴单于派右谷蠡王入侵乌孙。

翁归靡　(出乎意料)啊！

冯　嫽　一路声言拥立泥靡。

翁归靡　左右贵人？

冯　嫽　里应外合。

翁归靡　右谷蠡王？

冯　嫽　今天凌晨，侵占赤谷。

翁归靡　带有多少人马？

冯　嫽　精骑五千，还有后续部队。

翁归靡　这样大举进犯，冯君，你可知道他的真正意图？

冯　嫽　冯嫽撤出赤谷，住在百姓人家，观察变化。

翁归靡　好个冯君，有胆有识。

冯　嫽　赤谷人民从右谷蠡王部下乌孙奴隶口中打听到汉派大军西出大宛，军容强盛，匈奴单于怕乌孙和汉联合，波及西域城郭，所以先发制人，派右谷蠡王进占赤谷，一来压服乌孙，二来支援僮仆都尉。

翁归靡　小小的一个右谷蠡王也敢到这儿来兴风作浪。

解　忧　没有家贼引不来外祸，怨只怨我们乌孙内部人心不齐。

〔安犁靡匆匆走来。

安犁靡　安犁靡拜见昆弥、公主。

翁归靡　你回来了。四十八家翎侯呢？

安犁靡　由臣陪伴，一路同行，正向赤谷进发。

翁归靡　安犁靡,你知道右谷蠡王兵占赤谷了吗?

安犁靡　正因为右谷蠡王兵占赤谷,消息传来,吓得各家翎侯,犹疑观望,踟蹰不前,
　　　　寻找借口,要回自己的部落。

翁归靡　想不到统领乌孙十八万胜兵的四十八家翎侯,居然怕一个右谷蠡王!安犁
　　　　靡,他们走了没有?

安犁靡　经臣反复劝解,陈说利害得失,他们没走。

翁归靡　没走得好!你去请他们带兵到我这儿来,共商退敌大计。只要乌孙上下一
　　　　心,四十八家翎侯联合奋战,不怕不能打败右谷蠡王,不怕不能收复赤谷。

安犁靡　是,臣遵命。

　　　　〔安犁靡才要走,幕后人声传呼:"大吏煎靡到。"

　　　　〔翁归靡用手示意叫安犁靡暂等一等。

　　　　〔煎靡上。

煎　靡　煎靡拜见昆弥、公主。

翁归靡　你来干什么?

煎　靡　臣不愿乌孙和匈奴世世代代甥舅之好遭到败坏,臣不能看着乌孙黎民身遭
　　　　涂炭而无动于衷,臣更不忍心看着昆弥您因一时之愤铤而走险,误入歧途,
　　　　所以臣等恳求右谷蠡王……

翁归靡　什么? 恳求?

煎　靡　是的,十分谦卑的恳求。臣等恳求右谷蠡王不要忘记乌孙从来就臣属匈奴,
　　　　从来就是匈奴的鹰犬,从来就唯命是从……

翁归靡　忘记你这些"从来"吧,你且说说现在。

煎　靡　现在,右谷蠡王开始是一口咬定匈奴单于的意旨,一定要拥立泥靡。后来是
　　　　臣等再三恳求……

翁归靡　又是恳求。

煎　靡　是的,经过臣等恳求,右谷蠡王才松了个口,说既然你们四十八家翎侯都拥
　　　　戴昆弥,那他也可以转禀单于。只是昆弥您得答应他三件大事。

翁归靡　噢! 还有三件大事?

煎　靡　只要您一点头,右谷蠡王马上撤兵。

翁归靡　哪三件大事?

煎　靡　泥靡既是匈奴单于的外孙,单于十分关切,就是不作乌孙的昆弥,也请昆弥
　　　　叫他做乌孙的右大将。

翁归靡　什么? 泥靡做右大将,统率乌孙全部兵马,他年幼无知,难孚众望!

煎　靡　昆弥,您先别忙,还有第二件。

翁归靡	你说。
煎靡	右谷蠡王说,乌孙世代臣服匈奴,永为甥舅,如今单于已经派人送来匈奴公主,就请昆弥立为夫人。
翁归靡	难道你不知道我已经有了夫人?
煎靡	昆弥您先别忙,还有一件事。
翁归靡	说。
煎靡	请昆弥把汉公主送回长安。
翁归靡	(愤怒而轻蔑地一笑)我翁归靡夫妻之间的事,他右谷蠡王也要管吗?
煎靡	(转向解忧)公主,请您怜念乌孙百姓!战火一起,家破人亡!
解忧	那是他右谷蠡王造的孽。
煎靡	公主,只要您暂时离开这是非之地,乌孙就能转危为安。
解忧	这事你能做主?
煎靡	臣不敢,臣不过转达右谷蠡王的一番好意。
解忧	我来乌孙是当今皇帝的意旨。
煎靡	当今皇帝离这太远。
解忧	昆弥的恩爱。
煎靡	昆弥也不能不为乌孙的江山着想,也不能不为乌孙的百姓着想。
翁归靡	煎靡,你心里也还有乌孙的江山,也还有乌孙的百姓吗?
煎靡	臣……
翁归靡	煎靡,右谷蠡王叫你来说的就是这么三条吗?
煎靡	是的,昆弥,就是这么三条。
翁归靡	依我看,千条万条,归根到底,只有一条。
煎靡	哪一条?
翁归靡	就是叫我断绝和汉和好。
煎靡	从前没有和汉和好,乌孙不也……
翁归靡	不也世世代代给匈奴单于当马当牛,当鹰当犬,难道这滋味你还没尝够吗?我翁归靡永远也不会忘记乌孙的江山,永远也不会忘记乌孙的百姓,永远也不会忘记我的祖先父兄忍气吞声的那些年月!是他们谆谆地告诫过我,要长志气,要知羞耻,要寻找真正能够帮助乌孙繁荣昌盛,能够帮助乌孙抗击匈奴单于蹂躏侵凌,为祖先报仇雪耻的人。如今,当今皇帝已经向我们伸出了支援的手,这样贤德的公主就在乌孙,就要和我翁归靡肩并肩,手携手的去实现乌孙百姓世世代代所盼望的美好的日子。煎靡呀,煎靡!你们为什么就这样地振作不起来呢?

煎靡　（默默无语）

〔众人屏息敬听。

翁归靡　煎靡，你有没有问他，要是这三件大事我都不答应呢？

煎靡　他说那就难免一场杀伐。

翁归靡　好一个一场杀伐！（向解忧）夫人，我看咱们就接受他这一条吧！

解忧　昆弥做主。

翁归靡　（向煎靡）你告诉右谷蠡王去吧。

煎靡　（忐忑不安地）昆弥，您多考虑考虑。

翁归靡　用不着，去吧。

煎靡　是，是。（退下）

〔翁归靡徘徊思索。

〔翁归靡思索片刻，下了决心。

翁归靡　安犁靡。

安犁靡　在。

解忧　（迅速地但又谦逊地）昆弥，安犁靡翎侯鞍马劳累，昆弥您想让他歇息歇息，是不？

翁归靡　这……（察觉解忧那机智而带有暗示的目光，理解了她的用意，便把想要说的话收住了）好吧！（挥了下手）

安犁靡　安犁靡告辞。（退下）

〔冯嫽、肖嫣也都悄悄退下。

翁归靡　公主，你不愿意叫我和右谷蠡王打这一仗？

解忧　右谷蠡王要来进犯，不打又有什么办法呢？

翁归靡　他要是不来进犯呢？

解忧　昆弥也想打到赤谷去消灭了他，是不？

翁归靡　要是一战成功，既可以收复赤谷，又可以解除四十八家翎侯的重重顾虑。

解忧　四十八家翎侯的顾虑是应该解除。不过，昆弥您想是叫他们暂时解除的好呢，还是长远解除的好？

翁归靡　公主，你有什么高见？

解忧　看，您又来了。要说公主我可不敢在这儿多说少道，有个好歹，关系到朝廷的尊严，汉家的荣誉；要是你我夫妻之间，我心里头有什么话又怎么能不跟你说呢？说对了，采纳上三言两语，大主意还是您拿。

翁归靡　公主你自然不比寻常。

解忧　那是昆弥宠爱，解忧实不敢当。

翁归靡　说一说，四十八家翎侯的顾虑什么叫暂时解除？怎么才能长远解除？

解　忧　暂时解除就是把右谷蠡王打走了，收复赤谷，四十八家翎侯不再徘徊观望，都来拥戴昆弥。可要右谷蠡王再来呢？再来个也许比右谷蠡王还厉害的呢？昆弥您想，四十八家翎侯会不会又来个拥兵观望呢？

翁归靡　依你看，这长远之计？

解　忧　要以德服人。

翁归靡　以德服人？

解　忧　昆弥跟我说过四十八家翎侯观望的是力量的强弱。昆弥您的话，解忧我记得最清，也想得最久。这强嘛，一是兵强马壮，二要财力充足，三还要有个人心归向。我想这训练兵马，昆弥您智勇过人，我这手无缚鸡之力的弱女子想帮也帮不上什么忙。这财力充足嘛，一到这儿，我就叫常惠率领羽林军开荒屯垦，这都是昆弥您那一句话给我指出的一条路。常司马忠诚可靠，办事认真。如今开的地羽林军种不完，将来打下粮，羽林军也用不完。乌孙士卒，当地百姓，世代相传，游牧为业，自然还看不出这种地的好处。可只要我们作出榜样，再加多方劝导，昆弥您想，这一带江山何愁不会成为我们振兴乌孙的基业呢！剩下的是一个人心归向！这都不是一天两天能成功，一件两件事就能奏效的。这须要昆弥您为乌孙上下，多办好事，而且持之以恒。比如现在，四十八家翎侯为什么都怕右谷蠡王呢？我看是怕一打起来人民受屠杀，牲畜被抢掠。这就不能都怪他们了！以饲养为生的乌孙百姓恐怕不少人都会有这种想法吧。听不听在您，我倒是有个主意。

翁归靡　公主请讲。

解　忧　不如趁此时机，昆弥派人去告诉四十八家翎侯，一不用打赤谷，二不用到这里来，各回自己的部落，好好地照管牲畜，安定民心。这么一来，昆弥请想，四十八家翎侯，乌孙百姓真心拥戴昆弥的会减少呢，还是会增多呢？

翁归靡　(频频点头，但又想到)那右谷蠡王呢？

解　忧　他要赤谷，我们要乌孙广大土地；他要泥靡，我们要六十万乌孙人民。

翁归靡　要是他领兵进犯？

解　忧　能打我们就打。

翁归靡　不能打呢？

解　忧　草原这么大，地势我们熟，难道还不能够和他周旋吗？

翁归靡　那赤谷咱们就不要了？

解　忧　昆弥您想的，解忧我怎能不想，昆弥您爱的，解忧我怎能不爱，有一天我们一定要叫他把赤谷送回来。

翁归靡　哪一天?

解　忧　昆弥,您听过越王勾践的故事吗?

翁归靡　这倒没有。

解　忧　(向幕内)肖妹。

　　　　〔肖嫣应声上。

解　忧　肖妹,你给我们讲一段书吧。

肖　嫣　哪一段?

解　忧　太史公书越王勾践被吴王夫差打败之后……

肖　嫣　乃苦心焦思,在他住的地方总挂上一个苦胆,坐着要看看它,躺着要看看
　　　　它,吃饭喝水也得先把它尝一尝,说勾践呀,勾践! 你不要忘记在会稽蒙受
　　　　的耻辱……

翁归靡　对! 对! 永远不能忘记受人欺凌的耻辱啊!

肖　嫣　勾践他亲自种地……

翁归靡　好!

肖　嫣　勾践夫人亲自织布。

翁归靡　(不觉地握住解忧的手)夫人。

解　忧　(坚毅地靠近翁归靡)

肖　嫣　他们吃饭的时候,菜里不放肉,穿的衣裳很朴素,对有学问的人都谦虚,对
　　　　来往客人厚礼相待,对贫穷的人要赈济,对死了人的人家要亲自去吊唁。就
　　　　这样,越王勾践和他的夫人和百姓同甘共苦……

翁归靡　(激动地)夫人,夫人,我懂了! 我懂得我应该怎么办了!

解　忧　只要我们也能十年生聚,十年教养,二十年之后,漠北龙庭,也得任我驰骋!

翁归靡　好,好一个聪明的公主!

解　忧　(微嗔地)看,你又来了。

翁归靡　噢! 噢! 夫人,我的军师夫人呀! 你这么一说,我这心比天都高,我这胸怀比
　　　　草原都开阔! 好! 我马上派人去见四十八家翎侯。

解　忧　四十八家翎侯不是您的伯叔,就是您的兄弟。按说嘛,我这个新媳妇过了
　　　　门,好歹也应该有个见面礼儿! 可人家不赏这个脸,不到咱们这儿来,有什
　　　　么法子呢! 谁让我是你们家的人,为了您,我也得厚着这个脸皮,去给他们
　　　　见个礼儿,论个大小,日后见面也好说话呀!

翁归靡　(信以为真)夫人,你不能去,你怎么能离开我……

解　忧　怎么? 您不让我去吗? (嫣然一笑)看把您急得这个样子。这样吧! 咱们派冯
　　　　嫽替我去,一家一家的去,送上些我从长安带来的茶,算是我这新媳妇给他

们敬上的第一杯茶。送上些锦绣丝绢,算是我带来了中原人民的一点心意。

翁归靡　好!好极啦!

解　忧　肖妹,叫你冯姐来。

肖　嫣　(向幕内)冯姐,姐姐叫你哪!

　　　〔冯嫽上。

翁归靡　请安犁靡翎侯、常司马。

冯　嫽　(向幕内)安犁靡翎侯、常司马。

　　　〔安犁靡、常惠上。

安犁靡　安犁靡
　　　　　　　拜见昆弥、公主。
常　惠　常惠

翁归靡　安犁靡翎侯,我命你去见四十八家翎侯,对他们说,右谷蠡王兵临赤谷,有我翁归靡就可以对付得了他,用不着劳动众家翎侯兴师动众。我们要继承军须靡昆弥遗志,团结一心,治理乌孙。乌孙人民生命财产务要多加爱护。如今青草方生,正是母畜产羔的时候。请众家翎侯早早返回自己部落,好好照管牲畜,安定民心。如若右谷蠡王胆敢侵犯那家翎侯,就请派人来告诉我,翁归靡我自有办法。

安犁靡　是!是!昆弥这样体谅民情,顾全大局,实在是乌孙之福!

翁归靡　众家翎侯对我一片诚心,我永志不忘!

解　忧　冯嫽,我命你带上一些茶,带上一些锦绣丝绢,跟随安犁靡翎侯去到众家翎侯部落替我向众翎侯请安问好。

冯　嫽　是。

解　忧　别忘了顺便看看各地风土民情,人心动向。

冯　嫽　是。

翁归靡　常司马,常言说,人到一百,文武俱全。想你率领的羽林军中必定有善于锻铁冶炼,会打造兵器的?

常　惠　有。

翁归靡　好,一律重礼聘请,尊为师傅。命他们率领乌孙士卒中心灵手巧的仿照汉军兵器,加紧制造。

常　惠　臣遵命。

解　忧　昆弥如此励精图治,从善如流。十年之后,足食,足兵,民信之矣!

翁归靡　还有一事,要与夫人相商。

解　忧　昆弥请讲。

翁归靡　翁归靡想要借你一个……

解 忧	唉！从今以后，我的什么都是你的啦！你想用什么就用，你想拿什么就拿，干吗还这么借呀借呀的。
翁归靡	我想和夫人你借的是一个人。
解 忧	一个人？谁呀？
翁归靡	肖君。
解 忧	她？她能给昆弥您干什么呀？
翁归靡	我想从乌孙子弟中挑选一批聪明勤恳的，学习夫人你从长安带来的礼乐诗书。这事必须借重肖君。
解 忧	肖嫣谢昆弥。
肖 嫣	谢昆弥、公主。

〔幕后传呼："大吏煎靡到。"

翁归靡	噢，他又来了！请。

〔煎靡上。

煎 靡	煎靡拜见昆弥、公主。
翁归靡	你又来干什么？
煎 靡	臣快马加鞭，飞速赶来，有件喜事特来禀报昆弥。
翁归靡	什么喜事？
煎 靡	右谷蠡王怕伤两家和气，不想兵戎相见。
翁归靡	这有什么可喜的，他有兵有马，打也在他，不打也在他。
煎 靡	右谷蠡王说，只要昆弥您答应他那三件大事，他一定撤兵。
翁归靡	还是那三件事，我不早就……
煎 靡	昆弥您先别忙。经过臣等再三恳求……
翁归靡	（厌恶地）又是恳求。
煎 靡	右谷蠡王口气有点松动。三件不行，昆弥您答应他两件，两件不行，哪怕您就答应他一件呢。泥靡总是您的侄儿。
翁归靡	你也还没忘记泥靡是我的侄儿，我们乌孙人的事，乌孙人会办，用不着他右谷蠡王横加干涉。我这儿有道命令，正想派人送去，你来了，就请你带回去吧。我封泥靡做翎侯。
煎 靡	（惊喜）泥靡做翎侯？（高兴得不知说什么好了）您真是宽宏大量，您真是磊落大方，您真是成大事者不拘小节！让我先替泥靡向您谢恩！
翁归靡	你和左右贵人辅助他为我守住赤谷，不准投敌，如敢违背我的号令，有敢投敌的，绝不宽恕！
煎 靡	是，是……这，这……（忽然想到还没完成他的使命）可是这，这……（非说

不可,只好硬着头皮)昆弥,匈奴公主已到乌孙。

翁归靡 我没派人迎聘。

煎靡 是这样的,左右贵人派人迎聘来的。

翁归靡 这事你很清楚,他们是为谁迎聘的。

煎靡 这……(语塞,嗫嚅地)原来是为泥靡,可现在……

翁归靡 现在这笔账也算不到我身上。还是麻烦麻烦左右贵人吧!他们怎样请来的,
还请他们怎样送回去。

煎靡 那不得罪了匈奴单于?

翁归靡 匈奴单于无端派兵侵入乌孙,他也没怕得罪我呀!

煎靡 昆弥,那汉公主您送不送她回长安?

翁归靡 (哈哈大笑)煎靡,你来得好,我正要宣告一件大事。

煎靡 什么大事?

翁归靡 冯嫽,肖嫣。

冯嫽
肖嫣　在。

翁归靡 传令下去,三天之内,举办大婚典礼。

肖嫣 在哪儿?

翁归靡 就在这儿。

众人 臣等祝贺昆弥、公主。

煎靡 昆弥,昆弥,您先别忙。昆弥待我们这样好,不咎既往,以德报怨,煎靡怎敢
不把真实情况告诉您。我来的时候,右谷蠡王早已带兵出城,事情要有商量
余地,他就停止前进,若无商量余地,那他就要……

　　〔隐隐传来战鼓声。

翁归靡 他要进犯! 你打算怎么样?

煎靡 臣回赤谷,力劝左右贵人,决不与昆弥为敌。

　　〔煎靡急下。

　　〔战鼓声逐渐迫近。

　　〔乌孙军吏上。

乌孙军吏　禀昆弥,匈奴右谷蠡王带兵进犯!

翁归靡 传令全军将士,随我迎敌!

————幕　落

041

第 三 幕

〔幕间曲:

　　　一双翻天覆地手

　　　一颗千锤百炼心

　　　辛勤十二载

　　　黄土变成金

　　　十二年呀有多少风霜雨雪

　　　十二年呀有多少快乐酸辛

　　　茫茫戈壁成粮囤

　　　纤纤小树长成林

　　　水流千遭归大海

　　　一盏明灯引着万民心

　　　奋力建乌孙

〔光阴荏苒,日月如流,转眼之间,解忧的头生女儿弟史已经十一岁了。

〔解忧选中的这块原始荒原,如今时值中秋,金风送爽,变成了一片金色的田畴。那些穹庐茅舍都不见了,呈现出一片画栋雕梁,飞阁覆道,房屋栉比,间阖如画。解忧当年手植的白杨则已高耸入云,就连根下孳生的枝条也都绿叶婆娑。树下渠溪,淙淙流水,更增加了景色的秀丽。

〔似乎是欢乐的节日,近处宫中,远处田野,遥相呼应,鼓乐喧阗。

〔冯嫽一个人在这儿,对这一切似乎充耳不闻。徘徊,观望,叹息,显然是在等着谁。

冯　嫽　　(焦灼地,不安地)他怎么还不来呀?(屈指数着)一天,二天,三天……我回来都四天了,他不会把日子记错了吧?这个人呀!聪明起来数他聪明,糊涂起来数他糊涂,真叫人恨死啦!(就像在他跟前一样数落着)粗枝大叶!死心眼儿!老实厚道!一团火似的热心肠……(说着说着,自己也发现简直是在唱赞美歌)

〔肖嫣忽地从树后跑出来。

肖　嫣　　哟!冯姐,你跟谁在说话哪?跟这树?干吗恨它呀?

冯　嫽　　(无意中被肖嫣发现,难为情地)我没说什么,没说什么。

肖　嫣　　好姐姐,你告诉我吧,你恨谁?

冯　嫽　　(戳了她一指头)我恨你!

肖　嫣　哟！我可没那么大福气。你当我真不知道哪，是那个？

冯　嫽　（怕她说出来，急切地打着她）你胡说。

肖　嫣　（躲闪开）人家这儿还没说哪。冯姐，你看……（模仿安犁靡的动作）是不是？

冯　嫽　死丫头！你真可恨！

肖　嫣　谢天谢地！一个人活在世上，熬到叫我冯姐恨上啦，那就是什么老实啦！厚道啦！还有，还有，一团火似的热心肠！好热！好热！烧得我连臊都不要了！

冯　嫽　（真有些急了）你再说，你再说，我撕你的嘴。

〔一把没抓住，肖嫣跑到树后边，二人追逐着。

〔肖嫣终于被冯嫽捉住。

肖　嫣　（央求）好姐姐，好姐姐，我再不说了。你真要恨他，叫妹妹我给你帮帮忙。

冯　嫽　你再说，你再说……

〔幕后传来弟史的声音："肖姨！肖姨！"

肖　嫣　别闹了，弟史来了。

〔冯嫽放开手。

肖　嫣　喂！弟史，我在这儿哪。（整理散乱的头发，假装嗔怒）让孩子看见了，像什么！

〔弟史上。

弟　史　肖姨，肖姨！（一下子看到冯嫽）冯姨，你也在这儿，妈跟爸都找你哪。

〔冯嫽要走。

弟　史　冯姨，你别走，妈跟爸都要到这儿来哪。（拉住肖嫣）肖姨，肖姨，咱们快走吧。

肖　嫣　干什么呀？看急得你。

弟　史　妈叫我背的书，我还没背下来呢！

肖　嫣　那好好地念嘛。

弟　史　念也不行。

肖　嫣　又叫我帮助你？

弟　史　肖姨，好肖姨，你帮帮我吧。

肖　嫣　没见过你这样的，什么都叫我帮助。看人家冯姨，我要帮人家还不要呢。

弟　史　（不相信地）冯姨要你帮什么呀？妈爸都说，四十八家翎侯从心眼儿里佩服冯姨，在他们跟前，冯姨说一不二，有什么事情帮不成，干吗还用你呀？

肖　嫣　你算说对了。就是这翎侯的事，你冯姨要求人帮忙啦！

冯　嫽　肖妹，跟孩子，你胡说什么！

弟　史　（使劲拉肖嫣）走！快走吧。看！爸都来了。

〔弟史拉肖嫣下。

〔翁归靡从另一方向上。

翁归靡　冯君。

冯　嫽　冯嫽拜见昆弥,祝贺昆弥。

翁归靡　今天人人见面都喜气盈盈,你祝贺我,我祝贺你。冯君,冯君,你祝贺我的是什么?

冯　嫽　我不祝贺昆弥您的兵强马壮。

翁归靡　这没什么可祝贺的,十二年前连个右谷蠡王都没能打赢。从此,翁归靡立志操练一支像样的兵马。可后来,常司马又奉调回长安。

冯　嫽　没有常司马,这支兵马也练得不错嘛。

翁归靡　那是安犁靡翎侯的功劳!

冯　嫽　(盼他说又怕他说,脸儿有些红,赶紧把话岔开)昆弥,冯嫽我也不想祝贺您的草原丰茂,牛马成群。

翁归靡　(点头)嗯,这太平常啦。

冯　嫽　也不想祝贺您的粮仓如海,米囤如山。

翁归靡　怎么?难道这也不值得祝贺吗?

冯　嫽　打点粮食就祝贺,那人家山南城郭该怎么办呢?

翁归靡　那你到底要祝贺我什么?

冯　嫽　我只祝贺昆弥您一样。

翁归靡　哪一样?

冯　嫽　您有一位好夫人。

翁归靡　对!对!对极啦!怪不得在四十八家翎侯面前你能说一不二。冯君,冯君,你这心难道是透亮的吗?冯君你看,十二年我们辛苦经营,这日子总算没有白过。如今你看,这米粮堆得像山一样高。

冯　嫽　都是昆弥您督导田卒百姓辛劳耕种的。

翁归靡　这驼马牛羊满山遍野。

冯　嫽　公主她没有放过一只。

翁归靡　十万精兵……

冯　嫽　公主一次也没到过练兵场。

翁归靡　公主立下不世功勋,她不求让人知道,这只有翁归靡我一个人知道。

冯　嫽　不!昆弥,也许还有一个人知道。

翁归靡　那就是冯君你啦。

冯　嫽　冯嫽知道不知道又有什么关系。

翁归靡　那还有谁?

冯　嫽	匈奴。掌握生死大权的那位贵人。
翁归靡	他？
冯　嫽	他把公主看成眼中钉，肉中刺。他万分后悔，当初公主初出阳关，兵力薄弱，他没有拦截阻击，置公主于死地。
翁归靡	这事你怎么知道？
冯　嫽	我去四十八家翎侯部落，常常碰到从匈奴跑回来的人。
翁归靡	（恍然）噢！
冯　嫽	这回碰到一个人，说得就更有意思啦，简直活灵活现，说是公主已经回到长安，还有人在长安的街上看见了她……
翁归靡	（哈哈大笑）那是他们的海市蜃楼。
冯　嫽	也是他们的阴谋诡计。冯嫽愿祝昆弥、公主地久天长，百年偕老。
翁归靡	怎么？冯君，你还不相信我吗？
冯　嫽	冯嫽不敢。
翁归靡	（更加爽朗地笑）那就让我来问问你吧。冯君，你想不想让公主回长安？
冯　嫽	（肯定地）这事我没想过。
翁归靡	那你呢，你自己想不想回长安？
冯　嫽	我爱乌孙这儿的山川，我爱乌孙这儿的人民，我不想回长安。
翁归靡	公主不回长安，我十分相信，因为她和我恩爱非常，她的根已经扎在这儿。
冯　嫽	冯嫽誓死效忠公主、昆弥。
翁归靡	噢！冯君，你也愿意把根扎在这儿？
冯　嫽	我？……
翁归靡	当然，我知道你是公主的左右臂，你离不开她，她也离不开你。可是你到底一年比一年大了，公主她不说，我可看得出来，她常常担心你会离开她，担心你会离开乌孙。
冯　嫽	（有点慌张）不！不！昆弥，我不是这样想的。
翁归靡	（大喜过望）怎么？你，冯君，你也想在乌孙成家立业？
冯　嫽	（这个大胆的问题，逼得她实在难于答复，羞得她直摇头。但到底为什么要摇头，连她自己也不知道）
翁归靡	（一见她摇头，不禁大为失望，急切地）啊！六十万乌孙人中难道你连一个也看不上？
	〔解忧从后边走过来。
解　忧	昆弥。
翁归靡	噢！夫人。

解　忧　（看了看冯嫽,微笑,对翁归靡）冯嫽哪一样事情做错了,惹得昆弥您这样着急?

翁归靡　哪里,哪里,冯君学识非凡,才堪重用,我是想……

解　忧　想给她保个媒,留在乌孙? 事倒是件好事。可没见过像您这样保媒的,人家一个大姑娘,您大嚷大叫着叫人家在六十万人里头挑女婿。

翁归靡　（让她这么一说,自己也笑了,事情并不像他想得那么简单）

解　忧　女孩儿家的心事不像你们教场上练兵那样,横看是一条线,竖看也是一条线。

翁归靡　看来这事我实在不行,还是拜托夫人吧。

解　忧　（示意让他退下）

　　　　〔翁归靡下。

解　忧　（毫不介意地,含笑走到冯嫽跟前）冯妹,你看,这个昆弥多么不会办事,人家这儿羞得头都抬不起来了,他还在那儿一个劲儿地嚷,六十万人,六十万人。

冯　嫽　（害羞地推开她的手,不叫她再说下去）姐姐。

解　忧　其实嘛,昆弥也是为你好。你心高志大,总想立功西域。这个功要立,这个家也得要成呀! 要不,你就真去挑上一个。

冯　嫽　姐姐你……（本来想说"你也这样",但话没有说完）

解　忧　我不早就跟你说过嘛! 一天比一天大了,自己留点心,哪一个心实一点,哪一个可靠一些,一个人一辈子的事儿嘛!

冯　嫽　（低头不语）

解　忧　难道这么多人真就没有一个可你的心的?

冯　嫽　（摇摇头）不是。

解　忧　那么,有?

冯　嫽　（又点点头）

解　忧　谁呀?

冯　嫽　（又不言语了）

解　忧　说吧,妹妹,心里的话,不跟姐姐说,你还跟谁去说呀?

冯　嫽　（终于下了决心,但声音很低）姐姐,你说,你说,安犁靡他……

解　忧　（没听清）谁?

冯　嫽　（声音更低了）安犁靡。

解　忧　（满意地拍了拍冯嫽的肩头）冯妹好眼力!

　　　　〔不知肖嫣从什么地方钻出来了。

肖	嫣	哎呀！姐姐,那她不就成了翎侯夫人了吗?
冯	嫽	（突然眼泪簌簌地流下来了）
解	忧	（不解地)怎么？你心里有什么委屈?
冯	嫽	（摇摇头）
解	忧	那你……
冯	嫽	（迸发地,但又坚决地)我这一辈子也不回长安啦!（嘤嘤地哭起来了）

〔一阵乡愁的云影笼罩住解忧。

〔弟史悄悄走来,偎在肖嫣身边。

解	忧	长安!长安!多么难忘的长安!多么遥远的长安!有多少颠沛流离的日子, 有多少艰难困苦的时候,不都是你,长安啊,你在心中陪伴着我,温暖着我, 鼓励着我吗?
弟	史	妈,妈,你也想长安啦?
解	忧	想!想!怎么能不想呢?那么多的亲人!那么多的往事!冯妹,肖妹,每当 我一想起长安,我就想到我们离开长安的时候,那么多期望的眼睛在看着 我们!冯妹,肖妹,咱们没有叫他们失望吧?
肖	嫣	没有,姐姐。
解	忧	咱们不会叫他们失望吧?
冯	嫽	姐姐,你不要说了。
弟	史	妈,妈,我也想长安啦!

〔肖嫣一把把弟史拉到身边,叫她悄悄的。

解	忧	让我们还是像白杨一样,种到哪,活到哪,长到哪吧!我们要长,再苦再难, 要长得绿叶繁茂成阴,要长得……
冯	嫽	姐姐,你不要说了!你不要说了!
解	忧	那你还想不想长安啦?
冯	嫽	不想,姐姐,我真的不想!我就是想哭一场……

〔幕内传来鼓乐声音。

肖	嫣	姐姐,你听!

〔解忧仔细地听了听。

弟	史	（高兴地)是客人来了。
肖	嫣	大概是四十八家翎侯吧?
冯	嫽	（摇摇头)不像。

〔幕内传呼:"汉使节到!"

弟	史	妈,妈,长安来的。

解　忧	请昆弥。

〔肖嫣下,引翁归靡上。

〔常惠持汉节率侍从上。

〔翁归靡、解忧拜了汉节。

〔常惠把汉节交给侍从,走上一步,要下拜。翁归靡一把抓住了他。

翁归靡	啊! 是你? 常司马。
常　惠	臣光禄大夫校尉常惠拜见昆弥、公主。
翁归靡	常校尉,一别十年,真叫人想念你呀!
解　忧	听说常校尉出使匈奴……
常　惠	住了十年,到底他们没敢伤害我,这不是……
翁归靡	咱们又见面了! 这真是意想不到的喜事。今天咱们就一块儿热热闹闹地过这个丰收节吧! 常校尉,你看看我们十载经营的这点成果。
常　惠	当今皇帝正为这才叫常惠来的。昆弥、公主您这儿足食足兵,强盛起来了,匈奴当权贵人他那儿可提心吊胆,觉都睡不安生了。当今皇帝深恐猝不及防,变起仓促,昆弥、公主吃了亏,所以才叫常惠我来侍奉昆弥、公主。

〔幕内传呼:"四十八家翎侯到。"

〔众翎侯上。

众翎侯	臣等拜见昆弥、公主。
翁归靡 解　忧	众位翎侯请起。

〔冯嫽、肖嫣过来搀扶年老的翎侯甲、翎侯乙。

众翎侯	(与冯嫽相见)冯君。
冯　嫽	翎侯,请问翎侯,全家老幼都好吧?
众翎侯	托冯君的福,全家老幼,都很健康。
冯　嫽	部落人民都好吧?
众翎侯	家家康乐,户户平安。
冯　嫽	牲畜牛羊都肥壮吧?
众翎侯	草原繁荣,牛羊旺盛。多谢冯君,多谢冯君。

〔众翎侯中有两个最年轻的,若呼、星靡趋至肖嫣跟前。

若　呼 星　靡	若呼 　　拜见肖老师! 星靡
肖　嫣	(拉住星靡的手)噢! 星靡,你也来了。
星　靡	星靡一来和众家翎侯前来祝贺昆弥、公主,二来想念老师,特来看望。

肖　嫣	你冯姨跟我说过,你当了翎侯,办事公平,勤俭爱民,很得人心。
星　靡	这是冯姨过奖。星靡学着办事,这点能力,都是老师您给我的。
弟　史	(跑过来,对若呼)哎呀!这不是若呼吗?怎么,你也是翎侯啦?
若　呼	家父年老,叫我管理部落的事情。
弟　史	你管得了吗?
若　呼	还不是靠老师平时的教导,一心一意跟着公主、昆弥,就不会错。
星　靡	弟史,你看谁来了?

　　〔翎侯甲、翎侯乙的女儿细奴、兜兜同上。

弟　史	(欣喜地迎上去,拥抱)细奴、兜兜,你们也来了。
细　奴 兜　兜	细奴 兜兜　拜见肖姨。
肖　嫣	(一手拉住一个,爱抚地)看,又长高了一些,出落得像个美人儿了。
弟　史	(兴奋地)爸,妈,多好啊!今儿个多热闹呀!(又拉住兜兜)小兜兜,你还那么爱哭吗?(又拉住细奴)细奴妹妹,肖姨教你的书,你还背不背呀?我背得可熟了,不信,你问肖姨……

　　〔幕内传呼:"大吏到。"

　　〔煎靡上。

煎　靡	昆弥,公主,众位翎侯,煎靡侍奉翎侯泥靡前来祝贺。
翁归靡	噢!泥靡,他也来了!
煎　靡	还有翎侯夫人。
翁归靡	哪个翎侯夫人?
煎　靡	匈奴公主。
翁归靡	(有点意外,看着解忧,犹豫地)她?
解　忧	请。

　　〔幕内传呼:"有请翎侯、夫人。"

　　〔泥靡、匈奴公主上。

泥　靡 匈奴公主	泥靡夫妇拜见叔父、婶娘。
解　忧	(亲手挽扶起匈奴公主)公主免礼。
泥　靡	叔父治理乌孙,万民同庆,泥靡特来祝贺。
翁归靡	你来得好,你应该到这儿来看看。
泥　靡	(言不由衷地)泥靡早就想来。
翁归靡	你看,这一片荒无人烟的土地,现在变成什么啦?简直是一片金子,不,金子

也没有这么宝贵。你看,这满山满谷的牛羊;你看,这成千上万的骏马;你看,你看看百姓们那么欢天喜地,这是他们的心呀!乌孙啊乌孙!你什么时候有过这样的富足!你什么时候有过这样的称心如意啊!

众翎侯　昆弥励精图治,实在是乌孙六十万人民之福。

翁归靡　这应该归功于军须靡昆弥一心向汉的决策。没有汉公主亲临乌孙,哪有乌孙的今天!

解　忧　昆弥您肝胆相照,信赏必罚;众翎侯群策群力,众志成城,解忧我怎敢居功。

匈奴公主　婶娘,过去我年幼无知,不知天多高,地多厚,来到乌孙,妄自尊大,没有真心诚意,孝敬婶娘。这几年,在赤谷却常常听人称道汉公主为乌孙人民栉风沐雨,万苦千辛,到底把个乌孙治理成这样繁花似锦,人畜两旺,五谷丰登。只有汉公主才真正深得人心,只有汉公主才真正深得人心。今日一见,您真是光彩夺目,和蔼可亲。婶娘,婶娘,我从心眼儿里服了您呀!从今以后,您就是我的亲婶娘,我就是您的亲儿女。(移前跪拜)婶娘!

解　忧　(赶紧挽起来)公主,别这样,解忧德薄才浅,实不敢当。

匈奴公主　(亲切地站在解忧身边)婶娘,哪位是我的妹妹?

解　忧　弟史拜见嫂夫人。

弟　史　(拜见)嫂子。

　　　　〔匈奴公主亲热地答应着,把弟史拉到身边。

翁归靡　泥靡,听说你在赤谷,酗酒好色,拒纳忠言,闹得怨声载道,众叛亲离。

泥　靡　泥靡不敢。

翁归靡　赤谷城内,十室九空,你不要以为我不知道。

匈奴公主　启禀叔父、婶娘,我这次来,一是为了祝贺丰收,二是向婶娘谢罪,三还想请求叔父、婶娘管教管教他。叔父刚才说的句句是实,泥靡他不学好,为非作歹,我的话他从来不听,他的面我很难看得见。叔父、婶娘,他还偷偷派人勾结右谷蠡王。

翁归靡　右谷蠡王他……

匈奴公主　他的野心可大啦,自从我父亲去世,当今单于年幼无知,大权落在掌权贵人手里,各路名王争权夺利,各霸一方。右谷蠡王扬言,有朝一日,夺取乌孙,别说匈奴,就连大汉江山都会是他的。叔父、婶娘,我是个直心眼儿的人,心里想什么,嘴里说什么。我恨,我恨右谷蠡王!婶娘,您相信我吧。

解　忧　公主,你这样直爽,我一见倾心,你我之间,一定能够互相信任。

　　　　〔幕内传呼:"安犁靡翎侯到。"

〔安犁靡匆忙跑上,满脸焦急。

安犁靡　昆弥。

翁归靡　(感觉不对)什么事这样惊慌?

安犁靡　匈奴右谷蠡王率兵十万进攻乌孙。

　　　　〔众人大惊。

　　　　〔乌孙军吏甲慌忙跑上。

乌孙军吏甲　(匍匐在翁归靡面前)小臣该死!

翁归靡　你讲。

乌孙军吏甲　匈奴大兵攻打车延、恶师。

众翎侯　(更加吃惊)啊?

乌孙军吏甲　小臣该死!小臣实在该死!

翎侯甲　昆弥,昆弥,车延、恶师可丢不得呀!

翎侯乙　昆弥,昆弥,车延、恶师是众家翎侯夏天的草场。

翎侯甲　现在有很多驼马牛羊还没有转移出来。

翁归靡　(问乌孙军吏甲)车延、恶师到底怎样?

乌孙军吏甲　小臣该死!车延、恶师已被右谷蠡王占领!

众翎侯　(绝望地)啊!

　　　　〔乌孙军吏乙上。

乌孙军吏乙　禀昆弥,匈奴右谷蠡王扬言,这次出兵不打乌孙。

翁归靡　(奇怪地)不打乌孙?

解忧　(不解地)那他打谁?

乌孙军吏乙　他说只打一个人。

翁归靡　(更加奇怪地)一个人?

解忧　谁?

乌孙军吏乙　汉公主!

翁归靡　(又惊又气愤)啊!

解忧　我?

弟史　(扑到解忧怀中)妈!

解忧　(不屑地一笑)打我一个人用十万人马?

安犁靡　臣启昆弥,右谷蠡王的话不能相信。

众翎侯
百姓　昆弥,右谷蠡王的话不能相信。

安犁靡　昆弥,我们养兵十年,可以一战。

星　靡　臣启昆弥，我们在这儿谈论军情大事，不太方便。

若　呼　对！这里有匈奴耳目。

　　　　〔很多人的目光都集中到匈奴公主身上。

匈奴公主　（站出来）要是我不应该在这儿……好，我走。（拜别解忧）婶娘，我这一颗
　　　　心掏出来了，您等着看我的行动吧。

解　忧　（拦住）不，你不要走。（向翁归靡）昆弥，你说呢？

翁归靡　（点头）众位翎侯，有话请讲。

众翎侯　昆弥，我们的牛羊牲畜可得夺回来呀！

常　惠　臣启昆弥，常惠在匈奴住了十年，匈奴的情形倒还了解一点。匈奴的掌权贵
　　　　人逞强好战，无非是为了掠夺奴隶，聚敛财富。老百姓家家户户都有伤亡，
　　　　春羔堕胎，草原荒废，早已弄得民不聊生，军心不振。这次出兵侵犯乌孙，我
　　　　看他的民心未必都是顺从的。

安犁靡　昆弥，您就下令发兵吧！

众翎侯　昆弥，您下令发兵吧！

翁归靡　众位翎侯……

　　　　〔众翎侯屏息待命。

泥　靡　（移前一步）臣启昆弥，这个仗打不得。

翁归靡　怎么打不得？

泥　靡　乌孙和匈奴世代和好，这个仗不能由我们引起。

翁归靡　难道这能算是我们引起的吗？

安犁靡　右谷蠡王已经杀了我们的人马，占了我们的土地。

泥　靡　可他打的不是乌孙。

众百姓　十万人马哪一把刀杀的不是乌孙人呀！

泥　靡　是啊，是啊，众位翎侯一意要打，不知想没想过右谷蠡王带来的可是十万人
　　　　马呀！

翁归靡　难道你就忘了乌孙还有我，还有众家翎侯，还有久经训练的十万精兵！

泥　靡　战火一起，匈奴单于还会增兵。

翁归靡　我们向汉求援。

泥　靡　什么时候能来？一打起来，人家可不会等着我们的援兵。

翁归靡　这也不行，那也不行，依你之见？

泥　靡　只有和。

翁归靡　和？

匈奴公主　婶娘，别相信他的鬼话。

解　忧	（点头）
泥　靡	右谷蠡王要求的并不高嘛。
安犁靡	不能和。
众翎侯 百　姓	昆弥,决不能和。
泥　靡	右谷蠡王已经占了车延、恶师。大家不要忘记,我们的牛羊已经回不来了。 昆弥,仗打起来,我们吃什么?
安犁靡	我们有粮食。
泥　靡	人家来了,一把火就给烧了。
翁归靡	胡说! 难道我们都是死人,都是坐在这儿等着他来横行霸道的?
泥　靡	昆弥,昆弥,您再想想,您再量一量,算一算,保住的是乌孙的江山,丢掉的 不过是一个人。
安犁靡	我们决不能受敌人的欺骗!
众翎侯	我们不能怕敌人的威胁!
安犁靡	我们不能听信花言巧语就出卖汉公主!
众翎侯 百　姓	我们不能出卖汉公主!
解　忧	（挺身而出）昆弥,众位翎侯……
翁归靡	（阻止了她）我翁归靡决心已定!右谷蠡王十万人马吓不倒我。车延、恶师他 占不成,牛羊牲畜他抢不去。乌孙决不屈服! 翁归靡决不屈服! 我要打! 我 要打到底!
解　忧	（激动地）谢昆弥!
翁归靡	（急忙挽住）夫人,我们生则同生,死则同死!
弟　史	（扑到翁归靡怀中）爸爸!
翁归靡	众位翎侯。
众翎侯	在。
翁归靡	一切为了战胜敌人,乌孙上下,必须一心。
众翎侯	臣等遵命。
翁归靡	我命令:安犁靡为右大将,四十八家翎侯的兵马统归他调遣指挥。
众翎侯	臣等遵命。
安犁靡	谢昆弥!

　　〔幕内传呼:"匈奴使者到。"

　　〔匈奴使者上。

匈奴使者　拜见昆弥、公主。

翁归靡　你来做什么？

匈奴使者　臣奉右谷蠡王之命，前来劝说公主。

解　忧　劝我？

匈奴使者　单于一向仰慕公主才智过人，品貌出众。单于宁愿独居，不肯婚娶，只要
　　　　　公主归顺匈奴，阏氏虚位以待。

解　忧　（气得话都说不出来了）你，你……

匈奴使者　单于常说，以公主之才，在乌孙实在可惜！

翁归靡　（实在忍不住了）可惜什么？

匈奴使者　可惜英雄没有用武之地！公主知道，匈奴地大人多，兵强将勇。公主若能
　　　　　君临匈奴，和单于同心合力，一文一武……

解　忧　（忍无可忍地）你无耻！你卑鄙！

翁归靡　（意外地哈哈大笑起来）说来说去，是你们，是你们单于，你们当权的贵人怕
　　　　　公主，怕乌孙。

匈奴使者　昆弥您立志图强，这是人之常情，这我懂得。可是昆弥您要图强，就应该
　　　　　和汉分庭抗礼，列土而居。干什么处处都要看人的眼色，仰人的鼻息呢？

翁归靡　（怒不可遏地）你这个杀人魔鬼，胆大妄为，敢来送死。军吏们！

众军吏　在。

安犁靡　杀了他！

众翎侯
　　　　杀！
百　姓

匈奴使者　（大惧）啊！

解　忧　（制止住）不！叫他回去，（向翁归靡，征询地）昆弥。

翁归靡　（想了想，坚定地）叫他回去。告诉你们单于，告诉你们右谷蠡王，翁归靡不
　　　　　会屈服！

解　忧　解忧不会屈服！

众翎侯
　　　　乌孙人都不会屈服！
百　姓

〔翁归靡把手一挥，军吏推匈奴使者下。

翁归靡　众翎侯。

众翎侯　在。

翁归靡　各回自己部落，迅速整顿人马，听候右大将号令，刻日出兵。

众翎侯　是！

〔除安犁靡和翎侯甲、翎侯乙外,众翎侯陆续退下。

匈奴公主　婶娘,我不能回赤谷啦,我愿侍奉婶娘。

解　忧　好极啦!公主。你就留在我这里,多给我讲讲匈奴的山川名胜、风土人情。

匈奴公主　谢婶娘!

〔泥靡混在众翎侯中正要退下。

翁归靡　(大喝一声)泥靡!

泥　靡　(吓了一跳)啊!

翁归靡　你要上哪儿?

泥　靡　我回赤谷。

翁归靡　你敢!(向星靡)星靡,我命你率领本部人马,进驻赤谷,修城筑寨,严加防守,筹粮运草,接应大军。

星　靡　谢昆弥!

翁归靡　(指泥靡)把他带回你的部落,严加看管。

星　靡　是!(推泥靡)走吧。(同下)

翁归靡　夫人。

解　忧　昆弥。

翁归靡　给当今皇帝上书。

冯　嫽　昆弥且慢。

翁归靡　嗯?冯君。

冯　嫽　冯嫽启奏昆弥,一条河要没有桥,两岸上的人只能隔河相望。

翁归靡　冯君,你是说汉离乌孙太远?

冯　嫽　远倒没有什么。一条锁链要是不能一环一环地连起来,(取下自己的项链)昆弥你看,(把项链扯断)这不是一无用处。

翁归靡　冯君,你说的是山南城郭?

冯　嫽　山南城郭在僮仆都尉掌握之中,汉和乌孙不但信使往来,商贾贸易,诸多不便,就是当今皇帝派兵来援,处处转战,步步受阻,兵器军粮,万里转运,恐怕这个援兵也就很难指望得上。要是山南城郭和我们结成一体,从乌孙到长安,就像……(一时想不出恰当的比喻)

解　忧　(替她说了)就像常山之蛇,击尾则首应,击首则尾应,击中则首尾俱应。

冯　嫽　对!对!就像公主说的那样。这些年来,僮仆都尉统辖山南城郭有威而无德,官吏、黎民心怀怨恨,只是慑于淫威,不敢反抗。我们要有一介使者,不辞跋涉,委婉陈词,诚心结纳,我看这个锁链不会连不起来,汉和乌孙这个桥梁也不会搭不好。

解　忧	昆弥,当年我经过龟兹的时候,亲眼看到龟兹百姓苦不堪言,王子绛宾向我披肝沥胆。
冯　嫽	这个绛宾王子现在已经是龟兹王了。
翁归靡	(满意地点点头)冯君事事留心,难能可贵。只是,这个使者……
冯　嫽	冯嫽不才,愿为昆弥、公主效劳。
翁归靡	你? 好! 好! 好! 冯君有胆有识,又有辩才,倒是难得的人选,夫人,你说呢?
解　忧	肖嫣。
肖　嫣	在。
解　忧	把我的节符取来。
肖　嫣	是。(下)
解　忧	我倒想起来一件事,要和昆弥商量。
翁归靡	夫人,你说吧。
解　忧	我早就想叫弟史到长安去学习。趁现在给当今皇帝上书,派人出使长安,何不就叫她同去呢?
弟　史	(兴奋地,简直不敢相信)妈,真的吗?
翁归靡	她去学什么?
弟　史	(央求地)爸,让我去吧,我去学鼓琴。
翁归靡	鼓琴? (哈哈大笑)夫人,只要你舍得叫她离开你。
弟　史	(撒娇地)妈,妈,你说舍得,舍得。
解　忧	(点点头)
细　奴	(向翎侯甲)爸,让我也去吧!
兜　兜	(向翎侯乙)爸,让我跟弟史姐姐一块去吧!
翎侯甲 翎侯乙	好,好,你们都去吧,你们都到长安去好好学习。
	〔弟史、细奴、兜兜三个人高兴地互相拥抱。
弟　史	(高兴得不知和谁说好了,看见冯嫽)冯姨……
	〔肖嫣持汉公主节符上。
弟　史	肖姨,肖姨,妈叫我到长安去了。(一看大家都那么严肃,赶紧噤声)
解　忧	冯嫽。
冯　嫽	臣妾冯嫽侍奉公主。
解　忧	我命你做汉公主的使者。(从肖嫣手中取符,授冯嫽)
	〔冯嫽接符。
解　忧	持节出使山南城郭,慰勉各地官吏黎民:要宣扬团结,不要互相攻战;要勤

劳耕稼,不要贻误农时;要使山南城郭结成一体,东连汉土,西结乌孙,相辅相成,普天同庆。(从肖嫣手中接过汉节转授冯嫽)

冯　嫽　冯嫽谢公主!(受节)

——幕　落

第　四　幕

〔仗已经打了两年。

〔汉命五将军率十五万骑,分五路,出塞。

〔翁归靡将翎侯以下五万骑从西方入。

〔一望无边的沙漠,几堆红柳,几堆沙丘。

〔天已经黑了。天上既看不见月亮,也看不见星星,只见滚滚乌云,西风怒吼。

〔军幕重重,旌旗猎猎,烟锁营门,声传刁斗。

〔军幕中,一灯如豆,肖嫣无限愁思地徘徊着。

肖　嫣　(悠然一声长叹)唉!满怀壮志,日月蹉跎。这得哪一天才能到头呀!这无尽无休的艰难岁月,这夜以继日的提心吊胆的生活!肖嫣,肖嫣,干吗一定要飞得那么高呢?

〔天空中传来一阵鸿雁飞鸣。

肖　嫣　雁?(侧耳静听)雁又要飞到它的故乡去啦。雁啊!你多好呀!你多幸福呀!打仗也好,杀人也好,都用不着你担心,都用不着你害怕,想走你就走啦。

〔军幕外有人走来。

肖　嫣　(惊觉地)谁?

〔常惠上。

常　惠　我。噢!肖君。

肖　嫣　常校尉。

常　惠　公主不在?

肖　嫣　两年啦,天天都这样,又跟昆弥一块儿到士卒中间去了。

常　惠　我有一件大事想要面陈公主。

肖　嫣　那你找她去吧。

常　惠　(欲行又止)肖君,这次从军远征,驱驰沙场,常惠常常替你担心!

肖　嫣　(沉默不语)

057

常　惠	（进一步）常惠一介武夫,耿耿此心,万死不悔,还望肖君垂爱!
肖　嫣	（心里有点慌,赶紧拒绝）不,不……（想出了个推却的办法）这事你问姐姐去吧!
常　惠	（诚实地）我已经一再恳求公主,公主说,只要肖君应允……
肖　嫣	（这道防线也没守住,更加心慌）不,不,我不能说。
常　惠	（解下自己的玉佩）区区此心,神明可鉴。（深深一躬,把玉佩递到肖嫣手里）
肖　嫣	（拒绝地）不,不,……
常　惠	（不愿更多耽搁）我还得去找公主、昆弥。（匆匆下）
肖　嫣	（拿着玉佩,不知所措）不,不,常校尉,常校尉……（但常惠已走远）

〔翁归靡和解忧手携手地从另外一个方向走上。

〔解忧虽然身临战场,但既不戎装,也无佩剑,从她的神情服饰,人们不会产生一个女将军或巾帼英雄之类的感觉。在英武雄壮的翁归靡的身边,她仍然是一个苗条妩媚的弱女子。

翁归靡	（边走边说）夫人,我总有点不放心。
解　忧	安犁靡翎侯已经六天没有信息了。
翁归靡	我担心的正是这个,安犁靡勇敢有余,机智不足,这次率领众家翎侯大军深入,离我们越来越远了。
解　忧	这个右谷蠡王也真狡猾。
翁归靡	是啊! 自从撤出车延、恶师,他就千方百计地避免决战。我就怕安犁靡性情憨直,求战心切。
解　忧	昆弥,您不是又派若呼翎侯去支援了?
翁归靡	这孩子太年轻了。夫人,这个仗咱们打得太大了。
解　忧	昆弥您用兵如神。
翁归靡	说真的,要是没有夫人你……
解　忧	又说我。昆弥,干吗您老爱说我呀?要说,您就说众家翎侯英勇善战,士卒军吏视死如归。我……我不过是离不开您,才跟着您来了。
翁归靡	夫人,你太谦逊了。
解　忧	什么谦逊不谦逊的,这颗心时时刻刻向着你,谁要是敢说个不字,我可一点也没有谦逊过。

〔肖嫣端来一盘饭,放在翁归靡、解忧面前。

肖　嫣	昆弥,姐姐,请用饭吧。
翁归靡	（看了一下）啊! 马肉,哪儿来的?
肖　嫣	煎靡大吏派人送来的。姐姐,你快吃吧。
解　忧	（断然拒绝）不,我还不饿。

翁归靡　（不以为然地）你？

解　忧　（妩媚地一笑）我跟昆弥一样。

翁归靡　（解忧的一句话把他的烦恼都涤尽了，似喜悦，又似乎有点心疼，想进一步
　　　　　劝她，但话还没有说出来）

解　忧　（已经想出了个两全的办法）昆弥，您看，方才骑君帐下那个生病的士卒
　　　　　……（不说下去了，等待着翁归靡作出决定）

翁归靡　（想了想）好，给他送去！

解　忧　肖妹。（把饭递给肖嫣）送到骑君帐下。

肖　嫣　（不太情愿地接过来，关心地）姐姐，你一天没吃饭了。

解　忧　（坚决地）拿去！

肖　嫣　是。（下）

翁归靡　（看看解忧那有点消瘦，但更显得清秀而又带点严峻的脸庞，滋生了一种爱
　　　　　慕而又微带歉意的心情）夫人，这次出征你太辛苦了！

解　忧　（柔情脉脉地）那也报答不了昆弥对我恩爱之情。

翁归靡　（由衷的感激，紧紧握住解忧的双手）夫人。

解　忧　（渐渐从梦似的情境转来，看看翁归靡饱经风霜的面容，看看他那有点残破
　　　　　了的战袍，不禁莞尔一笑）看！苦战了两年，战袍都破成这样了。

翁归靡　夫人，你也瘦多了。

解　忧　（一心在他的战袍上，似乎就没有听见他说的是什么）让我给你缝一缝吧。

翁归靡　不。（躲了一下，方要说你不能再劳累了，但看了看她那一向十分坚毅而又
　　　　　深情的眼神，不忍拂意地）那……好吧！

　　　　　〔翁归靡把战袍脱下来，交给解忧。

　　　　　〔解忧在灯下缝补战袍。

　　　　　〔战鼓沉沉，刁斗历历。

解　忧　（唱）鹏飞万里啊翼搏氤氲

　　　　　　　区区黄鹄啊焉知我心

　　　　　　　踏破了关山月冷

　　　　　　　听惯了战鼓音沉

　　　　　　　赴汤蹈火偿我生平愿

　　　　　　　履险如夷感君情意深

　　　　　　　这一针这一线缝的是江山似锦

　　　　　　　这一丝这一缕联着万民心

　　　　　　　看红颜翠袖补天手

问古往今来有几人

…………

〔翁归靡挑灯相伴,就着荧荧灯火,读着军书(木简或缣帛)。幕内有人走动,喝问:"谁?"

〔幕内答:"骑君求见昆弥、公主。"

〔骑君上。

骑　君　(送上盛马肉的木盘)谢昆弥、公主。

〔肖嫣上,接过木盘。

翁归靡　你帐下士卒病可好了一些?

骑　君　好了一些。昆弥、公主爱兵如子,士卒们感激涕零。

翁归靡　你吃了没有?

骑　君　没有。

解　忧　为什么?

骑　君　吃不下去。

翁归靡　为什么吃不下去?

骑　君　口中干渴,食难下咽。

解　忧　昆弥,眼看我们又增加了一个敌人。

翁归靡　这水……

骑　君　泉眼太小,早已淘干。

翁归靡　附近地方?

骑　君　一天路程以内,都找不到水。

〔幕内人声:"谁?"

〔幕内答:"常惠求见昆弥、公主。"

〔常惠上。

常　惠　臣启昆弥、公主,臣派去寻找蒲类将军的人回来了。

翁归靡　(得到了一点安慰)噢!找到了?

〔匈奴公主、煎靡、还有几个乌孙军吏陆续走上。

常　惠　找到了。蒲类将军没有打上。

翁归靡　为什么?

常　惠　匈奴兵马望风逃遁。

匈奴公主　不知蒲类将军敌对的是哪一路兵马?

常　惠　匈奴日逐王。

匈奴公主　噢!是他?

翁归靡　汉军强盛,他避实就虚,该不会转到咱们这边来吧?

常　惠　蒲类将军一面追击搜索,一面叫臣派去的人赶紧回来禀报昆弥,严加防备。

翁归靡　日逐王率领多少人马?

常　惠　五万精骑。

煎　靡　(吃了一惊)啊! 把敌人都赶到咱们这边来,敌众我寡,这个悬殊可太大了!

翁归靡　这样的敌人,像惊弓之鸟,像漏网之鱼,再多,我们能打!

煎　靡　依我之见,我们不妨也来个避实击虚。

翁归靡　现在敌情还没有弄清楚,你想怎么避? 你又能往哪里击呀?

匈奴公主　我看大吏的主意,就是逃跑。

翁归靡　骑君。

骑　君　在。

翁归靡　向东南方向,派出斥候,发现敌踪,白天燃放狼烟,夜间举火报警。

骑　君　是。(下)

煎　靡　昆弥,我们远离乌孙,本来是和汉军配合,汉军既然没有打上,咱们又何必非得要打呢?

翁归靡　敌人逃遁,不是不打,是在寻求战机。

煎　靡　敌人要是奔袭乌孙,咱们有家难归,军心怕要大乱。

翁归靡　乌孙留有星靡,留有十万人马。

煎　靡　要是僮仆都尉从山南城郭出兵?

翁归靡　我自有冯君独当一面。

煎　靡　可我们总不能饿着肚子打仗呀!

　　　　〔乌孙众军吏面面相觑。

翁归靡　(这句话倒提醒了他)饿着肚子也不能杀掉战马。在这瀚海无边,转战千里的时候,难道叫士卒们用两条腿去追敌人? 众位将士!

乌孙众军吏　在。

翁归靡　传令三军,有敢再杀战马者,军法从事!

乌孙众军吏　是。

煎　靡　那我们的士卒吃什么? 我们的战马吃什么?

翁归靡　我已派人回乌孙,催促星靡,赶运军粮。

煎　靡　那远水解得了近渴吗?

解　忧　(不慌不忙地对肖嫣指了指几案)肖妹,把书给我。

肖　嫣　是。(取书,递给解忧)

解　忧　昆弥,你看,这兵法上说,"取用于国,因粮于敌。"你看,这对咱们有用吗?

翁归靡　（拿过书卷，思索着）"因粮于敌"，对，追上敌人就不怕没吃的了。

　　　　　〔幕内人声："谁？"

　　　　　〔幕内答："若呼翎侯求见昆弥、公主。"

　　　　　〔若呼上。

若　呼　（不无惊慌地）启禀昆弥、公主，右大将安犁靡率领全军追上了敌人。

翁归靡　（兴奋地）好！安犁靡打得好！

若　呼　鏖战了三天三夜，右大将被敌人包围。

翁归靡　在什么地方？

若　呼　鸡秩山下。

翁归靡　离这儿多远？

若　呼　五天的路程。

翁归靡　哪路敌人？

若　呼　右谷蠡王。

翁归靡　兵马多少？

若　呼　十万有余。

翁归靡　你怎么来了？

若　呼　臣奉右大将之命，突围出来，禀报昆弥、公主。

解　忧　若呼翎侯，右大将麾下士卒伤亡大不大？

若　呼　还不太大。

解　忧　战马军器损失得多不多？

若　呼　也不太多。右大将固守鸡秩山，为了吸引敌人，等待昆弥援兵一到，里应外合。

煎　靡　右大将五万军马被围，我们这儿连伤带病，一万多人，人家右谷蠡王的人马

　　　　可是十万还多呀！

　　　　　〔正在这时，远远的地方发现火光。

乌孙军吏甲　昆弥、公主，发现敌情。

　　　　　〔众人走出军幕，遥望远方。

常　惠　昆弥请看，东南方向。

　　　　　〔骑君上。

骑　君　启禀昆弥，匈奴兵马，向我进逼。

翁归靡　要来的到底来了。

煎　靡　军情紧急，您要慎重！

　　　　　〔乌孙军吏乙上。

乌孙军吏乙　启禀昆弥，匈奴兵马发现我们的斥候，扎下营盘，停止前进。

煎　靡　看样子明天要有一场大战。

匈奴公主　来的是哪一路兵马?

乌孙军吏乙　日逐王。

匈奴公主　确实不确实?

乌孙军吏乙　确是日逐王。

匈奴公主　叔父、婶娘,右大将被围,不能不去增援。

翁归靡　这路敌人呢?

煎　靡　这路敌人跟踪追我,我们就要腹背受敌。

匈奴公主　叔父、婶娘,我愿留在这儿,抵挡这路人马。

翁归靡　你?

煎　靡　本来就敌强我弱,你还要两路分兵,这简直是开玩笑。

匈奴公主　请您给我留下三百人就行了。

煎　靡　哎呀!我的公主,这可不是儿戏,三百人你能挡住五万精骑?

若　呼　启禀昆弥、公主,鸡秩山必须增援,这儿军情又紧,挡不住这路兵马,右谷蠡
　　　　王、日逐王合兵一处,不但右大将不能解围,我们全军也有覆没的危险。

翁归靡　依你之见?

若　呼　这儿必须留下一部分强兵劲卒,死守这座军营,哪怕战到最后一人,也决不
　　　　能后退一步。至于领兵的将领嘛,臣以为必须是最忠实可靠的。

匈奴公主　翎侯的意见,是说我不忠实,不可靠吗?

若　呼　我没有说你不忠实。不过你到底……

匈奴公主　到底我是匈奴人,是不是?

若　呼　这……不见得是我过虑。

匈奴公主　婶娘,您平日对我推心置腹,恩重如山,您相信我,我尊敬您,您有什么话
　　　　都跟我说,我心里有什么事也没有向您隐瞒过一点。

解　忧　公主,有话慢慢讲,不要急嘛!

匈奴公主　今天事情紧急,我有个想法,不能不跟您说。

解　忧　说吧!我喜欢你胸襟坦白,心直口快。

匈奴公主　婶娘,日逐王是我的嫡亲哥哥。

若　呼　(一惊)啊!

匈奴公主　我祖父且鞮侯单于死的时候,名王、贵人拥立我父亲做了单于。可是我父
　　　　亲又让位给现在这个小单于的父亲,当时约好,他死后,由我哥哥继承。谁
　　　　知后来他变了卦,是那个妖婆子搞了个阴谋,把单于的位置传给了他的小
　　　　儿子。我哥哥只当了个日逐王。

常　惠　启禀昆弥、公主,臣在匈奴十年,这事我听说过。当今单于的母亲颛渠阏氏行为不正,丑名远扬。不管有什么军国要事,日逐王兄弟从来都不肯到单于龙庭。这确是事实。

匈奴公主　这回,我哥哥没打蒲类将军,我以为不是他不能打,是他不愿打。现在,到这儿来,婶娘相信我,我以为他决不会是来打仗的。

若　呼　不打仗,他来干什么?

匈奴公主　那我可不知道。

翁归靡　若呼,听她说下去。

匈奴公主　婶娘,这两年,我跟着您,您说一句话,您做一件事,我都看在眼里,记在心中。我知道您胸怀壮志,我知道您智勇过人,我知道您给乌孙带来的是什么。我这心里也实在佩服您,我的叔父,是您用铁一样的意志,火一样的热心,坚定不移地和汉和好。叔父、婶娘,我想过,要是匈奴也有像您这样的人执掌大权,和汉和好,和乌孙和好,和山南城郭和好……

翁归靡　你说得对,你想得好极啦!

解　忧　那就是四海一家了!

匈奴公主　本来就应该是一家嘛!

翁归靡　可惜的是单于、右谷蠡王,也许还有别人,可不是这样想的。

匈奴公主　叔父、婶娘,我请求您把我留在这儿。我要把我心中所想的都告诉我哥哥。哥哥和我从小在一起,相亲相爱,我想他一定会听我的。

翁归靡　要是他不听呢?

匈奴公主　那就一刀两断,各奔东西。

翁归靡　要是他不让你走呢?

匈奴公主　一死相拼,决不变志!

翁归靡　骑君!

骑　君　在。

翁归靡　我命你率领三百人马,留守大营,听公主调遣。

骑　君　是。

匈奴公主　叔父、婶娘,我还有个请求。

翁归靡　还要什么?

匈奴公主　我要若呼翎侯和我留在这儿。

若　呼　(不解地)我?

匈奴公主　我知道若呼翎侯不相信我。可是我知道若呼翎侯是为了乌孙,为了叔父、婶娘才不相信我的。我没有忘记两年前,婶娘是怎样对待我的,我要学婶娘,我要推心置腹地对待若呼翎侯。要是这个仗非打不可,叔父、婶娘,您知道我是没有打过仗的。

翁归靡　好! 你想得倒也周到。若呼!

若　呼　在。

翁归靡　我命你代替骑君,留守大营。

若　呼　若呼遵命。

翁归靡　听从公主调遣。

若　呼　是,听从公主调遣。

翁归靡　保护公主平安。

若　呼　是,保护公主平安。

匈奴公主　叔父、婶娘,我还有个请求。

翁归靡　你还要什么?

匈奴公主　我请求叔父、婶娘再别叫我公主。

解　忧　傻孩子,你本来就是公主嘛!

匈奴公主　婶娘,我这次留在这里,也许能够实现我的夙愿,也许……再也见不到婶娘了! 我有一句话,一直藏在心里,不敢向婶娘说。

解　忧　为什么不说呢?

匈奴公主　我怕婶娘不答应。

解　忧　你叫我答应你什么呢?

匈奴公主　别叫我公主。

解　忧　那叫什么?

匈奴公主　(下拜)婶娘把我当做亲儿女,赐给我一个名字吧!

翁归靡　夫人,这孩子一片诚心,你答应她吧!

解　忧　这孩子像月亮一样洁白透亮,像月亮一样清莹可爱,你就叫素光吧!

翁归靡　好! 好个素光!

匈奴公主　素光谢婶娘!

翁归靡　众将士!

乌孙众军吏　在。

翁归靡　救兵如救火,右大将孤军奋战,待援心切,全军将士。火速整装,星夜出发,昼夜兼程,驰援鸡秩山。

乌孙众军吏　是。

煎　靡　臣启昆弥,在这瀚海戈壁中进军,没有水可不行啊!

　　　　〔肖妈从军幕外跑进来。

肖　嫣　（兴冲冲地边跑边叫）姐姐，姐姐……（一看这么多人，这么严肃的神情，有些愕然，不知所措）

解　忧　什么事这么大惊小怪的？

肖　嫣　姐姐，你快去看，天下大雪了！

〔以翁归靡为首的众人都拥到帐外，只见风卷雪飘，雪来得非常之大，也非常之猛。

翁归靡　（撮起一把雪，吃了一口，向众人）你们都尝尝这是什么？

〔众人都大口地吃雪，喜形于色。

翁归靡　（仰天高呼）天啊！你给我们送来的是什么呀？这不是雪，这是万马千军，这是胜利，这是胜利呀！

〔军中一片欢呼震地。

〔在欢呼声中，渐渐听到军鼓、号角和万马奔腾的声音，越来越近。

翁归靡　深夜之间，这是哪里来的人马？

常　惠　怎么是从西南方向来的？

煎　靡　会不会是日逐王包剿偷袭咱们来了？

若　呼　我看不像，哪有夜间偷袭还这么大张旗鼓的？看，还有火把呢！

素　光　叔父、婶娘，您听，这鼓声，这号角，像是咱们的人马。

翁归靡　（仔细地听了听，肯定地）是咱们的人马。

解　忧　（拉住素光的手，喜悦地）是咱们的人马。

众　人　是咱们的人马来了。

〔这句话越传越远，军中欢呼声更加沸腾。

〔火把照耀，马蹄声近。

肖　嫣　（一眼看出）姐姐，你看，是我冯姐。

〔冯嫽率西域城郭士卒数人上。

冯　嫽　（趋至翁归靡解忧面前）臣妾冯嫽拜见昆弥、公主。

翁归靡　（高兴地）冯君。

解　忧　冯妹。

肖　嫣　哎呀！我的冯姐，你简直是个飞将军从天而降。

若　呼　（趋前）若呼拜见冯姨。

冯　嫽　若呼呀，好威武！简直认不出来了。

若　呼　冯姨，您怎么在这深更半夜里来了？

冯　嫽　斥候探报，日逐王逼近大营。怕昆弥这里军情吃紧，我就连夜赶来了。昆弥、姐姐，我没来迟吧？

翁归靡　冯君一路辛苦,快到帐中休息。

〔众人拥入军幕。

翁归靡　冯君,你快说说,你是从哪儿来的?怎么来得这么巧?

冯　嫽　启禀昆弥公主,我是从山南来的。

解　忧　冯嫽。

冯　嫽　在。

解　忧　我命你持汉节出使山南,慰勉城郭君民。

冯　嫽　臣妾冯嫽幸不辱命,山南城郭君长敬仰公主威德,羡慕乌孙强盛,都愿和汉
　　　　和好,和乌孙和好。

翁归靡　有志者,事竟成,这道桥梁到底叫冯君给修通了。

冯　嫽　昆弥您收复了车延、恶师,击败了右谷蠡王,山南城郭人心振奋。趁这机会,
　　　　冯嫽劝说城郭君长联合一起,此呼彼应,赶走了僮仆都尉。

翁归靡　冯君临机应变,难得难得!

冯　嫽　这是乘昆弥战胜余威,人心归向,冯嫽不过穿针引线,尽了一点犬马之劳。
　　　　现在山南城郭,家家奋勇,处处练兵,加上五谷丰登,人畜两旺。姐姐,今天
　　　　的山南可不是从前的山南了。

翁归靡　众位将士!

乌孙众军史　在。

翁归靡　要把冯君带来的这些喜信,讲给士卒们听听。

乌孙众军吏　是。

冯　嫽　山南城郭君长为了支援昆弥,都愿出兵相助,有的一千两千,有的三百五百。

翁归靡　一共多少?

冯　嫽　两万以上。

翁归靡　哪位将军统率?

冯　嫽　二十多家出的兵,没有统帅。

翁归靡　那么说是冯君你统率了这路人马?

冯　嫽　冯嫽不自量力,勉为其难,好歹把这支队伍带到军前。现在,就交给昆弥您了。

翁归靡　(对解忧)夫人,冯君秀外慧中,才堪重用,你我早有预料,却没想到她还是
　　　　个将才呢!

解　忧　昆弥对她过奖了。

肖　嫣　(亲昵地)冯姐,看你瘦的。

冯　嫽　肖妹,你也瘦了。

肖　嫣　两年多了,冯姐,你知道我是多么想你呀!

冯　嫽　我一想到肖妹从小儿就像花一样的娇嫩,如今侍奉姐姐千里转战,在这瀚海沙漠中风餐露宿,饥一顿,饱一顿的,是多么叫人心疼呀!

肖　嫣　姐姐,只有姐姐你才知道我的心。(禁不住泪珠盈眶)

翁归靡　冯君,这次你从山南来,路过乌孙到没到过赤谷?见没见过星靡翎侯?

冯　嫽　启禀昆弥,星靡翎侯为大军筹办粮饷,担心千里运送,中途受损,这次叫我带来了。

翁归靡　带来多少?

冯　嫽　军粮万石。

翁归靡　好。

冯　嫽　还有牛羊肉脯,酥酪奶干。

翁归靡　好。

冯　嫽　还有兵刃军服,鞍缰灶具。

翁归靡　好,好,好!

解　忧　当初高皇帝能够打败项羽,靠的就是肖丞相坐镇关中,转运军粮,功居第一。昆弥有星靡翎侯这样的栋梁之臣,值得祝贺!

翁归靡　星靡少年有为,军民听命。夫人,我看这个功嘛,应该有肖君一份。

若　呼　肖老师教诲有方,把我们培养成人。

肖　嫣　我?……(有些不好意思)

冯　嫽　星靡翎侯不敢擅离职守,叫我见到昆弥,替他请罪!

翁归靡　他事情办得不错嘛,还请什么罪呀?

冯　嫽　他疏于防范,泥靡逃跑。

翁归靡　啊,(怒形于色)怎么让他跑了?

解　忧　跑到哪儿去了?

冯　嫽　四处搜查,不见踪影。

煎　靡　哎呀!泥靡逃跑要是潜入北山,聚集亡命之徒,窜犯赤谷……

冯　嫽　星靡翎侯叫我禀报昆弥、公主,他秣马厉兵,日夜守望,泥靡胆敢作乱,他自会率领十万精兵,立功赎罪,务请昆弥、公主放心。

若　呼　肖老师,您给星靡求求情吧!

肖　嫣　我?……我怎么说呀?

解　忧　泥靡嘛!无恶不作,丧尽人心,我看他不过是小小渠沟里的一条泥鳅,兴不了什么风,作不了多大浪!

素　光　婶娘说得对极啦!

解　忧　还望昆弥宽宏大量,不要降罪星靡。

冯　嫽　臣妾冯嫽启禀昆弥,龟兹王绛宾关怀昆弥远涉沙漠,风霜劳苦,特命我带来吉光裘战袍一袭。这个战袍入水不沉,入火不焦,奉献昆弥服用。(从西域城郭士卒手中接过战袍,捧向翁归靡)

翁归靡　(观看战袍,啧啧称赞)好战袍,真是无价之宝。(把战袍递给肖嫣。对解忧)夫人,你看,这个战袍谁穿合适?

解　忧　昆弥做主。

翁归靡　两路大军,合兵一处,要和右谷蠡王决一死战。夫人,要有一员大将,指挥全军。

解　忧　昆弥您既能将兵,又善将将,这个人选,您一定早选好了。

翁归靡　冯嫽!

冯　嫽　在。

翁归靡　这个战袍给你穿吧!

冯　嫽　(不敢相信)我?

解　忧　(命令地)冯嫽谢昆弥。

冯　嫽　冯嫽谢昆弥、公主。(见翁归靡身上没穿战袍,不安地)昆弥,您要打仗,不穿战袍,怎么行呢?

〔解忧把她亲手缝补的战袍给翁归靡披在身上。

翁归靡　冯君你看,我这战袍上是有公主深情蜜意的,我这战袍是能百战百胜的。

〔翁归靡从肖嫣手中接过战袍给冯嫽披在身上。

肖　嫣　(向解忧)姐姐你看,我冯姐真像个将军了。

翁归靡　众位将士。

乌孙众军吏　在。

翁归靡　有冯君带来这两万生力军,我军全部兵力已经和右谷蠡王相差不多,我们的士气旺盛,他的军心不振,敌众我寡已经发生变化。

解　忧　知己知彼,昆弥已操胜算。

翁归靡　素光。

素　光　在。

翁归靡　你和若呼要竭尽全力,或和或战,一定要保住我军后路安全。

素　光　素光遵命。

翁归靡　我命冯嫽率领山南人马作前锋,我亲自统率大营人马作你的后盾。众位将士要身先士卒,奋勇杀敌,前进有赏,后退必罚。

乌孙众军吏　我等遵命。

翁归靡　夫人,我看这一仗,我们有了胜利的把握。

乌孙众军吏　昆弥英武,我们一定能够胜利。

翁归靡　冯嫽。

冯　嫽　在。

翁归靡　传令。

冯　嫽　是。众位将士。

乌孙众军吏　在。

冯　嫽　兵发鸡秩山。

〔风雪呼号,号角悲壮。

〔灯光暗转。

〔进军的声音——

〔逐渐地进军声变成了歌舞声。

〔灯光复明,匈奴大帐中,右谷蠡王正在饮酒取乐,匈奴众军吏侍坐左右。泥靡也坐在客座。

〔舞女们载歌载舞。

〔帐外,天还在下着大雪。

右谷蠡王　(已经喝得醉醺醺地)将士们,雪还在下吗?

匈奴军吏甲　禀大王,雪越下越大了。

右谷蠡王　好! 这雪下得好,这雪下了几天了? 啊?

匈奴军吏甲　三天三夜没有停。

右谷蠡王　有多深了? 快出去看看。

匈奴军吏乙　禀大王,有一丈多深了。

右谷蠡王　好,这雪下得好,这是天意,叫安犁靡等着他的救兵吧! 他的救兵叫雪给埋在戈壁沙漠里边啦! 哈,哈……

匈奴众军吏　这是单于的洪福,大王神威震天。

右谷蠡王　这是天意!这是天意!单于不来,右贤王不来,日逐王不来,可是天……天来了,雪来了。(举起手中的酒杯)让我们谢谢天,谢谢这场雪吧!

〔匈奴众军吏一起举杯,一饮而尽。

右谷蠡王　泥靡翎侯,你来得好,等我消灭了安犁靡,消灭了翁归靡,我给你把乌孙夺回来。

泥　靡　谢大王。只要大王帮助我收复乌孙,以后乌孙世世代代臣服大王。只望大王旗开得胜,消灭翁归靡,消灭安犁靡。

右谷蠡王　安犁靡跑不了啦! 翁归靡来不了啦! 让我们放心大胆地喝酒吧! 让我们放心大胆地寻欢取乐吧!

匈奴众军吏　让我们敬大王酒。

右谷蠡王　让我们尽情地乐吧！谁不喝醉了也不行。(举酒痛饮)姑娘们,你们也乐

吧！你们跳吧！你们唱吧！

匈奴军吏甲　你们要跳着舞敬大王酒,唱着歌敬大王酒,一个一个地敬大王酒。

右谷蠡王　(狂笑)

〔歌舞在忘情地演奏着,右谷蠡王、泥靡、匈奴众军吏都酩酊大醉了。

〔忽然,军鼓的声音阵阵传来,一阵比一阵紧,一阵比一阵紧,渐渐压倒歌舞

的声音。

右谷蠡王　怎么回事?半夜三更,军营无警,谁在击鼓?传令下去,叫他们停止,停止!

匈奴军吏乙　是。

〔还没等匈奴军吏乙下去,匈奴军吏丙气急败坏地跑上来。

匈奴军吏丙　大王,大王,乌孙兵打来了!

右谷蠡王　胡说,乌孙兵都叫大雪给埋起来了。天呀! 你把雪下得更大一些吧! 你把

他们埋得更深一些吧!(见舞女们惊慌,停止歌舞)姑娘们,为什么不跳了?为

什么不唱了? 你们怕了? 乌孙兵打不来。让我们尽情地乐吧! 唱吧! 跳吧!

〔匈奴军吏丁慌忙跑上。

匈奴军吏丁　大王,大王,军营起火!

右谷蠡王　胡说! 点火干什么? 快去扑灭它。

匈奴军吏丁　风太大,扑不灭了。

右谷蠡王　谁点的火? 去,给我抓来,杀了他!

匈奴军吏丁　大王,这火是乌孙兵点的。

右谷蠡王　啊! 乌孙兵真来了?(酒已经吓醒,大声疾呼)给我打! 给我打……

〔舞女、泥靡等逃散。

〔冯嫽率兵杀来,和右谷蠡王战斗。

〔右谷蠡王败退。

〔冯嫽和匈奴军吏战斗。

〔匈奴军吏败退。

〔骑君上。

骑　君　禀将军,右大将从东北方向突围出来,匈奴兵马层层围困,正在冲杀!

冯　嫽　(遥望杀声传来的方向)骑君!

骑　君　在。

冯　嫽　我命你率本部人马追击右谷蠡王。

骑　君　是!(率士卒下)

冯　嫽　将士们,整顿军伍,跟我去接应右大将。

〔冯嫽率乌孙和山南城郭军吏士卒等下。

〔在熊熊烈火之中,解忧由肖嫣、常惠陪伴着上。

解　忧　肖妹,看见你冯姐没有?

肖　嫣　我冯姐率领士卒,纵马奔驰,像离弦的箭似的接应右大将去了。

解　忧　昆弥呢?

肖　嫣　正和敌人厮杀。

解　忧　这个人呀,一打起来就要身先士卒,那个奋不顾身的劲儿多叫人担心呀!

肖　嫣　姐姐,要不要叫我去……

解　忧　(摇了摇头)你不行。常校尉。

常　惠　在。

解　忧　我命你率领本部士卒,火速前去,加意保护昆弥,不得稍有疏忽。

常　惠　是。

解　忧　昆弥要是受到半点伤损,我要唯你是问。

常　惠　是。(但不放心地)公主,两军混战,敌我不分,您这儿……

解　忧　快去。

肖　嫣　姐姐,您怎么就一点儿也不顾自己呢?

解　忧　昆弥要紧,常惠快去。

常　惠　是。(下)

〔风急雪猛,战火熊熊。

肖　嫣　姐姐,这个仗咱们打胜了!

解　忧　是打胜了!

肖　嫣　打得多痛快呀!姐姐你看,那么多士卒将领,有的还在被窝里就给捉住啦!这回呀,人也是咱们的啦,地也是咱们的啦!将士们勇气百倍,昆弥英武绝伦,姐姐你再给出个主意,我看咱们就一鼓作气,直捣单于龙庭。

〔又是一阵战鼓声,喊杀声,震天动地。

解　忧　怎么仗又打紧了?

肖　嫣　这些残兵败将怎又卷土重来了?

解　忧　(遥望战场)你看旗帜鲜明,阵脚不乱,不像是残兵败将。

肖　嫣　(有些惊慌)糟糕!姐姐,你看,往这边来了。

解　忧　肖妹,镇定一点!昆弥就在前边,不会让敌人窜到这儿来的。

肖　嫣　(也往远处遥望)姐姐,不对,是匈奴人。

解　忧　(沉着不语)

肖　嫣　姐姐,快躲一躲吧!

解　忧	肖妹,你眼睛好,你看看,那一马当先的不像是敌人。
肖　嫣	一马当先的?（凝眸注视）姐姐,像是素光。
解　忧	嗯! 像是她。
肖　嫣	是她,素光来了,这可好了!

〔马蹄声近,素光上。

素　光	哎呀! 婶娘,这样战火纷飞,您怎么不带一兵一将,待在这儿?
解　忧	素光,你怎么来了?
素　光	婶娘,我哥哥带五万精骑,支援叔父、婶娘来了。
解　忧	你哥哥他……
素　光	让我三说两说就说通了。他说这一仗关系重大,关系今后匈奴和汉和乌孙是和是战的决定性的一仗,我不能袖手旁观。我们就率领兵马,顺着叔父、婶娘进军的道路赶来了,到底叫我们赶上了。
解　忧	你哥哥呢?
素　光	追右谷蠡王去啦!

〔战场上传来万众欢呼的声音。

解　忧	（细听,喜极）啊! 昆弥来了,仗打赢了!

〔翁归靡偕常惠、若呼、乌孙军吏等上。

解　忧	迎接昆弥,祝贺昆弥。
翁归靡	（扶起解忧）夫人,我们胜利了!
素　光	素光拜见叔父。
翁归靡	（挽扶）素光,我听若呼说了,将门出虎子,你不愧是名王的后代。
素　光	谢叔父。

〔幕后传呼:"右大将到。"

〔安犁靡、冯嫽同上。

安犁靡	安犁靡拜见昆弥、公主。
翁归靡	右大将孤军奋战,劳苦功高。
安犁靡	昆弥过奖。
翁归靡	冯君不畏艰险,出奇制胜,为右大将解围,功劳不小。
冯　嫽	昆弥,这个仗打完了,这个吉光裘战袍也该还给您啦。（脱战袍,送上）
翁归靡	这个……（想了想）要还你就还给他吧!（指安犁靡）
冯　嫽	给他? 他的命还是昆弥给救出来的呢!
解　忧	冯嫽,这是昆弥军令。
冯　嫽	是,冯嫽遵命。（亲手把战袍给安犁靡披上）

安犁靡　安犁靡
　　　　　　　　谢昆弥、公主。
冯　嫽　冯嫽

冯　嫽　（站在解忧身边，亲昵地）姐姐。

　　　　〔幕后传呼："日逐王到。"

翁归靡　鼓乐相迎。

　　　　〔鼓乐声中，日逐王上。

素　光　哥哥，这是我的叔父——昆弥。

日逐王　（与翁归靡施礼）昆弥。

翁归靡　（还礼）大王。

素　光　这是我的婶娘——汉公主。

日逐王　（与解忧施礼）公主。

解　忧　（还礼）大王。

日逐王　昆弥、公主，这次我来得慢了一步，叫右谷蠡王他逃跑了。

翁归靡　这次决战，得到令兄妹大力帮助，翁归靡夫妇十分感谢。

日逐王　我妹妹胸怀壮志，为汉和匈奴和好，尽心努力，这都是昆弥、公主的言传身
　　　　教。昆弥、公主把小妹抚养成人，我粉身碎骨，也难报答。

翁归靡　汉和匈奴和好，是大势所趋，也是汉和匈奴、乌孙、山南城郭，君臣上下，商
　　　　贾黎民的共同心愿。这次战争，我也是迫不得已，是叫右谷蠡王逼出来的。
　　　　不打不能和，打也是为了更大的和好。

日逐王　昆弥放心，公主放心，匈奴和汉和好，和乌孙和好，我一力承担，我一定想方
　　　　设法，劝说各路名王。即使谁都不听我的劝告，我一个人也要这样做下去。
　　　　我的心情，我的愿望，小妹知道。

素　光　请叔父、婶娘相信，我哥哥跟我是一个心眼儿！

　　　　〔乌孙军吏甲上。

乌孙军吏甲　禀昆弥，活捉匈奴单于的叔父、嫂嫂、名王、都尉、千长、将校以下三万
　　　　九千多人。

　　　　〔众人兴奋欢呼。

翁归靡　全部还给日逐王。

乌孙军吏甲　（不解地）禀昆弥，这是我军捉到的。

翁归靡　（坚定地）交给日逐王！

乌孙军吏甲　是。

　　　　〔乌孙军吏乙上。

乌孙军吏乙　禀昆弥，缴获马、牛、羊、驴、骡、骆驼一共七十多万头。

〔众人兴奋欢呼。

翁归靡　交给日逐王!

乌孙军吏乙　（也不解地）啊?

　　　　　〔乌孙军吏丙上。

乌孙军吏丙　禀昆弥,缴获各种兵器五万件,弓五万张,箭八十万发。

翁归靡　交给日逐王!

日逐王　昆弥、公主,我懂得您的苦心,我感谢您的盛意。这人我全都收下,这兵器,
　　　　作为我的礼物,送给乌孙将士。

翁归靡　不,大王,这兵器你一定得收下。日后,为和好事业,难免用兵,大王,你的部
　　　　属,还要增加。

素　光　哥哥,叔父、婶娘为了壮大你的兵力,深谋远虑,深情厚谊,这兵器你就收下吧。

日逐王　好,兵器我收下。这牛羊驼马,犒赏三军。这点心意,昆弥、公主不能再不赏
　　　　我这个脸了。

解　忧　昆弥,大王盛情,却之不恭。可是驼马牛羊是人民的财产。七十多万头,一下
　　　　杀掉,都吃了,既不必要,又太可惜。依我看,驼、马、驴、骡一个不杀,牛、羊
　　　　宰杀一半,匈奴、乌孙、山南城郭将吏士卒,携手言欢,共庆胜利。

翁归靡　好,夫人这个办法好。大王,你说呢?

日逐王　好,就依公主。

冯　嫽　传令下去,日逐王犒赏乌孙将吏士卒,山南城郭将吏士卒。

　　　　　〔众声欢呼。

　　　　　〔骑君押泥靡上。

骑　君　禀昆弥,活捉泥靡,请昆弥发落。

翁归靡　无耻的东西,你怎么混到这儿来了?

泥　靡　泥靡该死,昆弥饶命!

翁归靡　（把手举起来,还没有挥下去）

煎　靡　（跪下）昆弥念骨肉之情。

数翎侯　（一齐跪下）看在军须靡昆弥的情分上,昆弥饶他一命吧!

翁归靡　没有一点骨气的败类,天地间留你这样的东西干什么!（使劲把手一挥）

　　　　　〔乌孙士卒拉上泥靡就走。

泥　靡　（使出最后的力气挣扎着,嘶叫着）昆弥,昆弥,我有要紧的话要说呀!我知
　　　　道右谷蠡王有天大的阴谋!

翁归靡　回来!

　　　　　〔乌孙士卒又把泥靡拉回来。

翁归靡　右谷蠡王有什么阴谋?

泥　靡　他叫僮仆都尉又回山南去啦。

翁归靡　他想干什么?

泥　靡　他想发兵进攻乌孙。

翁归靡　你听谁说的?

泥　靡　是我亲眼看见的,千真万确,千真万确呀!

煎　靡　昆弥开恩,饶恕他吧!

翁归靡　带回乌孙发落。

　　　　〔乌孙士卒带泥靡下。

　　　　〔素光跪到解忧面前。

解　忧　素光,你……

素　光　您答应我,您答应我……

解　忧　素光,别这样,有话快说嘛!

素　光　我再不能叫您婶娘了。

解　忧　那叫什么呢?

素　光　求您像弟史一样看待我,我再不是您的侄媳妇,我是您的女儿。

解　忧　好孩子,有志气,我答应你。(拉素光起来)

翁归靡　僮仆都尉这个祸根不除,(向安犁靡)你我很难高枕无忧。

日逐王　僮仆都尉这个人我知道,他杀人成性,罪大恶极,除掉他,不但为山南城郭,
　　　　也为匈奴人民除一大害。

安犁靡　乌孙只有星靡留守,我军在此不宜久停。

翁归靡　我想的倒不是乌孙。

安犁靡　昆弥您……

翁归靡　乘我们战胜余威,士气旺盛,整顿人马,兵发山南。翁归靡愿意跟随众位翎
　　　　侯大将再接再厉,彻底铲除僮仆都尉。

众翎侯　昆弥英武。

冯　嫽　臣妾冯嫽启禀昆弥,依臣妾愚见,铲除僮仆都尉,无须乎动用乌孙人马,更
　　　　无须乎劳动昆弥远征山南。

翁归靡　冯君的意见?

冯　嫽　山南城郭可以一战。

日逐王　僮仆都尉狡诈凶残,兵力不小。

冯　嫽　山南城郭联合起来。

翁归靡　谁能统率?

冯　嫽　龟兹王绛宾。龟兹地当要冲,绛宾深明大义,冯嫽出使山南,龟兹是我的东
　　　　道主,绛宾有句肺腑之言,托冯嫽陈报昆弥、公主。他想和汉和好,又不敢贸
　　　　然向当今皇帝求婚,要是能够娶个汉朝皇帝的外孙女,就达到他的心愿了。

解　忧　外孙女?

冯　嫽　公主、昆弥如不嫌弃,他愿做您的子婿。

翁归靡　做我的子婿?

冯　嫽　弟史经过龟兹,绛宾十分爱慕。

解　忧　绛宾为人忠正,有胆量,有志气,这事凭昆弥做主。

翁归靡　好! 那咱们就答应他吧。冯君,又得劳动你啦!

冯　嫽　臣妾万死不辞。

翁归靡　以龟兹为主,联合山南城郭,铲除僮仆都尉。

冯　嫽　冯嫽遵命。

翁归靡　我和夫人答应绛宾求婚,弟史从长安回来,让他们成亲。

冯　嫽　是。

翁归靡　只是冯君你的亲事一再拖延。

解　忧　昆弥,此去山南,路途遥远,何不请右大将护送冯嫽。

翁归靡　匈奴罢战,乌孙无事,右大将你就去一趟吧。

安犁靡　安犁靡遵命。

翁归靡　你和冯君的亲事不用等待回来……

安犁靡　谢昆弥、公主。

——幕　落

尾　声

　　〔转过年来,阳春胜日,鸟语花香。

　　〔龟兹馆驿,室内,打扫得一尘不染,陈设得几净窗明,从内到外,张灯结彩,
　　　金碧辉煌。

　　〔冯嫽和安犁靡并肩携手地走来。冯嫽浓妆艳抹,容光焕发。安犁靡却还是
　　　全身披挂,满面风尘。

冯　嫽　你怎么回来得这么巧呀? 你知道姐姐和昆弥今天来吗?

安犁靡　(刚一到这新的环境,眼睛有点不够使唤,才想要回答)

冯　嫽　(其实根本不需要他回答)弟史也在今天来。他们还说……

安犁靡　（等她说,她却又不说了）还说什么?

冯　嫽　（含羞不语）

安犁靡　（会意,不无激动地）夫人!

冯　嫽　我还担心你回不来呢!

安犁靡　我昼夜不停地赶路。

冯　嫽　敌人呢?

安犁靡　连根铲除啦。

冯　嫽　真的?（还是没叫他回答）那可好极啦! 我就说,你一去了准没错,旗开得胜,
　　　　马到成功。

安犁靡　夫人夸奖了!

冯　嫽　那僮仆都尉呢?

安犁靡　下落不明。

冯　嫽　（焦急地）什么?

安犁靡　活的死的找遍了,都没有他。

冯　嫽　那还叫什么连根铲除呀! 这个根不除,早晚是个害。唉! 我说你呀! 你怎么
　　　　老是这么粗心……（要说粗心大意,但说了一半就收回去了）看你,今儿是
　　　　什么日子,还穿这个。

安犁靡　光忙着看你来了,没顾上换。

冯　嫽　快换换去吧。

安犁靡　（端详着这个环境,思索着）夫人,这真是十七年前咱们住过的那个馆驿吗?

冯　嫽　可不就是那个馆驿。

安犁靡　真是想不到呀! 十七年前,我和夫人在这儿共患难,十七年后又和夫人在这儿……

冯　嫽　叫你等了十七年,大概也是你没想到的吧?

安犁靡　没想到的事还多着哪,那会儿龟兹还怕僮仆都尉。

冯　嫽　这会儿和咱们成了一家人了。

安犁靡　这都是夫人你……

冯　嫽　别老是自己夸自己好不好?

安犁靡　变了! 变了! 你看这个馆驿,夫人不说我就认不出来。

冯　嫽　不但是龟兹,西域城郭都变了。

安犁靡　是啊! 从前一个僮仆都尉就把人都镇住了,可是,现在……变了! 变了! 十
　　　　七年什么都变了!

冯　嫽　（一笑）我看连你也变了!

安犁靡　我?（想了想）不,夫人,你看我跃马弯弓的时候,还不是当年……

冯　嫽　当年是个大将军。

安犁靡　现在呢?

冯　嫽　我看快变成诗人啦!

安犁靡　(莫名其妙)诗人?

冯　嫽　要不哪来的这么多感慨呀!

〔两个人都畅快地笑了。笑声停后,安犁靡观察这里的一切陈设,不觉微微皱眉。

安犁靡　夫人,你不觉得这里有些浮华了吗?

冯　嫽　怎么? 你的感慨又来了?

安犁靡　昆弥、公主半生戎马,历尽艰辛,怕看不惯这个。

冯　嫽　谁叫他们要亲自到这儿来给弟史主持这次完婚庆典呢。绛宾一听说,高兴得恨不得把心都掏出来,西域城郭简直把这件事看成是自己的喜事一样,都派使者来了,这会儿谁不羡慕绛宾呀!

安犁靡　可惜咱们的昆弥、公主,女儿生的太少了。

冯　嫽　又来啦! 又来啦! 我说你今天到底是怎么啦?

安犁靡　(微笑)

冯　嫽　我说大将军别老在这儿感慨了。今天你还是变变样儿吧。

〔肖嫣从室内悄悄走出。

肖　嫣　噢! 我当是谁呀,原来是右大将,还有……(低眉,敛衽,故作尊敬地)夫人。

冯　嫽　(轻轻地在她额头上戳了一下,也故作生气地)嗯!

安犁靡　夫人,那我就先走啦。(下)

肖　嫣　嗬! 好大的架子呀! 谁还不知道,从乌孙到龟兹,整个西域,上自君王,下至百姓,谁人不知,那个不晓,大名鼎鼎的冯夫人呀!

冯　嫽　你,死丫头!

肖　嫣　还丫头呢! 人家都老得快掉牙啦!

冯　嫽　那你能怨谁呀! 人家常校尉对你就是一片真心。

肖　嫣　(把嘴一撇)还是那句话,我不喜欢!

冯　嫽　(诚恳地)肖妹,说正经的,你也真该好好地想一想啦!

肖　嫣　想什么呀?

冯　嫽　当年姐姐到西域来的时候,贴心的只有咱们俩,别看她说不管咱们的事,可是你知道,她心里多么不愿意叫咱们离开她呀。

肖　嫣　我什么时候也没说要离开她呀。

冯　嫽　可是你总不愿意把根扎在这儿。

肖　嫣　哟! 我又不是一朵花儿,扎的是什么根呀!?

冯　嫽　你不能不体谅姐姐的心,她多么不容易呀!

肖　嫣　(沉思不语)

冯　嫽　肖妹,谁都知道,你比我聪明,比我能干……

肖　嫣　得了! 得了! 别老跟我说这个啦!

冯　嫽　怎么,又恼啦?

肖　嫣　(赔个笑脸)冯姐,你看。(拿出常惠给她的玉佩)

冯　嫽　玉佩,哪儿来的?

肖　嫣　常惠硬塞给我的。

冯　嫽　(珍贵地还给她)那你好好收着吧。

肖　嫣　(却不接)不,冯姐,你替我还给他,好不?

冯　嫽　(一下没想过来)我还给他?

肖　嫣　求求你啦! 好姐姐。

冯　嫽　(一赌气地把它推回去)你自己的事,你自己去办吧!

肖　嫣　(把嘴一撇)哟! 真是高贵的夫人啦,这么难求!

　　　　〔安犁靡上。虽然脱去了战袍,换上了华丽的装束,但眉宇中间蕴藏着无限

　　　　忧思。

安犁靡　夫人,都怨安犁靡粗心大意。

冯　嫽　怎么?

安犁靡　我指挥无方,运筹失策,叫僮仆都尉逃出罗网。

冯　嫽　僮仆都尉他……

安犁靡　率领残兵败将逃向莎车。

冯　嫽　(大惊)啊! 莎车?

肖　嫣　哎呀! 弟史已经过了于阗,莎车是必经之地。

冯　嫽　弟史是昆弥、公主掌上明珠,如今又身系西域安危。

肖　嫣　要是出点什么意外……

冯　嫽　你我有什么脸见姐姐,有什么脸见昆弥,十七年呕心沥血,辛苦经营,功亏一旦。

安犁靡　夫人保重! (一躬到地)安犁靡告辞!

冯　嫽　啊! 你上哪儿去?

安犁靡　我不活捉僮仆都尉,我不接来弟史,决不回来!

肖　嫣　(赶紧拦住)你,你怎么能走呀! 今天你们成亲,什么都准备好啦。

安犁靡　弟史要有意外,我们还成什么亲呀!

　　　　〔忽然鼓乐声起,幕后传呼:"公主驾到!"

安犁靡　夫人,这事千万别叫昆弥、公主知道。(急走,但到门口却被仪仗队挡住)

〔人声已到门前："公主驾到！""昆弥驾到！"

〔随着仪仗,翁归靡、解忧、常惠、素光、若呼、乌孙众翎侯、乌孙侍从等上。

冯　嫽　　臣妾　冯嫽　恭迎昆弥、公主。
肖　嫣　　　　肖嫣

安犁靡　(也无可奈何,硬着头皮地)臣安犁靡恭迎昆弥、公主。

冯　嫽　　禀昆弥、公主,西域城郭各派使节都来祝贺。

翁归靡　谢谢他们！

肖　嫣　　龟兹王绛宾等弟史一到就来迎亲。

解　忧　　怎么？弟史还没有来吗？

安犁靡　臣有罪,僮仆都尉逃向莎车。

翁归靡　那弟史的安全……

安犁靡　请昆弥准许臣去迎接弟史。

翁归靡　那还来得及吗？

安犁靡　臣愿立功赎罪,万死不辞！

解　忧　　昆弥息怒。右大将击败敌人,有功无罪,跑掉一个敌人,也是常有的事。弟史回来,朝廷必有护送,谅他僮仆都尉也未必就能得逞。就是万一不幸,也不能归咎于右大将。

安犁靡　臣启公主,匈奴单于还有阴谋。

解　忧　　什么阴谋？

安犁靡　他知道用武力难以统辖西域城郭,也想改用和亲之策。

解　忧　　怎么？他也要求和亲？

〔忽然,鼓乐声又起,幕后传呼："公主驾到！"

解　忧　　什么？

肖　嫣　　姐姐,你听,"公主驾到！"

解　忧　　哪来的公主？

肖　嫣　　我也不知道。

解　忧　　难道是匈奴……

〔乌孙侍从按剑,众人都十分紧张。

〔人声已到门口,仪仗上,排列两侧。

〔汉宫女数人上。

〔细奴、兜兜拥弟史上。弟史雍容华贵,仪态万方,俨然一个贵公主。

肖　嫣　　(一眼看出)姐姐,弟史,弟史。

弟　史　　(一看到解忧、翁归靡,欢悦地跑到跟前)妈,爸。

解　忧	（喜悦地搂抱住）弟史。
翁归靡	

〔解忧尽情地爱抚着弟史。

〔翎侯甲、翎侯乙看到细奴、兜兜，也有说不尽的儿女情长。

解　忧　（问弟史）谁送你来的？

弟　史　骑都尉郑吉就在后边。

解　忧　不是还有一位公主吗？

弟　史　噢！我还没告诉妈说哪。当今皇帝说妈在乌孙西域，功勋卓著，十分怜爱孩儿，特封孩儿为汉公主。

冯　嫽	（向翁归靡、解忧）祝贺昆弥、公主。
肖　嫣	

弟　史　（亲热地）肖姨，冯姨。

肖　嫣　看！出落得像个仙女了。

素　光　妹妹。

弟　史　哎呀，嫂……

肖　嫣　（没容她叫出来，拉了她一下）叫姐姐。

弟　史　（疑问）姐姐？

肖　嫣　（点头）快叫嘛！

弟　史　姐姐。

素　光　妹妹。（亲热地拥抱）

肖　嫣　（拉过若呼）弟史，这儿还有姐夫哪。

弟　史　哎呀！这不是若呼吗？

肖　嫣　若呼就是姐夫。

冯　嫽　（对肖嫣）看把你忙的。（拉住弟史的手）弟史，路上还平安吧？

弟　史　平平安安的。

冯　嫽　没遇上僮仆都尉？

弟　史　多亏了莎车王和众位大臣。

〔莎车使者上。

莎车使者　莎车使者拜见昆弥、公主。

弟　史　妈，爸，僮仆都尉潜入莎车，想要截击孩儿。莎车的众位大臣奋勇战斗，活捉僮仆都尉。

〔莎车士卒押僮仆都尉上。

僮仆都尉　昆弥饶命！

翁归靡　僮仆都尉祸害西域二十余年,罪大恶极,死有余辜,暂且押下去,办完喜事后,交龟兹王处治。

僮仆都尉　昆弥饶命!

〔乌孙侍从和莎车士卒押僮仆都尉下。

翁归靡　(向莎车使者)代我向莎车王致意,解救小女危急,翁归靡夫妇万分感激。

莎车使者　臣启昆弥、公主,莎车王派臣前来,一来向昆弥、公主献俘,二来还有下情陈禀。

翁归靡　请讲。

莎车使者　莎车王年老无子,赤心向汉,嘱臣禀陈昆弥、公主,愿借昆弥、公主威德,请昆弥、公主的少子万年君临莎车,臣等尽心竭力,辅助万年,世世和好,永不背汉,区区此心,望昆弥、公主采纳。

翁归靡　莎车王赤胆诚心。

解　忧　昆弥做主。

翁归靡　翁归靡夫妇感谢莎车王的诚意,只是万年年幼,还须众位大臣多多辅导。这事请使者和冯夫人仔细商量吧。

莎车使者　谢昆弥、公主。

〔鼓乐声中,且末、疏勒、温宿、于阗及西域城郭众使者上。

且末使者　且末使者祝贺昆弥、公主。

疏勒使者　疏勒使者祝贺昆弥、公主。

温宿使者　温宿使者祝贺昆弥、公主。

于阗使者　于阗使者祝贺昆弥、公主。

西域城郭众使者　臣等祝贺昆弥、公主。

〔鼓乐声又起,幕后人声:"汉使者驾到。"

〔郑吉持汉节上。

弟　史　妈,爸,这是郑都尉。

翁归靡
解　忧　有劳郑都尉万里跋涉,护送小女。

郑　吉　昆弥、公主立不世之功,威名远震,郑吉奉使前来,三生之幸。现有皇帝诏书。

〔众人一齐跪拜。

郑　吉　(读诏书)皇帝诏曰:盖有非常之功者,必有非常之人。公主解忧远适乌孙,宣劳西域;昆弥翁归靡躬擐甲胄,克敌制胜,德化遐迩,固我边陲。匈奴日逐王偃武修文,重寻旧好。从此,汉与匈奴、乌孙、西域城郭万民,如一家子,世世昌乐,功被子孙。其使骑都尉吉持金币若干赐公主、昆弥及乌孙贵人有功者。校尉光禄大夫常惠封长罗侯,归长安述职。郑吉为西域都护,辟田畴,立

083

幕府,教化斯民,普天同庆。

众　人　万岁!

解　忧　郑都尉开府西域,可喜可贺!

翁归靡　常侯封爵,可喜可贺!

常　惠　昆弥、公主劳苦功高,惠受意外之赏,应该感谢昆弥、公主。

解　忧　常侯回京述职,不知什么时候启程?

常　惠　上命不敢怠慢,最好一两日内能够动身。(肖嫣从人丛中走出,突然跪到解忧跟前)

肖　嫣　姐姐。

解　忧　肖嫣,你……

肖　嫣　(取出玉佩给解忧看)这是……(又羞又愧,十分紧张,几次努力,说不出来)

解　忧　肖妹,有话你慢慢说嘛!

冯　嫽　(也替她着急地)肖妹,跟姐姐说话,怕什么的。

肖　嫣　这,这……(还是说不出来)

冯　嫽　要不,我替你说了吧!

肖　嫣　(这下可真急了)不! 不! 我说,这是常……(又说不出来了)

冯　嫽　(实也憋不住了)常侯给她的,她……

肖　嫣　(怕冯嫽说出来了,赶紧抢着说)姐姐,你给我做主。

冯　嫽　你,你又愿意啦?

肖　嫣　(微微点头)

解　忧　你愿意跟他回长安?

肖　嫣　(脸羞得通红,低头不语)

解　忧　你愿意离开我? 离开冯嫽? 离开乌孙?

肖　嫣　(仍然不语)

常　惠　(喜出望外,又恐有变,赶紧)请公主赐恩!

解　忧　难道这儿真就没有一点值得你留恋的吗?

肖　嫣　(还是不语)

常　惠　(又是一鞠躬)请公主赐恩!

解　忧　(无奈地)好吧! 人各有志,我也无法勉强。冯妹。

冯　嫽　姐姐。

解　忧　去把我的书拿来。

冯　嫽　是。(从侍婢手中拿过书卷递给解忧)

解　忧　(搀扶肖嫣)肖妹请起,咱们从小一块读书,长大了又一块儿来到西域,咱们姐妹三人无话不说,心心相印。我知道,妹妹你为了我才受了这些年的苦。姐姐没什么好报答你的,肖妹,这是咱们小时候一块儿念的书,送给你,就算我临别赠言吧。

〔肖嫣接过书卷。

解 忧 肖妹,常侯,祝你们夫妻和顺,百年偕老。

肖 嫣 (又跪在解忧跟前,扑在她的身上,由衷地)姐姐,我就是舍不得离开你!(眼泪夺眶而出)

〔鼓乐声起,幕后人声:"龟兹王驾到。"

〔绛宾上。

绛 宾 绛宾叩见昆弥、公主。

〔翁归靡、解忧挽起绛宾。

绛 宾 龟兹小小的地方,没有什么可以献给丈人的,只有一队歌舞,貌陋声嘶,望昆弥、公主笑纳。

翁归靡 龟兹古称歌舞之乡,夫人,你我倒要开开眼界。

弟 史 爸!妈!孩儿在长安,临行的时候,朝见当今皇帝。皇帝问我在长安学的什么?孩儿说,我学的是鼓琴。皇帝听了,十分高兴。说你不远万里来学鼓琴,可见你是喜欢音乐歌舞的,那就送你一部四时舞,带回西域去吧!

肖 嫣 臣启昆弥,四时舞是孝文皇帝所作,奏的是万民安乐,四海一家。

翁归靡 好啊!今天我们就在这儿共同庆祝万民安乐,四海一家,我们要衷心相约,子子孙孙一心和好,世世代代永不背约!

〔汉和龟兹歌舞一齐上场。

〔幕在歌舞声中落。

——剧 终

【话剧】

古 道 春 风

陈书斋　王　嵘

人　物　表

林基路　中共党员,新疆学院教务长,后任库车县县长。

严　东　中共党员,新疆学院军事教官,后任库车县财税局局长。

文　郁　中共党员,八路军驻新疆办事处秘书,后任库车县教员,林基路之妻。

许梦仁　中共党员,新疆省教育厅厅长,后为叛徒。

玛丽亚姆　维吾尔族,女,迪化女子中学教员。

阿不列孜　维吾尔族,新疆学院学生,后任库车县反帝会负责人。

尼亚孜　维吾尔族,库车县贫苦农民,阿不列孜之父。

枣尔汗　维吾尔族,尼亚孜之妻。

帕蒂曼　维吾尔族,尼亚孜之女。

沙尼汗　维吾尔族,女,孤儿,后为林基路收养。

司马益　维吾尔族,库车县县政府秘书。

盛世才　新疆边防督办兼省主席。

邱毓芳　新疆妇女协会会长,迪化女子中学校长,盛世才之妻。

盛世骐　机械化旅旅长,盛世才之弟。

陈秀英　盛世骐之妻。

刘亦奇　公安管理处处长。

顾怀德　视察处处长。

卢副官长　新疆边防督办公署副官长。

潘克明　新疆学院事务主任,后任库车县公安局局长。

吐尔逊　维吾尔族,库车县县政府司法科科长。

玉素甫　库车商总,后任库车县副县长。

黛丽丝　玉素甫的小老婆。

郑汝梅、吴学孔、顾再之、张代表、乔先生;各族军政官员、阿訇、士绅、政务警察、狱卒;维吾尔族男女老幼群众若干。

第　一　场

〔1938 年春末夏初。

〔督办公署东花园的一角。有花草树木、亭榭溪流。一座六角凉亭,亭柱上悬挂着军阀杨增新撰写的一副对联"共和实草昧初开,羞称五霸七雄,纷争莫问中原事;边庭有桃源胜景,狃率南回北准,浑噩长为太古民。"亭左一带回廊通园外。右方可见一透花月洞门,里面有宴客厅。绿树丛中隐现出后面高耸的"镇边楼"。午后,东花园披红挂彩,盛世才在这里设宴欢迎延安来新疆工作的同志。几个副官带领一些士兵把各种山珍海味经过这里送到宴客厅去。林阴间、花墙旁,隐约可见荷枪兵士在警戒。凉亭上,邱毓芳、陈秀英和几个亲信官员在高谈阔论。一些维吾尔族、哈萨克族、汉族的军官和士绅名流,偕同自己的夫人陆续上场,互相寒暄问候。其中还有宗教上层人士和库车县的商总玉素甫、黛丽丝夫妇。卢副官长忙前忙后地招呼着。

〔玛丽亚姆上。邱毓芳、陈秀英迎上。

邱毓芳　玛丽亚姆女士,欢迎你。你一向不喜欢涉足官场,我以为你今天也要严循惯例,不会光临,想不到你终于婷婷驾到,我真是万分高兴。

玛丽亚姆　我能出席欢迎延安同志的聚会,感到十分荣幸,更何况是校长您亲自下的请帖呢。

陈秀英　玛丽亚姆老师,我们也是很久没有见面了,真想您!

〔玛丽亚姆和邱毓芳、陈秀英亲切地谈笑着走上凉亭。

〔稍停,盛世才着上将军服,挎指挥刀,神色从容地上。刘亦奇、顾怀德紧跟左右。场上的人们恭顺地向盛世才施礼问候。

盛世才　(略略点头)好,好,延安的客人们还没有到,诸位随便坐。啊,黛丽丝小姐、玉素甫先生,什么时候启程回库车?

黛丽丝　明天就动身。

盛世才　还有什么要帮忙吗?

黛丽丝　能在盛督办的关照下经营商业,我们感到非常荣幸。

玉素甫　我们衷心感谢盛督办。

盛世才　不要客气。希望贵夫妇常来迪化谈谈。

玉素甫　是,一定常来问候盛督办。

盛世才　好,卢副官长,准备好了吗?

卢副官长　报告督办,一切准备就绪。

盛世才　嗯,还要给世骐准备点鱼子酱和杜松子酒。

邱毓芳　世骐今天就从莫斯科回来吗?

盛世才　刚接到机场电话,已经到了。今天是双喜临门啦!

邱毓芳　秀英,你该高兴了!

陈秀英　嫂子,你……

盛世才　秀英,我要等延安的客人,你快坐我的车子,把世骐接到这里来。

陈秀英　哎。(高兴地下)

盛世才　(走上凉亭,坐在石桌旁)怀德,你接着说,那个年轻人叫什么?

顾怀德　叫林基路。

盛世才　嗯,林基路。

顾怀德　原名林为梁。广东台山人,现年二十三岁,在广东、上海读书时,因领导学生闹学潮被学校开除,后被共产党派往日本,名义上在东京明治大学读书,实际上搞留学生运动,是中共东京支部负责人。"七七"事变后,回国到延安,在中央党校学习时改名林基路。受过毛泽东先生的接见。

盛世才　这么说延安方面很器重他喽。

顾怀德　听说他熟读马列,博学多才,对于青年人,就像一块磁石,一团烈火。

盛世才　哦?……磁石,烈火?

刘亦奇　督办,这可是个危险分子。

盛世才　嗯?我们要成就大业,正需要林基路这样年轻有为的英才!……嗯……(沉吟良久)任命他为新疆学院教务长怎么样?

刘亦奇　黄昭教务长怎么办?

盛世才　黄昭……也是阴谋叛逆案的要犯!

刘亦奇　(吃惊地)啊? 黄昭也是……

顾怀德　督办的意思?

盛世才　我要给林基路一个前车之鉴。

刘亦奇
　　　　(恍然大悟)哦!
顾怀德

盛世才　亦奇,你去立即将黄昭逮捕审讯。(小声交代意图)

刘亦奇　是,是,明白了。

盛世才　把审讯记录连同那个日本间谍大西忠的口供一并拿来。

刘亦奇　是!(下)

盛世才　(踌躇满志,站起来欣赏杨增新的对联,自得地吟咏着)"共和实草昧初开,羞称五霸七雄,纷争莫问中原事;边庭有桃源胜景,狃率南回北准,浑噩长为太古民。"怀德,你对杨增新这副对联有什么评论?(根本不准备听别人回答)"纷争莫问中原事",井蛙之见! 我们不但要体察中原的寒暑,还要纵观世界的风云。(得意地大笑)

　　　〔卢副官长上。

卢副官长　报告督办,八路军办事处的文秘书和教育厅许厅长到了。

盛世才　请。

　　　〔许梦仁、文郁、林基路上。

盛世才　(趋前两步,热情地)啊,许厅长。最近有什么新作啊?

许梦仁　正和黄昭教务长研读盛督办的六大政策教程。

盛世才　文秘书,文郁小姐,你可是我这督署的稀客啊,陈潭秋先生呢?

文　郁　他到新兵营去了。他要陪新来的同志们一起来。

盛世才　好,好,(轮到和林基路握手)这位是……

文　郁　这是延安带队来的林基路。

盛世才　哦,林基路!

许梦仁　(自作风趣地)也就是文郁同志的外子啦。

盛世才　啊,文秘书,你的介绍太不全面啦。很好,今天的便宴又增添一个内容,庆贺文秘书夫妇塞外团圆。哈哈……

许梦仁　为了参加抗日战争,他们新婚不久,就毅然舍弃了琴瑟之乐,想不到五年之后,在迪化久别重逢了。

盛世才　难得,难得。林同志,今天我们要看一出《鹊桥会》啦。许厅长,你以为怎么样? 离散他们夫妻的王母是日本帝国主义,而为他们搭起鹊桥的就是……

顾怀德　当然是新疆的伟大领袖盛督办啦!

盛世才　不,应该是抗日民族统一战线。

顾怀德　啊,对,对!

盛世才　林同志,你以为怎样?

林基路　(潇洒地一笑)鹊桥会? 非常优美的传说,很有诗意,不过,它不能与我们的重逢相比。

盛世才　哦? 愿闻高见。

林基路　天上的鹊桥，是一条虚无缥缈的彩虹。而抗日民族统一战线绝不是悬在空中的彩虹。

盛世才　嗯！对对，见解不凡，可以说妙语惊人！好！听说林同志曾就读于日本东京明治大学，说起来，我们是先后同窗啦。我起初也在明治，第二次东渡日本，才弃文投武，进了陆军大学。听说林同志熟读马列，我本人也是一个马列主义的忠实信徒，我们是志同道合啊！

顾怀德　盛督办对马列很有研究，不唯知之甚多，且有独到的见解。

盛世才　哪里，哪里，肤陋之见啊，肤陋之见。

　　　〔盛世骐穿苏式军官服和陈秀英兴奋地上。

盛世骐　大哥，大嫂！

邱毓芳　世骐，你可回来啦！

盛世才　你回来的恰是时候。

盛世骐　能赶上欢迎延安来的同志，太高兴了，他们还没有到？

盛世才　来来来，我给你介绍一下。这位是从延安带队来的林基路同志。这是舍弟盛世骐，刚从莫斯科回来。你们两个年轻人就交个朋友吧。

林基路　（主动热情地）欢迎你回来参加抗战。

　　　〔陈秀英兴冲冲奔向回廊，拉玛丽亚姆手上。

玛丽亚姆　盛世骐先生，您回来了。

盛世骐　玛丽亚姆老师，您好！

文　郁　噢，让我来介绍一下，这位就是延安来的林基路，这位是迪化女子中学的玛丽亚姆老师，在新疆知识界负有很高的声望。

玛丽亚姆　（施礼）欢迎，真诚地欢迎你们来，迪化教育界的朋友们对延安十分景慕。

林基路　认识您非常高兴，向教育界的朋友们致意。

盛世骐　（兴奋地握着林基路的手）林基路同志，对于抗日战争，我很想听听延安方面的估计和看法。在莫斯科，听到国际上的一些舆论，有人竟吹捧蒋介石为抗战领袖，真是荒唐之极！

盛世才　世骐，你一直在苏联学习，我没有告诉你，早在"七七"事变之际，我就曾披肝沥胆，力陈中央，恳请蒋介石清除周围的亲日派。对内，精诚团结，匡正时弊；对外，高举义旗，一致抗战。可是，蒋介石不听我的劝告，结果怎样？除了汉奸亲日派，谁不骂他是独夫民贼？！

林基路　最近延安发表了毛泽东同志的《论持久战》，关于抗日战争的各种问题，都有详尽的论述。

盛世骐　噢？这里能看到吗？

林基路　（拿出一本给盛世骐）这是我自己学习的一本，就作为我欢迎你的礼物吧。

盛世骐　（接过书）非常感谢，它对于我，真正是旱天雷、及时雨啦。

文　郁　哦，陈潭秋先生还特意给督办带来一本，请收下。

盛世才　（接过书）《论持久战》，毛泽东。好，我为有毛泽东这样伟大的朋友而引以为自豪，我是要追随毛泽东先生奋斗到底的。此次我又邀请延安的同志来新疆工作，就是要学习共产党、八路军为国为民的精神，以马列主义为指导，建设社会主义的新新疆。

文　郁　盛督办讲的很好。我们要在抗日民族统一战线的旗帜下，团结各族民众，建设巩固的后方，大力支援前方，以加速抗战胜利的步伐。

盛世才　对，对，不过，我要提醒各位，新疆是个封建色彩十分浓厚的社会，多年来兵连祸结，破坏惨重，而某些心怀叵测的人，总是借机图谋不轨，反对新政府，这个特殊情况，我们不能不严加提防。

林基路　我想，维护抗日民族统一战线，应该是新疆各族民众当前的共同愿望吧。盛督办，你说呢？

盛世才　那是，那是。

　　　　〔刘亦奇上。

刘亦奇　报告督办，黄昭已逮捕归案，这是审讯记录。

许梦仁　（大惊）怎么？黄教务长……

盛世才　啊，我们刚刚谈到新疆的特殊性，现在，再来看看事实吧，刘处长，你把这一起叛逆案的案情介绍一下。

刘亦奇　是。在去年声援"七七"抗战的群众大会上，有一个蓬头垢面的歹徒，要跳上台去刺杀盛督办，经公安管理处逮捕审讯，犯人供出了指使人，最后追到原省府代秘书长张馨头上，原来是张馨串通了日本间谍大西忠，企图谋刺盛督办，推翻新政府。他们从天津汇来大批金钱，收买了许多图谋不轨的叛逆。（翻开审讯记录）被收买的有孙梁、李韬、黄昭、许梦仁、买买提·肉孜、赛里木·霍加……

许梦仁　我？刘处长！盛督办！

刘亦奇　大西忠和黄昭都供出有教育厅长许梦仁参加。

　　　　〔几个卫士立即持枪对准了许梦仁。

许梦仁　（打起精神，正色地）盛督办，这是什么意思？

　　　　〔一时气氛十分紧张。林基路、文郁冷静地注视着盛世才。盛世骐大惑不解，不知所措，稍停。

盛世骐　大哥！许厅长是共产党人，怎么可能……

盛世才　（突然哈哈大笑,挥退士兵）许厅长,你是个好厅长,好同志！叛逆和间谍咬你,是想挑拨我和延安方面的关系,我盛某虽然笨拙,这点诡计尚能识破。（拿起口供当场烧了）刘处长,对叛逆要严加审讯,谁再乱咬好人,立即处决！

刘亦奇　是！（下）

盛世才　唉！可惜新疆学院的黄教务长啦,空怀济世之才而误入歧途。我常说知识分子爱造反,黄巢就是一例,谁知真的就出了个黄昭教务长,太辜负我的一片好心啦！（沉默半晌,好像猛醒一样）哦,今天是欢迎延安同志的喜庆日子,我破坏了众位的心绪,实在不该。林基路同志,请不要介意。

林基路　能巧遇这样富有戏剧性的场面,很长见识,我感谢盛督办！

盛世才　（故作爽朗地大笑）哈哈……好啦！许厅长！

许梦仁　（矜持地点点头）嗯？

盛世才　我捕了你一个黄教务长！还给你一个林教务长怎么样？

许梦仁　我……（假意探问）林基路同志,还要不要再作商议？

　　　　〔众人感到突然,都看着林基路的态度。

林基路　（胸怀坦荡地）盛督办的信任,各族民众的委托,纵然心劳神疲,我也一定要把抗日教育办好！

盛世才　好！我就喜欢这样的年轻人！

　　　　〔卢副官长上。

卢副官长　报告督办,八路军办事处的陈潭秋先生陪同延安客人已到督署门口了。

盛世才　快请！

　　　　〔卢副官长招呼军乐队奏起了迎宾曲。

　　　　〔盛世才、邱毓芳为首,带领众宫员士绅迎向东花园门口。

——幕　落

第　二　场

〔1939 年 7 月 7 日。

〔新疆学院校园。整齐清洁,林阴初成。学生斋房的白墙上有鲜红的八个大字"团结、紧张、质朴、活泼",一些地方还贴有"坚持抗战,反对投降"、"打倒日本帝国主义"等标语。两棵大树上挂起了一道幕布,上有一幅横标"纪念七七抗战两周年游艺大会"。

〔玛丽亚姆和郑汝梅在幕布一侧准备演出用具。

〔远远近近传来抗日歌曲声,新疆学院院歌声和谈笑喧哗声。

〔又一批维吾尔族和汉族男女来宾上,有工人、职员、下级军官。玛丽亚姆、郑汝梅急忙迎上去。

郑汝梅　欢迎各位来宾光临指导。

玛丽亚姆　请到接待室休息一下,游艺大会三点钟开始。

郑汝梅　各位来宾跟我来。

玛丽亚姆　郑汝梅同学! 我带来宾去,你快去化妆吧。

郑汝梅　哎。(下)

〔玛丽亚姆引来宾下。顾再之鬼鬼祟祟地尾随来宾上。潘克明从另一方匆匆上。

潘克明　再之!

顾再之　潘主任,有几个机械化旅的军官也来参加游艺大会了,我们要砸,他们出面干涉怎么办?

潘克明　我刚接到刘处长的电话,情况有了变化。督办派顾处长陪着一位张先生来了。

顾再之　张先生指挥我们行动吗?

潘克明　不。张先生是督办派驻重庆的全权代表,昨天刚回来,督办请他来给全体师生讲演。

顾再之　演讲?

潘克明　督办认为,张先生的一张嘴,比你们那些人的拳头厉害。

顾再之　你让我准备的人……

潘克明　先不要动手,到时候看我的眼色行事。

〔听到人声,顾再之匆匆下。严东和玛丽亚姆上。

严　东　哎呀,潘主任,你这个总招待跑到哪儿去了?

潘克明　刚去接了个电话,二位看到林教务长没有?

玛亚丽姆　在教务长室帮同学们化妆呢。

潘克明　啊,啊。(匆匆下)

玛亚丽姆　(望着潘克明奇怪地)他又要干什么?

严　东　(哈哈一笑)事务主任嘛,忙他的事务呗。

玛丽亚姆　(轻蔑地)这种人……

〔盛世骐和陈秀英服饰鲜丽,挽臂而上。

陈秀英　玛丽亚姆老师!

玛丽亚姆　啊,盛旅长,秀英女士,你们也来了!

盛世骐　有基路同志亲自编导的话剧《呼号》,我们怎能不来呢?

玛丽亚姆　欢迎,欢迎!

严　东　欢迎!请盛旅长指教。

盛世骐　严教官太客气了,我们是来学习的。

陈秀英　(环视校园)啊!真了不起,不到一年的时间,这里完全改变了样子,新的校舍、新的礼堂、新的运动场、图书馆。世骐你看,现在的校园,到处洋溢着新鲜空气,现在的学生,是一群追求真理、奋发学习的新青年,多叫人高兴啊!

　　　〔林基路和潘克明上。

林基路　盛旅长,陈女士,欢迎你们!

盛世骐　基路同志,你们的游艺大会,简直使整个迪化都沸腾起来了。你这位教务长,也成了众人仰望的明星了。

林基路　(大笑)盛旅长,尊夫妇出人意料地出现在来宾席上,倒真会成为我们游艺大会的明星呢。

盛世骐　我们一方面来欣赏游艺大会,也是来找你拜师求教的。

林基路　这我可不敢当。

盛世骐　游艺大会还不开始吧?走,给你谈谈我结合当前的形势,再读《论持久战》的一得之见,请你不吝指正。

郑汝梅　盛旅长过于谦虚啦。噢,你要借的书我都找好了,请先到教务处坐,我去迎接一位客人,马上就来。

盛世骐　好的。

严　东　盛旅长,陈女士,请!

　　　〔林基路和潘克明下。严东陪盛世骐夫妇从另一方下。

　　　〔郑汝梅、阿不列孜和吴学孔上。郑汝梅化装为一个白发苍苍的老奶奶,衣衫褴褛,手拄枯枝;阿不列孜化装为一个八路军战士,全副武装;吴学孔化装为一个汉奸二鬼子。

郑汝梅　玛丽亚姆老师!

玛丽亚姆　这是……郑汝梅?喂喂,真像个穷家老婆婆呀。这是……

阿不列孜　我叫阿不列孜!

玛丽亚姆　多像个英勇的八路军!

阿不列孜　我要真是一名八路军战士,驰骋在抗日战场,把刺刀对准敌人(做刺杀动作)那该多好!可惜,这是演戏。

　　　〔众人笑。严东上。

严　东　不,阿不列孜,这里也是抗日战场!

玛丽亚姆　对,同学们,你们这出话剧《呼号》一定得演好! 今天,给你们讲授文学课的沈雁冰先生,还有实验话剧团的导演、演员们都要来光临指导。

郑汝梅
　　　　　（振奋地）太好了!
阿不列孜

吴学孔　你们都高兴,就我憋气,演个不三不四的二鬼子。

严　东　你这个角色很重要,要把汉奸走狗的丑恶灵魂演出来。

玛丽亚姆　对。

吴学孔　我就是捉摸不透,都是中国人,他原来也喊抗日,为什么一下变得这么坏?
　　　　　〔潘克明匆匆走过。

玛丽亚姆　（看潘克明一眼）结合当前想一想,他是真抗日吗?
　　　　　〔林基路、顾怀德、卢副官长陪张代表上,一片寒暄之声。

张代表　久仰林教务长的大名啦,今天有机会当面求教,幸甚,幸甚!

林基路　不敢当,还请张先生当面指教。

张代表　哈哈哈,一家人,不必客气。

林基路　张先生,请!
　　　　　〔林基路陪他们下。

阿不列孜　（向潘克明努努嘴）吴学孔,想想这种人,就一定能演好这个二鬼子。

吴学孔　（看着走过去的潘克明）哎,我好像有点明白了。

玛丽亚姆　《呼号》是今天的重点节目,只能演好,不许演坏!

郑汝梅　知道了。（对阿不列孜、吴学孔）再去找他们对对词。
　　　　　〔三人下。

玛丽亚姆　严教官,想不到一出《呼号》会惊动了这么多人! 赞成的、反对的,各种各样的人,都有自己不同的态度。盛督办、盛旅长,亲兄弟,各站一方。……

严　东　那是因为《呼号》揭露了投降主义正在新疆抬头,打中了一些人的痛处!

玛丽亚姆　你们共产党人,真像是暗夜的火种,照亮了我们各族民众前进的道路。

严　东　我们做得还很不够。

玛丽亚姆　从杨增新、金树仁到盛督办,只有延安的同志来到新疆,我才慢慢懂得了怎样做人。林教务长这么年轻,可在社会上受到了广泛的尊敬和赞扬,凡是和他接触过的人,都说他是一团烈火,一下子就能把周围的人点燃。

严　东　是啊,我这个老战士也很尊敬他……
　　　　　〔潘克明又匆匆上。

潘克明　林教务长请你们二位到大礼堂去。

严　东　什么事?

潘克明　盛督办的钧谕。请张先生给参加游艺大会的全体师生作抗战形势讲演。

玛丽亚姆　游艺大会马上就要开始啦？

潘克明　游艺大会？恐怕……

严　东　怎么？

玛丽亚姆　走吧，严教官，问问林教务长……（同严东下）

　　　　〔顾怀德走上。

顾怀德　潘主任。

潘克明　顾处长。

顾怀德　（看看无人）督办再让我了解一下，近来你们学院有什么新的情况。

潘克明　最近有越来越多的学生，天天夜里到林基路那里去，好像有组织活动。

顾怀德　确实吗？

潘克明　确实。我早就让顾再之注意他们了。

顾怀德　都是哪些学生？

潘克明　这是顾再之记下的名单，您看，男的、女的，汉族、维吾尔族都有。特别是库车来的那个穷小子阿不列孜总是和林基路形影不离，还有女子中学的玛丽亚姆，经常来找林基路，看她赤化的程度，简直不亚于刚从延安来的。

顾怀德　（一边看着名单一边说）嗯。很好，这些情况很有用。（稍顿）形势发展很快啊，自武汉沦陷之后，日军即停止向中央军进攻。目前，重庆与日本议和之说又起。国共两党的摩擦也日趋激烈。此次张代表给督办带来了非常重要的情报，蒋先生亲自在国民党五届五中全会提出了"限制异党活动办法"……

潘克明　限制异党？

顾怀德　就是要溶共、防共、限共、反共。

潘克明　哦。那对林基路他们可以下手了吧？

顾怀德　还不到时机，督办的办法是用南疆戈壁的沙石，埋葬燃烧的火种。

潘克明　用沙石埋葬火种？

顾怀德　根据当前南疆的局势，督办的意思……

　　　　〔传来吵嚷声，张代表气冲冲地上，后面跟着林基路、严东、玛丽亚姆。

张代表　顾处长，林教务长这是什么意思？

顾怀德　怎么？

张代表　我不能容忍！对我的侮辱！对我粗暴的谩骂！放肆的攻击！我抗议！

林基路　张先生，当面撒谎，未免有失身份吧？

张代表　谁撒谎？你骂谁是汉奸卖国贼？

林基路　我骂那些挂羊头卖狗肉,假抗日真反共,把祖国大好河山拱手送给日寇,把千千万万骨肉同胞推到日寇屠刀之下的败类是汉奸卖国贼不对吗?怎么触到张先生的痛处了!

张代表　什么叫丧尽天良,无耻之尤?

林基路　由于反动派的封锁围剿,共产党、八路军,在食不果腹,衣不蔽体的极其困难的情况下,以顶天立地的大无畏英雄气概,经过二万五千里长征,奔赴抗日前线,为了中华民族的生死存亡,抛头颅,洒热血,前赴后继,勇往直前。如果不是丧尽天良,谁能把这样的军队骂作匪军?如果不是无耻之尤,谁能把这样的政党称为奸党? 这也犯了张先生的忌讳了?

张代表　啊,你,为什么在我讲演之后大发议论?

林基路　有人鼓吹汪精卫吓唬人的"焦土抗战","背着棺材抗战"的谬论,为什么不能驳斥?

顾怀德　林教务长,你应该懂得,张先生是盛督办的代表!

林基路　既然是盛督办的代表,为什么竟敢背着盛督办,打着抗日的旗号贩卖私货?张先生是谁的代表,倒值得认真追查一下了。

张代表　你说我是谁的代表?

林基路　如果你真的代表盛督办,怎么能讲出汪精卫那一套投降卖国的高论? 难道盛督办就是这个意思? 顾处长,你说呢?

顾怀德　啊,这……误会,一场误会,张先生,我们走吧。

张代表　我要找盛督办对你严加追究!

林基路　请便,恕不远送。

　　　　〔张代表、顾怀德、卢副官长、潘克明匆匆下。

玛丽亚姆　林教务长,我真替你担心。

林基路　我说的有什么不对吗?

玛丽亚姆　你说得太好了。他们是不会善罢甘休的,你要多加小心。

严　东　我看,这是一个信号。也许,暴风雨就要来了。

林基路　没什么,是海燕,就要迎着暴风雨飞翔!

玛丽亚姆　因为它充满着对暴风雨的渴望!

严　东　还因为,它深信乌云遮不住太阳!

玛丽亚姆　太对啦。我也要向海燕学习,和你们一起飞翔!

林基路　玛丽亚姆老师你好,让暴风雨来得更猛烈些吧!

　　　　〔文郁上。

林基路　文郁,陈潭秋同志没有来?

文　郁　他到督办公署去了。

林基路　对我们有什么指示？

文　郁　陈潭秋同志让我转告你，新兵营的同志很快要离开迪化，奔赴抗日前线。我们的部队一走，盛世才很可能要加快逆转的步伐，要我们提高警惕。由于我党在迪化影响越来越大，盛世才芒刺在背，也许会把我们一些同志调离迪化，分散我们的力量。

林基路　很可能。但是，他会适得其反，把我们分散得越广，抗日的烽火就烧得越旺。

文　郁　陈潭秋同志还指出，越是在这种情况下，越要大力宣传抗日，团结各族民众，迫使盛世才不敢贸然破坏统一战线。

林基路　对。

文　郁　陈潭秋同志说，今天的游艺大会很重要，宣传抗日，动员民众，有理有利，一定要争取大会获得成功！

林基路　游艺大会准备开始。

严　东　我去请来宾们入座。

　　　〔许梦仁匆匆赶来。

许梦仁　等一等！游艺大会不要开了。

众　人　（哗然）不开了？为什么？

许梦仁　督办发脾气了，说你们这个游艺大会演出有严重政治错误的节目，妨碍团结。为了不使事态扩大，我看游艺大会不开为好。

玛丽亚姆　严重政治错误？妨碍团结？

严　东　老许同志，这是盛世才的意思，还是你的决定。

许梦仁　总之，这是我根据盛世才的意思做出的决定。

严　东　我们就真的取消今天的大会？

许梦仁　（有点急了）哎呀，你们还看不出来？盛世才自己要破坏统一战线，又想把罪名栽在我们头上，我们绝不能叫他抓住一点借口。

林基路　可是，如果连抗日的歌也不能唱，抗日的戏也不能演，还有什么抗日民族统一战线可言？我们必须按照陈潭秋同志的指示，坚持既团结又斗争，以斗争求团结的方针，更广泛地发动各族民众一致抗日，才能迫使盛世才不敢贸然破坏统一战线。

许梦仁　盛督办是派我来处理这个问题的，我是教育厅长……

林基路　可党代表根据目前的形势，指示我们一定开好今天的游艺大会。

许梦仁　这是陈潭秋同志的指示？

〔卢副官长上。

卢副官长　林先生,盛督办请你到督署去接受训示。(将一个文件交给林基路)

林基路　(接过一看)哦? 盛督办实在是把我看得太重了。(把文件递给严东,许梦仁也凑过去看)

严　东　任命林基路为库车县县长? ……

玛丽亚姆　林教务长……

严　东　……基路同志? ……

林基路　卢副官长,请回禀盛督办,我马上去接受训示。

卢副官长　好,再会。(下)

许梦仁　怎么样? 这就是你们召开游艺大会的后果。这显然是充军发配嘛!

林基路　不,我倒认为,这是盛世才帮助我们扩大阵地,开辟新的战场。

文　郁　这是党代表早就预料到的。

玛丽亚姆　那……林教务长。

林基路　玛丽亚姆老师,游艺大会马上开始。

许梦仁　你们……我去找陈潭秋同志! (愤然下)

　　　　〔一片喧哗声,来宾们纷纷入座。一些维吾尔族、汉族男女同学到幕前站好队。

玛丽亚姆　(走到幕布前)来宾们! 同学们! 纪念"七七"抗战两周年游艺大会现在开始! (鼓掌声)第一个节目,合唱:《怒吼吧,黄河》。

　　　　〔林基路走到合唱队前,举手指挥。气势磅礴的大合唱起——

　　　　　怒吼吧,黄河!

　　　　　怒吼吧,黄河!

——合唱声中幕落

第　三　场

〔1940 年春。

〔库车县县政府门前,古旧、破败,可以看到城楼和库车大寺的圆顶。

〔以吐尔逊为首的维吾尔族、汉族、蒙古族官员、宗教人士和地方士绅聚集在县政府门口,准备欢迎新县长。"肃静"、"回避"等旗牌执事和乐班,一应俱全,确实是龟兹古道,清末遗风。一些男女老少维吾尔族群众,聚在街道两旁,紧张而肃静地怒视着众官员士绅,也等着见识一下新来的县长。还有

　　　　　一些政务警察,排列县衙两旁,威风凛凛,戒备森严,不时起散看热闹的群众。

　　　　　〔稍停,一政务警察跑上。

警　　察　报告! 新县长骑着高头大马,带领随行人员,已经快到接官亭了。

吐尔逊　　快传话! 城楼点炮,(对警察指群众)把他们赶远点,(向县府大门内大声招呼)歌舞侍候。

　　　　　〔吐尔逊和几个执事官员急急迎下。政务警察驱赶群众:"躲开!""站远点!"

　　　　　〔城楼鸣炮三响,乐班吹打起来,一队姑娘从县政府门内歌舞出迎。在"库车赛乃木"鼓乐声中,吐尔逊等官员陪同潘克明走上,众官员迎上前去恭维施礼:"欢迎林县长莅任!""林县长明镜高悬,乃库车万民之福!""欢迎……"

吐尔逊　　诸位同事,这位是新任库车公安局潘局长。

众　　人　啊? 哦! 欢迎潘局长! 欢迎欢迎!

潘克明　　兄弟潘克明,请诸位多多照应。

吐尔逊　　噢,让我来介绍一下。这位是库车商总玉素甫巴依、商总夫人黛丽丝小姐。这位是掌教阿訇艾坦木教长,这位是达吾提亲王,这位是府秘书司马益先生……

司马益　　潘局长,林县长还没到?

潘克明　　林县长过两天才能到任,派兄弟先来稍事安顿。

吐尔逊　　林县长和潘局长的起居等事都已安排妥当。潘局长鞍马劳顿,请先到县府休息。请,请!

　　　　　〔众官员簇拥着潘克明刚要进县府,突然一个衣衫褴褛的老年农妇,分开人群,跪到潘克明面前哭诉起来,她叫枣尔汗。

枣尔汗　　县长大人,我冤枉啊!

吐尔逊　　又是你这个老东西,新县长还没来,滚开! 滚开!

　　　　　〔政务警察们吆喝着推赶枣尔汗。

潘克明　　等一等,怎么回事?

枣尔汗　　(指着玉素甫、黛丽丝)他们无缘无故把我的老伴送到县政府,押在班房一年多了……

　　　　　〔黛丽丝放纵地哈哈大笑起来。

吐尔逊　　潘局长,别听她的,她男人犯了勾结叛逆之罪。

潘克明　　(注意起来)她男人是叛逆沙吾提的同党?

吐尔逊　　是!

潘克明　　什么关系?

吐尔逊　　他窝藏了沙吾提的遗女、叛逆家属沙尼汗,至今没有交出,拒不认罪。

100

潘克明　哦！诸位,我想借此机会和乡亲们讲几句话,（看看周围警戒)没什么不方便吧？

吐尔逊　啊……（也看看警戒情况)欢迎！欢迎潘局长训话。

众　人　欢迎！欢迎！

〔这时,林基路和严东已背着行李来到人群当中,林基路不时向身旁的群众询问情况。

吐尔逊　潘局长,请！

潘克明　诸位父老兄弟们！鄙人潘克明,追随林县长调来贵县任职,感到十分荣幸。鄙人和林县长共事多年,可说是莫逆之交。林县长指示我,在他没来之前,要晓谕众人,就是有言在先的意思啦,林县长警告说,现在是抗日战争的非常时期,因此,要向父老兄弟们约法三章:第一,辱骂领袖盛督办,反对督办的新政府者,以叛逆之罪论处,不准申诉,就地正法;第二,同情叛逆,窝藏叛逆家属者,以蔑视新政府论处,要严加治罪;第三,聚众闹事,搅扰官府,敢于抗上者,以破坏抗战论处,要严加治罪。(指枣尔汗)这个妇人,她男人勾结叛逆,反对政府,还敢拦路喊冤,显然是个刁民,鞭打四十,赶出县城！

吐尔逊
玉素甫　(喜出望外)潘局长执法严明,就该如此！

群　众　(议论纷纷)又是个黑心县长,黑心局长……

〔政务警察推倒枣尔汗,人群中的帕蒂曼不顾一切地扑到枣尔汗身上,护着自己的妈妈。

帕蒂曼　(哭喊着)妈妈！妈妈！

〔政务警察踢开帕蒂曼,举起鞭子要打枣尔汗,林基路和严东从人群中快步走出,严东急忙扶起帕蒂曼。

林基路　(夺过警察的鞭子)不许打！

吐尔逊　(凶恶地冲到林基路跟前)干什么？你想找死啊！(夺过鞭子要打林基路)

严　东　(又夺过吐尔逊的鞭子)嘁嘁,有劲去打日本鬼子,在这里要什么威风！

潘克明　(惊慌地急忙跑过去)吐尔逊科长,这位就是林县长！

吐尔逊　啊？

〔众官员一下都惊住了。

吐尔逊　对不起,林县长,我不认识,我该死,我……

潘克明　(解围地)啊,啊,不知者不怪。林县长,估计你后天才能到,怎么这么快就来了？

林基路	有个便车路过雅哈，我们就提前了。噢，向大家介绍一下，(指严东)这位是新到任的财税局长严东。
潘克明	哎呀！你们自己背着行李，步行了二十里呀?!
	〔群众明白了是怎么回事，惊奇地议论："哎呀，县长自己背着行李步行上任，这是个什么样的县长啊？……"
吐尔逊	林县长、严局长实在太辛苦了，快请到县府休息吧！
	〔林基路不予理睬，和严东交换了意见。
严　东	诸位，林县长也想借此机会和乡亲们讲几句话。
吐尔逊	(带头鼓掌)欢迎！欢迎！
林基路	乡亲们，我本来没有什么约法三章，既然潘局长替我定下了三章约法，也好。不过，潘局长讲的有点出入，我现在当众把它纠正过来。我和潘局长共事一年，彼此了解，我想，潘局长是不会见怪的。
潘克明	请林县长指正。
林基路	乡亲们，日本帝国主义的铁蹄，正在践踏我们的国土，我们的骨肉同胞，正遭受血腥的屠杀！我们中华民族的儿女，谁愿意做奴隶？谁愿意当马牛？抗日前线的军民，正在浴血奋战，我们大后方的各族民众，要团结起来，支援前方，坚决把日寇赶出中国去！为此，我们的约法三章是：坚持抗战，反对投降；坚持团结，反对分裂；坚持进步，反对倒退。对于违反省政府的新政策，贪赃枉法，加租逼债，迫害民众，破坏团结，以及和帝国主义与反动派相勾结的民族败类，要严加治罪。这也是潘局长说的，有言在先的意思。
艾坦木	啊，我们穆斯林衷心祝愿，在林县长的抚佑之下，兄弟相亲，上下相敬，干戈化玉帛，万民庆升平！
达吾提	对，对，盛督办派林县长来鄯县督理政务，一定会使鄯县风调雨顺，万民安泰。
黛丽丝	(趋前几步，卖弄地)林县长，久违了。
林基路	啊，黛丽丝小姐，我们见过面。
黛丽丝	您来库车为民父母，实在是我们万民有幸啦！
林基路	为民父母，实在不敢当，我是来作民众公仆的。关于库车的治安情况，盛督办十分关心。
众官员	是，是。
林基路	刚才有人喊冤，是怎么回事？
吐尔逊	(指枣尔汗)这个泼妇的男人犯了勾结叛逆之罪，已依法逮捕入狱。她不但不服管束，还屡次搅扰官府，滋事生非。

林基路	她男人勾结叛逆?
吐尔逊	是。刚才她又趁林县长初到库车不明真相,拦路喊冤,是想欺蒙林县长。
林基路	(假意发怒)这还了得! 哪位是司法科长?
吐尔逊	我,在下吐尔逊。
林基路	吐尔逊科长,请你把勾结叛逆的犯人提出来,我们当众审判,犯人要确是无赖刁民,就严加惩办;他要是真有冤情,我们就当众平冤,让士绅官民们亲眼看到,盛督办的新政策公正不阿。
吐尔逊	林县长……
林基路	潘局长,你看……
潘克明	(脑子一转)好! 提犯人。
吐尔逊	是! (带两个警察下)
	〔众人怀着不同的心情等待着。稍停,吐尔逊和警察押着一个镣铐锒铛的维吾尔族老汉上。
林基路	你叫什么名字?
尼亚孜	(头也不抬)尼亚孜。
林基路	你犯了勾结叛逆之罪,你认罪吗?
尼亚孜	我,老爷,我没有罪,我不懂什么叫勾结叛逆?
吐尔逊	(暴跳起来)胡说! 你没有窝藏叛属沙尼汗?
	〔尼亚孜吓得不敢说话了。
林基路	说吧,是你窝藏了叛属沙尼汗。
司马益	尼亚孜,别怕,这是新来的县长,有什么话你就说吧。
尼亚孜	县长老爷,我没有窝藏沙尼汗。
吐尔逊	什么? 你还敢抵赖?
尼亚孜	我真的没有窝藏啊,县长老爷……
吐尔逊	林县长,我们库车这个地方的人,不狠狠整治可不行,您看,他窝藏叛属,证据确凿,不但不低头认罪,还敢在您新来的县长面前当众放刁。
林基路	他窝藏叛属,证据确凿?
玉素甫	我可以作证。
林基路	哦,玉素甫先生,你看到他窝藏叛属了?
玉素甫	是。政府处决了叛逆沙吾提以后,叛属沙尼汗畏罪潜逃,不知下落。有一天,我带着仆人到城南二十里的戈壁草湖去打猎,我们的枪声一响,突然发现尼亚孜带领叛属沙尼汗,从草湖往东逃去。
林基路	尼亚孜,这可属实?

尼亚孜　这,这……

〔众人紧张地注视着尼亚孜。

尼亚孜　这,……这是实情。

司马益　啊? 尼亚孜,你……

〔群众惊疑,一阵骚动。

吐尔逊　(向群众)不许乱动! 你们听见啦,由于林县长执法严明,玉素甫商总当面作证,尼亚孜对他所犯罪行已供认不讳。(对警察)把犯人押下去,听候林县长按律处置。

林基路　等等,尼亚孜,你把沙尼汗藏在那里啦?

尼亚孜　我,……我没有窝藏沙尼汗。

吐尔逊　大胆,你敢翻供?!

林基路　(对吐尔逊)不要着急,(转对尼亚孜)你真的没有窝藏吗?

尼亚孜　我……

严　东　老大哥,不要怕,快说吧。

尼亚孜　(看看林基路,林基路点点头)我,那天,我带着沙尼汗离开草湖,没走几步,突然跑来两个不认识的人把我打昏过去,等我醒来,沙尼汗,沙尼汗就不见了。……可怜的孩子,……

林基路　玉素甫先生,那天,你也看到了吗?

玉素甫　没,没有。

黛丽丝　哼! 林县长,我看,犯人是在编造神话啦。

林基路　是这样吗? 黛丽丝小姐? 尼亚孜,我再问你,你多方寻找沙尼汗就不怕窝藏叛属,勾结叛逆之罪吗?

尼亚孜　唉! 一个还没活过九个冬春的孩子,他叛逆谁啊! 每天受鞭打,身上再找不出一块好皮肉,她实在忍受不了,才逃进了戈壁草湖。她还是个不懂事的孩子! 她挨鞭打忍受不了,我看着她挨鞭打也忍受不了啊!

林基路　哦,是这样。

枣尔汗　草湖里有狼啊,县长大人,一个不到九岁的孩子,她怎么活啊?!

林基路　这么说,你找到沙尼汗之后,要是不被打昏,就真会把她藏起来啦?

尼亚孜　我,我会把她藏起来的,我怎么能眼看着一个无依无靠的小生命……

〔吐尔逊、玉素甫等松了一口气,群众又一阵骚动。

吐尔逊　林县长,尼亚孜再次供认了罪行,我看不必再审了吧?

林基路　我看也不必再审了。

吐尔逊　(对警察)把犯人押下去!

林基路	不,尼亚孜无罪,应该立即释放。
众　人	(怀着不同的惊异)啊!无罪释放?……
林基路	第一,他是可怜孤女,而不是勾结叛逆;第二,他想藏而没有把沙尼汗藏起 来,就更无所谓窝藏叛属之罪啦。
吐尔逊	林县长,你这样判决,不太恰当吧?
玉素甫	是啊,林县长,犯人的话怎能相信呢?
黛丽丝	对,对。一切罪犯,从来是不上重刑不肯招供的。只有严惩尼亚孜,才能使沙 吾提的叛党不敢妄动。对于库车的治安,林县长是要负责任的!
达吾提	林县长,沙吾提叛逆一案,是盛督办亲自判定尼亚孜与叛属牵连,事关重 大,你要三思而行啊!艾坦木教长,您说……
艾坦木	啊,啊,一切赞颂,全归安拉,大仁大慈的真主,我们的一切都是安拉的赐 予。叛逆的罪恶,只有安拉能够饶恕,在安拉面前,尼亚孜是有罪的。
吐尔逊	林县长,若将尼亚孜无罪释放,不但刁民们更有恃无恐,有威望的士绅阿訇 们也都会对您……
林基路	怎么样?
吐尔逊	……不服啊!
林基路	(平静地看看众官员)诸位,还有什么话要说? 〔一阵紧张的沉闷,稍停。
林基路	好吧。吐尔逊科长,请你把沙尼汗带上来。
吐尔逊	(一惊)啊,这……
林基路	怎么?
吐尔逊	沙尼汗下落不明。
林基路	既然如此,怎么能判定是尼亚孜窝藏?
吐尔逊	林县长……
林基路	就因为你们牵强附会,是非不明,任有罪者逍遥法外,无罪者被关押判 刑,才逼得民心浮动,治安不稳。任你们这样下去,引起更大的动乱,谁 能负责?
吐尔逊 玉素甫	(一时无言以对,急切地向潘克明求援)潘局长!
潘克明	(不得不直接出面)林县长,盛督办再三训示,对这些叛党刁民若不严加 惩办,不唯库车的治安无法维持,倘再波及他县……督办面前,可不好 交代啊!
林基路	我离开迪化的时候,对于库车的情况,督办对我曾当面指示。在督办面前,

有我承担责任,诸位尽可放心。

潘克明　(阴险地)啊,好,好。

林基路　(向吐尔逊要过钥匙,亲自给尼亚孜打开铁镣)尼亚孜,你无罪啦! 回家好好生产,支援抗日战争。

〔尼亚孜凝视铁镣,突然跪倒在林基路面前。

尼亚孜　县长阿大!

林基路　(急扶起尼亚孜)老大爷,不要这样。

尼亚孜　(站起来,仔细看看林基路,无比激动)乡亲们! 库车的天变了,胡大给我们派来了一位圣人!

林基路　老大爷,不要这样说,我是来为各族民众办事的!

司马益　(激动地走到林跟前)林县长……

——幕　落

第　四　场

〔1940 年春末。

〔库车城郊,尼亚孜的家。

〔低矮的土屋,窄小的屋门。门旁的房檐下伸出一个破草棚,草棚下有一个大土台。一切都很破旧,唯有屋门另一方的一株小杏树,生机勃勃。远处隐约可见浩荡如烟的渭干河,巍峨陡峭的库木吐拉千佛山。土台上,帕蒂曼偎依在枣尔汗的怀里低声啜泣。屋门前堆着一些破旧的东西:铁锅、口袋、磨损的坎土曼和几块破毡片等。片刻,从屋门又扔出一件败絮一样的袷袢。

〔随即,玉素甫的两个狗腿子从门里跳出来。

狗腿子甲　尼亚孜! 今天一定得搬。听见没有?

〔尼亚孜提着一只"巧贡",拿着一只简陋的都塔尔上。

尼亚孜　我这不正收拾东西吗?

狗腿子甲　别磨磨蹭蹭的了。告诉你,县太爷从班房把你放出来了,可你欠玉素甫商总的债还没有还清呢。你在玉素甫商总的草湖开的那三亩地可不是白种的。

尼亚孜　我知道。

狗腿子乙　尼亚孜! 玉素甫商总说得很清楚,只要你搬到他的庄园去,听他的话,全家老老实实给他干两年,你欠的债就算清了。要是你不听玉素甫商总的,水流走了石头在,乌斯曼掉了眉毛在。到时候,哼! ……

尼亚孜　我知道,马上就搬。

狗腿子甲　好,我们在庄园等着你。(对狗腿子乙)走!

〔狗腿子甲、乙下。

帕蒂曼　爸爸,就不搬!县长老爷把你放出来了,你不是罪犯了,我们不怕玉素甫老爷了。

尼亚孜　孩子,你不懂。

帕蒂曼　我懂!县长老爷是好人。玉素甫再欺侮咱们,我去找县长老爷。

尼亚孜　(急忙制止)帕蒂曼,(看看狗腿子已走远,才放下心来)唉!孩子,听爸爸的话,快收拾东西。

帕蒂曼　不,我不去!我不去给那个妖婆子当奴隶。

枣尔汗　(止不住扯起衣襟擦眼泪)尼亚孜,要不,你再去求求县长老爷?

尼亚孜　(着急地)枣尔汗哪,枣尔汗,咱们的命运是在玉素甫老爷的手里!"杀人偿命,欠债还钱",什么样的县长老爷也翻不过这个理。后悔呀!不该在他的草湖开那三亩地。

枣尔汗　这个县长老爷,可把你从班房里救出来了。

尼亚孜　那是断案子!是为他自己立一块青天大老爷的牌子。今后怎么样,谁知道啊?几任汉族县长都干了些什么,你都忘了?再说,这个县长老爷真是好人,他还能一辈子不离开库车?等他一走,咱们怎么办?……唉!(恋恋不舍地摸摸土墙、屋门、土台、小树、草棚……)几十年住惯了的房子。当牛作马才盖起来的房子!帕蒂曼亲手栽的这棵小杏树,今年才结杏子……可是,唉……

枣尔汗　这样的日子,什么时候才有头啊?!

尼亚孜　(抱起都塔尔,失神地望着远方,轻轻地弹唱起来。他的歌是那么低沉、缓慢、忧郁、悲凉)

　　　　茫茫的戈壁沙滩,
　　　　到处有风沙弥漫,
　　　　疲惫孤独的老驼,
　　　　哪里是他的家园。

　　　　春风吹拂着大地,
　　　　百花是多么鲜艳,
　　　　草木啊,都有春天,
　　　　为什么,穷人没有春天?

〔林基路和文郁在歌声中走上。林基路要和尼亚孜打招呼,被文郁止住了。他们一动不动地站在一旁静听,直到歌声停止了好一会儿,都没有说话。尼亚孜长叹一声,抬头发现了林基路。

尼亚孜　(十分惊疑)啊?县长老爷?!

〔帕蒂曼要和林基路说什么,被枣尔汗又拉到了怀里。

林基路　尼亚孜大叔,枣尔汗大婶,我来介绍一下,这是我的妻子。她叫文郁,她很想来看看你们。

尼亚孜
枣尔汗　(局促不安地后退施礼)啊,县长太太。您好!

〔文郁止不住笑了起来。

尼亚孜　(越发不安地)怎么,我,我们?……

文　郁　大叔、大婶,我们不兴叫太太,以后就叫我文郁吧。(拉着帕蒂曼坐在土台上)小妹妹,你叫什么名字?

帕蒂曼　帕蒂曼。

尼亚孜　哎呀!您……

文　郁　(不知怎么回事,急忙站了起来)怎么啦?大叔。

尼亚孜　(慌乱地翻出两块破毡片,铺在土台上,用袖子打扫干净)这,这……

林基路　尼亚孜大叔,不要客气,快坐下,咱们好说话。(拉着尼亚孜坐下,看看院子里的东西)大叔,这是干什么?

尼亚孜　搬家。

林基路　为什么要搬家啊?

尼亚孜　这,这房子太破了。

林基路　搬到哪儿去?

尼亚孜　我是玉素甫老爷的车户,搬到他的庄园去。

林基路　哦。搬到他的庄园去……(发现有点问题,思考着)

文　郁　(看出这一家还有不少顾虑,想打破一下僵局)帕蒂曼,看,头发都乱了,我来给你梳梳。

枣尔汗　我梳吧。她的头……怪脏的。

文　郁　哪儿的话,大婶,我来梳。

〔文郁给帕蒂曼仔细地梳头,林基路看看尼亚孜,尼亚孜低头不语,他走到帕蒂曼跟前。

林基路　文郁,不要把帕蒂曼的小辫梳错了,一岁一个,对吧?大婶。

枣尔汗　哎,一岁一个。

文　郁	哦！（数数小辫）那么,帕蒂曼今年十岁了?
帕蒂曼	对,我十岁了。
文　郁	上学了没有?
帕蒂曼	没有。
文　郁	到县反帝小学去上学吧。我就在那儿当老师,愿不愿去?
帕蒂曼	（高兴地）爸爸！我……
尼亚孜	（急忙岔开）县长,您二位到我家来……
林基路	大叔,我想叫你谈谈沙尼汗的事。
尼亚孜	啊? 我,我向胡大起誓,我真的没有窝藏沙尼汗。
林基路	别害怕,大叔,你是无罪的,我已经当众判清楚了。
尼亚孜	您把我从班房里救出来,我们全家一辈子也忘不了您的恩情,可我,真的没有窝藏沙尼汗哪!
林基路	我相信你。大叔,我是想问问,沙尼汗究竟在哪儿? 你听说过没有?
尼亚孜	我一直在班房里蹲着。
林基路	大婶,你也没有听说过吗?
枣尔汗	没有,没有听说。
林基路	大叔,把你打昏过去的那两个人是什么样子,还记得吗?
尼亚孜	一个人在我身后打的,我没把他看清楚。抢沙尼汗的那个人好像见过,可一时又想不起来在哪儿见过。
林基路	嗯,想想看,在哪儿见过?
尼亚孜	（思索一阵）唉,老了,糊涂了,想不起来了。
林基路	不要着急,以后慢慢想。
	〔这时,一阵"丁零零"的马车声停在近处,引起了大家的注意。
林基路	是玉素甫的皮包车吧?
尼亚孜	哎,是他的。
帕蒂曼	（看清了）是黛丽丝妖婆子! 啊? 她到咱们家来了。
枣尔汗	尼亚孜,她来……
尼亚孜	林县长,我得马上搬家了。
文　郁	先不忙,大叔,看看她要干什么?
尼亚孜	不,不。（急忙招呼枣尔汗收拾东西）
	〔黛丽丝高跟皮鞋,袒胸露臂,妖气十足地上,一个佣人打着小洋伞为她遮着太阳。
黛丽丝	噢！林县长,可把您找到了。

林基路	有事吗？
黛丽丝	您真是贵人多忘事，库车的工农商学各界的代表和社会贤达，都在寒舍恭候尊驾光临呢。噢！这位就是林太太吧？见到您我很高兴，各位先生特别嘱咐我，也要请林太太赏光。
文 郁	您这位太太倒很懂得中国旧官场的外交辞令啊。请告诉各位先生，很抱歉，我有事，不能去。
林基路	接到请柬，我就派司马益秘书去代我辞谢过了。怎么，司马益秘书没说清楚吗？
黛丽丝	No,no,①林县长太客气了。您不远万里从广东来到我们库车，为了抗日救亡运动，日夜操劳，太辛苦了。库车各界一片赤诚，要对林县长表示一点孝敬之心，林县长怎么能让各界代表失望呢？都是为了抗战建国嘛！
林基路	都是为了抗战建国？很好！那就请各位先生拿出行动来。
黛丽丝	毫无问题，请林县长放心！酒宴席上什么事都是好商量的。
林基路	哦？那，要我答应什么条件呢？
黛丽丝	（放纵地大笑）林县长真会说笑话！各位代表虽多属商界人士，可怎么也不能和林县长做买卖呀。他们是满怀诚意，想高攀林县长交个朋友。
林基路	交个朋友？（也哈哈大笑）那就请你告诉那些"朋友们"，酒宴席上的交易不必搞了。我已经讲过多次了，现在是抗日战争的非常时期，商总掌柜们要遵守政府的法令，再不准抬高物价，囤积居奇；乡约巴依②们要把侵占的国有山林草场退归政府，按规定立即补交税款。
黛丽丝	这……林县长。
林基路	还有，在抗日民族统一战线的旗帜下，为了发展生产，支援前方，新政府鼓励无地的农民到国有的草湖开荒。对已在国有草湖开荒的农民，过去巴依们收租，是非法的。从现在起，一律停收。农民因为开荒欠下的租赁，也一笔勾销。几年来，政府已三令五申，若再无故拖延，拒不执行，政府定严惩不贷！ 〔尼亚孜和枣尔汗受到很大震动。
黛丽丝	这不大好吧？中国有句老话，叫做冤家宜解不宜结呀！
林基路	嗬嗬，最后通牒，好嘛！看来，黛丽丝小姐已认定我们是冤家啦？但我不希望这样。在日本帝国主义面前，凡是爱国的同胞，我们都要团结起来，一致抗日。只有那些破坏团结，背叛中华民族的投降派，才是我们的冤家对头！
黛丽丝	林县长……

---

① 意为不是，不是。

② 巴依：维吾尔语，意为财主、地主。

林基路　话我已经讲清楚了,究竟怎么办好,你们自己考虑吧。(转对尼亚孜和枣尔
　　　　汗)大叔,大婶,有点什么吃的吗?吃完饭我们帮你一起搬家。

尼亚孜　(万万没想到,一时不知怎么办好了)啊?这,枣尔汗,快……

　　　　〔枣尔汗用饭单兜来了包谷面馕,摆在土台上。林基路和文郁拿起包谷面馕
　　　　就吃。尼亚孜、枣尔汗高兴得不知如何是好。黛丽丝被晾在一边了,十分尴
　　　　尬。当她愤然转身离去时,一不小心,高跟鞋扭了脚。

黛丽丝　哎哟!

佣　人　(急忙扶住)小姐!

黛丽丝　Let's go①!回去!

　　　　〔佣人扶黛丽丝下。帕蒂曼扑到文郁怀里开心地大笑。皮包车声远去。

尼亚孜　(无比激动)林县长,我找到沙尼汗的那个草湖,也是政府所有吗?

林基路　是啊,玉素甫非法霸占了多少年,他就得补交多少年税款。

尼亚孜　我在那儿开的那三亩地,也不属于他了吗?

林基路　那是属于你的了。

尼亚孜　为种那三亩地,我欠他的租赁……

林基路　当然也一笔勾销了。

尼亚孜　他,他要不干呢?

林基路　那就不是你蹲班房,而是他去蹲班房了。

尼亚孜　嘿!枣尔汗,祖祖辈辈,哪见过这样的县长老爷啊?对巴依商总们是那样,对
　　　　我们这谁都看不起的奴隶……(感动地掉下泪来)

枣尔汗　是啊,是啊,不去吃巴依商总的酒宴,吃我们受苦人的包谷面馕,还是掺了
　　　　一半沙枣皮的……(擦着眼泪又笑了)

尼亚孜　枣尔汗哪,枣尔汗,我们不是做梦吧?

枣尔汗　不是梦,尼亚孜,不是梦!

林基路　大叔、大婶,一块吃啊!

尼亚孜　哎,枣尔汗,快去烧茶呀!

枣尔汗　哎,哎,我也糊涂了。

　　　　〔枣尔汗刚要下,阿不列孜背着行李走上。

阿不列孜　爸爸!妈妈!啊?林教务长!文秘书!

林基路
　　　　(奇怪地)阿不列孜?
文　郁

---

① 意为咱们走。

文　郁　这是你的家?

林基路　大叔,你看,我还不知道。

尼亚孜　(看看林基路,看看阿不列孜,恍然大悟)哦!林教务长。林县长……原来你就是阿不列孜信上常说的那个林教务长啊!怪不得和咱们穷人心连心!阿不列孜,你也不来信说说!

阿不列孜　是要写信的,一忙就耽搁了。

林基路　阿不列孜,你回来干什么?

阿不列孜　学院把我开除了。

林基路
文　郁　开除了?

尼亚孜　孩子,你犯了什么大罪?

阿不列孜　什么大罪?宣传了抗日!开除了更好,我正想回来跟林教务长学习,和林教务长一块干哪!

尼亚孜　孩子,别难过,回来好,这里有林县长,跟着林县长学吧。

林基路　迪化的情形怎么样?

阿不列孜　玛丽亚姆老师把你的信念给我们听了。在你的指导下,玛丽亚姆老师领着我们把抗日歌曲和戏剧运动开展到工人中间去了。"七七"抗战三周年,我们准备举行一个规模更大的游艺大会。盛世才知道以后,密令学院把我们带头的几个同学都开除了。一中、女中的同学也有被开除的。

林基路　玛丽亚姆老师呢?

阿不列孜　还好。因为过去她和邱毓芳关系不错,你离开迪化以后,盛旅长夫妇又是她家的常客,现在还没人敢动她。

林基路　嗯。

阿不列孜　啊,还有你一封信。

林基路　(接过信撕开一看,对文郁)陈潭秋同志的。

文　郁　哦!

林基路　(看看信,对文郁)……根据形式的变化,有的同志提出,我们都回到抗日的前线去……

尼亚孜　(担心地对阿不列孜)孩子,这封信是不是要林县长走啊?

阿不列孜　不是。

文　郁　(对林基路)陈潭秋同志怎么指示?

林基路　回去再给你和老严大哥传达吧。大叔、大婶,咱们搬家吧。

阿不列孜　怎么?爸爸,咱们要搬家?

尼亚孜　不,不搬了,林县长,我不搬了!

林基路　大叔,还是搬去吧。

尼亚孜　不,有你在,我不怕了。

林基路　要是我离开库车呢?

尼亚孜　你,你真的要走?

林基路　就是我不走,也活不了一百年哪。

尼亚孜　那……

林基路　我一个人干不了什么,穷人的命运,要靠我们穷人自己掌握才行啊。

尼亚孜　我们自己掌握自己的命运?

阿不列孜　爸爸,林教务长离开迪化以后,我们就是按林教务长指的路自己干的。啊,对啦,林教务长,工人们都唱起《国际歌》来了。

文　郁　哦?好啊。帕蒂曼,爱唱歌吗?

帕蒂曼　爱唱。

文　郁　我教你唱歌好不好?

帕蒂曼　好,好。

　　　　〔文郁小声地教帕蒂曼唱《国际歌》:

　　　　　　　起来,饥寒交迫的奴隶,

　　　　　　　起来,全世界受苦的人!……

林基路　是啊,要自己掌握自己的命运,饥寒交迫的奴隶,全世界受苦的人就要联合起来,向毒蛇猛兽们作斗争。

尼亚孜　向毒蛇猛兽们作斗争?

林基路　在库车,就要向破坏抗日的巴依商总们作斗争。

尼亚孜　向巴依商总们作斗争?

林基路　我们需要知道他们的一举一动。

尼亚孜　哦!你让我搬去,就是为了这个?

林基路　对!我还怀疑,沙尼汗下落不明,也和玉素甫有关系。

尼亚孜　沙尼汗,可怜的孩子!

林基路　为了沙尼汗,为了帕蒂曼,为了我们的下一代!……

尼亚孜　林县长,有些道理,我还不懂。为了下一代,我懂啊!枣尔汗,咱们就搬到玉素甫的庄园去。

枣尔汗　尼亚孜,我总是跟着你的。

　　　　〔这时,文郁正教唱《国际歌》的第二段。

　　　　　　　要创造人类的幸福,

全靠我们自己……

尼亚孜　县长太太,啊,不,文……

文　郁　我叫文郁。

尼亚孜　哎,你刚才唱的"要创造人类的幸福,全靠我们自己"?

文　郁　这是全世界受苦人唱的歌,就是阿不列孜说的那个《国际歌》。

尼亚孜　这样的歌,我,我能唱吗?

文　郁　能啊,我来教你唱:

　　　　　　要创造人类的幸福,

　　　　　　全靠我们自己,

　　　　　　我们要夺回劳动果实,

　　　　　　让思想冲破牢笼。

　　　　　　…………

——在教唱《国际歌》声中幕落

第　五　场

〔1941 年 7 月。

〔督办公署,盛世才的办公室,中西合璧,富丽堂皇,墙角有一苏式镀金大吊钟,墙上挂着盛世才的大幅画像和一张"苏德战争形势图",图中一排带有"卐"字标记的粗大箭头,已接近了苏联边界。

〔盛世才穿军马裤,红马靴,上衣着便装绸褂,双手撑在桌上,面色阴沉地看一张《新疆日报》。邱毓芳心情沉重地坐在沙发上。

盛世才　(气得浑身发抖,喘着粗气,一把抓起报纸)妈拉个巴子,混蛋!

〔刘亦奇、顾怀德上。

刘亦奇　督办。

盛世才　查清楚没有?

刘亦奇　查清了,昨晚火炬游行的带头人是女中教师玛丽亚姆。

盛世才　啊!(看邱毓芳一眼)真是玛丽亚姆!……(转身对刘亦奇、顾怀德,抖着手里的报纸)这篇《〈三国演义〉观后》看过了没有?

刘亦奇
顾怀德　看过了,看过了。

盛世才　这是骂谁?

114

〔顾怀德不语。

刘亦奇　（看顾怀德一眼）顾处长说是骂汪精卫,我看倒像是影射督办。

盛世才　（气急败坏地）混账！作者"民言"是谁?

刘亦奇　林基路。

盛世才　又是林基路！（像困兽一样转了几圈）

顾怀德　据我处查知,他写这篇文章还得到了陈潭秋的支持。

盛世才　（歇斯底里地大叫）糟透了！……我们和重庆方面的联络,他们怎么会知道?
　　　　和莱尔德领事会晤只有我们四个人在场,这个机密是谁透露出去的? 我瞎
　　　　了眼睛,重用了你们这些笨蛋！（一拳砸在桌子上）火速派人把刊登《〈三国
　　　　演义〉观后》的报纸全部收回,立即销毁。

刘亦奇　是。

盛世才　不管发到哪里,一份也不准漏掉！

刘亦奇　是。（匆匆而下）

邱毓芳　顾处长。（对顾怀德耳语后,顾怀德退下）世才,对于林基路,你准备怎么办?

盛世才　糟透了！林基路打的是抗日民族统一战线的旗号,执行的是我的六大政策
　　　　……简直是糟透了！

邱毓芳　我就不信他无隙可击了。昨天和世骐谈得怎么样? 在他那里不能打开一个
　　　　缺口?

盛世才　太危险了。一母同胞的亲兄弟也并不可靠啊！

邱毓芳　怎么? 世骐他……

盛世才　我诚恳地跟他谈心,让他说出林基路是怎样控制玛丽亚姆的,而玛丽亚姆又
　　　　怎样听从林基路的指使在他面前散布反政府言论的, 世骐不但说这是无稽
　　　　之谈,还公开为共产党歌功颂德,指责我不应该对人家存有戒心,还跟我大
　　　　吵一顿。看来,把新疆举足轻重的机械化旅交给他,是我们极大的失策啦！

邱毓芳　嗯,那就只有在玛丽亚姆身上做文章了。她要是能按咱们的意思说了,不光
　　　　能在林基路脸上抠几道血印子,而且,世骐对那位圣洁的"青年导师"也会
　　　　重新认识的。

盛世才　看来非这样办不可了,而且越快越好。

邱毓芳　我已经把玛丽亚姆请来了。

盛世才　啊? 好！那就……

　　　　〔卢副官长上。

卢副官长　报告督办,八路军办事处的陈潭秋先生有事要见你。

盛世才　哦? 这时候,他来干什么?

邱毓芳　我去见见他,就说你不在?

盛世才　……不,请他在会客厅稍坐,我马上就去。

卢副官长　是。(下)

邱毓芳　(不解地)世才……

盛世才　知己知彼,才能百战不殆。(穿好军装)毓芳,你和怀德就在这里同玛丽亚姆谈,我去会陈先生。(下)

　　　　〔邱毓芳将办公室稍作整理,亦下。大吊钟"当当"地敲过七下。卢副官长带玛丽亚姆上。

卢副官长　你请坐,邱会长马上就来。(下)

　　　　〔玛丽亚姆局促不安,坐下又站起来。霹雷一声,暴风雨同时袭来,玛丽亚姆心里一惊。顷刻,又镇静下来。

　　　　〔顾怀德推门进来。

顾怀德　(彬彬有礼地)玛丽亚姆女士,让您久等了。

玛丽亚姆　不是邱会长找我谈话吗?

顾怀德　邱会长有点事,让我先陪陪客人,请坐,请坐。

　　　　〔二人坐下,静场片刻,风声、雨声。

顾怀德　好大的风雨……(好像随便谈天的样子)玛丽亚姆女士,你也许还不了解我们视查处的工作性质吧?我们是搞科学研究的……

玛丽亚姆　这和我有什么关系?

顾怀德　玛丽亚姆女士,这里有一些材料,证明林基路在新疆学院时,你们交往甚密,定有默契。林基路到库车后,你们通信频繁,遥相呼应。按照科学的分析,你们这是有组织的反政府行为……

玛丽亚姆　什么?我和林教务长有过来往,也通过书信,讨论的是抗日救亡的道理,研究的是改革教育问题。光明磊落,人所共知。

顾怀德　那么请问,你们一男一女,如此亲近,就没有……

玛丽亚姆　这就是你们的科学研究?卑鄙!(站起来就走)

　　　　〔邱毓芳上。

邱毓芳　玛丽亚姆老师,这是何必呢?(对顾怀德)我请你陪陪客人,怎么惹客人生气呢?

顾怀德　我不过随便谈谈。

邱毓芳　行啦,顾处长,你请便吧!

顾怀德　对不起,玛丽亚姆女士。(下)

邱毓芳　请原谅,玛丽亚姆老师。犯不上跟他们生气,都是些不懂咱们女人心理的俗汉。

玛丽亚姆　邱校长,您是妇女协会会长,一向号召尊重女权,可是他竟敢当面侮辱我!

邱毓芳　啊,咱们先不谈这个。玛丽亚姆老师,快请坐。为了政府的利益,我想提出一个问题,你不会生气吧?

玛丽亚姆　您请说吧。

邱毓芳　林基路离开迪化以后,难道没有通过你向盛旅长说过什么不可告人的话吗?

玛丽亚姆　这怎么可能呢?

邱毓芳　比如说,林基路说过什么对政府、对盛督办不满的话? 而且,用这种情绪去影响和煽动世骐?

玛丽亚姆　邱校长,听到您这些话,我很惊讶。

邱毓芳　这有什么可惊讶的? 你与世骐夫妇有师生之谊,你们之间是无话不谈的呀!

玛丽亚姆　(推心置腹地)邱会长,你们怀疑林教务长,怀疑我,甚至连亲兄弟都怀疑起来了。这样终究是要众叛亲离的,我真为您和盛督办担心。

邱毓芳　(哈哈一笑)谢谢。既然你不愿谈这个问题,那……咱们就谈谈生活方面的问题吧。你和林基路……啊男人和女人嘛……其实也没有什么。听说你对他是很崇拜的。

玛丽亚姆　谈不到什么崇拜。但我很尊敬他。

邱毓芳　是啊,林基路青年有为,生得又一表人才,作为我们女人,谁看了不喜欢呢?

玛丽亚姆　(恼怒地)你这是什么意思?

邱毓芳　咱们女人之间谈谈私房话,有什么抹不开的? 你说你对他很尊敬,这不就是感情的流露吗? 我对盛督办也是很尊敬的。

玛丽亚姆　邱会长,您自称是新疆的妇女领袖,亏你想得出……

邱毓芳　(奸笑)随你怎么说吧,你既然承认尊敬他,又承认有过那么多的接触和书信来往,你和他,难道就没有……这圆不了场啊? 这又不是什么大问题,只要你在我面前点个头,纵有天大的事,我都替你担待了。

玛丽亚姆　(气极)邱毓芳! 你的卑鄙简直使我吃惊!

邱毓芳　别来这一套。承认是他强迫你也行,你是受害者,完全有权力对他提出控告。对质时又不用你露面,只要答应一个有字,你就为政府立了大功了。为了你的两个孩子,为了你的丈夫,为了你的家庭,我看你还是承认了吧。

玛丽亚姆　(爆发地)无耻! 那样的肮脏事,只能出在你邱毓芳这样人的身上!

邱毓芳　(凶相毕露)住口!卢副官长! (卢副官长上)把这位"圣母"请到"招待所"去,叫他们好好地"招待招待"。

卢副官长　是。

玛丽亚姆　你们想通过我给共产党脸上抹黑,枉费心机! (昂然走下)

〔邱毓芳颓然倒在沙发上。一阵雷声滚过。盛世才上。刘亦奇随上。

117

盛世才　（满怀希望地）毓芳，怎么样？

邱毓芳　真没有人性！孩子、丈夫、家庭，她都不要了。（雷声）

盛世才　什么？妈拉个巴子！连玛丽亚姆也变成啃不动的铁疙瘩了！

刘亦奇　督办，干脆下手吧！

盛世才　不，（泄气地）我们得重新考虑啦。……（惊慌不安地）林基路，无隙可击；玛丽亚姆，未能就范；特别是陈潭秋突然而来，大有文章。他镇定自若，气宇轩昂，声称人不犯我，我不犯人，人若犯我，我必犯人。那意在言外的话，不可等闲视之啊！

刘亦奇　是，是。

盛世才　（自语地）全国民众拥护共产党团结抗日的主张，这是他们的力量所在。没有想到，新疆的缠民竟然也这么快就受了他们的赤化，一个玛丽亚姆也能把迪化搅得火焰四起。

刘亦奇　都怪我们无能。

盛世才　（走到苏德战争形势图前，注视有顷）另外，斯大林是一个有雄才大略的人，苏德的战事如何结局，现在就作出定论，还为时过早。国内外的局势，都在莫测之中呵！

刘亦奇　那么，对林基路……

　　〔盛世才无力地挥挥手，刘亦奇退下。

　　〔盛世才烦恼地倒在沙发上，陷入极度的苦闷之中，一时不能解脱。窗外风雨交加，室内灯光暗淡。

邱毓芳　世才，你要保重身体啊。

盛世才　（痛苦地摇摇头）唉！怎么办，怎么办……难道，重庆方面这步棋我走错了？

　　〔片刻，卢副官长上。

卢副官长　督办，盛旅长来到会客厅，一定要见你。

　　〔盛世才暴躁地站起来，疾步走到门口，突然又停住，慢慢地走了回来。

邱毓芳　（看看盛世才，对卢副官长）知道了，你去吧。

　　〔卢副官长下。

　　〔盛世才徘徊无策，烦躁地叹了口气，又颓唐地倒在沙发上。半晌，刘亦奇紧张走上。

刘亦奇　报告督办，库车潘局长刚刚发来一份密电。

盛世才　（无力地）念，念。

刘亦奇　林基路以贯彻六大政策为名，不只释放了一些犯人，撤换了一些官吏，他还

118

実行了一些赤化政策,以收买人心。最近,又发现他勾结叛逆,煽动刁民,图谋不轨。……

盛世才　（喜出望外,十分注意地）勾结叛逆,图谋不轨！这可属实?

刘亦奇　他把叛逆沙吾提的家属窝藏在家就是确证。此外,他还把新疆学院开除的学生阿不列孜招到库车,结成死党。

盛世才　……（稍一沉吟）林基路敢于发表文章攻击政府,那么,勾结叛逆,图谋不轨也一定属实无疑。

刘亦奇　图谋不轨,必须严加惩处,请督办批交我处去办。

盛世才　（思考着）毓芳,让世骐去办,你看怎么样?

邱毓芳　（深悟其意地）好,一箭双雕！

盛世才　（得意地）哼哼,我还要一石三鸟！他如果敢违抗我的命令,机械化旅的旅长就可以换人了,他要不徇私情,严办了林基路,我们这一盘棋就全都走活了。（大笑）亦奇,刊登《〈三国演义〉观后》的报纸,派人去收了没有?

刘亦奇　已经交代下去了。

盛世才　快传我的命令,不要收了。

刘亦奇　怎么?

盛世才　那倒显得我盛某人做贼心虚了。

刘亦奇　可是……

盛世才　卢副官长,（卢副官长应声上）你马上叫顾处长以我的名义写一篇文章,题目叫《赞〈三国演义〉观后》,要强调团结抗日,痛斥蒋汪卖国,明天见报。

卢副官长　是。（下）

刘亦奇　（会意地）督办深谋远虑,……

盛世才　哈哈哈……好了。你去把潘局长从库车发来的林基路的材料,都整理出来。噢,你路过客厅,告诉世骐,我在这儿等他。（与刘亦奇密语同下）

〔少顷。盛世骐上。

邱毓芳　世骐,你找你大哥就进来嘛,还要大哥派人去请你。

盛世骐　卫士老爷不准通行。

邱毓芳　都是些混蛋！对你怎么能这样? 有时间我去管教他们！

〔盛世才拿着报纸上。

盛世才　啊,世骐！（指报纸）这篇文章看过没有?

盛世骐　（从衣袋掏出报纸）我就是为这篇文章来找你的。这里披露的一些动态,不知你作何解释?

盛世才　（突然难过起来）怎么给你说呢?

邱毓芳	唉! 不怪你大哥难受,连你也不了解他。
盛世才	毓芳,说这个干什么?……(掏出手帕擦擦眼睛)世骐,你终究是太年轻了。我们是一母同胞的亲兄弟,对你,我没什么隐瞒。你的误解,我也不想做什么解释。(越说越伤心的样子)唉! 路遥知马力,日久见人心吧! ……(沉默片刻)哦,不说这些了。世骐,你要好好读读这篇文章。论文笔,才华横溢;论内容,切中时弊。都说这是骂汪精卫,我看这是骂我,骂得好!
盛世骐	你和重庆方面……
盛世才	我不作解释。别人解释,那是广开言路,我作督办的解释,就是堵塞言路啦。
盛世骐	那,这篇文章就是造谣啦?
盛世才	怎么能说是造谣? 是向我敲警钟嘛! 言者无罪,闻者足戒。只要对国家民族有利,骂得再狠点我也高兴。直言急谏,光明磊落,这才是一家人嘛! 当此国难之秋,一个爱国者,谁能不为我中华民族的前途命运担忧? 谁能不向全国同胞泣首呼吁? 作者民言已经作出了表率。我也请顾处长代笔写了一篇文章,《赞〈三国演义〉观后》。
盛世骐	大哥,真的?
盛世才	明天见报! (又拿起报纸)世骐,值此风云变幻之际,作者民言告诫人们警惕历史的重演,是大有深意的啊! 我已叫他们去了解作者民言是谁,把他带来见我。抗战建国的大任,就要这样的英才承担!
盛世骐	大哥,不必去了解啦。
盛世才	怎么?
盛世骐	民言,就是林基路。
盛世才	(故作镇定,惊奇地)林基路? 嗨,完啦。
盛世骐	怎么啦,大哥?
盛世才	太让人痛心啦!
邱毓芳	真是太意外了。
盛世骐	到底是怎么回事?
盛世才	我不得不"挥泪斩马谡"了。林基路……
盛世骐	怎么?
	〔刘亦奇上。
盛世才	啊,亦奇,你来得正好。关于林基路……(似伤心的)还是你说吧。
盛世骐	刘处长?……
刘亦奇	林基路,勾结叛逆,图谋不轨。
盛世骐	(诧异地)有这样的事?

刘亦奇　他利用种种机会,对督办进行攻击,督办看他博学多才,抗日坚决,出于英雄惜英雄的感情,从没对他计较。这一次可不同了,勾结叛逆,图谋不轨,是必须严加惩办的。

盛世骐　啊?

盛世才　唉! 我不能为了爱才,背信于各族民众啊!

盛世骐　罪证属实吗?

刘亦奇　有潘局长的报告和库车官员的佐证。(将整理好的材料示出)

盛世骐　(翻看材料)林基路,原来是这样! 大哥,我确实太年轻了,错怪了你,我……

盛世才　你我兄弟,不要说了。(拿出一份公文)亦奇,潘局长的报告我已批过,你看交谁去办?

盛世骐　(义愤填膺地)大哥! 交给我吧。我要亲自到库车去处置林基路。

盛世才　你去? 不,你和我一样,到时间会徇情坏事。

盛世骐　请大哥相信,我盛世骐绝不能容忍勾结叛逆、图谋不轨的野心家!

盛世才　亦奇,毓芳,你们看……

刘亦奇　这样的重大案件,我看,还是我去吧。

邱毓芳　既然世骐一定要去,我看就让他去吧,刘处长你说呢?

刘亦奇　那么……

盛世才　好吧! (把公文交给盛世骐)世骐,一定要秉公处置。

盛世骐　是! (快步走下)

〔顾怀德与卢副官长上。

卢副官长　报告! (把一份电文交给盛世才,转身下)

盛世才　(看着电文,异常兴奋。把"苏德战争形势图"上的"　"字箭头移过苏联边界)希特勒竟如此神速! (沉思片刻)啊,顾处长,立即以密电通知英国驻喀什噶尔领事,告诉他,我欢迎重庆的代表到迪化来面商一切。

顾怀德　督办,那这篇文章……

盛世才　明天见报。要让蒋介石知道,给的价钱低了,我是不干的!

——幕　落

第 六 场

〔前场十几天后。

〔库车县政府,林基路住在室的外间,既是书房又是会客室,正面有一只自

121

造的带茶几的长背靠椅,一张白木书桌和几把黑色小圈椅,占据房间的大半。墙上有马克思、恩格斯、列宁和毛主席像,还有一张"抗日战争形势图"和林基路自己画的"库车县地形图"。门窗外,可见廊前的栏杆和几株茂密的无花果。

〔林基路披着满身尘土,带着满脸汗水,站在凳子上,在库车县地形图上画着什么。文郁臂下夹一叠本子,拿一只教鞭上。

文　郁　基路,你真的回来了!?

林基路　提前完成任务。(兴奋地指着地形图比划着)不但大坝的位置定下来了,大桥的木料也解决了,咱们这北山里有的是红松啊!

文　郁　哎,基路,你们提前回来,潘克明知道吗?

林基路　怎么啦?

文　郁　他鬼鬼祟祟来了好几次,还追问我,你是不是真的没回来?

林基路　啊,明白了。北山那个打柴的原来是他给我们派的秘密保镖啊!黛丽丝有什么情况?

文　郁　你们刚上山,尼亚孜大叔就来找你,说黛丽丝要到喀什噶尔去接商队。

林基路　她要亲自去接?

文　郁　嗯,我和老严也觉得奇怪,就叫尼亚孜大叔主动要求给他吆车,一起去了。

林基路　好。

文　郁　前几天,司马益秘书还给我说,他在公安局的一个最要好的朋友悄悄告诉他,吐尔逊和玉素甫在潘克明的授意下,联合一些人给盛世才写了呈子,要把你赶走哪。

林基路　这是预料之中的。咱们贯彻六大政策,使抗日救亡运动有了广泛深入的发展,那些反动分子的威风被打下去了,他们不敢公开反对,暗地里不仇恨、不捣乱、不找盛世才求救,那才奇怪呢!

文　郁　是啊,这里的斗争多么特殊啊!既不像在上海和国民党斗争,也不像在抗日前方和日寇拼杀,更不像在延安,那是母亲的怀抱。这里,真像是在黑沉沉的龟兹古道上,到处有毒蛇猛兽的巢穴,……突然,来了几个远方的旅人……

林基路　不是旅人,是拓荒者。

文　郁　对,是拓荒者。几个拓荒者燃起了一把大火,冲破了乌云,迎来了日出,那灿烂的阳光,照亮了天空大地,使毒蛇猛兽都显了原形,于是他们隐伏在荆棘丛中,张牙舞爪地盯视着拓荒者,伺机向拓荒者扑来。而拓荒者呢,正是要斩除荆棘,耕耘土地,播下金色的种子……

林基路　为了这金色的种子能够生根,开花,结果,必要时,拓荒者还要把生命一同播下去!

文　郁　基路,我懂的,也早有准备了。

林基路　(走到门口,指门前的无花果)我常想,我们的一生,应该像它一样。

文　郁　像无花果?

林基路　对,你看,它枝干挺拔,浓阴婆娑,杂处丛树之中,而不露形迹;植根于戈壁前沿,历尽风沙,老而不衰。它不像玫瑰,玫瑰艳美而不结果;也不像罂粟,罂粟鲜丽而果实有毒。它每年以香甜奉献于人,而从不以花色炫耀自己。嗯,……我们给它赠诗一首吧!

　　　　　　此君性刚毅,

　　　　　　不惧干与寒,

　　　　　　无花结硕果,

　　　　　　献尔香与甜。

文　郁　(仔细地吟咏着)无花结硕果,献尔香与甜?……

　　　　〔严东、司马益上。

严　东　基路同志!(对司马益)看,咱们的消息太不灵通了。

林基路　怎么?

严　东　刚碰到盛旅长,他说你回来了。

林基路　盛旅长来啦?

严　东　他来好几天了,一直住在归化连。

林基路　他到库车来干什么?

严　东　说是专为看你来的!

林基路　好,马上请他来! 我得好好招待招待他。

严　东　别去了,他说一会儿就来。司马益,快把沙尼汗的事告诉基路同志。

林基路

文　郁　沙尼汗有消息了? 在哪儿?

司马益　尼牙孜大叔临走时告诉我,他在玉素甫家发现了沙尼汗。

林基路　立刻设法去把她领来。

文　郁　领到哪儿呀?

严　东　尼亚孜大叔说,救出来以后,他收养。

林基路　不,领到我这里吧。

文　郁　我们收她做女儿。

司马益　不,绝不能让你们去走有陷阱的路,我收养她。

林基路　不行,不行,要叫督办知道了,沙尼汗活不成,你也得吃官司。

123

司马益　那你们,不同样也要担风险吗?

林基路　我是他盛督办的县长呀!(狡黠地眨眨眼睛)嗯?

司马益　对你当县长的,他要罪加一等的。

林基路　要治罪,他也得先治玉素甫嘛!

文　郁　这样吧,司马益同志,她做我的女儿,有机会我送她到延安去学习。学习回来,再做你们的女儿,好吗?

司马益　送她到延安去学习? 太好了! 不过,我还是担心……

林基路　别担心,司马益同志,你们有句谚语说得很好,"狗叫得再狂,骆驼队照样前进!"

司马益　那……就让我去给你们领回来吧。

严　东　你去领,玉素甫要不给呢?

司马益　我偷偷把她领出来,就是玉素甫知道了,他也绝不敢声张。

严　东　嗯,不错。

　　　　〔司马益下。

林基路　(高兴地)文郁,快给咱们的女儿准备点好吃的。我再去买点库车特产,招待盛旅长。

文　郁　我去,你刚从北山回来,好好歇歇吧。

　　　　〔阿不列孜和尼亚孜急上。

阿不列孜
　　　　　林县长!
尼亚孜

林基路　黛丽丝的商队回来啦? 来来来,快坐下,有什么情况?

阿不列孜　我们反帝会去检查日货,日货没查到。我爸爸对着一辆布篷车给我使了个眼色,我们去一查,发现了一个身份不明的人。

文　郁　这是怎么回事?

尼亚孜　那个人是从南边卡子过来的,我听他对黛丽丝说什么重庆方面啦,蒋夫人啦。

阿不列孜　黛丽丝说是她的帮办。

尼亚孜　我看他来路不正。

严　东　难道宋美龄的密使从这边过来了?

林基路　很可能,盛世才诡汁多端。

阿不列孜　怎么办?

尼亚孜　怎么办? 你这个葫芦脑袋,还怎么办? 快抓起来嘛!

林基路　别急。阿不列孜,你快去组织人严密监视,下一步怎么办,一会告诉你。

阿不列孜　是。（下）

林基路　尼亚孜大叔,你也快回去。那个身份不明的人已经暴露了,要注意玉素甫和黛丽丝的动向。

尼亚孜　对,我马上回去。（下）

林基路　文郁,咱们党小组研究一下。把军棋摆好。

〔林基路、严东各坐一方,文郁坐在裁判的位置上。三人匆匆摆好棋子。

严　东　好狡猾的盛世才,竟然让他从这条路过来了。

林基路　他以为,出人意料,就可保住秘密。他就不知道,凡与人民为敌,一举一动都逃不过人民的眼睛。这不正好送上门来了?不过,究竟是不是,还得要进一步查清。

文　郁　这是揭露盛世才的好机会,我同意弄清情况后,立即抓起来。

〔正在这时,潘克明走上。

潘克明　林县长,刚从北山回来?你辛苦啦!

林基路　没什么,潘局长快来观观战啊。（指棋盘）

潘克明　（坐下）啊,下棋。三位倒很有点闲情逸致呀!

文　郁　潘局长大概很忙吧?

潘克明　不,不……

严　东　碰了!

文　郁　都得拿掉。

严　东　哎,你可不准闹鬼,我那是个大家伙。

文　郁　多大也不行,碰上炸弹了,有什么办法?

严　东　啊,怪不得,我的一个身份不明的英雄白白完蛋了。

潘克明　什么?身份不明……

文　郁　（看拿在手里的棋子）噢,这……

严　东　哎,不许说!

文　郁　（故作神秘地拿棋子给潘克明看）你看,炸了他个军长。

严　东　哈,你把我的军事秘密暴露给我的对家,你们是一伙的。

文　郁　潘局长,你来给他们当裁判吧。你看,严局长信不过我,我让位。

潘克明　（急忙离座）哎,不,不,我还有事。林县长,盛旅长没来?

林基路　我正等他呢,你来得正好,陪陪客吧。

潘克明　局里有事,恐怕不能奉陪了。你们玩!（下）

严　东　哼,哈巴狗!

林基路　继续谈吧。

严 东	盛世才最怕我们摸着他这个烂疮疤。所以，抓的是宋美龄的密使，打的是盛世才的耳光。有理，有利。不过，盛世才狗急是要跳墙的。
林基路	如果因为我们揪住了他的尾巴，使他有所顾忌而不敢公开破坏统一战线，那很好；要是他狗急跳墙，那就等于自我暴露，就会有更多的人觉醒，起来和他斗争，这不更好吗？
文 郁	对，不管哪种结果，对于团结抗日都是有利的。
严 东	可是不管哪种结果，盛世才都不会轻易放过基路同志。
文 郁	嗯，是啊，……
林基路	摸清情况，立即动手，意见一致，就这么定了。我个人的安危不必讨论，斗争中我会注意的。老严大哥，你去找阿不列孜，如果是货真价实，就立即抓起来，行动要快。
严 东	对，我走了。（下）
林基路	哎，文郁，如果让盛世骐亲眼看到宋美龄的密使，对于争取他进一步站到抗战方面来，牵制盛世才，不是更有力吗？
文 郁	对，可是怎么做好呢？
林基路	让我想想。
	〔外面响起一阵急促的脚步声，林基路、文郁注视门口。
	〔司马益带沙尼汗上。沙尼汗蓬头垢面，衣不蔽体，两眼深陷，骨瘦如柴，神情恐惧，畏缩不前。乍一看，简直不成人形。
司马益	（把她拉进来）沙尼汗，别怕，这是林县长。
林基路 文 郁	（万没有到想是这样，止不住心里一抖）啊？沙尼汗！
沙尼汗	（吓得跪在地上）老爷，太太！我没罪！我给玉素甫老爷什么活都干，什么活我也能干。老爷，我没有偷懒，黛丽丝太太踢我、打我，我再不哭也不喊了！我不让一个人知道我是沙尼汗，我说的是真话。老爷，太太，饶了我吧，我谁也不让知道……
林基路	（把沙尼汗抱起来）沙尼汗，可怜的孩子！
沙尼汗	（还哀求）老爷，饶了我吧，老爷，……
林基路	沙尼汗，我不是老爷。做我的女儿吧。
沙尼汗	（惊慌地）不，不……（转身欲跑）
文 郁	（接过沙尼汗，紧紧搂在怀里）沙尼汗，好孩子，妈妈再不让你去当小奴隶了。不哭，咱们去洗洗脸，梳梳头，换换衣裳。啊，不哭。（说着不哭，自己反而哭出声来）沙尼汗，不哭，走，沙尼汗，咱们去洗洗脸，梳梳头……

司马益	去吧,沙尼汗。
	〔文郁搂着沙尼汗下。
司马益	这两个魔鬼,把沙尼汗折磨得不成人样了!
林基路	新疆的各族人民,多么需要快点解放啊!
司马益	解放?
林基路	会有这一天的!
	〔传来盛世骐的喊声:"林县长! 基路同志!"
司马益	你的客人来了。
林基路	是盛旅长来了。
	〔二人下。片刻,林基路和盛世骐手拉手地上,几个盛世骐的卫兵跟上。
盛世骐	我算服了你啦! 你来到库车,库车又变了个样子。(看到卫兵)去去! 谁叫你们跑到这来,到大堂前面去等着。
	〔卫兵们敬礼下。
盛世骐	人常说,自古为官不修衙。你老兄一下就修了这么一大片房子。只可惜那座库车大桥太破旧了。
林基路	盛旅长明年再来吧,我们不仅会有一座新桥,还会有一条防洪大坝。
盛世骐	有气魄! 库车县可真要给你建功德碑了。
林基路	是群众的功劳,我可担当不起。快请坐,能在这龟兹古道上接待盛旅长,我真是太高兴了。
盛世骐	文郁女士呢?
林基路	她有点事,一会就来。(忙着把一些果品摆在桌上)
盛世骐	(认真看看)杏脯,油馕,好香的酒。
林基路	库车特制的沙枣酒。
盛世骐	这是什么?
林基路	无花果。
盛世骐	好! 今天我们要痛饮一番。来,基路同志,为你今天的"化险为夷"干杯!
林基路	怎么? 化险为夷?
盛世骐	(喝下一杯)你先看看这个。(掏出公文)
林基路	(接过公文,念)"……勾结叛逆,图谋不轨,如查证属实,即严加惩办。"
盛世骐	有人告你勾结叛逆,图谋不轨,证据是你窝藏了叛逆家属沙尼汗。经过我调查,事属乌有,你是无辜的。这不是化险为夷了? 该不该痛饮几杯? 来,干!
林基路	盛旅长,我不能不告诉你,我是收养了孤女沙尼汗。
盛世骐	什么? ……哈哈……无稽之谈! 基路同志,不要计较啦。对于诬告你的人,

我会按律处置,绝不宽容。

林基路　我说的是真话。(走到门口,向外喊)文郁,把沙尼汗领来!

〔文郁领沙尼汗上,沙尼汗已完全换了个样子:小皮靴、花衫子、黑绒坎肩。
　　绣花小帽下,一头乌黑的小辫子。

林基路　(把沙尼汗拉到跟前)沙尼汗,愿不愿意做我的女儿?

沙尼汗　我愿意,林爸爸。

林基路　好孩子,爸爸的好孩子!(不觉又掉下泪来)

盛世骐　(大惊)你,你是沙吾提的女儿沙尼汗?

沙尼汗　(吓得紧紧搂住林基路)林爸爸!

林基路　别怕,沙尼汗,说吧。

盛世骐　你不是沙吾提的女儿沙尼汗,对吧?

沙尼汗　不,我是沙吾提的女儿沙尼汗。

盛世骐　嗨!基路同志,你是什么时候收养的?

林基路　还不到半个小时。

盛世骐　还好,还好,你赶快把她送走,还构不成窝藏之罪。

沙尼汗　我不走,林爸爸,别送我走!我不能再到他们家去了,他们会打死我的。

林基路　别哭,沙尼汗,这就是你的家,爸爸是不会送你走的。

盛世骐　嗨!基路同志,快送走!

沙尼汗　林爸爸、文郁妈妈!

文　郁　沙尼汗,跟妈妈到后院去,看咱们的小鸭子、小花鹿。(带沙尼汗下)

盛世骐　(半晌)你叫我怎么办?

林基路　我不知你对叛逆家属怎么理解?

盛世骐　怎么理解?沙尼汗就是活生生的人证!

林基路　我打个比方,你不要见怪。马仲英手下有个作恶多端的旅长也姓盛,人们痛
　　　　恨他、咒骂他,这能说是反对你盛世骐盛旅长吗?

盛世骐　当然不是。

林基路　沙尼汗的爸爸沙吾提,无意中将一头狼皮猪嘴的怪兽称为狼种猪,这能说
　　　　是辱骂盛督办,叛逆新政策吗?

盛世骐　这……

林基路　沙吾提就不是叛逆,沙尼汗怎么是叛逆家属?

盛世骐　真是这样?

林基路　再说蒋介石,他为了排除异己,不惜出卖国家民族的利益,和日寇秘密勾
　　　　结,这是不是国家的叛逆?民族的罪人?

128

盛世骐　是的。

林基路　现在,有人又和蒋介石秘密勾结,破坏抗战,这样的人,能不能判他为勾结叛逆,图谋不轨?

盛世骐　当然要判他勾结叛逆,图谋不轨! 可不知是否真有其人?

林基路　我看你不必深究了吧。

盛世骐　哈哈……我明白了。一派高论,无非是为了给沙吾提和你自己开脱而已。我不信真有其人。

林基路　你一定要问?

盛世骐　是谁?

林基路　就是你的大哥盛督办。

盛世骐　什么? (拍案而起)林基路! 我这才认清了你的真面目。你利用各种机会,对我大哥进行攻击。我大哥爱你博学多才,抗日坚决,一再忍让,不予计较。这次也是在忍无可忍的情况下,才批准了对你的处置,就这样,还希望你不是实情。可你,以怨报德,执迷不悟。对于这样的人,我盛世骐绝不徇私枉法。走吧!

　　〔严东和阿不列孜上。

阿不列孜　报告林县长,反帝会胜利完成任务!

严　东　嗨嗨,可真是货真价实。黛丽丝以攻为守,非要见你不可。

林基路　嗯,很好。盛旅长,我想请求你一件事。

盛世骐　朋友一场,有什么托付我的,一定办到,说吧。

林基路　请你看一出好戏。

盛世骐　看戏?

林基路　还要答应一个条件。

盛世骐　什么条件?

林基路　不要否认你是盛督办派来迎接客人的。

盛世骐　迎接客人? 什么意思?

林基路　你答应一定办到。

盛世骐　好,我答应。

林基路　那就先请到里面坐一坐。

严　东　盛旅长,请! (陪盛世骐进内室)

林基路　阿不列孜,请黛丽丝和那位客人一起来吧。

阿不列孜　已经请到门口了。(向外喊)带上来!

　　〔片刻,几个反帝会员押一个商人模样的乔先生上,黛丽丝怒冲冲跟上。

黛丽丝　林县长,反帝会抵制日货,严查走私,我一向是拥护的,既然没查到日货,你们有什么权利逮捕我的帮办?

林基路　我们怀疑他不是你的帮办,而是反对盛督办的间谍、特务。

黛丽丝　有什么证据?

林基路　黛丽丝小姐,我希望你能以大局为重。最近,盛督办的客人要从这里过,为了安全,对所有身份不明的人,我们都要严查。

黛丽丝　啊!原来你们接到了盛督办的指示,这就很好。喏,这位就是盛督办的客人乔先生。

林基路　啊?黛丽丝小姐,你怎么不早说?乔先生,请原谅,(亲自给乔先生松绑。对阿不列孜等)你们去吧。乔先生受委屈了,督办派盛旅长专程来迎接阁下,我们正等得着急呢。盛旅长,请!

　　〔盛世骐和严东从内室出。

林基路　盛旅长,这位就是你要迎接的客人。你们谈吧,我和严局长要找潘局长办点事。乔先生,失陪啦。(二人下)

黛丽丝　啊,盛旅长,没想到督办把你派来了。乔先生,这是机械化旅旅长,督办的四弟,苏联红军大学的高材生!

乔先生　盛旅长,久仰,久仰!关于新疆和重庆合作的问题,蒋夫人派兄弟来和督办面商一切,请盛旅长多多照应。

盛世骐　什么?新疆和重庆合作?黛丽丝!你胆大包天,竟敢以盛督办的名义,勾结间谍特务,破坏抗战,挑拨我们和延安的关系,来人!

　　〔几个卫兵上。

黛丽丝　盛旅长,你这是演的什么戏?这可是不好开玩笑的!

盛世骐　谁和你开玩笑!

黛丽丝　哦!是怕空口无凭啊,乔先生。……

乔先生　啊,这里有蒋夫人给盛督办的亲笔函件,请盛旅长过目。

盛世骐　(接过一看,更加愤怒)哼!勾结叛逆,证据确凿,把他们捆起来!

　　〔卫兵们捆绑黛丽丝和乔先生。

黛丽丝　盛旅长,我劝你不要中了人家的圈套,你这样怠慢客人,怎么向盛督办交代!

盛世骐　用不着你来操心!(对卫兵)请林县长!

卫　兵　(向外喊)请林县长!

　　〔林基路、严东和潘克明上。

盛世骐　林县长,我感谢你让我看的这出好戏。勾结叛逆,图谋不轨的人既然让我抓到了,我就让你看看我大哥对于抗战的诚意和决心。(对卫兵)把他们拉下去! 就地正法!

潘克明　(急了)盛旅长,不能啊!

乔先生　(吓坏了)盛旅长! 盛旅长!

黛丽丝　林县长,你要对我们的生命负责。

林基路　盛旅长,还是请示盛督办再作决定吧?

盛世骐　(考虑了一下,命令潘克明)挂迪化!

黛丽丝　我要求和盛督办直接通话。

盛世骐　(不予理睬,对卫兵)先把他们押下去!

　　　　〔卫兵押黛丽丝、乔先生下。电话铃响。

潘克明　(接电话)我是库车。要督办,是。(捂住话筒)盛旅长。

　　　　〔盛世骐接电话。

盛世骐　大哥! 世骐向你报告,勾结叛逆、图谋不轨的人不是林县长,是黛丽丝。她竟敢以你的名义,秘密引进了宋美龄的代表。巧得很,被我抓住了。……是不是就地正法?嗯,是。(放下电话)林县长,督办请你命令潘局长,立即把他们押送迪化。

林基路　潘局长,你去执行吧。

潘克明　是。(下)

　　　　〔严东跟潘克明下。

盛世骐　基路同志,你该相信了吧?刚才的电话再一次证明,我大哥是不会和蒋介石携手的。

林基路　你想得太简单了。遇事三思,弄清始末,才能明辨真假,希望你今后对于自己的处境,多加注意。

盛世骐　哈哈……这就是你的多疑了。

林基路　盛旅长,(欲言又止)往后看吧。

沙尼汗　(突然跑来)林爸爸,小花鹿真好玩。

林基路　沙尼汗,叫盛叔叔。

沙尼汗　盛叔叔,你还要赶我去当小奴隶吗?

盛世骐　(把沙尼汗抱起来)沙尼汗,好孩子,你受苦了。这不是盛督办的过错,是那些欺骗盛督办的混蛋们。嗯? 明白吗?

林基路　往后,她会明白的。

　　　　　　　　　　　　　　　　　　　　　　——幕　落

第 七 场

〔前场一年之后,1942 年深秋。

〔库车大桥附近河岸上的反帝会门前,可以看到雄伟的新建大桥的一部分。

〔新桥已经落成,正在布置庆祝会场。从反帝会到大桥,人们来来往往,出出进进,喜气洋洋。一群男女青年载歌载舞向大桥方向走去。

〔稍停,沙尼汗唱着《想延安》从门内出,准备到大桥方向去。玉素甫的两个狗腿子悄悄溜上,他们看看左右无人,刚要扑向沙尼汗,忽然听到喊"沙尼汗!"的声音,急忙闪到房后去。

〔帕蒂曼跑上。

帕蒂曼	沙尼汗!沙尼汗!
沙尼汗	帕蒂曼姐,快来!
帕蒂曼	找我干什么?
沙尼汗	(拉着帕蒂曼坐到大树下)告诉你一个秘密。
帕蒂曼	什么秘密?
沙尼汗	你可谁都不能告诉。
帕蒂曼	一定。
沙尼汗	(颇为留恋地)帕蒂曼姐,我要走了。
帕蒂曼	到哪儿去?
沙尼汗	延安。
帕蒂曼	延安?
沙尼汗	嗯。爸爸妈妈送我到延安去上学。
帕蒂曼	真的?
沙尼汗	连无花果酱都做好了。
帕蒂曼	做无花果酱干什么?
沙尼汗	带到延安去,请延安的叔叔阿姨们尝尝。
帕蒂曼	哦。哪天走?
沙尼汗	爸爸说的赶快,晚了怕走不成了。
帕蒂曼	为什么?
沙尼汗	我不知道。……帕蒂曼姐(把一条粗线头巾围在帕蒂曼的脖子上)这是妈妈给我的,是从延安带来的,送给你吧。
帕蒂曼	延安的?(十分珍惜地抚摸着)我送你什么呢?

沙尼汗	什么也别送了,我们带了好几罐无花果酱,送给抗日的叔叔阿姨们吃,里边也有你一份心意。

沙尼汗　什么也别送了,我们带了好几罐无花果酱,送给抗日的叔叔阿姨们吃,里边
　　　　也有你一份心意。

帕蒂曼　(想了一下)那么……

沙尼汗　(和帕蒂曼搂在一起)爸爸说延安可好啦。没有巴依,没有商总……

帕蒂曼　(神往地)到延安上学,多好啊!……

　　　　〔二人沉浸在美好的遐想中,半晌。

帕蒂曼　沙尼汗,……

沙尼汗　啊?

　　　　〔帕蒂曼刚要说什么,阿不列孜从门内出。

阿不列孜　帕蒂曼,爸爸呢?

帕蒂曼　在后面跟乡亲们说话呢,快来了。

阿不列孜　马上要开会了,快去找爸爸,就说林县长叫他赶快到大桥上去。

帕蒂曼　哎!

　　　　〔阿不列孜朝大桥方向去。

帕蒂曼　沙尼汗,等着我,我还有话跟你说呐。

沙尼汗　嗯。

　　　　〔帕蒂曼跑下,沙尼汗又哼起《想延安》。

　　　　〔几个小姑娘欢笑地上,向沙尼汗打招呼:"沙尼汗,快到大桥上去呀!"

沙尼汗　你们先走,爸爸让我跟他一块去。

　　　　〔几个小姑娘下。

　　　　〔玉素甫的狗腿子从房后溜出,看看四下无人,绕到沙尼汗身后,一个人捂
　　　　住沙尼汗的嘴,另一人用一大袷袢把沙尼汗整个一包,迅速拖下。

　　　　〔片刻,阿不列孜和司马益又从大桥方向走上。

司马益　林县长!林县长!(林基路从门内出)马上要开会了,您快去给咱们的新桥命
　　　　名题字吧!

林基路　哎,我可不行。还是请咱们库车县第一个大学生去完成这个光荣任务吧!

阿不列孜　我怎么行? 大家的意见是请您……

　　　　〔阿不列孜、司马益拉着林基路要下,严东、文郁匆匆上。

严　东　基路同志! 要出事了。

文　郁　基路,从县政府到大桥,布满了武装警察,潘克明从迪化回来了。

林基路　哦!

司马益
阿不列孜　武装警察? 怎么回事?

文　郁　他们究竟想干什么?

林基路　连我当县长的都不告诉,这不很清楚吗?

严　东　是啊,对付我们三个人,何至于这样兴师动众?

林基路　盛世才很清楚,不只我们三个人,还有觉醒了的库车民众,开好今天这个人民的乡长主持的大会更重要了,尼亚孜大叔哪儿去了呢?

阿不列孜　我爸爸到现在还没到大桥上。

文　郁　不会出什么事吧?

林基路　……司马益同志,你再去找找尼亚孜乡长。

司马益　好。(下)

林基路　同志们,陈潭秋同志给我们的信里,对当前的形势已经作了深刻的分析,看来,什么事情都可能发生,我们要做最坏的准备。文郁,你先去清一清文件,老严大哥,你去找"班上"的朋友摸一摸情况,先不要和潘克明、吐尔逊见面,我马上就来。

　　　〔严东、文郁欲下。

林基路　沙尼汗呢?文郁,要把沙尼汗找到身边!

文　郁　我知道。(和严东下)

林基路　阿不列孜,今天可能要出事,你和司马益同志要准备把庆祝大会的领导工作担当起来,一定要开好!

阿不列孜　我明白。

林基路　根据形势的变化,咱们的街头剧《觉醒》也要改一下。

阿不列孜　怎么改?

林基路　小姑娘被敌人枪杀以后,同胞们悲痛万分,他们抱着小姑娘的尸体向着苍天哭诉:"老天!你快睁开眼睛吧!"这时,一个工人上场,他高举着红旗,号召同胞们团结起来进行斗争。他说:"要创造人类幸福,全靠我们自己。同胞们,快挺起坚强的胸膛,肩负起历史的使命,砸碎千年的锁链,冲开旧世界的牢房。看哪!鲜红的太阳在向我们召唤,中华民族的胜利,就在前方!"同胞们受到鼓舞,看清了方向,砸开铁镣,挽起臂膀,迈开整齐的步伐,唱:"向前走,别退后,生死已到最后关头……"

阿不列孜　(拿小本记)好,我记住了。

林基路　这个剧不但在今天的大会上要演,还要到各乡去演。

阿不列孜　对!

　　　〔这时,枣尔汗、帕蒂曼和司马益跑上。

帕蒂曼　林叔叔!我爸爸……

134

枣尔汗　林县长,尼亚孜又被抓到班房里去了。

阿不列孜　啊?

林基路　谁抓的?

枣尔汗　玉素甫商总叫吐尔逊带人抓的。

　　　　〔潘克明、玉素甫、黛丽丝趾高气扬地上。吐尔逊带几个武装警察跟上。

潘克明　林县长,我正找你呢!

林基路　哦? 巧啦,我也正要找你呢。

潘克明　找我?

林基路　为什么把尼亚孜乡长抓起来?

潘克明　乡长? 不清楚。

林基路　你真的不清楚?

玉素甫　我们是抓了一个叛逆尼亚孜,不知道什么乡长。

司马益　什么? 叛逆?

　　　　〔众乡亲匆匆赶来。

众　人　林县长,林县长! 他们为什么把尼亚孜乡长抓起来?

林基路　这要问问潘局长。

司马益　你们不经县长批准就逮捕乡长是非法的。

吐尔逊　当然经县长批准了!

司马益　为什么林县长不知道?

众　人　你们经谁批准的?

吐尔逊　潘县长和玉素甫副县长批准的。

众　人　什么? 潘县长? 玉素甫副县长?

潘克明　哈哈……我就直说了吧。林县长,督办手谕,调你立即回省,另有任用。这是
　　　　电报。(把手谕交给林基路)

林基路　(看完手谕)是这样。你们把尼亚孜乡长放出来!

玉素甫　放出来? 没那么方便吧?

林基路　尼亚孜乡长犯了什么罪?

众　人　你们说,犯了什么罪?

玉素甫　他不服管束,联络刁民,反对盛督办,叛逆新政府!

林基路　反对盛督办,叛逆新政府? (哈哈大笑)只不过故伎重演,花样翻新而已。尼
　　　　亚孜作为乡长,动员民众治河修渠,发展生产,这是反对盛督办? 带领民众
　　　　建设后方,支援抗日,这是叛逆新政府? 照玉素甫商总这么说,盛督办和新
　　　　政府是不让发展生产、不搞团结抗日啦?

135

玉素甫　这……

黛丽丝　林县长，对于库车的事情，你已经无权过问了。盛督办委我们治理库车，我们要忠实执行盛督办的钧谕。

林基路　哦？黛丽丝小姐，这么说，你有权过问了？那我问你，你们无故把一个发展生产、团结抗日有功的乡长当作罪犯逮捕，这是执行的谁的钧谕？

黛丽丝　这……

林基路　尽人皆知，盛督办的六大政策和三全大会决议都是要发展生产、团结抗日的，你们不把尼亚孜乡长放出来，那就是你们官报私仇，有意反对盛督办！

众　人　发展生产、团结抗日有什么罪？！快把尼亚孜乡长放出来！

潘克明　(想把群众镇住，大声地)你们要干什么！

〔不少愤怒的群众抄起了坎土曼，步步逼近潘克明、玉素甫、黛丽丝。

众　人　干什么！把我们的乡长放出来！

潘克明　(步步后退，惊慌地)吐尔逊局长！(看到吐尔逊和警察们也在愤怒的群众面前惊慌失措，不得已又向林基路求援)林县长！林县长！

林基路　放不放，你看着办吧！

潘克明　放，我放！玉素甫副县长，吐尔逊局长，放，放人！

〔玉素甫、吐尔逊不动。

众　人　(越发愤怒)乡亲们！他们不放，我们自己去！(很多人举起了坎土曼等农具)走！

〔群众越聚越多，形成了一股势不可挡的洪流。

潘克明　(硬着头皮，急忙拦住)哎哎，乡亲们！乡亲们！我们一定放人，请尼亚孜乡、乡长到这里来和大家见面，可以吧？吐尔逊局长，快去！

阿不列孜　(对吐尔逊)我跟你一起去！

司马益　(和林基路小声交谈几句，然后对吐尔逊)走，我也去。

潘克明　(无可奈何地对吐尔逊)快去！

〔吐尔逊和阿不列孜、司马益下。稍停。

潘克明　(擦擦汗)林县长，等尼亚孜出来，就可回省了吧？

林基路　今天就走？

潘克明　现在。.

众　人　什么？现在就走？

潘克明　督办还特别指示我陪你一块回省，路上也好顺便照顾林县长。

林基路　那可有劳潘局长。(轻蔑地一笑)好吧，我回去收拾一下。

潘克明　不用了。你背着行李来，不用你背着行李走了。汽车在公路上等着呢。您的行李也用不着担心，很抱歉，没有求得您的同意，我们已经给您装上车了。

文郁老师和严局长都在汽车上等着您呢。

林基路　这件事，你们倒真够雷厉风行的。

黛丽丝　噢，林县长在这里工作快三年了，成绩太大了。林县长这回准定是高升了。我和玉素甫衷心地祝贺您步步高升。

林基路　那我得谢谢啦。我相信，库车民众庆贺你们"高升天堂"的日子，不会远了。

〔这时，尼亚孜戴着镣铐和阿不列孜跟跄跄上，吐尔逊追上。

吐尔逊　等一等，让我把镣铐给你打开呀！

尼亚孜　（威严地）躲开！我要叫林县长看看，叫乡亲们看看，为了发展生产、团结抗日，我尼亚孜又进了班房、戴了铁镣！林县长！

林基路　（激动地托起铁镣）大叔！

尼亚孜　林县长，你到库车的第一天，把我从班房里救出来，给我打开了铁镣！今天，你又一次把我救了出来。可是，你要离开库车了。……林县长，今天这铁镣，我要自己砸开！

林基路　好！（抄起一把斧头递给尼亚孜）

吐尔逊　潘县长，这……

玉素甫　（怒气冲冲地要去夺斧头）尼亚孜！

潘克明　（急忙拦住）不要可惜这一副铁镣嘛，啊？（狡诈地一笑）

〔尼亚孜拿起斧头，"嘿嘿"两声，铁镣断裂。他用颤抖的双手抓起铁镣，环视众乡亲后，走到林基路面前。

尼亚孜　林县长！

林基路　（紧紧抓住断镣）记住啊！大叔。

尼亚孜　记住啦！要创造人类幸福，全靠我们自己！放心吧，林县长，你带我们铺了路，架了桥，这条路，我们要走到底！

林基路　（无比欣慰）大叔！

〔阿不列孜等抬着两块木匾走到林基路跟前。

阿不列孜　林县长，你就满足全县人民的要求，给咱们的新桥题字吧。（拿起笔和颜色递给林基路）林教务长！

林基路　（接过笔，看看人们期待的目光）好，留个纪念吧！

〔林基路无比激动地挥笔在木匾上写了八个红色大字。

众　人　（念）"龟兹古渡""团结新桥"！林县长！

潘克明　好啦，林县长，快请吧！

林基路　乡亲们，再见吧。

众　人　（再也控制不住内心的感情）林县长！林县长！

枣尔汗	（紧紧抓住林基路的双臂）孩子,我不是做梦吧? 我们怎么能离开你啊!
众　人	林县长,你不能走啊,林县长!
一老人	林县长,不要走! 我们全县民众给盛督办写呈子,要求把你留在库车!
众　人	林县长,不要走! 我们全县递呈子!
一青年	不要走,林县长,天大的事,有我们全县民众承担!
众　人	林县长,林县长! ……
林基路	乡亲们,你们对我的深厚情谊,我十分感激,我会永远记住你们。大桥的落成典礼我不能参加了,你们走上大桥的脚步声我会听到的。记住吧,乡亲们! 人民觉醒了,他们要走什么路,是任何人也阻挡不住的!
众　人	林县长,我们记住啦!

〔这时,沙尼汗冲开人群,扑到林基路身边。司马益紧跟上。

沙尼汗	爸爸! 爸爸!
林基路	沙尼汗! ……我的孩子! （紧紧搂在怀里）
玉素甫	嗯? 是谁把她放出来的?
司马益	（走到林基路和沙尼汗身边）我!
玉素甫	你?! （本想发作,看看愤怒的群众,又忍了下来）
黛丽丝	沙尼汗,好孩子,回来吧,这里才是你的家。
沙尼汗	呸!
林基路	怎么,黛丽丝小姐,还想叫沙尼汗给你们当小奴隶吗? 办不到了,她是我的女儿!

〔玉素甫想去拉回沙尼汗,被潘克明止住了。

潘克明	玉素甫副县长,盛督办是宽仁厚道的,就让沙尼汗跟林县长一起上路吧。林县长,快请吧。
沙尼汗	爸爸,咱们的无花果酱,都叫坏蛋抢去摔到地上了,怎么办?

〔帕蒂曼抱着一个坛子跑到沙尼汗跟前。

帕蒂曼	沙尼汗,沙尼汗! 给。
沙尼汗	什么?
帕蒂曼	无花果酱,咱们的无花果酱。
沙尼汗	（激动地和帕蒂曼搂在一起）帕蒂曼姐,好姐姐!
林基路	乡亲们,我走了,没铺完的路,你们和尼亚孜乡长一起铺吧!
尼亚孜	放心吧,林县长!
众　人	放心吧,林县长!
林基路	沙尼汗,咱们走。

帕蒂曼　沙尼汗!

〔两个小朋友又搂在一起了。

沙尼汗　帕蒂曼姐,等着我,我还要回来的。

〔林基路拉着沙尼汗的手,不停地回头和乡亲们告别,慢慢走去。潘克明、吐尔逊、玉素甫、黛丽丝和警察们跟下。

〔乡亲们眼含热泪,望着林基路一步步走下。稍停,传来汽车发动声。乡亲们无比悲痛地向汽车跑去。

众　人　林县长!

——幕　落

第　八　场

〔1942 年初冬。

〔盛世骐的卧室。墙上挂着盛世骐和陈秀英结婚的大照片。照片下面的沙发茶几上,摆着几样精致的酒菜点心。

〔黄昏,陈秀英安闲地坐在沙发上,哼着一支抒情优美的民间情歌,幸福地等待着盛世骐回来。稍停,盛世骐全副武装上。

陈秀英　(高兴地迎上去)世骐,怎么现在才回来?(帮他脱军装)今天是什么日子?记得吗?

〔盛世骐不答。

陈秀英　啊?说呀,什么日子?

〔盛世骐心情烦乱,仍不语。

陈秀英　怎么啦?世骐,累啦?

盛世骐　(爆发地)他骗得我好苦!

陈秀英　谁?

盛世骐　督办大人!自从把宋美龄的密使押送迪化以来,我像虔诚的基督教徒信奉上帝一样,到处给他唱赞美诗。我说他是抗日英雄,反法西斯的勇士,我对人断言,他绝不会与蒋、汪合流,……哪知道,他不但早就和蒋介石暗中勾结,现在居然把宋美龄公开请来谈判交易了。你看!(拿出一份报纸)"伟大的会见",可耻!

陈秀英　(接过报纸看看)真没想到。

盛世骐　自从宋美龄来了以后,他就把全疆各地工作的共产党员集中起来,剥夺了人家的工作权利,又不让人家回延安。

陈秀英　怎么能这样?

盛世骐　人家共产党抗战有功劳,建设有成绩,犯了什么罪? 有的人是在抗日前线光荣负伤,来到新疆养伤的。这也犯了法? 是他把人家请来的,现在,他又破坏团结抗日,和蒋介石合流了。既是这样,如果他把人家送回延安,也算他不是太卑鄙。可是,他为了取信于蒋,竟然恩将仇报,正在制造什么共产党阴谋暴动案。

陈秀英　真的?

盛世骐　他还要我的机械化旅全面出动,以保证他的大逮捕大屠杀顺利进行。

陈秀英　(大吃一惊)啊? 你,你怎么办?

盛世骐　我不干! 我的部下也绝不会干!

陈秀英　那你……(担心地)世骐,你还是应该找机会单独和大哥谈谈。他自称是新疆的伟大领袖,哪能容忍你当着别人质问他呢? 如今,你又违抗了他的命令……

盛世骐　我担心,即使我的机械化旅按兵不动,他也会……

陈秀英　怎么?

盛世骐　唉! ……这些延安来的同志多好啊! 我从他们身上看到了共产党人的许多崇高品德,看到了中华民族光明的未来。林基路就曾不顾个人安危,毫不隐讳地告诉我,他担心大哥终究是要和蒋介石合流的,当时我还认为他对大哥存有偏见,可现在……

陈秀英　(心里也很压抑,沉默有顷,强打精神)好啦,世骐,不谈这些啦。(端起酒杯)为了咱们可纪念的这一天,拿着,这是你最爱喝的杜松子酒,干!

盛世骐　这是干什么?

陈秀英　你真的忘了? (难过地看一眼墙上的结婚照片)

盛世骐　(看看照片)哦! 嗨! 都是让大哥把脑袋搞昏了。来,为了咱们可纪念的这一天,干!

〔二人碰杯,一饮而尽。门外卫兵喊:"报告"!

盛世骐　进来!

卫　兵　报告,林基路先生和文郁女士来拜访旅长。

盛世骐　啊,请! 快请!

〔盛世骐与陈秀英急迎至门前,林基路、文郁上。

盛世骐　基路同志,文郁同志,太欢迎了。

陈秀英　你们来得正好,快请。

林基路　今天是你们的结婚纪念日,我没有记错吧?

陈秀英	(望盛世骐一眼)看,基路同志真是个有心人。
文　郁	(捧上一束鲜花)祝你们美满幸福!
陈秀英	(接过鲜花)谢谢!谢谢!
盛世骐	(感动地)在风雪弥漫的日子,你们送来了鲜花;在严寒阴霾的冬天,你们带来了温暖,可是你们自己……
林基路	请不要为我们担心。
盛世骐	我大哥背信弃义,你们的处境……
林基路	是啊,听说,要动用你的机械化旅来对付所有的爱国进步人士。今后,我们可能没有多少见面的机会了,所以有些话不能不对你们说。
盛世骐	基路同志,你们都知道了?
林基路	宋美龄敢于到迪化来,这就说明你大哥和蒋介石已达成了协议。我估计,很快他就要对我们共产党人下手了。
盛世骐	(十分痛苦,但又言不由衷地)还,还不至于吧?……
文　郁	蒋介石的反动政策是攘外必先安内,他和共产党是势不两立的。盛督办要不在共产党的问题上表明他的诚意,怎么能取信于蒋介石呢?
陈秀英	那,你们不是很危险了?
文　郁	我们早就做好了准备。
林基路	为了中华民族的生死存亡,为了崇高的共产主义理想,是要付出一定代价的。我衷心希望你们的是,再不要对你大哥存什么幻想了。他要怎么干,以致他的下场,是不以你们的愿望为转移的。我知道,你们要认识到这一点,是很痛苦的。可是,只有经过这个痛苦的斗争,才能真正站到千百万民众一边来。也只有认识到这一点,你们也才会有明确的方向。盛旅长,你在机械化旅的威信是很高的。全旅官兵,绝大部分是信任你、服从你的,我希望你……
盛世骐	(痛苦而激动地)别说了,基路同志,你对我的一片赤诚,我一定铭记在心!
林基路	你们正义的爱国精神,我们的党代表陈潭秋同志是很了解的。
盛世骐	陈潭秋?……(十分感动)基路同志,请相信我是一个有良心的中国人!我的机械化旅绝不跟他干伤天害理之事。
林基路	我相信!希望你再听我最后的一句话。
盛世骐	请说吧。
林基路	你和秀英女士要多加保重,注意自己的安全。一个拿政治做赌博的人,是不顾兄弟情谊的。他很可能对你们也……
盛世骐	谢谢你。基路同志,请放心吧!
林基路	好,我们得走了。

文　郁　很抱歉，不能尽情地和你们一起庆祝你们的节日。

盛世骐　我理解你们的处境，今天你们能来，我再一次表示感谢。

〔盛世骐夫妇准备送林基路夫妇走。陈秀英刚一开门，盛世才、邱毓芳意外地出现在门口。

邱毓芳　哟，林先生，文女士也在这儿。世才，人家正在宴客，我们来的……不太方便吧？

陈秀英　今天是我们结婚五周年。大哥，嫂子快请坐。

盛世才　哦！……这么说，我们得借花献佛了？

邱毓芳　我们太失礼了。倒是林先生夫妇情深意厚，捷足先登了。

林基路　对不起，盛督办，我们要走了。

盛世才　有什么事情要办吗？

林基路　没有什么，叫您费心啦。

盛世才　那就不忙走嘛！我来找世骐也没有什么事。今天的机会很好，庆贺他们小夫妇结婚五周年，能和同胞兄弟、知心朋友促膝谈心，实在是人生难得的赏心乐事啊！（举杯）为他们小夫妇的幸福，干！

〔林基路、文郁举起杯，又放下了。

林基路　请原谅，盛旅长，秀英女士，我们不会喝酒。

陈秀英　（急忙为林基路夫妇掩饰）没什么，快请坐。

盛世才　（看看林基路，弦外有音地）怎么，世骐，还在生我的气？你放心好啦，我对你的好友基路同志是不会怠慢的，我已决定请基路同志担任我的政治秘书了。

盛世骐　啊！其他同志呢？

盛世才　那要看情形而定了。啊，基路同志，你能够屈就此职，我是太高兴了。

林基路　督办，我恐怕不能胜任吧？在盛督办的领导下，既然我们没有什么事情可做了，我们就只好回延安了。

盛世才　回延安？当然不成问题。不过，既然为了统一战线来到新疆，就应该合作到底，不然这分裂统一战线的责任……

林基路　哦？督办的意思是要追一追分裂统一战线的责任啦？统一战线的前提是抗日，督办也是很清楚的。可是，有人竟然公开和假抗日真反共、出卖民族利益的某夫人握手言欢，密谋交易，这……

盛世才　密谋交易……（突然哈哈大笑）世骐，我本来以为，阴谋叛逆政府者制造的谣言是短命的，你看，没想到连林基路这样博学多才、善于思虑的人也信以为真了。

林基路　我不是什么博学多才、善于思虑的人。不过，事实胜于雄辩，大浪可以淘沙。

中华民族的叛逆制造谣言的阴谋,是尽人皆知的,掩耳盗铃之术,只不过是自欺欺人而已。

邱毓芳　文女士!林先生的口才实在令人钦佩,用唇枪舌剑来比喻,也不为过吧?

文　郁　用枪和剑来比喻唇舌,无非是形容语言的锋利,而语言之所以锋利,是因为它说出了真理。不是吗?

邱毓芳　我以为,如果有人对于新疆的伟大领袖,如此出言不逊,那是很危险的。

文　郁　我以为,你恐怕是把人看错了,为了真理的胜利,有的人面对死亡的威胁,是能够襟怀坦然,付之一笑的。

盛世才　世骐,你以为怎样? 这样的谈心,不是很有意思吗?

盛世骐　我不明白,你这是什么意思?

盛世才　林先生,文女士很有辩才,佩服,佩服。不过,我还是奉劝二位,如此固执下去,将来是要后悔的。

林基路　将来后悔的,恐怕是你盛督办。

盛世才　哦? 这倒要领教领教。

林基路　在盛旅长夫妇幸福的节日里,我看,不必了吧?

盛世才　(狂笑一阵)好! 我绝不强人所难。这么说,我们和解了? 我是很欢迎基路同志担任我的政治秘书的。

林基路　这么说,督办认为我接受招安了? (哈哈大笑)你对我们共产党人实在是太不了解啦!既然督办一定要听,那我就只好直言不讳。记得我刚到迪化的那天,当着我的面,你也曾慷慨激昂,骂蒋介石是独夫民贼。看来,那是你在押宝。你是把赌注压在了我们共产党人身上。现在,国内外的形势暂时有了些变化,你又看着蒋介石是热门啦,于是,又把赌注转押在独夫民贼身上了。但是,历史是不会按照赌徒的愿望发展的。因为,推动历史发展的是千千万万的人民大众。当然,你也知道民众的重要。所以,你才想利用共产党的崇高威望,来获得民众对你的支持。可是,欺骗和高压都是不能持久的,由于你的倒行逆施,已经把自己暴露在各族民众面前。如果你一意孤行,你不但达不到获得民众的目的,连你原来的一点欺骗民众的老本也将输得精光,直至彻底破产。而你也只能落一个民族叛徒,千古罪人的可耻下场。

〔林基路的话像一块巨石,压在了盛世才、邱毓芳的身上,使他们喘不过气来。而对盛世骐夫妇,则如同一剂苦口的良药,深深地触动了他们的思想。一时大家都无言以对。

林基路　(坦然地)盛旅长,秀英女士,对不起,打搅你们了。再会!

〔盛世骐、陈秀英送林基路和文郁下。盛世才夫妇十分气恼。看到盛世骐夫妇回来,立即回复了常态。

盛世才　世骐,你都看到了吧?是我不仁,还是他们不义?……唉,年轻人么,血气方刚,我不计较。可是,你我亲兄弟,也不体谅我作督办的苦衷,三番五次找到督署去跟我吵,叫我怎能不伤心呢?

邱毓芳　是啊,世骐,你大哥这不是专门找你来谈心啦。秀英,陪我到里屋去说说话,让他们兄弟好好谈谈。

　　　　〔陈秀英看着盛世骐的情绪不对,有点犹豫。

邱毓芳　走吧,秀英。你大哥还有事,不会谈得太久,误不了你们小两口碰杯。(拉着陈秀英下)

　　　　〔沉默片刻。

盛世才　世骐,这里再没有外人,你有些什么想法,都对大哥谈谈吧!

盛世骐　别的不说了,你说共产党阴谋推翻政府,有什么证据?

盛世才　证据嘛,当然是有的!

盛世骐　对我保密吗?

盛世才　世骐,咱们先谈谈国内外的局势吧。这方面的变化,对你应该是有启发的。你也知道,苏德战争和太平洋战争相继爆发,到如今德意日轴心已经建立。形势的发展,完全出乎意料。希特勒的闪击战,一举攻陷了乌克兰,进而包围了莫斯科。看来,轴心国的力量无法阻挡,苏联的前途已不堪设想。再看国内情况,据闻,蒋介石一方面和东条英机暗通关节,一方面又发动了大规模的剿共高潮。共产党的抗日,不仅绝无胜利的希望,连延安也危在旦夕啦!当前,我们新疆的局势也很不稳,在这紧要关头,世骐,念手足情谊,必须风雨同舟啊!

盛世骐　哦!我明白了!

盛世才　好,你明白了,我真高兴。这真是昨日伤心唯我在,今朝共庆手足情啦。来,咱们兄弟再干一杯。

盛世骐　不!我倒想起了唐诗上的两句"沉舟侧畔千帆过,病树前头万木春。"

盛世才　嗯?什么意思?

盛世骐　我认为,此次世界大战,西方有斯大林,东方有毛泽东,法西斯虽疯狂一时,但将来一定覆灭。共产党抗日到底,浴血奋战,光明磊落,众望所归。我不是共产党员,我愿以他们为楷模!

盛世才　哦!我懂了,世骐,你不愿意直接卷入这一次的政治斗争,我完全理解你的苦衷。只要你对机械化旅发布最后一个命令,我还可以送你到国外去。美国、苏联、德国、瑞士……

盛世骐　我哪里也不去！但绝不跟着你做日本帝国主义的帮凶,走投降与毁灭之路。对于机械化旅,我拒绝下达你的命令。(背过身去)

盛世才　(放声大笑)哈哈……世骐,你中毒太深了。你不是要共产党暴动的证据吗?这就是证据。(掏出手枪)

盛世骐　(转过身来)什么?

盛世才　这就是证据!(连发两枪)

盛世骐　(以手捂胸,怒目而视)我恨我没听林基路的话,没想到你……(倒地)

盛世才　(迅速装好手枪)世骐!世骐!来人哪!

〔邱毓芳、陈秀英、卢副官长和两个卫士上。

邱毓芳　世才,怎么了?

盛世才　世骐他……

陈秀英　啊?世骐!(扑到盛世骐身上大哭)

盛世才　(回身打了卫士一个耳光)还不快去抓凶手!

〔二卫士急跑出,下。卢副官长被这一切惊呆了。

盛世才　卢副官长!

卢副官长　(突被惊醒)啊?在!

盛世才　打电话到公安管理处,叫他们立即封锁盛旅长住宅周围!

卢副官长　是!(迷惑不解地下)

盛世才　世骐,我的好兄弟,是我连累了你,他们是要暗杀我啊!

陈秀英　(泣不成声)大哥,到底是怎么回事?

盛世才　你还有脸问我?

陈秀英　什么?

邱毓芳　(阴险地冷笑)秀英,看在世骐的分上,你就明说了吧。

陈秀英　我,说什么?

邱毓芳　(恶狠狠地)你自己明白!

陈秀英　你们! ……世骐(又扑到盛世骐身上大哭)

〔一阵刺耳的警车声,刘亦奇带两个便衣特务上。

刘亦奇　督办。

盛世才　把陈秀英带走,严加审讯!

陈秀英　啊?

盛世才　就是你,勾结共产党打响了阴谋暴动的第一枪,你必须交代出幕后指使人!

陈秀英　盛世才!我算认识你了!

刘亦奇　(对特务)带走!

〔特务们拖住陈秀英,堵上她的嘴,五花大绑地带走了。

盛世才　按原订计划,立即行动。

刘亦奇　是。(下)

邱毓芳　(端起两杯酒)世才,你也累了,干杯!

〔凄厉的警车声骤起,恐怖的气氛顿时笼罩大地。

——幕　落

第　九　场

〔1943 年秋。

〔一间昏暗的牢房。

〔铁镣声由远而近。严东、阿不列孜,司马益伏在牢门上,愤怒地向外注视着。片刻,"哗哗"的铁镣声停在门口,两个狱卒打开牢门,拖着昏迷不醒、血肉模糊的林基路,扔在地上。严东、阿不列孜、司马益急忙把林基路安放在比较"舒适"的地方。严东把林基路靠在自己胸前,慢慢给他灌水,司马益撕下身上破烂的衬衣为他包扎伤口。

司马益　啊? 这十个手指……林县长! (心疼地哭了)

阿不列孜　林教务长!

严　东　这帮野兽!

〔传来玛丽亚姆古老而优美的维吾尔民歌,歌声悠扬,时断时续。

　　　　啊,夜莺,

　　　　听到你自由的歌声,

　　　　驱散了我心中的愁。

　　　　朋友们,亲爱的朋友们,

　　　　明媚的春天就要来临!

〔林基路慢慢苏醒了过来。

司马益
　　　　(小心地托着林基路的手)林县长! 林教务长!
阿不列孜

林基路　谢谢你们,我,没什么。(看看双手,轻轻一笑)我们的理想,不是几根小小的竹签子能够戳得碎的。……(稍停)沙尼汗来过没有?

严　东　没有。

林基路　多么想我的沙尼汗哪! 还没来得及把她送到延安去。跟着我和文郁,叫她又受苦了。

〔阿不列孜越发难过，止不住哭出声来。

林基路 阿不列孜，……你们听，玛丽亚姆老师又在唱歌了？

〔歌声渐强：

…………

朋友们，亲爱的朋友们，

明媚的春天就要来临！

…………

〔大家都沉浸在动人的歌声中。

林基路 同志们！这是人民的心声。他们已经看到姗姗而来的春天了！

司马益
阿不列孜 （振奋起来）是啊！明媚的春天就要来临了！（激动地轻轻唱了起来）

朋友们，亲爱的朋友们，

明媚的春天就要来临！

…………

〔一狱卒上。

狱　卒 不许唱！（打开牢门）林基路，有人来看你。

〔沙尼汗急切地走上。她的花衫子已十分破旧，赤脚，抱一只小筐子。

狱　卒 小东西！看看就走，别等我把你打出去！（下）

林基路 （张开双臂）沙尼汗！快来，让爸爸好好看看！（抚摸着沙尼汗散乱的发辫）

沙尼汗 爸爸，我给你带来了无花果。给，快吃！

林基路 好孩子！……无花果，哪儿来的？

沙尼汗 鲜货店买的，我问了是从库车运来的。

林基路 哪来的钱？

沙尼汗 ……我把绒坎肩和小靴子卖了，买了满满一筐子，进门的时候，都叫他们抢光了，我好容易夺回来三个，爸爸，快吃吧。

林基路 沙尼汗，我的好孩子！……天要冷了，你没有靴子穿了，（脱下上衣）把这件衣服穿上。

沙尼汗 不，爸爸，你要冷的。

林基路 爸爸不冷，穿上！（给沙尼汗披在身上）

沙尼汗 噢，爸爸。（看看门口无人，从头发里拿出一个小纸团）赵叔叔给你的。

〔严东到门口望风，林基路急忙打开纸团。

林基路 （兴奋地）"阿巴索夫托我问候林教务长，伊犁河一带已树起了义旗，正准备挥师东进。向全体难友致敬。赵。"(激动地)同志们！北疆的革命,开始了！阿巴索夫,好兄弟！

沙尼汗　爸爸,尼亚孜爷爷也托人给你捎来了几句话。

林基路　尼亚孜爷爷说什么？

沙尼汗　尼亚孜爷爷说,他们已经沿着你架起的新桥,到北山打猎去了。

林基路　到北山？打猎？这么说,库车的火也燃烧起来了！(异常兴奋)尼亚孜大叔真行啊！人民,觉醒了！阿不列孜！……

阿不列孜　人民点起的火,谁也扑不灭！

严　东　对。盛世才这头狼种猪,已经被火海包围了。

司马益　他长不了啦！

林基路　(无比欣慰)金色的种子已经发芽！文郁要知道该有多高兴呀！……沙尼汗,还有吗？

沙尼汗　没有了。

林基路　好孩子,郑汝梅姐姐找到你没有？

沙尼汗　没有。

林基路　你快到满城街 258 号(将一个小纸团塞在沙尼汗的头发里)把这个交给郑汝梅姐姐,她会带你到延安去上学。

沙尼汗　不,我要和爸爸在一起。

林基路　听爸爸的话,将来,爸爸会回去看你的。

阿不列孜　沙尼汗,去吧,把咱们维吾尔人民的心意带到延安。

司马益　对,把咱们维吾尔人民的心意带到延安。

阿不列孜　你就说,新疆的各族人民想延安！

司马益　你就说,新疆的各族人民盼解放！

沙尼汗　(郑重地点头)我记住了。

狱　卒　(惊慌地上)小丫头,快走！快！

林基路　沙尼汗,快去吧。

沙尼汗　嗯,爸爸,我走了。(走几步又回来)爸爸,无花果,你吃。

林基路　我吃,沙尼汗………

狱　卒　(强拉沙尼汗)快走！(从另一方向跑下)

　　　　〔几个武装狱卒紧张地走上,森严地警戒在牢门周围。刘亦奇急步上。

刘亦奇　(走进牢门,指着严东、阿不列孜、司马益)你们,现在放风啦！

　　　　〔严东、阿不列孜、司马益扶着林基路要走。

刘亦奇　林先生,你请留下。

阿不列孜	
司马益	（愤怒地）干什么？

林基路　　（向刘亦奇轻蔑地笑笑，向严东等）你们去吧。

　　　　　〔严东、阿不列孜、司马益疑惑地下。

　　　　　〔片刻，盛世才上，刘亦奇退下。

盛世才　　啊！基路同志，生活得还好吗？

林基路　　哦？你盛督办亲自到牢房里来了？

盛世才　　我一直在关心着你的前途，……

林基路　　（哈哈大笑）不必再装腔作势了。你是在为自己的前途而奔忙，可是，你的前
　　　　　途……（做一无可奈何的姿势）

盛世才　　林先生，……

林基路　　还要我讲明吗？第一，天山南北的烈火烧得你晕头转向了；第二，面对我党
　　　　　中央和全国民众的斗争，你已经黔驴技穷，走投无路了；第三，不久前，苏联
　　　　　红军一举歼灭了希特勒的精锐部队三十三万人，国际形势发生了急剧的变
　　　　　化，你的赌注又押输了。不错吧？

　　　　　〔盛世才无言以对，林基路畅快地大笑。

盛世才　　（半晌）不幸被你言中了。……不过，你大概也知道，胡宗南的三十万大军已
　　　　　封锁了陕甘宁边区。蒋介石又派了精锐重兵，从河西走廊，步步逼近新疆，
　　　　　抗日战争的国际援助通道已被堵死，抗战胜利绝无希望。

林基路　　你错了！督办先生。抗战必胜，而且，为时已经不远了。

盛世才　　林先生，还是面对现实吧。我们都处在危险之中啦。唯今之计，只有我们同
　　　　　舟共济，稳住新疆，以图将来啊！

林基路　　同舟共济？那好！你立即无条件释放全部共产党人和所有爱国进步人士；恢
　　　　　复抗日民族统一战线，在我党的领导下，严惩蒋介石顽固派，团结起来，一
　　　　　致抗日！只要你痛改前非，我们对你是可以宽大对待的。

盛世才　　啊，这……

林基路　　怎么样？

盛世才　　林先生，我还是希望你面对现实，就像许厅长许梦仁同志那样……他已经
　　　　　是我的少将高参了。

林基路　　嘀嘀，大小狼种猪，物以类聚而已。

盛世才　　你！……（刚要发火，又忍下来）好，我可以忍让。可是，你的条件也未免太过
　　　　　分了吧？我的处境虽然不妙，但你总还是我的阶下囚啊！

林基路　　你还有脸来夸耀自己？卑鄙！

盛世才　随你怎么说吧,有一点你是清楚的:你是生还是死,只要我盛某人一句话。

林基路　人生自古谁无死。我的死,会换来更多民众的觉醒,我是死而无憾的。

盛世才　不,我要秘密处死你,让谁也无法知道。我还要发个消息,说你林基路承认了共产党阴谋暴动案,让你的同志们万世唾骂你!

林基路　(长时间地大笑)哈哈……

盛世才　(十分惶惑)怎么?

林基路　愚蠢的人,总是顽固地走注定要灭亡的老路。历史会作出公正的判决,被万世唾骂的,恰恰是你盛世才!难道几年来的事实,还没有证明你的妄想是多么愚蠢吗? 好了,没什么可谈的了。

盛世才　林基路!

〔林基路不予理睬。

盛世才　林先生,你……(近于哀求地)盛某虽不敢妄称为大丈夫,但能屈能伸尚可做到。只要你提出的条件能让我过得去,林先生……

林基路　条件我已经讲得很清楚。除此而外,恕不奉陪了。(安然地靠在草铺上)

盛世才　林先生,林先生,……

〔林基路再不理睬他,好像在闭目养神。

盛世才　(还想说什么,看到林基路的神态,无法张嘴了)好吧!(又气又恨,绝望地下)

〔林基路看到盛世才已走,坦然地穿好衣服,把多余的衣物平平展展地放在严东、阿不列孜、司马益草铺上。深情地看看手里的无花果。严东、阿不列孜、司马益被押上。

司马益
阿不列孜　　林县长! 林教务长!

严　东　盛世才来干什么?

林基路　看来,咱们得分别了。

阿不列孜
司马益　　林县长! ……(悲愤地痛哭)

严　东　(热泪纵横)基路同志!

〔突然,传来沉重的铁镣声和狱卒的号叫声。紧接着是几个男、女难友高昂的口号声:"打倒反动军阀盛世才!""打倒日本帝国主义!""中国共产党万岁!"几声枪响,口号声戛然而止。

严　东　又几个同志倒下去了!

阿不列孜
司马益　　又几个同志……(难过地说不下去了)

林基路　（强烈的冲动,使他嘴唇微微颤抖。眼里噙着泪花,沉重地吟咏）

　　　　我噙泪低吟民族的史册,

　　　　一朝朝一代代,

　　　　但见忧国伤时之士,

　　　　赍志含愤赴刑场。

　　　　血口獠牙的豺狼,

　　　　总是跋扈嚣张。

　　　　哦！民族,苦难的亲娘!

　　　　为你五千年的高龄,

　　　　已屈死了无数的英烈;

　　　　为你亿万年的伟业,

　　　　还要捐弃多少忠良!

　　　　…………

阿不列孜

　　　　　　林县长!

司马益

严　东　基路同志!

林基路　铜墙,困死了多少报国壮士,

　　　　黑暗,吞噬了多少有为的躯体,

　　　　镣链,锁折了多少自由的双翅,

　　　　这森严的铁门,囚禁了多少爱国志士!

　　　　豆萁相煎,便宜了民族仇敌,

　　　　无穷的罪恶,终要叫种恶果者自食。

　　　　难闻的血腥,用噬血者的血去洗。

　　　　〔严东、阿不列孜、司马益昂奋地凝视着林基路。

林基路　囚徒,新的囚徒,

　　　　坚定信念,贞守立场!

　　　　砍头枪毙,告老还乡,

　　　　严刑拷打,便饭家常。

　　　　囚徒,新的囚徒,

　　　　坚定信念,贞守立场!

　　　　掷我们的头颅,

　　　　奠筑自由的金字塔,

　　　　洒我们的鲜血,

染成红旗,万载飘扬!

严　东

阿不列孜　（深受感动,斗志昂扬）

司马益

　　　　坚定信念,贞守立场!

　　　　掷我们的头颅,

　　　　奠筑自由的金字塔,

　　　　洒我们的鲜血,

　　　　染成红旗,万载飘扬!

林基路　永别啦! 同志们! 女儿的无花果,留个纪念吧!

　　　　〔林基路和严东、阿不列孜、司马益紧紧地拥抱。

　　　　〔幕后,轻轻的《夜莺之歌》起:

　　　　　　啊,夜莺,

　　　　　　你那自由的歌声,

　　　　　　驱散我心中的愁云,

　　　　　　…………

林基路　（和同志们一一握手,然后走向台口,深情地望着远方,似乎是用全身心在拥抱新疆大地)再见吧,迪化;再见吧,库车;再见吧,亲爱的各民族的兄弟;再见吧,祖国美丽的新疆! 当我再来看望你们的时候,我相信,天山南北,将盛开民族团结的花朵;戈壁荒原,将变成绿色的海洋;黑暗和魔鬼,将没有藏身之地;幸福的夜莺啊! 将永远为春天歌唱!

　　　　〔幕后歌声:

　　　　　　朋友们,亲爱的朋友们,

　　　　　　明媚的春天就要来临!

　　　　〔一缕灿烂的阳光,照在林基路身上。

——幕落·剧终

【话剧】

天 山 深 处

李斌奎　唐　栋

人　物　表

郑志桐　二十九岁,某筑路部队副营长。

李　倩　二十五岁,北京市某工厂技术员。

余海洲　三十五岁,某筑路部队五连指导员。

陆颖娴　三十二岁,歌唱演员,余海洲的妻子。

韩怀智　三十五岁,某筑路部队五连连长。

袁金燕　三十二岁,某筑路部队工地救护所护士,韩怀智的妻子。

罗　丹　二十岁,某筑路部队五连战士。

万永年　十八岁,某筑路部队营部通讯员。

薛振海　四十五岁,某筑路部队团长。

赵玉梅　四十三岁,某筑路部队工地救护所所长,薛振海的妻子。

薛青莲　二十三岁,天山牧场售货员,薛振海的女儿。

咪　咪　二十二岁,北京市某工厂青年工人。

田　野　二十七岁,北京旅游局干部。

巴哈尔　哈萨克族,五十余岁,天山牧场党委书记。

古米拉　哈萨克族,二十五岁,北京农业大学学生,后任天山牧场技术员,巴哈尔的女儿。

田　英　二十三岁,田野的妹妹。

魏老师　二十八岁,北京大学历史系教师,田英的丈夫。

青年男女、游客、学生、战士、干部若干人。

第 一 幕

〔1979年初春。

〔北京颐和园。

〔昆明湖畔。假山、石鼓、石桌。

〔湖水荡漾,柳絮轻拂,十七孔桥宛如一条飘带。游船荡过湖面。远处万寿山松柏成阴,草坪泛绿,红杏吐艳,雄伟古朴的佛香阁掩映于天光水影之中。

〔幕启:"春天来了,春天来了,春天冲开冰封的河道……"微风送来迷人的《春光曲》。

〔中学生甲、乙顽皮戏闹,追逐而下。

〔一外国留学生与两名中国大学生在假山前留影。一位专心看书的老教授闯入镜头。

众学生　哎,老同志!

老教授　噢,对不起……对不起。

〔大家相视,友好地笑了。

〔老教授下。三位大学生留影完毕,下。

〔幕后喊声:"罗丹! 罗丹——"罗丹慌慌张张地跑上。他着一身不戴领章帽徽的新军装罩衣,藏在假山后。

〔韩怀智追上。

韩怀智　(操一口甘肃土语)罗丹! 罗丹——(四顾寻找,下)

〔罗丹自假山后窥探,见韩怀智走了,欲出,听到脚步声,又缩回。

〔李倩踱出。她身材颀长,体态健美,一身春装朴素而又入时。她好像在等什么人,眉宇间含着几丝焦灼与忧愁。她又一次看表,坐在石鼓上张望。突然身后响起一声又高又响的女声:"倩倩——"

〔咪咪闪出。她手提录音机,细眉红唇,白粉一直抹到脖根,通体的装饰特别刺眼,哪怕在万人丛中也能一眼看见她。可惜的是她腰粗臂肥,怎么整也整不出点线条来。

李　倩　咪咪……

咪　咪　亲爱的,我的突然出现,不会打扰你的幽会吧? (一串艳笑,扑过来,将录音机放在桌上,揽住李倩的腰)啧啧! 瞧这姑娘今天打扮得多迷人哪! 哪像我,天天吃泻药,还是长膘。来,先让我领略一下! ("吧"的在李倩脸上投下一个很响的吻)

李　倩　哎呀！咪咪，别疯了好不好，真烦人！

咪　咪　烦吗？这叫青春的冲动！怎么，他还没来？……我早就料到了，一个大兵，懂得什么叫约会？不过你用不着失望，他没来。他，我可是给你带来啦！

李　倩　(惊慌地)谁？

咪　咪　那个对你狂热的崇拜者！

李　倩　(急了)你真是！我不早就给你说过了吗？

咪　咪　哎呀！可他快要疯了，非见你不行！

李　倩　不，不，你快叫他走吧，志桐很快就要来了！

咪　咪　(还是那种半癫半赖的模样)急什么呀！你知道郑志桐今天约你来这儿是为什么吗？

李　倩　……为什么？

咪　咪　凭着经验和第六感官，我想他约你到这儿来一定是为了这件事——结婚！

李　倩　哦？

咪　咪　(认真地)倩倩，决定你一生命运的时候到了，我可是不忍看着你毁掉自己的前程。听妹子一句话，把那个姓郑的蹬掉得啦。现在的大兵，能值几个钱？！

李　倩　(心烦意乱)咪咪，你别说了，我走！(转身欲走)

〔田野闪出。他上身穿黄呢军服，下身着咖啡色便裤，脖子上吊着照相机，举止有些懒散，却有股慑人的劲儿。

田　野　咪咪。

咪　咪　太棒了，简直像电影明星！哎，哥儿们，这位就是我们厂有名的皇后，密斯李！

田　野　认识您非常荣幸！

李　倩　(毫无表情)不值得吧！这一年多，你不断让咪咪捎话给我，可我连你叫什么还不知道哪。

田　野　(意味深长地一笑)可我早在七一年就知道你。你第一个报名去陕北插队。你的"理想之歌"至今还响在我的耳旁，"啊！告别了母亲北京，我来到延水河畔；我愿永远耕耘在这块土地上，做一名新时代的公社社员……"

〔李倩像被蜂蜇了一下，痛苦而羞怒。

咪　咪　(制止田野)行啦，行啦，我大姐最讨厌别人说她当英雄那档子事儿。干吗呀，真没劲！

李　倩　(冷冷地一笑)没什么，当面挖苦总比背后骂好！我已经习惯了。说到底无非说我是"'四人帮'的殉葬品"，还有什么？说啊！

〔冷场。田野与咪咪突然相顾笑起来。

咪　咪　我的傻大姐，真厉害哟！你知道他是谁吗？就是帮你调回北京的田野！忘啦？我可是常跟你说到他！

李　倩　哦！（不相信地上下打量着田野）

田　野　（对咪咪）提这些干什么？（向李倩）请别误会，我绝没有丝毫挖苦你的意思。正相反，不管是过去还是现在，我一直很敬佩你，敬佩你的才华、勇气、独特的个性，敢于表现自我的精神。哪怕是错误的，只要敢于坚持自己对生活的理解，我认为他都是伟大的！

李　倩　（反而有些慌乱）你过誉了……说真的，要不是你和咪咪帮忙，说不定我这一辈子也回不了北京啦！（颇有感慨地）想想在陕北的七年，真像做了一场噩梦！我一定会把你的好处永远埋在心底，作为我最诚挚的感谢！

田　野　这么说你不觉得太见外吗？李倩同志，也许我不该问，但我又很担忧，听说有个当兵的正在苦苦地追求你，是吗？

咪　咪　而且还是一个新疆大兵！

田　野　（故作惊异）这不可能吧？

咪　咪　（挤眉弄眼地）人家快要结婚了！

田　野　这我就不明白了。你好不容易进了北京，又要找个新疆大兵，是不是还想回到噩梦中去呢？

李　倩　田野同志，听咪咪说你也是当过兵的。

田　野　适者生存嘛！过去穿套黄军装是挺时髦的，七五年我可就复员了，现在在旅游局工作。旅游在我们国家还算是个新兴的事业。（示意咪咪）

咪　咪　对了，我去买点饮料。（欲去）

李　倩　咪咪，（急拉住咪咪，推她到一旁）你这不是故意给我难堪吗？

咪　咪　你急什么呀？好吧，我不走了。你和小田先到知春亭那边去转转，让我在这儿等那位姓郑的，这该够朋友了吧！

李　倩　咪咪，你别再搅和了好不好！

田　野　（见状，改变主意）那你们先谈吧，我去买。（下）

咪　咪　（恳切地）倩姐，你别再冒傻气了，你知道厂子里那帮鬼怎么在背地里损你吗？说你找不上男人，都要急疯了，才找个新疆大兵！还说郑志桐这次来北京接兵，准是要结了婚再走，说不定还要带你去新疆呢！他们都等着看你的好戏呢！

李　倩　是谁这么说的？是谁？

咪　咪　气死算白活了二十多岁。我要有你这么个漂亮脸蛋，不找个华侨也找个屁

156

股后头冒烟的,臭到底也捞个大学生,非气气那帮鬼不可!

〔一位老工人跑上,将衣服放在石鼓上,练气功。

李　倩　我是无能啊!可我还不想拿自己的人格去做交易!

咪　咪　瞧!写"理想之歌"的劲儿又来啦,倩姐……

〔老工人"嘿"的一声,将咪咪吓了一跳。

咪　咪　(拿起老工人的衣服,佯装热情地给老工人披上)大爷……

老工人　唉!谢谢你,好姑娘!

咪　咪　这儿风大。

老工人　没关系,我练的就是这"迎风站"。

咪　咪　我是说,您岁数大了,别着凉,到那边挣扎去吧。

老工人　哎……啊!你,你……(气得说不出话)

李　倩　(忙上前赔情)老大爷,实在对不起,您别生气!

咪　咪　(急捂老工人胸部)对!注意心脏,气病了还得花钱买药吃。

李　倩　咪咪!

老工人　你听听,你听听……(转身就走)

李　倩　哎,老大爷。

〔老工人不理,走下。

李　倩　(对咪咪)你怎么能这样?!

咪　咪　不这样,他能走吗?

李　倩　我走啦!

咪　咪　嗨!这算什么事。来,咱们放松放松。(打开录音机拉李倩跳舞)

〔咪咪独自扭动起来;李倩径自下。

〔韩怀智在幕内喊:"罗丹——"气喘吁吁地上,被咪咪踩了一脚。

韩怀智　没有关系,同志。(欲下)

咪　咪　哎!(一把将韩怀智拖回)什么没关系,你眼睛让狗吃了?

〔周围游人从各处围来议论。

韩怀智　咋哩啥!咋哩啥!

咪　咪　什么"咋哩啥"?你睁着眼往人身上撞,踩我的脚!

老工人　得,又是这姑娘!

韩怀智　你看这位女同志,刚才你踩了我的脚,我没有踩你的脚嘛!

咪　咪　什么?什么?我踩你的脚?明明是你踩我的脚!(又踩韩怀智一下)

〔众人议论纷纷。

学生甲　不许你这样!你对人应当尊重点嘛!

咪　咪　谁尊重我呀？（对韩怀智）瞧你这小样儿,戴着帽徽领章有什么了不起？德行!

〔咪咪受到众人谴责,躲到假山后。

老教授　解放军同志,对这样不讲道理的青年你不要在意。

老工人　哎,对了,在我们北京也是个别分子。

老教授　解放军同志,看样子你是第一次来北京吧？

韩怀智　我是头一回呀,我是从天山里面来的。

老教授　好哇,边防战士哪!同志们,国无军难保,民无军不宁啊!解放军同志你辛苦啦!

学生甲　同志,你别跟这种人生气。

老工人　对了,有空您在北京多逛逛。

韩怀智　哎,哎,哎。（点头不迭）

〔众人散去,只剩下韩怀智和咪咪。

〔田野捧几瓶可口可乐上。

田　野　咪咪,人呢？

咪　咪　走了。

〔田野欲追,与韩怀智相遇。

韩怀智　小田!是你……

田　野　(佯装热情)哎呀,韩连长,你怎么到北京来了？

韩怀智　我是来接新兵的。

咪　咪　田野,咱们走。

韩怀智　怎么,你们认识？

田　野　嗯,我来给你们介绍一下。这是我的朋友,韩怀智连长。这是我妹妹田英的老同学,咪咪同志。

韩怀智　你看,刚才……

咪　咪　解放军同志,都是哥儿们,误会!田野,咱们找她去!

〔咪咪下。

田　野　韩连长,我们有点事得先走。

韩怀智　哎,小田,金铃托我给你带了信。

田　野　什么金铃？

韩怀智　就是我的小姨子,你们不是正在谈……

〔咪咪又暗上偷听。

田　野　(岔开话题)谈你进北京的事!最近我特地给你活动了一下,确实有几个相

158

当可靠的门路。

韩怀智　我是说,你跟我小姨子恋爱的事,她专门让我给你带了一封信。(将信递给田野)她说她想来北京找你,谈谈结婚的事。

田　野　(急)不行,最近我要陪一个外国旅游团到广州去。

〔韩怀智还要说下去,田野突然发现咪咪。

田　野　你……

咪　咪　(掩饰地)你怎么不来呢,有事吗?

田　野　(把信忙掖起来)没事。好了,韩连长,关于你调动的问题包在我身上了。再见!

〔同咪咪下。

韩怀智　哎!小田,还有金铃的事,你可记着回封信!

〔李倩上。

李　倩　韩连长!

韩怀智　噢,是李倩同志。

李　倩　韩连长,你怎么到这儿来啦?

韩怀智　哎,别提了!今天我们领新兵参观颐和园,我们副营长专门在北京大学历史系请了个老师讲颐和园的历史。就在大家听得正带劲的时候,一转眼,有一个新兵不见了。有人看见他跟在一个胖女人的身后面,到这个地方来了。

李　倩　那你们副营长呢?

韩怀智　我们副营长在那边给新兵导游呢。

李　倩　(生气地)哎!

韩怀智　咋哩啥!你们有约会?

李　倩　(点点头)……

韩怀智　嗨!本来今天这事交给我们营教导员办的,可他突然有个急事。副营长也是,怎么也不说一声。好!你等一下,我把他给你叫来!

李　倩　不,不,韩连长,他忙就算了!

韩怀智　再不见个面就没时间了,今天晚上我们就开台了。

李　倩　……开台?

韩怀智　就是要走嘛!

李　倩　(一惊)他也走吗?

韩怀智　你看,北京这么美,谁不想在北京待?我还想要求到三〇一住院呢,可能行吗?哎,你先等一下。罗丹——

李　倩　(心烦意乱,看看表,又想起什么话要问)哎,韩连长!

〔李倩跟下。

〔咪咪、田野急上。

咪　咪　咦,刚才好像是她,怎么一晃又不见了。

〔传来郑志桐的声音:"小倩——"

咪　咪　哎,郑志桐来了。

田　野　我说,你就在这儿缠住那个姓郑的,我到那边找她去。

咪　咪　好!

〔"小倩!"郑志桐喊着上。他穿着一身崭新的军装,身材魁梧,精神干练。魏老师和田英跟上。

〔咪咪闪到假山后面。田野跑下。

郑志桐　小倩……人呢?(张望)

魏老师　老同学,快去找找吧!我们先回去了。把今天给同志们讲的这些材料整理一下,这是我们几年来研究祖国近代史的一点体会,送给你们,作为我对解放军的一点心意。

郑志桐　太好啦,我代表我们边疆战士感谢你们两口子给我们上了一堂政治课。回去请转告同学们,我们这些天山里的战士决不会辜负首都人民对我们的希望。

魏老师　一定。再见!

郑志桐　哎,田英,请把你哥哥田军同志在对越自卫还击战中的英雄事迹给我们整理一份材料,好吗?

田　英　完全可以。有时间去玩,再见!

郑志桐　再见!

〔魏老师、田英下。

郑志桐　小倩——

咪　咪　(从假山后慢慢转出来)你找李倩吗?

郑志桐　对!

咪　咪　假如我没有认错的话,你就是郑志桐。

郑志桐　是的。

咪　咪　(像观赏熊猫似的围着郑志桐转)几年不见,你可大变样了!衣服倍儿挺,小皮鞋锃亮,帅啊!

郑志桐　你是?

咪　咪　我吗?最讨厌英雄人物的人——咪咪。不认识了?想当年咱们一块儿从北京到延安插队,我还敢跟你辩论过呢!(伸出手)敢吗?

160

郑志桐　不敢。（却伸出手握了一下咪咪的手）

咪　咪　哟,你还会开玩笑!

郑志桐　尊重人是起码的礼貌。再说你是李倩的朋友,她常跟我提起你。

咪　咪　在你的印象中我这个人很坏吧!

郑志桐　为什么一提起别人首先要想到坏呢? 告诉我,小倩来过吗?

咪　咪　（犹豫了一下）她走了!

郑志桐　糟糕!（转身欲走）

咪　咪　等等!（颤动着身子）我想问问你,今天约李倩是不是要谈结婚的事。

郑志桐　怎么?

咪　咪　如果是这样,我希望你能把这荒唐的打算收回去。

郑志桐　对不起。爱,是我的权力!

咪　咪　可是在这个问题上,我自认为是她的保护人。

郑志桐　遗憾的是法律并不承认。

咪　咪　（一笑,退下阵来）干吗要扯到法律上去呢?

郑志桐　好啦,快告诉我,小倩去哪儿啦?

咪　咪　我怎么知道?（打开录音机,跟着唱《我爱你》的小调）

郑志桐　（低声厉色）你知道!

咪　咪　大概就在附近,你找去嘛!

　　　　〔郑志桐瞪了咪咪一眼,下。

咪　咪　（关上录音机）真是一头大公牛!（折身要去找田野）

　　　　〔罗丹跑上。

罗　丹　（大喊一声）站住!

咪　咪　啊!（回头发现罗丹,说英语）亲爱的!（马上非常痛苦地扑过去）罗丹……

罗　丹　去你的吧!（推开咪咪的手）瞧你打扮的这个德行,像动物园的斑马。哥儿们当兵就要走了,你不去送送,到这儿约会来了。你说,刚才那个当兵的是谁?

咪　咪　哎呀! 你真是屈死我啦,我本来要去送你,可小倩她……

罗　丹　甭废话,哥儿们为了你,大学没考上,又安排不上工作,这才去当的这份兵! 今儿你得当着我的面起誓:我走之后,只许你在工厂好好上班,不许再和任何其他男人来往,要不然的话……

咪　咪　你敢把我怎么的?!

罗　丹　我打死你!（解下腰带欲抽咪咪）

　　　　〔咪咪惊叫。正在附近找人的郑志桐闻声跑来。

郑志桐　（厉声地）你要干什么?

罗　丹　　你管得着吗?(回头见是郑志桐)呵,是你,我正想找你算账呢!

　　　　　〔韩怀智气喘吁吁地跑上。

　　　　　〔罗丹正欲上前动手。

韩怀智　　罗丹!

罗　丹　　(怔住)

韩怀智　　他就是咱们的副营长! 你……

郑志桐　　你就是罗丹。新兵游览你不参加,跑到这儿来胡闹,你要干什么?

罗　丹　　(说英语)你心里明白!

郑志桐　　(说英语)我不明白。

　　　　　〔罗丹惊讶地看郑志桐。

郑志桐　　我说得不对吗?你说我心里明白,其实我就是不明白。

咪　咪　　(央求地)没什么,他是让我去送行。

郑志桐　　(笑了)那你也应该请假。好吧,有什么事赶紧商量,商量好了,跟韩连长回去。

　　　　　〔郑志桐下。

罗　丹　　呵,这哥们儿英语说得倍儿溜,有两下子。

韩怀智　　两下子?三下子都有呢! 要不你们北京丫头子能爱上他!

咪　咪　　韩连长,今后这哥儿们在你手下当兵,请多关照点啊!

韩怀智　　什么哥儿们姐儿们的,都是同志,咋能不照顾呢?

罗　丹　　(在韩怀智肩上猛拍一掌)嘿,够朋友!

韩怀智　　罗丹! 你这娃。

罗　丹　　瞧你这脑门子汗,我到那边给你买瓶可口可乐去。

韩怀智　　哎,算了吧,买那个水水要有外国钱。快走!

　　　　　〔古米拉挽着巴哈尔从左方散步上。

罗　丹　　哈罗!(快步走上去,拿出人民币,说英语)小姐,换点钱,我想买瓶酒喝。

　　　　　〔韩怀智欲上前制止,被咪咪挡住,他无奈躲到湖边。

　　　　　〔古米拉看着罗丹,突然格格大笑。

巴哈尔　　(说哈萨克语)丫头,他说什么?

古米拉　　(说哈萨克语)他们把我们当成外国人了。

罗　丹　　(莫名其妙地)这他妈哪国人?

韩怀智　　(听出声音)哟,这不是巴哈尔阿卡木吗?

巴哈尔　　哎,韩连长!

韩怀智　　副营长,快来。

162

〔郑志桐跑上。

郑志桐　（认出巴哈尔）嗯，巴哈尔阿卡木！加克斯①！

巴哈尔　嗯，郑副营长，加克斯！加克斯！（与郑志桐频频施礼，握手拥抱）

郑志桐　您到北京来看女儿？

巴哈尔　是的。这么大个北京，想不到我们能碰到一起，太巧了！

罗　丹　（羡慕地）副营长，你还有外国朋友，真盖了帽儿了！

郑志桐　他是我们天山牧场的党委书记。

巴哈尔　这是我的女儿古米拉，在北京农大，专门学兽医的。

郑志桐　巴哈尔书记，这就是刚接的新兵，准备晚上就出发，到咱们新疆去。

巴哈尔　好啊，小伙子，我们草原上的哈萨克欢迎你们。（对咪咪）还有你，到我们新疆去看看，那地方好得很！

　　　　〔咪咪厌恶地走开。

　　　　〔李倩实在等得不耐烦，气呼呼地走出来。

韩怀智　（发现李倩）哎，李倩同志。来，我给你们介绍介绍，她就是专门制造电动剪羊毛机的，是郑副营长的阿达西②。

古米拉　噢耶！真是太好了，要把我们天山里的乔尔马大草原建设成现代化牧业基地，正需要像你这样的人才。我最近就要毕业，怎么样，咱们一同去新疆吧？

　　　　〔李倩不语。

郑志桐　（打圆场）我们现在还只是朋友关系。

巴哈尔　（见李倩脸色不对，明白过来）哎，我说古米拉，咱们走。

古米拉　对对。

　　　　〔古米拉同巴哈尔下。

郑志桐　好，巴哈尔书记，咱们新疆见！

韩怀智　罗丹，动作快点，跟我到那边逛荡逛荡。

　　　　〔韩怀智带罗丹、咪咪下。

郑志桐　（回身发现李倩坐在石板上沉着脸，忙凑上去）小倩，实在对不起，因为临时有些变动，又来不及跟你说，让你在这儿久等了，请原谅。（见李倩不语）小倩，别生气。

李　倩　我在生自己的气。我本来完全可以回家，为什么走到半道又折了回来！

————————————

① 加克斯：哈萨克语，意为你好。

② 阿达西：维吾尔语，意为朋友。

163

郑志桐	给新兵导游,也是为了给他们做点爱国主义的教育,使他们知道自己肩上的担子有多重,机会难得呀……
李　倩	你约我来,就是谈这些吗? 那我走了!
郑志桐	小倩,你听我说,前几天我给团长打了个长途电话,要求准许我一个月假期,团里已经同意了。
李　倩	(惊喜地)这是真的?
郑志桐	当然是真的!
李　倩	(不相信地)你几次探家,每次都是住不够日子,就叫电报催回去了,这次……
郑志桐	小倩,我今天约你来就是为了这件事,我想跟你……结婚!
李　倩	哦! (慌乱地)叫人家猜对了,可我总觉得你是在开玩笑。
郑志桐	(突然大笑)我什么时候跟你开过这种玩笑? 这是真的,我要跟你结婚。
李　倩	(激动得全身颤抖)这太突然了。可我们家的人,还有东西、房子……
郑志桐	我什么都不在乎,我就要你,要你! (忘情地)我们在一个教室里读书,又一起去陕北插队,这几年天山北京,夜夜梦中见,月月盼鸿雁。十年啦,我们再别这样折磨自己了,小倩……(将李倩拉在怀里)
	〔音乐起。
李　倩	(突然羞赧地推开郑志桐)不不,快放开我。
郑志桐	怎么,我太粗鲁了?
李　倩	你懂什么叫粗鲁?(亲昵地)"大兵"! 十年了,我才第一次发现你竟敢这样亲近你所爱的人。
郑志桐	小倩,为什么要把我们叫做"大兵"呢? 难道我们真是四肢发达头脑简单的"丘八"吗? 不,我们是懂得爱的。一个人如果除了他自己谁也不爱,怎么会扛起枪去当兵呢? 就在刚才那个自称是你的婚姻"保护人"的咪咪,还想把我从你的身边推开,这办不到。我爱你,我相信你也爱我! 让我们结婚吧……
李　倩	志桐……(幸福和痛苦交织在一起,忍不住伏在郑志桐怀里哭泣起来)
	〔赵玉梅拿电报急上,见状站定,犹豫片刻,还是走了过来。
赵玉梅	郑副营长……
	〔郑志桐、李倩慌忙分开。
郑志桐	赵医生。
赵玉梅	这地方还真难找啊! 副营长,情况有了变化,这是上级的命令。(递上电报,转身走开)
郑志桐	(念电报)"部队有紧急任务,立即归队! "

李　倩　啊！（身子一软坐在石鼓上）

〔切光。

——幕　落

第　二　幕

〔两个月后。

〔天山脚下某筑路部队家属院。

〔一座干打垒的简易平房。房内被一堵用木板钉成的墙隔开，左侧三分之二原是库房，后腾出为郑志桐结婚用，窗户上的双喜字变了色，但还贴着。这次余海洲的家属来队，又临时住在里面。室内置有火炉、火墙、折叠式军用桌椅、一张用木板拼凑起来的双人床，左后角直通做饭的厨房，门上挂着旧塑料床单。右侧三分之一处是薛振海家的外间，放有桌椅等，里间是卧室。

〔时值盛春，北京正是花红柳绿，艳阳高照的迷人季节，可这里依然是冬寒冰不开。朔风裹着雪花狂啸嘶鸣，一片混沌，只有巍峨的天山身披银装，白发千丈地挺立在茫茫的风雪世界。

〔幕启：风雪呼啸，车声长鸣。陆颖娴正忙着整理房间，快活地低声哼着歌曲。她体态丰盈，端庄开朗，衣着、举止颇有现代派女性的风度，但又不失贤妻良母的气质。

〔余海洲身穿工作服，头戴安全帽，扛铁锹上。

余海洲　（进门就喊）颖娴！哎，人呢？

陆颖娴　海洲！

余海洲　你来啦！来，让我好好看看。

陆颖娴　有什么看的。

余海洲　咱们的胖儿子好吧？

陆颖娴　好。

余海洲　大雪把路堵住啦，我们抢修了一天一夜，没去接你，不会生我的气吧？

陆颖娴　哪回你去接过我？要是生气的话，早就离婚了。哎，没犯病吧？

余海洲　我这不挺好嘛！哟，还带花来了！还带什么好东西来了？

陆颖娴　自己看嘛。

余海洲　呵，又是中药。（翻挂历）哟，大美人，一个当兵的都没有？

陆颖娴　你呀，三句话不离本行。

165

〔万永年在门外喊:"报告!"

余海洲　进来。

万永年　(进屋)指导员!

余海洲
陆颖娴　小万来了。

万永年　(说新疆汉语方言)大嫂子好吗?

陆颖娴　好。你好吧?

万永年　好的呢!我们在工地上干活,就听说大嫂子来了,把我们指导员急的呀……大嫂子这次到这儿来,我们这个山沟,旁的也没啥,我们专门抓了几只呱呱鸡,请大嫂子尝一下我们天山的野味!(从身后亮出两只呱呱鸡)

陆颖娴　太谢谢了!(接过呱呱鸡)

万永年　谢啥哩咻。

陆颖娴　(拿出两个苹果)来,尝尝我们山东的特产,还有大花生,拿上吧。

万永年　不了,没有地方装了。(用帽子接过东西)指导员,今天晚上周末晚会还有你的节目呢!(余海洲使眼色)噢,大嫂子,听说你是青岛有名的歌唱演员嘛,今晚上我们开周末晚会,请你去唱几个逮(好)歌。

陆颖娴　我唱不好,不过,我一定去!

万永年　太好了!敬礼!(发现自己没戴帽子)……我给大家讲去!(跑下)

〔一阵狂风袭来,把窗户上的塑料薄膜同双喜字全部掀掉,雪花抛洒进来。

陆颖娴　海洲,快来!

〔余海洲过去帮陆颖娴堵好窗户。

陆颖娴　(搓手跺脚)你们天山可真是个好地方,五月飞雪,房子露风。

　　　　(唱)数九那个寒天下大雪。

余海洲　(合唱)天气那个虽冷我心里热。

余海洲　这是我们团的家属院,号称天山饭店的一等房间,是专门接待外宾的。(从地上捡起双喜字)这是给志桐和李倩准备的,是我亲手剪的。唉,没想到,等啊等啊,等了三个月,新娘子没来,却来了个老娘子。本来,我还指望你路过北京的时候,把新娘子领来。可现在,我看该彻底完啦!(要将双喜字投入火炉)

陆颖娴　(抓住余海洲的手夺过双喜字)你少来劲儿!我不早把李倩的苦处给你说了吗?你怎么就不替人家姑娘想想。

余海洲　想了,我考虑来考虑去,就是要给志桐重新介绍一个对象。

陆颖娴　你?(失声大笑)瞧你那孔夫子样,还能给人家当红娘!

余海洲　你别笑,志桐是我接的兵,多好的同志呀,就因为在边疆,找个对象就这么困难。就冲着如今有些人瞧不起解放军的那股子劲儿,我也要排除万难,当好红娘!

陆颖娴　哎,哎,你别老把这口闲气到处撒好不好?

余海洲　我憋得难受。想当初,那些老边防住招待所、找对象,处处受尊敬。可现在一提是边疆的,有些人就用白眼珠翻你,就连自己也觉得比别人矮半截。要是找个对象,首先得低声下气地声明,"我可是边疆的,你考虑吧……"

陆颖娴　人家李倩可不是这号人。我告诉你,你敢这么做,我就把这大红喜字贴在你脑门上!

〔赵玉梅从隔壁里间走出,听到陆颖娴的话忍不笑出声来。

赵玉梅　小陆,余指导员回来了吧?

陆颖娴　回来了。

赵玉梅　把药给他煎上了吧?

陆颖娴　已经煎上了。(对余海洲)我去看看药。(进厨房)

余海洲　喂!赵所长。

〔赵玉梅走近板缝,与余海洲低声交谈。

余海洲　赵所长,刚才我可是夸下海口要当红娘啦。你家青莲的心到底诚不诚?

赵玉梅　不怕你笑话,青莲如今想小郑都快想成精神病啦!

余海洲　真的?

赵玉梅　可不是真的,要不,我能找你吗? 你要不信,以后咱们可以试验试验?

〔薛青莲轻盈地闪进来,一条拉毛围巾严严实实地围住她的头部,只露出两只水灵灵的眼睛;待她解下围巾后,我们看到的是一位秀气而又活泼的姑娘。

薛青莲　古米拉,古米拉,(出门喊)来呀! 古米拉!

赵玉梅　(向墙那边的余海洲)回来啦,又回来啦!

〔古米拉像风一样旋进来,嘴里哈着气。薛青莲跟进。

古米拉　胡大哎①! 五月的雪景简直美极了!(抱着赵玉梅旋了一个圈)呜,阿姨,你的脸色怎么不对呀?

赵玉梅　心慌意乱,把魂丢了。

薛青莲　是吗? 让我看看。(抓起赵玉梅的手腕要号脉)

余海洲　(突然吆喝一声)哟! 副营长回来啦!

---

① 维吾尔语,意为上帝呀!

〔故意把板凳桌椅弄得乱响。陆颖娴端药碗出。

陆颖娴　志桐回来啦？（把药碗放在炉上，四顾）志桐……

　　　　〔余海洲冲陆颖娴眨眼。

古米拉　（捅薛青莲）听，郑副营长——咱们看看去！

薛青莲　看看去！（拉起古米拉就跑过来）副营长……

　　　　〔余海洲、陆颖娴笑；薛青莲意识到受骗了，不好意思地笑；众人咯咯大笑。

　　　　〔赵玉梅进里屋去。

薛青莲　（冲余海洲）给人家当老大哥还骗人。（娇羞地打余海洲）

余海洲　我说青莲，你也太积极了。

薛青莲　郑副营长要买副羊皮护膝，我早点给他送过来，不对吗？

余海洲　太对了。哎，给客人去烧壶奶茶。

陆颖娴　（会意）好！你们坐吧。（放下药进厨房）

余海洲　青莲哪，今天我算把你的心思看透了。我看，今天咱们就把这层窗户纸捅开
　　　　算了，老大哥给你当红娘！

古米拉　你太伟大了，我首先代表青莲向你致敬！

薛青莲　（局促）哎呀，我总觉得这样做对不住人家李倩。

古米拉　啧啧，李倩不爱我们天山草原，她能爱这里的人吗？

薛青莲　那……别人骂我挖墙脚怎么办？

古米拉　什么墙脚羊角的！这就跟"叼羊"一样，一只羊放在草地上，几十个骑手一拥
　　　　而上，谁抢到就是谁的。你现在需要勇敢地冲上去。（做"叼羊"动作）

　　　　〔赵玉梅又走出。

余海洲　冲，也不能这么冲。我现在担心的倒是你爸爸的态度。

薛青莲　我才不管他呢！

古米拉　问题不大，薛团长最喜欢郑志桐。再说，我把这件事也给我爸爸讲了，他高
　　　　兴地说，"好事，我找老薛去。"

赵玉梅　（敲隔墙）古米拉，你爸爸已经来了，他们在里屋说话呢。

古米拉　怎么样？

　　　　〔里屋传出巴哈尔的喊声："古米拉，你来一下。"

古米拉　来喽。（低声）我给你们探听探听。

　　　　〔古米拉跑出，进薛振海家，同赵玉梅进了里屋。

余海洲　（兴奋地拍大腿）行，青莲呀，现在可就看你的啦。

薛青莲　指导员，你虽然是我的老大哥，可我敢说，你还不能完全理解我为什么爱他
　　　　爱得这么深。前年，从他帮我补习英语时起，仿佛是一股春风，第一次吹起

168

了我感情的波澜。我知道,我是建筑大军的女儿,降生在雪莲花旁,从小伴随着开山炮在高山峡谷中长大,我热爱壮美的天山,更敬仰爸爸妈妈所从事的事业。所以我总觉得只有这儿,才有最珍贵最有价值的生活宝藏,也只有勇于探求这种生活宝藏的人,才同时属于我。而志桐呢,就是这样的人……

余海洲　好! 你有这种想法,什么话也不用说了,回去收拾收拾等着吧。

薛青莲　唉! (笑吟吟地跑出去)

　　　　〔余海洲乐得哼起歌子。陆颖娴由厨房走出。

陆颖娴　这回你得意啦!

余海洲　嗨嗨,这叫不蒸馒头蒸(争)口气。就是青莲的事不成,我也要发动全连全营的干部给志桐找个对象,非超过李倩不可。(见陆颖娴欲辩)别说了,志桐快回来啦,做饭,做! (与陆颖娴进厨房)

薛青莲　(进屋,对着镜子梳妆,唱)亲爱的人儿,你可曾知道……

　　　　〔赵玉梅由里屋走出。

赵玉梅　知道,你的心事妈全知道。可我总觉得这么办……志桐要是不同意怎么办?再说你爸……

薛青莲　又不是给他找对象。(又要走)

　　　　〔古米拉从里屋跑出。

古米拉　紧急情况,你爸托我爸要把你……(低语)

薛青莲　(惊叫)啊! 我不! 我不!

古米拉　青莲,考验你的时候到啦! (暗示薛青莲进里屋)

薛青莲　我找他去,爸,爸——(一声比一声高地冲进里屋)

　　　　〔陆颖娴、余海洲提着菜刀、拿着土豆跑出来。

陆颖娴　(敲隔墙)怎么啦,赵姨?

赵玉梅　唉,唉,唉——(追进里屋)

　　　　〔古米拉大笑跟着跑进。

　　　　〔里屋传出吵声、笑声、规劝声。

余海洲　咋回事,又是哭又是笑,跟演戏一样。

　　　　〔郑志桐脚蹬毡筒,满身冰雪闯进来。

郑志桐　嫂子。

陆颖娴　哟,志桐回来啦。

郑志桐　听说你来了,正赶上我们铲雪,来不了,急得我转圈。

陆颖娴　快把大衣飞毡筒脱了,坐下烤烤。看看,简直成个冰人啦! (帮郑志桐脱下大衣,又推他坐炉边,要帮他脱毡筒)

郑志桐　嫂子,扒不下来,冻住啦。

〔余海洲递上茶水。

郑志桐　平地积雪有三米多厚,我一边铲雪边想,这可真是"五月天山雪,无花只有寒。"呀!

陆颖娴　亏你还有这种闲情逸致,居然吟起唐诗来啦。

郑志桐　这就叫苦在其中也就乐在其中啦。你这位青岛夫人身临此境,总不会闹离婚吧!(大笑)

余海洲　嗨,我们俩那种亲热劲儿,就是原子弹也炸不开。想当初,我们谈恋爱的时候,人家就支持我到最艰苦的地方去。结婚十年,全家的担子她一个人挑,事业上也是这个。(伸出大拇指)可那位北京小姐却吓得钻进防空洞,拖拉机拖都拖不出来。

〔陆颖娴翻了余海洲一眼。

郑志桐　(故作轻松)嫂子,你就别打哈哈啦,余大哥早就告诉我啦!

陆颖娴　你别听他瞎说。这回我路过北京时去找过李倩,不巧,她们厂里正在试制一种新型的剪羊毛刀片,她又是技术员,实在请不下假。

郑志桐　算啦,你的神色已经把你出卖了。嫂子,别再安慰我了,刘玄德请诸葛亮出山,也不过是三顾茅庐啊!

陆颖娴　她,她确实是有难处嘛!

余海洲　什么难处?志桐,我实话告诉你,那个李倩要跟你吹灯了,已经跟那个田野挂上啦。

郑志桐　田野!(猝然一惊)你说,你说清楚,到底是怎么回事?

陆颖娴　志桐,你不要听老余胡说八道。

郑志桐　不对,前不久我妹妹来了信,她也这样说的。

陆颖娴　我在北京问过李倩,都是田野和那个叫咪咪的故意制造舆论,根本就没有那么回事。志桐,我从李倩的言谈话语中看得出,她的确是爱你的。

余海洲　爱也不能光用嘴爱,得有行动嘛!老说爱得要死要活,可就是不结婚!这种爱法谁受得了。我说志桐,你应该当机立断,采取行动,免得到以后让人家把你当成烟屁股扔了!

郑志桐　我不是没想过断。可是从上学、下乡到现在,我们相识相爱已经十几年了。这十几年她爱我爱得苦哇。只有我才能理解她为什么爱得这么苦,却又没有勇气来天山跟我结合。十年浩劫,夺去了她心中最宝贵的东西,使她变得怯懦了。正因为这样,我才更有责任去爱她,帮助她,怎么能在这个时候跟她分手呢?

余海洲　你这些话我都快背下来了。可总得讲究点实际吧。好,退一万步,你就是跟她成了,她还是誓与北京共存亡,你怎么办?转业?部队显然不会放你。她能像你嫂子这样,分居两地,牛郎织女,每年过一次七月七。

陆颖娴　这有什么不好!

余海洲　好,到头落得连儿子都不认我这老子。噢,去年我回家探亲,你猜,一进门我那个儿子说了个啥?(用山东口音)"解放军叔叔,你找谁?俺妈不在家……"

陆颖娴　(忍不住大笑)……

余海洲　所以呀,你趁早拉倒。只要你说声吹,我马上给你介绍一个,现在就见面。

郑志桐　介绍谁呀?

余海洲　薛青莲。

郑志桐　(像被刺了一刀似的跳起来)老余,你今天是怎么啦?

余海洲　你不要看不起人家青莲……

郑志桐　我什么时候看不起她了?青莲确实是个好姑娘,可……

余海洲　(生气)可,可,可什么?赵医生托我做媒,红娘算是当定啦!不行也得行!

郑志桐　(对陆颖娴)简直是乔太守乱点鸳鸯谱,你看他那个样,哪像个红娘,简直像个恶老婆子。(苦笑)

陆颖娴　蔫毛驴踢死人哪。别理他,这次我回去时,再在北京住些日子,磨也要把她磨通。

余海洲　不行!你不要以为这是你的个人问题,你再要不结婚,那会动摇军心的。

郑志桐　会不会发生地震呢?

余海洲　你……(正要说下去)

　　　　〔这时万永年在门外喊:"报告!"

郑志桐　进。

　　　　〔万永年推门跑进来。

万永年　指导员,新兵连出事情了,罗丹跟一排长打起来了。

余海洲　什么?打起来了?

万永年　你听我说嘛。早晨全连都到工地上去铲雪,罗丹他睡下就不起床。刚才,一排长去问他,"你病啦?"他摇头。排长又问他,"你想你妈啦?"他还是没言传。排长再问他,"你是不是又想那个咪咪啦?"人家一听,大嘴一咧,"哇"的一声就哭开了!

郑志桐　真没出息!

万永年　就是的嘛。当时排长批评说,"你现在是战士,年岁还小,等服役期满之后再考虑对象也不晚。"你猜他说了个啥?

余海洲	说了个啥?
万永年	他说,"你少来这一套,别说服役期满,郑志桐当了副营长还不照样打光棍。"排长的火就噌地从脚底一下子冒到头顶上了,拳头……
郑志桐	胡闹!那也不能打人呢。
万永年	其实我来的时候还没打。再要不管,就快打起来了!
郑志桐	你们韩连长呢?
万永年	刚才我转了几圈没找见。
郑志桐	我去看看。
余海洲	算了吧,我去!
	〔陆颖娴忙给余海洲找衣帽。
万永年	对了,罗丹还说指导员是牛郎织女,还说……
余海洲	好,好,你先去吧。
	〔万永年下。
余海洲	哎哎,这回你该听见了吧。我再给你一小时,跟李倩断还是不断,跟青莲成还是不成,你考虑吧,等会儿,我要你的回话。(下)
郑志桐	哎,老余!嫂子,你看……(考虑了一下)我找团长去。(欲下)
陆颖娴	哎,你先别去吧,青莲在家呢。
郑志桐	在也好。
陆颖娴	哎,人家姑娘也是一片诚心,你可不能跟她发火。
郑志桐	嗨!我凭什么跟她发火呢!见了她,我只好像你一样,当个演员呗。唉——(推门下)
	〔陆颖娴想了想进厨房又去做饭。
郑志桐	(敲门)团长。(又敲)团长——
	〔薛青莲自里屋出。
薛青莲	谁呀?(开门)哦!你,你回来啦!(惊喜失措)
郑志桐	(进屋)噢,小莲莲,是你呀。你爸在家吗?
薛青莲	在里屋陪客人呢。你先在这儿坐一会。爸爸——
	〔薛振海闻声自里屋出。
薛振海	噢,是志桐。
薛青莲	爸爸……
薛振海	嗯?!(瞪薛青莲)
	〔薛青莲撅嘴下。
郑志桐	(长吁一口气)团长,便道已经清理完了,大雪一停,部队就可以全部进山施

工啦。

薛振海　咱们这条路还得赶快修啊。

郑志桐　是！团长，我找你还有件要紧的事。

薛振海　什么要紧的事？

郑志桐　是我们五连余指导员家属的调动问题。海洲同志的身体……

薛振海　这件事嘛……（小声）我正在同巴哈尔书记商量，请他想法子安置在咱们州文工团工作。

郑志桐　（高兴地）太好了，正好业务对口。团长，我代表余指导员和他爱人谢谢你啦！（敬礼，像孩子似的跑下）

薛振海　这个郑志桐……

　　　　〔薛青莲自里屋跑出，巴哈尔等随后。

薛青莲　志桐——（欲追）

薛振海　喊什么？

薛青莲　爸爸，人家还有要紧事没说呢！

薛振海　回来！（拍桌子）

　　　　〔陆颖娴靠墙谛听。

　　　　〔郑志桐兴冲冲地进余海洲的屋里。

郑志桐　嫂子！……

陆颖娴　嘘——（暗示郑志桐注意隔壁的动静）

巴哈尔　老薛，你这是干什么？你请我来，原来是要把青莲从牧场调走，你也太看不起人啦！

古米拉　青莲是我们牧场的一颗明珠，模范售货员，业余教员，我们才舍不得让她走呢！再说她已经爱上郑副营长了。

　　　　〔陆颖娴窃笑。

薛振海　就因为这。这，这简直是胡闹嘛。

巴哈尔　要说胡闹，我也算一个，本来我是专门来找你谈这件事的，现在咱们什么话也别说啦。我这就去办余指导员家属的事，明年我一定要让他们一个房子住下。可是要把青莲调走，我不答应！（对薛青莲）孩子，你住下，把你和小郑的事办好再回牧场，老头子敢再欺负你，你找我好啦。古米拉，我们回。（与米古拉下）

薛振海　哎，老伙计——（自己欲出，又折身对薛青莲）都是你，站着干什么，还不快去送送。

　　　　〔薛青莲瞪薛振海一眼，下。

薛振海　这个巴哈尔书记,真是个老倔头。

赵玉梅　再倔也比你强!一团之长,你看看你刚才对青莲的态度,影响多不好!

薛振海　哈哈!你们母女俩搅和在一起,硬要跟人家小郑攀亲,影响好?这事不能干!

赵玉梅　我看呀,你是舍不得让女儿嫁给个修路的大兵!

薛振海　胡说!她老子修了几十年的路,自信这是一项光荣的事业!

赵玉梅　可小郑……

薛振海　小郑是全团拔尖的,这我知道,可人家是有了未婚妻的。

赵玉梅　可他俩的关系已经……

薛振海　他们的关系眼下是凉了点,可正因为这样,我们才更应该帮助加温,怎么能"趁火打劫"呢!

赵玉梅　自由恋爱,又不触犯法律!

薛振海　哈哈,我看你呀,是想当丈母娘急疯了,一点政治工作概念都没有!

赵玉梅　你发什么火?

薛振海　发火?告诉你,现在赶快把青莲调离这儿,不然,那个疯丫头还不把部队给我搞乱了套!（戴上安全帽欲下）

赵玉梅　又干什么去?

薛振海　部队马上要进山了,油料、机械、后勤,你给我管!?（下）

赵玉梅　嗨!我们家怎么都是些 B 型的血!（进里屋）

郑志桐　(吁了口气,甩着额上的汗水)嫂子,你看看……

陆颖娴　我让你别去别去,你可真是一石激起千层浪呀。别怕,有团长"保驾"呢。

郑志桐　唉……

　　　　〔韩怀智在门外喊:"老余,大嫂子来了没有?"

陆颖娴　请进。

韩怀智　哎呀,大嫂,你好?

陆颖娴　你好,你好!

韩怀智　噢,副营长,我正想找你呢。

郑志桐　你又喝酒啦?

韩怀智　不多,就一点点。下了工,刚一回家就跟小袁吵了两句,连碗面条也没有吃上。

陆颖娴　你呀,稍等一会儿,米饭就好。

韩怀智　大米饭?大米饭算啦,我不吃……我想吃面条。

陆颖娴　好,我给你做面条去。（进厨房）

〔袁金燕追进来。

袁金燕　好,你又跑到这儿耍酒疯。副营长,你给评评理。

郑志桐　冷静点,袁护士,两口子有话慢慢说嘛。

袁金燕　我跟他没法说,他成天不好好工作,泡病号,闹转业。最近又逼着叫我在救护所开个证明,要到北京住院。

韩怀智　我腰疼腿疼胳膊疼,现在战备又结束了,我要求去看病,不应该吗?

袁金燕　你到北京明明是想让田野在地方上活动个好工作,可你知道不知道姓田的是个什么东西! 他原来答应同金铃结婚,可现在……

〔赵玉梅从自己屋走到这边来,暗进。

韩怀智　我活动个工作又犯啥法啦! 我修了十二年公路,我修路修了十二年,我把美好的青春献给了天山。我把一生最美好的青春,岁月的光华都扔给深山野岭了,如今也该给自己修条退路了。我往哪儿退? 指导员转业可以回青岛,副营长转业可以回北京,退到底也是个城市。我呢,甘肃农村! 你愿意跟我回去扛着把耙子种洋芋蛋蛋子吗?

袁金燕　要走你自己走,我还舍不得离开部队呢!

韩怀智　你们听听,你们听听,我说得不对吗?

赵玉梅　你少说两句吧。走,袁护士,到我屋里坐坐。(推袁金燕出,拉到自己里屋)

韩怀智　(嘟囔)少说两句,我肚子里的话还多着呢! 一按就出来!

〔郑志桐倒杯浓茶给韩怀智。

〔余海洲上。

郑志桐　我看你还是喝杯茶,醒醒酒吧!

韩怀智　我不喝!(挥手把杯子挡开)

郑志桐　韩连长,(勃怒)你太不像话了! ……

韩怀智　我咋哩啥。

郑志桐　咋哩啥,咋哩啥,你看看你这样,还怎么带兵?

韩怀智　我没法带,你看看现在的这些兵……(看郑志桐)我没咒念。

余海洲　你怎么没咒念。兵带不好,问题在于我们。

郑志桐　满脑子装的都是我我我,私字连块遮羞布都不要了! 人总是要有点精神的嘛! 怀智,在新形势下咱们就是要研究新问题解决新矛盾。如果咱们全营的干部都像你不干工作,只为自己安排后路,战士会怎么想呢? 咱们怎么能带好兵?

韩怀智　你怎么不说说你自己呢?团长的丫头死乞白赖地要跟你,你为啥不要? 李倩三番五次要跟你散伙,你为啥死活抓住不放? 你不是也知道北京比天山好

175

吗？你不是也为自己"修路架桥"吗？

余海洲　老韩,你这说到哪去了!

郑志桐　没关系,韩连长应该这样严格要求我,全营所有指战员都有权利严格要求我。我做不到的,没有权利要求你们去做。这样吧!咱俩来个竞赛,只要部队需要,谁也不许说走,看谁在天山里干得长？怎么样？

余海洲　好,我也算一个!

　　　　〔韩怀智不语。

　　　　〔薛振海大笑着进来。

薛振海　我也算一个!

郑志桐

余海洲　团长。

韩怀智

薛振海　这个比赛你郑志桐是输定了。我正式通知你,上级决定送你去北京工程兵学院进修,准备一下,立即动身!

　　　　〔众人为之一震,郑志桐似乎没有反应。

薛振海　(对郑志桐)怎么？你还有意见？

郑志桐　(略思)我没有受过高等教育,我非常渴望有个学习的机会,可现在营里这个样子,我不能走,请换个同志去吧。

韩怀智　就是嘛,老同志也应该培养培养嘛!

薛振海　(瞪了韩怀智一眼)要说老,全团数我最老,让谁去谁就去,这是命令。

余海洲　志桐,你就放心去吧,这里还有我们顶着。

薛振海　(感慨地)去吧,部队将来就靠你们啦。到北京代我问你妈妈好,另外,把个人的事处理一下。

郑志桐　(有很多话不知该从哪说起)团长……

薛振海　(感伤)你也该结婚了。

　　　　〔突然,门被撞开,薛青莲站在门口。

　　　　〔众人回头。薛振海本想说什么,但终于忍住,转身走了出去。

余海洲　哎,我去看看饭。老韩!

韩怀智　(见状明白了点)副营长,我去吃碗面条去。(下)

郑志桐　(热情地)小莲莲,来,坐。

薛青莲　这是羊皮护膝,你带上吧!

郑志桐　这是我为余指导员代买的。小莲莲,谢谢你!

薛青莲　(突然爆发地)志桐,你不要再装傻了。我……我只求你到了北京别忘掉我

176

……（失声哭起来）

郑志桐　哎！小莲莲……（语塞）

　〔音乐起。

　〔郑志桐无语地呆立着，两眼茫然望着屋外。

——幕　落

第 三 幕

　〔1980 年夏。

　〔北京，田野的家里。

　〔这是一间比较讲究的单元住宅。但所能看到的只是客厅，舞台右侧有一门
　　通外，台中稍偏左后方有一门通内室，台左有一窗户。室内设有沙发、茶
　　几、躺椅、酒柜等家具。酒柜上摆着两台进口录音机。酒柜上方墙壁上悬挂
　　着田野的哥哥——田军着军装的遗像。台左墙壁上悬挂着与此极不相称
　　的大幅金发女郎画像。

　〔夜晚，气候郁闷，这种天气使人感到焦躁不安，好像要出什么事。

　〔幕启：田野自里屋心急火燎地上，正欲外出，咪咪黑着脸从外面走上。

田　野　哦！你怎么又来啦！走吧，走吧，我今天晚上有事。

咪　咪　我知道你有事。不过，得先把账清完再走。

田　野　咪咪，这次跑广州，不就带回来那么点货嘛，你还想分多少？

咪　咪　可货全是我脱手的，咱们得对半分，一个子儿也不能少！

田　野　你……（想想又软下来，但语气威胁地）我说，你最近还是少到处乱跑。告诉
　　　　你，罗丹和他们韩连长出差到北京来了。姓罗的可是个玩命的，他要找你算
　　　　账呢！

咪　咪　可我也听说有个叫袁金铃的女人，已经找到你家里来了。她还是韩连长的
　　　　小姨子呢！

田　野　光听说可不行呀，没有证据，告到法院，可要判你个诬陷罪的。我真要走了，
　　　　请吧！

咪　咪　（一屁股蹲在沙发上）我等着你！

　〔田野无可奈何，一摔门出去，一阵摩托车声由近及远。

　〔咪咪懒散地走到沙发前，顺手抄起一本画报，心不在焉地翻阅，无意中发
　　现里边夹着一封信打开一看，如获至宝。

咪　咪	哼哼,好小子,这回可让我抓住证据了!
	〔突然有人敲门,咪咪急将信藏入裤兜里。
咪　咪	进来。
	〔李倩上。
李　倩	哟,咪咪。
咪　咪	嗬!倩姐,哪股风把你吹来了? 田野不在家。
李　倩	噢?(四顾,欲走)
咪　咪	(拦住)哎,倩姐,我正想问你,志桐留院校的事办得怎么样了?
李　倩	(看咪咪一眼,不语)
咪　咪	他还是舍不得离开他那破新疆?
李　倩	(烦躁地转来转去)
咪　咪	他哪是舍不得新疆,他是舍不得薛青莲!
李　倩	咪咪!(正色严肃地)我可不允许你在我面前再说志桐的坏话。(转身又要走)
咪　咪	好,你走吧,到时候郑志桐留院校的事吹了,你可别怪我在关键时刻不帮忙!
李　倩	(听出咪咪话中有话,只得又折回)你又听到什么了?
咪　咪	不听风也会吹进耳朵里来的。我问你,最近田野三番五次地打电话约你,你一直没理他,是吗?
李　倩	是又怎么样?
咪　咪	所以他就放风说,除非你答应同他好,否则,郑志桐就别想留在院校。
李　倩	怪不得我今天到志桐他们学院去,看见田野领着一个人到院长家里去了。当时我心里就直嘀咕,真让我猜对了,果然是他在背后插手了!
咪　咪	田野领去的那个人是不是叫韩怀智?
李　倩	(警觉)你问这些干什么? 又想给田野当说客。
咪　咪	嗨! 最近为了一笔买卖我们俩早闹崩了。
李　倩	哼!
咪　咪	好好,既然你信不过我,那就自己奔吧,我看你能有什么高招斗过姓田的。
李　倩	我和谁也不想斗! 我今天来就是要当面和田野把话说清楚,请他死了这条心。
咪　咪	假如姓田的死活缠住你不放呢?
李　倩	(语塞)
咪　咪	(大笑)你这人也太老实了! 听我说,现在最好的办法就是你答应同他好,等

志桐的事办成之后,再甩掉他。我手里捏着他一封要命的信,他要敢闹,我替你收场,怎么样?

李　倩　叫我跟他好的是你,叫我骗他的也是你,你也太可怕了!

咪　咪　可怕?!哼,这不是欺骗,这叫报复!

李　倩　这是赌博,这是拿自己的名誉开玩笑!我们这代人经历了十年动乱,最美好的日月像水一样流走了。如今,我们就是不能像志桐那样为理想而奋斗,起码也应该做个干干净净的正派人。咪咪,像你这样混下去,可要毁了自己的!

咪　咪　(颇为感伤地)我知道,有时我也伤心地号啕大哭过,我恨自己,骂自己!可又一想:我既没有文凭,又没有好爹好妈,还想吃好穿好,不混怎么办呢?(苦笑两声)嗨!不想这些了,还是谈谈你的事吧,要不,你就找个比田野有势力的后门,给志桐活动活动!

李　倩　我这个人你还不知道,既没关系,又不爱交际……

咪　咪　老天爷,志桐今年都三十一啦,你总不能老这么拖下去呀!你总不能眼看着姓田的把院校那个位子搞吹了!倩姐……

李　倩　你别再说了,让我冷静会儿好不好!(暗自垂泪)

〔咪咪凑近正要说话,田野的一个男朋友大大咧咧地闯了进来。

男　客　咪咪。(突然发现李倩)哟嗬,李倩小姐也在这儿,久违久违!

咪　咪　哎,我说……

男　客　咪咪,田老二这次到广州带回什么好吃的?

咪　咪　你怎么尽惦记着吃啊……

男　客　你小子别太不仗义了。我自己找去。

咪　咪　哎,我说你不要乱翻,丢了东西算谁的?

男　客　算我的!老抠门。(进里屋)

咪　咪　噢,倩姐,这小子神通广大,你找他帮你走走后门。

李　倩　瞧他那德行,我才不去呢!

咪　咪　真是死要面子活受罪,你不去,我替你去。哎,像咱这样好心的人,到哪找去!(下)

〔李倩正不知所措,田野的妹妹田英从门外进来。

田　英　李倩,你真的在这。哎,我二哥不在?

李　倩　不在。

田　英　(回头喊)志桐,志桐——

〔郑志桐和魏老师上。

李　倩	志桐,你怎么来啦?
郑志桐	我到你们家去找你,听你妈说你可能到这里来了,我就请他们两口子把我带来了。
魏老师	好,你们俩谈吧。走,我们俩到里边去。你们在。

〔田英、魏老师进里屋。

郑志桐	小倩,你今天怎么跑到我们学院找领导去了?
李　倩	我要再不找,学院那个教员的位子早就让人抢跑了。
郑志桐	(淡淡一笑)抢就抢吧,部队上反正更需要人。薛团长又来信说,希望我早点回去。我想……
李　倩	你想?你怎么就不替我想想呢?!志桐,别再傻了,明天,你马上找你们学院领导去,一定要留下。
郑志桐	(诧异地)小倩,你怎么啦?
李　倩	我实在不能忍受这四面八方的折磨,我受不了啦!
郑志桐	小倩?!
李　倩	我们结婚吧。志桐,一切都答应你,快点结婚吧!(伏在郑志桐怀里抽泣)

〔郑志桐木然而立,若有所思。

〔一阵敲门声。

郑志桐	请进。

〔袁金燕气呼呼地上。

郑志桐	噢!袁护士,你怎么到这儿来了?
袁金燕	副营长,你也在这儿,我正要找你……(想说什么,可看看李倩,又觉得不妥)
郑志桐	噢,认识一下,这是李倩同志。这是韩连长的爱人……
袁金燕	我叫袁金燕。(仔细打量李倩,目光里显然含有什么)噢,副营长,我想单独跟你谈一下,可以吗?

〔李倩警惕地扫了袁金燕一眼,踱出。

袁金燕	(愤愤地)真气死人了!
郑志桐	来,坐下慢慢说。
袁金燕	我不坐了,金铃还在招待所等着我呢。
郑志桐	金铃?
袁金燕	就是我妹妹。
郑志桐	噢,就是在列车上工作的那个,我听说她跟田野订婚啦。
袁金燕	何止订婚!金铃她……现在金铃背着个包袱卸不掉。可姓田的翻脸不认人,

給金铃的工作单位打电话,诬蔑金铃在他家要赖,让他们来人赶快把人领走。金铃被逼得没法,打电报叫我来,帮她处理这件事。

郑志桐 简直岂有此理!哎,韩连长不是也在北京吗?你们赶快把这件事向他们单位领导反映。

袁金燕 我也这样想过,可这件事还牵扯到你。

郑志桐 牵扯到我?

袁金燕 田野对金铃说,结婚的事根本不可能,他已经有女朋友了,就在北京。

郑志桐 是谁?你说到底是谁?(见袁金燕还是不做声)小袁,你倒是说呀!

袁金燕 是李倩。

郑志桐 什么?这一年多我们几乎形影不离,这怎么可能呀?

袁金燕 为这个事我还找田野当面问过,可姓田的对我说,等你回了新疆,他们就要结婚。

郑志桐 他真是这样说的?

袁金燕 我一向是有什么说什么。

郑志桐 噢!怪不得……(推开屋门向外喊)李倩——

袁金燕 副营长,你这是……

郑志桐 我把她叫回来,当面弄个清楚。

袁金燕 副营长,你可不要这样。金铃还在招待所等我呢,我要把金铃留在这儿的东西赶快拿走。

郑志桐 你不要走!

袁金燕 副营长,你要冷静一点,你这样做对你们并不一定好。

郑志桐 噢,对对对。你不必考虑对我有什么,快拿上东西,去反映吧。东西放在哪了?

袁金燕 金铃说就在这间房子里。噢,在这儿。(从沙发后提出旅行包)副营长,你还有什么事吗?

郑志桐 没有了。(忽地又想起)噢,你等等。你回去告诉韩连长,要做好金铃的工作,千万不要叫她出什么意外。

袁金燕 嗨!老韩被田野拽着到处跑,也不知他们在嘀咕些什么!

郑志桐 那你可要好好劝劝老韩,可别再上当呀!

袁金燕 嗯。(下)

〔李倩跑上。

李　倩 志桐,是你叫我吗?

〔郑志桐没有回答,只是踱步。

李　倩　（追到跟前）你的脸色怎么这么难看，你不舒服？来，坐下吧。（见郑志桐不动，按他坐在躺椅上，掏出手绢拭他额上的汗珠）你觉得难受得很吗？要不，我们回去吧。

郑志桐　（猛然抓住李倩的手）倩，我想问你一句话！

〔李倩被郑志桐这个行动搞得紧张起来。

郑志桐　你说，你同田野到底是什么关系？

李　倩　（痛苦而又不满地）你这是什么意思，我不是早就跟你说过了吗，你还要我怎么样？

郑志桐　那好。你刚才说要结婚的话是你的真心话？

李　倩　那你留院校的事呢？

郑志桐　（非常艰难地点点头）我答应你留校！

李　倩　（惊喜异常）志桐——（一把抱住郑志桐）你不是开玩笑？

郑志桐　不是的，我再也不离开你了！（两眼茫然地注视着空间）我从农村到部队，从内地到新疆，钻了十几年的山沟；我住帐篷，啃干馕，喝冰水，爬大坂。我难道不应该有个固定的家吗？我难道不应该也为自己想一想吗？我难道就不可以留在我所爱的人身边吗？有些人可以这样干，我为什么不可以？为什么……我……（烦躁地推开李倩站起来）

李　倩　志桐，我知道你心里矛盾。因为你有你的理想，有你的追求。而我，这些年确实变多了，老想着自己，老在苛求你。可我还不是那种庸俗的人！你留在院校放心地搞你的事业吧，我们一定能够建立一个和睦幸福的家庭。志桐，你不相信我吗？啊？

郑志桐　我相信，可我也怀疑，单纯建立在卿卿我我基础上的小康之乐，到底能维持多久？倩，我敢说，你如今没有精神支柱，没有！

李　倩　你说得对，我没有支柱，只想找点寄托。可我也想振作，而现实呢？过去，我满腔热血，报名下农村，结果你们一个个都走了，最后剩下我一个人还硬挺了六年。六年哪，志桐，你知道我是怎么熬过来的？可像田野这种人，当初靠着父母的权势走后门当兵，现在又靠关系在旅游局享清福。看看现实，我心里刚燃起的一点理想之火，又冷却了，冷却了……

郑志桐　现实不是一朵花，可也不是一团糟！小倩，十年内乱，最大的罪孽是把我们的思想训练成了机器，要说好，好得上了天；要说坏，坏得下了地。如果只看到我们心灵上的伤痕血泪，看不到真理的亮点，那我们这代人还有什么希望？唉！不说了，留校，留校！（苦笑）

李　倩　志桐……

郑志桐　走吧,走吧,咱们走吧!

李　倩　你看你,又急了,好。(到沙发前拿手提包)

郑志桐　(要向魏老师告别)大魏——

　　　　〔魏老师自里屋出。

郑志桐　我们该走了。

魏老师　不能走啊,我们还要请你给我们好好谈谈呢。

　　　　〔摩托车声由远而近,停在门外。郑志桐、李倩正要走,田野闯进来。

田　野　(一反常态,格外的"亲热")哎呀! 老郑,稀客! 来来来,请坐,请坐!

郑志桐　对不起,我还有事要回去。

田　野　那可不行,第一次到我家来就这么走,我可过意不去。

郑志桐　以后有的是时间,我决定留校工作啦。

田　野　(惊讶)真的?! 手续都办好了?

郑志桐　既然学院领导征求过我的意见,大概不会有什么问题吧。

田　野　(故作姿态地大笑)那实在是太好了。李倩,现在你可是什么也不用发愁了,
　　　　是吗? 那好! 今天,就在我家咱们好好庆贺庆贺,怎么样?

李　倩　(若有所思,对郑志桐)那,就少坐一会儿吧。

魏老师　对,志桐,你就多待一会儿,给我们谈谈边疆战士的生活。

田　野　对了,我这个妹夫最近到处搜集素材,想写一篇什么一鸣惊人的大作呢! 哈
　　　　哈哈。

魏老师　哪里哪里。(拉郑志桐)走走走。李倩,你也来聊聊。

　　　　〔李倩欲随郑志桐、魏老师进里屋,被田野叫住。

田　野　(悄声地)李倩。

李　倩　(停住)小田,有句话我想我们还是直率地谈开,对你我都好。

田　野　请坐吧。(关上通里屋的门)要不要喝点什么?

李　倩　不用了。你的目的我全知道,可我……

田　野　你不同意,或者说郑志桐不愿撒手,是吗?

李　倩　是的,我们彼此都不愿离开对方。你对我的好处我永远不会忘记,可你的要
　　　　求我不能答应。我是不轻易交出自己感情的人,既然我交给了志桐,就不能
　　　　背离他。你也知道,人的感情是不能有丝毫勉强的,我不想欺骗你……

田　野　你的心真好,为了你的幸福,我愿意丢掉一切。可我担心郑志桐真的能留在
　　　　北京? 你们将来的结局……

李　倩　我知道你是很有能力的人,在这点上志桐是没法和你相比的。我实在是没
　　　　有办法,才不得不厚着脸皮求你,求你在他留校的问题上别再和我为难了,

希望你……能帮帮忙。

田　野　行啊。不过……好吧，为了了结过去，拉个手吧。

李　倩　要是这样？那就太感谢你了。（握田野的手）

田　野　倩——（贪婪地盯着李倩）你难道就这样的狠心，不能让我吻一吻你吗？（拉李倩，李倩急挣）

〔咪咪不知什么时候从里屋溜出来，见到此情，很响地拨动了一下吉他琴弦。田野只得松手，李倩跑出去。

咪　咪　干得不错呀，哥儿们！（弹起吉他）

田　野　（瞪咪咪一眼）你怎么还在这儿？！

咪　咪　等你算账呢！你输了，录音机该归我了。

田　野　输？哼！我这个人你大概也知道点吧！

咪　咪　知道，你要达到目的，是不惜一切的。而且我还知道，你刚才骑着摩托车急急忙忙赶到招待所，可能同韩怀智已经谈妥了吧！

田　野　你怎么知道我去招待所了？

咪　咪　这点小手腕还能瞒住我？你答应为韩怀智活动进北京，想把袁金铃的事一笔勾销，恐怕连堕胎的医院也通过关系找妥了。

田　野　你造谣！

咪　咪　我造谣？我有证据！（亮出信）这是袁金铃写给你的信。哼！我现在就去当众揭发你，叫你妹妹看看你这个当哥哥的是个什么德行。这个，在法庭上也是起作用的哟！

〔田野伸手去抢信，咪咪急闪，田野扑了个空。

田　野　（突然一笑）妈的，这回算让你捞着了，录音机归你了！这总行了吧？

咪　咪　你不是说罗丹这次回北京了吗？哥儿们手头"叶子"可不太活……

田　野　（掏出一沓钞票，伸出另一只手）信！

咪　咪　（也伸手）钱！（与田野交换）

〔众人挽留郑志桐的声音自里屋传出。

田　野　摆酒！

〔众人簇拥郑志桐从里屋出。李倩上。

男　客　田老二，你小子也太不像话了，客人可要颠儿啦！

田　野　（对郑志桐、李倩）今天你俩可是主角。为了庆贺老郑留北京，咱们干杯酒，然后跳舞，玩它个通宵！

〔男客欢呼，咪咪送酒给各位。

咪　咪　我来侍候你们，请吧！

李　倩　（生硬地）对不起,我们真有事要走了!

田　野　我带头,干了!（一仰而下）老郑,男子汉大丈夫嘛!

郑志桐　谢谢主人的盛情。（端起杯子一饮而尽）

　　　　〔咪咪又给各位斟酒。

男　客　好。小李,该你了。

李　倩　我一滴也不喝。

田　野　那我不管,今天跟往常不一样,你们说呢?

郑志桐　好,那我也代饮了。（从李倩手中拿过酒杯）

李　倩　志桐!

郑志桐　没关系,我们山里人嘛!（饮尽）怎么样,要不要跟你碰一杯呢?

田　野　（自酌一杯,饮下）我又干了。

郑志桐　（又干）谢谢主人的盛情。（告辞欲走）

田　野　（拦门而立）老郑,别忙走呀!现在咱们边跳边喝。（打开录音机,放出优美的
　　　　民乐）我提议,请李倩和他未来的丈夫、工程兵学院年轻有为的教官郑志桐
　　　　阁下跳个舞! 请鼓掌。

　　　　〔众人鼓掌。

李　倩　（尴尬地看看郑志桐,郑志桐没有任何表情）田野,你别取笑人好不好! 他整
　　　　天抡锤打钎,哪像你。

男　客　新疆是歌舞之乡嘛。郑志桐,你就别客气了。要不叫小李教教他怎么样?

田　野　那多没有意思。不会跳,可以走走正步嘛。（与男客嘲笑）

田　英　（制止）二哥!

郑志桐　好吧,那我就走走正步吧。

李　倩　（疑惧,局促不安,低声地）算了算了。

郑志桐　来吧。（很随便地与李倩旋转起来）

　　　　〔清雅的紫竹调伴随着郑志桐灵活潇洒的舞步,宛如蜻蜓点水,萍浮河面。
　　　　众人惊愕地望着他们两人,显然被他们的风采迷住了。一种强烈的嫉妒心
　　　　迫使田野抱着酒瓶狂饮。

郑志桐　怎么样! 比走正步强点吧?

李　倩　（娇嗔地）嗯,你还不赖。

咪　咪　（美慕地叫起来）喂,傻妞,有什么秘密大点声说嘛!

田　野　这算什么!（突然关掉录音机,打开另一台录音机,播放出疯狂的摇摆舞音
　　　　乐）咪咪,来点刺激!

　　　　〔咪咪有些不情愿,田野使劲推了她一把。咪咪扭动着肉感的臀部,打着飞

185

　　　　　　吻请郑志桐。

咪　咪　我请你跳舞,志桐!

郑志桐　(终于忍不住了,严肃地)咪咪!我很尊重你的人格,希望你也能自爱点!

田　野　(猛地把酒瓶砸在录音机上,音乐戛然而止,他装着醉态,拨开咪咪走过去)
　　　　　郑教授,你这是什么意思,还想给我们上堂政治课吗?别假正经了!

　　　　　〔郑志桐欲开口,李倩急拦。

田　英　二哥,你再这么胡闹我可要写信告诉爸爸了。

田　野　你写嘛!

魏老师　田野,你别胡闹!

田　野　你少管闲事。咪咪,跟我跳!(打开录音机,一把将咪咪拉至跟前)

　　　　　〔罗丹自屋外一头闯了进来。

罗　丹　田野,不许你胡作非为!

　　　　　〔众人愕然。咪咪捂住脸跑入里屋。男客将录音机关掉。

田　野　这是我们的自由,人权!

罗　丹　你……(冲上前去)

郑志桐　罗丹!

罗　丹　副营长,我们不能让人这样欺负呀!(扑到郑志桐怀里)

郑志桐　你还年轻,没有必要纠缠在这种人的情感之中。他们是空虚、堕落!

田　野　你把嘴放干净点!我怎么啦?也不看看你们这些当兵的……

男　客　真不值钱!

罗　丹　那你去干嘛!我们在天山里修路,一天推十二个小时石头,还不算临时加
　　　　　班。零下三十多度还爬在大坂上打导洞。(撕开军衣,露出砸伤的伤口)看
　　　　　看,我罗丹算是个操蛋兵,砸成这样,我还在开推土机。可你田野在这里干
　　　　　了什么?干了什么?有什么本事都朝我来,不许你骂我们部队!

田　野　骂又怎么样,你们这些当兵的有什么了不起的!

众　人　(制止)田野……

田　英　(愤怒至极)田野!你在咱大哥的遗像前说这样的话,你……你不觉得可耻吗?

郑志桐　田野,你哥哥是在对越边界自卫还击战中牺牲的英雄,如果那些烈士的忠
　　　　　魂能看见你的所作所为,他们能安心于九泉之下吗?

魏老师　那些日夜战斗在边疆的战士,听到你这种语言,看到你这种行为,他们会怎
　　　　　么想呢?!

田　野　我怎么啦,我怎么啦!你们想干什么?!

郑志桐　干什么?告诉你,袁金铃的事还没了结呢!

186

田　野	（震惊而装傻）什么金铃、银铃，我不懂。
	〔袁金燕与韩怀智突然闯进来。
袁金燕	田野，你别装蒜！
韩怀智	（怒气冲冲）田野，你答应帮我活动进北京，叫我把郑副营长从学院挤走，原来是想叫我劝金铃到医院做手术。你……
田　英	你……你……（冲至田军遗像前）大哥……
魏老师	无耻！
田　野	我无耻？（指郑志桐）那他到我这儿来走后门，这算什么？
郑志桐	你说什么？
田　野	说什么？就在刚才你还叫李倩求我帮你活动留院校。
众　人	（愕然）……
李　倩	卑鄙！
郑志桐	（意外中流露出一种担心）李倩，你说，你求过他？
李　倩	志桐，你这是干什么，我……
郑志桐	（爆发地）你说！
李　倩	我……我……（大喊一声，捂着脸跑下）
袁金燕	小李……（欲追）
郑志桐	让她去吧！我不需要这种怜悯，我不需要这种爱。我自信当兵吃苦是光荣的！（深情地同田英、魏老师握手）怀智、罗丹、听我的命令，回天山去！
	〔音乐声起。

——幕　落

第 四 幕

〔两个月后。

〔天山深处，某筑路部队营部。

〔说是营部，其实是在半山腰用机械开出的一块平地上，有几顶发白的旧军用帐篷。左方一顶帐篷可见内景，置有部分桌椅、火炉和简单的灶具。右后方那顶帐篷只能看到帘子这一面。背后险恶的亏肯里可冰峰隐现在迷雾之上。

〔天山的夏日毕竟还是夏日，山坡上云杉青翠，冰雪中伸出嫩草和淡黄色的小花，帐篷前的冰柱和积雪正在消融，流水顺着千河百壑汩汩漫溢。

〔幕启：清晨。大雾笼罩了一切，大坂上沉闷的爆破声和各种机械的轰鸣声连成一片。陆颖娴坐在火炉旁为丈夫煎药;罗丹孤独地依在帐篷后的一株云杉上,失神地盯着雪大坂,拨弄起热瓦普。大爆破后,这里暂时处于宁静,只有山下冰河里的水声隆隆喧响。

罗　丹　(轻声哼起歌)

　　　　亏肯里可冰峰,

　　　　为什么你是一座走不动的山?

　　　　恰特克河水呵,

　　　　为什么你美好的歌声唱不完?

　　　　什么力量能把忧愁变成欢乐?

　　　　谁能解除我心中的苦难?

陆颖娴　(轻声地对唱)

　　　　冰峰她走不动,

　　　　是因为惧怕天山路途的艰难,

　　　　河水她唱不完,

　　　　是因为要奔流到理想的天边。

　　　　美好的理想能把忧愁变成欢乐,

　　　　宽广的胸怀能把迷雾驱散……

〔罗丹歌兴大发,如醉如痴地使劲拨着琴弦,从帐篷后弹着走过来。

〔余海洲背着鼓鼓囊囊的麻袋上。

余海洲　喂,罗丹。

罗　丹　指导员,下班了? 你……

余海洲　嘘,轻声点。副营长值完夜班正在睡觉。

罗　丹　指导员,你说副营长他能睡得着吗?

余海洲　咋啦?

罗　丹　五天前,李倩从北京出差到了新疆,在天山牧场参加全国剪毛刀片试验会议。唉,她能不远万里来到天山牧场,可就是不到咱们这儿来……

余海洲　人家可能有什么特殊的情况。来来来,你先把这个送到炊事班去。

罗　丹　什么? (打开麻袋)哟,野韭菜!

余海洲　最近施工很紧张,蔬菜又运不上来,有的同志得了雪盲……

罗　丹　对,副营长的腰受了伤,刚好营养营养!

余海洲　我从工地上回来顺便挖了些。今天露一手,包一顿北京味的饺子,怎么样?

罗　丹　好嘞。(想起什么,心事重重地)指导员,上次我从北京回来,照顾我的身体,调到炊事班已经两个月了。我……这些日子,您对我的批评帮助,使我心里亮堂多了,我跟那个咪咪彻底地吹了。可是眼下飞线区施工这么紧张,我这浑身的劲……我在炊事班憋得慌。指导员,让我上飞线去吧,这回我罗丹再要当孬种,我他妈的……(觉得失口)嘿嘿嘿!

余海洲　噢,难怪刚才你唱的那个调调……说老实话,我也是让韩连长给轰回来的。这样吧,吃完饭以后,你和你嫂子,咱们一块上工地演节目,开展开展文娱活动,怎么样?

〔陆颖娴自帐篷内出,拿一摞给战士补好的军装。

罗　丹　(高兴地一拨琴弦)亚克西①!陆大姐,听见了吗?指导员批准我们上飞线区举办"天山音乐会"呢!(围着陆颖娴跳了几下维吾尔族舞蹈)

陆颖娴　他懂什么叫音乐会?

余海洲　我不懂?想当初咱是全连有名的歌唱家。

陆颖娴　怪不得新疆牛肉这么多,合着牛都是你给吹死的。小罗,衣服补好了,你给他们带过去吧。

罗　丹　陆大姐,你整天又是缝又是洗的……

陆颖娴　同志们施工那么紧张,我给大家缝缝洗洗,这算什么呢。

余海洲　来来来,咱们一块剁馅,怎么样?

陆颖娴　海洲,我到团部去给李倩打个电话,我不信,她真的就不来了。小罗,我一会儿去帮你做饭。

罗　丹　好嘞。(背麻袋与余海洲下)

〔陆颖娴自另一方向下。

〔头部负伤的维吾尔族战士领着得了雪盲的小刘自医务所方向蹑手蹑脚地上。

小　刘　托呼提,快一点,千万别让袁护士看见。

托呼提　没有问题,袁护士没有来。哎,小刘,红旗叫咱们五连拿上了。

小　刘　那得保住它呀!快走快走。

托呼提　你眼睛看不见,摔坏了怎么办?

小　刘　没关系。(说话间摔了一个跟头)

托呼提　叫你慢点走,你非要逞能。怎么样,摔坏了没有?

小　刘　(忍住疼痛)我又不是泥捏的。快走快走!

〔托呼提与小刘正欲走,远处传来袁金燕的喊声:"托呼提——"袁金燕上。

袁金燕　站住!(命令的)伤病员不许上工地。

---

① 亚克西:维吾尔语,意为好。

托呼提	袁护士,你怎么不管管副营长呢? 我头上伤了一点点,没有问题。还是让我去干吧!
袁金燕	不行! 小刘的眼睛得了雪盲,你的头又负了伤,上了工地不能干活。
小　刘	哎,我们可以互助嘛。我扶钎,他抡锤;他出眼睛,我出手,照样是好劳动力。
托呼提	对,袁护士……
袁金燕	(假装生气地)这是纪律。
托呼提	(开玩笑地)袁护士,肚子不要胀嘛……
袁金燕	走!
托呼提	对,走! 小刘我们走! (欲背小刘下)
小　刘	往哪走?
托呼提	回去。
小　刘	那我自己走。(推开托呼提,摸索着往前走)
托呼提	(一把拉住小刘,暗示工地的方向)我们走嘛。
小　刘	(领悟地)好,我们回去。
袁金燕	这还差不多。
	〔袁金燕前头带路,托呼提背起小刘,趁袁金燕不注意,往工地方向跑下。
袁金燕	哎,托呼提,回来!
	〔赵玉梅上。
赵玉梅	小袁,怎么,你的病号也跑了?
袁金燕	这都是副营长带的头。所长,等团长回来,你好好告他一状。
赵玉梅	告也白搭。再说,老薛不在家,到天山牧场去了。你赶快到工地去照顾他们,我去拿上药箱,随后就到。
袁金燕	是!
	〔赵玉梅、袁金燕下。
	〔郑志桐拿工具自工地方向悄悄地上,正欲进营部,被刚从炊事班走来的余海洲发现。
余海洲	啊,闹了半天你没睡呀! 哼,光一个劲地干干干,身体搞垮了,想干也干不成了。
郑志桐	那你呢? 还不是让人家给赶回来的。
余海洲	哎,听说李倩他们的会今天就要开完了,你还是给她打个电话吧。
郑志桐	老余,我不是没有打过电话,可是人家……算了算了,我再也不打电话了。
余海洲	你这犟脾气呀……快快,睡觉去。
郑志桐	是。(进右后方帐篷)

〔薛青莲提着一网兜罐头和其他食品与古米拉慌慌张张跑上。

薛青莲　指导员,听说志桐负了伤,是真的吗?

余海洲　是啊,腰砸伤了,心情又不好,够他受的。

薛青莲　我去看看。

〔薛青莲拭泪要进右后方帐篷。

余海洲　青莲,我说你最好别再给他增添苦恼啦。

古米拉　你怎么也变了? 为什么不去? 应该让志桐知道知道,在他最困难的时候,谁最关心着他,爱着他! 走!

〔郑志桐戴安全帽扛着大锤从帐篷里突然走出。

郑志桐　哦! 你们来了。(说完就走)

余海洲　哎,你干什么去?

郑志桐　该上班了。

余海洲　副营长,要注意身体!

郑志桐　(逗笑)去年嫂子探亲,好歹还有个房子住,今年住帐篷,我再不照顾点,这心里怎么过意得去呢。(大步下)

薛青莲　志桐,等等。(见郑志桐远去,痛哭)

余海洲　志桐——

〔赵玉梅上,见状站定。

古米拉　(望着郑志桐远去的背影)郑副营长,你也太不理解青莲的心了。

赵玉梅　要哭到里面哭去,别让战士们听见了。

〔众人进帐篷。陆颖娴垂头丧气地闯进来。

陆颖娴　(自语)这个李倩也太不像话了。

余海洲　怎么?

陆颖娴　今天一早,开会的人全走了!

〔刚停止抽泣的薛青莲又哭了起来。

赵玉梅　真是怪事。你巴着人家李倩走,人家李倩走了,你反倒哭起来啦。

古米拉　你不知道,阿姨,她是怕郑副营长受不了这种打击。(安慰薛青莲)没有关系,现在郑副营长可就属于你的了! 你的爱可以安慰他的。(学羊叫)

薛青莲　(扑哧一笑)……

赵玉梅　老余你看看,现在的姑娘还了得吗? 你害臊不害臊!

余海洲　都一样。当初,我们这位歌唱家追我的时候,就像猫追老鼠一样,把我追得浑身关节炎,她还一个劲地追呀追!

陆颖娴　别没皮没脸的,到底是你追我呀,还是我追你?!

〔众人笑。古米拉同薛青莲跑出帐篷。

薛青莲　（在帐篷外喊）妈，我搬货箱去了。

余海洲　好，我也去。（跑出帐篷）

赵玉梅　（追出）老余，你别去啦，我还要给你检查检查。

余海洲　不用了。

陆颖娴　（追出）海洲，药煎好了，吃了药再走吧。

〔万永年突然从山下跑上来。

万永年　指导员！来了！团长把我们副营长的媳妇带来了。

古米拉　胡说。你听谁说的？

万永年　我亲眼看见的，马上就到！

薛青莲　啊?!（薛青莲哭着跑下）

古米拉　阿姨，快跟我去劝劝她呀！

赵玉梅　哎——（与古米拉追下）

万永年　（叹气）唉——

余海洲　得啦，你叹什么气，快把营部好好收拾一下。

万永年　是！（进右后方帐篷）

余海洲　（对陆颖娴）我马上去工地把志桐换回来。

陆颖娴　等等，把药喝了再走。

余海洲　哎，李倩可是第一次来，咱们这里很艰苦，你一定要把她照顾好。

陆颖娴　我知道。你等等，我拿药去。（进帐篷）

〔一战士跑上，胳膊上戴有安全袖标。

战　士　指导员，飞线区不断发生流沙，有塌方的可能！

余海洲　啊，快走。（与战士跑下）

陆颖娴　（端药出）哎，海洲，药，药——

余海洲　（远应）等我回来再吃——

万永年　（从帐篷里跑出，对陆颖娴）不行啊，营部还有上夜班的人在那睡觉呢。

陆颖娴　那，先收拾这儿吧。（进帐篷）

〔万永年跑进营部办公室，手里拿着一朵雪莲，怀里抱着李倩同郑志桐的合影走出来。

〔薛振海、巴哈尔、郑志桐和穿着高跟鞋戴着变色镜的李倩谈笑着上。

万永年　（喊起来）来啦，新娘子来啦！

〔韩怀智、罗丹、袁金燕、干部、战士等数人跑上。睡觉的战士也从右方帐篷的小窗口里探出头来。

韩怀智	（迎上）李倩同志，你真的来了！
李　倩	韩连长。
韩怀智	怎么样，你看我们天山美得很吧？
李　倩	韩连长，你好吗？
韩怀智	我好，我好得很哪！上一回在北京回来，实在是，哎，不说了，不说了……
袁金燕	李倩！
李　倩	袁护士。（与袁金燕握手）
	〔陆颖娴走出帐篷。
陆颖娴	小倩！
李　倩	颖娴姐！
陆颖娴	刚才线路不好，接电话的又是个民族同志，我的话他听不清，他的话嘛我又听不懂，我还以为你真不来了呢！
薛振海	要不是巴哈尔书记，人家就回北京了。
巴哈尔	你大团长亲自去请，她能不来吗？
陆颖娴	志桐，你还不快谢谢两位大媒人！
郑志桐	感谢，感谢！
罗　丹	（抢前撩起门帘）北京老乡，里面请，里面请！
	〔众人拥李倩进帐篷。
万永年	（放照片在李倩面前）大嫂子……这是你们俩的结婚照，这是我们副营长专门在那几千米高的冰大坂上为你采的雪莲花。（放在桌上）
薛振海	是你刚来开会的那天采的，险些摔下来，让我美美地收拾了一顿。
巴哈尔	看看我们志桐的心比金子还要亮。小倩呀，这次干脆结婚吧！
	〔众人笑闹熙攘，李倩坐在床上一言不发。
韩怀智	咋哩啥，北京的丫头子到我们天山上还害怕？
郑志桐	（打圆场）别胡扯啦，她晕车。哎，同志们吃糖，吃糖……
干部甲	好啊，副营长，你是提前请客还是怎么的？对不起，洞房咱是照闹不误。你可要给小李做好工作，咱们山沟里人野，到时候可不要翻脸哟！
	〔李倩狠翻了干部甲一眼。
陆颖娴	好了好了，咱们该请客人休息休息了！
薛振海	对对。今天巴哈尔书记还带来了牧场的文艺宣传队，晚上有好节目。另外，还有羊肉、新鲜蔬菜……
万永年	过年喽！
薛振海	罗丹！你们炊事班赶快做几个拿手好菜，招待客人。

罗　丹　是!

〔众人说笑着下。郑志桐随出帐篷。

薛振海　小万你到山下给招待所说一声,叫他们给李倩同志安排一个铺。

万永年　是!(连蹦带跳地下)

巴哈尔　(对郑志桐)小伙子,这回可不能再把姑娘气跑了。

薛振海　要不要我给你派两个哨兵?(与巴哈尔笑)好啦!我们还要到山下看看草场去。(与巴哈尔下)

陆颖娴　我去做几个菜。哎,你这心里要热热的,一定记牢!(笑下)

〔郑志桐折身回帐篷,李倩无精打采地坐在床上。

郑志桐　怎么,不舒服?

李　倩　(无语)

郑志桐　可能是高山反应。没关系,过一阵就好了。

〔李倩突然干呕,郑志桐为她捶背。

李　倩　轻点嘛。

郑志桐　(赔笑地)好好!(倒水,又拧毛巾递上)擦擦脸吧。

李　倩　(接过毛巾擦了两下)你们这里的人真可笑,谁说我来结婚的?(把毛巾摔给郑志桐)

〔郑志桐沉下脸没有说话。阳光晒了进来,帐篷内渐渐的热起来。

李　倩　真是个鬼地方,刚才把人冻得要死,这会儿热得简直像个蒸笼!(脱下外衣,不断擦汗)

郑志桐　山里就是这样,一天穿遍四季衣,毡筒外面还得套水靴。看你,到这来还穿高跟鞋,这不是自找踮脚吗?怎么样,刚才掉进泥坑里,才知道我们天山的厉害吧。

李　倩　早就知道你郑志桐的厉害。

郑志桐　(笑笑,从床下拿出皮鞋)好啦,威风也耍够了,换鞋吧。

李　倩　我不换!

郑志桐　(恳求)没关系,这是陆大姐的鞋。脱了吧,里面都进水了,冰水泡脚要得病的。(见李倩把脸甩到一边)你真任性。好好好!都怪我,好不好? 来,我给你换。(蹲下,伸手去解鞋带,李倩无意中推了他一下,正碰到他负伤的腰部,被闪了下)

李　倩　哎呀,志桐,你怎么了?

郑志桐　没什么。

李　倩　你看你热的。来,把棉衣脱了吧。

郑志桐　不用不用。

李　倩　脱了嘛！（脱下郑志桐的棉衣，发现腰部衬衣上的血）啊！血？（把郑志桐的双手拉至胸前，歉疚地）志桐……

〔远处工地方向传来几声炮声。

郑志桐　小倩，最近飞线区老闹塌方，有的战士伤得比我严重，没有一个吭声的。生活非常艰苦，蔬菜又运不上来，再加上雪的刺激，很多同志都得了雪盲和夜盲。可是他们还是手拉着手的往工地上爬呀！想起这些同志，就是再大的苦我也能咽下去！可这几个月，你连一封信也不给我写……我实在受不了……同志们不断责问我，李倩有什么可留恋的？你到底在追求什么？我说我了解她。我们从学校到插队，直至现在，我们相识相爱已经十几年了……小倩，你还记得吧，在我参军临走的时候，在延河边你哭着对我说，"志桐，我等着你，我永远等着你。看谁是违背诺言的弱者。十年、二十年，来一次检验吧！"小倩，现在该是检验的时候了！难道我们真的要了结这一切吗？

李　倩　不！是我不好，是我……志桐——（扑在郑志桐的怀里失声痛哭）

郑志桐　也怪我伤了你的心。这回你一定要多住些日子，我要彻底跟你谈谈，好吗？

李　倩　好，我听你的。

〔李倩慢慢抬起头，与郑志桐相视，破涕为笑。李倩又一次把头埋在郑志桐怀里，郑志桐抚摸着她的黑发，两人沉醉在幸福之中。

〔突然，工地方向传来一阵沉闷惊人的巨响。郑志桐机警地冲出帐篷，往工地方向望去。

郑志桐　雪崩！紧急集合！

〔救护车发出刺耳的尖叫，飞快地驶过。韩怀智急促地吹着哨子跑上。

韩怀智　紧急集合！紧急集合！快点！

〔众人跑上。

薛振海　韩连长！

韩怀智　报告团长，工地上发生雪崩！

薛振海　快跟我上山！

郑志桐　团长，让我去！

薛振海　你留下！（冲下）

〔众人跟薛振海跑下。

李　倩　志桐——

郑志桐　你不要乱跑！（冲下）

陆颖娴　（急促跑上）海洲，海洲！

〔突然一声炸雷似的响声,群山震动。

李　倩　颖娴姐。(害怕地抱住陆颖娴)

　　　　〔切光。

──幕　落

第　五　幕

〔同日下午。

〔山下乔尔玛草原,工地救护所旁。

〔雨后的乔尔玛草原,绿茸茸的牧草似万顷碧海,火红的野赤芍如几片浮动的彩霞,阿拉斯坦河此刻也变得特别安详,一切仿佛都停顿下来,陷于不安的宁静之中。

〔雨是过去了,可絮状的云团依然没有消失。太阳从云缝里洒下几束光来,照在左侧笔挺的云衫树上。此刻,医护人员正在进行紧张地抢救工作。

〔李倩独自踯躅在草地上,她忐忑不安,心乱如麻。郑志桐头缠绷带,面带阴郁,从救护所走出来。

李　倩　(急步迎上)志桐,(向救护所方向)余指导员他……

郑志桐　还是昏迷不醒,刚才又输了血。

　　　　〔李倩扶郑志桐坐在树墩上。

郑志桐　我,我真该死,我为什么让他把我换下来呢! 我……(悔恨地拼命捶自己的腿)

李　倩　(一把拉住郑志桐的手)志桐,你这是干什么? 要怪你就怪我好了,是我不该到这里来!

郑志桐　你这叫什么话,要是后悔你走好啦!

李　倩　是的,我是要走,这就走!

郑志桐　小倩,你别再耍小孩子脾气啦!

李　倩　不。我要走,你也要走。

郑志桐　到哪儿去?

李　倩　复员,转业,回北京。只要你能回北京,哪怕是扫马路我也不嫌弃。

郑志桐　小倩……

李　倩　我不能看着你再受这种罪了。

郑志桐　小倩,我不能走啊!

李　倩　为什么不能?(不容郑志桐讲话)现在多少转业干部千方百计地走后门往北京挤,有的人连中国也不想待了!志桐,你知道不知道?

郑志桐　这有什么奇怪的!现在安于现状,不求进取,倒是习以为常。可锲而不舍的开拓精神,敢于同世界人类竞争的伟大气概呢?

李　倩　你说得全都对,可历史对我的教训却是无情的。结合将意味着什么?随军进疆,四海为家,两地分居,孩子的教育,这一切我都不能不实际地去想。志桐,我们离开这里吧,啊?

郑志桐　小倩,你到咱们的边防上去看一看,当咱们的巡逻车在人家的瞭望哨楼前陷入泥坑里,人家对着我们拍照片、打口哨、组织人参观,欣赏着中国军队在80年代的今天用手推着汽车跑时,那是一种什么滋味!这是对全体中国军人的嘲笑,也是对全中国人民的嘲笑啊!小倩,你想想,没有巩固的边防,没有人在这里流血流汗,都想去坐车,没人修路,四化、爱情、幸福能得到吗?我不能强求你,但我作为一个军人,就是把自己的身子铺在这儿,也比别人的坦克车开过来压我们强啊!

李　倩　志桐,我没有你那种探险的精神,也不敢再当一次英雄了。

郑志桐　小倩,你不丢掉私字,你怎么会有勇气嘛!

李　倩　原谅我吧。我承认我是个被私字征服的弱者。我走了……(痛苦欲绝)
　　　〔音乐如泣如诉。郑志桐、李倩无言哭泣。
　　　〔古米拉同满面泪痕的薛青莲从树后闪出,走到李倩身边。

薛青莲　李倩同志,我就是薛青莲。我有两句话要对你说……你知道,我爱过志桐,我也嫉妒过你。可我终于战胜了自己,我不能用别人的痛苦来建立自己的幸福!同样,你也不应该不负任何责任地去毁坏他最美的感情。因为他最爱你,也最需要你!如果是因为我的缘故,我可以向你起誓:我再也不见他!

李　倩　不,好妹妹,你千万不要……(慌乱地不知说什么好)

薛青莲　如果你真把我当做你的亲妹妹,那就答应我留下吧,留下吧,姐姐!就算我求你啦!

李　倩　青莲……(抱住薛青莲)

古米拉　留下吧。一座天山隔不断真正的爱情,这里也是祖国的土地。你看,多好的草原,多美的天山,多可爱的军队呀!

李　倩　对对,可是我……天哪,我该说什么好呢?
　　　〔罗丹胳膊缠着绷带跑上。

罗　丹　副营长,指导员他……(哭出声来)
　　　〔救护所内,陆颖娴惊叫:"海洲,海洲——"

〔郑志桐、薛青莲、古米拉跑进救护所。

罗　丹　（跑至山坡上,爆发地）指导员——（踉踉跄跄跑下）

〔音乐骤起。天变了,纷纷扬扬、扬扬纷纷的雪花飞了起来。

〔郑志桐扶着陆颖娴缓步走上。

陆颖娴　（手捧中药罐,泪流满面,喃喃自语）海洲,我没有照顾好你,我应该一直守在你身边! 你连这服药也没顾得上吃就……

李　倩　颖娴姐。

陆颖娴　小倩——（药罐落地,抱住李倩痛哭）

〔郑志桐雕塑般地站在一边,泪水夺眶而出。

李　倩　颖娴姐,别这样,小心哭坏了身子……等料理完后事,我送你回去。

陆颖娴　（突然止住哭泣）不,小倩,我们谁也不能走。海洲临死时,在昏迷中还叫着你的名字说:“小倩,别走了,留下跟志桐一起建设天山吧! 一个人最大的幸福,就是能为他人作出牺牲……”

李　倩　我……（低头走到一边）

陆颖娴　至于我,也没有什么可犹豫的。我从海洲,从志桐,从这些天山深处的战士身上,懂得了人生的意义。海洲活着,我是他的妻子,他死了,我还是他的妻子! 我不能垮下去,叫人家指着脊背说,“看看,天山战士的妻子就这个样……”

郑志桐　（悲恸地抓住陆颖娴的手）我的好嫂子……

〔薛振海、赵玉梅、袁金燕佩戴白花上,并给郑志桐一朵。

薛振海　小陆,你要注意身体。走吧,让我们去送送……海洲吧。

〔众人簇拥着陆颖娴来到后山坡上。

〔哀乐起。干部、战士们胸佩白花,有的肩扛工具,有的高擎挽联,有的抬着花圈,在八一军旗的前导下缓缓走上。顿时,整个舞台变成了肃穆的灵堂。

〔同时,整个山谷回荡着悲壮的话外音:“碧血洒满天山,捐躯为谁? 为国威军威振奋;十年夫妻分居,幸福何在? 在千家万户团聚。”

〔哀乐变为悲壮的军乐。人们把无限的悲恸化成了巨大的力量,走向飞线区……

〔郑志桐欲上工地。

李　倩　志桐,你……

郑志桐　我要下五连代理指导员,继续上飞线!

李　倩　志桐!

郑志桐　小倩,生活的道路就在每个人的脚下。该怎么走,你决定吧!（冲下）

李　倩　（呼喊）志桐,你让我再想想。志桐——你让我再想想呀——

〔汽车喇叭声长鸣。开山炮响了,又一声开山炮!

〔军旗在凛冽的寒风中翻卷,各种机械的轰鸣汇成震人心魄的旋律。郑志桐站在飞线区一块突兀的崖石上,抱着风钻,满身冰雪,通体皓白。

〔李倩站在风雪中,望着郑志桐雕塑般的身影,不知如何是好。

〔歌声起:

啊!

雪花飞,风儿吼,

举步难迈人生路。

姑娘啊,

如今你往哪里走?

你往哪里走?

——幕落·剧终

千 秋 功 罪

孟宪治　姚承勋

人 物 表

陶峙岳　西北军政长官公署副长官,新疆省警备总司令部总司令。

包尔汉　维吾尔族,新疆省政府主席。

陶晋初　新疆省警备总司令部参谋长,陶峙岳的堂弟。

刘孟纯　西北军政长官公署秘书长兼新疆省政府秘书长。

屈　武　新疆省迪化市市长。

梁客浔　新疆省警备总司令部政工处处长。

马呈祥　整编骑兵第一师师长。

叶　成　整编第七十八师师长。

罗恕人　整编第七十八师一七九旅旅长。

韩有文　整编骑兵第一师七旅旅长。

郝副官　陶峙岳的副官。

陶夫人　陶峙岳的夫人。

蔡　琳　新疆省警备总司令部副总司令赵锡光的夫人。

叶夫人　吴珊,叶成的夫人。

刘阿訇　整编骑一师随军大阿訇。

马兵、陶兵、女秘书等若干人。

序　幕

〔远方传来的枪声和《解放军进行曲》的乐声……

〔近处的战马嘶鸣,口令声不断。

〔追光里,马呈祥威风凛凛上,叶成随上。

马呈祥　叶成兄,请!

叶　成　你果真要派先遣部队驰援兰州?

马呈祥　我马家军言必信,行必果!

〔追光里,韩有文全副武装跑上。

韩有文　报告! 骑五军七旅集合完毕!

马呈祥　哈哈哈……我马呈祥终于等到挥师东进的这一天啦! 韩旅长!

韩有文　到!

马呈祥　命令你为先遣队,东进驰援兰州,不得有误!

叶　成　马师长,总司令马上便要从绥来返回,难道不等他回来?

马呈祥　不! 总司令办事犹豫,不知心中作何打算……再者说,他口头上也是同意东
　　　　进驰援,我必须果断行动,来他个木已成舟。这样,才能牵着他陶峙岳的鼻
　　　　子走!

叶　成　噢?!

马呈祥　韩旅长,立即出发!

韩有文　是! (抽出战刀)出发!

〔口令声、马蹄声顿起。

〔灯渐收。

〔幕前旁白:1949 年秋季,中华人民共和国成立在即。强大的中国人民解放
军正以摧枯拉朽之势,向盘踞在华南、西南、西北地区的国民党军队发起最
后的攻势。在毛泽东主席指挥下,彭德怀率领的第一野战军奋勇西进,一举
包围了西北重镇兰州,进军矛头直指新疆。

在这片外与多国邻界、境内民族聚居的边陲国土上,国民党驻军和政
府何去何从? 是驰援兰州,立主决战? 还是停战安民,走和平之路? 在解放
军强大压力下,他们必须做出最后的抉择。

我们的故事就从这里开始了……

第 一 幕

〔追光中,维吾尔族老人手捧都塔尔在吟唱。

都塔尔老人 (唱)千里戈壁沙漠

　　　　　点燃硝烟战火

　　　　　万顷边塞寥廓

　　　　　响起皓月长歌

　　　　　盼烟消雾散

　　　　　祈万民安乐

　　　　　呵! 谁是命运主宰者

　　　　　自有后人评说

〔老人隐去,灯渐亮。

〔新疆省警备司令部候见室内。

〔落地收音机正在广播:"……我第一野战军全体指战员郑重宣告,在毛泽东主席进军大西北的号令下,决心早日夺下兰州,挺进新疆,解救各族人民于水深火热之中……"

〔刘孟纯正凝神聆听,突然传来脚步声,急转旋钮,顿时传出靡靡之音。

〔陶晋初急步上。

陶晋初　孟纯兄,你可真有闲情逸致啊!

刘孟纯　是你……

陶晋初　秘书长,刚才我仿佛听到了另一种声音?

刘孟纯　不错! 中共已于今日拂晓向兰州发起总攻!

陶晋初　噢? 如此神速?! 孟纯兄,大军西行,决战在即。依我看,新疆区区几万杂牌军,想在戈壁荒滩上抵挡彭德怀的常胜之师,谈何容易? 何况身后玛纳斯河沿岸还有一支虎视眈眈的民族军。这两面夹击,咱们岂不落个粉身碎骨的下场?!

刘孟纯　兄言极是。不过,何去何从,最终还要看总司令他……

陶晋初　嘿! 我这位兄长,城府太深,深之莫测呀……眼下已近最后关头,可他在战与和、退与守的大计上,仍无只言片语,谁知他葫芦里装的什么药?!

刘孟纯　是啊,眼下马呈祥等一心主战,总司令再无决断,这新疆的大好河山,这新疆的黎民百姓……

陶晋初　(决断地)所以,我们必须力谏总司令,拖住马呈祥,方可有转机……

〔郝副官急上。

郝副官　报告参谋长！韩有文已率马呈祥的骑七旅,出发驰援兰州！

陶晋初　（一惊）怎么？已经出发？总司令知道吗？
刘孟纯

郝副官　事先并不知道,总司令即刻自绥来赶回！

刘孟纯　（十分不满）这么大的事,他竟然不打招呼,岂不乱了总司令大计?！

陶晋初　（思忖,冷笑）嘿嘿,走了也好,这叫自找以卵击石！

刘孟纯　为什么？

陶晋初　他想牵着总司令的鼻子走,我们也可把他逼上梁山。让他的先头部队去尝
　　　　尝共军的厉害,也让他知道这一仗不好打！

〔门外传来男女争吵声。屈武随叶成夫妇上。

屈　武　（劝）二位,二位,有话慢讲。叶成兄身为七十八师师长,在大门外与夫人争
　　　　执,似有不妥吧?！哈哈哈……

叶夫人　（风风火火）屈市长哪里话？我不过是和叶成商量点家务,哪是吵架呢？

屈　武　那？好,请便！

叶　成　嘿！哪有追到这儿商量家务的！你先回家等等,我片刻就回！

叶夫人　你等得,我可等不得！

刘孟纯　叶师长一向尊敬夫人,应该是唯命是听啊！

〔众人笑。

叶夫人　诸位长官别开玩笑。你们想必知道,眼下市井混乱。金圆券一登台,一盒火
　　　　柴就要一万块法币,这样下去怎么得了?！

屈　武　那么民众拒用法币,围攻央行,要求兑换银元,想必叶夫人也是同意的？

叶夫人　那倒不是！不过银行里存有不少军政要员的财产,不兑换成银元,那钱岂不
　　　　都打了水漂？（众人默默无语）叶成,你倒是快想办法呀！

叶　成　（亦无语）

〔马呈祥威风凛凛手执马鞭上。

马呈祥　（环视）嗯？诸位,不是要开会吗？

叶　成　云章兄,吴珊他追到这里,说的是金圆券的事……

马呈祥　哎呀,嫂夫人,大敌当前,还管得了什么金圆券……

叶夫人　话可不能这么说！咱不像你马将军,早早地把夫人和家产送到了香港,进有
　　　　门退有路,我们可是举家老小都在这儿受煎熬哪……

叶　成　夫人！

马呈祥　（有些不悦）国难当头,军人乃是党国灵魂,军人不战自乱,何以安民？

陶晋初　（咄咄逼人）说得好！那我倒要讨教,这驰援兰州一事算不算自乱呢?

马呈祥　噢?！你是说我发兵东进一事?

陶晋初　对！不经报告总司令,私自发兵,你岂不搞乱了全盘战局?！

马呈祥　不！驰援一事,总司令早已首肯,只是你参谋长行事不利,郝家骏不发车辆,
　　　　这耽误军机的责任,到底该谁来负?

陶晋初　总司令的确为东进驰援而筹措银两,准备车辆,但何时发兵,却由不得你擅
　　　　自做主。

叶　成　马将军发兵也是好意……

屈　武　可搞乱了战局谁来承担?！

　　　　〔众人争执不下。陶峙岳已暗上片刻,此时示意郝副官。

郝副官　（大声）总司令到！

　　　　〔众人驱前,欲陈各自观点。

陶峙岳　（摆摆手）我已经听到了……大家坐吧！（众人落座）不错,东调之事,我早已
　　　　明确向国防部表示,电令应该执行,但补给和车辆粮草一应困难必须解决。
　　　　据大略测算,迪化和兰州,没有八百万银元实难成行……

马呈祥　总司令,军费固然必须,但仍可筹措。只是车辆一项,参谋部久久不予回音,
　　　　郝家骏装聋作哑,依我看,这是置总司令命令于不顾,有意拖延,实乃有悖
　　　　军令！

陶晋初　军备处部分好车已拉军备运往南疆,剩下那些老掉牙的大"道吉"又缺少
　　　　油料和零件。马军长,即便把这堆破烂拨给你,恐怕也未必比你马家军的
　　　　马快！

屈　武　（讥讽地）马将军既然想打,无论是骑马还是坐车,我看不妨一试。骑七旅若
　　　　能阻挡共军于星星峡之外,马将军自是大大的功臣！

马呈祥　屈市长,你……

罗恕人　两军相隔千里,这里便有人灭自己的威风,是何居心?

屈　武　是何居心?你作为迪化的驻军长官,自可调查。我屈某不过是说说实情
　　　　而已！

罗恕人　总司令,你看……

　　　　〔在众人期待中,突然传来两声枪响,众人一惊。

郝副官　我去叫人看看！（下）

陶峙岳　（半晌后沉稳地）诸位,今天召集开会,我是听大家对新疆军事决策的见解,
　　　　尽可敞开议论……但是谈见解就该就事而论,言辞不必过激！（闭目静候）

叶　成　（跨上一步）报告总司令！依卑职所见,目前新疆物价暴涨,民心浮动,已

把我们逼到了背水一战的地步。唯有精诚团结,拼死一战,方能解脱目前的困境。

陶峙岳 (睁开眼)你是说以战而求后生?

叶 成 此战不如彼战。正面御敌,不如撤到南疆,据守天山之险,东可与青海驻军联防,空中可待胡长官飞机支援……

罗恕人 叶师长不愧为黄埔高才,总裁侍卫官,此计可谓妙也!

陶峙岳 (呵呵一笑)此计不过是胡宗南留有退路的一着棋而已!你们可曾想过,兵进天山,辎重粮草来自何方?天山里的少数民族常年饱受战乱之苦,可能容你数万军队驻扎?一旦青海失守,胡宗南逃亡,你的后援岂不成了空中楼阁?……

〔众人议论纷纷。

陶晋初 看起来,以守为战必定是人瓮之鳖!

马呈祥 这也不成,那也不成,难道只能坐以待毙?!

屈 武 此次屈某东去参加和谈,所闻所见均已向总司令陈述,诸位怕也有听闻,全国一统的大势已不可逆转,但回到迪化,这里市井、财政、军心、民心的混乱,都大出我之意料……昨晚在大银行门前,我驻足片刻,抢兑银元的人群里,不仅有各族民众,更有军人甚至长官们的幕僚眷属。各民众组织的学生团体更是火上浇油,小报传单纷纷扬扬。(说着抽出几份传单)看,有的上面赫然写着"欢迎解放军出关!"……

罗恕人 (怒不可遏,上前抢过传单当场撕碎)这种东西竟然拿进了堂堂警备总司令部,不啻于共党的宣传。依我看主和即是投降、即是叛变。按照委员长的训示,临战蛊惑军心者,当格杀勿论!(气氛紧张)

陶峙岳 (半晌,一阵大笑)哈哈哈……罗旅长,言重了!言重了!既是会议,见信见智都可直率的谈,何必轻而言杀呢?

〔气氛刚见缓和,门外又有吵嚷声。郝副官上。

郝副官 报告!经查,刚才的枪声是为兑换大洋的军人开的,据说还是马将军的麾下……

马呈祥 噢?谁这么大的胆子!(气急败坏地)先打二十军棍,关起来再查!

陶峙岳 且慢!云章兄,既是乡亲故里,不妨带进来问问,也好让大家了解一下迪化市内的情况!

马呈祥 哪?……郝副官,(向外挥手)带进来!

〔警卫带士兵甲上。

马呈祥 你是哪个部队的?

士兵甲　（浓重青海口音）马长官！

马呈祥　（怒）日奶奶者！你为什么开枪？说！

士兵甲　（双腿颤抖，带哭腔）我为啥打枪？……马长官，我没打枪！

马呈祥　那到底是谁打的枪？

士兵甲　是我们连的一个弟兄！

刘孟纯　（和缓地）不要着急，到底是怎么回事？

士兵甲　报告长官，近期我那青海家乡的婆娘病倒在坑上，我没金没银，愁盼得没办法可想，连上的弟兄们给我凑了些金圆券。今天，我和一个乡亲商量好了，准备带些金圆券回家。

马呈祥　怎么？你想开小差？

士兵甲　不是的！我是想托人带回去。没承想金圆券不值钱了。我们就合计着去银行兑大洋，又没承想银行门前人太多，一下子把我的金圆券挤丢了。挤了半晌也没找上，更没承想我们的枪走了火，一家伙打在人家的脚面上……

马呈祥　混账！你怎么敢闯银行？！

士兵甲　长官，你想啊，要想救婆娘，就得换大洋，她要是无常（死）了，我那双生的尕娃就没了娘……我怎么能不着急呀，我的长官！

马呈祥　日奶奶者！（用马鞭猛击桌）简直给老子丢人现眼。待我查清谁打的枪，我毙了他！（挥手，郝副官押士兵甲下）

叶　成　算了，云章兄！一个同乡士兵，何必太认真呢？

梁客浔　（感慨地）唉，几句土语乡音。确也道出了实情，令人三思啊！

陶峙岳　（语调沉缓地）诸位！刚才的一番情景，确实令人感慨万千啊！战乱中的黎民百姓，枪炮口前的军官士兵，宛若一片片随波澜起伏的浮萍。千百万人的命运，就掌握在我们这些将领的股掌之中！我们何去何从？举足轻重啊！……尤其我们身处边陲，方方面面情况错综复杂，决策时稍有不慎，便可能造成千古遗恨，不仅愧对祖先，也会有负苍生啊！你们当中有人说我优柔寡断，决策不力，我何尝不想一言九鼎，落地有声呢？（渐渐激动）但我不能不考虑相邻外国的历史渊源，不能不考虑民族之间的恩恩怨怨，不能不考虑军营官兵的出路何在，不能不考虑这片疆土的将来啊！……（来回踱步，场上悄然无声。语锋一转，对马呈祥）马将军，你今日贸然发兵东援，可曾考虑了后果？

马呈祥　（懵然不知所对）我……我只想急解兰州之危……

陶峙岳　当然，发兵东援，我是同意的，（正色）但它必须在警备司令部统一部署下进行,倘若全都各行其是,还要新疆警备总司令部的决策何用?(仍踱步,又转向屈武)屈市长,罗将军,银行的风潮,市井的混乱,民众和学生的活动,你们可曾考虑了应对的措施?(未等对方答话,对刘孟纯)刘秘书长,请你尽快与包尔汉主席联系,请他想办法稳定一下市井秩序。

刘孟纯　我会后便去协商!

陶峙岳　诸位!眼下我们必须精诚团结,令行禁止,不自乱方能免外乱,愿大家好自为之!

众　人　是!

〔郝副官上。

郝副官　报告!国防部西北视察组已经抵达迪化!

陶峙岳　噢,金仲藩将军?

陶晋初　正是,总司令的故交……

郝副官　金将军请求拜会总司令!

陶峙岳　(思忖)请转告金将军,说我正在开会,改日再去拜望!

郝副官　是!(下)

陶峙岳　(自语)这样的时刻,派这样的视察组前来,意欲何为呢?

〔随一声"报告!"女秘书急上。

女秘书　兰州战报!

〔陶晋初接过,交陶峙岳。

陶峙岳　(猛地站起)兰州失陷了!(指指收音机,面壁而立)

〔梁客浔打开收音机。"……我全军将士浴血奋战七昼夜,给共军以沉重打击。日前,为诱敌深入,我军撤离兰州城……"

〔陶峙岳挥挥手,梁客浔关掉收音机。

陶峙岳　(猛地转过身来)诸位,目前形势急转直下,会议改日再开。现在,我命令——马军长,立刻下令东进驰援部队停止前进,火速撤回迪化,驻守待命!

马呈祥　是!

陶峙岳　叶师长,立即电令一七八旅,加强星星峡守备力量,凡后撤之散兵游勇,一律收容严管,不得任其自流!

叶　成　是!

陶峙岳　参谋长,通令各部队封锁各通道隘口,严防外人进入。并加速与河西警备区联络,随时将情况报我!

陶晋初　是!

陶峙岳　刘秘书长,兰州情况,请速报包尔汉主席,我随后便去拜访!

刘孟纯　好的！

〔陶峙岳挥挥手，众人迅速退下，只剩下陶峙岳与郝副官二人。

陶峙岳　（疲惫地坐在椅子上）兰州的戏演完了，新疆的戏就要开始啦！

〔收光，只剩一速追光打在陶峙岳身上。

〔音乐起，光渐收。

第　二　幕

〔怪诞的乐声。

〔追光中，罗恕人走近叶成。

罗恕人　（手挥一张电文纸）叶师长，军统毛人凤刚刚有急电示我……

叶　成　（一惊）嗯？ 怎么说？

罗恕人　电文说，"迪化危难，已至关键，切不可对主和派等闲视之……必要时，可杀一儆百！"

叶　成　迪化已经够乱的了，他毛人凤还来添乱……

罗恕人　事已至此，我不得不为之了！

叶　成　你？

罗恕人　主和派猖狂，以屈武为最，他四处宣传投降主张，还敢当面戏弄你我，真是可恨……

叶　成　罗旅长，事关你我大家安危，你可千万不要胡来……

罗恕人　如此胆小，何堪党国重托?! 我先告辞了！（下）

叶　成　罗旅长，恕人兄……

〔收光。音乐声起，都塔尔老人抚琴吟唱。

都塔尔老人　（唱）鸽儿飞翔在空中

四周是迷漫的云层

鸽儿想要归巢

眼前却是一片朦胧

啊，哪里是归去的路

哪里有鸽群的哨音

〔鸽哨声响起，老人隐去，灯渐亮。

〔陶公馆客厅。台一侧可见花园一角，菊花盛开。

〔陶峙岳着便装，遥望窗外。陶夫人正收拾桌子。

陶夫人　你看，只听哨音响，不见鸽子飞。迪化城阴云密布，这天何时才能放晴呢？

陶峙岳 是啊,这天上的阴云,又何尝不是我心中的迷雾呢?! 眼下,兰州已经失陷,往西路上,只剩下酒泉一个重镇,再往西,几乎就是四门洞开了……

陶夫人 (碰响手中茶杯)那,你的决策呢?

陶峙岳 (感慨万千地)唉,难啊,难于上青天。新疆地处边隅,东有共军一野的主力,西有玛纳斯河三区的屯军,外有苏俄蒙古,内有十余个少数民族。军内又是各树旗帜,主战、主和闹得不可开交,南疆赵锡光副总司令也是久无音讯,实在令人担忧啊。

陶夫人 (切盼地)大家的眼睛都盯着你,你还是要早下决断,叫它早早云开雾散……

陶峙岳 我心中决非没有主张。只是未到瓜熟蒂落时,我不能及早阐明观点,以防引起不测呀!

陶夫人 (喜)这我就放心了! 只要心中有了主张就好……我信得过你,只要有了目标,就不会中途而退,哪怕肝脑涂地……

陶峙岳 (内心激动)知我者,莫过夫人也!

陶夫人 我早有此打算,只要国泰民安,哪怕你我陈尸天山脚下!

陶峙岳 夫人! (二人手相握)

〔郝副官上。

郝副官 (尴尬)总司令! 赵锡光副总司令夫人蔡琳到!

陶峙岳 (惊喜)嗯,快请!

〔蔡琳风尘仆仆上。

蔡 琳 总司令,嫂夫人,你们好啊!

陶夫人 什么风把你吹来啦?

蔡 琳 我是信差,专程送信来啦!(拿出信交陶峙岳)信中陈述他的最后观点,千叮咛万嘱咐要亲手交给总司令!

〔陶峙岳急忙看信,陶夫人招呼蔡琳坐下喝茶。

陶夫人 一路上还好吧?

蔡 琳 唉! 南疆太穷,百姓日子太苦,再也受不得战乱的熬煎啦!

陶峙岳 (猛一击掌)太好啦! 锡光的见解与我不谋而合,现在可以说大局已定,只待东风了。(激动地)夫人,拿纸笔来!

陶峙岳 (吟)西域环兵不计年,当时立国重开边。……将军莫更纤愁眼,生计中原亦可怜。(挥笔书写)

〔此时叶成、罗恕人等人已上,纷纷上前观看。

陶峙岳 噢,大家都来了? 请坐! 你们不是一直讨教我的决策吗?(放笔)看!

叶 成 保——国——安——边! 总司令,叶成不才,这四个字,是力主一战呢? 还是休战言和?

罗恕人　自然是立足于打! 否则,何以保国何以安边?

陶峙岳　若讲打? ……罗旅长,兰州失陷,共军必大军西进,我若派你镇守星星峡,将共军堵在峡口以东,你可敢前往?

罗恕人　(一惊)这事关重大,我……

陶峙岳　还有,这后方镇守的重任我想交给叶师长,一要严防民族军东渡玛河,二要防苏俄外蒙乘虚而入。叶师长,你看怎样?

叶　成　(尴尬)我……区区兵力……

罗恕人　警备总司令部所辖部队甚多,总司令可全权调遣!

陶峙岳　正因为所辖各部主战主和各言其是,我恐难以调遣,这才未敢轻易决断啊!

　　〔郝副官与陶晋初、梁客浔上。

郝副官　(走近陶峙岳)总司令,参谋长与梁处长有要事报告!

陶峙岳　噢?(向众人面露笑容)诸位,请先去赏花,一会儿,舍下聊备薄宴,咱们一起为赵夫人接风! 夫人,后堂请你多费心了!

陶夫人　请放心吧! (对众人)请!

　　〔众人下。

陶晋初　(神情严肃)总司令,我刚刚接到一封密信。

陶峙岳　念!

陶晋初　(念信)"屈伸三角地,武夫逞豪强,有志热血士,难防暗箭伤……"

陶峙岳　(索要过信细看)……这是一首藏头诗——"屈武有难"……还有,"事出今日,望君早防……"(向陶晋初)信出自何处?

陶晋初　好像是骑一师刘阿訇差人暗送到我家。

梁客浔　据我们了解,此事恐怕属实……而且,好像和军统方面有关。

陶峙岳　(将信拍在桌上,怒)今晨擅自发兵,今日又要暗地杀人,他们有点太有恃无恐了! 参谋长,你马上部署兵力,以整饬市井为名,把守主要路口,严查过往行人! ……客浔,请你暗中调查此事,看是何人指使,把握来龙去脉!

梁客浔　是! (急下)

陶峙岳　郝副官,立刻给屈公馆打电话,让他暂不要出门!

郝副官　(拨打电话)屈市长不在家中!

陶峙岳　(思忖)噢? ……那你立即驱车去屈市长家,沿途注意观察!

郝副官　是。(欲下)

陶峙岳　噢! 请罗旅长来一下!

　　〔郝副官下。陶峙岳慢慢踱步思忖,罗恕人上。

罗恕人	总司令,您叫我?
陶峙岳	(笑着)啊,请坐!……大家都在赏花,我们何不用此机会叙谈叙谈?!
罗恕人	(有些心虚地)不知总司令要谈些什么?
陶峙岳	呵,我们不妨谈谈治军之道……
罗恕人	(更摸不着头脑)治军之道?
陶峙岳	(径自说下去)对! 治军之道如同治水,可疏可堵,想当年李冰父子,筑都江堰,弃堵为疏,则功劳大矣! 今天,我们面对共军滚滚洪流,阻截则为堵,因势利导则为疏……
罗恕人	你是说,不可决战?……
陶峙岳	(继续说)我军内部也是如此,集思广益,分析局势,引出决策,则为疏。若一意孤行,桀骜不驯,甚至想举刀杀人,则为堵……
罗恕人	(极不自然)您是说?
陶峙岳	(突然正色对罗恕人)罗将军,今日我听说有人要谋杀屈武市长,你可知情?
罗恕人	(从椅上弹起)不,不……总司令,有这等事? 我实不知情……
陶峙岳	(态度和缓下来)好,好! 坐吧! 我请你来,就是想请你关注此事,化堵为疏。你是迪化驻军的将领,若这件事发生在你的眼皮底下,你也是难以交代的!
罗恕人	是! 我即去安排!(欲下)
	〔随一声"报告",韩有文大步上。
陶峙岳	噢,韩旅长,快请!
韩有文	报告总司令,我先头部队已全部撤回迪化,特来禀报!
陶峙岳	韩旅长鞍马劳顿,快坐! ……今日我请你来,就是要当面对你和罗旅长交代,今后迪化市的防备,就由你们两个旅共同担待!
韩有文	(意外地)这……
陶峙岳	只是为了加强防备,以备不时之需。罗旅长,你看呢?
罗恕人	(无奈地)服从总司令安排!
陶峙岳	好,你去忙吧!
	〔罗恕人告辞,下。
韩有文	总司令,我一直想向您讨教,这西安和兰州都丢了,我们可该怎么办呢?
陶峙岳	你的看法呢?
韩有文	我是个粗人,说的对不对,请您别见怪! 我是为骑一师的杂娃们着想,这些甘青两省的回回和萨拉子弟,小小年纪就当了兵,天天思念家乡啊。他们再不想打仗了,都盼着能走一条和平的路,也好早日和家人团圆。
陶峙岳	(凝望对方)韩将军不愧是快人快语,令人感动……希望将军能保持冷静的

头脑,切不可失去主见,多替部下着想……(语重心长地)将军,这次我让你留守迪化,就是要仰仗将军,能与我同舟共济,渡过难关呀!

韩有文　请总司令放心,有文不才,心里却一直装着国家和老百姓。从今以后,只要您一声令下,我韩有文不惜肝脑涂地!

陶峙岳　好啊,韩将军!（两人激烈的握手）

〔韩有文大步走下,陶峙岳凝望许久。

〔陶夫人上。

陶夫人　峙岳,时候不早了,是不是开饭?

陶峙岳　(从沉思中回过神)嗯,快请客人,我去更衣,随后便来!（下）

〔陶夫人招呼众人上。

陶夫人　蔡琳,你千里迢迢赶到迪化,到现在也没歇一会儿?!

叶夫人　赵夫人带着副司令的手谕而来,办的是大事,一点都不累!

〔众人笑。

蔡　琳　你呀你呀!嘴还是这么利害!（对陶夫人）嫂夫人,看你家满园菊花开得这么兴旺,可是不像这阴云密布的迪化。

叶夫人　我看可是像!

蔡　琳　像什么,说说看!

叶夫人　这菊花真像咱们眼下的新疆,大风一吹就"稀里哗啦"地往下掉花瓣。要是暴风雨一来,就全成光光头啦!……（大笑）

蔡　琳　你呀!都什么时候了,还有心说笑话!

叶夫人　不笑又怎么办?这些将军们整天争啊、吵啊,也没见拿出个好办法,这么下去,咱们呀,全得成花瓣儿了!

〔陶峙岳更衣后上。

陶峙岳　诸位,我看咱们边吃边谈吧!

〔梁客浔与郝副官匆匆上。

郝副官　总司令,三角地果真出了事……

陶峙岳　(一惊)怎么回事?

梁客浔　屈武的卧车在三角地遭暗枪射击!

陶峙岳　可有人遭难?

梁客浔　屈武的司机被射伤!

陶峙岳　那屈武呢?

梁客浔　屈武并不在车上……

陶峙岳　他现在哪里?

郝副官	我驱车沿途寻找,他不在公馆,也不在车中,哪里也没找到……
陶峙岳	赶快再去找!
郝副官	是!(转身下)
	〔众人大哗,议论纷纷。
	〔马呈祥急步闯入,叶成、罗恕人随进。
马呈祥	总司令,我刚从城外营房赶回,一进城便听说发生了谋杀事件。还有人传说是我骑一师所为……
陶峙岳	噢,竟还有这种说法?
马呈祥	总司令,我要当着大家的面把话说明白。我马某明人不做暗事。要说打,我骑一师可以奉陪到底;要讲骂,我马某的嘴也从不饶人。可是,这种暗地里下刀子的事,我也决不能容……
陶峙岳	云章兄,传闻之言,不可足信。但这种不战自乱的事,绝不能再发生!(对罗恕人)你查明没有,此事是何人所为?
罗恕人	凶手已然潜逃,我正差人四处缉拿!……这事,只有捉到凶手,才能彻底查明……
陶峙岳	(对叶成)叶将军,迪化属你部辖管,怎能发生此等事情?
叶成	(有口难言,抚掌顿足)太不成体统,太不像话啦!……
陶夫人	峙岳,这饭已备好,是不是?……
梁客浔	我要去看看屈武兄下落,饭就不吃了!
马呈祥	
叶成	我们也去看看……
罗恕人	
陶峙岳	好吧,先请夫人们用吧!大家及早看看情况为是!
	〔众人下。
	〔音乐声中,陶峙岳心急如焚。
	〔陶夫人返上。
陶夫人	(轻声)你也去吃一点吧!
陶峙岳	出了这么大的事,我怎能吃得下?
陶夫人	唉!屈武这个人,确实是少年气盛。他参加和谈,面见周恩来,回迪化后逢人便讲,恐怕是惹恼了一些人!
陶峙岳	如此的口无遮拦,弄不好是要坏事的。
陶夫人	可是,直陈己见不正是你所倡导的吗?
陶峙岳	但审时度势是必须注意的,不然,将事与愿违!
陶夫人	所以,你才以韬晦之策,应对眼下混乱的时局?

陶峙岳　以我的处境,在这样的时刻,这样的局面之下,我也是不得不为之啊!

〔陶晋初急步上。

陶晋初　我遍寻屈武不见人,真叫人心如火燎,您可还能安坐中堂?!

陶峙岳　坐下!坐下!先不要着急!

陶晋初　还不着急?!人家已经向我们开刀了,我怎么能坐视不顾?!

陶峙岳　你先听我说!……振予呀,越是此时此刻,此情此景,愚兄我更应该提醒你。要改掉毛躁的脾气,要克制自己的言行。你和共产党有过交往,你和乔冠华私交甚笃,你曾想投奔延安,这些事知道的人还少吗?万万不能再授人以柄啦!

陶晋初　(激动)我向来不隐瞒自己的观点。六哥,多少年来,我心无旁骛,步步追随着你,从江南来到了天山。我为的什么?还不是为了跟着你做出一番于国于民有利、堂堂皇皇的事业来。不错,你处处提携我,使我有了今天……可今天呢?由于你的缺乏决断,致使主战派甚嚣尘上,屈武之事更使我心灰意冷……六哥,我决心辞去参谋长一职,就此打道回乡!(掏出辞呈递上,转身欲下)

陶峙岳　(稍一怔)站住!你以为你辞官而去,便能拯救新疆?便能救万民于水火,御外邦于国门之外吗?(停顿)不!振予,路要一步步走,事要一件件做,六哥的一番苦心,你怎能视而不见呢?……(痛苦地坐下,静场)

〔屈武与刘孟纯高声谈论而上。

〔众人陆续上。

陶峙岳　(一跃而起)屈武兄,你?

屈　武　我屈某不怕明火,不怕暗枪,九死一生方是七尺男儿!(端坐椅上)

刘孟纯　哎呀呀,今日多亏经文兄提前出门有事,汽车在接他的路上遭到暗算。经文兄闻知后非要让我陪他沿街走上一遭。我可是陪闯鬼门关,浑身汗不干呀!

屈　武　我今天来,就是要当着诸位的面把话说清楚。不错,我屈某力主和谈,不过是陈述己见,光明磊落地讲了几句心里话而已,我不怕有人用枪封我的口。若为解救国家危难、百姓疾苦而要我屈某一颗头颅的话,我也在所不惜!

陶峙岳　屈市长经此一难,实出我意料。今日大家都在,我重申一句,此事要继续调查,见解仍可以发表。但,军队不能自乱,我等面对危难,必须精诚团结,服从总司令部指挥,若有擅自行事者,必严惩不贷!

众　人　是!(纷纷下)

陶峙岳　参谋长,你稍留片刻。

陶晋初　是!

陶峙岳　今日一场虚惊,却为我敲响了警钟。我必须在决策之前,妥善做好方方面面的安排,极力稳定军内,方可保万无一失,此时此刻,我还要你在我身边啊……(取出辞呈,慢慢撕碎)

陶晋初　(思忖,点头)

陶峙岳　好吧!我即刻要去看望包尔汉主席。你以我名义再次看看金仲藩将军,最好能摸一摸他此行的真实意图!

陶晋初　好吧!

　　　〔郝副官上。

郝副官　总司令,国防部急电!

陶峙岳　(念电文)"共军已逼近酒泉,望你部扼守酒泉重镇,以确保新疆东大门……"

陶晋初　如此神速,没有想到啊!

郝副官　(提醒)总司令,下面还有一张!

陶峙岳　(打看夹子再看,猛地惊起)什么?彭德怀?

　　　〔音乐起。

郝副官　(驱前、轻声)这是共军第一野战军新疆随军工作团团长艾买提·瓦吉地遵照彭德怀将军的指示给您的私人信函!

　　　〔画外音:"奉劝将军走光明的起义之路,停止战争,捍卫中华版图的完整,为新疆各族人民造福……"

　　　〔灯渐暗,陶峙岳在追光中慢慢坐下。

　　　〔收光。

第　三　幕

　　　〔追光里,都塔尔老人吟唱。

都塔尔老人　(唱)风云多变忽雨忽晴

　　　　　　芨芨草怎能抵御暴雨狂风

　　　　　　马群徘徊在悬崖顶

　　　　　　骑手的双眼穿风云

　　　　　　等那风停雨住的时刻

　　　　　　山顶才会飘起彩云

　　　〔老人隐去。

　　　〔光追至台角,马兵、陶兵正在巡逻。

马　兵　老兄,过来一下……你看,这上边写的啥?(递过一份传单)

陶 兵　传单？嘘！……哪儿搞来的？

马 兵　嘿,这东西在街上像雪片子一样,到处都是,我顺手就捡了几张……哎,到底写的啥?

陶 兵　你自己看嘛!

马 兵　我要认字,还找你干啥?

陶 兵　(看四处无人,悄声念)"兰州解放,解放军直逼新疆。""我们要和平!我们不要打仗!"

马 兵　(大声)说的好!

陶 兵　嘘!……你呀你,上次为换大洋差点丢了命,这次又弄来这东西,要多加小心啊!

马 兵　怎的? 当兵的也是人,也有婆娘孩子,没死就得把事弄明白!

陶 兵　倒也是!

　　　　〔郝副官匆匆上。

马 兵　(大喊)给我站下!

郝副官　你是谁?

马 兵　你还问我,我倒要问你是什么人?

陶 兵　(急忙阻拦)这是郝副官!

马 兵　哎哟妈妈,都怪我瞎了眼窝! (立正)

陶 兵　这位兄弟是马长官的随从,您别怪罪!

郝副官　算啦! 你们把灯打开,认真巡察不得有误! (下)

　　　　〔二兵打开灯,舞台亮。

　　　　〔陶公馆小花园内,摆有桌椅,后面菊花盛开。

马 兵　(笑)咱当兵的事小,他们(指屋内)当官的事大。就盼他们快说出个道道,到底是打仗,还是投降?

陶 兵　胡说,那叫和平起义!

马 兵　对得很! 和了平,才能活着回家乡!

陶 兵　(忽听门响,忙喊)立正!

　　　　〔陶峙岳、马呈祥、郝副官边谈边上。

陶峙岳　……云章兄,保国必先安边。这个道理,你我都是清楚的!

马呈祥　可是,安边必先守土,若不战自退,军心民心难服啊!

陶峙岳　啊……可真正的军心民心如何? 这恐怕是咱们要弄清的问题呀……

　　　　〔叶成急匆匆上。

叶 成　总司令,我刚才听到一个消息,说三区民族军副司令马尔果夫已于今日潜人迪化,还带来了一个汉族商人!

陶峙岳　此人是?

叶　成　身份尚未搞清。人已经被接进了包尔汉主席的公馆!

陶峙岳　噢?(思索不语)

叶　成　因事关重大,未敢擅自行动,特向总司令报告。

马呈祥　你也太胆小了。总司令,就把这事交给我吧!

陶峙岳　你打算怎么办?

马呈祥　先想办法把这个商人抓起来,再交总司令审讯。

陶峙岳　慢! 商人固然可疑,但他由民族军副司令陪伴,又是省主席包尔汉的客人,若轻举妄动势必引起省府的不满……

叶　成
马呈祥　那? ……

陶峙岳　(略思忖)我想此事与我们军界无关,何必多此一举呢?

叶　成
马呈祥　那,我们就告辞了!(二人下)

　　　　〔二人走远后,郝副官走近总司令。

郝副官　总司令,我刚到外面了解了此人的身份……

陶峙岳　到底是什么人?

郝副官　据说是从苏联绕道而来,准备与我方接触的中共代表邓力群先生。

陶峙岳　(一惊)哦,邓先生已经到了迪化? ……

郝副官　正如总司令所言,可能是怕走漏风声,尚未与我们联络……

陶峙岳　要严密封锁消息,确保中共代表邓先生安全!(挥挥手,郝副官下)

　　　　〔动荡的音乐声中,陶峙岳心潮起伏,他走到后边,面对新月沉思。

　　　　〔陶夫人悄然上,为陶峙岳披上披风。

陶峙岳　(思绪万端地)"昨夜秋风入汉关,朔云边月满西山……"(对夫人)啊,你看,月圆月缺,时不我待,现在新疆问题到了痛下最后抉择的时刻了!

陶夫人　是啊,久拖也非良策啊!

陶峙岳　可是,面对着这冷风秋月,遍地落英,我时有一种人生苦短,回天无力的感觉呀……

陶夫人　(充满感情地)岷毓! 你不该如此伤感呀! 你可还记得,当年我们离乡时的情景? ……湘江流水,青山翠竹,你我相依在小舟之上,你握着我的手说,"大丈夫,当为民族兴亡而献上热血满腔!"我当时落了泪,心里却像点着了一颗燃烧的火种……

陶峙岳　（激动起来）夫人！你随我东征西杀,戎马半生。今天,又随我来到这荒蛮的塞外边陲,真让我感慨万分!

陶夫人　塞外戍边,自古数千年,从汉代的张骞,到唐代的岑参,再到清时的左文襄公,又有多少仁人志士,在边陲苦斗终生啊! 你能与他们为伍,又有何遗憾呢?

陶峙岳　说得好,夫人!一席话确使我热血沸腾。多年来戎马生涯,我虽常受人驱使,寄人篱下,也曾被人推上过反共的战场,但我这颗心,却一直是火热的,我何尝愿意民族仇杀,使国不能富强,民不能聊生呢?! 更何况,我今日立足天山脚下,如果新疆这块版图在我手中弄得个山河破碎,生灵涂炭,那我岂不成了中华民族的罪人,必遭子孙万代的唾骂!

陶夫人　说得对呀!

陶峙岳　危难时分,我也曾想过,要么解甲归田,一走了之;要么孤注一掷,战死而终。可是,思虑再三,我不得不考虑这片国土,这里的百姓,中华版图的完整,军人和百姓的未来啊!

陶夫人　这些,足以使你痛下决心,还有何难呢?

陶峙岳　（思忖）我是想以一种特殊的方式解决。无论主战主和,凡没有对新疆民众作孽太过者,都应有其归所,以免酿出更大事端。这一点,做起来很难啊……

陶夫人　（颔首,轻声）嗯,我懂了……

　　　　〔郝副官悄然上。

郝副官　总司令,得民心者得天下,识时务者真豪杰! 总司令,望您能与中共代表敞开心扉,办法总归会有的!

陶峙岳　（正色）郝副官,你?

郝副官　（立正）报告总司令,我鞍前马后追随您几十年,从无二心,我刚才听到了您和夫人的谈话,这才斗胆陈辞,望你处置……

陶峙岳　（松弛下来）既然你已听到,也就算了。但我所说的,仅到你这里为止!

郝副官　请总司令放心!

　　　　〔陶兵跑上。

陶　兵　报告,门外有客人!

郝副官　是什么人?

陶　兵　包尔汉主席!

陶峙岳　（示意郝副官）噢,快请!

陶夫人　我也先进去了!（进室内）

　　　　〔陶峙岳迎包尔汉上。

包尔汉   岷毓兄！

陶峙岳   啊，失迎，失迎了！请！（指屋内）

包尔汉   秋高气爽，就在这里坐吧！

陶峙岳   好，请坐！（向郝副官）你到门房守候，有人来，就说我不在！

包尔汉   岷毓兄，我无事不登三宝殿，现在来，是有件要紧事情……

陶峙岳   哈哈哈，如果没猜错，是指您的客人？

包尔汉   哈哈哈，总司令果然耳聪目明！

陶峙岳   寿亭兄，您在这样的时机这样的地点请来这样的客人，魄力着实让人钦佩！

包尔汉   （大笑）我们的谚语说：雪落下来有青松顶着，天掉下来有大山顶着。有岷毓
         兄坐镇新疆，我还有什么可怕的？

陶峙岳   过奖了。客人的安全自不必担心！

包尔汉   如此说来，那便是你我共同的客人啰？！

陶峙岳   寿亭兄，不知客人有何见教？

包尔汉   客人讲，全国大部分国土已然解放，新中国成立在即。西北甘、青两省也已
         告捷，新疆实际成了一叶孤舟，他希望我们尽速转桅扬帆，赶在建国之前汇
         入全国解放的滚滚洪流之中……

陶峙岳   寿亭兄如何看？

包尔汉   中共代表所言极是，岷毓兄你的主张我也心知肚明……只是付诸实行嘛，
         却有一难！

陶峙岳   难在何处？

包尔汉   在于将，而不在于兵！

陶峙岳   将有何难？

包尔汉   难在反对派将领的出路，若处置不当，难免血刃之灾！

陶峙岳   哎呀，知音难觅，（拍包尔汉肩膀）寿亭兄，人生难得一知己啊！

包尔汉   （笑）过奖了！你我虽非同一民族，却同是中华儿女，朝夕相处，亲如弟兄，又
         怎能不相知呢？

陶峙岳   （感慨地）有寿亭兄相知，此生足矣！
         〔郝副官上。

郝副官   报告，参谋长有要事求见，特来请示！

陶峙岳   （稍顿）好，包主席也在，正好一起听听。请！
         〔陶晋初上。

陶晋初   报告！金仲藩将军请我面示总司令，他讲国防部第十四视察组视事完毕，请
         总司令安排他们一行假道印度回去复命……

219

包尔汉　（惊异）什么？去印度？……难道是假道出逃？……

陶峙岳　对！果不出我所料，美其名曰视察，其实是假道出逃……（思忖）假道出逃……唉，寿亭兄，既然他们可以假道出逃，那马呈祥他们？……

包尔汉　（猛醒）他们当然也可假道出逃……

陶峙岳　（紧接）不！不叫出逃，叫解除兵权，礼送出境！怎么样？

包尔汉　妙哉！妙哉！（二人抚掌大笑）

陶晋初　哎呀呀，可真是英雄所见略同啊！

陶峙岳　（兴奋地）啊！此难一解，大事可成矣！……参谋长，多给金将军些银两，安排专门部队护送第十四视察组出境！明日我亲自送行，为后来者作个榜样！

陶晋初　（笑着）是！

包尔汉　氓毓兄，客人的事怎么办？

陶峙岳　（一怔）噢？

包尔汉　陶总司令，新疆军政官员的起义问题，特别得到毛泽东和周恩来的关注，朱德命令彭德怀将军陈兵不动，不正是在静候你的佳音吗?！

陶峙岳　（思忖中）噢？

包尔汉　氓毓兄，何时会见中共代表？

陶峙岳　（以拳击桌）现在就见！

　　　　〔音乐骤起，激荡长空，雄浑的男中音歌声：

　　　　　　　明月出天山，

　　　　　　　苍茫云海间。

　　　　　　　长风几万里，

　　　　　　　吹度玉门关。

　　　　〔歌声中灯光暗转。追光里，马兵甲、马兵乙正在包公馆门前放哨。马兵甲哼着青海"花儿"。

马兵乙　哎，别唱了，唱得人心里难缠的……

马兵甲　你没听阿訇讲，新疆要和平解放了，要回家了，家乡的歌多年没唱了……

马兵乙　和平解放？那当官的能不打共产党？

马兵甲　谁要再逼我打仗？（拍拍枪）家伙在咱手头，逼急了，我先把狗日的敲掉！

马兵乙　别嚷嚷！（听）嘘，有人来了……

马兵甲　（向暗处）什么人？站下！……再走我开枪了！

卫　兵　（画外音）这是我们罗旅长！

马兵甲　"马掌"也不行，没有上头命令，谁也不给过！

罗恕人　（画外音）混账东西！

马兵甲　日奶奶者,嘴里放干净些,再骂,把个狗日的血放掉!(猛拉枪栓)

卫　兵　(画外音,喊)别打枪!

　　　　〔韩有文上。

韩有文　什么人喊叫?

　　　　〔罗恕人上。

罗恕人　噢,韩旅长……你的士兵不让我通过……

韩有文　没错,我手下的尕娃站岗从不含糊,有事,就对我说!

罗恕人　韩旅长,今天你布岗加哨,如临大敌,怕是有什么事吧?

韩有文　前面是包公馆,布岗加哨是为了包主席的安全!

罗恕人　可我听说,有民族军的什么副司令带着形迹可疑的商人进了包公馆……

韩有文　罗旅长,这地带可是我韩有文的防区! 我驻守迪化可是直接接受总司令的
　　　　命令! 你,手伸得太长了吧……

罗恕人　我也是为了总司令的安全,听说,总司令也进了包公馆!

韩有文　我可没有发现……

罗恕人　那我要进去看看!(欲闯)

韩有文　(变脸)站住! 闯我的防区,别怪我翻脸不认人! 来人!

　　　　〔马兵枪栓响。

罗恕人　(无奈)……好,你有种! 咱们来日方长……撤!(退下。追光收)

　　　　〔灯大亮。数日后,陶公馆客厅,墙上已挂好"保国安边"横幅。

　　　　〔陶峙岳满面春风,正向夫人交代。

陶峙岳　饭不要搞得太复杂……但一定要有家乡的好酒!

陶夫人　怎么? 你要喝酒?

陶峙岳　多日不饮,今天该喝上一杯了!

陶夫人　难得你如此高兴!

陶峙岳　(舒展筋骨)啊! 笼中之鸟,终要腾飞,沙滩之龙,必归大海!

　　　　〔郝副官上。

郝副官　总司令,那天以后,市面上军警增多,时有警车出动,不知是针对包主席的
　　　　客人,还是学生?

陶峙岳　客人的安全必须保证……至于学生嘛……你告诉屈市长,要设法说服,在
　　　　此危难时刻,应多做安定工作,不能太过激啊!

郝副官　那晚,罗恕人一直在监视您的行踪……

陶峙岳　你要暗中注意他的动向,只要不乱大事,还是宜先稳住为佳!

郝副官　是!

〔叶成匆匆上。

叶　成　　总司令,近日外界传言很多,民众团体四处活动,警察局提请我们配合,准备紧急行动,全面搜捕!

陶峙岳　　请谁配合?

叶　成　　罗恕人部!

陶峙岳　　(怒)胡闹! ……郝副官,接罗恕人电话!

郝副官　　(打电话)喂……我要罗旅长……嗯,哪位?好,总司令和你讲话!(将话筒递给陶峙岳)

陶峙岳　　罗旅长吗?……搜捕一事,军人一律不得参与! ……对! 你要恪守岗位,管好自己的事情。希望那种越界巡查、暗地盯梢的事情今后再不要发生!(放下电话)……郝副官,传达我的命令,刘汉东局长暂停行动,待统一部署后再说!

郝副官　　是! (下)

叶　成　　(惴惴不安)总司令,这……

陶峙岳　　(和缓下来)啊,叶成兄!眼下以安定为重,一举一动,切不可造次啊!对罗恕人,你要严加管束……

叶　成　　(为难)……我也为难,他隶属军统……

陶峙岳　　我早有耳闻……军统?哼! 它为军人所不齿,更为百姓痛恨,在这种时刻,他罗恕人该考虑自己的下场!

叶　成　　总司令言之有理,我一定努力规劝他……我的话他还是听的……

陶峙岳　　很好! 他若能约束自己,我们仍是军内同仁,(很有分量地)否则……

叶　成　　我懂! 我懂!

〔叶夫人风风火火地上。

叶夫人　　哎呀,叶将军,我追了半个迪化,总算把你找到了……

陶峙岳　　哈哈哈,叶夫人,他是统率千军万马的将军,你还怕他丢了不成?

叶夫人　　我也是心里着急,想和他商量点事……

陶峙岳　　嗯,说说看。

叶夫人　　那天全体军政要员欢送金仲藩将军,又得钱又有人,真是体面的很呀! ……

叶　成　　(阻拦)夫人,你……

陶峙岳　　说下去!

叶夫人　　我看金将军是聪明人,名曰绕道禀报,其实是假道开溜……

〔叶成急,陶峙岳哈哈大笑。

陶峙岳　　叶夫人说得不错,叶将军如果既不想打,又不愿和,也完全可以走这第三条路。

222

叶　成　　（一惊）一走了之!

叶夫人　　这才是正道!（一拍大腿）司令,您接着说!

陶峙岳　　我可以解决交通工具,将家产换成银元,并派人护送出境!

叶夫人　　多谢您考虑的这么周到……

叶　成　　妇人家,不得多嘴!

叶夫人　　怎么啦? 总司令都为咱想好了后路,你不走,我走!

陶峙岳　　不急! 不急! 你们下去好好商量商量,想好了再给我答复!

叶　成　　那,我们就先告退了!（叶成夫妇下）

　　　　　〔叶成又匆忙返回,陶峙岳迎上。

陶峙岳　　你,还有什么事吗?

叶　成　　总司令,我还有一事想和你谈谈……

陶峙岳　　有什么事,尽管直言!

叶　成　　此事不过是卑职的想法,本不便妄谈,但顾虑您待我情深意厚,我反复思忖……

陶峙岳　　有事就讲,怎么如此吞吞吐吐呢?

叶　成　　好! 几天前,马呈祥、罗恕人找我商议,说您受主和派挟持,影响决断,有意要清除主和派……

陶峙岳　　噢? 怎么个清除法?

叶　成　　……他们言下之意想……想要举行兵谏!

陶峙岳　　（内心一惊）兵谏?!

　　　　　〔紧张的音乐声起,叶成再次告退。陶峙岳紧张思索,下定决心,修改"告全疆将士书"……

　　　　　〔陶夫人端茶上,看文稿。

陶夫人　　（一惊）"告全疆将士书"……你真的决定了吗? ……会不会……

陶峙岳　　（决然地）决定了! 必需早做决断以防节外生枝……

陶夫人　　走和平起义之路?

陶峙岳　　对! 只有如此,才能对得起中华河山,新疆版图和各族民众啊! ……

　　　　　〔此刻,主和派众人陆续上,静听。

陶夫人　　那……你不怕留下骂名?

陶峙岳　　舍一人声名,保万户安宁!

陶夫人　　可共产党那边? ……

陶峙岳　　身为军人,和共产党较量了几十年,也使我加深了对共产党的了解。共产党胸襟博大,以保国救民为己任,只有他们,才能真正完成振兴中华一统江山

223

的大任啊！……

众　人　（上前）总司令，说得好！

陶峙岳　大家都来了……夫人，这不仅是我，也是在座诸位，包括赵锡光副司令共同的见解呀！

陶夫人　那……我也就放心啦！

陶峙岳　（精神一振）好，诸位请坐！夫人，拿酒来！

〔气氛热烈，陶夫人等端酒上。

刘孟纯　据称，共产党中央决定，就在今年10月1日在北平正式成立人民政府！

陶峙岳　噢？只有几天了！……

陶晋初　总司令运筹帷幄，定能赶在此前。

陶峙岳　来，为大计将成干上一杯！

〔众人端酒欲饮，屈武急上。

屈　武　等等！总司令，情况有变。据报骑一师正往老满城集结，进出路口已经封锁……

〔众人惊，放下酒杯。

陶峙岳　参谋长，询问叶成下落！

陶晋初　（拨电话）喂，叶公馆吗？我找叶师长……怎么？刚到家就被接到了老满城……（放下电话）

〔郝副官急上。

郝副官　报告，刚刚骑五军刘阿訇差人送来一封信……

陶峙岳　念！

郝副官　"老满城中旌旗动，马罗将军城下盟，血洗迪化牵龙首，今夜子时起杀声！"

陶峙岳　明白了！（招过陶晋初，在后轻声布置任务。然后在众人期盼的目光下沉稳地走到衣架旁穿上军装）我亲自去一趟老满城！

众　人　（急切劝阻）总司令，你不能去……

陶峙岳　此时是箭在弦上，我若不亲自前往？恐怕众人的努力会毁于一旦！

众　人　我们愿陪同前往！

陶峙岳　不！即便我个人有了闪失，你们大家还在，大事仍可促成。郝副官，备车！

〔郝副官急下。

屈　武　总司令，咱们同饮一杯酒，为您壮行！

〔众人高举酒杯。

〔切光。

第 四 幕

〔紧张的音乐声中,追光扫着兵士穿梭过场,远处传来口令声,人声嘈杂,马声杂沓。

〔追光里,马呈祥一身戎装,大步上。

马呈祥　(向门外)马副官,让他们原地休息,不得乱动!

〔门外声:"原地休息!"

马呈祥　(向门外)再去打电话传达我的命令,让枪兵营做好准备,将炮口对准省政府和警备司令部,随时待命!

〔门外声:"是!"

〔追光中,罗恕人一身戎装上。

罗恕人　马师长,一七九旅准备就绪,只等你的一声锣响,戏就可以开场了!

马呈祥　但愿我们的目的能够达到!

罗恕人　请放心! 有了你我,控制整个迪化,不过是弹指之间!

马呈祥　不过,此次兵谏,主要是弹压一下主和派的气焰,谋求我们的出路,需见机行事,尤其对总司令……

罗恕人　我只怕是开弓没有回头箭,谁能确保陶老太婆的安全?!

马呈祥　这?

罗恕人　哈哈哈……

〔收光。

〔追光复明。都塔尔老人在紧张的乐声中弹唱。

都塔尔老人　(唱)风云突变

满市尘烟

颤抖的双手

崩断了琴弦

啊,哪里有通天大道

送我直上蓝天

〔老人隐去,灯大亮。

〔骑一师师部会议室。靠墙插一面军旗,上书"立马天山第一峰",另有桌椅等物。透过门窗可见红山塔影。

〔马呈祥正背身看地图。韩有文急上。

韩有文　报告师长,部队集合完毕!

225

马呈祥	原地待命！
韩有文	（犹豫）师长……真要打仗？
马呈祥	哈哈哈，韩旅长，你骁勇善战，锐不可当，什么时候又怕打仗啦！（指挥旗）马长官当年亲写的"四渡玉门关"你还没忘吧？出征青海湾，四渡玉门关，马家军的威名天下传……
韩有文	可惜，马长官已飞到国外去了！如今的马家军，是有家难回呀！
马呈祥	（不悦）可我们还有中央政府。
韩有文	国民党早已是溃不成军！
马呈祥	这里还有数万马家兄弟。
韩有文	可兄弟们人人思念故乡亲人！
马呈祥	一旦我们救回了甘青故土……
韩有文	新疆尚且难保，故土……
马呈祥	（一拍桌子）韩有文，你肋巴骨朝外拐啦？！
韩有文	（真挚地）师长啊，我不过是想给尕娃找条活路，弟兄们全是喝黄河水长大的。
马呈祥	黄河水喂的都是硬汉子。头掉了不过碗大个疤。今天我要给他来个"清君侧"！
韩有文	啥叫"侧"？
马呈祥	主和派把总司令搞得晕头转向，我要逮捕主和派，再以总司令的名义退守南疆！
韩有文	师长啊！不能这样！总司令从来对我们不薄，诸位将军也是多年同舟共济，这么干，于情于理于良心都过不去呀！
马呈祥	（一鞭击在桌上）韩有文，你——来人啊！……（两卫士上）把他的枪下掉！
韩有文	（怒视卫士）站开！（慢慢解枪放桌上）师长，总有一天你会后悔的！（欲下）〔罗恕人自内室闪出。
罗恕人	哟，这是怎么啦？
马呈祥	哼，你问他！
罗恕人	（急上前）哎呀，马师长，这等时刻，咱们可不能自乱家门呐！韩旅长不过是心直口快冒犯了您几句，怎能当真啊？
韩有文	罗旅长，你……
罗恕人	（打断）我也是为了全军将士着想，为你着想……
马呈祥	好啦！好啦！我就饶过这一次，下不为例！〔韩有文欲反驳，罗恕人忙阻止，将枪给韩有文，送韩有文下，复上。
罗恕人	马师长，眼下用人之际，你可不能这样啊！

马呈祥　我了解他。他是属牛的,非要牵着鼻子才走,你不用担心!

〔叶成心事重重上。

马呈祥　噢,叶师长你今天好难请啊?!

叶　成　今夜老满城非同往常,你们执意请我来,(指牌桌)恐怕不是为了打牌吧?

马呈祥　叶兄,你曾劝我,不必东进驰援,而要养精蓄锐,力争主动……

叶　成　(默默无语)

马呈祥　你还曾劝我。兵谏总司令,挟天子以令诸侯。现在,可是时候啦?

叶　成　(无奈)话曾说过,但是,此一时彼一时也!

马呈祥　怎么? 难道你的主张已经动摇?

叶　成　不! 不! 我叶成追随委员长多年,忠贞不贰……我是想,总司令与我等一向私交甚好,这么做,是不是私下先和总司令商量一下……

罗恕人　来不及了! 一七九旅已经开始行动了!

叶　成　(怒)什么? 如此重大行动,你竟不事先向我通报一声?

罗恕人　(露出奸笑)师长,我是按毛人凤密令行事,想必你不会反对吧?

叶　成　你既已擅自做主,还要我何用!

〔叶成转身欲走,被门口两卫兵拦住。

马呈祥　老满城今天是有进无出!

叶　成　这么说,我已经被捕了?

马呈祥　哪里! 哪里! 要成大计,我们是缺你不可呀! 请,咱们内室相谈! ……卫兵! 没我的命令,谁也不准进来!

〔马呈祥、罗恕人请叶成进内室。

马兵甲　(招呼门外马兵乙)尕娃,站好听下! 没有长官的命令,谁也不许进来!

马兵乙　(跨入门,立正)是!

马兵甲　哎,尕娃! 本想停战早点回家乡,可看这架势,闹不好还得打仗。唉,真是不承想啊……

马兵乙　(嫌他声音大,用嘴示意)嘘——

马兵甲　(压低声)尕娃,你多大啦?

马兵乙　十七!

马兵甲　唉! 你咋知当兵的苦处,还是个尕娃哩嘛! ……记住,有了事看我眼色!

马兵乙　(点头,示意门外有动静)

〔叶夫人急匆匆上。

马兵甲　站下,你找谁?

227

叶夫人　找叶师长!

马兵甲　长官留下话啦,谁也不让进!

叶夫人　我偏要进!

马兵甲　咋个话? 不让进就是不让进!

叶夫人　混账!（一记耳光打在马兵甲脸上）

马兵甲　咋个话,你敢打人? 老子放了你的血!（拉响枪栓）

叶夫人　(尖叫)啊!

　　　　〔马呈祥、罗恕人、叶成从内室出。

叶　成　哎呀! 你怎么跑到这儿来啦?

叶夫人　找你来啦! 叫你跟我回去!（拉叶成）

叶　成　夫人!（一把甩开）

叶夫人　(生气)今天你说清楚,走还是不走? 你不走我走! 去印度、上美国,你可别后
　　　　悔!（转身欲走）

马呈祥　(厉声)站住! 我马某有言在先,今天老满城是有进无出!

罗恕人　(劝)马将军,叶夫人她……

马呈祥　蒋夫人也不行!

叶夫人　(更气)马师长,你好大口气,今天我偏要走!（又欲走）

马呈祥　(把手枪拍在桌上)你敢!

叶夫人　(泼劲大发)好啊,你冲女人发威! 我看你敢把我怎么样? 有本事你跟共产党
　　　　玩命去呀! 我看你不敢! 你把黄金美钞连老婆一块儿运到了香港,我就不信
　　　　你能丢下那小娘们在这儿跟共产党玩命?!

马呈祥　(气得拍枪)你! ……

叶夫人　我怎么样? 你有枪,你往这儿打!（使劲拍胸脯）

　　　　〔马呈祥一步跨上,罗恕人拦住马呈祥,叶成也准备招架。

罗恕人　马将军,造次不得!

马呈祥　哼!（气得一屁股坐下）

叶夫人　(突然号啕大哭)叶成啊! 好你个没心没肺的叶成,好你个没骨气的废物,眼
　　　　看人家欺负我,你就成了个哑巴?! 呜……

叶　成　夫人! 夫人!

罗恕人　(劝解)叶夫人,算啦! 马师长不过一时火起,你怎能当真呢?

叶夫人　(抽泣)我长这么大没受过这样的窝囊气!

马呈祥　她要走,派人把她送出老满城!

叶夫人　叶成也得跟我一块走!

马呈祥　（又气）你！……

　　　　〔随一声"报告"，马兵甲奔入。

马兵甲　报告长官，总司令来啦！

马呈祥　（大惊）什么？带了多少队伍？

马兵甲　好像……只有一辆小轿车！

　　　　〔马呈祥、叶成、罗恕人有些紧张。

叶夫人　（大腿一翘）好！总司令送上门来了，谁有本事就跟他玩命去！

马呈祥　（怒气陡起）哼！谁要在我老满城下刀子，我马某决不轻饶！（刷地把手枪插
　　　　入套中）

罗恕人　嫂夫人，你快回避一下吧！

叶夫人　叶成！你少充硬汉子，我就在里屋等你！（进内室）

　　　　〔随"立正！"口号声，陶峙岳、郝副官上。

陶峙岳　（仪态悠然）啊！老满城内军容整齐，此时此刻实在难得，还是马将军治军有
　　　　方啊！呵呵呵……

马呈祥

叶　成　（不知所措）总司令……

罗恕人

陶峙岳　今天我深夜造访，是不请自来！怎么？不欢迎吗？（踱到麻将桌前坐下，拿起
　　　　一张牌）来来来，你们正好三缺一，咱们摸上两圈……（无人行动）

　　　　〔电话铃大作，三人均不敢接。

陶峙岳　（接电话）喂……我是陶峙岳！……喂喂……（望望话筒又望望三人）哈哈！
　　　　听到陶峙岳三个字，马上撂了电话。看来，我是不太讨某些人的喜欢呀！（将
　　　　电话给三人，谁也不接）那好！把它拆了去，省得再找麻烦！

　　　　〔郝副官一把扯去电话线，三人面面相觑。

陶峙岳　看样子，三位将军是不愿和我同坐一桌？

罗恕人　（终于憋不住了）总司令既然来了，我们就郑重地谈一谈……

陶峙岳　（打断）谈判？

叶　成　不不！……是报告！

马呈祥　是请求！

陶峙岳　那好，请讲！

马呈祥　（跨上一步）我们没别的意思，是想请求您下令逮捕主和派！

陶峙岳　捕谁？

罗恕人　陶晋初、屈武、包尔汉……这是名单，一共四十人！

229

陶峙岳　噢？那，我呢？也捕吗？

马呈祥　不不不！我们仍然服从您的指挥！

陶峙岳　人都捕完了，我如何指挥？

马呈祥　我们仍在，战事仍可进行！

陶峙岳　怎么个战法？

马呈祥　若要保存实力，可退守南疆，扼守铁门关，以应东山再起！

陶峙岳　(起身，纵声大笑)哈哈……将军论战，非同儿戏。共军在东，不去守星星峡，却去守铁门关，这个，其实是我们讨论过几次的老话题了。你们果真觉得有出路吗？！

叶　成　胡长官几次电示，退守南疆，一旦失利，仍可走青海，下四川，进西藏。

陶峙岳　哈哈哈……好一个胡长官的走为上！(踱到地图前)你们看，退守南疆，东南的青海已然失守，南边的西藏有连绵大山相阻，眼下已到秋天，难道让十万大军饮冰卧雪不成？！若继续困守南疆，还要看驻守南疆的赵锡光副总司令是否同意？南疆数十万各族民众是否答应？你们属下的官兵又是否应允呢？……再退，则只能西去，沿昆仑山口逃往国外。可哪个国家愿意收容你十万败兵入境？又有谁甘心像丧家犬一般去寄人篱下，乞讨活命呢？！……诸位将军，论战易而决策难，如你们之言，岂不是一条下下策？！

〔三人互相望着，沉默良久。

马呈祥　如此说来，十万大军一枪不发，难道就将新疆拱手相送吗？！

陶峙岳　何言拱手相送呢？(语调沉缓而坚决地)话已至此，我不得不明说了。眼下的新疆，已是四面楚歌。境内境外的势力都在蠢蠢欲动。我听说，境内有闹独立的人，好麦斯武德之流，也曾向你们游说，欲借军方势力行新疆独立之实。在这种形势下，想想看，一旦你们助纣为虐，促成了新疆独立的局面，岂不正中了国外某些势力的下怀？！新疆这片占中华六分之一面积的国土，岂不将会从中华版图上割裂出去？！那么，我们军人守土安边的初衷何在？新疆河山的出路何在？新疆民族民众的前途何在？我们岂不沦为中华民族的罪人，遗臭万年吗？！

〔三人沉默，罗恕人憋不住了。

罗恕人　总司令为国为民的道理讲得固然不错。但两军交战不应忘了我们首先是军人。想起军人的天职使我欲罢不能！

马呈祥　是啊，虽然我们面临危难。但是党国的重任，委员长的委托，各位长官的期待，使我时刻不敢忘怀！

陶峙岳　(语调沉重地)你们想到军人的天职，上峰的期待，这固然不错。可是也让我说几句肺腑之言吧！就在共军以席卷之势压向长江的时候，委员长推出李代总统，自己躲到了台湾，胡宗南被阻大渡河，身陷大凉山，也是在共军抵达前一小时，才勉强爬上飞机从西昌飞到了台湾；他们自身尚且难保，还谈何期待之心呢？……叶师长，胡长官虽说常有电文给你，那不过是纸上谈兵，当你夫人为家产和生命担忧时，怎不见他有丝毫表示呢？……

叶　成　总司令，您……（无奈地低下头）

陶峙岳　马师长，你可算马家军的重要将领。可是，西宁溃逃时，连你家令尊大人也差点上不了马步芳逃往国外的飞机，这又该做何感想呢？！

马呈祥　唉！（坐在椅上）

罗恕人　（色厉内荏地）总司令讲道理，确实令人佩服。可是，今天已经走到了这一步，我们也难收回成命，只有破釜沉舟了！

马呈祥　（似乎受到鼓舞）总司令请理解卑职的处境，清剿主和派已如箭在弦上，不得不发！

陶峙岳　（正色）可箭发之后的结果你必须考虑清楚！主战主和不过是两种观点而已，但对眼下的新疆而言，决策只能是一个！你们讲打，依我看，未必是真打。马师长的妻小家产早已到了香港，叶师长的家财也已换成了银元，尊夫人恨不能插上翅膀飞出新疆……

罗恕人　（欲反驳）总司令，依卑职看……

陶峙岳　（打断）还有你，在所有的军政官员中，你是第一个把家眷财产送出境外的……依我看，你们既已安排好了退路，那么力主一战也并非出自真心，无非是为了名声和前途而已……

罗恕人　（强硬地）无论是真心还是假意，主战的立场也决非仅只我几人所为！

叶　成　（解释地）总司令，我们不过是全军主战将士的代言人，还望您体察。

马呈祥　（也强硬起来）关于个人利害，您言之有理，但此时此刻，我马某不可违背军心民意！

陶峙岳　哈哈哈……好一个军心民意？！可见，你们时至今日，对军人民众的厌战之心毫无所知！

马呈祥　有然！炮兵营的兄弟已经把炮口对准了总司令部和省政府，您恐怕也是毫无所知吧？！

陶峙岳　可你也不知道，警卫营、九分校已经占领了迪化主要路口。你还不知道，赵锡光副总司令已经封锁了天山要道，想去南疆已是无路可通！

　　　　〔三人大惊。

罗恕人　（调唆地）你既然已经断了我们的后路……马师长！叶师长！我们岂可听任

主和派的宰割！

马呈祥　对！我们必须按原定计划行事！总司令,休怪我们不客气了！

叶　成　马将军,再容与总司令……

陶峙岳　我的安危你可以不管,但你们的出路不能不管！

马呈祥　来人,在这儿好好伺候总司令！(抽出马刀)命令部队立即开往市区,逮捕主和派！

〔门外士兵喊声四起:"我们要和平,我们不要打仗……"

〔韩有文手执马鞭与众士兵拥上。

〔罗恕人惊恐万状,掏出枪对天鸣响。韩有文一步上前,用马鞭抽掉了罗恕人手中枪。

马呈祥　韩有文,你?！

韩有文　(立正敬礼)报告师长,我骑七旅和重炮营将士多数厌战,拥护和平！

马呈祥　(盯着众士兵)你们?……

马兵甲　报告长官,刚才弟兄们都随着大阿訇起了誓,一心都是和平解放新疆的事情！

马呈祥　(大怒,打马兵甲一记耳光)日奶奶者,给我拿下！

马兵甲　(无奈架起机枪)长官,给尕娃们一条活路吧！

〔全场僵持。

〔三人无语。

陶峙岳　(语调平缓地)诸位将军,事态到此,军心民心,已不言自明了！

罗恕人　(叹一口气,一跺脚欲下)

韩有文　(拦住)奉劝罗将军不要离开这里！据报一七九旅不少官兵求和,正找你的麻烦呢！

罗恕人　(不知所措地站住)

陶峙岳　韩旅长,请你协同迪化警备司令部共同搞好警戒,严防骚乱发生！(将枪给韩有文)

韩有文　是！(率众士兵下)

〔场上只剩下陶峙岳、马呈祥、叶成、罗恕人及郝副官。

马呈祥　(沉默片刻摘下马刀)总司令,你是胜者,马某听任处置！(献马刀)

陶峙岳　(不接)说到哪儿去了！……你我共事多年,同为军人,生死与共。在这危难时刻,我决不想将诸位将军推上战犯的地位,更不愿眼见你们走入歧途,这就是我今天晚上甘冒九死一生,亲自赶到这里来的初衷啊！……尽管发生了今夜的不快,但总算未酿成大乱,所以,我仍愿请诸位留下,与我同舟共济,为和平解放新疆立下一功,如何?

马呈祥　我马某戎马一生,双手沾满了共产党的鲜血,今日又有此举,实难再面对夙敌了……

叶　成　我与委员长交往甚深,这名分上实使我多有不便啊……

罗恕人　(十分难堪)我……我的情况不说也罢……我甘愿受任何处置……

陶峙岳　好吧!将军们的心思我很明白,我也不愿强人所难……关于几位的出路,我早已有所考虑,也曾再三向中共方向陈述,并征得了同意。彭德怀将军电谕:"礼送出境,保证安全!"

〔叶夫人从内室跑上。

叶夫人　总司令,我都听到了。我们愿意效仿金仲藩将军之路……叶成,你倒是说话呀!

叶　成　多谢总司令一番苦心,我们愿走此路!

马呈祥
罗恕人　我们愿意同往!

陶峙岳　既然三位将军决心已定,愿化干戈为玉帛。我当尽力安排,请你们和家眷们放心吧!

叶夫人　在此危难关头,还蒙总司令多方照料,我代表三位将军谢谢您啦!(鞠躬)

陶峙岳　(感动地)三位将军!我们共事多年,朝夕相处,友情还是深厚的。过去,我们之间虽有不同见解,今日,又将分道扬镳,但我们总算在关键时刻,避免了一场刀光剑影之灾难,维系了边疆民众的安全,总算于心无愧呀!好吧!我们虽在人生歧路相别,但愿能够情谊长在。诸位到了海外,亦望能时时想着中华故土,切不要忘了自己是炎黄子孙,更愿你们有朝一日能重归故里,你我旧友重逢啊!

马呈祥
叶　成　(亦被感动)总司令!
罗恕人

陶峙岳　好吧!待诸位临行之日,再容我陶某为你们饯行!

马呈祥
叶　成　(立正,敬礼)
罗恕人

〔切光。

尾　声

〔一阵阵响亮的发报机声中,灯光大亮。

〔画外音:"陶峙岳等率全军将士郑重宣布自1949年9月25日起与广州政府断绝关系。竭诚接受毛主席之八项和平声明与国内和平之协定。全军驻守原防,维持地方秩序,听候人民革命军事委员会及人民解放军总部之命令……"

〔电报声中,陶峙岳一直站在平台上眺望东方,东方彩霞逐渐布满天空。

〔音乐声里,包尔汉、屈武、刘孟纯、陶晋初等人自平台两侧走上。旭日升起。

〔包尔汉与陶峙岳热烈握手。

〔在《解放军进行曲》乐声中徐徐落幕。

——剧　终

【维吾尔剧】

艾里甫与赛乃姆

艾力·艾则孜(维吾尔族)

张世荣 译

人 物 表

艾里甫 十八岁,艾山宰相之子(童年时期的艾里甫,十岁)。

赛乃姆 十八岁,阿巴斯国王的女儿(童年时期的赛乃姆,十岁)。

贾拉力丁 六十八岁,宫廷学者,艾里甫和赛乃姆的启蒙老师(序幕中为五十岁)。

米海尔宛 四十五岁,艾里甫之母。

伊利亚斯 二十岁,贾拉力丁之子,艾里甫的同学和挚友。

古丽加玛力 十四岁,贾拉力丁之女,后被艾里甫一家收养。

阿克琪奶妈 五十五岁,赛乃姆的奶妈,寡妇。

阿巴斯 六十三岁,阿巴斯王朝的国王。

艾 山 五十岁,阿巴斯王朝的宰相。

哈司木 六十岁,阿巴斯王朝的大臣(序幕中为四十二岁)。

夏瓦孜 六十五岁,王宫总监,兼星相师,后为宰相(序幕中为四十七岁)。

阿不都拉 三十五岁,宫廷卫队长,夏瓦孜之子。

达吾提 四十岁,艾山宰相的马弁。

巴图尔 三十五岁,达吾提的弟弟,山民首领。

谢米希 四十五岁,王宫军士,阿不都拉的亲信。

佐米拉 二十岁,赛乃姆公主的使女。

赫孜尔圣人 传说中的神仙。

昆杜兹等宫娥彩女若干人。

库尔班等王宫卫士及奴隶、山民、百姓、猎手若干人。

序　幕

〔与第一幕相距十八年前的一个夏天。

〔两峰并峙的幽谷。国王出猎时豪华的行营穹庐。

〔穹庐上方是一张铺着名贵地毯和狼皮的坐席,上面摆着绣花坐垫和鹅绒方枕。两侧是伴驾的王公大臣们的座位。帐壁上挂着弓箭和浴巾,下面是长颈铜壶和盥洗盆。

〔行营四周林木苍苍,浓阴蔽日。远处是积雪的峰峦,山脚下宽阔的草滩上百花争妍。

〔谢米希与几个宫廷侍从架起篝火,烘烤着一只油黄的全羊。

〔幕启:时断时续的号角声在山谷中回荡。

谢米希　(对库尔班)你听这号声,准是国王陛下打猎回来了。

库尔班　奇怪,为什么今天这么早就回来啦?

谢米希　也许今天国王出猎顺利,满载而归了。

〔场外呼唤:"国王驾到,准备接驾。"

〔谢米希、库尔班等侍从们急忙整理坐席,铺上坐垫。一阵马蹄声、骏马嘶鸣声后,在雄浑的鼓乐声中,两列手执月牙戟的王宫卫士作前导,接着,阿巴斯国王在哈司木、贾拉力丁、夏瓦孜等王公大臣的簇拥下出场。

〔侍从们躬身行礼,山呼万岁。

阿巴斯　今天出猎一无所获,不知艾山宰相那边情况如何?

〔阿巴斯国王洗手后入座,群臣们依次就座。

〔谢米希待全部就座后,铺开餐布,摆上各种珍肴野味,用雕花木碗斟满马奶酒。

哈司木　陛下,刚才那只怀的胎母黄羊您为什么没有射? 还望陛下赐教。

阿巴斯　那是命运向我发出的启示。

贾拉力丁　哈司木大臣,陛下的意思是说,眼下王后阿依木玉体重身,这是一桩喜事。如果将那只怀胎母羊射死,便是不祥之兆。因此,陛下才放它一条生路。

哈司木
夏瓦孜　陛下圣明。

阿巴斯　我身为一国之主,享有至高无上的权力和荣誉,应该说万事如意。唯独膝下

无子,深感晚年凄凉。如今我那希望的花朵即将开放。我身在猎场,心却早
已飞向王宫。

哈司木　祝陛下如愿以偿!

夏瓦孜　愿王后玉体安康!

阿巴斯　(兴致勃勃)喂,沙客①,斟酒来!

〔谢米希斟上玉液琼浆,库尔班端来烤全羊。

〔远处传来马蹄声。

哈司木　这不,艾山宰相也回来了!

〔随着一阵骏马的嘶叫声,艾山宰相在侍从们的护卫下进帐,群臣纷纷
致意。

〔艾山宰相洗手后入座。

阿巴斯　爱卿,你一向箭不虚发,为什么今天也两手空空,箭镞完整,莫非这山上的
黄羊都已绝迹?

〔众臣笑。

艾　山　陛下,让您见笑了。今天我倒碰上了一只黄羊。当我张弓搭箭时,突然发觉
那是一只怀胎的母羊,我不忍心将它射死。

哈司木　如此说来,宰相夫人也是重身啦?

艾　山　正是这样,我想到夫人也身怀六甲,假如此时此刻有人加害于她,我将作何
感想呢?　因而,我放弃了射死母羊的念头。

阿巴斯　(惊异)嗯!这真是巧合,没想到你也遇见一只怀胎的母羊,而且跟我想的一
模一样。真是一桩奇事。近来我还做过一个梦。

艾　山　不知陛下梦见何物?

阿巴斯　我梦见一对飞鸟,一只是花翎大鹏,另一只是银尾金凤,两只鸟在我头顶上
盘旋飞翔,我始终没能把它们捉到。不知这是什么预兆。众卿,你们谁能替
我圆梦?

夏瓦孜　经书上说,梦见飞禽的人会交好运,陛下梦见的是一对飞禽,说不定会双喜
临门!

贾拉力丁　陛下,以微臣之见,这对飞鸟可能是两个孩子的化身,看来将有两个婴儿
降生。一个是英俊的公子,一是个美如仙女的公主。

阿巴斯　(喜不自禁)哈哈哈……

夏瓦孜　(谄媚取宠)至高无上的国王陛下一定会得一个聪慧英俊的王子,将来继承

---

① 沙客:维吾尔语,古时候对斟酒者的称呼。

千秋大业。

众　臣　愿真主保佑。

哈司木　但愿如此。

艾　山　来呀,让我们为孩子们平安降生干一杯!

〔众臣举杯一饮而尽。

阿巴斯　众卿,梦见一对飞禽这是真主的启示。我与艾山宰相情趣相投,今日出猎之事又不谋而合,看起来,我与宰相指腹为婚,结亲联姻,岂不妙哉!

众　臣　陛下高见。

艾　山　感谢陛下恩宠,臣愿遵命。

阿巴斯　艾山宰相是我外御强敌的利剑,内理朝政的臂膀。夏瓦孜总监,拿笔来,让我们立一个盟约以示天作之合。

夏瓦孜　(手执鹅毛笔)臣恭候陛下圣谕。

哈司木　如果生下两个男孩呢?

阿巴斯　一文,一武,亲如兄弟。

夏瓦孜　如果生下两个女孩呢?

阿巴斯　就让他们成为至亲姐妹。

贾拉力丁　如果生下一男一女呢?

阿巴斯　长大后就让他们结成夫妻!

哈司木　陛下真不愧为贤明的伊朗王——诺西尔瓦尼再生!

夏瓦孜　(恭维备至)陛下真乃高尚美德之化身!

阿巴斯　(信誓旦旦)如果有谁背信弃义、撕毁盟约,他将受到万人唾骂,为天理所不容。

众　臣　(祈祷)阿门!

〔君臣签字后换盟书。

众　臣　恭喜! 恭喜!

〔两名身披红绫的信使上。

信使甲　启奏陛下,小人前来报喜,尊贵的王后已经分娩!

阿巴斯　(急切地)生下的是狼还是狐狸①?

信使甲　是一位公主。

阿巴斯　(若有所失地)呵!

众　臣　恭喜! 恭喜

---

① 维吾尔族民间传说中将男孩喻为狼,含有勇敢剽悍的意思;将女孩喻为狐狸,指外表美丽。

238

信使乙　恭喜宰相大人,夫人生了一位公子。

众　臣　恭喜!恭喜!

阿巴斯　赐信使朝服玉带!

夏瓦孜　遵命。(带信使官下去领赏)

阿巴斯　真主保佑,果然生下一男一女!(略有所思)好像刚才夏瓦孜总监说过我会
　　　　得个儿子?

贾拉力丁　陛下,花言巧语不过是迎合圣意而已。

　　　　〔众臣哄笑。

阿巴斯　金童玉女这是真主的安排。

艾　山　感谢真主的恩赐。

阿巴斯　(对夏瓦孜)立即晓谕全国百姓和各公国的伯克贵族们,我要大宴宾客,欢
　　　　庆四十昼夜。

艾　山　陛下,我想先走一步,回去张罗张罗。

阿巴斯　也好。让夏瓦孜总监也随你一道去,一定要热烈隆重。

艾　山　遵命。

　　　　〔夏瓦孜、谢米希随艾山下。

　　　　〔传来"备马!"的吆喝声。

哈司木　奏乐!

　　　　〔欢快的鼓乐声中武士们跳起刚健有力的"萨玛舞"①。

　　　　(歌)花园里的白花和绿叶无比鲜艳,

　　　　　　　好像王冠上撒满了金币和银钱。

　　　　　　　我夜夜期待你的信息,直到曙光出现,

　　　　　　　我这里苦闷地辗转,你却酣适地睡眠。

　　　　　　　末日和你的爱,把我的生命分成两半,

　　　　　　　如同获取了利润而分散的伙伴一般。

　　　　　　　达到目的很困难,已达目的者谁曾见?

　　　　　　　眼睛蒙眬夜昏暗,马若瘸拐行路难……

　　　　〔阿巴斯欣赏着武士们的舞姿,从哈斯木端来的铜盘里抓起一把银币向武

_____

　①　萨玛舞:在喜庆日或宗教节日里跳的一种民间舞。

239

士们头顶上抛洒,舞蹈进入高潮。

〔这时,谢米希气喘吁吁地急上。

谢米希　启禀陛下,艾山宰相身遭不幸!

阿巴斯　(大惊)啊!

〔静场。众臣惊愕。

谢米希　艾山宰相在回宫途中马失前蹄,不幸落马,被压在马下……

阿巴斯　后来怎么样了,快讲!

谢米希　当小人赶到时,只听他说了一句:"啊!我可怜的儿子,艾里甫①……"便倒在夏瓦孜大人的怀里咽了气。

〔众臣抽泣,欷歔有声。

阿巴斯　(悲痛惋惜)啊!我的挚友,我的臂膀,这是多么不幸呀!连他最珍爱的儿子也没能见一面,艾里甫……就让他的遗子叫艾里甫,长大后继承他未竟的事业吧!

——幕　落

第　一　幕

〔春光明媚的早晨。

〔皇家经学院的一角。

〔舞台右侧是一个带廊檐的平台。平台前是艾里甫与赛乃姆童年读书的课桌,上面摆着笔墨和书籍。右侧是一座凉亭,亭柱上挂着习武用的弓箭和一把宝剑。

〔远处是金碧辉煌的皇宫圆塔、雕工精细的长廊和阁楼。近景是绿树掩映的宫墙、通向皇宫的拱门和环绕经院花园的木栅栏。

〔院内古树苍郁,映碧叠翠,晨风轻拂,鸟啭枝头。

〔幕启:悠扬的《拉克》木卡姆乐声中舞台由暗转亮。

(歌)爱情宛如燃烧的烈火,

　　　恋人就像扑火的灯蛾。

　　　假如人生失去了爱情,

　　　生活将随之黯然失色。

---

① 艾里甫:维吾尔语中含有可怜的、孤独的意思。

离别拆散过无数情侣，
就像秋风把花瓣吹落；
命运的车轮也会逆转，
青史上留下它的印辙。

尽管情侣们备尝辛酸，
爱情的道路也充满坎坷；
希望却编出理想的花环，
唱出爱情忠贞的赞歌。

"艾里甫与赛乃姆"诗章，
是个优美而古老的传说。
它流传了一代又一代，
伴随着人们苦难的生活。

〔歌声中展现出艾里甫与赛乃姆童年的生活情景：

艾里甫和赛乃姆专心致志地听老师讲课。

学者贾拉力丁合上书本向居室走去。

艾里甫望着书本沉思遐想。

赛乃姆摘下一朵鲜花，悄然地从背后抛在艾里甫的书页上，调皮地逃走。

艾里甫手执鲜花环顾四周。

"嘎咕"，赛乃姆隐身在花丛中学着鸟叫。

艾里甫拿起编织好的花环追逐着赛乃姆。

艾里甫终于捉住赛乃姆，把美丽的花环戴在她的头上。

两个孩子天真地嬉笑着。

赛乃姆突然转身逃走，艾里甫又去追逐。

〔歌声结束。暗转。

〔艾里甫从一棵浓阴蔽日的古树后走出，兴趣盎然地聆听夜莺的嘤鸣，顺手采撷一朵鲜花，望着远处的皇宫唱道：

艾里甫　（唱）哎，朋友们！告诉我，

为什么情人还不来临？

爱情的烈火在心中燃烧，

为什么情人还不来临？

241

我在守望她如花的身影，

我愿朝夕和美人相亲；

约会的时间已经过去，

为什么情人还不来临？

期待的时刻多么难忍，

望眼欲穿哟我面对花径；

红润的面颊已经憔悴，

为什么情人还不来临？

〔艾里甫唱着歌向花园深处走去。

〔身着宰相朝服、手持念珠的夏瓦孜与腰挂宝剑的宫廷卫队长阿不都拉上。

夏瓦孜　（扫一眼艾里甫的背影）阿不都拉，他在这儿做什么？

阿不都拉　爸爸，这个可怜虫整天在这儿等待，唱着他的相思曲儿。

夏瓦孜　哼！别小看他的相思曲，说不定这歌儿能给他打开通往王宫宝座的路呢！

阿不都拉　爸爸，自从我们打发他父亲上天以后，您做了宰相，我又掌握了王宫的宝剑，我不信王冠还会戴在他的头上？

夏瓦孜　（惊恐地环顾四周）轻一点，我的爷！艾山的死，只有你、我和谢米希三个人知道，千万不能声张出去，一旦走漏了风声，就会人头落地，到手的荣华富贵也将付诸东流！

阿不都拉　可是，他的马弁达吾提好像看出了点破绽！

夏瓦孜　什么！这事为什么不早说？要尽快把他干掉！

阿不都拉　爸爸，这您就放心好啦，我已有了安排，眼下该怎么办呢？

夏瓦孜　借王后之手废黜婚约，除掉艾里甫！

阿不都拉　那王后肯吗？……

夏瓦孜　她对国王订立的那个婚约早就不满，只是苦于找不到毁约的借口。

阿不都拉　噢！原来这样！（跃跃欲试）不知王后要选个什么样的人做驸马，来继承王位呢？

夏瓦孜　当然是名门望族啰！

阿不都拉　爸爸，我们为国王聚敛金银财宝，称得上劳苦功高，他总该想着点咱们才对。

夏瓦孜　那就要看你的本事啦！国王对钱财是贪得无厌的。我要用一块石头打两只斑鸠，既满足国王的贪欲，又达到我们的目的……

〔夏瓦孜与阿不都拉耳语着下。

〔艾里甫上。

艾里甫　我要把美丽的花送给赛乃姆,愿她能理解我的心意。

　　　　〔艾里甫把花束放在课桌上,凝视着远方出神。

　　　　〔伊利亚斯上。

伊利亚斯　萨拉姆①!亲爱的朋友。

艾里甫　你好,伊利亚斯。两天没见,真叫人惦记。

伊利亚斯　谢谢你,这两天我在家替爸爸抄写长诗。你有什么新作快拿出来让我拜
　　　　读拜读。你一定又从诗的矿藏里挖掘出不少珍宝。

艾里甫　两天来我连书都懒得去读,哪有心思作诗呀。

　　　　〔贾拉力丁上。听到艾里甫与伊利亚斯的对话,深感不安。

贾拉力丁　(借诗言志,高声朗诵)

　　　　知识之海无比浩渺而深邃,

　　　　每一滴海水都比考萨尔②珍贵;

　　　　如果谁能投身知识的大海,

　　　　他就能获得数不尽的宝贝。

　　　　愚昧者的心胸像夜一般漆黑,

　　　　恰似一个健壮者被抽去骨髓;

　　　　为探求知识的奥秘去努力吧,

　　　　让那智慧之星照亮你的心扉。

艾里甫　(彬彬有礼)萨拉姆,敬爱的老师!

伊利亚斯　爸爸,您来啦。

贾拉力丁　你们好,孩子们!(继续诵诗)

　　　　知识是一座取之不尽的宝库,

　　　　谁能知道它的全部秘密?

　　　　求知的路上布满坎坷和荆棘,

　　　　只有勇敢者才能达到目的。

　　　　(白)孩子们,你们要始终牢记这些警句,不要让无谓的烦恼分散宝贵的精
　　　　力。好啦,今天的课程早餐以后上,现在练习剑术。

　　　　〔艾里甫与伊利亚斯相对舞剑。

---

① 萨拉姆:维吾尔语,意为你好。

② 考萨尔:传说中天堂的圣水。

〔传令官上。

传令官　国王有旨,宣御师大人立刻进宫。

贾拉力丁　(略微一怔)领旨。(对艾里甫和伊利亚斯)你们继续练习,我去去就来。

艾里甫
伊利亚斯　知道了。

　　　　〔贾拉力丁随传令官下。

伊利亚斯　艾里甫,看剑!

　　　　〔两人对刺片刻,停止。

伊利亚斯　我的朋友,你的剑法紊乱,看来你好像有什么心思?

艾里甫　(叹息)已经有三天没见赛乃姆了。不知发生了什么事情?

伊利亚斯　(若有所思)哦,对了,艾里甫,昨天晚上我爸爸受到国王陛下的责备。

艾里甫　为什么?

伊利亚斯　有人诋毁爸爸尽教了一些越轨非礼的东西,败坏了皇家经院的
　　　　声誉。

艾里甫　越轨非礼?老师一生致力于伦理道德的研究,给王室贵族们传授治国的智
　　　　慧和品行,怎么能说他败坏经院的声誉呢?真是岂有此理!

伊利亚斯　艾里甫,我去找阿克琪奶妈,把事情弄清楚。

艾里甫　这样也好。

　　　　〔伊利亚斯下。

艾里甫　(唱)但愿清晨或晌午我能与情人见面,

　　　　　　相见时向她娓娓倾诉离别的思念。

　　　　　　清晨已过晌午来临却不见她的笑靥,

　　　　　　为什么与情人相会竟是这般艰难?

　　　　　　熬过晌午盼来黄昏心像水沸油煎,

　　　　　　只要能见她一面我死也心甘情愿。

贾拉力丁　(慷慨陈词)这世界是多么冷酷无情,朝中权贵尔虞我诈,贤明清廉者却
　　　　忍辱受屈!

艾里甫　老师,什么事惹您生这么大气?

贾拉力丁　宫里一时谣言四起,圣上却不辨真伪贤愚听信谗言。那些王公大臣们看
　　　　起来衣冠楚楚,实际上却是阴险卑鄙的小人。

　　　　〔贾拉力丁愤然而下,艾里甫尾随追去。

　　　　〔阿克琪奶妈手捧托盘与赛乃姆、宫女等上。奶妈走进贾拉力丁的居室,宫
　　　　女昆杜兹向皇宫方向眺望。

赛乃姆　（唱）夜莺哟,你为玫瑰花而鸣啭眷恋,

清晨玫瑰盛开时你却昏昏睡眠;①

你呀,既然为情人修筑了爱的宫殿,

为什么又让通幽曲径被荒草遮掩?

每个人都曾为爱情备受磨难,

心中切不可留存丝毫的哀怨。

我的魂儿像水银在躯体里颤动,

情人哟,我时刻把你苦苦思念。

真主啊,你使寰宇辽阔无边,

我终日仰慕你那睿智的容颜,

无尽的愁思把蜜饯变成苦果,

在爱的道路上我比乞丐可怜。

〔赛乃姆怅然四顾,焦急地期待着,远处传来艾里甫的歌声。赛乃姆旋即隐
入花丛中。

（歌）通幽曲径被仇敌断绝,

心中印满斑斑血迹。

沉沉乌云啊压在头上,

离开情人我满怀悲戚。

宛如莱丽离开麦吉侬②,

我和赛乃姆日夜啼血;

滔滔泪水如江河奔泻,

晴空里卷起黄沙猎猎。

〔艾里甫忧心忡忡地执花环上。

赛乃姆　（走出花丛）萨拉姆!艾里甫江③。

艾里甫　（惊喜）你好!赛乃姆江④。

---

① 相传夜莺热恋着玫瑰,一心想看看玫瑰盛开时的美容。因此,守着玫瑰花彻夜不停地鸣啭。但是。每当
黎明玫瑰开放的时候,夜莺却疲倦地睡去,始终也未能如愿。

② 莱丽与麦吉侬:维吾尔族传说中的一对忠诚的恋人。

③ 艾里甫江:对艾里甫的昵称。

④ 赛乃姆江:对赛乃姆的昵称。

〔艾里甫把花环献给赛乃姆。

赛乃姆　谢谢你,艾里甫江。

艾里甫　赛乃姆,我等你等得好苦啊!

赛乃姆　哎,恐怕今后我们难得见面了。天地转眼变成了樊笼,父王中断了我的学业。今天我借口向老师辞别,特地来看你。

〔阿不都拉和佐米拉上,看到艾里甫和赛乃姆相会立即隐入花丛窥视。

艾里甫　今天你来告别了,可是明天、后天又怎么办呢?难道我们就这样下去吗?

赛乃姆　别难过,艾里甫江。

艾里甫　哼,父王让你辍学其中必有缘故,看来有人想拆散我们。

赛乃姆　那是白日做梦!

艾里甫　(激动地)赛乃姆江!

　　　　(唱)我愿在花园做一名园丁,

　　　　　　每日为你采撷美丽的花卉;

　　　　　　真主把你造得那样妩媚,

　　　　　　我怎能不对你如痴如醉?

赛乃姆　(唱)你的歌声宛如柳浪莺鸣,

　　　　　　我的心似蓓蕾喜逢甘霖。

　　　　　　我愿做一个痴情的恋人,

　　　　　　终日倾听你迷人的歌声。

艾里甫　(唱)你的步履如柳丝轻盈,

　　　　　　你的眼神使我日夜倾心,

　　　　　　你的樱唇宛如一樽金杯,

　　　　　　我愿用这杯儿把琼浆尝品。

〔艾里甫与赛乃姆依偎着隐入凉亭后面。

〔阿不都拉与佐米拉从花丛中出来。

阿不都拉　(嫉妒地)哼!走着瞧吧!艾里甫,你的好日子不长啦!

佐米拉　别作孽啦,我不许你伤害我的艾里甫!

阿不都拉　嗬!这个也是艾里甫,那个也是艾里甫,瞧,这些娘儿们都快发疯啦,告诉你,我要一块石头打两只鹌鹑!

佐米拉　哎哟,你的胃口倒不小哇!

阿不都拉　哈哈,胃口不小?对啦!你的模样也不赖,等我娶了赛乃姆就收你作偏房!

佐米拉　哼!你想得倒美!

阿不都拉　好啦,好啦,咱们走着瞧!

佐米拉　你别异想天开啦！

阿不都拉　（望着赛乃姆的背影）嘿！可惜金枝玉叶插在粪土堆上,公主爱上了托钵僧似的穷鬼。

佐米拉　你还是积点德吧,也不怕真主怪罪！

阿不都拉　不把他俩拆散我誓不为人！

佐米拉　你呀,真叫人没办法。

阿不都拉　别瞎扯了,快去禀告王后,就说他们亵渎宫院,最好让国王陛下也听到点风声。

佐米拉　不过,可不许伤害艾里甫江啊！

　　　　〔佐米拉急下。

阿不都拉　（唱）赛乃姆江,我对你心驰神往,

　　　　　　　思慕的烈焰把我的心儿灼伤。

　　　　　　　多少回我期待你垂怜的目光,

　　　　　　　为什么你对我却冷若冰霜。

　　　　　　　你爸爸高坐在金銮宝殿,

　　　　　　　显赫的王位谁不垂涎？

　　　　　　　你的芳影是我心目中的圣殿,

　　　　　　　我愿顶礼膜拜把生命奉献。

　　　　〔传来急促的脚步声,阿不都拉闻声急下。

　　　　〔达吾提神色慌张地跑上,匆匆向贾拉力丁居室走去。

　　　　〔两名追缉人犯的宫廷卫士过场。

　　　　〔艾里甫与赛乃姆从凉亭后上。

艾里甫　赛乃姆江,咱俩的事要早作准备,万不得已也只好远走高飞了。

赛乃姆　让我再求求父王,也许他能回心转意。你自己也要多加保重。

　　　　〔王宫卫士们押着五花大绑的达吾提上。

卫士甲　（厉声）快走！

达吾提　（哀求）公子、公主,快救救我吧！

赛乃姆　这是怎么回事？

艾里甫　（对卫士）站住！ 把他带过来。

　　　　〔卫士们押着达吾提转过来。

达吾提　实在冤枉呀,我是无罪的,救救我吧！

赛乃姆　（质问）你们为什么随意捉人？

卫士乙　回禀公主，他是山上强盗派来的奸细，小人奉阿不都拉伯克①之命将他缉捕，并非随意捉人。

达吾提　我不是奸细，我叫达吾提，从小在艾山宰相手下当差，宰相去世后我流落到异乡。今天前来探望贾拉力丁老师，有要事相告。

艾里甫　你认识我父亲？

赛乃姆　（对卫士）你们真糊涂，还不赶快把他放了。

艾里甫　今后不许你们欺压无辜的百姓。

卫士们　是！是！（为达吾提松绑）

　　　　〔伊利亚斯上。

达吾提　谢谢公子和公主，二位的恩德我今生来世永志不忘。

艾里甫　伊利亚斯，这个人有紧要的事要面见老师，你带他去吧。

伊利亚斯　嗯，是达吾提哥吧，爸爸正在等着你，快跟我来。

　　　　〔伊利亚斯带达吾提急下。

　　　　〔阿不都拉率众卫士气势汹汹地上。

阿不都拉　向公主请安。我奉旨前来捉拿一名重要人犯。

赛乃姆　你捉人与我有什么关系？

阿不都拉　可能会使您受惊。（对卫士）来人！把放走达吾提的叛逆艾里甫抓起来。

　　　　〔谢米希欲上，被艾里甫一拳打了个趔趄。

　　　　〔阿不都拉率众卫士扑上。

赛乃姆　（怒喝）住手！

艾里甫　（怒斥）阿不都拉，你这个人面兽心的魔鬼！

阿不都拉　你给我住嘴！（对赛乃姆）公主殿下，请你息怒，下官奉旨差遣，实在身不由己。（对卫士）把他绑起来！

赛乃姆　慢！既是奉旨差遣，那就拿出令牌来看看吧。

阿不都拉　这……

赛乃姆　你们假传圣旨，该当何罪？

　　　　〔卫士们面面相觑，阿不都拉张口结舌，无言以对。随即换上一副笑脸。

阿不都拉　（强词夺理）艾里甫私通叛贼，反抗朝廷，我身为宫廷卫队长，岂能不闻不问。

赛乃姆　不许你血口喷人！

　　　　（唱）无事生非恶言进谗，

　　　　　　　不许你把艾里甫肆意诬陷！

————————————

① 伯克：官名。

　　　　　阿不都拉你胆大妄为，

　　　　　竟敢在王宫制造事端！

　　　　　刀光剑影，寒气袭人，

　　　　　霎时间宫中乌云滚翻。

　　　　　阿不都拉你杀气腾腾，

　　　　　为什么竟敢如此大胆？

　　　　〔赛乃姆脱下指环，扯断项链，把金银珠宝向卫士们扔去。卫士们呆若木鸡。

赛乃姆　（对众卫士）这点东西赏给各位军士，请大家赶快回去吧！

　　　　〔卫士们顿时乱作一团，爬在地下抢夺珠宝，阿不都拉在一边又气又急。

阿不都拉　（气急败坏地）起来！起来！财迷心窍的家伙们！

　　　　〔阿不都拉率众卫士愤然而下。

　　　　〔贾拉力丁、阿克琪奶妈、伊利亚斯、达吾提等上。

贾拉力丁　伊利亚斯！

伊利亚斯　爸爸，您有什么吩咐？

贾拉力丁　赶快送达吾提出城！一路上多加小心。

伊利亚斯　孩儿明白。

　　　　〔伊利亚斯与达吾提急下。

贾拉力丁　（对艾里甫和赛乃姆）刚才的事我都知道了。你们做得很对。不愧是我的
　　　　　学生。今天的事决非偶然，他们是不会善罢甘休的。一场暴风骤雨就要来
　　　　　临，你们要处处谨慎啊！

阿克琪　先生，难道这婚约就不算数了吗？

贾拉力丁　在这个世界上人命尚且如此，那一纸空文又算什么！我看他们是不会遵
　　　　　守婚约了。

　　　　〔古丽加玛力（简称古丽）气喘吁吁地上。

古　丽　爸爸，不好啦，卫士们在到处抓我哥哥呢！

贾拉力丁　阿不都拉欺人太甚！

古　丽　（哭）快想想办法救救我哥哥吧！

艾里甫　老师，我去和他们拼了！

　　　　〔艾里甫拔剑欲走，众人力阻。

　　　　　　　　　　　　　　　　　　　　　　——幕　落

第 二 幕

第 一 场

〔翌日。

〔王宫大殿。

〔舞台正中是国王的宝座,西侧是圆形敞轩。透过大殿的圆窗可以看到远处古老的东方式塔顶楼宇、皇家经院的拱顶和高耸的尖塔。

〔幕启:阿巴斯在宝座上正襟危坐,两厢依次坐立着满朝文武、星相师、毛拉、学者以及侍从卫士等。

〔欢快的乐声中宫娥彩女们翩翩起舞。

(歌)我们是阿巴斯国王的宫女,

　　　　日夜侍奉威武至尊的君主。

　　　　高贵的国王是真主的使者,

　　　　我们像彩蝶在花丛中飞舞。

　　　　啊,真主! 我们的主宰,

　　　　我们像彩蝶在花丛中飞舞。

　　　　我们身穿江南的锦帛绫罗,

　　　　冠戴上的珠宝啊金光闪烁。

　　　　高贵的国王是真主的使者,

　　　　我们像夜莺高唱赞美之歌。

　　　　啊,真主! 我们的主宰,

　　　　我们像夜莺高唱赞美之歌。

　　　　王宫好像五彩缤纷的花园,

　　　　我们是园中盛开的花朵。

　　　　高贵的国王是真主的使者,

　　　　我们像飞蛾围绕明亮的灯火。

　　　　啊,真主! 我们的主宰,

　　　　我们像飞蛾围绕明亮的灯火。

〔宫女们舞毕,排成半月形向国王鞠躬。

〔传旨官上。

传旨官　（施礼）启奏陛下,哈司木大臣远道归来。

阿巴斯　宣他上殿。

〔夏瓦孜屏退舞女。哈司木大臣上。

哈司木　向您请安,尊贵的陛下!

〔众臣起立致意。

阿巴斯　爱卿,旅途还顺利吗? 有什么令人高兴的消息吗?

哈司木　启奏陛下,皇家商队已向长安进发。各公国都一直拥护陛下颁布的新法,维
　　　　修京都城堡的赋税徭役已如数征齐。国泰民安,诸事如意。吐烈伯克遣使向
　　　　陛下呈送贡品和国书一封。

阿巴斯　是哪个吐烈伯克?

夏瓦孜　大概是哈司木大臣的同宗叔父吐烈伯克吧。

哈司木　正是他,陛下。使者还在宫外候旨。

阿巴斯　快快宣使者进宫。

〔哈司木下。

夏瓦孜　陛下,恕我直谏,哈司木大臣把一个小小公国的使者亲自引进宫来,好比狐
　　　　狸给狮王拜年,我想其中必有蹊跷,望陛下三思而行。

〔幕后传呼:"吐烈公国的使者到! "

〔哈司木大臣偕同使者上。使者的缠头巾上高高地插着一封书信。侍从们端
　　着贡品随上。

〔使者向国王深施一礼,递上国书。侍从把一盘盘金银珠宝、翡翠玛瑙、绫罗
　　绸缎敬献给国王。

〔国王满意地点头微笑,向使者赐座。

阿巴斯　（把信交给夏瓦孜）宣读国书!

夏瓦孜　（清一清喉咙）威名远扬的阿巴斯可汗陛下:下臣本应亲往谒拜,兹因身体
　　　　欠佳,故托胞弟哈司木大臣转呈国书并遣钦使携贡品聊表敬意。臣此生膝
　　　　下唯得一子,情愿献给陛下,攀龙附凤,以效犬马之劳。臣属下之领地及庶
　　　　民百姓尽归陛下役使。乞望陛下恩纳。愿真主为您降福。臣吐烈伯克叩拜。

〔使者向国王躬身施礼。

〔使女佐米拉高举铜盘上。

佐米拉　（跪拜）启禀陛下,尊贵的王后向您上书。

〔哈司木接书呈送阿巴斯。

阿巴斯　（对使者）俗话说,先进餐后议事。（对侍从）快请来使到宾馆歇息,替我好生

251

款待。

侍　从　领旨。（引使者下）

阿巴斯　各国前来求婚的使者络绎不绝,这可真叫我应接不暇……（对夏瓦孜）把王后的奏折念一念。

夏瓦孜　（读信）"至高无上的国王陛下:我以眼泪为墨,睫毛当笔,向您呈书。望我王明鉴。闻女儿赛乃姆与艾里甫在花园做出'莱丽与麦吉侬'般的丑事,伤风败俗,玷污王室尊严。今艾里甫之母又持书闯宫要求践约,污言秽语不堪入耳。盛怒之下,我将其轰出宫门。望陛下当机立断,废黜婚约,以绝后患。王后阿衣木上。"

阿巴斯　（大怒）岂有此理!

夏瓦孜　以臣之见,王后所言极是。

哈司木　是啊! 是啊!

阿巴斯　我念已故艾山宰相的旧情,对她们母子以礼相待,不料却招致今日的祸患!

夏瓦孜　这就叫以怨报德。俗话说得好,要是给下贱者赏脸,他会拖着泥脚坐上你的绣花褥子。

哈司木　是啊,龙配龙凤配凤天经地义,王室向来都是这个规矩!

夏瓦孜　开天辟地以来,谁见过皇上的女儿嫁给叫花子的。这是为幽明二世天地人神所不容的!

贾拉力丁　（强压怒气）启奏陛下,臣有一言,不知当讲不当讲?

阿巴斯　有话就说吧!

贾拉力丁　践约是高尚的美德。陛下于十八年前所订的婚约早向天下百姓晓谕,射出的箭是收不回来的。这本是天赐良缘,为什么要毁约呢?

夏瓦孜　毛拉先生所谓的婚约,早已变成一张废纸了。

贾拉力丁　婚约有信,岂是废纸!何况公主与公子已结下深情!

夏瓦孜　这是亵渎圣律!正是你这个毛拉用巫师的语言毒害纯洁的青年所造成的!

哈司木　宰相大人言之有理。

贾拉力丁　您说错了,宰相阁下。婚约乃陛下亲手所订。我不过奉命教诲两个年轻人,他们既有婚约在前,又是青梅竹马,因而相互爱慕。请问大人我错在哪里?

夏瓦孜　什么爱慕之情,简直是淫乱宫廷!

哈司木　圣上的旨意就是法律!任何人都不得违拗。

贾拉力丁　婚约是陛下亲订之盟。难道二位大人忘记了曾为婚约作过证人的事吗?

夏瓦孜　（气急败坏）启奏陛下,这个毛拉巧言诡辩,简直能把死人说活,能让骆驼跳舞。他的话万万信不得!

贾拉力丁　陛下,这里正演着魔鬼妒忌仙子的丑剧,您可要留神啊!

〔阿不都拉上。

阿不都拉　启禀陛下,艾里甫目无法纪,勾结毛拉,放跑逆贼达吾提,并且口出狂言,辱骂朝廷。

夏瓦孜　姑息养奸,必然招致大难。

阿不都拉　(火上泼油)毛拉唆使艾里甫引诱公主,企图篡夺王位,他是叛贼达吾提的同谋,打进王宫的奸细!

阿巴斯　(一怔)奸细!

贾拉力丁　这是诬蔑!多么卑鄙无耻啊!

阿不都拉　军士谢米希握有真凭实据!

阿巴斯　传谢米希!

〔谢米希上,叩见国王。

谢米希　毛拉曾亲手交给艾里甫一把宝剑,密谋要血染王宫,这是小人亲眼所见。(退下)

〔众臣骚动。

阿巴斯　(震惊)啊!竟有这种事情?

贾拉力丁　陛下,这是恶意中伤,他们父子心怀叵测,玩弄阴谋诡计,您千万不可相信,否则,您会遭到不幸的啊!

阿巴斯　够啦!

贾拉力丁　陛下轻信谗言,是要上当的!

夏瓦孜　毛拉罪恶深重,应当处以极刑。

贾拉力丁　(蔑视)宰相阁下,在您面前说出真理的人往往死于非命。但请记住,真理尽管有时会弯曲,却永远不会折断!

夏瓦孜　闭住你那肮脏的嘴巴!

阿不都拉　(递上一张字纸)陛下,这是毛拉辱骂圣上的证据。

阿巴斯　(读)"真主啊,宇宙虽然寥廓无垠,
您创造的时代却狭小而郁闷。
您把魔鬼扶上帝王的宝座,
又让那狐群狗党窃据要津。"
(怒吼)来人!

刀斧手　在。

阿巴斯　立即把毛拉处死!

哈司木　（急谏）启奏陛下，俗话说，盛怒之下，真伪难辨。以臣之管见，毛拉一案关系重大，应当细查，而后发落不迟。

阿巴斯　（沉吟片刻）也好。暂且将毛拉下狱，待查明同谋后一并发落。

众　臣　（松了一口气）陛下圣明！

〔卫士们欲押贾拉力丁下，贾拉力丁转过身来。

贾拉力丁　（大义凛然）陛下，我情愿为两个无辜的青年坐牢，杀头，死无遗憾。但是（指着夏瓦孜）他们父子栽赃陷害、剪除异己，怀有不可告人的目的。

夏瓦孜　（暴跳如雷）还不赶快押下去！

贾拉力丁　（大声疾呼）我相信有一天真理还将放射出她那璀璨的光芒！

〔悲壮的乐声中贾拉力丁像一尊塑像，轮廓分明，巍然屹立。

——幕　落

第　二　场

〔距第一场两天以后。

〔王宫城外的街市。

〔远景是一座气魄宏伟的王宫城门，城墙角上有座凉亭似的城楼，对面是皇家寺院的月牙拱顶。

〔近景是一条繁华的街市。有出售各种土布地毯、铜瓷陶器的，有高声叫卖的摊贩，有说书卖唱的流浪艺人和沿街乞讨的穷人。

〔幕启：一个人贩子牵着头插草标的奴隶从街上走过。主教阿訇手执皮鞭厉声斥责没戴面纱的妇女。

阿　訇　快把脸遮起来，你这个不知羞耻的叛教者！

乞　丐　（唱）这个世道太无情，
　　　　　　伤了百姓万家心。
　　　　　　自古多少好儿男，
　　　　　　冤气冲天葬坟茔。

流浪艺人　（唱）人间世道太荒凉，
　　　　　　我给乞丐当皇上。
　　　　　　京城像个贵夫人，
　　　　　　嫁了一位穷新郎。

卖馕者　（吆喝）卖馕！卖馕！又热又香！快来买呀！

说书人　话说鲁司提米巴图尔高高举起旗幡,潮水般的士兵呼啦啦拥到阵前,只见那里黑压压一片,杀得敌人心惊胆战,人仰马翻。

帮腔者　好哇,杀得好!

说书人　你看他抡起千钧棒,闪电般向妖怪头上砸去。

帮腔者　嘿,真带劲!

说书人　把那妖怪剥皮抽筋,"咔嚓"一刀砍下脑袋,挂上旗杆……

〔主教阿訇呵斥鞭打一位双目失明的妇女。

阿　訇　放下面纱,你这个不害羞的异教徒!

〔突然,宫城里响起沉重的锣声。王宫传旨官出城宣旨。

传旨官　众人听着! 国王有令,兹因已故宰相艾山之子艾里甫不守本分,淫乱王宫,背叛朝廷,触犯刑律,故判其流放出境。财产房屋一律充公,望军民人等引以为戒!

〔人群骚动,议论纷纷。

〔卫士们押着身披枷锁的艾里甫走出城门,后面跟着手提包袱的米海尔宛。

艾里甫　(唱)啊,命运是多么残酷无情,

　　　　　昨日的欢乐转眼无踪无影;

　　　　　百鸟儿沉寂,万花纷谢,

　　　　　繁茂的花园顿时衰败凋零。

　　　　　回想起我们曾共度童年,

　　　　　心儿好像在烈火中熬煎。

　　　　　我们曾发誓永远不分离,

　　　　　如今却洒泪而别月缺难圆。

　　　　　枷锁禁锢着我的双手,

　　　　　心中充满了万恨千愁。

　　　　　夜莺离开心爱的玫瑰,

　　　　　园中只留下鸱鸮的诅咒。

〔随着一阵急促的马蹄声,阿不都拉与两名卫士上。

阿不都拉　(吼叫)快点走!

〔群情波动,怨声载道。

〔城楼上突然出现悲痛欲绝的赛乃姆。

赛乃姆　(大声呼唤)等一等! 艾里甫江!

〔人群骚动,欷歔有声。纷纷向赛乃姆致敬。

艾里甫　（百感交集）赛乃姆江!

赛乃姆　（唱）艾里甫啊你去那遥遥异乡,

　　　　　　留下我孤零零独自悲伤;

　　　　　　赛乃姆如今身陷炎炎火海,

　　　　　　此一别啊你何时重返故乡?

艾里甫　（唱）流放时见到你我心儿欲碎,

　　　　　　赛乃姆江莫为我悲伤流泪。

　　　　　　人生一世总难免风风雨雨,

　　　　　　山回路转有一天我们要相会。

赛乃姆　（唱）我等着你啊哪怕把双眼望穿,

　　　　　　纵然一死我也守望在大路边;

　　　　　　海可枯石可烂我的心儿不变,

　　　　　　艾里甫江此一别何日再相见?

艾里甫　（唱）倘若那命运不把我永羁他乡,

　　　　　　倘若那死神不会降临在我身上,

　　　　　　倘若这头颅没有遗弃在戈壁滩,

　　　　　　莫哭泣啊我会归来的,赛乃姆江!

阿不都拉　（驱赶）走!

赛乃姆　啊! 艾里甫江!（昏厥）

　　　　　〔乡亲们纷纷上前与艾里甫惜别。

　　　　　〔卫士们驱散人群,押走艾里甫。

米海尔宛　苍天啊,为什么孤儿寡妇竟这样不幸? 孩子失去父亲又遭受流放的苦刑!

艾里甫　（依依惜别）别了,乡亲们,愿真主降福给你们!

众乡亲　（挥泪）可怜的孩子,愿真主保佑你们母子一路平安!

　　　　　〔古丽赶来扑在米海尔宛怀里。

古　丽　米海尔宛阿娜①! 让我也和你们一起去吧! 爸爸和哥哥都关在牢里,除了你
　　　　　们我再没有亲人了,死我也和你们死在一起!

　　　　　〔米海尔宛潸然泪下,与古丽抱头痛哭,乡亲们纷纷垂泪。

百姓甲　你们就把这可怜的孩子收下吧!

百姓乙　嗨! 这是什么世道啊!

_____

　　① 阿娜:维吾尔语,意为妈妈。

256

米海尔宛　好孩子,别难过,就让我们相依为命在一起吧!

〔乡亲们纷纷向艾里甫一家赠送干粮、水葫芦、衣物。

〔米海尔宛从地下抓起一把黄土包在头巾里,把脸颊贴在墙上惜别。

艾里甫　再见了,乡亲们!

众乡亲　祝你们一路平安,早日归来!

〔传来了粗鲁的驱赶声。

〔赛乃姆苏醒后,重新出现在城楼上。

(合唱)夜莺啊声声悲鸣,

　　　　不知今日在何处栖身?

　　　　啊,万能的真主!

　　　　我把艾里甫拜托给您。

　　　　我愿随他前往啊,

　　　　抚慰那颗破碎的心,

　　　　啊,亚当圣人①!

　　　　我把艾里甫拜托给您。

　　　　灾难降临在头顶,

　　　　心儿像铅一样沉重,

　　　　爱神玉素甫②啊!

　　　　我把艾里甫拜托给您。

　　　　洛克曼③神医啊,

　　　　请您医治他心上的伤痕,

　　　　为他祝福吧,真主!

　　　　我把艾里甫拜托给您。

〔合唱声中赛乃姆愁苦万状。她摘下身上的信物包在纱巾里向艾里甫抛去。

〔古丽机敏地捡起地上的纱巾,递给米海尔宛。

〔卫士们押着艾里甫渐渐远去。

---

① 亚当圣人:传说中的人类之父。

② 玉素甫:古代先知,幼年时被诸兄加害,推落枯井,但由于真主护佑终于脱险,出亡埃及。

③ 洛克曼:民间传说中能治百病的神医。

赛乃姆 （叫声凄厉）艾里甫江！

——幕 落

第 三 幕

第 一 场

〔艾里甫被流放三年以后。

〔荒凉的古堡城郊。流放后艾里甫一家的居住地。

〔台左是一座简陋的土房,门前有篱笆围起来的小花池。台右是一棵浓阴蔽
日的桑榆,树下有个小平台,供过往行人乘凉休息。

〔一条大路通向远处的城堡,大路两旁是鳞次栉比的破旧房屋。

〔幕启:银须冉冉的占卜老人唱歌走街串巷。

占卜者 （唱）我的双目涌流着鲜血,

荒漠上印满我的足迹!

我唱着歌儿四处寻访,

朋友啊,如今你在哪里?

穿过了街巷和花园,

攀登峭壁和峰峦,

我面对旷野高声呼唤,

朋友啊,如今你在哪里?

〔占卜者过场。

〔艾里甫身背弓箭,手提一只野鸡上。在门前花丛中摘一朵鲜花,沉思默想。

艾里甫 （无限感慨地唱）

晨风啊请把鲜花的芳馨,

吹送到赛乃姆江的身旁。

请告诉她,爱情的花朵,

依然在艾里甫心中开放。

请看我心中的郁金香,

血红的花瓣在绽蕾开放。

　　　　　艾里甫用悲愁的眼泪，

　　　　　　浇灌出浓郁的花香。

　　〔艾里甫一转身发现陌生老人正在注视着自己。

艾里甫　（彬彬有礼）您好啊，老人家。

占卜者　你好，我的孩子。我向你祝福啦。

艾里甫　谢谢您。唉！可是福从何来呢？（欲走）

占卜者　（似曾相识）等一等，孩子。我看你愁眉紧锁，唉声叹气，想必心中有什么牵
　　　　挂，何不让我替你算上一卦？

艾里甫　随您吧，只怕再灵的卦也难去我的心疾。

　　　　〔占卜者坐在树下，铺开卦摊，将三个骨牌掷在陈旧的书页上。

占卜者　俗话说占卜算命，不可不信，不可全信。瞧，真是苍天有灵，从卦象上看有一
　　　　位多情姑娘正在火海中受难，她正在绝望地悲哭。

艾里甫　（惊疑）老人家，请您再说一遍。

占卜者　那姑娘美如天仙，离开你她形孤影单，她日夜在把你呼唤，等待你前往救
　　　　援，去晚了，恐怕今生难与她相见。

艾里甫　（心绪烦乱）

　　（唱）我本是天涯沦落人，

　　　　　请您指点我的归程。

　　　　　我像失恋的麦吉侬，

　　　　　为莱丽在荒野失神。

　　　　　自从离开我那情人，

　　　　　好像身陷烈焰火阵，

　　　　　又像只离群的孤雁，

　　　　　找不到大雁交颈的良辰。

　　　　　我像个迷途的黑奴，

　　　　　独自在沙漠中踯躅；

　　　　　听不见驼铃的叮咚，

　　　　　找不到商队的归宿。

占卜者　为了情人巴格达也不算远，不畏艰险者方能如愿。你应当尽快为她消灾除
　　　　难。祝你一路平安，诸事如愿，阿门！

艾里甫　老人家，感谢您的指点，您金子般的语言点燃了我心中的希望之火，我郁闷

的心胸好像豁然明亮起来。

占卜者　快把你的希望化作力量，也许你的恩师曾经这样教导过你。

艾里甫　（若有所悟）恩师？我时刻都在想念我的恩师。啊！敬爱的老师您在哪儿呀！
　　　　您还活着吗？

占卜者　他还活着。（背转身摘下假须假发）瞧，伊利亚斯就站在你的面前！

艾里甫　（喜出望外）啊！我的好朋友伊利亚斯。

　　　　〔两人紧紧地拥抱。

伊利亚斯　三年来没有得到你的一点消息，亲人们都在惦记着你啊！

艾里甫　朋友，快告诉我，是什么风把你刮到这儿来啦？

伊利亚斯　哎，说来话长。自从那次送走达吾提后，他们就把我抓进监牢。后来我越
　　　　狱逃跑出来，才算拣了一条命。

艾里甫　老师在哪里？我的赛乃姆江在哪儿？

伊利亚斯　唉，家父还在监牢里受苦，赛乃姆江……

艾里甫　她怎么样了？

伊利亚斯　你被流放以后，听说王后逼她和阿不都拉成亲，她至死不从，日夜呼唤着
　　　　你的名字，积郁成疾，命在旦夕。大伙盼你快回去救她出火坑，我这才化装
　　　　出来四处寻访你的下落。

艾里甫　（悲愤难忍）啊，我的赛乃姆江！好朋友，我一刻也不能停留。走，快进屋去见
　　　　见妈妈和你的妹妹。

　　　　〔两人急下。暗转。

　　　　〔舞台复明，已是晨光熹微的黎明。米海尔宛坐在门前土炕上缝补衣服。

米海尔宛　（唱）望天空一片灰蒙蒙，

　　　　　　　但不知何日放光明。

　　　　　　　可怜我母子离乡背井，

　　　　　　　如水上浮萍随风飘零。

　　　　〔艾里甫从屋里出来。

艾里甫　妈妈。

米海尔宛　天还早呐，干吗不再睡一会儿？

艾里甫　妈妈，临上路前我怎能睡得着呀。

米海尔宛　唉，孩子，依我看还是不去的好，我担心那条恶狼会把你吃了。

艾里甫　别担心，妈妈。阿巴斯汗撕毁婚约不得人心。人们早已不堪忍受他的昏庸和
　　　　暴政。我这次回去会得到大伙的帮助，您只管放心好啦，伊利亚斯不是把一
　　　　切都告诉您了吗？

〔伊利亚斯和古丽背着行装、干粮、水葫芦上。

伊利亚斯　伯母,一切都准备好啦,请您为我们祝福吧!

米海尔宛　(对古丽)孩子,快去把墙上的宝剑拿来。

　　　　〔古丽下。

米海尔宛　(抚摸着艾里甫的脸,忧心忡忡)

　　　　(唱)你父亲临终时未能见你一面,

　　　　　　　二十年我为你饱尝人间辛酸。

　　　　　　　孩子啊你是我心中明灯一盏,

　　　　　　　去吧,愿真主保佑你一路平安!

　　　　　　　你像天使守护我那天堂的门庭,

　　　　　　　你像仙子维系我的灵魂和生命;

　　　　　　　你像鹰隼伴随我在荒漠中狩猎,

　　　　　　　去吧,孩子,我把你拜托给神灵!

　　　　〔古丽从屋里拿出一柄宝剑,米海尔宛从古丽手中接过宝剑。

米海尔宛　(交给艾里甫)孩子,把它带在身边。这是你父亲生前留给你的宝剑,用它
　　　　去伸张正义,夺回你的幸福吧! 阿门! 愿真主保佑你一路平安。

古　丽　哥哥,(扑在伊利亚斯怀里)一定要把爸爸从监牢里救出来。(拿出一顶绣花
　　　　帽)把这花帽交给爸爸,告诉他老人家我就像这顶花帽一样日夜伴随着他。
　　　　(呜咽)

　　　　〔邻居们前来送行。

伊利亚斯　别哭,我的好妹妹,我们一定把爸爸救出来,很快我们还会见面的。

古　丽　(唱)苍天啊多么冷酷无情,

　　　　　　　刚会面为什么又要离分?

　　　　　　　今日挥泪送别了亲人,

　　　　　　　哥哥呀何时兄妹再相逢?

　　　　　　　狴犴吞噬了年迈的父亲,

　　　　　　　莫非又要夺走我的长兄?

　　　　　　　今日洒下离别的泪水,

　　　　　　　哥哥啊何时兄妹再相逢?

邻居甲　别难过,好姑娘,有大伙,你什么也不用害怕。

邻居乙　是啊,我们都是你的亲人。

〔米海尔宛与古丽垂泪。

伊利亚斯　（唱）临别时一个个泣不成声，

　　　　　　　不由得出门人忧心如焚。

　　　　　　　救亲人除奸佞任重道远，

　　　　　　　看来日一定会喜讯盈门。

艾里甫　乡亲们再见！妈妈再见！

伊利亚斯　妹妹再见！

——幕　落

第　二　场

〔几天以后的一个黄昏。

〔深山幽谷。

〔远山瀑布飞泻，水雾腾腾。近山绝崿千仞，林木葱茏。天空薄云舒卷。

〔幕启：艾里甫和伊利亚斯身背行囊上。

艾里甫　（唱）我陷入爱的无底深渊，

　　　　　　　谁能为我把忧愁分担？

　　　　　　　泪如洪峰淹没七重天[①]，

　　　　　　　莫非今生难与情人相见！

　　　　　　　高山啊我的呼唤你可听见？

　　　　　　　我向你倾诉一腔悲怨；

　　　　　　　愿我的歌声飞向遥远天际，

　　　　　　　把情人破碎的心儿温暖。

　　　　　　　深谷中回荡着我的心音，

　　　　　　　不见情人哪有欢笑的时辰？

　　　　　　　我撕破衣领，仰望长空，

　　　　　　　好像爱神玉素甫身陷枯井。

〔艾里甫和伊利亚斯找到一眼清泉。

---

① 七重天：又称作七层昆仑，相传天空共有七层，最高的一层为七重天。与汉族人的九霄应为同一个意思。

伊利亚斯　艾里甫,咱们就在这泉边歇一会儿,吃点东西再走吧!

艾里甫　如果能吃到鲜美的烤黄羊该有多好!

伊利亚斯　我去碰碰运气,你准备好烤肉钎子吧。

〔伊利亚斯解下腰带,手持弓箭下。

〔艾里甫在泉边盥洗后,灌满一葫芦泉水,坐下来削树枝。

艾里甫　(唱)离愁似火将把我烧成灰烬,

　　　　　我向万能的真主陈述衷情。

　　　　　帕尔哈德①为爱情劈开比斯顿山②,

　　　　　我能否像他那样见到西琳?

　　　　　我抬头仰望寂寥的长空,

　　　　　离愁别恨顿时涌向心中。

　　　　　皎洁的月亮啊你在哪里?

　　　　　我像只夜莺在深山悲鸣。

　　　　　悲愁如山压在我的头顶,

　　　　　食如毒鸩,衣比铅重。

　　　　　泉水映照我孤独的身影,

　　　　　我像玉素甫③被投入狱中。

〔艾里甫疲惫不堪,倚在山石上昏昏入睡。暗转。

〔梦幻中突然电闪雷鸣,一位白发苍苍的老人腾云驾雾出现在山谷中。

赫孜尔圣人④　(声如洪钟)孩子,你醒一醒!

艾里甫　(惊醒)萨拉姆,老人家!

---

① 帕尔哈德与西琳:维吾尔族民间爱情诗中的男女主人公。相传帕尔哈德是一位中国王子。自幼聪颖,博学多才。一次,在父亲的宝库中发现一面宝镜。宝镜映现出一位绝代佳丽。他为了寻找美女经历了许多困难,最后在亚美尼亚的山洞里与宝镜中的美女相见。这美女就是亚美尼亚女王的妹妹西琳公主。他向女王表示了对西琳公主的爱慕之情,女王提出要得到西琳,必须凿通比斯顿山,引来河水,把荒漠变成花园。帕尔哈德经过千辛万苦,终于凿开大山。这时,波斯王霍斯洛夫发兵强娶西琳公主,帕尔哈德亲自出征,不幸被俘身死。西琳闻讯后前往探尸,并以身殉情。

② 比斯顿山:相传在亚美尼亚境内。

③ 玉素甫:即约瑟。相传先知玉素甫出亡埃及后,埃及王后孜来哈向他求爱,遭到玉素甫拒绝后,王后恼羞成怒,诬告玉素甫向她调情,埃及王大怒,把玉素甫投入狱中。

④ 赫孜尔圣人:相传是唯一能为凡人所见的神仙,是幸福和吉祥的化身。

赫孜尔圣人　别害怕,孩子,我在山中等你多时啦,我有几个问题请你来回答。

艾里甫　请问吧,我期待你的祝福。

赫孜尔圣人　你若回答不出我的问题,将一辈子留在这深山老林之中。

艾里甫　我情愿受罚。

赫孜尔圣人　(唱)什么精灵没有根,躯体却赋予它生命?

　　　　　什么树木没枝蔓,大地上却洒满绿阴?

　　　　　什么鸟儿没翅膀,它却能遨游太空?

　　　　　你若是个有心人,请回答我的提问。

艾里甫　(唱)人的灵魂没有根,肉体赋予它生命;

　　　　　生命之树没枝蔓,大地上有它的绿阴;

　　　　　思维之鸟没翅膀,它却能遨游太空;

　　　　　您若是贤明之师,我已回答您的发问。

赫孜尔圣人　(唱)世界上什么东西能弯曲而折不断?

　　　　　世界上什么样的人不怕困苦磨难?

　　　　　世界上什么刀剑劈山击石刃不卷?

　　　　　你若是个有心人,请解开我的疑难!

艾里甫　(唱)世界上唯有真理能弯曲而折不断,

　　　　　世界上忠贞的恋人不怕困苦磨难,

　　　　　世界上爱的利剑劈山击石刃不卷,

　　　　　您若是贤明之师这便是我的答案。

赫孜尔圣人　谢谢你,我的孩子,你具有非凡的智慧和才能。你听着:

　　　　　(唱)人间有过无数忠贞的恋人,

　　　　　他们的故事像史诗般流传。

　　　　　帕尔哈德为爱情劈山引水,

　　　　　西琳曾被爱情的烈火熬煎,

　　　　　麦吉侬为爱情流落在荒野,

　　　　　莱丽的双眼哭得涌出鲜血;

　　　　　乌祖拉①在江河中漂泊多年,

　　　　　瓦木克忧伤悲痛肝肠寸断;

　　　　　玉素甫与孜莱哈②是爱之始祖,

---

① 瓦木克与乌祖拉:维吾尔爱情长诗中的男女主人公。

② 孜莱哈:维吾尔爱情长诗《玉素甫—孜莱哈》中的女主人公。相传玉素甫与孜莱哈为最早的一对情人,故称为爱之始祖。

历史上记载着他们的热恋。

愿你从爱情传说中吸取教训，

时刻保持你的忠贞和勇敢。

你的聪明和才智使我满意，

我祝福你与情人早日团圆。

阿门！

〔在一阵闪电雷鸣之中白发老人赫孜尔圣人突然消逝，艾里甫惊醒。

艾里甫　这不是在做梦吧？赫孜尔圣人到哪儿去了？（传来野狼嗥叫声）野狼？我先

　　　　躲一躲。

〔艾里甫手持弓箭隐入山石背后。

巴吐尔　（厉声喝问）你是什么人？

艾里甫　你是何人？是人还是野兽？

巴吐尔　（张弓射箭）看箭！（射中岩石）

〔艾里甫探身回射一箭，巴吐尔用盾牌挡住。山民甲站在高处向艾里甫甩套

　　绳，艾里甫飞起一剑将套绳砍断。巴吐尔乘势扑过来与艾里甫厮杀。

巴吐尔　来人，快把他围起来！

〔山民越来越多，艾里甫寡不敌众，最后被缚。山民乙捡起被击落在地上的

　　宝剑。

巴吐尔　你是什么人？

山民乙　（递上剑）看这宝剑，他好像是朝廷派来的人！

巴吐尔　（警觉）搜身！

艾里甫　搜吧，我身无分文，只有一腔苦情。

巴吐尔　少啰嗦，你干什么来啦？快说！

艾里甫　（唱）绳索捆住了我的臂膀，

　　　　　　也许见不到亲人就把命丧。

　　　　　　强盗们执意要把我杀害，

　　　　　　为什么我的境遇如此悲怆！

　　　　　　如今我落入强盗之手，

　　　　　　谁能搭救我脱离虎口？

　　　　　　莫非我走到世界的尽头，

　　　　　　永世见不到思念的闺秀？

巴吐尔　（审问）喂，你究竟是干什么的？是不是国王派你来的？快说！（向众山民）不

说实话,就把他从山崖上推下去。

〔众山民架着艾里甫欲走,两个山民押着伊利亚斯正从山坡上下来。两个患难朋友默默对视,感慨万端。

押解者　巴吐尔大哥,我们也捉到一个奸细,好像是他的同伙。

〔这时,山民首领的哥哥达吾提突然在崖顶上出现。

达吾提　(急呼)等一等!

〔达吾提从山上跑下来,认出了艾里甫。

达吾提　这不是艾里甫江吗?

艾里甫　(惊喜)达吾提!

伊利亚斯　(深感委屈)达吾提哥!

达吾提　(对山民)还不快给他们松绑!弟兄们,这就是我的救命恩人,艾山宰相的公子——艾里甫江!

〔山民们个个面带愧色,纷纷上前赔礼。

艾里甫　不打不相识嘛,我还骂你们是强盗来着,你们也别见怪呀!

巴吐尔　彼此彼此。这是个误会。我们也是叫国王给逼上山的,有什么办法呢?

达吾提　二位兄弟受苦啦。伯母她们在哪儿? 她们好吗?

伊利亚斯　伯母和我妹妹住在一起,她们都好。

达吾提　干脆把她们也一块接上山来,这里没有国王,我们就是这里的国王,哈哈哈……

艾里甫　谢谢大家的好意,我们还急着赶路呢!

伊利亚斯　是啊,我爸爸还在国王的监狱里受苦,赛乃姆江公主还在盼望艾里甫快去救她呢,我们不能在这里久留啦。

山民甲　我们从王宫里逃到山上,他们却要从这儿往王宫那个火海里跳,多有意思!

山民乙　大哥,您拿个主意吧,我们怎么办? 总不能坐山观虎斗呀。

达吾提　听说阿巴斯汗为赛乃姆公主重修了御花园,正在四处招聘花匠,收买奴隶。

艾里甫　这倒是个好机会,你们就把我当做花匠卖到王宫去吧。

巴吐尔　好! 我们也扮作奴隶随你到王宫去搅它个鸡犬不宁!

——幕　落

第 四 幕

第 一 场

〔距前场一个星期以后。

〔新建的王宫花园。

〔舞台右侧是凉亭,亭前有花圃。左侧是喷泉水池。远处是通向后宫的拱门、王宫角楼和经院月牙拱顶。

〔幕启:达吾提、伊利亚斯扮作花匠夹杂在奴隶中间劳作。艾里甫手持喷壶被林间的鸟鸣所吸引。

艾里甫　(白)艾里甫呀艾里甫,莫非人间的忧愁全都积在你一人身上! 如今你沦为王宫的奴隶,你日思夜想的赛乃姆江又在哪里?妈妈还在异乡啼饥号寒!不幸的艾里甫啊,为什么痛苦总是紧紧缠绕着你?

奴隶甲　小伙子,你唉声叹气的好像有什么心事?

奴隶乙　你唱的那支歌听了简直能叫人落泪呢!

奴隶丙　咱们歇一会,请他唱一支歌吧。

艾里甫　诸位兄弟们,歌儿能消愁解闷,歌就像是我的生命,我一刻也离不开它呀!

(唱)头上压着悲哀的大山,

　　　　愁丝万缕萦绕在心间;

　　　　时运不济风云多变幻,

　　　　神伤心碎啊我该怎么办?

　　　　乌云沉沉哟时明时暗,

　　　　心儿承受了千般磨难;

　　　　血泪涌流如江河飞泻,

　　　　情思恹恹啊我该怎么办?

　　　　我是夜莺却未曾飞进花园,

　　　　我是园丁却不曾把果实品尝;

　　　　我呼唤美人却不曾把朱唇亲吻,

　　　　春情难遣啊我该怎么办?

人们称我是王宫的花匠。

真名实姓却无人呼唤；

我祈求真主使我如愿，

诘问上苍啊我该怎么办？

奴隶甲　这小伙子不像是奴隶，倒像个书香子弟。

〔阿克琪奶妈上。

阿克琪　孩子，你的歌声真动人，能不能再唱一首？

艾里甫　老妈妈请听：

（唱）我把身世唱给你听，

　　　离愁使我日渐消沉，

　　　一生尝尽人世辛酸，

　　　凄风苦雨中几乎丧生。

　　　我像箭镞弋游在天空，

　　　穿云刺雾飞向情人的窗棂；

　　　我为情人颠沛流离，

　　　无尽的思念把我投入火中。

　　　我卖身花园充当奴仆，

　　　终日辛劳却没见过园主。

　　　见不到主人我只好离去，

　　　荒漠上将留下我的白骨。

阿克琪　谢谢你，孩子，愿你从今以后不再受苦。我该摘花去了，可怜的赛乃姆还在
　　　等着我哪！

艾里甫　（急切地）赛乃姆？老妈妈，你说的是公主？

阿克琪　是呀，说来话长，就是一千零一夜也讲不完这王宫的事呀！国王有个独
　　　生女儿名叫赛乃姆，长得比月亮还美，可惜命不好，偏偏她的意中人艾
　　　里甫……

艾里甫　（急不可待）老妈妈，您快说下去呀！

阿克琪　艾里甫被国王发配到外乡去受苦，永远不许他回来。从此公主一病不起，生
　　　命垂危，求遍所有的名医也无济于事，只有我每天采的几束鲜花，能使她得
　　　到一些安慰。

艾里甫　阿克琪奶妈！

（唱）穿过戈壁我回到故乡，

　　　　情思如火燃烧在心上。

　　　　离开赛乃姆愁重情深，

　　　　如今归来又神思迷茫。

　　　　阿克琪我敬爱的奶娘，

　　　　听我细诉心中的忧伤。

　　　　离开赛乃姆我魂不守舍，

　　　　好像麦吉侬如痴如狂。

阿克琪　（惊喜）啊！你原来是艾里甫呀，看我老眼昏花，一时竟没把你认出来。（垂泪）你妈妈还活着吗？她还好吗？

艾里甫　妈妈活着，她还好。今天见了您，就跟见了妈妈一样叫人高兴。奶妈，今天的花束就让我扎吧！

阿克琪　好啊，好啊！我要把你扎的花束亲手送给赛乃姆公主，她见了一定会高兴的！
〔艾里甫采花。

艾里甫　（边采边唱）

　　　　花儿哟我把你编成美丽的花束，

　　　　请把我的问候带给赛乃姆公主。

　　　　我把心中的秘密全都告诉给你，

　　　　请和着你的眼泪一块向她倾吐。

　　　　不知那玫瑰花是否已经枯萎？

　　　　欢唱的夜莺却依然如痴如醉。

　　　　离开了玫瑰夜莺将永远悲鸣，

　　　　告诉她夜莺正在花园里垂泪。

　　　　告诉她，有个花匠悒郁而孤独，

　　　　他的脸似麦草，终日神情恍惚；

　　　　假如她问那花匠叫什么名字，

　　　　就说他形同麦吉侬却叫艾里甫。

（艾里甫把一张纸条夹在花束中交给阿克琪奶妈）

　　　　　　　　　　　　　　　　　　　——幕　落

第 二 场

〔当日午后。

〔舞台正中是一张雕花卧榻。一挂淡绿色的透明纱幔从天花板上垂下来罩住卧榻,地上铺着波斯图案的地毯。卧榻右侧是一把坐椅,墙角上竖着一面圆形石镜。门边放两个细瓷花盆。

〔幕启:赛乃姆病卧榻上。几个宫女忙忙碌碌。

赛乃姆　(梦呓)啊! 艾里甫江,你在哪儿啊,我多么想听到你的歌声!

宫女甲　公主,醒一醒! ……

赛乃姆　(惊醒)啊! 这难道是梦境? 艾里甫江! 你来了吗?

〔宫女们为取悦赛乃姆而起舞。

　　　(歌)钟情的公主赛乃姆江,

　　　　　悲声如剑刺在我们心上。

　　　　　你泪雨纷纷,春心惆怅,

　　　　　但愿你从今后如意吉祥。

　　　　　赛乃姆江啊赛乃姆江,

　　　　　欢笑吧,美丽的赛乃姆江!

〔宫女们排成半月形,向公主施礼。

赛乃姆　你们去吧,让我安静一会儿。

〔使女佐米拉急上。

佐米拉　(施礼)启禀公主,国王陛下驾到。

赛乃姆　好极了,让他来看看我吧!

佐米拉　宫女们,准备接驾!

〔国王身着锦袍玉带,头顶王冠,在群臣簇拥下威严地上。

阿巴斯　(坐)我的女儿,近来好一点了吗?

赛乃姆　(欠身)父王亲自驾到,女儿感恩不尽。

阿巴斯　孩子,爸爸专为你重修了御花园,你不想去看看吗?游园赏花对你的健康是有益的。别执拗了,让爸爸也高兴高兴吧!

赛乃姆　爸爸,我真不明白,你是一国之主,怎么可以言而无信,废除自己亲手订立的婚约呢?

阿巴斯　这是天意,并非人愿,谁让你命该如此呢?儿呀,服膺父命是子女的美德。

赛乃姆　爸爸,恕我直言,孩儿落到今天这种地步,大概也是你所说的天意吧!

阿巴斯　(愠怒)休得胡言,真主要降罪的。唉!都怪这老师不好,看把你教成什么样子啦?

赛乃姆　爸爸,您不要错怪我的老师,他像圣哲一样明达而清白。

阿巴斯　我也是为了你好。(示意宫女)

宫　女　(端上托盘)公主,这是王宫卫队长送给你的礼物。

赛乃姆　(愤怒)赶快拿走!(一挥手将托盘打翻,金银珠宝撒落在地)

阿巴斯　命运是不能改变的。常言道,父亲满意,胡大满意。唉!你真糊涂。

赛乃姆　命运?什么叫命运,人间的事情全是人为的。

阿巴斯　好啦,别争了,阿不都拉卫队长可是关系王宫安危、基业巩固的重要人物,你可不能怠慢了人家。

赛乃姆　您还可以把王位送给他,可是我只要属于我的幸福和爱情,而不希望别人随意拿它去送人情。

阿巴斯　够了,我听腻了!

　　　　〔国王愤然离去,众宫女送驾。

赛乃姆　(唱)假如不为爱情而忧烦,

　　　　　　　泪水怎么会打湿衣衫?

　　　　　　　情人啊你在异乡漂泊,

　　　　　　　我陷入了离愁的深渊。

　　　　　　　我日夜把艾里甫呼唤,

　　　　　　　除了他我今生别无他恋。

　　　　　　　我宁愿为情人而受苦,

　　　　　　　也不要那金铸的王冠。

　　　　〔赛乃姆悲痛欲绝,倚床痛哭。

昆杜兹　天啊,在这个世上谁能称心如意呢?

宫女甲　昆杜兹姐,我们女人真可怜啊,谁能理解我们的心呢?

　　　　〔佐米拉上。

佐米拉　(行礼)启禀公主,奶妈送花来啦!

赛乃姆　快请她进来。

　　　　〔阿克琪奶妈手捧花束上。

阿克琪　公主,您瞧,这花有多么好看,您一定会喜欢的。

　　　　〔阿克琪奶妈把鲜花递给赛乃姆。

〔赛乃姆喜见花束,浮想联翩。

赛乃姆　(唱)鲜花中有一枝花分外娇艳,
　　　　　　告诉我,这束花何人采编?
　　　　　　为什么我以往从未见过,
　　　　　　告诉我,这花中有何隐言?

阿克琪　(唱)我采过的鲜花有千朵万朵,
　　　　　　不知你问的是其中哪一朵?
　　　　　　为了你我每天都变换花样,
　　　　　　只希望这鲜花能使您快活。

赛乃姆　(唱)这种花你以往从未采过,
　　　　　　好妈妈,别叫我冥思苦索,
　　　　　　我发誓终生为你焚香祷祝,
　　　　　　只求您告诉我谁是采花者。

阿克琪　(唱)黎明时玫瑰花争芳斗妍,
　　　　　　花丛中夜莺也啁啾啼啭。
　　　　　　我有个义子他孤身一人,
　　　　　　他是个抑郁寡欢的青年。

赛乃姆　(唱)我求您把义子向我引见,
　　　　　　愿与他把满腹心曲畅谈;
　　　　　　亲爱的奶妈,我的知心人,
　　　　　　看到这花束,我心神不安。

〔佐米拉上。她惊奇地望着赛乃姆。

〔赛乃姆从花束中发现那张纸。

赛乃姆　(轻读)"借花传喜讯,园中盼回音。"啊! 艾里甫江! (昏厥)

阿克琪　水,快点拿水来!

〔昆杜兹拿来水壶,奶妈把水轻轻洒在赛乃姆脸上,赛乃姆苏醒。

赛乃姆　拿笔墨来,我要给父王呈书。

〔佐米拉跪在床边执笔。

赛乃姆　(口授)喜闻父王重修御花园,园中素湍绿潭,鸟语花香,儿愿前往游赏,以解心中忧烦。乞父王恩准。(签名后交佐米拉)快去呈送国王陛下,我等待回音。

佐米拉　遵命。

〔佐米拉下。

赛乃姆　（深情地望着阿克琪奶妈）

　　　　（唱）敬爱的奶妈呀我为您祈祷，

　　　　　　　您为我引来艾里甫恩如山高；

　　　　　　　父王阿巴斯汗使他蒙冤受屈，

　　　　　　　请把那可怜的人儿好生关照。

　　　　　　　艾里甫离乡背井整整三年，

　　　　　　　我为他受尽了痛苦和忧患；

　　　　　　　不知我的夜莺在何处哀鸣，

　　　　　　　您何不用玫瑰引他到窗前？

　　　〔佐米拉上。

佐米拉　启禀公主，我带来国王陛下的亲笔信。

赛乃姆　快念给我听。

佐米拉　（读信）"我的荣耀和骄傲、瞳仁般珍爱的女儿赛乃姆江御花园乃专为我儿
　　　　所修，一切由儿做主。父王阿巴斯汗。"

赛乃姆　姐妹们。快去准备一下！（下）

　　　　〔宫女们兴高采烈，对着镜子梳妆打扮。

　　　　（歌）园中百花争艳，

　　　　　　　公主展露笑颜；

　　　　　　　今日游园赏花，

　　　　　　　宫女们喜地欢天。

　　　　〔宫女们载歌载舞。

阿克琪　哎哟，我的姑娘们！（静场）今天风和日丽，要是公主在花园正巧碰见艾里甫
　　　　公子……

众宫女　唷！瞧您想得可有多好。

阿克琪　俗话说，无巧不成书啊！人世间的事有时也难说呢！

众宫女　要是果真那样，当然再好不过啦。

阿克琪　那可不一定，要是艾里甫公子真的来了，说不准你们会争着向国王陛下报
　　　　功领赏去喽！

众宫女　我们才不去呢！

阿克琪　要是真有人去了呢？

众宫女　谁去谁就遭雷劈！

阿克琪　你们敢发誓吗？

众宫女　　敢!

阿克琪　　那好,大家都过来,跟着我起个誓。

　　　　〔众宫女围拢,郑重其事地发誓。

阿克琪　　(领)一旦艾里甫公子来到花园,

众宫女　　(随)一旦艾里甫公子来到花园,

阿克琪　　(领)有谁去通风报信,幽明二世将受真主惩罚!阿门!安拉艾合拜尔①!

众宫女　　(重复)阿门!安拉艾合拜尔!

　　　　〔赛乃姆盛装而上。

　　　　〔宫女们歌舞。

　　　　(歌)宫娥彩女去游园,

　　　　　　　百花丛中舞翩跹。

　　　　　　　驱散满天云和雾,

　　　　　　　欢歌笑语冲云天。

——幕　落

第　五　幕

　　　　〔清晨。

　　　　〔布景新修的王宫花园。

　　　　〔与第四幕第一场同。

　　　　〔幕启:几个花匠、奴隶在园中劳作。传旨官上。

传旨官　　大家听着,国王陛下有旨,为庆贺赛乃姆公主康复,王宫奴隶、牢中囚徒特
　　　　赦一天。御花园中闲杂人等一律回避。

　　　　〔花匠、奴隶们纷纷离去。

艾里甫　　想到今天就要与赛乃姆相会,心里有说不出的高兴。但愿那幸福的一刻快
　　　　点来到。嗯,好像有几个宫女出来了。

　　　　(唱)御花园仕女如云,

　　　　　　　宛如佳丽步出天庭。

　　　　　　　喜今日花园相会,

　　　　　　　赛乃姆江前来游春。

─────────────

看宫女翩翩起舞，

像鸟儿云天翻飞；

花丛中裙裾绮丽，

湖水边笑语萦回。

一个如柳丝袅娜，

一个又艳如花蕾；

宫女虽娉婷多姿，

却不及赛乃姆俊美。

单等那公主来临，

我向她倾诉衷情。

要为她撩起面纱，

让春风把冰雪消融。

〔艾里甫翘首遥望。

〔贾拉力丁上。

贾拉力丁　萨拉姆，艾里甫江！

艾里甫　（惊喜）老师，您在狱中受苦了！（垂泪跪拜）

贾拉力丁　（扶起）别难过，孩子，你的事我都知道了，现在最要紧的是要让知情人出

　　　　来说话，谢米希……（与艾里甫耳语着下）

〔赛乃姆与众宫女上。

赛乃姆　姑娘们，你们去找一找看。

（唱）山鹰啊展翅飞去，

不知在何处栖息？

我仰望长空悲叹，

难遣满怀的郁悒。

幸福鸟远走高飞。

我日夜盼他转回。

那鸟儿杳无音讯，

我只有悄然自悲。

我愿他早日归来，

把我的心儿安慰。

275

又担心好景不长，

　　良辰如泡影破碎。

〔阿克琪奶妈上。

阿克琪　孩子，你日思夜念的山鹰见到了吗？

赛乃姆　（娇嗔）奶妈呀！

（唱）奶妈呀你若真心把我疼爱，

　　请快把我的艾里甫江引来。

　　啊！他目光炯炯蜜意柔情，

　　就像那明月一般流金溢彩。

　　幼年时我们就订下了终身，

　　月光下倾洒过甜蜜的喜泪。

　　花园里留下他魁梧的身影，

　　啊！我今朝要与他花丛相会。

　　赛乃姆交了黑色的厄运，

　　也许死亡的时刻已经临近，

　　快把我的王冠迎进宫殿，

　　唯有他能治愈我的病症。

阿克琪　我会把那可怜的人引来的。（陪赛乃姆下）

〔艾里甫从背影认出赛乃姆。

艾里甫　啊！我的赛乃姆江！这就是你吗！

〔佐米拉端盥洗壶上，突然发现艾里甫，不禁春心荡漾。

佐米拉　你好，艾里甫江！（施礼）

艾里甫　（还礼）你好，佐米拉小姐。

佐米拉　啊！艾里甫江！

（唱）艾里甫江，我对你早已钟情，

　　请听我细述心中的隐衷。

　　我形容枯槁，心如火焚，

　　你乌黑的眼睛使我倾心。

　　艾里甫江请看我的眼睛，

　　她期待着你的一往情深。

艾里甫　（唱）赛乃姆江已占据我的心灵，

我为她承受了人间的辛酸。

除了她我不再把别人爱恋，

佐米拉啊请原谅我的痴情。

我的心如水晶般纯净，

我不愿使它蒙上灰尘。

〔艾里甫下。佐米拉掩面而下。

〔赛乃姆、阿克琪奶妈和使女们上。

赛乃姆　（唱）愁丝万缕把我的心儿萦绕，

奶妈呀，瞧我有多么不幸。

我的双眼到处把情人寻找，

好像乞丐等待施主的怜悯。

我游园是为了会见情人，

无奈心中又频增爱的忧纷；

我听说艾里甫已来到花园，

为什么园中寂寥空无一人？

我每时每刻都把情人期待，

柔弱的心儿已经无法忍耐。

奶妈哟快去把艾里甫找来，

你看我疯疯癫癫焦急难耐！

〔艾里甫突然在花丛中出现。

艾里甫　（欣喜）萨拉姆，赛乃姆江！

赛乃姆　啊！艾里甫江！（昏厥）

〔阿克琪奶妈与昆杜兹急忙搀扶。

〔赛乃姆苏醒。

艾里甫　赛乃姆江，我回来了！

（唱）这些年我为你茹苦含辛，

没想到御花园喜泪相逢。

赛乃姆呀我把你高声呼唤，

但愿这相会不再是梦境。

〔阿克琪奶妈与使女们抹泪。

赛乃姆　（唱）听一言禁不住泪雨纷纷，

百花园喜相会意浓情深。

久盼的好时光今日来临，

从今后我和你永不离分。

艾里甫 （唱）你的眉毛像夜一样黝黯，

你的眼睛是我的生命之泉；

来呀赛乃姆江，我的偶像①，

让我们共饮欢乐的杯盏！

赛乃姆 （唱）枝头上夜莺嘤嘤鸣啭，

玫瑰花恋夜莺情意缠绵；

来呀艾里甫江，我的夜莺，

让我们沉浸在这爱的波澜。

（白）奶妈，请你快去给艾里甫江更衣。

〔阿克琪奶妈、艾里甫下。

（歌）艾里甫与赛乃姆受尽磨难，

每日里两相思泪水涟涟；

喜今日御花园情人相会，

诉肺腑道别情且须尽欢。

〔宫女们喜泪盈眶。

赛乃姆 （唱）来呀，艾里甫江！尽情欢乐，

让夜莺去欣赏玫瑰的娇艳；

艾里甫，我为你甘愿把生命舍弃，

让天下有情人把我们美慕。

〔艾里甫焕然一新上，宫女们纷纷致礼。

艾里甫 （唱）天堂和神灵为真主所造，

他又给人间赐予美馔珍肴；

这些年我为你四处漂泊，

让莱丽去赞美麦吉侬的贞操。

赛乃姆 （唱）人世间谁不为爱的狂焰所毁，

身陷火海时谁又能不蹙双眉？

帕尔哈德为爱情劈开高山，

让西琳钦佩帕尔哈德的勇敢。

_____

① 偶像：即赛乃姆，赛乃姆一词在维吾尔语中含有偶像、美女之意。

〔宫女们起舞。

艾里甫　（唱）真主让每个人为爱情而癫狂，

　　　　　　　人世间的忧纷从此甚嚣尘上。

　　　　　　　乌祖拉十二年沉浮于苦海，

　　　　　　　让瓦木克去叹服乌祖拉的坚强。

　　　　　（合唱）

　　　　　　　苦难的情侣终于破镜重圆，

　　　　　　　喜悦的面颊上挂着泪珠串串。

艾里甫
　　　　　（合唱）
赛乃姆

　　　　　　　艾里甫与赛乃姆笑逐颜开，

　　　　　　　朋友们请来参加我们的婚筵！

艾里甫　（望远方）瞧，有人来啦！

赛乃姆　停！（静场）艾里甫江，你快躲起来。

　　　　〔艾里甫与山民们隐入花丛中。

　　　　〔阿不都拉带谢米希等卫士鬼鬼祟祟上。

赛乃姆　（放下面纱）站住！

阿不都拉　（讪笑）嘻嘻，赛乃姆江公主……我祝您玉体康复。（行礼）

赛乃姆　你闯入花园有何贵干？

阿不都拉　为了保护您太阳般的容貌不致被外人窥探。国王陛下也在为您的安全担

　　　　　忧呢，嘻嘻。

赛乃姆　你不就是外人吗？难道国王陛下还要派你来监视他的女儿吗？

阿不都拉　（屏退卫士）尊贵的公主，您的美丽使太阴也黯然失色。今天能和您在花

　　　　　园相遇，真是难得的幸运和福气。（接近）

赛乃姆　离我远点！

阿不都拉　赛乃姆江，我来保护您，这是国王陛下的旨意。

赛乃姆　住口！

阿不都拉　（板着面孔）我听说这儿混进了外人而且还很放肆！

赛乃姆　这里没有什么外人，只有我的艾里甫江！

阿不都拉　（惊）你说什么？艾里甫是宫廷的叛逆，他休想活着从这儿出去！

赛乃姆　谅你不敢！

阿不都拉　（假惺惺）赛乃姆公主，我真不明白你为什么对那个倒霉蛋恋恋不舍，他

　　　　　不会使你幸福的，只会给你带来灾难。只有我才会使你得到王冠、财富、荣

279

誉和幸福!

赛乃姆　你,你……

阿不都拉　公主啊,你要是拒绝我的忠告,你将会丧失拥有的一切,只怕你父亲的王位也难保呢!

赛乃姆　多么卑鄙的阴谋,你也配得到我的爱吗?

阿不都拉　赛乃姆江!

〔阿不都拉正欲动手,艾里甫从花丛中一跃而出。

艾里甫　(怒吼)住手!

阿不都拉　(一怔)哦!原来是你,来得正好,你的末日到了!(拔剑)

艾里甫　怕死,我就不来了。

〔阿不都拉斜刺一剑,艾里甫敏捷地躲过,拔剑猛刺过去,两人对刺。

〔达吾提、巴吐尔等山民出来参战,与谢米希等宫卫激烈厮杀。

赛乃姆　艾里甫江,愿真主给你力量!(祈祷)

〔阿不都拉被艾里甫击败,仓皇出逃,艾里甫飞起一脚将阿不都拉踢倒,达吾提赶来猛刺一剑,阿不都拉发出一声惨叫。

谢米希　(弃刀求饶)勇士们饶命,我愿把一切都说出来赎我的罪过。

〔贾拉力丁拄着拐杖与几个山民上。

贾拉力丁　孩子们,干得好!

赛乃姆　(施礼)老师,让您受连累了。

贾拉力丁　(无限感慨)经历过严冬的百灵鸟,最懂得春光的明媚;经受过苦难的恋人,最懂得坚贞的可贵。我终于看到了你们团聚的一天,就是死也瞑目了。把那张婚约给我!

艾里甫　(迷惑不解)老师,你要它有什么用?

贾拉力丁　到了用着它的时候了,孩子。

〔艾里甫递上婚约。

赛乃姆　我要离开王宫,永远和艾里甫在一起!

贾拉力丁　你做得对,快冲破这罪恶的牢笼,像鸟儿一样在天空自由自在地飞翔吧!

艾里甫
赛乃姆　老师,您和我们一块走吧!

贾拉力丁　不,我要留下来,和他们算账!

达吾提　这是个吃人的魔窟,他们是不会轻易放过你的。

〔一位山民急上。

山　民　不好了,国王来了!

贾拉力丁　（催促）你们快走,别管我！我祝福你们永远相爱,白头偕老,一路平安！阿门！

　　〔众人祈祷告别。

艾里甫
赛乃姆　老师,您多多保重,再见！

　　〔艾里甫、赛乃姆与巴图尔等下。

　　〔急促的马蹄声渐渐远去。

　　〔鼓乐声声,国王与哈司木等众臣上。

阿巴斯　（惊疑）喂,哈司木大臣,这个囚犯怎么跑到御花园来了,这是怎么回事?

哈司木　陛下,您不是宣布过对囚犯特赦一天的命令吗?

阿巴斯　嗯,嗯。那么公主在哪儿?

贾拉力丁　公主和艾里甫江一起远走高飞啦！

阿巴斯　啊！是谁放走的?

贾拉力丁　鸟儿长着翅膀,谁也拦不住啊！

阿巴斯　（吼叫）阿不都拉！还不快把艾里甫捉回来斩首示众,简直无法无天啦！

贾拉力丁　您的阿不都拉已经一命呜呼啦！不过您要是杀了艾里甫,只怕天下不会太平！

阿巴斯　大胆的囚徒,竟敢如此放肆！来人！

　　〔刀斧手上。

贾拉力丁　（大义凛然）正义终究会战胜邪恶,世界上自古以来还没有爱神败于暴君之手的先例。

　　〔达吾提等押着谢米希上。

　　〔众人惊愕。

谢米希　（匍匐于国王阿巴斯脚下）请陛下开恩,小人罪该万死,愿意把一切都说出来,以求减轻罪恶。

阿巴斯　快说,我饶你不死！

谢米希　阿不都拉指使小人伪造证据诬告贾拉力丁,剪除艾里甫,把公主娶到手,然后登基称帝。并答应事成之后,委小人以重任。小人罪该万死,望陛下开恩！

　　〔群臣震惊。

阿巴斯　来人,把这个败类拉下去斩首！

　　〔刀斧手把谢米希拉下。谢米希声嘶力竭地呼叫:"饶了我吧！陛下……"

贾拉力丁　还有！十一年前艾山宰相是被夏瓦孜害死的,艾山宰相的马弁达吾提亲眼所见。达吾提因此遭到阿不都拉的追缉,妄图杀人灭口,夏瓦孜就是这个罪恶勾当的主谋。现在真相大白,陛下呀你总该清醒了吧!

阿巴斯　不!我对自己的一言一行决不反悔!

贾拉力丁　(拿出婚约)这是您亲手订立的盟约,想必您也不会反悔吧!

阿巴斯　(气急败坏地把婚约撕成碎片)传我的命令!立即把毛拉收监,夏瓦孜削职为民,投入监狱,听候发落!啊!仁慈的真主啊!为什么命运总是在捉弄我!

(昏死过去)

〔暗转。

〔舞台复明后,是一个朝霞满天的早晨。

〔深山幽谷中,林木苍郁,山花遍野。山民们簇拥着艾里甫与赛乃姆欢乐地歌舞。

(歌)恋人的脸上消失了悲伤的眼泪。

苦难的大山已被爱情的利剑击碎;

来呀,朋友们!让我们尽情欢乐,

看艾里甫与赛乃姆在春日里相会!

〔双目失明的米海尔宛在古丽和伊利亚斯的搀扶下走进欢乐的人群。

〔艾里甫与赛乃姆身穿礼服,容光焕发。

〔欢乐的人们向他们头上、身上抛撒鲜花。

——幕落·剧终

【歌剧】

萨里哈—萨曼

马哈坦(哈萨克族) 伊尔哈力(哈萨克族) 库尔班阿里(哈萨克族)

姚承勋 朱 曼(哈萨克族) 译

人 物 表

萨里哈 公主。

萨 曼 萨里哈的情人。

可 汗 萨里哈之父。

萨合奈 王后,萨里哈之母。

托尔恩 萨里哈的女伴。

阔克歇 真主的使者。

铁木尔 可汗帐下的勇士。

黑熊摔跤手

男女青年若干人。

第 一 场

〔舞台右侧为可汗金帐的一角,远方松林茂密,绿草如茵。帐外安放着可汗
的宝座。

〔侍从官甲上。

侍从官甲 一千顶毡房林立,雪白耀眼,

可汗旨令百姓参加盛大庆典。

今天是铁木尔勇士喜庆之日,

圣上要赏赐给他金铸的利剑。

他缴获了九千峰骆驼的战利品，

这些财宝全部归于可汗，

还有月亮般娇艳的美女，

也绑在马背上一并奉献。

〔侍从官甲下。侍从官乙上。

侍从官乙　勇士来啦！一路声喧，

晃动着宽厚的双肩。

他伸出巨大的手掌，

便能一把撑住蓝天。

他骑着骠健的骏马，

六个月的路程一天走完。

连可汗的女儿萨里哈，

也为他披上美丽的锦缎。

〔侍从官乙下。

〔手持五颜六色彩旗的男女青年们跳着舞蹈上。

〔舞蹈者下场后，可汗自金帐内踱步而出，走向宝座。

可　汗　啊！我的臣民，为胜利欢呼吧！

尽情地跳吧！为我这新添的财宝。

我的死敌已被拦腰斩断，

今后再不为外患而焦虑不安！

跨上骏马，举行摔跤、"叼羊"比赛吧！

我要叫百姓人人喜笑开颜！

〔萨合奈领着女儿萨里哈自金帐走出。

可　汗　（对萨里哈）

九十个儿子也难以和你对换，

没有你，谁还是我的心肝?！

我要用青铜为你的骏马钉掌，

我要用纯金为你的骏马配鞍！

萨合奈　苍天啊，感谢您的恩赐，

满足了我多年来的夙愿！

愿您永远保佑我的萨里哈，

千万别给我带来痛苦灾难。

〔侍从官甲上。

侍从官甲　尊贵的汗王,铁木尔到!

可　汗　请他到这里来!

　　　　〔侍从官甲下。铁木尔、黑熊摔跤手和一伙壮汉上。

铁木尔　(向可汗施礼)

　　　　汗王,天下传颂您的威名,

　　　　喜庆之日是如此热烈欢腾。

黑熊摔跤手　您若下令,我们像马刀出鞘,一个个都是您忠实的仆从!

可　汗　不长狐茅草的地方,

　　　　谁会承认它是草原?!

　　　　不能战胜敌人的人,

　　　　谁会称他英雄好汉?!

　　　　来吧! 尽情地玩乐吧!

　　　　开怀地大笑吧!

　　　　我若要张弓射月,

　　　　飞箭定能射透蓝天!

　　　　〔男女青年上,表演着模仿"叼羊"、"姑娘追"等风俗游戏的舞蹈。舞蹈结束。

侍从官　摔跤开始啦! 摔跤开始啦!

　　　　乡亲们,让我们看个仔细。

　　　　黑熊摔跤手站在那里,

　　　　他曾和黑熊比赛过力气;

　　　　黑熊摔跤手站在那里,

　　　　他曾和老虎较量过高低。

　　　　倘若他要发起脾气,

　　　　一手能将大山拔起;

　　　　连凶猛无比的雄狮,

　　　　也被他吓得悄然离去。

　　　　〔比赛开始了,黑熊摔跤手轻而易举地一连摔倒了三个年轻人。此刻,萨曼
　　　　走出人群,来到他的面前。

黑熊摔跤手　这难道是发疯的狂人?!

　　　　一旦你落入我的手中,

　　　　管叫你肝胆俱裂,

　　　　小伙子,举步投足可要小心!

285

萨　曼　干脆点,来吧!

　　　　较量力气不认父母亲人!

　　　　〔较量不到几回合,萨曼就把对手摔倒在地。铁木尔不服气走出来,要亲自
　　　　和萨曼比比高低。

铁木尔　都说较量力气可以六亲不认,

　　　　可是你也不要过于盛气凌人。

　　　　你要知道生命的价值,

　　　　摔死可没人能为你偿命!

侍从官　(对铁木尔)算了吧! 我们的英雄,

　　　　谁惹您生气大伙看得最清!

　　　　(对萨曼)摔跤比赛就此结束,

　　　　你不要再为难我们的的英雄!

萨　曼　我们自古有句俗话:

　　　　玩耍之中老少不分!

　　　　可汗,这可是您的命令,

　　　　今天当着众人面比比本领!

　　　　脱了衣服难道还怕下河?

　　　　你若有力量就请抖抖威风!

　　　　〔铁木尔和萨曼开始比赛摔跤,萨里哈脸上显出不安的神色。萨曼又将铁木
　　　　尔摔倒,可汗心中大惊,而萨里哈却流露出爱慕之情。

可　汗　为了表彰铁木尔的勇敢,

　　　　我曾把一百匹马赏给了他。

　　　　下面开始“姑娘追”吧,

　　　　小伙子们,快跨上飞马!

　　　　〔可汗下达命令后,男女青年开始了“姑娘追”。

萨里哈　是不是好马,

　　　　要在赛场上看;

　　　　是不是好射手,

　　　　要看手中有无神箭;

　　　　能射中金耳环的小伙,

　　　　才能够做我的伙伴。

　　　　哪位射手最有把握,

　　　　请快把弯弓拉圆!

〔萨里哈摘下金耳环挂在了松树枝上。

铁木尔　金耳环像太阳般灿烂耀眼，

　　　　除了我谁还能射中金耳环?!

　　　　无论多高的山把路阻拦，

　　　　除了我谁还能跨越高山?!

萨里哈　这难道能算摔跤手吗，

　　　　比赛中膝盖碰上了地面?

　　　　这难道能算好射手吗，

　　　　拉满三弓射不中一箭?

　　　　〔铁木尔拉弓又放箭，箭仍从耳环边上飞过。

萨里哈　幸福不会自己降临，

　　　　谁有希望再射一箭!

萨　曼　请允许我来试试看，

　　　　射不中怪我自找难堪!

　　　　〔萨曼拉满弓，一箭便将挂金耳环的绳子射断。

　　　　〔合唱：

　　　　　　　可汗的公主萨里哈，

　　　　　　　是一朵最美的鲜花。

　　　　　　　她的容貌娇艳动人，

　　　　　　　像初升的太阳放光华。

　　　　　　　她的黛眉又弯又细，

　　　　　　　像刚满三天的弯月牙。

　　　　　　　谁说最黑的是夜色?

　　　　　　　它比不上萨里哈的黑头发。

〔萨曼和萨里哈结成"姑娘追"的一对，愉快地追逐着，铁木尔见状气急难
　忍，怒气冲冲地下。

　　　　〔合唱：

　　　　　　　可汗的公主萨里哈，

　　　　　　　是一朵最美的鲜花。

　　　　　　　她的容貌娇艳动人，

　　　　　　　像初升的太阳放光华!

——幕　落

287

第 二 场

〔夏牧场。蓝天缀着圆月。

〔姑娘们在松林间荡着秋千,唱着歌:

　　　　墨色苍苍的松林,

　　　　好像大山的发辫,

　　　　思念相爱的人啊,

　　　　却不闻你的音讯。

　　　　我遥望山间小路,

　　　　盼望你骑马来临。

　　　　夜风轻轻地吹拂,

　　　　送来了你的消息。

　　　　来吧! 萨曼,你一旦来临,

　　　　就会驱散姑娘心头的愁云……

萨里哈　假如没有他的生存,

　　　　我的心恐怕早已停止跳动。

　　　　连我自己也弄不懂,

　　　　我为什么对他如此钟情?!

　　　　在远方朦胧的夜色中,

　　　　他好像一盏金子制成的灯。

　　　　从见到他的那一刻起,

　　　　就把我引向了光明。

　　　　他的箭哪里是射中耳环?

　　　　分明是射中了我的心!

　　　　他仿佛站在额尔齐斯河对岸,

　　　　向我频频把手挥动,

　　　　我要用你射中的耳环作船,

　　　　渡过河去同你重逢!

托尔恩　依我看,是你的耳环,

　　　　紧紧地吸住了他的箭;

　　　　而铁木尔射出的箭杆,

　　　　却被你的耳环碰到一边。

萨里哈　好吧,我的女友们!
　　　　感谢你们热心陪伴。
　　　　天色已晚,你们回去吧。
　　　　快回到毡房中安眠。
　　　　〔姑娘们下,台上只剩下萨里哈和托尔恩。

萨里哈　因为苦苦将他思恋,
　　　　我已经忘却今夕是何月何年!
　　　　请告诉我,托尔恩,
　　　　他何时才能来到我的身边?

托尔恩　青马的蹄声已隐约可闻,
　　　　他像风一样,很快就要来临。

萨里哈　到那时鲜花定会吐露芬芳,
　　　　也定会驱散我心中的阴云。

托尔恩　不要和我捉迷藏,告诉我吧!
　　　　是不是你爱上他而不得安神?

萨里哈　托尔恩啊,我不愿向你隐瞒,
　　　　谁的敌人能多过爱情的敌人?!

托尔恩　你这是指的什么人?

萨里哈　你应该清楚,
　　　　我是惧怕铁木尔的黑心。

托尔恩　是啊,他披着人皮长着狼心,
　　　　时常降灾给无辜的穷人。

萨里哈　他虽然无数次诽谤萨曼,
　　　　却丝毫未能动摇我的心;
　　　　此外,我还担心严酷的父亲,
　　　　萨曼很难得到他的应允;
　　　　我的母亲对我十分怜悯,
　　　　时常催促我到外面散心。

托尔恩　不能总是这样泪如雨下,
　　　　你应该抹去脸上的泪痕!
　　　　〔托尔恩辞别萨里哈,下。

萨里哈　苍天啊,面对波涛翻滚的大河,
　　　　除了你,我的痛苦还能对谁叙说?!

萨曼江①几月不见你的面，
真叫我不思茶饭，难以坐卧。
大河流淌像夜里的笛声吹响，
你如诉如歌，到底在说些什么？
有时，你竟发出萨曼到来的声音，
仔细看时却是树影把我迷惑。
夜空的星辰，请你回答我！
习习的夜风，请你回答我！
谁能解除我心中的忧虑？
可怜可怜我吧，真主的使者！
随河水冲走我的痛苦和泪水，
快来吧，让欢乐来拥抱我。
　　〔萨里哈隐入松林。
　　〔随着由远而近的歌声，萨曼上。

萨　曼　曙光啊，为何还不将暗夜驱散，
让鲜花开放在我的面前？！
大河啊，波涛滚滚奔流不断，
你可是萨里哈刚刚梳理的发辫？
微风啊，你吹动牧草沙沙响，
可是萨里哈在与我倾心交谈？
　　〔萨里哈从松林复出。

萨里哈　(惊喜地)萨曼！

萨　曼　萨里哈，你可平安？

萨里哈　见到你太高兴了！

萨　曼　萨里哈，我日夜将你思念，
仿佛过了多少月，多少年，
如果你真心诚意与我相爱，
为你做什么我也心甘情愿。

萨里哈　假如我是一朵郁金香，
你就是照耀我生长的太阳。
你像朝霞升起在山坡上，

─────────────

① 萨曼江：对萨曼的昵称。

微风长上翅膀，吹拂我的面庞。

萨　曼　没有你，我就像暗夜的孤影，

　　　　　没有你，我就难以活在世上。

　　　　　哪怕烈火燃烧爱情的翅膀，

　　　　　我也要像蝴蝶时刻飞在你身旁。

　　　　　〔萨里哈和萨曼热情拥抱在一起。

萨里哈　我选中你做我的情人啊，萨曼，

　　　　　我愿为你增添青春的火焰，

　　　　　是你将我心中的烈火点燃，

　　　　　我的心愿就是终生将你陪伴。

萨　曼　钢铸的利剑又长又宽，

　　　　　它能斩断流水，劈开高山；

　　　　　但是，你何时曾见过，

　　　　　它能将真诚相爱的人分散?！

　　　　　我愿用胸膛做坚实的盾牌，

　　　　　为你挡开快刀和利箭。

　　　　　我已将我的青马，

　　　　　绑在了你的拴马桩前。

萨里哈　你我同生共死，

　　　　　这也是我的心愿。

　　　　　但是，我的父王心肠太狠，

　　　　　我们必须早想办法，不可迟延！

　　　　　我害怕一旦被他知晓，

　　　　　就很难逃脱他的锁链。

　　　　　他会诵经将我诅咒，

　　　　　把你永世打入牢监，

　　　　　让我们及早逃离这里吧，

　　　　　趁现在还没有被父王发现！

萨　曼　让我们及早逃离这里吧，

　　　　　逃离抑郁、痛苦和愁怨！

　　　　　倘若能够得到真主的保佑，

　　　　　我们定会幸福地生活在人间。

　　　　　我们一起逃往那——

人兽罕到的深山。

千万不能再拖延，

莫等到遗恨终生的一天。

〔铁木尔怒气冲冲地上。

铁木尔　不要无视我的荣誉和威名，

萨曼，你要立刻回头另寻前程！

你不要痴心妄想白日做梦，

竟想要太阳、月亮同时升在天空，

你以为凭你的轻而易举，

便能将萨里哈抓到手中？

萨里哈，不要给你父母脸上抹黑，

暗夜里已经走上了误路歧途！

你不是无足轻重的平民百姓，

你受我钟爱，时常出现在我梦中。

萨里哈　我请求你快放开我的缰绳，

我愿将你尊称为我的长兄！

萨　曼　我伸出手来请你做个朋友，

也愿与你兄弟相称！

铁木尔　哼！你这种贱人也配做我的弟兄？！（欲拔剑）

萨里哈　铁木尔，让我们做朋友吧，不要流血伤人！

铁木尔　看在萨里哈的分上，

我留下你一条命。

萨曼，你快走自己的路，

不要再玷污可汗的威名！

萨　曼　我并不是胆怯的麻雀，

见了鹞鹰便四处逃命。

你若视我为敌，

我别无他路，只有以剑相拼！

〔两人怒目相视，准备拔剑格斗。萨里哈忙插入两人中间。

铁木尔　谁若是我真正的敌人，

我不获全胜决不甘心。

我不能蒙受这种耻辱，

你休想压倒我的威风！

萨里哈　铁木尔成了我们的敌人
　　　　难道是我们头顶罩上了阴云?

萨　曼　在姑娘面前我不能动手,
　　　　我怕惊吓了她的心。
　　　　你如果执意要与我决斗,
　　　　请约个僻静之处较量高低!

铁木尔　好吧,让我们在僻静之处较量,
　　　　看一看到底谁的剑刃锋利!
　　　　〔铁木尔怒气冲冲转身下。

萨里哈　看来实情难以瞒住父王,
　　　　我们必须尽快逃离这个地方……

萨　曼　好吧,明晚在加亚塔斯①相会,
　　　　然后一起逃往远方!

萨里哈　飞鸟稍不留意便会堕入罗网,
　　　　你我若不快走难逃父王手掌。
　　　　铁木尔已经成了我们的敌人,
　　　　他掘下坟墓企图将我们埋葬。

——幕　落

第　三　场

　　〔可汗的金帐中。可汗坐在宝座上,旁边坐着萨合奈王后,手持长矛的卫士
　　列队两侧。

可　汗　萨里哈既是我的女儿又是我的儿子,
　　　　她就像空中下凡的一颗明星。
　　　　多少人来结亲我都一一回绝,
　　　　肯出六百匹马我也不能应承。
　　　　你若不严加管教我可不答应!

萨合奈　天哪! 女儿大了终归要出嫁,
　　　　但愿她不要鬼迷心窍干出蠢事情。

---

① 加亚塔斯:地名。

可　汗　汗王宝座上坐的是她的父亲，
　　　　我死之后她就是当然继承人。
　　　　我已安排好一百名能工巧匠，
　　　　为她打制继位时的甲胄利刃。
　　　　我还为她准备好了追风快马，
　　　　供她在阿尔泰山麓游猎散心。
　　　　沿途铺满花毡，人们毕恭毕敬，
　　　　百姓会把她奉为最圣明的人！
　　　　〔幕后合唱：

　　　　　　　利刃在手，甲胄在身，
　　　　　　　快马如风，利箭穿云，
　　　　　　　萨里哈在草原游猎啊，
　　　　　　　红润的面庞多么动人！

　　　　〔侍从上，向可汗施礼。

侍　从　铁木尔勇士要朝见汗王！

可　汗　让他进帐！
　　　　〔侍从下。铁木尔上。

铁木尔　可汗，洪福无量的恩人，
　　　　您的恩泽遍及全体臣民。

可　汗　勇士，你脸上好像布满阴云。
　　　　一切平安吗？我的牲畜和乡亲？

铁木尔　汗王，您问的话我不敢明讲，
　　　　为的是不让痛苦折磨您。

可　汗　哎呀，听起来真叫人心神不定，
　　　　这个人究竟要说什么事情？

萨合奈　哎呀，我这双讨厌的耳朵，
　　　　到底听到了什么声音？

铁木尔　至尊的汗王，我的主人，
　　　　我是害怕伤害了您的心。
　　　　啊，我怎么能脱口而出，
　　　　竟这样不体贴年迈的人。

可　汗　难道是敌人大兵来临？
　　　　你是否正在聚集反抗的乡亲？

294

铁木尔　汗王,您的百姓一切平安,

　　　　　您的牲畜仍然遍布群山。

　　　　　不用聚集乡亲和武装,

　　　　　因为根本没有敌人进犯草原。

可　汗　我的勇士,你有话就说吧,

　　　　　不要对我隐瞒!

铁木尔　(吞吞吐吐地)我用自己的长剑,

　　　　　砍了自己的肩……

萨合奈　你为何吞吞吐吐难以明言,

　　　　　什么事情使你如此伤感?

可　汗　自己刺伤自己究竟为了什么?

　　　　　谁竟如此的愚蠢、野蛮?

铁木尔　汗王,原谅我一路痛苦而来,

　　　　　满腔怒火燃得我坐卧不安。

　　　　　但我不敢直言您唯一的女儿……

　　　　　她有一件隐秘被我发现。

可　汗　啊!萨里哈既是我女儿又是我儿子,

　　　　　你究竟要对我进何谗言?

铁木尔　可汗,为了保卫你神圣的尊严,

　　　　　我一定要杀死凶恶狡猾的萨曼!

　　　　　可是萨里哈对他百般维护,

　　　　　您难免要成为百姓的笑谈!

可　汗　(明白了事情原委,震怒)

　　　　　难道母亲的乳汁白白喂养了她?

　　　　　快去把这对贱人抓到我面前!

　　　　　可汗的命令向来说一不二,

　　　　　我要把她绑上马尾拖死在草原!

　　　　　〔铁木尔领旨下。

可　汗　我一向将女儿视为卫国御敌的儿男,

　　　　　没想到她竟会如此败坏我的威严。

　　　　　我一定要严惩不贷,揩去我的污点,

　　　　　这样才能平息百姓的秽语闲言。

萨合奈　汗王,你本来就脾气暴躁,

今日切切不要过于烦恼！

你怎能如此诅咒亲生女儿，

竟要舍弃自己哺养的羊羔?!

〔幕后女声合唱：

　　湖面浮游的天鹅啊，

　　最受湖水的爱怜，

　　它一旦遭遇灾难，

　　哀叫是那样的悲惨，

　　它的泪水滴进地面，

　　大地也会为之伤感。

　　祈祷真主保佑，

　　让它免除灾难。

〔萨里哈、托尔恩、铁木尔和侍从先后进帐。

铁木尔　可汗，萨里哈已带到您的面前，

　　　　恳求您能将她赦免，

　　　　萨曼却骑上快马逃走，

　　　　足迹早已跨出草原。

可　汗　我把你看做真主赐给的儿男，

　　　　你却要把我活活地推进深渊。

　　　　假如你想成家就赶快出嫁吧，

　　　　我会为你举行盛大的庆典！

　　　　（对铁木尔）

　　　　从现在起你就是我的儿子和女婿，

　　　　贱人萨曼休想与你等同一般！

铁木尔　为了您的幸福、威名和财产，

　　　　我甘愿将自己的性命奉献。

　　　　只要您马蹄能够踏到的地方，

　　　　我都愿作您弓弦上的利箭！

萨里哈　父王，我是您唯一的女儿，

　　　　您怎能将我推入地狱的门槛?!

　　　　我祈求您能为女儿祝福，

　　　　保佑女儿无论在哪都平安！

　　　　父王，您曾无数次把萨里哈称赞，

296

　　　　说我像大河中的宝石一样耀眼。

　　　　没有磨砺的钢刀，

　　　　怎能将大石砍断？

　　　　我像等待宰杀的羔羊，

　　　　一切听从父王的裁断！

可　汗　假如谁胆敢无视权贵，

　　　　辱没汗王门庭的脸面，

　　　　我宁肯折断金子的权杖，

　　　　也要维护可汗的尊严。

　　　　铁木尔你还站着干什么？

　　　　快去抓住萨曼，

　　　　把他的脖颈砍断！

铁木尔　我俯首听命，尊贵的可汗！

　　　　一定按照您的旨令去办。

　　　　砍下贱人萨曼的头颅，

　　　　奉献到您的面前！（下）

萨里哈　父王，您不要太狠、太凶。

　　　　为什么您今天竟如此薄情？

　　　　如果您扑灭我生命的明灯，

　　　　您这黄金的宝座还有何用？

——幕　落

第　四　场

〔加亚塔斯的沟壑中，山洞前长着一丛胡杨树，萨里哈从洞口走出。

萨里哈　天啊！快帮助我们脱离苦难，

　　　　为了情人我心中承受着重担。

　　　　孑然一人离开了乡亲和乡土，

　　　　藏身到人兽罕至的僻野荒山。

　　　　爱情之火已在我的心中点燃，

　　　　我怎能压得下这熊熊的烈焰？！

〔洞口枝头上的百灵啾啾鸣叫，使她的心情顿时开朗起来。

萨里哈　百灵鸟，你清脆的歌儿多么甜蜜，
　　　　一定为我送来了好的消息。
　　　　风吹茅草传来了什么声音？
　　　　让我竖起耳朵听个仔细。
　　　　〔远方传来奔跑的马蹄声。蹄声越来越近，萨曼上。

萨　曼　我来晚了！

萨里哈　你使我如此的思念，
　　　　这一天像过了一年！

萨　曼　爱情的磁石啊，
　　　　一下把我吸到你面前！
　　　　〔两人紧紧拥抱在一起。

萨里哈　加亚塔斯，我们栖身在你怀抱里，
萨　曼

　　　　尝受到爱情的自由和甜蜜。
　　　　阳光亲吻你的峰巅和谷地，
　　　　我们采集鲜花在胸前戴起。
　　　　夜晚星辰调皮地眨着眼睛，
　　　　你的光辉洒进情人的心底。
　　　　愿你们保护逃婚者的爱情吧，
　　　　不要让刀剑刺伤热恋的情侣！
　　　　〔幕后合唱：

　　　　　　　天空的星辰啊，
　　　　　　　仿佛为你们撒下厚礼。
　　　　　　　唱吧，姑娘和小伙，
　　　　　　　欢乐的歌儿发自心底。
　　　　　　　前面有无数座高山，
　　　　　　　青马却像走在平地，
　　　　　　　它跨过深深的沟谷，
　　　　　　　像流星般逝去。

萨里哈　想起刚才的事叫人把心担，
　　　　我再唤不来往日的笑颜。
　　　　你我手携手逃进深山，
　　　　他们一定会紧紧追赶。

为了安抚我爱你的心，
你可千万不能离开我身边！

萨　曼　我已经对朋友们再三嘱托，
要他们去寻找真主的使者。
他会给我们指出一条光明大道，
让我们命运不再遭受挫折。

萨里哈　你看这匹青马左右打转，
为什么显得这样不安？
俗话说：早准备，不后悔，
可不要徘徊不定延误时间！

萨　曼　不要猜疑不会发生的事情，
亲爱的人，我们应该有片刻安然。

萨里哈　昨夜我做了个不祥之梦，
梦见黑纱缠住了我的发辫。

萨　曼　不必相信毫无依据的梦境。

萨里哈　但愿真主保佑咱们一切平安！

　　　　〔两人手臂相挽，走进山洞。

　　　　〔幕后合唱：

　　　　　　　听到可汗无情的命令，
　　　　　　　大地也会因之悲恸；
　　　　　　　迎面刮来凉爽的风，
　　　　　　　吹散了他们心头的云。
　　　　　　　同年同岁的朋友们，
　　　　　　　最喜爱红色的花丛。
　　　　　　　栖落在枝头的百灵，
　　　　　　　齐声歌颂他们的爱情。

　　　　〔铁木尔率领全副武装的黑熊摔跤手和卫士上。

铁木尔　可怜敌人的人最愚蠢，
萨曼，我对你不会再怜悯！
我要夺过你的青马，
像闪电一样地飞奔。
我要举起手中长矛，
一枪刺入你的耳根。

黑熊摔跤手　看那边一匹快马越跑越近，

荒山中自投死路的是何人？

铁木尔　快绑起他的手和脚，

带到这里来询问！

〔黑熊摔跤手奔下。

铁木尔　你纵然是钻进七层地，

我也要抓住你的头皮；

你纵然是飞上七重天，

我也要把你揪回地面！

〔黑熊摔跤手和铁木尔的卫士们将骑马人抓来，原来是女扮男装的托尔恩。

黑熊摔跤手　人已抓到，请您审问！

铁木尔　你是什么人，跑进这荒山野林？

假如你不说实话，

就叫你一命归阴！

托尔恩　我是可汗的牧马人，

为可汗放牧马群。

因为一匹好马走失，

我正在四处找寻。

铁木尔　给他松绑！

除你之外见没见其他人？

托尔恩　这里我很熟悉，没见其他人！

铁木尔　我能叫额尔齐斯河水倒流，

我能提起高山抖上三抖，

我一定要找到萨里哈和萨曼，

循着印迹把他们抓到手！

〔铁木尔率众人下。

托尔恩　真是一群笨蛋，

让我轻易躲过了长矛尖。

〔萨里哈和萨曼自洞内走出。

萨里哈　和我共同长大的同岁人啊，

你看，我像黄羊躲藏在山林。

过去我们在一起多么快乐，

如今我已远离了青春。

托尔恩　我愿与你们同德同心，

　　　　流浪的生活怎能无穷无尽?!

　　　　你们要及早逃离这里，

　　　　朋友们会尽全力帮助你们。

萨　曼　请朋友为我们备好马匹，

　　　　并且牢牢握好长矛利刃，

　　　　我们要去寻找真主的使者，

　　　　相信他会指出光明的前途。

托尔恩　铁木尔曾经夸下海口，

　　　　要把大山也抖上三抖。

　　　　他正在四处加紧搜索，

　　　　发誓要将你们抓到手。

　　　　我立刻回去准备骏马，

　　　　让你们骑上快快走。(下)

萨里哈　阿尔泰的群山连绵无穷，

萨　曼　湖面似明镜水草多茂盛。

萨里哈　加亚塔斯为我们敞开胸怀，

萨　曼　满山青松是我们忠实的卫兵。

　　　　〔突然,他们听到青马的嘶叫,为之一惊,随之传来乱糟糟的叫喊声。

　　　　〔随着喊声,铁木尔上。

铁木尔　啊! 萨里哈呀萨里哈,

　　　　你梦寐以求的就是今天吗?

　　　　萨曼你的本事无论有多大,

　　　　今天却碰在了我的弓箭下!

　　　　你们的幸福之鸟已经飞走,

　　　　你们的吉祥星辰已经堕下。

　　　　你那匹乘风追月的青马,

　　　　从今天起就成了我的马!

萨　曼　你若是好汉我便发出邀请,

　　　　要和你单独进行决斗!

　　　　决斗中我决不抢先,

　　　　让你首先挥剑动手。

　　　　〔铁木尔突然向萨曼射箭,萨曼用盾牌从容挡开。

301

铁木尔　把他绑起来！

〔铁木尔手下卫士上前与萨曼展开搏斗。混乱中,铁木尔从后面砍了萨曼一刀。萨里哈忙上前扶住受伤的萨曼,却被卫士硬拉开捆绑住。

萨里哈　(哭喊)萨曼！萨曼！

我一生钟爱的情人,

是你点燃我心中的明灯。

你爱情之箭射中我的心,

我的心永远为你而跳动。

我止不住悲痛的泪水,

像那奔泻而下的山洪。

命运的波澜将我裹挟而去,

萨曼啊！我们何时才能重逢?

〔铁木尔等将萨里哈强行押下。萨曼被青马的嘶鸣惊醒,他挣扎抬起头来,又昏倒在地。

——幕　落

第 五 场

〔萨里哈就寝的毡房。可汗与萨合奈上。

可　汗　真主没有赐给我儿男,

没有继承人我是多么可怜。

女儿丢尽了我的脸面,

就像把我的一双翅膀折断。

噢！我的苍天啊,苍天！

带着伤痕度日是多么艰难……

萨合奈　我的宝贝！你我只能梦中相见,

多少次泪水将好梦冲断?

我怎能眼看你蒙受痛苦,

到何时我的泪水才能淌干?

我每天都要来到这里,

这里总是空旷一片。

天空里白云也为你落泪,

打湿了大地和群山。

可　汗　我再也不想提起女儿的事，
　　　　她已经使我丢尽了脸。

萨合奈　（捧起萨里哈缀有鹰毛的花帽）
　　　　我的羔羊，你在哪里迷失了途径？
　　　　何时才能听到你"咩咩"的哀叫声？
　　　　泪水沾湿了我的衣襟，
　　　　我从夜晚直盼到天明。

可　汗　从金丝线编成的刀鞘，
　　　　能拔出寒光闪闪的宝刀！
　　　　我能有个儿子该多好，
　　　　你偏给我生个倒霉的丫头！

萨合奈　蛇能长出花斑的皮，
　　　　可全靠真主的旨意！

可　汗　我宁可无子无孙过到老，
　　　　生这样的丫头还不如不要！
　　　　〔二人争吵着下。
　　　　〔铁木尔押着披头散发，伤痕累累的萨里哈上。女友们跑上，抱起昏迷中的萨里哈。

铁木尔　不许你们吵闹！快离开这里！

托尔恩　你这个双手沾满鲜血的强盗！

姑娘甲　他在哪里呀，乡亲爱戴的萨曼？
　　　　人人都在将他思念。

姑娘乙　看见这情景，我吓得浑身打战，
　　　　苍天，你为何不惩罚这些黑心肝?！
　　　　〔萨里哈慢慢睁开眼睛，她错将托尔恩认成萨曼。

萨里哈　萨曼江，你为什么不安地把我看？
　　　　不要这样堕入无底的深渊。
　　　　你好似天空中灿烂的霞光，
　　　　命运之神决不会将我欺骗。
　　　　啊！难道我还有什么奢望吗？
　　　　为了你献出生命我死而无怨。
　　　　萨曼这朵生活的鲜花啊，

竟遭到你们无情地摧残。

你们也快点把我杀死吧,

我对生活已没有任何眷恋!

让我带上快乐和欢笑,

去找我心爱的萨曼。

我要在坟墓之中,

完成对他应诺的誓言!

侍　从　尊贵的可汗来啦,快把道路闪开!

〔可汗和萨合奈上。

群　众　尊贵的汗王!

铁木尔　我已处死了贱人萨曼,

他头枕血泊在荒山。

我带回您这迷途的女儿,

她满腔怒火怨气冲天。

众姑娘　汗王啊,您的旨令如山,

希望您能够宽宥为怀,

救救您可怜的女儿萨里哈吧,

受惊的天鹅怎能在风浪中游玩?

可　汗　你不爱惜自己和父母双亲,

竟变成一个不知羞耻的人。

对你的行为我必须处分,

叫你一生单独生活,永远不准嫁人!

〔可汗说罢下,铁木尔等随下。

萨里哈　妈妈,请原谅您的宝贝女儿,

我早已向萨曼许配了终身。

我们是您这条根上的双茎,

如果能结成通红的草莓多称心!

众姑娘　加亚塔斯的山顶上,

飘着一朵朵白云,

萨里哈公主的花园里,

传来百灵的歌声,

止住萨里哈的泪水吧,

让欢乐驱散悲痛。

萨合奈　破土的幼苗怎能过早枯萎？
　　　　可怜的母亲早为你操碎了心！
　　　　凶狠的公马常咬自己的马驹，
　　　　你父亲是个糊涂昏庸的人。

萨里哈　我心力交瘁，死亡已经临近，
　　　　可是，我不甘屈从于这种厄运。
　　　　临死前，让我和朋友再次欢聚，
　　　　让我再和萨曼的青马谈谈心。

萨合奈　过去你像天鹅在湖中漫游，
　　　　生活给了你多少幸福和欢欣！
　　　　你还是唱起喜爱的天鹅之歌吧，
　　　　从此再也不要飞离自己的湖滨！
　　　　不要哭了！我时刻都在想念你，
　　　　只有你的父亲才不知道可怜人。
　　　　来吧，姑娘们！像以前一样玩吧，
　　　　驱散萨里哈心头的愁云。
　　　　〔萨合奈下。

众姑娘　不要让黑夜遮住你的光华，
　　　　止住哭泣吧！萨里哈，
　　　　要像太阳一样温暖，
　　　　尽情欢笑吧！萨里哈。

托尔恩　那匹青马啊，忠于自己的主人，
　　　　萨曼被害后，它找到主人尸身。
　　　　卫士们一直苦苦将它追赶，
　　　　几天几夜，青马跑得热汗淋淋。
　　　　最后，青马和金鞍都未能逃脱，
　　　　马的四蹄如今已被绳索绑紧，
　　　　为防它挣脱羁绊重新逃走，
　　　　十名卫士轮流看守日夜不停！

萨里哈　可爱的青马，你像人一样聪明，
　　　　是你最早察觉到敌人的来临。
　　　　你好比萨曼的一对翅膀，
　　　　想起你来不由我悲痛万分。

美丽的花朵被洪水卷走,

群山也在为我们的痛苦呻吟。

我在抽泣,你在嘶鸣,

命运使你我和萨曼几度离分。

青马,萨曼曾骑你翻山越岭,

今天,你可听到我的哭声?

你若理解我的心情,就快来吧,

我有多少痛苦和悲愤要说给你听!

众姑娘　我们给青马披上服丧的黑纱①,

经常陪伴着你去看望它;

我们用丝线为它编织鞍带,

每日精心将它喂养洗刷。

〔萨合奈上。

萨合奈　铁打的甲胄身上穿,

手握长矛和利剑,

阿尔泰的英雄萨曼啊,

山鹰般机警和勇敢。

闪亮的银盔头上戴,

骑上青马似闪电,

雄狮般骁勇和剽悍,

如今你在哪里? 我的英雄儿男?!

萨里哈　哎,母亲,我不知该怎样讲?

我不想触动您心头的创伤。

唉,母亲,像梦中迷失方向,

您的英雄已落入铁木尔的罗网!

萨合奈　啊! 你真像只失群的驼羔,

母驼的乳汁在地上白白流淌。

额尔齐斯河水翻滚着波浪,

可怜的人,你的愿望已成梦想!

萨里哈　我们逃到那荒凉的加亚塔斯地方,

除了那里我们还能去何处躲藏?

---

① 哈萨克族风俗,人死后,给其乘马披黑布,服丧一年,然后杀掉,以纪念死者。

没料想追兵突然出现，
鲜血和泪水淌满山冈。
没有了萨曼，我眼前漆黑一片，
让我去死吧！
对生活我还能有什么希望?!
〔幕后合唱：

    在那平静的湖面，
    一对天鹅分散，
    六尺长的利剑啊，
    在顽石上砍弯，
    骏马遇上了危难，
    饮水找不到山泉；
    冬不拉的双弦折了，
    乐曲只能中断！

——幕　落

第　六　场

〔荒山野岭中的一个山洞口。萨曼步履艰难地来到峭壁下面。

萨　曼　请向我伸出援助之手吧，
　　　　我的真主！我的爱神！
　　　　请告诉可怜的萨曼吧，
　　　　我到底会有怎样的命运？
　　　　我一切全献给了萨里哈，
　　　　现在却与她两地离分。
　　　　敌人抢走我心爱的青马，
　　　　就好像将我双翅折损。
　　　　全能的真主啊，
　　　　我多么想聆听您的声音。
　　　　我尝尽千辛万苦，
　　　　正在四处将您找寻！
　　　　祈求您把萨里哈和希望，

一起归还给我吧！

祈求您让世上所有的幸福，

全在我们头顶降临！

[加亚塔斯上空乌云密集，电闪雷鸣，接着下起鹅毛大，片刻，天又放晴。白发银鬓的真主使者阔克歇从洞口走出。

萨　曼　站在您面前的是流浪的萨曼，

为寻找您，我跋山涉水历尽苦难。

祈求您的祝福，聆听您的忠言，

请把不幸的情侣抱在您的胸间。

我甘愿为萨里哈牺牲生命，

达不到目的，我决不离开人间！

为了爱情而逃走，我们清白无辜，

无情的命运却在肆意将我们摧残。

阔克歇　你选择了不幸之路，

谁又能实现自己心愿？

萨　曼　我以为我能实现！

阔克歇　翻越的群峰里有爬不上的高山，

要过的大河里有涉不过的河湾。

萨　曼　我以为我没有过不去的山和河！

阔克歇　一千个头的毒蛇，

你将它哪一个头斩断？

萨　曼　我要将它所有的头全都斩断！

阔克歇　一千个结的绳结，

你先将它哪一个结解开？

萨　曼　我要一个个把它全部解完！

阔克歇　你若真心爱着萨里哈，

就要翻越险峻的山峦，

纵然还有千难万险，

你决不能畏缩不前！

你难道真舍得离开——

自己的国家和童年的伙伴？

你难道真舍得抛弃——

多年的故土和富饶的草原？

萨　曼　若为国家,为何汗王不可怜萨曼?

　　　　若为乡土,为何无人将我们成全?

阔克歇　那个姑娘是真心把你爱恋,

　　　　情人们的愿望我一目了然。

　　　　让我先唤来你的青马,

　　　　将它脚上的绳索砍断!

萨　曼　真主的使者,你是爱情之神,

　　　　我遵从于你,按你旨意去办!

　　　　〔阔克歇向东方施魔法,萨曼的青马腾云驾雾顷刻来到他们跟前。

萨　曼　你的声音,响彻云端,

　　　　青马啊,终于回到我的身边。

　　　　那一天大批敌人突然袭击,

　　　　是你的嘶鸣预报了危险。

　　　　只怪我当时没有能够猛醒,

　　　　竟然叫萨里哈落入烈火深渊,

　　　　你的四蹄也被戴上枷锁,

　　　　真叫我悔恨万分直到今天!

阔克歇　你先步行回到阿尔泰山,

　　　　去与萨里哈姑娘相见。

　　　　假如你现在就骑上青马,

　　　　它迟早还会离开你身边。

　　　　我将在梦中告诉你该怎么办,

　　　　青马会只叫你从睡梦中醒来,

　　　　你和情人一起逃往远方,

　　　　我为你们把明途指点!

　　　　远方有一处天堂宝地,

　　　　那里是纯真爱情的摇篮。

　　　　只有这匹青马能到达那里,

　　　　其他的牲灵都将被阻拦。

　　　　那里的生活无限美好,

　　　　是一切生命幸福的乐园。

　　　　(将一把刀授给萨曼)

　　　　我赠给你一把宝刀,

让他做你上路的伙伴。

前面如果有高山挡路，

这把刀能将山岭一截两断。

萨　曼　我不知该怎样感谢您的帮助，

您的力量定能保佑我一切平安！

〔电闪雷鸣中，真主的使者阔克歇骤然消失。

——幕　落

第　七　场

〔毡房的内部，一间漂亮豪华的姑娘住房。

托尔恩　睡吧！一整天你神志朦胧……

萨里哈　你说什么？我没有听清？

我的心底空荡渺茫，

疲惫竟使我头晕耳聋。

〔萨里哈无力地倒在床上，渐渐入睡。托尔恩为她盖好被子，退下。

〔幕后合唱：

劳累的萨里哈昏然入睡，

愉快的睡梦中没有眼泪。

她梦见与萨曼重新相会，

幸福使她忘却了痛苦和疲惫。

〔舞台显现萨里哈的梦境。一群姑娘和小伙子推着秋千，秋千上并坐着萨里哈和萨曼。

姑　娘
小伙子　（合唱）

仙女胸前缀着宝石，

宝石在熠熠闪光。

秋千高高荡起来，

就像飞到了天上。

天上撒下来礼物，

大家把珍珠争抢。

我们荡起了秋千，

放声来把歌儿唱。

萨里哈

萨　曼　（二重唱）

　　　　所有的歌手、乐手、亲爱的朋友啊，

　　　　没有你们，青春花朵怎能开放?!

　　　　你们都是爱情的歌手，

　　　　最能理解情侣的幸福和悲伤!

　　　　你们为我俩举行这盛大的婚礼，

　　　　经过烈火洗礼，我们更加欢畅。

　　　　大家终于重新欢聚一起，

　　　　说吧! 你们还有什么要求和希望?

　　　　〔二人拥抱亲吻。萨合奈上。

萨合奈　恐怖的夜已逝去，

　　　　天鹅又飞回湖旁。

　　　　萨里哈的婚礼多么热闹，

　　　　祝贺的客人熙熙攘攘。

　　　　旧日的泪水已经流干，

　　　　欢乐驱散了满腹的忧伤。

　　　　拨响冬不拉的琴弦，

　　　　乐曲像泉水般流淌，

　　　　快为婚礼撒下礼物吧，①

　　　　让大家尽情欢乐一场。

　　　　〔萨合奈下。女青年们开始了婚礼舞蹈。

男青年甲　树木要算柳树枝最柔韧，

　　　　守夜最热闹是管马群;

　　　　姑娘在面前穿梭舞过，

　　　　真叫我像赛马一样站立不稳。

女青年甲　矮山上的冰草长不高，

　　　　吃冰草的马儿长得好。

　　　　有的父亲心肠硬又狠，

　　　　为啥把亲生女儿当牲畜卖掉?!

————————————

① 哈萨克族婚礼中,将各种小礼品如奶制品、油炸食品、银币、首饰等,向人群中撒。

311

男青年乙　赶来的马群翻过了山，

　　　　　你为啥要按父亲的意思办?!

　　　　　你不去爱你身边的人，

　　　　　却四处惹事找麻烦。

女青年乙　夜里我牵上马到处转，

　　　　　这年月女人实在太可怜。

　　　　　生在这家却要卖到那家去，

　　　　　这样命运你可叫我怎么办?

　　　　　〔男女青年们同舞。舞蹈结束，两个年轻媳妇搀着萨里哈来到人群中间。手

　　　　　拿缀有鹰毛冬不拉的男青年唱起了"加尔、加尔"①。

男青年　我带头把"加尔、加尔"唱起来，

　　　　小妹妹你要仔细听。加尔——加尔，

　　　　送女儿出嫁是我们的老习惯，

　　　　真主会保佑你平安。加尔——加尔。

女青年　我的白毡房支起来，

　　　　支在赛吾克列草原上。哎——哟，

　　　　娘家人不断来看我，

　　　　不让我思念家乡。哎——哟，

　　　　离开自家的毡房，

　　　　我又有了新爹娘。哎——哟，

　　　　小叔管我叫嫂嫂，

　　　　玩笑话常常挂嘴上。哎——哟，

　　　　鲜花一样的姑娘时光，

　　　　再不会回到我身旁。哎——哟。

男青年　我身下骑的马呀，

　　　　是红花马。加尔——加尔，

　　　　前人走过的路呀，

　　　　如今在你脚下。加尔——加尔，

　　　　别再不住地哭啦，

　　　　新媳妇就要出嫁。加尔——加尔，

　　　　等你抱上了小宝贝，

---

① 哈萨克族婚礼上演唱的一种固定形式的民歌。

你的眼泪就没啦。加尔——加尔，

哪里的锅都有四只耳，

那里的生活也不差。加尔——加尔，

假如遇上了好公爹，

你就好像到了家。加尔——加尔。

男女青年 （合唱）

再见吧,再见!

家乡的草原,加尔——加尔,

再见吧,再见!

从小一起长大的伙伴,加尔——加尔,

妹妹跟在后边哭,

不断把姐姐呼唤,加尔——加尔,

身边再没妹妹陪伴,

我一个人怎安眠？加尔——加尔,

丝织的红头巾,

蒙在头上边。加尔——加尔,

我的这颗心啊,

难过得像要裂开。加尔——加尔。

〔"加尔、加尔"唱过之后，揭面纱开始了。手握缀有鹰毛冬不拉的男青年甲

走到萨里哈面前。

男青年甲 （唱"揭面纱歌"）

新娘来啦! 就要揭开面纱,

快把见面礼拿出来吧!

宝石、珍珠作礼品,

快往人群中间撒!

黄金凤冠头上戴,

新娘的脸儿像朵花。

长长的发辫叮当响,

银元、金饰辫梢上挂。

新娘的身材像柳枝,

心怀好似湖水一样大。

黑黑的眸子像明星,

一闪一闪放光华。

313

啊！新娘啊新娘啊，

快快把面纱揭开吧！

你像太阳一样微笑，

快快把你的光芒洒下。

上座坐着你的老公爹，

婆婆带着白头纱，

快快向老人家行礼吧，

我这就要揭开面纱！

〔男青年甲揭开了萨里哈的面纱，萨里哈行礼，姑娘边舞边退下，萨合奈及

年长的妇人们也随之下。场上只剩下萨里哈和萨曼。

萨　曼　萨里哈！多少天来你叫我苦苦思念，

为找你，我踏遍了峻岭荒山，

看不见你，我心里焦急不安，

痛苦只能说给加亚塔斯山。

亲爱的人！你为何这样消瘦，

面色也变得惨然？

你是不是眼含热泪，

一直与我的青马做伴？

萨里哈　多少天来我也是愁满心间，

今后你再也不要离开我身边。

让我永远陪伴着你，

再不为你把心担！

〔铁木尔突然上，他头戴银盔，身穿甲胄，拔剑和萨曼格斗起来。梦境结束。

萨里哈从梦中惊醒，发现铁木尔果然站在自己身边。

萨里哈　萨曼！我的萨曼！

铁木尔　怎么？难道你还想死灰复燃?!

萨里哈　朋友们，快来搭救我吧，

你这强盗，我不想再见到你的面！

铁木尔　在众人的面前，

不要总给我难堪。

我跪倒在你脚下，

让我吻一下你的脸。

在众人的面前，

　　　　　不要让我丢尽脸面。

　　　　　我愿做你忠实的奴仆,

　　　　　每日里为你提水送饭。

　　　　　如果我不能每时每刻见到你,

　　　　　生活在我面前就变得暗淡。

　　　　　理解我吧! 答应我吧!

　　　　　让我们亲热一番。

　　　　　〔铁木尔扑上前,欲亲吻萨里哈,被萨里哈一把推开。

萨里哈　天哪! 这难道就是我的心愿,

　　　　　任青春受人蹂躏、被人摧残?!

　　　　　滚开! 你从我眼前滚开!

　　　　　这样还不如干脆熄灭我青春的火焰。

　　　　　〔铁木尔无趣地下。萨里哈遥望远方,思绪如潮。

萨里哈　再见了! 我这熊穴一样的家园!

　　　　　再见了! 我从此再见不到萨曼!

　　　　　只有死后的天堂才有青春的希望,

　　　　　那里好像在欢迎我和萨曼。

　　　　　山林啊,不要为我而哭泣,

　　　　　大地啊,也不要因之悲哀。

　　　　　大河啊,翻滚着滔天巨浪,

　　　　　冲走忧愁,永远把我忘怀!

　　　　　死亡啊! 紧紧地拥抱我吧,

　　　　　让青山绿草将我尸体掩埋。

　　　　　风啊,把我的话带给乡亲:

　　　　　扼杀我理想的是这个时代!

　　　　　再见吧,我和萨曼散步的河滨,

　　　　　我和童年朋友一齐嬉戏的野外!

　　　　　库仑草原、赛吾克列和阿尔泰呀,

　　　　　我会在梦中重返你们的胸怀!

　　　　　〔萨里哈走出毡房,走进森林消失了。托尔恩上,她望着杂乱的屋子,预感到

　　　　　眼前发生的事情。

托尔恩　你从未尝到过幸福的甜香,

　　　　　仇恨和愤怒塞满胸膛。

你对生活已然绝望，

你的面前只有死亡！

不愿做爱情的牺牲品，

如今床在人空，你去向何方？

你是否让痛苦化为结束生命的剑，

用你悲伤的泪水磨砺剑的锋芒？

——幕　落

第　八　场

〔景同第四场。

〔萨曼正在洞口小憩，突然，远方传来青马的嘶鸣声。萨曼警觉地一跃
　　而起。

萨　曼　翻越了多少座山岭，

昼夜不停地飞奔，

你来了吗？我的青马，

你到底找到了主人！

让我们深夜一起出发，

去将萨里哈找寻。

〔萨曼下，马蹄声随之远去。

〔稍倾，铁木尔和黑熊摔跤手上。

铁木尔　为寻觅萨里哈的踪影，

我们早已经筋疲力尽。

我还要看看萨曼的死地，

不达目的我死不甘心。

让我们在这里为他堆起坟墓，

但此事决不能透露给外人！

〔铁木尔等人用石块为萨曼堆起了一座坟墓，并把萨曼的剑插在了坟上。

黑熊摔跤手　找到萨里哈先不要禀报可汗，

我在外面暂且伺奉她一段时间，

我们把她藏进一座山洞之中，

你每天晚上到这里来将她陪伴。

到那时她一定会遵从你的话，

316

不这样她就会败坏你的尊严。

她若不服从，便将她拘禁洞内，

除了这条路，我们还能怎么办？！

〔铁木尔和黑熊摔跤手下。

〔托尔恩率一群寻找萨里哈的乡亲们上。

托尔恩　萨里哈，你去向何方？

　　　　只留下你的一座空房。

　　　　萨里哈，你去向何方？

　　　　乡亲们时刻把你盼望。

托尔恩　天上地下全找不到你，

　　　　我们来到萨曼的坟上，

　　　　乡亲们纷纷猜想，

　　　　是不是萨曼把你叫到身旁？！

众　人　命运比可汗还要残忍，

　　　　它从来不怜悯任何人。

　　　　曾经隐藏萨里哈的加亚塔斯啊，

　　　　你可知道她现在何处容身？

　　　　山泉啊，当她干渴时，

　　　　请你滋润她的双唇；

　　　　太阳啊，不要对她发威，

　　　　让她躲进森林庇荫。

　　　　〔托尔恩与众人下。

　　　　〔远处传来萨里哈的歌声。萨里哈上。

萨里哈　普天下难以容纳我的悲愤，

　　　　我那带血的泪水像淫雨纷纷，

　　　　为了你，我要告别人生，

　　　　追随你，我愿献出青春。

　　　　左思右想前程一片渺茫，

　　　　只怪苍天不保佑苦恋着的情人！

　　　　望穿双眼，我看不见自己的明天，

　　　　眼前充满层层浓雾阴云。

　　　　〔闪电照亮大地。

萨里哈　苍天冰冷的泪珠潸潸而降，

乌云啊,你有什么话要对我讲?

闪电,你向我这里劈来吧!

让我躺进坟墓拥抱幸福时光。

闪电啊,闪电像利剑,

请帮我彻底摆脱苦难的罗网,

让爱情的花朵盛开怒放,

开在荒野里孤独的坟墓上。

〔闪电伴着雷鸣,她将插在萨曼坟墓上的剑拔了下来。

萨里哈　亲爱的萨曼,我来到你的面前,

不用多久我们便可以重新相见。

我是慈母膝下唯一的女儿,

但这个世界却无视我的心愿。

我曾说过愿为你而牺牲,

这个誓言我永远不会背叛!

愿我的灵魂变成小鸟,

逃离苦海,自由地飞上蓝天;

这把剑会使我们永在一起,

我要用它把我的心儿刺穿!

不要让痛苦白白地拖延,

我要和月亮太阳告别又太遥远。

我活着没能达到自己的心愿,

这耻辱比死更加令人难堪。

面对苍天,请太阳月亮给我作证,

只有你们才能够公正无偏。

〔闪电裂空,雷声震撼大地。

〔萨里哈举起手中的剑刺进心窝。

〔萨曼奔上,将萨里哈抱在怀里。

萨　曼　萨里哈!

萨里哈　萨……曼!……(睁开眼,最后望了萨曼一眼,含着微笑死去)

萨　曼　(紧紧抱住死去的萨里哈)

我终于找到了你,我的爱人!

可是你已去了,我才迟迟来临。

离开了你,我怎能活在世上?

没有了你,生活就是我的敌人!

(拿过萨里哈自杀的剑)

天哪! 这是你专门留给我的剑吗?

我完全明白你对我的钟情,

剑啊,你难道还没有饮饱血吗?

就让我用你来结束自己的生命!

(抱起萨里哈的尸体,走向前台)

〔幕后合唱:

　　　　萨里哈死了,

　　　　撇下可怜的萨曼,

　　　　就像不合时季的鲜花过早凋零。

　　　　这亘古罕见的爱情故事,

　　　　引来整个大地悲恸的哭声。

〔铁木尔和黑熊摔跤手上。

〔萨曼抱着萨里哈的尸体,一步步逼近铁木尔。

萨　曼　　噬血如命的强盗,

　　　　披着人皮的恶狼,

　　　　你把眼睛对着我,

　　　　让我看穿你的黑心肠!

　　　　用绳索勒进你的皮肉,

　　　　难消我仇恨满腔!

　　　　一口喝尽你的血,

　　　　也难平我怒火万丈!

　　　　该死的东西! 你到底来了,

　　　　好清算我们之间的旧账。

　　　　今天,在萨里哈面前,

　　　　死神将宣判你的灭亡!

〔萨曼将萨里哈的尸体慢慢平放在地上,脱下自己的外衣将尸体盖好,然
　　后,操起剑来,对向铁木尔。

铁木尔　　我早已把你驱赶出这个世界,

　　　　难道你是引我上当的鬼魂?

　　　　看吧,就在我的眼前,

　　　　已经给你堆起了高高的坟……

萨　曼　自从开天辟地以来，

宇宙便诞生了生灵。

从那时起，哪怕死神挥起利剑，

也没有任何力量能战胜爱情！

〔二人挥剑格斗，铁木尔被刺倒。然后，萨曼又刺倒黑熊摔跤手。

萨　曼　（望望剑刃上的鲜血，然后走到萨里哈身边）

萨里哈啊，你看一看！

我也成了杀人的凶汉。

你难道是害怕不敢睁开眼？

说句话真吧！哪怕是咒骂和埋怨！

（将萨里哈的头枕放在自己的膝上）

再见吧！湍急的河、高耸的山，

对乡亲们我毫无遗憾。

蓝天里星辰在闪亮，

愿你将银辉洒向我的山峦，

我将与萨里哈一起躺在坟墓，

这样便完成了我最后的心愿。

太阳、月亮啊！祝愿你俩一切平安，

让人间生灵都能沐浴你的光焰。

假如月亮也像流星般陨落，

剩下一个还有谁来陪伴?!

（将萨里哈尸体放在他将自杀之处）

让我永世与萨里哈为伴，

让我珍珠般的血滴渗入地面，

大地请敞开慈母般的胸怀，

保护着我们在你怀抱里长眠！

〔萨曼举剑刺入自己的心窝，倒在萨里哈的身边。片刻，托尔恩和男女青年

们上，拥向死者周围。

众　人　青春的理想没能实现，

一双生命付给了利剑。

萨里哈和萨曼的名字啊，

将永远记在我们心间；

萨里哈和萨曼的诗篇啊，

将永远在后辈中流传。
这部诗是他们自己写就，
用的是自己的鲜血和长剑！

——幕落·剧终

【话剧】

罗布村的情祭

程万里

人　物　表

琼大大^①　　维吾尔族,一百岁,罗布村的人瑞、精神领袖。

米丽开^②　　维吾尔族,十九岁,琼大大的重孙女。

托乎拉洪　维吾尔族,六十多岁,罗布村的长老。

乌布力　　维吾尔族,四十多岁,罗布村村民委员会主任,人们习惯称其为村长。

图尔荪江　维吾尔族,二十来岁,罗布村的农民,托乎拉洪的小儿子。

艾尔肯　　维吾尔族,二十来岁,罗布村的农民。

亚森江　　维吾尔族,三十多岁,罗布村的农民。

张医生　　五十多岁,由医生提拔起来的卫生局局长、副县长、赴罗布村医疗队队长。

罗布村村民、医疗队工作人员若干人。

〔20 世纪 80 年代末期至 90 年代中期。

〔新疆南部一个名为罗布村的农业村庄里的大涝坝前。所谓"涝坝"就是在地上挖出的一个巨大的蓄水池,是当地的人畜饮水水源,因此是个具有神圣色彩的处所,也是当地人会面最多和举行重大民间活动的地方。

〔天幕上映出一池浑水和围绕着它的树丛与农舍,近处的一截土墙上有残旧的"改革开放致富奔小康"的标语。近处有围护着涝坝的土台、土阶,和一

---

① 琼大大:维吾尔语,意为爷爷、老爷爷。

② 米丽开:维吾尔语,意为公主。

些供人歇息的木墩与供牲畜饮水的木槽、木桩。最醒目的是,在涝坝边的土台上立着一个粗壮结实的木桩,木桩上放着一只大大的木碗。木碗相当古老,放在这个位置上,更显出它的神圣。

第　一　场

〔20世纪80年代末的一个春夏之交的日子。

〔罗布村的大涝坝前。

〔在神秘而强烈的祈祷歌声中幕启。

〔罗布村的男性村民们正在长老托乎拉洪的带领下跳着粗犷的祈祷舞。

〔托乎拉洪是一个蓄着灰色胡须的瘦高老人,他比其他农民穿得更体面一些,他的角色类似于祭司,他自小受到主持罗布村各种祭奠和仪式的训练,比别人更懂得罗布村的历史和各种规矩。他老于世故,但常常为了显示自己的存在和地位而充当一个多事者。

〔在祭祀的时候他挥动着一柄钉有铁环的长杖高声领唱祈祷歌,声音高亢、凄厉而有力。

托乎拉洪　哇伊……

在太阳和月亮中出生的罗布村人哪!

（众合:啊嘿! 啊,嘿哈! ）

在荒原上传宗接代的罗布村人哪!

（众合:啊嘿! 啊,嘿哈! ）

被瘟疫追赶着的罗布村人哪!

（众合:啊嘿! 啊,嘿哈! ）

用胡杨和红柳枝生起大火吧!

（众合:啊嘿! 啊,嘿哈! ）

驱走黑翅膀的瘟神吧!

（众合:啊嘿! 啊,嘿哈! ）

舀来大涝坝的水吧!

（众合:啊嘿! 啊,嘿哈! ）

留下祖先脚步的大涝坝啊!

（众合:啊嘿! 啊,嘿哈! ）

住着祖先灵魂的大涝坝啊!

（众合:啊嘿! 啊,嘿哈! ）

保佑罗布村子孙的大涝坝啊!

（众合:啊嘿! 啊,嘿哈!）

你可怜的孩子们在向你礼拜啊!

（众合:啊嘿! 啊,嘿哈!）

〔这个祭祀活动需要村民们围绕大涝坝祭拜一圈。他们在托乎拉洪的带领下,舞拜着下。歌声也渐弱。

〔响亮的舀水声。

〔琼大大深沉的画外音。

琼大大　哇伊! 住在大涝坝中的祖先们哪! 快保佑你们的子孙吧! 瘟疫又降临到了多灾多难的罗布村,有五个人死去了,他们都是好孩子啊,就这样死去了……

〔琼大大从大涝坝里上。他拄着一根红柳棍子,一手端着一只大木碗。他虽然一百岁了,背稍驼,但身板依然硬朗;行动有点迟缓,但举止仍然果断;头有点摇颤,但神情依然生动;耳有点背、眼有点花,但对外界的反应依然敏捷准确。他饱经风霜的脸上充满着慈祥和爱怜;灰白色的须发和白色的长袍,使他有一种乡村哲人的气质。他是那种性格顽强、豁达、总以为自己仍然年轻的老人,只是他经常陷入深思和不断地自言自语让人感到他的确衰老了。

〔琼大大缓缓走到土台正中,看来那是他经常站立的地方。他手撩起大木碗里的水向四处点洒着。

琼大大　半个村子的人都病倒了,半个村子哪,祖先们啊! 我的孙子赛麦提也病倒了,他可是我唯一的孙子了,他也病倒了……

〔米丽开跑上。她是一个浑身透着活力和灵气的姑娘。因为她是由全村人最尊敬的琼大大抚养长大,她任性、淘气、泼辣,缺少像别的村姑那样的腼腆和忸怩,她敢作敢为,又纯真得可爱。

米丽开　琼大大! 琼大大……

琼大大　来,过来! 米丽开,我的小公主……(从大木碗里撩起水抹在米丽开的额头上)愿祖先保佑你!

米丽开　赛麦提叔叔……赛麦提叔叔他……

琼大大　他……怎么了?

米丽开　他……死了……(哭)

〔传来托乎拉洪的歌声和众人的合唱声。

米丽开　琼大大! 琼大大……(为琼大大揉胸)

琼大大　（爱抚着米丽开）我活了一百岁了，我见过了太多的死亡。在我五岁的时候，我的兄弟们在一场瘟疫中死去了；过了四十年，我的五个孩子中有四个孩子在瘟疫中死去。又过了四十年，我的三个孙子有两个也被瘟疫夺去了年轻的生命。那次死去的有你的妈妈和你的爸爸艾麦提。我的米丽开，你生下来了，可是你的妈妈死去了……（突然笑起来）

米丽开　琼大大！琼大大……

琼大大　又是十八年过去了吧？我的孙子，我唯一的孙子赛麦提……他也走了……

米丽开　琼大大，你哭了。你放声哭吧！你从来没有哭过，求求你，你放开声好好哭吧！

琼大大　不，孩子，不哭。罗布村的人不哭，罗布村的琼大大更不哭。我为什么要哭呢？哦……你的赛麦提叔叔，公牛一样的健壮，他却病死了。米丽开，我的小羊羔，我的小公主，你能躲得过这场瘟疫吗？

米丽开　我能。琼大大，我不会死的，医疗队马上就会来到的。

琼大大　是啊，医疗队会来的，他们会救活许多人的生命。但是他们还会走的。他们是水，不会永远停在我们这里，水流走了石头还在。我们不走，我们是石头，我们要守着这家园，守着这个大涝坝。孩子，喝一口大涝坝的水吧，让祖先的灵魂保佑你平安。

　　〔琼大大郑重地把大木碗递给米丽开。

米丽开　祖先保佑！（喝水）

　　〔琼大大擦着眼泪。

琼大大　（自语）啊，不！在这大难临头的时候，可不能让孩子们看到他们的琼大大在掉眼泪。怎么才能让罗布村的孩子们振作起来，不被灾难吓倒呢？祖先们啊，给我启示吧！

米丽开　琼大大，你说什么？

琼大大　我在跟祖先们说话。

米丽开　祖先们说什么？

琼大大　嗯……

　　〔托乎拉洪率众人歌舞着从另一侧上。托乎拉洪将长杖扬起，众人肃穆地围在琼大大身边。

托乎拉洪　琼大大，在您向祖先们祈祷的时候，祖先们跟您说话了吗？

琼大大　说了，祖先们跟我说话了。

村　民　祖先们都说了些什么？

琼大大　（撩起大木碗里的水点洒向众人）大涝坝的水作证，祖先保佑你们的平安，

　　　　我的孩子们!

村　民　祖先保佑!

琼大大　刚才,我到大涝坝里去舀这碗水,我说祖先们啊,瘟疫又来了,苦难和死亡又降临到你们子孙的头上了!大涝坝的水哗啦啦、哗啦啦地翻起了水花,那是祖先在说话。祖先们说:罗布村可怜的子孙们啊!难道这世界上能没有灾难吗?灾难让那些体弱者早早回到祖先的怀抱中来,再不受人间苦难的煎熬;灾难让那些健康强壮的孩子顽强地生活下去,守住我们的家园。不要为灾难而恐惧,不要为死去亲人而痛哭,罗布村的人是天和地之间最顽强的人!

托乎拉洪　祖先们就说了这些?

琼大大　不,还有。祖先们还说了……

村　民　祖先们还说了什么?琼大大,快告诉我们吧!

琼大大　祖先们还叫我们举办罗布村的情祭……

村　民　啊?举办情祭?那可是为小伙子和姑娘们举办的定情祭礼啊……

托乎拉洪　举办情祭?在这个时候?半个村子的人病得在土炕上打滚,再说,您唯一的孙子赛麦提刚刚……这,这怎么行?

琼大大　托乎拉洪!

托乎拉洪　我在,琼大大!

琼大大　你比别的孩子年龄大,你还是村里的长老,罗布村的规矩你也懂得最多,是这样吗?

托乎拉洪　是,琼大大!

琼大大　照祖先的吩咐办吧!(偷偷擦泪)

托乎拉洪　遵命,琼大大!既然祖先已经说了,那么就……(吩咐众人)搬来胡杨枝和红柳柴生起大火,乐师们快去把你们的乐器拿来,我们要照祖先的意愿举办罗布村的情祭了!

　　　　〔人们忙碌起来。

琼大大　孩子们!一千年前,罗布村的祖先们为了躲避瘟疫,逃离了故土罗布王国,越过了戈壁和大漠来到了这里。祖先们在远离人烟的荒原上停住了迁徙的脚步,在这与世隔绝的地方建立起了自己的家园。罗布村就在贫穷、饥饿和瘟疫中一代一代地生存下来了。风沙埋住了我们的田地,我们从沙土里一棵一棵地扒出禾苗。干旱渴死了我们的牛羊,我们就省出自己的水和口粮繁育更多的牲畜。瘟疫夺去了我们亲人的生命,我们不哭,我们举办罗布村的情祭,鼓励年轻人早日找上自己的心上人,早日成家立业,生出更多的孩子,守住我们的家园。罗布村的人能在这里生存下来,不是靠眼泪和恐惧。孩子们,让你们欢乐的歌舞驱散罗布村上空的沙暴吧!让它们知道:罗布村的年轻人学会了靠勇敢和顽强去战胜灾难。孩子们,你们看,我们乐师们已经准备好了,赶快跳起来唱起来吧!来啊,你,还有你,罗布村所有还没有订婚的姑娘们,都过来,拿着你们的小木碗到我这儿来!(将大木碗里的水倒进姑娘们的小木碗里)把这大涝坝里的水送给你们中意的小伙子喝,祖先的灵魂保佑,让你们早日选中意中人。乐师们,别愣着,快操弄起你们的家伙吧!跳起来吧!姑娘们和小伙子们,早日订婚,快快组成新的家庭,为咱们罗布村生一百个、一千个孩子!你们……为什么不动?是想累死我这个老头子吗?

〔琼大大走下土台,绕着火堆跳舞。边舞边用拐棍追打着小伙子们。

琼大大 秃小子,还愣着干什么?这里可不缺拴驴的木桩!孩子们,高高兴兴地唱啊跳啊,要像个过日子的样子!

〔年轻人开始跳舞。琼大大体力不支,米丽开把琼大大扶到土台中央,他的位子上。

琼大大 (用拐棍拨着米丽开)你也跳舞去!

米丽开 我?

琼大大 你已经到了谈婚论嫁的年龄了,去吧!我可不想让你成为一个嫁不出去的老姑娘。(把一个小木碗递给米丽开)快听话,啊。

〔米丽开端着小木碗走进年轻人群里,立即成为小伙子们争夺的对象。

〔亚森江缠住了米丽开。

亚森江 米丽开,嫁给我吧!(去抢米丽开的小木碗)

〔米丽开厌恶地躲开了。

〔亚森江又缠了上去。

亚森江 我可是罗布村最英俊的人了!

米丽开 我们家老得掉了毛的山羊都比你好看。

亚森江 我是罗布村最聪明的人!

米丽开 罗布村随便哪一家的葫芦都比你的脑袋灵光。

亚森江 大家都说我是罗布村最会说话的人!

米丽开 说这个话的人肯定是只茶壶,只有嘴,不会说话。

〔图尔苏江将亚森江拨开。

图尔苏江 米丽开,我心里的大火烧了好几年了,快把你小木碗里的水给我喝吧!我家的房子最大最结实,我家的粮食吃不完,我有五头牛,还有三十只羊呢!

你如果嫁给我,一定会成为罗布村最幸福的媳妇的……

〔米丽开调皮地挑逗着图尔苏江,但又躲避着他。

亚森江　(向着米丽开恨恨地)米丽开,你看不上我是不是? 我会让你吃亏的! 哼!

〔群舞进入了高潮。

〔乌布力烦恼地上。他是一位身材魁梧的中年人,上身的一件干部服说明了他是罗布村的行政长官。他是一个复转军人,通过当各种积极分子当上了村干部。他忠于上级领导,又要代表村民的利益,他不得不用他率直的性格和不怎么开放的思维在两者之间穷于应付,因此,他感到不心烦的时候不多。

〔乌布力将那只大木碗里的水泼到火堆上。乐声戛然而止,众人惊讶。

乌布力　都什么时候了,还干这种事? 都给我回家去! 回家去!

〔众人开始慌乱地散去。

乌布力　回来! 都给我回来!

〔众人又不知所措地站住。

乌布力　带着耳朵的人刚好都在这儿,我就不挨家挨户地通知了。我刚从乡里开会回来。乡里开会是为了这次闹瘟疫的事。这次的病叫什么……什么他爹的非甲非乙型肝炎,到处都传染开了。乡里叫大家搞好卫生,把家里的病人抬到单独的房间里隔离起来。(对村文书米尔尼莎)米尔尼莎,你快去,把村委会的那三间房子打扫出来,医疗队马上就要来了。你们……我说亲爱的乡亲们,你们还愣在这儿干什么? 是不是想让我像送客人一样把你们一个一个地送走? 快去!

〔人们散去。图尔苏江在与托乎拉洪商量着什么。

乌布力　图尔苏江,你怎么还不走? 是不是让我发给你两条腿你才走?

托乎拉洪　乌布力!

乌布力　托乎拉洪大叔,还有你家的热毕汗大婶,也得把她单独隔离起来。

托乎拉洪　什么? 你就这样对待罗布村的长老? 连我的女人都要关起来? 我的祖先啊! (夹起长杖悻悻地走了)

〔场上只剩下了乌布力、琼大大和服侍琼大大的米丽开。

琼大大　乌布力。

乌布力　我在,琼大大!

琼大大　你好像受了什么委屈?

乌布力　琼大大! (大哭)

〔米丽开把头巾塞给乌布力,却忍不住大笑起来。

乌布力　(气恼地)是你！你这个被琼大大宠坏了的不懂事的坏女孩！

米丽开　你才坏！谁说我是被宠坏了的不懂事的坏女孩,我就跟他翻脸！

乌布力　你敢跟我顶嘴？我要替你死去的爸爸揍你！(欲打米丽开)

琼大大　(用拐棍拦住了乌布力)干什么?有我在这儿呢！你敢欺负我的米丽开,我打你的屁股！

乌布力　琼大大,你看你把米丽开宠成什么样了？ 一点规矩都没有！

米丽开　你不对,就是你不对！琼大大说过,在大涝坝前面是不许哭的。不能把悲伤和担忧带给祖先的灵魂。你还是个男子汉呢,没出息,哼！

琼大大　米丽开,你玩去吧,别惹你村长叔叔生气。

米丽开　我不走！

乌布力　那我走。(欲下)

琼大大　乌布力,来。

乌布力　是,琼大大！

　　　　〔图尔苏江从一侧悄悄地打手势、学羊羔叫。米丽开笑着跑下。

琼大大　(爱怜地对乌布力)孩子啊,说吧！是谁欺负你了? 谁敢对你使坏,我去打他的屁股！

乌布力　琼大大,你……看看吧！(将靴子脱下来扔到琼大大的面前)

琼大大　(用拐棍拨着靴子)嗯,这儿破了个洞,这儿也破了……可是,就这事,也用不着到大涝坝前面来哭啊！

乌布力　(抓过靴子磕着)你看看这儿！这让我怎么跟你说呢？还有比这个更让男子汉伤心的事吗？你看看这是什么？

琼大大　白色的,是石灰?

乌布力　是的,是石灰！我到乡里去开会,他们逼着我在石灰坑里跺脚,跺了一百次啊！

琼大大　他们为什么要这样?

乌布力　说是要消毒。他们还把生石灰撒在我们罗布村的周围,撒了一圈又一圈,圈起了一个隔离带,不许我们罗布村的人走出这个隔离带。他们怕我们把瘟疫传染给他们,他们把我们罗布村看成是灾祸的根源。

琼大大　这不公平。

乌布力　乡里叫我去开会,我到了乡里。谁都不跟我握手。开会的时候,所有的人都离我远远的,连平常像亲兄弟一样的那些个支书和村委会主任们,也躲得远远的,就像躲一个贼！那眼神就像一把刀子,在戳我的心,在戳一个男子汉的心啊,琼大大！当一个男子汉在屈辱中生活的时候,还不如死去的好!

琼大大　（生气地）去吧,去死吧,我的男子汉!你死了以后,你的灵魂也会到这个大涝坝里去,到祖先们的身边去。祖先们问你:"喂,乌布力,我们没有召唤你到我们身边来,你怎么自己来了?"你不感到这是犯了罪吗?孩子,罗布村的男子汉只应该想着怎样活,而不是想着怎么死!

乌布力　可是,他们……

琼大大　他们是谁?

乌布力　就是我们罗布村周围那些村子里的人。

琼大大　他们不过是后来才迁移到这里来的。我们罗布村的人在这里建立家园的时候,这里只有黄羊和野猪。

乌布力　可是现在他们却这样欺负我们!

琼大大　乌布力,罗布村的人选你当村委会主任,可不是为了听你学乌鸦叫的。

乌布力　可是……

琼大大　乌布力,你是罗布村最大的官,在这大难临头的时候,你可要沉得住气,别让大家看到乌云把你的脸都遮住了。走,陪我围着大涝坝走走。

　　〔暗转。

第 二 场

　　〔接前场。

　　〔大涝坝前。

　　〔米丽开与图尔苏江上。

图尔苏江　米丽开,在情祭上你为什么不把你碗里的水给我?你知道我是多么爱你吗?

米丽开　我突然想……我想到城里去生活……

图尔苏江　什么? 你怎么会有这样的怪念头? 你没有被染上病吧?

米丽开　我害怕……害怕被传染上瘟疫。

图尔苏江　城里,我没进过城,我想不出城里是什么样子。城里就那么让你心动吗?

米丽开　前年,我参加村文化室文化辅导员培训班,到城里去了一个月。城里漂亮极了,有比大炕还平的马路,有各种各样的高楼,而且城里要什么有什么。城里人讲卫生,离医院又近,城里人是不会得瘟疫的。

图尔苏江　可是,罗布村人离不开遮住我们的天,离不开托起我们的地。老人们都说,罗布村的子孙如果离开了祖先的保佑,就会失去一切的。

330

米丽开　那是吓唬胆小鬼的。艾尔肯就不怕,他走了,他是个勇敢的年轻人,他去学习做生意了,他能去,我为什么不能去?

图尔苏江　噢……闹了半天,你心里面想的原来是艾尔肯那个骗子!你怎么能喜欢连家乡都不要的家伙呢?他到城里去做买卖,一定把本钱都全部赔光了!

米丽开　才不会呢!艾尔肯有颗聪明的脑袋,他一定会成功的。

图尔苏江　他呀,哼!这阵子正像一只没家的狗一样,跟在别人后面拣骨头吃呢!他像一只被拔光了毛的鸡一样……

〔艾尔肯上。他是一个气质与同村的农民明显不同的年轻人。他戴着与众不同的鸭舌帽,穿着夹克衫,但是肥短的裤子和皱巴巴的靴子说明着他的农民身份。

艾尔肯　这是谁在说我呢?罗布村的男子汉可是不能在背后骂人的。

米丽开　啊,是艾尔肯,你回来了!

图尔苏江　喂!兄弟,你回来了?

艾尔肯　谁侮辱了罗布村的男子汉,我就用拳头跟他说话!(擂了图尔苏江一拳)

图尔苏江　罗布村人一动拳头,五个外乡人就会趴在地下!(回敬了艾尔肯一拳)

〔二人亲热地打闹起来。

〔图尔苏江发现艾尔肯口袋里的矿泉水瓶。

图尔苏江　这是什么?艾尔肯,你学会喝酒了?

艾尔肯　这是矿泉水。你尝尝。

图尔苏江　(喝了一口吐掉)这也是水吗?咸不咸淡不淡的,呸!

米丽开　(抢过矿泉水瓶喝)啊!这不是自来水吗?又喝到城里的水了!这是城里的水,艾尔肯你真好,谢谢你给我带来了城里的自来水!啊,真甜啊!

图尔苏江　难喝,太难喝了!

米丽开　好喝!没有臭泥味,没有窜来窜去的小虫子,还用漂白粉消过毒,艾尔肯你说是吗?

图尔苏江　哪有咱们大涝坝的水好喝?世界上最好喝的就是罗布村大涝坝里的水!

艾尔肯　现在城边上的农民们也不喝涝坝水了,他们都喝自来水。城里的人还喝装在瓶子里的水,有纯净水、矿泉水、冰川水,好多种呢!

图尔苏江　不就是水吗?有大涝坝的水喝,世界上就会有一切。

艾尔肯　喂,兄弟!你光想着喝大涝坝的水,你就只能过罗布村闭塞、落后、贫穷的生活。你如果想过更讲究、更高贵、更文明的日子,你就不会再满足于喝大涝坝的水了。

图尔苏江　我说艾尔肯兄弟,你才出去一个来月,就说些叫人听不明白的话;你要是出去一年,就会说月亮上的话是不是? 好了,别卖弄了,说说你做生意赚了多少钱吧!

米丽开　是啊,快说说。

艾尔肯　赔了! 连秤杆子都没有拿回来……

图尔苏江　米丽开,我说的怎么样? 他赔了! 哈哈哈……

米丽开　艾尔肯,你怎么会这样呢? 你那颗聪明的脑袋呢? 你怎么这么叫我失望呢?

艾尔肯　这能怪我吗? 这场瘟疫从罗布村传染到了城里,他们说,罗布村人是瘟疫的传播者。当他们知道我是罗布村人的时候,他们都不买我的东西,还把我的摊子拆了,拖到城外边给烧了……

米丽开　艾尔肯,你受苦了……

图尔苏江　那些该死的城里人,我一定要叫他们的眼睛哭成杏干子的!

米丽开　你是怎么回来的? 一路上受了不少苦吧?

艾尔肯　我是用两条腿往回走的。

米丽开　那……那要走半个多月呢!

艾尔肯　后来,我遇到了石油上的人。

米丽开　石油上的人?

艾尔肯　在咱们村北面八十多公里的沙漠里发现了大油田。往井队上运物资的简易公路就在咱们村东边二十公里的地方。石油上的人说,他们要给咱们村修一条简易公路,让汽车开到咱们罗布村来。

图尔苏江　汽车开到咱们村来? 什么时候?

艾尔肯　快了。不过,就是没有路,石油上的沙漠车也可以开到咱们村来。那汽车可大了,比咱们村委会的那三间大房子还大,推土机在前面一推,沙漠车就"呼呼呼"地开过来了。石油上的人说,县里派出来的医疗队,就是要借用石油上的沙漠车送进来呢。

图尔苏江　那么说,别人就可以随随便便地到咱们罗布村来了? 鬼子要进村了,这可不好!

米丽开　那么说,要到城里去,方便多了?

艾尔肯　咱们罗布村要大变样了。你们知道这是为什么?

　　　　〔二人无法回答。

艾尔肯　听城里人说,现在在搞西部大开发。

图尔苏江

米丽开　　　西部大开发?

〔传来汽车发动机声。

图尔荪江　这是什么声音?

艾尔肯　是石油上的沙漠车的声音。医疗队来了。

米丽开　快! 看看去!

〔三人下。

〔暗转。

第 三 场

〔接前场。

〔大涝坝前。

〔罗布村的村民们扛着扫帚草做的扫把,扶着或用车拉着病人匆匆走过。

〔米丽开跑上。

米丽开　医疗队来了! 医疗队来了!

〔村民们热情地帮着医疗队搬运行李、药品和器材。村文书米尔尼莎领着医
疗队上,村民们纷纷要把医疗队员往自己家里领。

米尔尼莎　大家都别争了,乌布力村长都安排好了,医疗队的人都住在村委会里。

（领着医疗队员下）

〔张医生上。她是一个干练的中年女知识分子,既有多年从医的儒雅和细
致,又有领导干部的深沉、敏锐和果敢。

〔张医生跑向大涝坝。

张医生　啊! 罗布村的大涝坝啊! 终于又见到你了!

〔乌布力快步赶来。

乌布力　张医生!

张医生　哟! 这不是乌布力吗?

乌布力　你还认得我?真是太谢谢你了!乡里的人告诉我,你当了咱们县卫生局的局
长了。

张医生　还是叫我张医生吧,我呀,最爱的工作就是认认真真地当一辈子医生。嗯,
都十八年了,你可是一点都没变啊!

乌布力　老喽! 十八年前,我还是个刚从部队复员回来的小青年呢!

张医生　十八年前,也是这个季节,罗布村流行急性肠道传染病,是我带着医疗队来
的……

乌布力　你们医疗队从县城出发,坐了一天的汽车,两天拖拉机,又骑了三天毛驴才

来到我们罗布村。你们下了毛驴的时候,累得你们两条腿都站不住了,一个个都瘫在地上。

张医生　现在好多了。西部大开发一来,坐石油队的沙漠车,大半天就到罗布村了。

乌布力　我记得,十八年前,你们下了毛驴,连口饭都顾不上吃,就到各家各户去抢救病人。

张医生　那一年,我处理的第一件事,是给一个女病人接生。那个女病人的病情已经相当严重了,而婴儿是横位,难产!

乌布力　那次可是把你累坏了,从下午一直忙到第二天早上,孩子刚生下来,你就累得昏过去了。

张医生　新生儿是个女孩,对吧? 她的妈妈坚持着把她生下来,就咽气了,啊……乌布力,那个女孩活下来了吗?

乌布力　活下来了。

张医生　她还好吗?

乌布力　她……当然好了,全罗布村没有一个比她活得更好的了!

张医生　她漂亮吗?

乌布力　是罗布村的小公主。

张医生　她健康吗?

乌布力　就像一只不知疲倦的小麻雀。

张医生　她叫什么名字?

乌布力　叫米丽开。

张医生　米丽开,公主的意思,这名字好记……

〔一位村民背着一位妇女上。

村　民　医生,快救救我老婆吧! 她还没给我生孩子呢,可不能叫她就这样死了啊!

张医生　(观察病人,对乌布力)需要立即隔离!

乌布力　(张望一下,对幕内)图尔苏江,把车推过来!

〔图尔苏江赶着一辆驴车跑上。

乌布力　把阿依汗送到村委会的隔离室去! (帮着把病人抬上车)

〔一位妇女到大涝坝来打水。

张医生　(拦住妇女)大婶,这大涝坝的水不要再喝了。

妇　女　什么? 水不能喝? 那哪行啊? 人不喝水要变成桃干的。

张医生　罗布村饮水的问题,我们要跟你们的乌布力村长商量一下。很快就会解决的。

妇　女　我说乌布力,你现在连大家喝水的事都管上了? 这大涝坝的水为什么不让

334

喝,你可得要说明白啊!

乌布力　张医生,这大涝坝的水为什么不能喝?

张医生　根据我们掌握的情况,这次非甲非乙型肝炎大流行,传染源就是这个大涝坝。这个大涝坝必须立即封闭。

乌布力　啊? 怎么会这样? 可是……罗布村乡亲们就是靠着这个大涝坝的水生存的啊! 封了大涝坝,乡亲们的吃水问题怎么解决?

张医生　我在来罗布村的路上,看到有一条小河,河水虽然泥沙较多,但还没有被病菌污染过。可以到河里去打水吃嘛。

乌布力　那条河离村子有五公里的路呢!

张医生　可以把村里的年轻人组织起来,成立一个拉水队。

乌布力　那……好吧。

张医生　要做一块牌子插到大涝坝上,上面就写"涝坝封闭,禁止取水"。

乌布力　知道了……

张医生　好像你很为难,是吧?

乌布力　你不知道,大涝坝在罗布村人的心目中的地位。不过,我会按你说的去办的。这毕竟是为罗布村的人好啊。

　　　　〔一个医护人员跑上。

医护人员　张医生,有一位病人出现了应激反应。

张医生　快! (对乌布力)乌布力,我先去处理一下。(急下)

　　　　〔亚森江上。

亚森江　乌布力村长,艾则孜说什么也不把他的爸爸送到隔离室去……

乌布力　你长舌头是干什么用的? 没有给他讲道理?

亚森江　我可是咱罗布村最会讲道理的人。我把天底下一大半的道理都讲给他了,可是,你也知道,艾则孜脖子上那个圆咕隆咚的玩意儿不是脑袋,是核桃,不砸不开啊!

乌布力　我去给他说!

　　　　〔米尔尼莎跑上。

米尔尼莎　乌布力村长! 石油上又来了一辆沙漠车,拉来了县上支援我们的救灾物资。往哪儿卸呢? 你快去一下吧!

　　　　〔乌布力欲随米尔尼莎走。

亚森江　乌布力村长,艾则孜那里……

乌布力　(摘下帽子递给亚森江)给,你拿着我的帽子去跟他说话。

亚森江　(将乌布力的帽子捧过头顶)这下当然就行了。见了村长的帽子,谁还敢不

听话！(转身恨恨地)呸！这顶帽子本来应该是戴在我头上的！(戴上帽子招摇地下）

〔暗转。

第 四 场

〔接前场。

〔大涝坝前。

〔有人在喊："不得了了！把我们的大涝坝给封起来了！"

〔铁壳鼓急敲，人们情绪激动地在场上活动着。

〔大涝坝上醒目地立着一块木牌，上面用汉文和维吾尔文写着"涝坝封闭，禁止取水"。

〔托乎拉洪急上。

托乎拉洪　这是谁插的牌子？

亚森江　是乌布力村长让插的。

托乎拉洪　把这块倒霉的牌子给我拔出来，砸了！

〔艾尔肯上。

艾尔肯　大叔，这个牌子不能拔。这是文明和进步的标志。

托乎拉洪　当百灵鸟在唱歌的时候，麻雀却跑来插嘴来了！你知道这牌子插在这里是干什么的吗？

艾尔肯　这不是写着吗？"涝坝封闭，禁止取水"……这个大涝坝早该封了。

托乎拉洪　我的祖先啊！这样的话都从这秃小子的嘴里说出来了！艾尔肯，你过来。你说，我是谁？

艾尔肯　您是罗布村的长老托乎拉洪大叔啊！

托乎拉洪　我是干什么的？

艾尔肯　您唱罗布村的史诗，讲罗布村的故事和规矩，还主持各种仪式。

托乎拉洪　还有呢？

艾尔肯　还有……

托乎拉洪　(突然打了艾尔肯一耳光)我还能打你！谁对住着祖先灵魂的大涝坝不恭敬，我就代表罗布村教训他！祖先给了我这个权力！罗布村的孩子们，听我的，把这块牌子拔下来砸了！

艾尔肯　大叔，你不能这样啊！

托乎拉洪　图尔苏江，去！

〔图尔苏江欲拔木牌。

艾尔肯 　（护住了木牌）不能这样！大家听我说。你们都走出罗布村,到外面去看看吧！改革开放都这么多年了,别人都在发展,可是我们的罗布村还这么落后,这是为什么？这能怪别人吗？只能说明是我们的思想太落后了……

托乎拉洪 　什么？我们落后？我们哪儿落后？我们的历史那么悠久,我们的铁壳鼓敲得那么响亮,我们的歌唱得那么动听,我们的舞跳得那么漂亮！我们的青年那么强壮,我们的姑娘那么美丽,这些,谁能跟我们比？我们罗布村的琼大大,那么长寿、那么智慧,世界上有几个能跟他比？谁能说我们落后？哼,还不止这些呢！

亚森江 　对,不止这些！还有托乎拉洪大叔,会讲那么多的故事,懂得那么多的规矩,世上少有！

艾尔肯 　不承认自己落后这就是落后！现在,到处都在忙着靠科学技术致富奔小康,可是,你们却在固守着落后的习俗,你们还在喝生水,喝这被病菌污染了的涝坝水,你们还在瘟疫中挣扎,不得不等着医疗队来救你们。医疗队封了大涝坝是为罗布村的人好啊！可是你们却在用一只手要求别人帮助的时候,用另一只手去打帮助你们的人！想想吧！想想你们在干什么！

托乎拉洪 　（又打了艾尔肯一耳光）你小子也是喝着大涝坝的水长大的,可是你却吃着罗布村的包谷,给外村人下蛋！你跟外村人说一样的话,你这个罗布村的叛徒！

艾尔肯 　大叔,你这样,会挨琼大大的巴掌的！

托乎拉洪 　你敢用罗布村最恶毒的毒咒咒我,看我打断你的腿！

〔托乎拉洪追打艾尔肯下。

〔米丽开上。

米丽开 　图尔苏江,这是怎么回事？

图尔苏江 　艾尔肯要背叛琼大大。

米丽开 　什么？我说图尔苏江,你这半截葫芦里面装的是脑浆子还是发了霉的酸奶子？艾尔肯怎么会背叛琼大大？我不信！

图尔苏江 　艾尔肯不让拔这块牌子。

米丽开 　这牌子关琼大大什么事？

图尔苏江 　米丽开呀米丽开,你也真是傻得可爱！我看你是被艾尔肯那个小骗子给弄糊涂了吧？你不想一想,如果大涝坝被封了,琼大大再也不能喝大涝坝的水了,他老人家再也不能通过大涝坝跟祖先对话了,再也不能用大涝坝的水为罗布村的人祝福了,他会怎么样呢？

米丽开　这……

图尔苏江　他会疯的,他会死的!

米丽开　不许你这样说!啊!琼大大,我最亲最敬的琼大大……

图尔苏江　你是琼大大的命根子,琼大大是你唯一的亲人哪!

米丽开　我就是死四十次,也不能让琼大大受一点委屈。

图尔苏江　那还等什么呢?来吧!(将米丽开拉到木牌处)诅咒它吧!拔下来砸烂它吧!(见米丽开有些犹豫)这可都是为了琼大大啊!

〔米丽开拔下了木牌,举起来欲砸。

〔张医生在米尔尼莎的陪同下跑来。

张医生　别动那牌子!乡亲们,大家不要冲动,有什么意见对我说好吗?

〔人们有些害怕,有的悄悄溜到远处。

张医生　说吧!怎么不说话?你叫亚森江是吧?你先说。

亚森江　(退缩着把图尔苏江拉到一边)是你跟艾尔肯争米丽开,你在艾尔肯背后捅刀子,想把米丽开哄到你的驴脊背上去的。现在事情闹大了,还是你去出个头吧!张医生,我们的图尔苏江有话要对你说!

图尔苏江　我……我……(突然指着幕侧)喂!喂!

〔艾尔肯与托乎拉洪跑上,艾尔肯向托乎拉洪告饶着。

〔托乎拉洪发现气氛不对,看到了张医生。

托乎拉洪　嗯!这不是张医生吗?您好啊!

张医生　你是……托乎拉洪大哥?您好啊!

托乎拉洪　托祖先的福,还好……

张医生　托乎拉洪大哥,你这是在干什么?

托乎拉洪　(慌忙用亲热的动作阻止艾尔肯说话)开开玩笑,闹着玩呢!(对众人)我说乡亲们哪,这,就是我常给你们说起的张医生,她可是咱们罗布村的大恩人哪!

村　民　张医生好!

米尔尼莎　张医生现在是咱们县的卫生局长了。

〔村民们纷纷议论,向张医生恭敬地行礼。

托乎拉洪　哎哟!这可是到咱罗布村来的最大的官了!张局长您请这边坐!

张医生　乡亲们,我看到你们要拔这块牌子是吗?有什么话,你们就对我说吧!

托乎拉洪　没……没什么话吧?我是说,我倒没什么要说的。他们……可能有意见。

(对一青年)说话呀?别像个刺猬似的,见了人就知道把脑袋往肚子里面缩!

〔那个青年还是躲开了。

张医生　我看得出来,大家对插这块牌子有意见,对吧? 大涝坝对于罗布村的人来说,是神圣的。它不仅是罗布村唯一的水源,养育着罗布村的乡亲们。在罗布村人的心目中,大涝坝里住着祖先的灵魂,是罗布村人的保护神。可是,我不得不告诉大家这个大涝坝已经被病菌污染了。这次大规模传染病的流行,病源就是这个大涝坝⋯⋯

村　民　这怎么可能? 不会吧?

张医生　罗布村的乡亲们有喝生水的习惯。你们从大涝坝里感染了病菌,造成了大量的人员患病,还造成了死亡。这种病传染得很快,已经传到了外乡外县,形势非常严峻。为了迅速控制疫情,所以不得不暂时把大涝坝封闭起来⋯⋯

图尔苏江　(对米丽开)听到了吗? 他们非要封大涝坝不可,这不是要琼大大的命吗?

米丽开　(对张医生)你说得不对! 琼大大一直在喝大涝坝的水,他都活了一百岁了,不是好好的吗?

托乎拉洪　是啊是啊! 罗布村的人都喝了一千年大涝坝的水了,不照样兴兴旺旺的吗?

张医生　可是,罗布村的人世世代代受瘟疫的折磨,托乎拉洪大哥,你对罗布村的历史知道得最多,你说这不是事实吗?

托乎拉洪　是,是⋯⋯可是琼大大⋯⋯

张医生　琼大大是一个特例。他是一个在恶劣的环境里出现的适应能力特别强的人,罗布村不就是只有一个琼大大吗? 琼大大的亲人不是都被瘟疫夺去了生命吗?

艾尔肯　(指着米丽开)琼大大家只剩下这一个后代了。

张医生　米丽开! 你真漂亮! 是你把这块牌子拔下来的?

托乎拉洪　(将米丽开掩到身后)张局长,大家一时半会还想不通,这牌子就别插了?

张医生　托乎拉洪大哥,乡亲们,这可是关系到大家的健康和生命的大事啊!

托乎拉洪　那⋯⋯我再去劝劝大家? (对几个年轻人)快,去说话啊!

年轻人　我⋯⋯不敢⋯⋯

托乎拉洪　亚森江!

亚森江　我在,托乎拉洪大叔!

托乎拉洪　你是罗布村话最多的人,你去说!

亚森江　我⋯⋯我⋯⋯

托乎拉洪　去!

亚森江　是。我……我要说什么?

托乎拉洪　你就说,医疗队来为我们治病救人,我们感谢你们,一天给你们烤一只羊吃……

亚森江　知道了,一天烤一只羊吃……

托乎拉洪　回来! 告诉他们,如果要封我们的大涝坝,他们就滚回去吧! 罗布村的人是死是活,由祖先做主,外乡人少管闲事! 快去!

亚森江　(对张医生)一天……一天给你们烤一只羊吃……(溜到一边去了)

张医生　乡亲们,我是一个医生。你们不是有句话吗?说是"不听医生的话,受罪的是自个儿。"是这样说的吧?

图尔荪江　(对米丽开)谁都靠不住,要保护琼大大,就全靠你了!

米丽开　(突然地)不! 我们不听! 封了大涝坝,琼大大会发疯的,他会死的! 不能封大涝坝!

图尔荪江　对,不能封大涝坝!

张医生　米丽开,你这样做就不对了,我可要批评你了……

米丽开　不! 就不! (把木牌扔在地上)

图尔荪江　(小声地对米丽开)干得好! (领头大喊)大涝坝! 大涝坝!

村　民　大涝坝!

　　　　大涝坝!

　　　　大涝坝……

　　　〔乌布力急上。他拣起木牌,猛地往地上一墩,村民们立即不出声了。

　　　〔乌布力挥起坎土曼挖土,将木牌埋回原处。

托乎拉洪　乌布力,你还是罗布村的子孙吗? 这可是住着祖先灵魂的大涝坝啊!

亚森江　乡亲们哪,像乌布力这样的人怎么还能再当村长呢? 下次选举的时候,你们可别再投他的票了,你们该选我,像我这么好的人,你们应该选我当村长才对呀!

　　　〔乌布力埋好木牌,用脚踏实。

乌布力　你们谁也别出声,谁也别惹我! 我听说你们在下面传着一句话,说什么来着?说是"谁想找倒霉,谁就去惹乌布力村长发怒吧。"我现在可是窝着一肚子火,正想找个人打架呢,你们谁来陪陪我?

托乎拉洪　那么你连我的话都不听了吗?

乌布力　你说,是长老大还是村委会主任大?

托乎拉洪　我这个长老是祖传的,而你这个村委会主任是大家伙选出来的。

乌布力　是啊,我是民主选举出来的,而且,在这以后,经过上级的批准任命,我就已

340

　　　　经是国家的第六十一等文官了！你是什么官？你得要听我的领导！

托乎拉洪　好吧,好吧！没有把我这个长老放在眼里,我找琼大大去,他是全村人的

　　　　老爷爷,我看你敢不听他的话！（下）

乌布力　你们还有要说话的吗？

　　　〔乌布力打算离开,又不放心地回到木牌旁,将自己的帽子挂在木牌上。

乌布力　你们谁的眼眶子里面装错了东西,现在把眼珠子换上,看清楚了！（刻意拍

　　　　了拍他的帽子）谁再敢动这块牌子一指头,谁就是跟我乌布力过不去。

　　　〔米丽开突然冲过去摘下乌布力的帽子扔在地上,想把木牌再拔出来。

米丽开　不！不能要这个牌子！你不能不顾琼大大啊……

乌布力　住手！你这个被宠坏了的坏女孩!

米丽开　你敢说我是坏女孩？我和你拼命！（挥着拳头要打乌布力）

　　　〔村民们急忙拦住了米丽开。

乌布力　你就是被琼大大宠坏了的不懂规矩的、没有主见的、又傻又笨的、疯疯癫癫

　　　　的坏女孩!

米丽开　你！你……（大哭起来）你欺负我！琼大大,琼大大,乌布力欺负我了……

　　　　（跑下）

图尔苏江　米丽开,米丽开！（追下）

乌布力　坏女孩,就是坏女孩！你爸爸临死的时候叫我好好管教你的!

　　　〔村民们劝慰着乌布力。

亚森江　村长,封闭了大涝坝,我们喝什么？

乌布力　咱们村东边有一条河。

亚森江　这事,连我们家的驴都知道。

乌布力　那就好。你就把水葫芦背上,让你们家的驴牵着你,到河边上驮水回

　　　　来喝。

亚森江　来回好几公里路呢!

乌布力　你不说你是又勤劳又勇敢吗？你的勤劳到哪儿去了？

张医生　乡亲们,等医疗队对大涝坝的水进行消毒处理以后,把水烧开了还是能喝

　　　　的。罗布村改善饮水条件的问题,县上的领导都非常重视,已经列为全县的

　　　　改水重点工程了。

亚森江　可是,我们现在喝什么？

村民们　是啊,没饭吃可以饿个三五天的,可是没水喝,半天就受不了了……

艾尔肯　我们可以挖土井啊!

乌布力　对！我把这事给忘了。大家听着,每家出一个壮劳力,现在回家去拿工具,半

个小时以后在村南边大田边集合,跟我去挖土井。

张医生　你们打过水井?

乌布力　前年抗旱的时候挖过大眼土井。后来,井坑被沙土埋住了。我们这里水位
　　　　高,不出两个小时就可以挖出水来。

张医生　这就好了,有井水,问题就解决了。

亚森江　那井水是不能喝的!

张医生　为什么?

亚森江　井水又苦又咸,做汤面条都不用再放盐。

村民甲　兵团农场的人喝井水。他们倒是不闹瘟疫,可是他们见了我们都不敢张嘴。

张医生　噢,是……牙!

亚森江　可不是嘛!他们的牙又黑又黄,听说他们的骨头都是黑的,还特别脆,夜里
　　　　两口子在床上打架,不小心掉到地上,全身骨头就会摔成一包渣子的。

张医生　那叫氟中毒,是由于地下水含氟量太高造成的,但是不会像你说得那么严
　　　　重。短时间内喝这种地下水没有关系,它毕竟没有被病菌污染过。

乌布力　你们都听到了吧?可不是我胡乱说的,这是张医生说的。她说应该喝井水,
　　　　我们就喝井水。大家跟我走,挖土井去!

　　　　〔托乎拉洪拉着琼大大上。

村　民　琼大大!

张医生　琼大大,您老人家好啊?还认得我吗?

琼大大　你……认得认得,是张医生啊!十八年前,你带着医疗队到我们罗布村来治
　　　　病救人,没有你,我们罗布村现在可能成了一片坟地了。你走了以后,我们
　　　　可是常常想着你哪!你还好吗?你丈夫好吗?你的孩子好吗?你家住得宽
　　　　敞吗?你家的庄稼长得好吗?嗯,你是医生,不种地的……

　　　　〔一医护人员跑上。

医护人员　张大夫,十五号病人有药物过敏反应……

张医生　快去!琼大大,我有空就去看望您……(急下)

琼大大　啊,去吧,去吧,走好,村里的路不平,当心绊着。

托乎拉洪　琼大大,您看吧!他们把大涝坝封了!

　　　　〔琼大大在土台上心绪不宁地踱着。

托乎拉洪　罗布村的子孙们啊!祖先给我们留下世界上最圣洁的大涝坝,我们一直
　　　　这样,喝着大涝坝的水生活着。我们用什么方式生活,这是我们自己的事,
　　　　用不着别人跑到我们面前来指手画脚!

乌布力　我亲爱的长老大叔,你就少添点乱不行吗?

托乎拉洪　琼大大,您就发个话吧!您一声令下,全村的男女老少都会到这里来,把这个该死的牌子砸了,让所有的外村人都不敢靠近大涝坝!

琼大大　把医疗队也赶走?

托乎拉洪　对!叫他们走!

琼大大　那,生了病的人谁来治?那可都是罗布村的好孩子啊!

托乎拉洪　不是有我吗?我可以带领大家向大涝坝祈祷,请祖先保佑我们。琼大大,您就快发个话吧!

琼大大　你们想听我说什么呢?在这个时候,我只想到祖先传下来的一句话。祖先教导我们说:罗布村的子孙们啊!孩子有父母才能得到安乐。朝廷就是我们的父母,你们要永远做朝廷驯服的臣民。嗯……现在没有朝廷了,有政府。政府要做的事,我们决不能反对。

托乎拉洪　(哭)可是,他们要封的是罗布村神圣的大涝坝啊!我的祖先啊!祖先啊……

琼大大　托乎拉洪啊,你过来。

托乎拉洪　我在,琼大大。(走到琼大大面前)

　　　　　〔琼大大突然举起手掌,打了托乎拉洪一个耳光。清脆的声音如霹雳般震撼了所有的人。

托乎拉洪　啊!琼大大,琼大大……

琼大大　你不该叫我来,你这个没有眼色的臭小子!

　　　　　〔众人惊诧。

　　　　　〔琼大大一改平时的安详飘逸,气喘、面颤、身子晃抖,无力地坐在土台上。

　　　　　〔暗转。

第 五 场

　　　　　〔接前场。

　　　　　〔又是大涝坝前。

　　　　　〔土台上,图尔苏江正向米丽开套着近乎。

图尔苏江　还是罗布村的老话说得好:听着云雀的叫声饿肚皮,听着老母鸡的叫声有蛋吃。

米丽开　你是说你是老母鸡,我应该嫁给你?

图尔苏江　那当然。月亮和启明星为什么在一起?这世界上只有相般配的东西才应该在一起。你是琼大大的小羊羔,我是托乎拉洪家的小儿马,我们两家门当户对,我们两个也最般配……

〔米尔尼莎挽着疲倦的张医生走来。

张医生　年轻人,你们好啊?(突然晕眩)

米尔尼莎　米丽开,快来,帮个忙!

〔米丽开跑过去帮着把张医生扶到土台上坐下。

米尔尼莎　她这是累的。张医生从下了汽车到现在,饭没顾上吃,一刻都没休息,她
　　　　太累了。

米丽开　琼大大常对我说,她是个最好的人。(把头巾沾湿,擦着张医生的额头)

图尔苏江　米丽开……

米尔尼莎　去去去!这里都是女人,你在这里干什么?(将图尔苏江轰下)

张医生　(虚弱地)我这是……虚脱,没事的,毕竟老了,体力不如从前了,坐一会就
　　　　会好的。你……米丽开……

米丽开　你……为什么哭了?

张医生　(掩饰)没有啊……

米尔尼莎　米丽开,十八年前,是张医生把你接生到这个世界上来的。

米丽开　我?

张医生　是啊。你的爸爸妈妈是琼大大的孙子和孙媳,你妈妈病得很重,生你时又
　　　　是难产。

米尔尼莎　那时候可把张医生累坏了!张医生后来才听说,你出生的那天她的女儿
　　　　小红死去了。张医生要把你带走当她的女儿,可是琼大大把你留下了。

张医生　过去的事,就不说它了……

米丽开　啊?张医生,你的女儿是怎么死的?

张医生　十八年前,我带领医疗队到罗布村来,我的女儿小红才三岁,她天天想妈
　　　　妈。那天晚上,小红趁家里人没留意,就自己跑了出来,朝着医疗队出发的
　　　　方向走,要去找妈妈。不小心掉到一个涝坝里淹死了……

米尔尼莎　也就在这时候,你出生了。所以张医生一见到你,就想起她的小红。

张医生　你长得就跟我小红小时候一模一样呢!

米尔尼莎　你一出生,张医生就对着你叫:"小红!我的小红怎么在这里?"

米丽开　刚才,拔牌子的时候,是我不好……你不要生我的气好吗?

张医生　你呀,还是个孩子嘛!唉……你让我想起我的女儿小红……

米尔尼莎　按我们罗布村的风俗,你把米丽开接生到这个世界上来,也是给了她生
　　　　命的人,是米丽开的第二个母亲,米丽开要叫你妈妈的。米丽开,快叫妈妈!

米丽开　张……妈妈!

张医生	哎!我的好女儿!
米丽开	张妈妈,我对不起你,我不该跟你吵架。听了图尔苏江的话,我只想到了琼大大……其实,我不喜欢喝大涝坝的水,我喜欢喝城里的自来水,我爱城里,经常梦到城里。我想到城里去生活。张妈妈,你把我带到城里去吧!
张医生	那么,琼大大怎么办?
米丽开	啊……琼大大……
张医生	孩子,你为什么非要到城里去不可呢?你可以把城里的生活搬到罗布村来啊!
米丽开	把城里的生活搬到罗布村来?
张医生	是啊!通过你们的努力,打井改水,让家家户户都用上自来水。还可以建起医院和学校,把这个大涝坝建成一个公园,不是就像城里一样了吗?
米丽开	啊!那多么美!我不用离开琼大大,不用离开罗布村,又能过上城里一样的生活了!
张医生	米丽开,你愿意到我们医疗队来工作吗?
米丽开	我?行吗?
张医生	你又漂亮又聪明伶俐,你会很快学会简单的医护知识和技术的。医疗队的哥哥姐姐们会帮你提高文化。我在想,应该建立起罗布村的卫生室,在这基础上再建起村级医院,为罗布村留下一支永不撤离的医疗队。我想,过些时候,送你到地区卫生学校去培训,你愿意去吗?
米丽开	太好了!张妈妈,我愿意,我愿意!
	〔张医生拥抱了米丽开,吻她的额头,又习惯性地摸着米丽开的脉搏,察看了米丽开的眼睛和眼皮。
米丽开	(紧张地)张妈妈,我染上瘟疫了吗?
张医生	不,你很健康。在这儿坐的时间太久了,我得走了。米丽开,过一会你到医疗队来找我。(与米尔尼莎下)
米丽开	哎!(高兴得手舞足蹈)
	〔艾尔肯提着褡裢上。
艾尔肯	米丽开!
米丽开	啊!我有妈妈了!我要到医疗队去工作了!
艾尔肯	可是,我要走了。我是来向你告别的。
米丽开	什么?艾尔肯,你又要走?
艾尔肯	搭石油队的汽车走。

米丽开　还是进城去吗?

艾尔肯　我要去挣很多的钱,在城里买房子,然后来接你。

米丽开　来接我?

艾尔肯　接你到城里去生活。

米丽开　不……我不到城里去了。

艾尔肯　怎么了?怎么这么快就改变主意了?

〔图尔苏江上。

图尔苏江　艾尔肯,你走吧!走得远远的,最好永远不要回来。

艾尔肯　米丽开,你不是做梦都想到城里去吗?

图尔苏江　米丽开怎么能离得开琼大大呢?米丽开离不开琼大大就离不开罗布村,
　　　　　离不开罗布村就离不开这个大涝坝,离不开大涝坝也就离不开我。

艾尔肯　好啊,图尔苏江,是你这家伙在捣鬼!(做要拼命状)

图尔苏江　是我!怎么着?要拼命?来,罗布村的男子汉是不怕死的,来啊!

〔二人对峙。

米丽开　(大笑)打啊,打啊!男子汉们!就会打架!你们的头脑呢?你们不会用一用
　　　　智慧吗?傻瓜!笨蛋!没出息!

〔二人同时逼向米丽开。

艾尔肯　你说,你爱不爱我?跟不跟我走?说!

图尔苏江　快说,你爱我,不爱他!

米丽开　图尔苏江,你说说看,你有哪些值得我爱的?

图尔苏江　我有的是力气,我能干活,罗布村的年轻人谁能比得上我?

米丽开　但是我要过城里人一样的生活,你能给我吗?

艾尔肯　我能给你!

米丽开　可是,我离不开琼大大,离不开罗布村,我不能搬到城里去。

〔二青年丧气地坐在土台上。

米丽开　朋友们,你们俩是罗布村最优秀的小伙子。你们谁能把城里的生活搬到罗布村
　　　　来,让家家户户都喝上清洁的自来水,再也不喝涝坝水,我米丽开就嫁给谁!

图尔苏江
　　　　　这话是真的?
艾尔肯

米丽开　我说了。天空听到了,大地听到了,住在大涝坝里的祖先们听到了。我以大
　　　　涝坝的名义发誓!

图尔苏江　米丽开,有了你这句话,就是在天上种包谷种麦子,在锅里煮星星煮月
　　　　　亮,我都干!

艾尔肯　米丽开,为了你的这句话,我的脚要走遍整个世界!

米丽开　这还像是罗布村的男子汉!愿祖先保佑你们!再见,我要到医疗队去了!(笑着跑下)

〔两个年轻人尴尬地站着。

艾尔肯　大涝坝,大涝坝,求您去告诉那个叫图尔荪江的家伙,在罗布村打深水机井,可不是凭力气用坎土曼就能办得到的,要花很多钱呢!

图尔荪江　大涝坝,大涝坝,求您转告艾尔肯那个喜欢东跑西颠的小子,我要搞牛羊育肥,还要挖大芸、种果树、编席子,叫他负责把东西卖出去,一年能挣好多钱呢!

艾尔肯　大涝坝,大涝坝,您告诉他,搞牛羊育肥的钱我包了。

图尔荪江　大涝坝,大涝坝,您给他说,他放心地去做生意吧,他家责任田里的活我全包了。

图尔荪江
艾尔肯　　大涝坝,大涝坝!

〔二人又相互面对着挥舞起拳头。

艾尔肯　你等着,咱们的事还没有完呢!

图尔荪江　你滚吧! 等你回来,米丽开早就在我家的炕上抱娃娃了!

艾尔肯　没那么容易! 说不准还得请琼大大为咱们俩举办罗布村的情祭呢!

图尔荪江　我不怕! 我什么都不怕!

〔二人又冲向对方摆出了决斗的架势。

〔暗转。

第 六 场

〔不久后的一个夜晚。

〔仍然是大涝坝前。

〔托乎拉洪坐在土台上弹着热瓦普唱着歌。歌声忧伤哀怨。

托乎拉洪　（唱）你走了,你走了,你走了

果园里的百灵飞走了

我的河上没有桥

马鞭子挂在了墙上

啊……

啊……

你走了,你走了,你走了

你把好日子带走了

沙漠里没有骆驼

我在孤独地歌唱

啊……

啊……

〔两位村妇提着木桶和水葫芦向大涝坝走来,见土台上坐着人,便想躲避。

托乎拉洪　喂! 那是谁啊?

　　　　〔两个村妇只好到土台前向托乎拉洪行礼问好。

村妇甲
村妇乙　托乎拉洪大叔,你好!

托乎拉洪　(指了指木牌)你们没有看到这块牌子吗?

村妇甲　看到了。

村妇乙　可是我们还没有看到鱼在天上飞,所以罗布村的人要喝大涝坝的水。

托乎拉洪　嗯,哼哼! 你们去吧,以后小心着点,虽说医疗队回去了,可是还有乌布力
　　　　村长呢!

村妇甲
村妇乙　是,托乎拉洪大叔! (欲下)

　　　　〔乌布力上。

乌布力　喂! 那是谁?

村妇甲
村妇乙　是我们,村长。

乌布力　你们拿着水葫芦到这里来干什么? 是不是想偷着打大涝坝的水? 回去! 以
　　　　后不许到这儿来!

村妇甲
村妇乙　村长……(不想离去)

　　　　〔乌布力还想再教训村妇,却被托乎拉洪打断了。

托乎拉洪　乌布力!

乌布力　我在,托乎拉大叔。

托乎拉洪　听说你老婆生孩子了?

乌布力　是。

托乎拉洪　是男孩还是女孩?

乌布力　女孩。

托乎拉洪　可是我听村子里那些有经验的女人们说,你老婆应该生男孩的,怎么她临时改变了主意,把孩子生成了女的了?

〔乌布力又羞又气,说不出话来,村妇们却笑起来。

托乎拉洪　嗨……啧啧啧!我们的村长同志连一个男孩都没有啊!乌布力,我看以后谁帮你种地,你老了以后,女儿们都嫁出去了,谁来侍候你!

村妇甲　住女婿家去嘛!

村妇乙　那可丢人喽……

托乎拉洪　(对乌布力)这都是因为你叫大家挖什么土井,你带头喝那井水造的孽!你没听老人们说吗? 井水是地底下的水,没经过太阳的照射,是凉性的,是阴水,男人喝了井水浑身没劲,女人喝了井水只会生女孩。罗布村的祖先早把什么都给我们安排好了,他们给我们留下这个大涝坝,为的就是让罗布村的子孙们世世代代男人强壮,女人漂亮,多生男孩子,人丁兴旺。可是,你,却要帮着外乡人把大涝坝封了,哼,怎么样?又生了个女孩是不是?报应啊,报应!

〔村妇们又笑起来。

乌布力　你们……你们……嗨!(沮丧地下)

〔托乎拉洪和村妇们大笑着。

托乎拉洪　(对村妇们)去吧,去放心地打水吧! 乌布力再也抬不起头来管这块牌子了!

〔托乎拉洪张扬地举起大木碗喝了一口水,嘲笑地敲着那块木牌。他恨恨地拔下木牌,扔到土台下面,得意地大笑起来。

〔暗转。

第　七　场

〔又过了几个月。

〔还在大涝坝前。

〔农用机车的声音。

〔琼大大和托乎拉洪坐在土台上,唠叨着什么。

琼大大　这又是你的儿子图尔苏江开的那辆什么蹦蹦车?

托乎拉洪　现在的年轻人哪!什么新鲜就玩什么,这可是黄鼠狼生老鼠,一代不如一代守规矩了。

〔米丽开上。她身上洋溢着城里姑娘的风采,特意将一件白大褂搭在臂上。

349

图尔苏江穿上了夹克衫,戴上了城里小伙子喜爱的鸭舌帽,他帮米丽开提着一只制式木箱,箱子上写着"水样箱"字样。

米丽开　(跑向琼大大)琼大大!

琼大大　这不是我的小公主吗?(亲吻米丽开的额头,并将她揽在怀里)我看看……哟!祖先们说过离开村子一天,脸上就会增加一道皱纹,可是你进城半年多了,却是更漂亮了!

托乎拉洪　是啊!都快认不出来了……

米丽开　托乎拉洪大叔好!

托乎拉洪　好,好!你走了半年,琼大大就在这里站了六个月,天天像丢了魂似的朝那里看呀看呀!

琼大大　我每天都站在这里等啊盼啊,等我的小公主从这条路上走过来,像只小羊羔一样拱进我的怀里……

米丽开　不管是白天还是晚上,一闭上眼睛,我就会看见您站在这里等着我……琼大大,您还好吗?

琼大大　我天天坐在大涝坝前面,喝着大涝坝的水,哪能不好呢?我倒是不放心你啊!

米丽开　我很好,好极了,琼大大!卫生学校的农村基层卫生员培训班结业的时候,我被评为优秀学员了!我还考取了上岗证呢!(穿起白大褂)现在,我是咱们罗布村的卫生员了!您看,我穿这个漂亮吗?

琼大大　来,我们的小公主,喝一口大涝坝的水,感谢祖先保佑你平安归来!

米丽开　不,琼大大……

托乎拉洪　唉,孩子,那城里可是各种魔鬼出没的地方,喝了这消灾免祸的大涝坝水,祖先的灵魂就把你身上带回来的灾祸赶出去了。

米丽开　好吧,给我。(接过大木碗)图尔苏江,帮帮我……把我的水样箱拿来。
　　　　〔图尔苏江上。

图尔苏江　(殷勤地)遵命,小公主!(打开水样箱,取出一个水样瓶递给米丽开)
　　　　〔米丽开将大木碗里的水倒入水样瓶,封口,写标签。

琼大大　米丽开,你这是干什么?

米丽开　这叫取水样。咱们这个大涝坝,是防疫站的重点监测点,要定期取水样,检查病菌自然分裂情况,预报疫情,防止瘟疫发生啊。

托乎拉洪　(摇着头走开)嗨!医疗队走了,这个疯丫头又来折腾我们的大涝坝,我的祖先啊!
　　　　〔乌布力上。他背着褡裢,提着水葫芦,一副远行的装束。

乌布力　喂!喂喂!这不是我们的小公主米丽开吗?

米丽开　村长大叔好！

乌布力　我怎么琢磨着,是不是天上的哪块地板断了,把这么一位仙女掉到我们罗布村来了呢！你穿上医生的衣服真漂亮啊！

米丽开　谢谢你,村长大叔！嗯……你这是要出远门？

乌布力　进沙漠,到石油队去。

米丽开
图尔苏江　　到石油队去？

乌布力　石油队的王队长前几天派人带信来,说根据他们勘探的结果,咱们这一带,地下有十分丰富的地下水资源,那水啊,像放了冰糖一样,甜着呢！

米丽开　那我们赶快组织人打井啊！

托乎拉洪　（把琼大大拉到一边）看看,又要打什么井！

乌布力　靠我们打井？不行。

米丽开　怎么不行？

乌布力　优质地下水,在七八十米以下的地底下,我们的坎土曼是挖不出来的。

　　　　〔一边的琼大大对托乎拉洪："慌什么？听听吧！祖先把一切都安排得好好的。那水深得很,他们是挖不出来的,祖先留下的大涝坝是动不了的。走,到那边去走走。"

　　　　〔琼大大与托尔拉洪下。

米丽开　要打深水井。

图尔苏江　打深水井,要请专业打井队,要买深水泵,要建水塔,还要有发电机发电……靠我和艾尔肯这个赚钱的速度,要胡子白了才能凑够打一口井的钱。

乌布力　石油上运送物资的那条简易公路,穿过沙漠的这一段用了没有多长时间,路面上的石子就沉到沙土底下去了,他们还准备维修这段公路。

图尔苏江　再维修也没有用。就是把半个戈壁滩上的石子都拉来铺在沙漠上,没几天,那石子又都沉到沙子里去了。在沙漠上铺路,路基上要铺一层用芦苇、红柳枝和胡杨枝扎成的柴草把子,那比什么都顶用。

乌布力　我说图尔苏江,你什么时候也学会用脑子了？我现在去找王队长,争取把那段公路铺柴草把子的工程承包给我们罗布村……

米丽开　啊,哈！这能挣好多好多钱吧？

乌布力　我得用这笔钱打深水井。

图尔苏江　我开着蹦蹦车,进城拉了几次种羊,卖了几次饲料,可开了眼界了。咱们以前啊,眼珠子是长在脚后跟上的,只会看以前如何。其实,只要咱们把脑

351

袋从罗布村伸到外面去,就能看到天上往下掉烤包子呢!

乌布力　是啊,是啊!图尔苏江,米丽开,你们在外面都见到什么新鲜事了?你们说说,外面农村里的女孩子都是怎么生活的?

米丽开　村长大叔,那些农村的女孩子,拿工资,住楼房,有的还开摩托车呢!

乌布力　真的?图尔苏江,你从不说谎,你说说,这是真的吗?

图尔苏江　是真的。

乌布力　哦!呵呵……我……

〔米丽开和图尔苏江奇怪地看着乌布力。

图尔苏江　嗯,我明白了。村长大叔最关心女孩子的事。

乌布力　可不是嘛!我家满房子的女儿,我能不想,以后谁帮我种地,我老了以后,谁在跟前侍候我呀!

米丽开　等把咱们罗布村建设好了,外面的小伙子都会争着到你家里来当上门女婿,到那时候,你还可以拿退休金,你还会发愁吗?

乌布力　(大笑)米丽开,你说的这些话,可把我压在心上的大石头搬开了。好,好!

〔乌布力亢奋地背起褡裢、提起水葫芦,唱着南疆农民在路途上最爱唱的那首歌走了。

乌布力　(唱)我手里拿着两把刀子

　　　　　　走在路上

　　　　　　要把心剖开……

〔托乎拉洪上。

米丽开　托乎拉洪大叔,琼大大呢?

托乎拉洪　琼大大回家了。快给琼大大捶捶背去吧!

〔米丽开跑下。

〔图尔苏江要跟着米丽开走,被托乎拉洪叫住了。

托乎拉洪　傻小子,干什么去?

图尔苏江　爸爸……我……你,你去看看我拉回来的羊吧!是县科学技术协会定向支援我们村的新羊种,是……山东的小尾寒羊,一年产两胎,一胎能产两到四只羔呢!

托乎拉洪　哎!傻儿子,如果我说,大公猫是母老鼠生的,你相信吗?

图尔苏江　爸爸……

托乎拉洪　自从天和地分开,太阳和月亮离了婚以后,一只羊一年只产一胎,一胎只产一两只羔。山东的羊那么能下羔,该不会是猪配出来的吧?

图尔苏江　爸爸,这是县科学技术协会定向支援我们的新羊种。

托乎拉洪　哎！傻儿子,你弄到一只小羊羔了吗?

图尔苏江　爸爸,我买的是种羊。

托乎拉洪　你脑袋里面装的是水,还是酸奶子?我问你,琼大大的小羊羔你抓到手了吗?

图尔苏江　琼大大没有小羊羔呀!噢,我知道了,是米丽开。

托乎拉洪　抓到手里了吗?

图尔苏江　她说,现在不谈这个……

托乎拉洪　你妈妈可不是睡着了的时候生的你呀!你怎么总是睡不醒的样子?等她要谈的时候,可就是别人的了!

图尔苏江　爸爸你着什么急呀!我们有约定……

托乎拉洪　我怎么能不急呢?你不想一想,琼大大还能活几天?你如果把米丽开抓到手里,等琼大大回到祖先那里去了以后,罗布村最受人尊重的两个家族的人不就都在咱们家,合成了一个家族了吗?到那时候,我就是现在的琼大大,你就是现在的我,罗布村还有谁敢不听我们的?

图尔苏江　爸爸,你说的,我不明白。

托乎拉洪　你这个不争气的东西!(欲打图尔苏江)

　　　　　〔幕侧传来汽车声。

　　　　　〔有人喊"艾尔肯回来了!"

　　　　　〔村民们高兴地搬运着从汽车上卸下的良种、发电机、电视机等。

亚森江　(对托乎拉洪)这都是艾尔肯带回来的东西。你见过吗?我都没见过……

　　　　　〔艾尔肯上。他一副时髦青年的装束,还戴着墨镜。

　　　　　〔米丽开跑上。

米丽开　艾尔肯!

艾尔肯　米丽开!

　　　　　〔二人亲热地拉着手。

艾尔肯　(将一只手提箱交给米丽开)这是送给你的。

　　　　　〔图尔苏江刚想招呼艾尔肯,被托乎拉洪止住了。

托乎拉洪　你看看,米丽开见了你是不是也这么高兴。

图尔苏江　这次,我开着蹦蹦车到城里去接她,她见到我也是这么高兴的。

托乎拉洪　你真是个没心眼的东西……

艾尔肯　(发现了托乎拉洪)托乎拉洪大叔,您好吗?这是我特意给您买的半导体收音机。

托乎拉洪　好,好!好孩子,你一路上好吗,你现在可成了咱罗布村最有出息的孩子了!……呸!一说这话我就牙痛……

〔艾尔肯应着,与图尔苏江握手、较劲、互擂着胸膛,又热烈拥抱起来。

〔米丽开将艾尔肯送给她的东西放到土台上,一件一件地比着衣裙和皮鞋,不住地叫道:"太漂亮了"、"太美了!"

艾尔肯　又是半年多没回来了,真想你们啊!

图尔苏江　那你怎么连封信都不写呢?

米丽开　是啊!我以为你把我忘了呢。外边有那么多的时髦姑娘,又漂亮又大方,专门喜欢围着你们这些经商做买卖的老板转。你天天和那些姑娘在一起,还会想到罗布村的柴火妞吗?

艾尔肯　外面的姑娘确实多极了,一个比一个漂亮、大方,可是她们是天上的星星和月亮,落不到我的心上来。我的心里只有罗布村的姑娘米丽开。

米丽开　真的?没勾上几个?

图尔苏江　喂!这里还有我呢!

艾尔肯　就像有一根松紧带,一头捏在你的手里,一头绑在我的心上,我走得越远,那松紧带就绷得越紧。我……

图尔苏江　那松紧带多少钱一米?(他将艾尔肯拉到一边,威胁地挥挥拳头)

艾尔肯　哎!想打架吗?我可是在外面学过怎么保护自己的!(摆出一个武打架势)

〔米丽开将他们拉开。

米丽开　你们俩一到一起就打架!

〔图尔苏江忌妒地扭过头去发狠。

〔琼大大已经来到他们身后。

琼大大　这是谁啊?缠住我的米丽开干什么?嗯?

艾尔肯　是我,琼大大!你好啊!

琼大大　是艾尔肯啊!从苜蓿发芽到桃子熟了,我怎么没看见你?

艾尔肯　我这次去的地方可多了。咱们这里的干果和牛羊皮,要的人可多了。东北三省走完了,又去了山东、上海和广州,回来又在乌鲁木齐待了几天……

琼大大　我说呢!出去了几天,你就打扮得不像个正经人了。看你穿的这是什么衣服啊?说你冷呢,你把这衬衣的半截袖子给剪掉了;说你热呢,你还把衬衣扎进裤子里。

米丽开　这是城里人的打扮。

琼大大　城里也怪,干吗把拴驴的缰绳拴到自己脖子上?

米丽开　那叫领带!

琼大大　艾尔肯啊,你这次给我带什么礼物来了?

艾尔肯　这次给您带来的礼物,是高档豪华折叠式电子手杖。

〔艾尔肯按了一下开关,电子手杖发出了警笛声,把琼大大吓得坐在地上。

〔众人扶起琼大大。

琼大大　哎哟,这玩意我不用,我害怕,还是我这根红柳棍子好。米丽开,你把它拿回去,别人送了,不收就是不给面子不是? 拿回去放到咱家粮仓里,这玩意吓唬老鼠倒不错。

〔亚森江挤了过来。

亚森江　艾尔肯,你把那种能出人也能唱歌的大箱子送给我一个好不好?

艾尔肯　你说的是……

米丽开　电视机! 亚森江,你是个男子汉的话,自己去挣一个来啊!

亚森江　(恨恨地走开)米丽开,我说过,我会让你吃亏的!

米丽开　艾尔肯,快给大伙说说,你在外面都见到什么新鲜事了?

艾尔肯　外面的新鲜事可真多!但我最关心的还是家乡的消息。我在广州的时候,正碰上跟我做生意的那些个体老板们在捐款。我问他们是给谁捐款,他们说为你们啦! 为了你们也能喝上清洁卫生的自来水啦!

图尔苏江　他们……怎么知道要给我们捐款?

艾尔肯　我听说,有一位中央领导到咱们这块地方来过,他看到这儿的人在涝坝里打水,就说,你们怎么喝这样的水啊? 回到北京以后,他就叫大家给咱们这儿捐款搞改水。我所去的地方,到处都在为咱们这儿捐款。咱们县上的书记、县长,还有到咱们罗布村来过的张医生张局长,他们都捐了两个月的工资。学校里的小孩子连自己的零花钱、压岁钱都捐出来了。

图尔苏江　孩子们都给我们捐钱了,我们的脸都往哪放啊。

米丽开　这事我也知道。咱们喝水,与人家有什么相干呢?可是你们看人家,比咱们自己都关心都着急,咱们该怎么干呢?我的男子汉们,你们想想看。

〔暗转。

第 八 场

〔不久之后。

〔还是在大涝坝前。

〔米丽开在大涝坝上埋"涝坝封闭,禁止取水"的木牌,填土、踩实。

〔几名村卫生员装束的年轻人上。

卫生员　米丽开,我们来了。

米丽开　县防疫站来了通知,他们检验了我们送去的大涝坝的水样,发现大涝坝里
　　　　含有大量急性肠道传染病病菌,病菌的数量完全可以引起一场急性肠道传
　　　　染病大流行。

卫生员甲　你是说,瘟疫又要从大涝坝里爬出来,祸害咱们罗布村了?

米丽开　这可不是我瞎说的,是县防疫站用科学仪器检验出来的。

卫生员乙　我们怎么办?

米丽开　我们要把大涝坝封闭起来,迅速进行消毒处理,还要做好宣传和监控工作。

卫生员甲
卫生员乙　明白了。

米丽开　那么,大家按照分工,该干什么就干什么去吧!

　　　　〔卫生员们忙碌起来。

　　　　〔托乎拉洪提着铜壶上,走向大涝坝祈祷,发现了木牌。

托乎拉洪　啊? 怎么又把这该死的牌子竖到这儿了? 是谁干的?

米丽开　我! 托乎拉洪大叔,你是想来打水?

托乎拉洪　你大婶病了,只有喝了祖先赐给我们的大涝坝的圣水,病才会好得快一些。

米丽开　大叔,祖先的灵魂是看不见的,咱们大涝坝水里的病菌呀,放在显微镜下是
　　　　看得见的……

　　　　〔亚森江急上。

亚森江　大叔,热比汗大婶病得在床上直打滚,你拿的圣水呢?

托乎拉洪　啊,来了,来了。(欲下涝坝中取水)

米丽开　(阻止)托乎拉洪大叔,这个大涝坝的水不能喝了!

托乎拉洪　为什么?

米丽开　大婶得的是肠道传染病,就是因为喝了这个大涝坝的水。这水里的病菌又
　　　　会引起瘟疫的。

托乎拉洪　胡说,不管世界怎么变,就是变成了母马会爬树,老鼠会种庄稼,罗布村
　　　　的人还是要喝大涝坝的水。

　　　　〔图尔苏江急忙跑来。

图尔苏江　米丽开。

托乎拉洪　图尔苏江,你妈妈病得快不行了,你还有心思找姑娘玩,你……

　　　　〔图尔苏江急忙跑下。

　　　　〔几个村民吵吵嚷嚷的要离开罗布村,米尔尼莎阻拦着。

米丽开　大姐,他们这是要上哪儿去?

米尔尼莎　他们听说瘟疫又要来了,他们害怕,要到外村亲戚家躲灾去。

托乎拉洪　瞧瞧,米丽开,你那些吓唬人的话把罗布村搞得像失了火一样……

卫生员甲　乡亲们,你们现在是出不去的。

米丽开　没有我的检查和开的证明,你们谁也出不去的。乡亲们,靠躲避瘟疫可不是个好办法。咱们只有携起手来建设好咱们的家园,才能战胜瘟疫。

村　民　瘟疫又来了,我们有什么办法呀?

米丽开　我是卫生员,你们只要听我的,保证你们没事的。

村民们　琼大大来了。

〔琼大大上。

米丽开　琼大大,你身体不好,怎么又出来了?

琼大大　米丽开,是你把大涝坝封了?

米丽开　琼大大,这个大涝坝必须封。

托乎拉洪　米丽开,你以为你是谁?你以为你是琼大大的重孙女,就能站在这个土台子上了?你以为你穿了一件白大褂,就是城里来的大干部,想怎么指挥就怎么指挥了?

琼大大　米丽开,你是个孩子,关系到大涝坝的事就是罗布村最大的事,你可不要像小孩子闹着玩似的,想怎么着就怎么着。

米丽开　琼大大,我是罗布村的卫生员,防止瘟疫祸害乡亲们是我的工作。我说这个大涝坝该封,它就应该被封起来。

琼大大　你不要耍小孩子脾气了,我的小羊羔。把牌子拔了,啊。你要是再不听话,我可要打你的屁股了。

托乎拉洪　琼大大,你是该打她的屁股了,我的热比汗病成那样,她就是不让喝大涝坝的水。

〔图尔苏江抱着一葫芦水上。

图尔苏江　爸爸,水来了。

托乎拉洪　什么水?

图尔苏江　井水。

托乎拉洪　这水是阴水,是凉性的,没有经过太阳的照射,没有祖先的保佑,是救不了你妈的病的。你给我滚!

〔托乎拉洪又要下大涝坝里去打水,被米丽开拦住。

米丽开　只要有我站在这儿,谁也别想打大涝坝的水!

托乎拉洪　琼大大啊,你看看你的米丽开吧,我老婆病得快死了,可是连一口祖先留给我们的大涝坝水都喝不上啊!我老婆给我了生了五个儿子,她是个好女

357

人哪!

琼大大　米丽开,听话! 你要是再不听话,我可是真的打你了!

米丽开　琼大大,你相信我吧,这个大涝坝的水不能喝。

托乎拉洪　琼大大啊,上次要封大涝坝,你说政府要干的事,我们不能反对。好,那就
　　　　封吧! 可这次呢,是你家的人侮辱我们的大涝坝呀! 你又怎么说呢?

亚森江　琼大大,你管管你的米丽开吧! 她也太不懂规矩了!

托乎拉洪　琼大大,你听到了吗? 你听听乡亲们是怎么说你的吧!

图尔苏江　爸爸,你不要这样好不好?

托乎拉洪　你这个秃小子! 你心疼米丽开了?大涝坝是我们罗布村人的命根子,罗布
　　　　村的男子汉可以不讨老婆,但绝对不能违背祖先的意愿。

琼大大　(走向米丽开)米丽开,让开,回家玩去!

米丽开　不,我不!

琼大大　你! (举起拐棍欲打,又心软地停住)

托乎拉洪
　　　　　琼大大,琼大大,你可要主持公道啊!
亚森江

琼大大　乡亲们,我老了,我老了,我耳朵里每天都听到祖先的声音,听到祖先在召
　　　　唤我,让我到它们那里去呀,这人世间的事情,我是管不了了。

亚森江　琼大大,米丽开你不能不管啊! (小声地自语)米丽开,我说过我会叫你吃
　　　　亏的!

托乎拉洪　琼大大,这事你不管,祖先会责怪你的!

图尔苏江　(对托乎拉洪)爸爸,我恨你!

托乎拉洪　住嘴,谁敢侮辱我们的罗布村的大涝坝,谁才是罗布村最该恨的人。

　　　　〔琼大大举起拐棍,狠狠地向米丽开打去,米丽开震惊地看着琼大大。

　　　　〔静场。

　　　　〔米丽开爆发出伤心的大哭。

　　　　〔琼大大独自叹息着。

米丽开　乡亲们,我从小在琼大大怀里长大,琼大大从来没有打过我,他打我,是
　　　　为了这个大涝坝。我曾幻想去过城里人的生活,可是我的心里是多么爱
　　　　生我养我的罗布村啊。小时候,我吃过很多母亲的奶,在每一个家里都吃
　　　　过饭。在漆黑的夜里,凭着气息和心跳,我就知道是谁在我的身边,我爱
　　　　你们,我愿意用我的生命去爱你们,可是罗布村的大涝坝害死了多少人,
　　　　你们还不明白吗? 我该怎么办呢? 难道要让我在你们的心上插一块带血
　　　　的牌子吗?

〔人们静默着。

〔米丽开拿起大木碗跑下土台,舀了一碗大涝坝的水。

米丽开　乡亲们,你们都看到了,我当着大家的面把这碗大涝坝的水喝了,然后我就坐在这里,今天夜里或者明天早上,我就会犯病的,如果不及时抢救,三天以后我就会死去。乡亲们,我要用生命告诉你们,我是多么爱你们!(猛地喝水)

图尔苏江　米丽开,你不能喝,后果你是知道的……

琼大大　米丽开。

村民们　米丽开!

〔暗转。

第　九　场

〔当天夜里。

〔大涝坝前。

〔一堆篝火照着正在举行驱鬼仪式的人。

〔托乎拉洪晃着长杖,几个男人敲着手鼓。

〔琼大大抱着米丽开坐在土台上。

托乎拉洪　(声嘶力竭地唱着)

噢——噢——

祖先带来的火种啊!

烧尽荒草的火种啊!

驱散黑暗的火种啊!

保佑罗布村的火种啊!

众　人　大涝坝!

大涝坝!

大涝坝!

保佑你的孩子吧!

〔托乎拉洪用夸张的动作催米丽开站起来。

〔歌声和敲击声中,米丽开挣扎起来,在精神迷乱状态中舞蹈着。

〔托乎拉洪挥舞着长杖,在米丽开身边做击打状。

托乎拉洪　(念)城里的鬼滚出来,

男鬼爬到树上去,

女鬼躲到土墙外;

剩下一个二尾子鬼，

回到城里吃韭菜……

〔米丽开昏迷过去。

琼大大　米丽开！

众　人　米丽开！

〔一阵汽车马达声临近。

〔图尔苏江、艾尔肯、乌布力跑上。

图尔苏江

艾尔肯　米丽开！我们送你到乡医院去！（抬起米丽开跑下）

〔乌布力抢过托乎拉洪的长杖，追打着参加驱鬼仪式的人。托乎拉洪被打了一个跟头，爬起来落荒而逃。乌布力挥着长杖追下。

〔一束光照着琼大大。他站起来，向着大涝坝。

〔浑响的水声。

琼大大　祖先们啊，是你们在召唤我吗？我唯一的后代米丽开快要死了，她是为了证明大涝坝的水不能喝而去死的。她是好姑娘，她就像是一朵正在开放的花，我实在不希望她在我的前面死去。我孤零零地一个人站在这儿，我该怎么办呢？你们会责怪我吗？我一生都在忠实地遵奉着你们的教导，我想让罗布村的子孙们都遵奉着你们的教导，直到永远永远。可是我没有办法阻止世道的巨变。世道变了啊，祖先们，尽管我不想让它变，可是它还是在变，我阻止不了，我尽力了。可是，祖先们，请你们不要责怪我吧！难道你们没有看到，罗布村在变，你们的子孙在变得富裕，变得健康了，大家脸上充满着笑容，这可是你们盼望了一千年的事啊！孩子们变得幸福了，这是好事啊，我为什么要去阻止呢？你们能理解我吗？我的祖先们哪……

〔亚森江跑上。

亚森江　琼大大，琼大大！米丽开，她……

琼大大　我的米丽开，她怎么了？

亚森江　刚出了村子，她就不行了……

琼大大　滚！你这只长着乌鸦嘴的东西，给我滚！

〔亚森江悻悻地溜下。

琼大大　祖先们哪！你们为什么对我这样不公平啊……

〔浑响的水声渐变成米丽开的声音："琼大大，琼大大……"

琼大大　啊，这是米丽开的声音。她已经回到祖先们的身边去了。她在叫我呢！米丽开，我的小羊羔，我的小公主！我来了，我来了！

〔琼大大呵呵地笑着,向着大涝坝走下去。

〔暗转。

第 十 场

〔不久之后。

〔大涝坝前。

〔一片明丽的景色,大涝坝后面树丛中的农舍变成了现代气息的农家大院,还有几座现代化建筑。放大木碗的粗木桩不见了,代之而起的是一个自来水管。

〔一群姑娘在排练着迎宾舞,人们在喜庆的氛围中来回穿梭。

〔乌布力在忙碌地指挥着。他穿着一套西装,但显得十分别扭。

艾尔肯　村长大叔,这个旗子往哪插?

乌布力　我说艾尔肯,你没把你妈妈给你煮的包谷糊糊倒进脑壳里去吧?你自己看着办吧!茹仙古丽,你们加紧练,一会看你们的了。

〔米尔尼莎跑上。

米尔尼莎　村长。(在乌布力耳边嘀咕着)

乌布力　(大笑地)哎呀,太好了,乡亲们,告诉你们一个好消息,咱们罗布村的恩人张医生,现在当了咱们县的副县长了。今天,是她代表县领导来参加咱们罗布村的庆典哪!

〔村民们高兴地议论着。

〔图尔苏江跑上。

图尔苏江　来了,来了,张医生来了。

〔张医生与米丽开上。

〔村民们向张医生行礼。

张医生　罗布村的乡亲们,你们好啊!

村　民　米丽开你回来了?病好了吗?

米丽开　好了!张妈妈把我接到城里,亲自照顾我,我现在是最健康的人了!

村　民　你比以前更漂亮了!

〔托乎拉洪挤过来,把一面锦旗送给张医生。

托乎拉洪　张医生,这是乡亲们的一片心意,请你一定收下。

张医生　谢谢托乎拉洪大叔!谢谢乡亲们!

米丽开　啊,大涝坝!

图尔苏江　　大涝坝现在是罗布村的水上公园了!

米丽开　　多漂亮啊!琼大大住在里面一定会高兴得笑不拢嘴的!(向着大涝坝)是吗?琼大大?

　　　　　〔大涝坝里传出了似笑的咕咚声。

乌布力　　乡亲们,千百年来,我们罗布村人就是靠喝大涝坝的水生存,瘟疫夺去了我们多少人的生命,在党中央的关怀下,我们现在结束了喝涝坝水的历史,今天,我们就可以喝到甘甜清洁的自来水了。

　　　　　〔大家欢呼着……

张医生　　乡亲们,中央和自治区,以及社会各界筹资九个亿,帮助南疆农村防病改水,我们的改水工程已经胜利完成了。乡亲们啊,这可不仅仅是一个喝什么水、怎么喝水的问题,这是一个开放替代了封闭、科学替代了愚昧、进步替代了守旧的历史大跃进啊!

乌布力　　米丽开,开闸放水。

　　　　　〔自来水从水管里流出,众人欢呼。

乌布力　　(接了一碗自来水)乡亲们,你们说,这第一碗水,应该给谁喝呀?

　　　　　〔村民们争着要喝。

艾尔肯　　大家先别急,这第一碗水啊,当然应该该给我们最尊敬的客人先喝。

乌布力　　艾尔肯说得对!(将碗捧给张医生)

张医生　　(接过碗)依我说,这第一碗水,应该给我们罗布村最尊敬的琼大大。米丽开,来,把这碗水敬给琼大大!

　　　　　〔米丽开拿着大木碗洒向大涝坝。

图尔苏江　　别出声! 大家静一静,听听琼大大说话吧!

琼大大　　(画外音)这水真甜哪,是我们罗布村的幸福水呀! 祖先们等哪、等哪,等了一千年了,这一天不是来到了吗?

艾尔肯　　村长,我还听琼大大说,把她的米丽开嫁给我艾尔肯呢!

图尔苏江　　不,我也听到了,琼大大说,米丽开是我的。

艾尔肯　　乌布力村长,你说,米丽开应该嫁给我是吧?

图尔苏江　　不对! 乌布力村长,米丽开应该嫁给我!

乌布力　　这可不好办了。当个村长可真难……

米尔尼莎　　米丽开,嫁给谁,你要想清楚呀。

米丽开　　他们俩都值得我爱,他们也爱我,我该嫁给谁呢?

乌布力　　你们俩说说看,谁最有资格娶米丽开。

艾尔肯　　罗布村的医院,是我花了十万元建起来的!

图尔苏江　罗布村的学校是我花了十五万元建起来的呢!

艾尔肯　建罗布村的水上公园,我出的钱最多!

图尔苏江　还有我的一份功劳呢!

米尔尼莎　村长,这争来争去的,怎么会有个结果呢? 你说该怎么办?

乌布力　你放心,当村长的要是没有智慧,怎么是当村长的呢? 托乎拉洪大叔,你去问问祖先们,这事该怎么处理?

托乎拉洪　我刚才已经问过祖先们了。

村民们　祖先怎么说?

托乎拉洪　祖先说啊,像你们的琼大大在的时候一样,举办罗布村的情祭吧!

乌布力　我同意。乡亲们,今天就在这里,用这清洁甘甜的自来水举办罗布村的情祭,托乎拉洪大叔,仪式当然还是你来主持了。

托乎拉洪　乐师们,奏乐!

　　〔乐声起。

　　〔米尔尼莎把一个放着一些金色小碗的托盘递给托乎拉洪,托乎拉洪往小碗里接满自来水,分发给米丽开和姑娘们。

托乎拉洪　姑娘们,小伙子们,跳起来吧,祝你们把日子过得美美满满、红红火火!

　　〔大家热烈地歌舞起来。

　　〔幕在欢庆中落。

——剧　终

古 玛 河

李明德

人 物 表

孟 华　女,三十多岁,纪检干部。

孟海天　七十岁,孟华的父亲。

侯 忠　五十多岁,水利工程处处长,孟华的舅舅。

侯爱珍　六十多岁,孟华的母亲。

孟小海　二十多岁,孟华的弟弟。

俞小娟　二十多岁,水利工程处会计兼出纳,孟小海的女朋友。

哈森别克　哈萨克族,三十多岁,水利工程处干部。

奥依古丽　哈萨克族,三十岁,哈森别克的妻子。

玛依拉　哈萨克族,十岁,哈森别克的女儿。

贾贵田　四十多岁,工程承包商。

四歌队　在剧中身兼多职。

〔现在。

〔西部古玛河畔。

序

〔乐队演奏,混有新疆民族音乐的豫剧曲牌。

〔孟华、侯忠、俞小娟、孟小海、孟海天、侯爱珍、贾贵田、四歌队上。

孟　华	各位朋友、各位来宾、大家好！今天我们来这儿给大家唱出戏,讲讲俺们那的事。我先作自我介绍,我是纪检干部孟华。最近接到一封署名叫"民心"的举报信。领导派我下团场调查,这一查,还真查出不少问题。唉！还是看了戏再说吧。
侯　忠	我叫侯忠,在水利工程处当主任。最近,我们在古玛河修建了拦河大坝,竣工典礼马上就要开始了,欢迎大家的光临。
俞小娟	我是水利工程处的会计兼出纳俞小娟,提起我的事,真想大哭一场……
孟小海	她还哭哩,我给你们说,我是她的男朋友孟小海,可到现在我也说不清她到底是谁的女人。
俞小娟	你?!
孟小海	咋了?
孟海天	中了中了！听说这小剧场戏就用不了这么多人,让你们来了还不消停?
侯爱珍	我来介绍他吧！他是离了休的老团长叫孟海天。我是他的老伴侯爱珍。他是孟华的爸,孟小海的爹,侯忠是他小舅子。一会儿大坝庆典结束后,俺家还要摆庆功宴哪,欢迎你们到俺家来吃饭啊！
贾贵田	哎哟,她们家的饭可不敢吃,那可是鸿门宴哪。我是一个工程承包商,名叫贾贵田,整出戏里就数我最窝囊了。唉,不说了,不说了。
歌队甲	我是甲。
歌队乙	乙
歌队丙	丙
歌队丁	丁
歌队甲	说我是谁就是谁。
歌队乙	说我不是谁,就不是谁。
歌队丙	是谁,不是谁。不是谁,是谁。
歌队丁	你是谁,我是谁,我也不知道,你是谁? 我是谁? 他是谁?
	〔音乐起。哈森别克、奥依古丽、玛依拉上。
哈森别克	（唱）啊——

> 活在世上不要和恶人结亲,
> 埋在坟墓也不和魔鬼为邻。
> 沙筑的大坝挡不住水哟,
> 要防狐狸可要关紧门。
> 啊！关紧门。

玛依拉	叔叔,阿姨,加克斯吗?加克斯是我们哈萨克族问好的意思。我叫玛依拉,这是我妈妈奥依古丽,这是我爸爸哈森别克,水利工程处的干部,不知道为什

么,突然把我爸爸调到牧场了。这会儿,他们的心情不好,请你们原谅。

孟　华　玛依拉,你怎么啦?

玛依拉　孟华阿姨,我走了。

孟　华　古丽嫂子。

奥依古丽　孟华!

孟　华　哈森大哥!

哈森别克　(沉闷地)唉! 我们的古玛河哟!

孟　华　哈森大哥! 哈森大哥!

侯　忠　好了,好了。各位领导,各位来宾。首先,请允许我代表水利工程处和古玛河
　　　　水利指挥部,对各位来宾的到来,表示最热烈的欢迎和衷心的感谢! 我宣
　　　　布,大坝竣工剪彩现在开始! 开闸放水喽!

　　　　〔礼炮响起,向观众席喷放彩花。

　　　　〔地上蓝绸抖起水波。

　　　　〔掌声、人声、喧闹声。

孟　华　(唱)古玛河鞭炮响鼓乐雷动,

　　　　　　　彩旗飘,气球升。

　　　　　　　人欢闹,百鸟鸣,

　　　　　　　看大坝,龙头闸开,

　　　　　　　一泻千里多汹涌,

　　　　　　　恰似这沙海绿野万马奔腾。

　　　　　　　见此情难耐我心中激动,

　　　　　　　却又是冥冥之中闻钟声。

　　　　　　　见大坝缚玉龙军垦寻梦,

　　　　　　　接举报工程内幕另有隐情。

　　　　　　　信中说承包商弄虚作假,

　　　　　　　还说是工程款账目不清。

　　　　　　　举报人是"民心"隐名埋姓,

　　　　　　　这是真,这是假,真假难明。

　　　　　　　眼望着巍巍大坝百年受用,

　　　　　　　岂能让深藏隐患埋在其中。

　　　　　　　面对这欢庆场面人声鼎沸,

　　　　　　　纪检人到此时都难轻松。

　　　　〔孟华隐下。

〔孟海天家院内。

〔侯爱珍端鸡、鸭、鱼、肉上。

〔四歌队在歌唱中伴舞。

侯爱珍　（唱）侯爱珍今天真高兴，

合家团圆喜煞人。

小儿子今天相对象，

俺兄弟建大坝立了头功。

鸡鸭鱼肉俺全备齐，

煎炒烹炸味道醇。

四歌队　哎,侯大妈,说得这么邪乎,到底做了啥好吃的,给大家说说。

侯爱珍　啥好吃的,说出来馋死你。

四歌队　说吧！

侯爱珍　好！

（唱）老头子本是山东人，

大葱蘸酱倔脾气。

女婿老家在四川，

重庆的火锅辣透心。

闺女儿子是本地生，

抓饭烤肉凉皮子儿。

我和他舅是老河南，

胡辣汤少不了，

黄花木耳荞麦皮儿。

还有个媒人江苏佬，

生猛海鲜血淋淋。

最难办是未来的儿媳叫小娟，

父母早丧出远门儿。

这几年她只身闯荡在深圳，

回家来人有见识改脾气儿。

爱吃那个啥,啥,

对,热狗、汉堡、肯德基儿。

四歌队　（笑）哈哈哈……

侯爱珍　（唱）这才是……

　　　　（合唱）五湖四海兵团人那，

　　　　　　　　天南地北哈拉玛斯①进家门儿。

侯爱珍　哎呀，俺的娘哎，唱这么一大段，可累得俺不轻。

四歌队　掌声鼓励！

　　　　〔孟海天从观众席上。

孟海天　中了中了，乱哄哄的，这是闹啥嘞，唱堂会啊。（冲四歌队吼）走，走，走……
　　　　都走，都走。（对老伴侯爱珍）你那两嗓子四六不着调，谁听啊。

侯爱珍　谁听？观众都给俺鼓掌了，你们说是不是啊？

孟海天　中了中了，不会说就别瞎说！

侯爱珍　又咋了？

孟海天　咋了！全家人聚一聚，随便弄点就中了，你看你整这么一大堆。

　　　　〔孟小海打扮入时从屋内走出。

孟小海　爸，您也要与时俱进嘛，小康社会就要到来了，总不能还是白菜粉条二八
　　　　翻、萝卜洋芋大发糕吧。

孟海天　我说孟小海，你不是吃洋芋长大嘞？（看不惯孟小海装束）你看你整得像个
　　　　啥，跟个阿飞似的，你、你给我脱了。（追逼）

孟小海　妈，您看俺爸。

侯爱珍　这是干啥，小海现在也是做生意，当经理的人了，穿两件衣服咋了？

孟海天　他做生意？他那生意借了一屁股债，把家里那点儿存箱都快败光了，还有脸
　　　　说嘞。

孟小海　您？

孟海天　还有那个俞小娟，本来就是咱团场土生土长的孩子，她爹妈死的早，自己出
　　　　去闯荡了几年，这一回来，当了个工程处出纳，就像咱这儿装不下她了。

孟小海　爸，我反对！我认为小娟的到来，给咱团场带来了新思路、新观念和新的空
　　　　气，她身上很有一股与众不同的味道。

孟海天　啥味道？

孟小海　反正和咱团场人的味道不一样。

孟海天　我看你是被那妖气给迷住了。

孟小海　妈！

---

　　① 哈拉玛斯：新疆土语，意为全部。

侯爱珍	这都是咋了,说好的今个定亲,全家吃个团圆饭,人还没进门呢,爷俩先争
	开了。这,这就不是个好兆头。
孟海天	最近我也有所耳闻,那更不是好兆头!
孟 华	爸,妈。
孟海天	小华回来了。
孟小海	姐,你回来了。
侯爱珍	哟,大闺女回来了。哎,俺那女婿咋没跟着回来?
孟 华	妈,他出差啦,来不了。爸,你好啊?
孟海天	好啊好啊,你看,我是"采菊东篱下,悠然见南山"喽。
孟 华	爸,我看您那是"老骥伏枥,志在千里"。
	〔两人对笑,侯爱珍跟着傻笑。
孟海天	哎,你笑啥嘞?
侯爱珍	我高兴,我想笑,你管我笑啥嘞。
孟海天	那好,我替你说。小华,
	(唱)孟华你回来是时候,
	咱家的喜事乐悠悠。
	你兄弟今天要定亲,
	谈了个对象有来头。
	深圳回来的大小姐,
	有钱有势不用愁。
	装修发廊十几万,
	工程处当出纳漂亮又大方。
孟 华	爸,您说得这么花哨,她是谁呀?
孟海天	(接唱)此人名叫俞小娟——
孟 华	俞小娟?
孟海天	对!
	(接唱)她就是老三连,指导员的小丫头。
	〔四歌队分别出现在观众席中,孟华在听观众议论。
歌队甲	小娟,嗨,她的底细,我比谁都清楚,前年我在乌鲁木齐见到她的时候,她连
	吃饭的钱都没有了,回来不到一年就富得流油,一个美容院光装修就花了
	十几万,你说,她哪来那么多钱?
歌队乙	小娟在侯主任那儿会计出纳一肩挑,她那点儿水俺还不知道? 那还不是乱套了!
歌队丙	那个贾贵田也不是好东西,干工程没本事,一天到晚就知道吃喝玩乐,根本

就是个耍家。

歌队丁　这古玛河修个大坝不容易,别是中看不中用,真要是洪水来了,出个事呀,就小不了。

四歌队　孟华,你可得好好调查呀,听说这里面的水深着呢!

〔侯忠、俞小娟、贾贵田上。

侯　忠　老姐夫,老姐夫。

孟　华　老舅。

侯　忠　噢,小华,咱们的纪检大干部回来了。

孟　华　老舅,您就别拿我开心了,我那点进步还不是跟老舅学的,全师谁不知道侯副团长一顿饭,两个馍馍一头蒜。

侯　忠　那都是过去的事,不提了。老姐姐,老姐夫,您好啊!

孟海天　侯忠兄弟,这些年你到我这来一次,可是不容易呀!

侯　忠　老姐夫,工作忙啊,我要是能像您有这个条件离休在家享清福,我就天天泡在您家,让俺姐给我做胡辣汤喝。

侯爱珍　那我让你喝个够。

贾贵田　哎呀,你们说得热闹,把客人都给冷落了,老嫂子,这位就是俞小娟,俞小姐。

侯爱珍　还用你介绍,想当年,老孟在三连当连长,小娟他爸是指导员,俺两家是门对门,大人孩子一家亲。

俞小娟　阿姨。

侯爱珍　哎哟,小娟,快让阿姨看看。自从你爸妈去世以后,你这一出去就是多少年,你孟伯伯和我心里常想你呀。

俞小娟　阿姨,这些年,我不管走到哪儿,都忘不了小时候,你们全家对我的帮助。

侯爱珍　孩子,让你受苦了。(伤心落泪)

俞小娟　(真诚地)阿姨。

侯　忠　老姐姐,这大喜的日子咋又哭了?

侯爱珍　高兴,高兴。小娟,走,到屋里跟阿姨说说话。

〔侯爱珍、俞小娟、孟小海下。

孟　华　老舅,如今我舅母不在了,您又常下基层工作,可要注意身体呀。老舅,听说您腿上的关节炎越来越严重了。我讨了个偏方泡了些药酒。您用用,效果好了,我再给您泡。

侯　忠　小华,还是你想着舅舅啊。行,舅舅没白疼你!

贾贵田　哎呀,真是太感人了,这外甥女疼舅舅,说到哪儿还是一家人哪。老首长,本来我也是要给您带份礼物的,可是侯主任说,老首长是一身正气,从来不收礼。我说"送礼只送脑白金",他说当面给你扔出门。哎呀,取笑了,取笑了。所以,今天,我给您带来了一份特殊的礼物,保您高兴。老首长,您来看,(拿出奖牌)这是古玛河拦河大坝工程质量优秀奖!

孟海天　咋,你那个工程获奖了?

贾贵田　老首长,您来看看!

孟海天　(接过奖牌递给孟华)小华,你看。

孟　华　(一怔)

（唱）见奖牌不由我心头一震,

　　　　老爹他话里有话含义深。

　　　　负使命要揭大坝秘密,

　　　　一回家就遇上小娟攀亲。

　　　　贾贵田一块奖牌似盾牌,

　　　　小娟她喜气盈盈进家门。

　　　　难道是"民心"举报有水分,

　　　　却为何群众议论乱纷纷。

侯　忠　(指奖牌)小华,老舅干得咋样?

孟　华　(唱)老舅啊! 孟华我向您来祝贺,

侯　忠　(接唱)你怎知老舅我多少艰辛,

　　　　修水坝争荣誉遭人忌恨,

　　　　血淋淋的一张嘴它能吃人。

　　　　有议论还望你不要轻信,

　　　　亲不亲的咱是一家人。

　　〔侯爱珍、孟小海、俞小娟端酒菜上。

侯爱珍　哎,哎,饭菜做好了,大家都入座吧。贾老板,今天,我可要好好谢谢你这个大媒人哪。

贾贵田　哎呀,老嫂子。谢不谢我倒没什么关系。您要是真心想当这个婆婆呀,就赶快把那个见面礼给拿出来吧。

侯爱珍　你看,你看,这光顾了高兴了,把这事给忘了。小娟,阿姨也没啥好送给你的。这是俺娘留下的一只玉镯子。来,戴上。

侯　忠　哎呀,小娟啊,这可是俺侯家的传家宝呀,礼重情深。老姐姐,这回你可是把小娟给拴住了。好,今天我也送礼,不过我这个礼可不代表婆家。

贾贵田　哎呀,侯主任,您这剃头的挑子可是担两家呀。

侯　忠　让你说对了,虽然我是小海的舅,可小娟是我从乌鲁木齐把她给接回来的,

371

　　　　也算是她的亲人了。小娟,小海,舅送你们一对情侣表,也算是替小娟的爹妈尽份心。

孟小海　谢谢老舅。

侯　忠　小娟,(话中有话)这回你可该满意了吧。

俞小娟　(心情复杂地)侯主任,你可真大方啊。

侯爱珍　这叫啥大方。(对侯忠)我还当你是个现代人呢,原来还是那老三样。自行车、缝纫机、外加一块上海表。

孟　华　妈,您不知道,这哪儿是一块普通表呀。(有意地)爸,您看,这是一对劳莱斯金表,光钻石都镶了一圈。

孟海天　金子做的? 还镶钻石? 这得值多少钱?

侯　忠　没几个钱?

孟　华　没几个钱? 老舅,这一对情侣表少说也得七八万吧?

侯　忠　你?

孟海天　啥? 七八万?

侯爱珍　啊,七八万?!(晕头转向地)乖乖,七八万,七八万。

　　　〔强烈地打击乐声。

　　　〔四歌队在表演区一角议论。

歌队甲　啥? 一对手表就花七八万,这得种多少白菜,摘多少棉花呀? 那当官的挣钱咋恁容易呢?

歌队乙　七八万算啥子,这几百万、几千万的贪官听着都不算新鲜了。

歌队丙　老百姓的一分钱都是血汗钱! 他们咋拿的那么随便呢?

歌队丁　你咋知道那钱是咋来的,别说了,看戏。

孟海天　侯忠兄弟,你,你哪儿来的这么多钱,啊?

侯　忠　我……小华,你开什么玩笑,这对表能值七八万?(暗示孟华改口)

孟　华　(不理睬)那当然,去年,查一个贪官,有幸长了见识,八万还是便宜的。老舅,您出手可够大方的呀?

侯　忠　哈哈哈哈,小华,这回你可让我开了眼界了。看来呀,我这纸里是包不住火了。

贾贵田　(紧张大声地)哎呀! 侯主任!

侯　忠　是这么回事。自从小娟回到咱这团场以后,经贾老板的撮合就和小海谈上了,本来就是青梅竹马的一对嘛,小娟就急着要到咱家来看看,可是她娘家连个回礼的人都没有,急得小娟直想哭。还是小海有心,偷偷买了这两块情侣表,硬塞到我的手里,让我代表小娟的娘家,来充这个脸,我哪儿想到这

372

两块表会这么贵呀。小海呀,难得你对小娟这么重的情啊。

孟小海　老舅?

侯　忠　小海,好人做到底,你就别不承认了。

孟小海　我,我……

俞小娟　(感动地)小海,这是真的吗?

孟小海　是……是……

贾贵田　哎呀,真是太感人了,太浪漫了、太新潮了,太那个……

孟　华　小海,我问你,你哪儿来的这么多钱?

孟小海　我,我做生意赚的。

孟海天　什么?(拍案而起)你赚的,为了还你做生意的赔款,你妈她平常连肉都舍不得吃,八万块钱的手表你也敢买,(抄起扫帚追打)我打你个八万块,打死你个八万块!

俞小娟　孟伯伯,别打了,别打了,小海都是为了我呀!

侯爱珍　(急拦)这是咋了? 这是咋了? 孟海天,你个老神经!

二

〔贾贵田走出。

贾贵田　(唱)这年头乾坤倒着转,

　　　　挣钱容易要钱难。

　　　　欠账的成了二大爷,

　　　　要账的成了下三烂。

　　　　我修大坝他升官,

　　　　光打条子不给钱。

　　　　工程款他扣了一大半,

　　　　我补窟窿上下瞒。

　　　　这座大坝我心里有数,

　　　　再不要钱有点悬。

　　　　悬、悬、悬、可是有点悬,

　　　　我赶快去要钱。

贾贵田　诸位。请问哪位见到俞小娟俞大会计没有? 没见到。什么? 我是谁? 连我都不认识?那好,我就告诉你们吧,我就是中华人民共和国西域水利工程公司董事长兼总经理兼项目部部长兼施工队队长兼质量安全小组组长贾贵田。什么？你们说我是包工头,还是黑包工? 哼,我黑? 黑就黑! (与观众交流)你们说我黑能黑到哪儿? 真黑的你们哪看得见呢。就说这工程招标吧,白天夺标晃一晃,晚上酒店、歌厅、泡澡堂。那标底压在沟沟里,回扣要在高山上。都说我是豆腐渣工程,岂不知那豆腐渣也是要花钱的。妈妈的,当婊子立牌坊,他升官发财我补裤裆。这个问题不解决,对我们国家是很危险的嘞! 啊! 说谁呢? 我也不知道我说谁呢。唉,这年头,不同流合污赚不上钱,同流合污有点悬,老底一翻全玩完。不说了,我还是赶快要钱去吧。朋友,祝我好运吧,再见!

三

〔美容院。

〔俞小娟对着镜子深思。

俞小娟　(唱)小娟我对花镜自怜自叹,

美容貌添愁云意乱心烦。

自幼小父母双亡人生惨淡,

闯世界经历了多少艰难。

绝境中侯忠他把我收留,

安排我到工程处左右周旋。

贾老板指望我穿针引线,

为的是利用侯忠手中的大权。

出巨资为我承包美容院,

恰似这地下宫阙逍遥贪官。

打工妹摇身一变做老板,

有谁知这其中的滋味是甜还是酸。

白日天堂享富贵,

夜如地狱受熬煎。

虽说是金银珠宝耀花眼,

这黑心的钱财不安全。

最担心青梅竹马的孟小海,

这满腔的苦衷对谁言。

〔孟华出现在俞小娟记忆的幻觉中。

孟　华　小娟,

（唱）小娟妹你不要心急发慌，

姐姐我疼爱你一如既往。

看见你又想起你那儿时模样，

小姑娘纯洁无瑕多健康。

曾记得你聪明美丽勤奋向上，

学雷锋拾金不昧受到表扬。

自幼小家不幸孤独无望，

在人前不流泪自尊自强。

分别后我梦中常把你想，

今又见也难忍我泪洒衣裳。

小娟呀，我的好妹妹，

在外多年你生活得怎么样，

到如今可有困难让姐帮忙。

人生的道路曲折又漫长，

还望你明辨事理细思量。

俞小娟　（唱）孟华姐一番话火热滚烫。

受触动不由我暗自心慌。

你哪知我陷泥潭回头无望……

〔贾贵田急上。

贾贵田　小娟，小娟！

（唱）大事不好火上房。

俞小娟　你喊啥？你喊啥？火急火燎的。你说啥呀？

贾贵田　我说啥？我问你，孟华是不是到过美容院？你怎么能让她到这个地方来呢？

俞小娟　咋了？孟华姐关心我嘛。

贾贵田　关心？你一个水利处的干部在外私包美容院，这不是不打自招吗？

俞小娟　执照上又不是我的名字，谁能说啥？

贾贵田　就你那点小伎俩能唬得住她吗？她来都问你什么了？

俞小娟　只是拉家常没说别的。

贾贵田　你再好好想想。

俞小娟　好像是问我承包款哪来的。

贾贵田　你怎么说？

俞小娟　外面挣的呗。

贾贵田　（气急地）哎呀，既然美容院不是你开的，你怎能承认钱是你出的呢。

375

俞小娟　啊！她还问我装修费的事。我……我没说。

贾贵田　说不说都一样，这装修费、承包费加起来少说也得二三十万，就咱们这个地区的生活水平，你那点工资，你能说得清吗？

俞小娟　我？

贾贵田　小娟呀小娟，她可是来暗访你的。

俞小娟　暗访？

贾贵田　她现在正在四处打听你的财产来源，还在调查我的施工情况，接下来就要追到……

俞小娟　（捂耳朵）别说了！（紧张而迷茫地）我该怎么办？我该怎么办呀？

　　〔传来哈森别克的歌声：

　　　　活在世上不要和恶人结亲，

　　　　埋在坟墓也不和鬼为邻。

　　〔侯忠上。

侯　忠　（低沉地）小娟？

俞小娟　（惊吓地）啊！

贾贵田　侯主任？你也在这？

侯　忠　慌什么？（慢悠悠地）刚才你们讲的话，我都听见了。

俞小娟　既然你都听见了，还跟没事人似的。

贾贵田　侯主任，师部工程办刚才来人把施工料单和财务账卡全都给封掉了！

侯　忠　哦？你那些账目有问题吗？

贾贵田　这一手我早就防着他呢。

侯　忠　这就对了嘛。小娟，你不是也没有正面回答孟华的提问吗？

俞小娟　可我心里还是不踏实。

侯　忠　（拍案而起）哼！她孟华此番确实来者不善，明修栈道，暗度陈仓，软硬兼施，她是无孔不入啊。越是这个时候，你们越要沉住气。

俞小娟　孟华是你的亲外甥女，你就不能通融通融？

侯　忠　通融？怎么通融？从小我就教育她为人要正直、坚持原则、廉洁奉公、无私奉献，这些都渗透到她灵魂中去了。

俞小娟　光说人家，看看你自己那个灵魂吧？

侯　忠　你懂个啥？

贾贵田　哎呀，这都啥时候了。侯主任，快说说该怎么办吧。

侯　忠　她给咱暗里来，咱就给她明里挑！

贾贵田　您的意思是？

376

侯　忠　你们听着!

　　　　　(唱)孟华她初生牛犊道太浅,

　　　　　　　　她怎知此案老舅在后边。

　　　　　　　　趁她立足尚未稳,

　　　　　　　　匿名上告把她赶。

俞小娟　上告? 那告她啥呀?

侯　忠　(唱)告他回家探亲办私案,

　　　　　　　　告她亲疏不明要避嫌。

　　　　　　　　抓紧时机销赃灭迹筑防线,

　　　　　　　　工费料单要补全。

俞小娟　那我的美容院呢? 我的美容院呢?

侯　忠　(唱)美容院你就说自己贷款,

　　　　　　　　装修费就说小海给你填。

贾贵田　我的工程款,我的工程款呢?

侯　忠　(唱)赶快从财务提出二百万,

　　　　　　　　工程拨款全清完。

　　　　　　　　五十万走账当回扣,

　　　　　　　　剩下给你贾老板。

贾贵田　侯主任,你还敢要回扣啊? 这不是顶风作案吗?

侯　忠　(唱)说什么顶风来作案,

　　　　　　　　我自有巧妙在里边。

　　　　　　　　在会上清正廉洁高声喊,

　　　　　　　　我这是开的顺风船。

　　　　　　　　表面上艰苦朴素作奉献,

　　　　　　　　尾巴不能翘上天。

　　　　　　　　老百姓俗话说得好,

　　　　　　　　多吃馍馍少发言。

　　　　　　　　低下头来装孙子

　　　　　　　　就不怕过不了这鬼门关。

贾贵田　哎呀,我的妈呀,我这腿咋软了。

俞小娟　看来,这条道是要走到黑了。(呕吐)

侯　忠　小娟你咋了?

俞小娟　我?(呕吐)

侯　忠　（会意地搂住小娟）看来,你还是得把小海抓紧点。

俞小娟　（厌恶地）我……我恨你!

侯　忠　（奸笑）嘿嘿嘿……

四

〔电闪雷鸣、风雨交加、暴雨倾盆、洪水汹涌……

〔四歌队惊呼舞上。

四歌队　山洪暴发了,洪水到来了,大坝漏水了,庄稼要淹了,房子要塌了,快点逃命吧。

〔侯忠站在高处喊话。

侯　忠　同志们,大家不要乱,听我说! 据有关部门通报,古玛河将发生一场十年不遇的洪水。为了保住我们的大坝,保住我们的丰收果实,共产党员,共青团员,跟我上!

〔大坝垮塌,洪水凶猛。

〔四歌队拟洪水冲出,四处奔跑。

〔激浪涛涛,房倒屋塌,牛羊怪叫,人声混杂。

〔剧中人物分别在经历洪水袭击,玛依拉被洪水冲走。

〔四歌队做洪水状平息在废墟上。

〔四歌队转换为灾民从废墟上爬起。

歌队甲　完了,完了。一场大水,房子塌了,庄稼淹了,鸡飞了,牛跑了,差点连我的命都给要了。

歌队乙　这是咋建的大坝,花老百姓恁多钱,洪水一来,说垮就垮啦。

歌队丙　他那个大坝,都是些过期水泥,废铜烂铁……

歌队丁　哎,你咋知道嘞?

歌队丙　我家那个老几就在工地上开车。

歌队甲　既然你知道咋不说嘞?

歌队丙　说,说了老板炒你鱿鱼。

歌队甲　那就向上边反映嘛!

歌队乙　上边? 你知道上边是咋回事? 弄不好连你一块收拾。

歌队丁　私心! 私心!

歌队甲　私心? 谁没有私心。事到临头,我看谁能站出来,不信你问在座的观众?

歌队丁　问就问。（与观众交流）这位先生,如果你知道这件事的内情? 你说该咋办?……

五

〔晚霞西落,牛羊归圈发出凄凉的叫声……

〔奥依古丽和哈森别克在山坡上向远方凝望。

奥依古丽
哈森别克　（合唱）

心凄凄寒风冷山野悲恸,
望大坝洪水过不见亲人。

奥依古丽　（唱）玛依拉,……

哈森别克　（悲痛地）我的玛依拉,

（唱）一场大水把你冲走,

几天里,寻你找你,

呼你唤你,不见你……

奥依古丽
哈森别克　（唱）如今你在何处来安身。

奥依古丽　（唱）妈妈我十月怀胎生下你,

哈森别克　（唱）你是爸的心尖子小命根。

奥依古丽　（唱）草地上我教你把舞跳,

哈森别克　（唱）帐篷里你唱歌儿我弹琴。

奥依古丽　（唱）常见你小小辫子引蝶飞,

哈森别克　（唱）常见那草儿青青映花裙。

哈森别克
奥依古丽　（唱）到如今咱父（母）女诀别天和地。

哈森别克　（唱）见不到你的面,

奥依古丽　（唱）听不到你的声。

哈森别克　（唱）似这样耿耿悲怀难追悔,

奥依古丽　（唱）可怜天下父母心。

哈森别克　（唱）站山头冷眼大坝无限恨,

原谅我,私心重,少责任。

我是个胆小怕事无用的人哪。

（白）都怪我呀,都怪我呀!

奥依古丽　哈森,别这样,别这样,大坝决堤怎能怪你呢? 你不是向上面反映了吗?

379

哈森别克　我是反映了，可我怕打击报复，不敢站出来，没有把他们的底细全揭发出来，如今，延误了时机，酿成了大祸，我对不起古玛河呀。

奥依古丽　那咱们现在就去把他们的事全揭发出来！

哈森别克　大坝垮了，庄稼淹了，女儿也没了，我还有啥脸面见人哪！

奥依古丽　玛依拉，玛依拉，我的女儿呀！

　　　　　〔哈森别克拿起了冬不拉狂弹，宣泄内心的愤懑。

　　　　　〔孟华上。

孟　华　哈森大哥！

　　　　（唱）哈森哥忍悲愤莫把泪淌，

　　　　　　　此时间我和你一样心伤。

　　　　　　　这大坝付出咱多少心血，

　　　　　　　这大坝寄托咱多少期望。

　　　　　　　谁料想这大坝之中藏腐败，

　　　　　　　一夜间洪水猛，凶似狼。

　　　　　　　堤决口，人畜亡，

　　　　　　　巍巍大坝假模样，

　　　　　　　不堪一击似糟糠。

　　　　　　　千万投资付东流，

　　　　　　　怎不叫人怒火燃烧在胸膛。

哈森别克　（唱）孟华她一番话如针刺心上，

　　　　　　　面对着此情此景羞愧难当。

　　　　　　　这大坝也是俺祖辈梦想，

　　　　　　　古玛河啊！她就是俺的亲娘。

　　　　　　　修大坝我也是热情高涨，

　　　　　　　贼包工弄虚作假让人心凉。

　　　　　　　施工作业不规范，

　　　　　　　技术质量更荒唐。

　　　　　　　偷工减料贼胆大，

　　　　　　　废铜烂铁做栋梁。

　　　　　　　这沙筑的大坝如虚设，

　　　　　　　巨额资产流失光。

　　　　　　　我也想向上级来反映，

　　　　　　　犹豫不决意彷徨。

　　　　　　　　我也曾化名来举报,

　　　　　　　　反落得离岗调任去放羊。

　　　　　　　　到如今,大坝毁,民遭殃,

　　　　　　　　误时机,难补偿,

　　　　　　　　眼见得贼人逍遥在法外,

　　　　　　　　怎对得起古玛河啊,

　　　　　　　　我可爱的家乡。

哈森别克　孟华,你看!这是我从大坝动工到大坝竣工以来每天留心做的记录,这上
　　　　　面记录着每天的施工进度,用工用料情况。今天,我把一个共产党员,哈森
　　　　　别克的名字堂堂正正的写在了上面。(送上记录本)

孟　华　哈森大哥!(接过记录本)

六

　　　　〔四歌队在观众中议论。

歌队甲　大坝垮了,这么大的事能算完吗?他贾贵田有多大胆,要是没有后台他敢那
　　　　么干?

歌队乙　啥事都往贾老板身上推,谁知道是真跑还是假跑。唉!八成被杀人灭口吧。

歌队丙　侯主任树大根深,没有证据,你能怎么办?

歌队丁　还有那个孟华,说是来办案,咋一查到贾老板那儿,就不查了? 八成是得了
　　　　好处了吧!

　　　　〔孟华在议论中上,在四歌队围追中躲避。

四歌队　包庇、袒护,假公济私,官官相护,天下乌鸦一般黑……

　　　　〔孟华痛苦地跌在地,四歌队隐去。

孟　华　(唱)听乡亲议论纷纷多少抱怨,

　　　　　　孟华我浑身是口都难申辩。

　　　　　　贾贵田神秘出走断了线,

　　　　　　无凭无证攻不下这道关。

　　　　　　又有人在暗处放冷箭,

　　　　　　我四处受敌寸步难行。

　　　　〔电话铃响,孟华接电话,进入孟海天家院内。

孟　华　喂,我是孟华,啥?有人举报此案可能牵扯我的亲属,要求我回避? 张主任,
　　　　这个案子已经到了关键时刻,如果换人还要重新熟习情况,将会错过时机,

一旦涉案人赢得机会,那损失将不可挽回呀。是,是,我明白了,我这就回师部……

〔孟海天在一旁观察。

孟海天　小华,怎么? 你要走?

孟　华　爸,师部来电话要我回去。

孟海天　这大坝的事你不查啦?

孟　华　当然要查。不过,要查出来很可能牵扯……

孟海天　没有什么可能,事情明摆着就是侯忠。

孟　华　爸,他可是俺老舅啊!

孟海天　不提你舅我还没气,你舅这几年的为人,我早就有点看不惯。通过他送小海的那两块表,我就觉得不对劲儿。这些日子我也有所耳闻,大坝垮了,他侯忠做个检查就算完啦? 你看现在群众说啥的没有啊?

孟　华　爸,这件事您就不要管了。

孟海天　不,这不是你的事,是我的事。

孟　华　你的事?

孟海天　对,今天是我七十大寿,我要摆宴庆寿为你饯行!

　　　　（唱）废墟上,摆家宴,

　　　　　　　老将出马重登鞍。

　　　　　　　两军对垒勇者胜,

　　　　　　　我帮你攻下这一关。

孟海天　老婆子,老婆子!

〔侯爱珍急上。

侯爱珍　咋了? 咋了? 三天不理人,这会儿喊得凶!

孟海天　去,把小海、小娟还有你那个大兄弟侯忠都给我叫来。

侯爱珍　（敏感地）干啥?

孟海天　干啥? 我要摆宴庆寿,给孟华饯行。

侯爱珍　早上我说给你过寿,你说心烦,这阵子又抽的哪根筋嘞?

孟海天　让你去你就去嘛。

侯爱珍　我去叫人,那谁做饭。

孟海天　今天,我给你们露一手!（下）

侯爱珍　哎。（转念）今天的事,我咋觉得有点不对劲儿。

孟　华　妈?

侯爱珍　不对,不对,咱家要出大事了!

孟　华　妈,你说啥呀?

侯爱珍　说啥? 我问你,单位通知你回去,你咋不走?

孟　华　不是说给俺爸过寿,明早回去也来得及。

侯爱珍　那就更不对了。这么多年,你啥时候见你爸过过生日? 如今,大坝垮了,庄稼
　　　　淹了,他哪会有这份闲心呀? 你,你们今天是不是要抓你老舅啊?!

孟　华　妈?

侯爱珍　别说啦,这次你回来,我就觉得不对劲。说是休假看我吧,可是你成天不在
　　　　家,白天四处跑,晚上写材料。人家都说你是回来整你老舅的。那大坝垮了,
　　　　能怪他一个人吗?

　　　　(唱)孟华啊你不要六亲不认,

　　　　　　隔门缝看你舅把人看扁。

　　　　　　自幼小我带他支边来疆,

　　　　　　从农工到主任多少艰难。

　　　　　　春播夏收他带头干,

　　　　　　改革开放他能挣钱。

　　　　　　为团场他苦心经营流过多少汗,

　　　　　　顾不上你舅母病死在田间。

　　　　　　平日里两个馍馍一头蒜,

　　　　　　职工们看在眼里记心间。

　　　　　　为大坝他四处奔波心操烂,

　　　　　　出了事你们就袖手旁观。

　　　　　　就算他这几年少有检点,

　　　　　　想想他也为团场有贡献。

　　　　　　他是俺娘家一条根,

　　　　　　他和你娘命相连。

　　　　　　亲不亲的是你舅,

　　　　　　妈求你帮他渡过这一关。

　　　　(哭泣)(白)孩子,你舅这辈子不容易啊!

孟　华　妈?

侯爱珍　妈求求你,放过他这一回吧? 妈求求你了……(扑跪向孟华)

孟　华　妈,你这是干啥呀。

　　　　(唱)见娘亲苦苦哀求泪如雨下,

　　　　　　忍不住我叫一声善良的妈妈。

妈呀妈——

　　　此时间我知您心疼难受,

　　　您怎知我更是心如刀扎。

　　　童年景一幕幕如影如画,

　　　怎能忘老舅他疼爱孟华。

　　　冬季里舅为我把新衣买,

　　　夏季里舅带我公园中戏耍。

　　　上大学老舅常给我寄钱寄物,

　　　嘱咐我进社会珍惜年华。

　　　一家人谁不盼亲人平安,

　　　亲娘舅外甥女,可是心连着心呀。

　　　妈呀妈,妈呀妈,

　　　原谅儿暂不能说出真情事,

　　　到明天,是非曲直,大白天下,

　　　儿是忠,儿是孝,

　　　是对是错,是真是假,

　　　再让妈来评说你的小孟华。

　　　(白)妈,您别哭了,真要是那么回事,我的心比你还疼呢。

侯爱珍　孟华,妈的心你明白了?

孟　华　明白了。

侯爱珍　真明白了?

　　　〔孟华点头。

侯爱珍　明白就好,明白就好。妈这就给你叫人去。

孟　华　妈!

侯爱珍　哎,你歇着,妈给你叫人去。(哭下)

孟　华　(心情复杂地轻声呼唤)妈——

　　　〔孟小海心事重重地从观众席中走出。

孟小海　姐?

孟　华　小海。

孟小海　姐,听说咱爸要过寿?

孟　华　是呀

孟小海　恐怕是鸿门宴吧?

孟　华　你也这么说?

孟小海　姐,我求你不要查下去了。再查下去,咱这个家就全毁到你手里了。

孟　华　你都说些什么呀? 这和咱家有啥关系? 小海,你到底要说什么?

孟小海　姐,我实话跟你说吧! 前些时候我做生意赔了二十万,人家拿刀逼着我要,
　　　　是老舅他出钱救了我呀。

孟　华　啊! 有这事。一出手就是二十万,一个国家干部他哪来的那么多钱?

孟小海　问题就在这呀! 姐!

　　　　(唱)姐呀姐,

　　　　　　听弟弟一句话,

　　　　　　大坝案可不要往下再查。

　　　　　　既然是贾老板携款逃窜,

　　　　　　查来查去查到了咱自己家。

　　　　　　你怎知我多么把小娟爱,

　　　　　　怎忍心狂风暴雨来摧花。

　　　　　　老舅他胸有城府势力大,

　　　　　　扳不倒反会惹闲话。

　　　　　　想想咱的爹,

　　　　　　想想咱的妈。

　　　　　　想想小娟和咱家,

　　　　　　姐,你就放手吧,

　　　　　　你就放手吧。

孟　华　小海呀小海,这事怎么都出到自己家里来了?

孟小海　姐,我该怎么办? 我该怎么办呀?!

　　　　〔四歌队穿着与孟华同样的服装上。

歌队甲　怎么办? 走? 还是留? 查下去? 退出来?

歌队乙　不,查下去,我们家可就惨了,我以后还怎么在纪检干下去呀?

歌队丙　是啊! 按程序,我应该回避。这也没什么错呀! 对! 对!

歌队丁　可是玛依拉就白死了,老百姓的钱就让他们这么拿走了。不! 不!

歌队甲　走? 还是留?

歌队乙　查? 还是不查?

歌队丙　是情大? 还是理大?

歌队丁　亲娘舅,外甥女。亲娘舅,外甥女……

　　　　〔孟华走到一旁用手机打电话。

孟　华　张主任,我是孟华,我有重要情况汇报……

〔侯爱珍从幕内喊上。

〔孟华背身继续通话。

侯爱珍　老头子,人都到齐了,你那桌酒席做好了没有?

孟海天　呵,人都到齐了,好戏开场了!

〔侯忠、俞小娟和孟小海同上。

侯　忠　老姐夫,这么多年,喝您这杯寿酒,可是真难呀!

孟海天　难不难,咱喝了再说! 请!

侯　忠　不客气。

孟海天　哎,还愣在那干啥,快倒茶,我端菜去。(下)

侯爱珍　(心慌意乱地)哎,哎。(倒茶水)

侯　忠　小华,听说你要回师部了,咋还没走啊?

孟　华　噢,老舅消息真灵通啊。可是不喝了俺爹的这杯寿诞酒,我咋能回去呢? 老舅,你说呢?

侯　忠　嘿嘿,那是,那是……

　　　　(唱)孟华她绵里藏针带着火,

　　　　　　话不投机半句多。

孟　华　(唱)老舅他故作镇静不示弱,

　　　　　　狭路相逢有一搏。

俞小娟　(唱)见此情不由得魂魄散,

　　　　　　破船怎能过大河。

孟小海　(唱)今夜晚俺家的气氛有点悬,

　　　　　　左不是,右不是,心中不安。

侯爱珍　(唱)爱珍我在一旁察言观色,

　　　　　　心里打鼓来求佛。

〔孟海天端菜上。

孟海天　哎,酒菜来了。

　　　　(唱)鸡鸭鱼肉大老鳖,

　　　　　　当一个钟馗把鬼捉。

　　　　(白)你们来看!

众　人　(不同心情地)好! 好!

孟海天　好! 今天也算是我的七十大寿。孟华,你是老大,这场家宴就由你主持。

孟　华　好!

　　　　(唱)一杯酒祝爹爹健康长寿。

386

众　人　（唱）健康长寿！

孟　华　（唱）二杯酒祝老娘福寿安康。

众　人　（唱）福寿安康！

孟　华　这三杯酒……（示意孟海天）

孟海天　我来说。

　　　　（唱）祝大家坦坦荡荡心情好，

　　　　　　　莫错过今夜良辰好时光。

　　　　（白）来，大家把这杯酒喝了，我有话要说。干！

众　人　（各怀心思地）干！

孟海天　我孟海天自从部队转业到咱这兵团几十年了，过生日庆寿诞这可是第一次啊！你们可能奇怪，我是早不过，晚不过，偏偏赶上这大坝垮了，庄稼淹了，我要过生日。你们真的以为我是馋这杯酒吗？我这是心里难受啊！你们都知道，我这一辈子是明人不做暗事。今天，就当着全家的面，把你们该说的事都说说！

侯爱珍　老头子？！

孟海天　想说的，就老老实实地说。不想说的，也可以不说。不过，我把话说在前头，要是以后那个人出了事，就是想说也没法说了。

侯　忠　老姐夫，喝酒就喝酒呗，你这是唱的哪一出呀？

孟海天　哪一出？首先，我第一个问的就是你！

侯　忠　我？

孟海天　对！这个豆腐渣工程，大白于天下。你作为一个主要领导，在里面都干了什么，难道还不该说说吗？

侯　忠　老姐夫，这大坝工程，我固然是有责任，可是，这屎盆子也不能扣在我一个人身上，我行得正，坐得端，没有什么好说的！

孟海天　好，好，这也算是你的回答。孟小海？

孟小海　爸！

孟海天　那价值八万元的金表，真是你买的吗？

孟小海　爸，我不是都给你说过了吗。

孟海天　好，好，这也算是你的回答。小娟啊，听说你欠贾老板十万元的装修费，都还上了吗？

俞小娟　我，还了，还了。

孟海天　你那个美容院就没开几天，哪能还那么多钱哪！

俞小娟　是，是，是小海帮我还的。

387

孟小海　（意外）小娟,你?

俞小娟　（哀求地）小海,小海……（呕吐）

孟海天　小海,真是你还的吗?

孟小海　是,是我给还,还……

孟海天　什么?你还的?你做那点生意我还不知道,前后二三十万,你是偷人家了?还是抢人家了? 今天,你要是说不清楚,我就找个地方让你说! 你倒是说呀!

孟小海　我,我……小娟,小娟,你都把我搞糊涂了,老舅送的表,硬说是我买的,这十万装修款,你也说是我还的。还有,咱们好了没几天,你就说怀孕了。这一切,都是为了什么呀?!

俞小娟　小海,我……我对不起你呀!

侯　忠　小娟?!

孟海天　（威严地）侯忠!

孟　华　小娟,有什么话你就说吧。

俞小娟　好,我说,我说!

　　　　（唱）小海他一句话把事说漏,

　　　　　　看起来亏心事再难隐瞒。

　　　　　　孟华姐多次上门把我规劝,

　　　　　　再不能执迷不悟深陷泥潭。

　　　　　　当出纳我也曾贪污巨款,

　　　　　　侯忠在后我在前。

　　　　　　贾贵田黑心把钱赚,

　　　　　　为堵口免我欠款十万元。

　　　　　　侯忠他贪钱贪色如禽兽,

　　　　　　花言巧语将我摧残。

　　　　　　我身怀有孕他不管,

　　　　　　移花接木来欺骗。

　　　　　　到如今我无脸在人前站,

　　　　　　愧对小海有苦难言。

　　　　　　这样的不人不鬼的日子我过够了,

　　　　　　黑夜里做噩梦寝食不安。

　　　　　　孟华姐呀!

　　　　　　今天把话说当面,

　　　　　　判我个杀头坐牢也无怨言。

侯爱珍　（气极）侯忠，你这个禽兽不如的东西，害人都害到你姐姐家了，我咋就没把你给看透呀！（打侯忠）

侯　忠　（捂脸）打得好，打得好，（狂笑）哈哈……，你们知道，这些年，我是咋干过来的吗？啊？从小我就当农机手，哪片大田我没耕过？哪条渠沟我没蹚过？当干部哪个连队穷，我就让哪个连队富起来。改革开放这些年，我四处筹款，为团里挣钱。就连这大坝的工程款，也是我求爷爷告奶奶给要来的。你看他贾老板，一个小小的包工头，吃香的喝辣的，富的是浑身流油。我一个堂堂的处级干部，一个大主任，区区百八十万算个啥？啊！你们说我贪，比我贪的人，你能说都抓光了吗？为什么偏偏跟自己家的人过意不去呢？！

孟　华　你住口！

侯　忠　哼，我住口。孟华，我的亲外甥女，作为一名纪检干部，你可以把你的老舅扳倒，也可以把你那可怜的小娟妹送进监狱。可别忘了，这里面还有你的亲弟弟孟小海呢！

侯爱珍　小海？小海咋了？

孟海天　这到底是咋回事？

侯　忠　咋回事？（奸笑）哼……
　　　　〔四歌队头顶鬼脸上。

歌队甲　孟小海，这二十万的收据，是不是你打的？

孟小海　那是俺舅送给我的！

歌队乙　你舅是贪官，他贪的钱，政府能让你白拿？

孟小海　我把它上交国库还不行吗？

歌队丙　拿来，拿钱来！

孟小海　我？我哪来那么多钱？

歌队丁　这就对了，这点钱对一个贪官不算啥，对于一个平常人家，那可是天文数字呀！
　　　　〔四歌队分别对着孟小海。

四歌队　拿钱来！拿钱来！

歌队甲　（对孟海天）老团长，就你那点退休金，还不够看病的呢！

歌队乙　（对侯爱珍）侯阿姨，二十万哪，够你家还一辈子的。

歌队丙　哥儿们，这可是二十万哪，够判几年的，你自己算算，还想娶媳妇，做梦吧。

歌队丁　孟华，你真能啊！整了你舅舅，害了你兄弟。背了那么多的账，看你爹妈后半辈子咋过哟？！

四歌队　拿钱来！拿钱来！

侯　忠　（阴笑）哼……都说钱不是好东西。可它不但能让你吃喝逍遥，随心所欲。有

389

时候,还能救人一命呢?

孟 华　你说得对!那钱有时候是能救人一命。可要是拿了不该拿的钱,也能要人的命!

侯 忠　(软下来)小华,你松松手,不是啥事都没有了吗?

孟 华　老舅,正是因为你的贪污腐败,造成了大坝被水冲毁,团场被淹,牛羊被水冲走,多少家庭失去了亲人,多么可爱的玛依拉被洪水夺去了生命。你给国家带来了多大的损失?!给人们带来了多大的痛苦?!你还有何面目摆你的功劳,说什么区区百八十万,算一算,这大大小小百万、千万加在一起,像你这样的贪官,毁了咱国家多少钱?

孟 华　(唱)钱、钱、钱,

这些钱,

能使山区脱贫困,

能使学子进校园。

能使老人度夕阳,

能使病人身康健。

能使科技来创新,

能使工资翻一翻。

没有大贪和小贪,

小康社会能提前。

看神州,

(合唱)莺歌燕舞逢盛世,

民致富国力强光明在前。

"三个代表"执政为民人为本,

岂能让乌云遮住朗朗的天。

孟 华　(唱)爹呀妈,兄弟姐妹,(向观众)亲爱的同志们啊!

孟华我该不该把罪人偏袒,

老舅啊!

拍拍良心想一想,

谁能帮你过了这一关。

〔"当、当、当"——天宇间响起长鸣的警钟。

——剧　终

【曲子剧】

相　亲　家

周建国

人　物　表

石厂长　　五十岁,大队铅还原厂负责人。

石　庆　　二十八岁,石厂长的儿子。

石庆妈　　四十八岁。

银　燕　　二十五岁,石庆的未婚妻。

马师傅　　四十五岁,工人,银燕的父亲。

〔秋天,午后。

〔石厂长的家。

〔台右是粉饰一新的房间,约占表演区的五分之二。后侧有门通堂屋,左侧有门通院落。院内,苹果树浓阴密布,树下有石桌、小凳。

〔门旁两盆菊花素萼迎寒,金英带香。墙上几串红辣子、黄玉米,如精美工艺品耀眼生辉。左有大门可通村街。

〔幕启:石庆妈整理房间,忙得不亦乐乎。

石庆妈　　(唱)我擦桌子,抹板凳,

　　　　　　　　叠了被子摆暖瓶,

　　　　　　　　只嫌这桌不明来凳不净,

　　　　　　　　床上太乱地不平。

　　　　　　　　你要问今日有啥事,

　　　　　　　　说出来保你也高兴,

秋菊琅华娇客要到,

〔石庆穿戴崭新,笑容可掬地上。

石　庆　(接唱)石庆我去把娇客迎。

　　　　　涤卡制服平整整,

　　　　　毛料裤子笔挺挺,

　　　　　黑牛皮鞋亮锃锃,

　　　　　妈呀你看行不行?

石庆妈　(唱)红花绿叶两相映,

　　　　　骏马金鞍添威风,

　　　　　这身衣服我儿穿上,

　　　　　赛过演电影的大明星。

石　庆　(从抽屉拿出眼镜,给妈戴上)

　　　　(唱)妈呀你戴上老花镜,

　　　　　别怕腰酸膀子痛,

　　　　　炕上炕下你扫三遍,

　　　　　屋里屋外要齐整。

石庆妈　哟,人家又不是卫生检查团。

石　庆　(唱)方块糖,大龙井,

　　　　　巧克力,麦乳精,

　　　　　香草蛋糕油酥饼,

　　　　　滚烫的开水充满瓶。

石庆妈　哟,姑娘家能吃这么多!

石　庆　(唱)如今不愁吃和用,

　　　　　篱庭小院照福星,

　　　　　银燕头回来咱家,

　　　　　寒里寒酸会吹灯。

石庆妈　儿子,再不能像上回了,你就放心去接她吧!

　　　　〔石庆走到院里,石庆妈追出来。

石庆妈　等会儿,小祖宗!我没见过姑娘面,要弄个张冠李戴,岂不叫人怪罪。

石　庆　你不是看过她演戏?

石庆妈　台上化着妆,跟台下能一样吗?

石　庆　我倒忘了!(递照片)给,这是她的近照,仔细地看看。

　　　　〔石庆妈接过照片。

392

石庆妈　这比台上又俊秀多了！她今晚演什么角儿？

石　庆　我演老头，她演老婆。

石庆妈　哎哟，没过门的老两口！庆呵，们这是假戏真作了。

石　庆　妈，我们原本就是同学嘛！（跑下）

　　　　〔妈边回屋边看，越看越爱。

石庆妈　（唱）水灵灵的双眼如星辰，

　　　　　　　满面春风笑吟吟。

　　　　　　　盼只盼春节吉庆日，

　　　　　　　热热闹闹娶进门。

　　　　〔她把照片摆桌上，继续收拾。

　　　　〔石厂长兴奋地上。

石厂长　（唱）欢声笑语水上流，

　　　　　　　洗去往年的穷和愁，

　　　　　　　人人面如三月桃花开，

　　　　　　　家家喜似迎亲待贵友。

　　　　　　　都夸政策如春光暖，

　　　　　　　五业兴旺有奔头，

　　　　　　　铅厂分红传喜讯，

　　　　　　　走到家门我反生忧。（蹑手蹑脚走至窗前，向里张望）

石厂长　看她高兴得走路都想扭秧歌！准是以为我拿回多少钱来，这可怎么办？我要
　　　　先挖渠，后放水，看好机会说出嘴。（进屋）庆他妈。

石庆妈　我的厂长大人，就等着你呢。（亲热地）会开完了？

石厂长　开完了。

石庆妈　又分了多少？

石厂长　（故意）这房子收拾得真好！喜鹊喳喳叫，像有贵客到。

石庆妈　我问你分了多少钱？

石厂长　这糖甜不甜？方块糖甜得很，甜得很！（抓起一块放到嘴里）

石庆妈　（来抢，没抢着）就看见吃的。我说老头子，你耳朵眼让钱堵住了？

石厂长　你嗓子眼让钱堵住了？！怎么开口就是钱、钱、钱！

石庆妈　你没聋呀！庄户人家盼的不就是秋收分红吗？

石厂长　可往年呢？

石庆妈　往年？

　　　　（唱）掰着指头盼金秋，

工分不够买粮油。

石厂长　　（唱）今年大田分了七百六，

　　　　　　　　填平"窟窿"还有存款留。

石庆妈　　（唱）如今条条渠水都冒油，

　　　　　　　　铅厂还有红利收。

石厂长　　老婆子呀。

　　　　　（唱）七百六填不满你的胃口，

　　　　　　　　你的胃口赛过老黄牛。

石庆妈　　（唱）怎比你东奔西跑一甩手，

　　　　　　　　苦坏了石庆妈你的好帮手。

石厂长　　（故意地）苦坏了——苦坏了你的嘴皮子！

石庆妈　　里里外外什么事不是我张罗？

石厂长　　你还想干啥？不就是给庆娶媳妇嘛！

石庆妈　　哦，像你上下嘴唇一呱嗒——"不就是娶媳妇嘛"——给钱哪！

石厂长　　咱存折上不是有四百块吗？

石庆妈　　四百？刚够买个电视机！就不吃、不穿、不用、不请客、不摆设了？

石厂长　　四百块呀，像前几年，买成油盐酱醋，够用几年的吧！

石庆妈　　怪不得都叫你"老抠门"！隔年的皇历——用不成了。庆他爹，你别净给我闷
　　　　　葫芦，到底分了多少？

石厂长　　我实给你说吧，你坐下。（石庆妈坐）哎，我嗓子根冒火，先给我倒碗水。

石庆妈　　看这老头子，架子还不小呢！真是财大气粗！（走至桌旁倒水）

石厂长　　（唱）嗓子冒火我急断肠，

　　　　　　　　这道娘子关实难闯。

　　　　　（伴唱）急坏了憨厚的石厂长，

　　　　　　　　你看他烟雾缭绕费思量。

石厂长　　（唱）只要把机器买到手，

　　　　　　　　任她翻脸也无妨。

石庆妈　　给！我还加了两勺白糖哩！你说呀，财神爷，到底多少？

　　　　　〔石厂长伸出三个指头。

石庆妈　　三千？

　　　　　〔石厂长摇头。

石庆妈　　三……三……三百？

石厂长　　对了，三百块。

石庆妈　三百块？哪儿哩？拿出来。

　　　　〔石厂长拿出钱。石庆妈数了,锁在小柜里。

石庆妈　(审问地唱)

　　　　　　石庆爹你想把我瞒,

　　　　　　我脑子就是活算盘。

　　　　(白)枕边上你说,

　　　　(唱)至少八百力争一千,

　　　　　　怎么突然都变成废纸片?!

石厂长　嘿,我还让她抓住话把了。六个人的小厂长,说话还不是一口气?

石庆妈　公鸡头上的肉——大小也是个"官"咧! 你不实说,我可找支书去呵!

石厂长　(唱)叫声庆他妈你且慢,

　　　　　　我把那真情和盘端,

　　　　　　七百块我存在银行里,

　　　　　　留给儿子把亲事办。

石庆妈　存了多少?

石厂长　七百。

石庆妈　存折呢?

石厂长　(浑身摸遍)我锁在办公室了,你一百个放心吧。

石庆妈　我一个心都放不下。七百块的存折锁在那个破桌子里,你能放心?

　　　　(唱)桃树想结出哈密瓜,

　　　　　　老实疙瘩也把心眼耍。

　　　　　　咱俩同去把根底查,

　　　　　　看你怎说骡子是骏马!

石厂长　(慢条斯理地端起茶碗欲喝)我先喝了这碗水! 你也太霸权了!

石庆妈　(夺过碗,泼向门外)我还给你"九拳"哩!

　　　　〔马师傅喊了几声"有人吗?"没人应声。刚到屋门,又泼了身水。

马师傅　哎哟!

石厂长　糖水!

石庆妈　都泼你身上了,可惜了哟!

马师傅　我的衣服! 您是石厂长? 这是……

石厂长　太甜了,喝不成。您是?

马师傅　我是县修造厂的,姓马名田。

石厂长　噢,马师傅,早听说过。

马师傅　我是来联系轧板机的……

石厂长　(往外推,使眼色)你的衣服湿了,快脱了晾晾。(把外衣晾在门外,悄声唱)

　　　　付款的事你可别提,

石庆妈　(唱)他有意躲我远远的,

马师傅　〔唱〕我把"三十"当初一,

　　　　初六来赶初五的集。

石厂长　(对石庆妈唱)

　　　　操场上今晚演好戏,

　　　　你赶快占个位子去。

石庆妈　(唱)他想使调虎离山计,

　　　　我板上钉钉硬不离。

石厂长　(对马师傅悄声唱)

　　　　你有练铅的好手艺,

　　　　我早想登门解难题。

石庆妈　(拿件衬衣出来,交给石厂长)

　　　　(唱)庆的对象要来咱家,

　　　　瞧你那一身油和泥!

石厂长　庆的对象? 什么时候来?

石庆妈　马上就到。

石厂长　(立刻穿衣服)

　　　　(唱)你不该和我打哑谜,

　　　　谈个对象难似上云梯!

石庆妈　哟,看看! 扣子也系错了! 脏衣服怎么也不脱!

马师傅　这是儿媳妇来,你那么紧张干什么?

石庆妈　你没有儿子吧? 你不知道,现在不光相对象,那是连公公、婆婆一块相! 上回……

石厂长　你就别上回了!

石庆妈　对,不提了。你看(拿照片)这闺女的相片,多水灵! 两只眼都会说话!

　　　　〔石厂长、马师傅看照片。

马师傅　(自语)跟俺那闺女长得一样!

石庆妈　你那是在县上,人家是柳树泉的。

马师傅　柳树泉的? 叫啥?

石庆妈　叫银燕——叫啥!

396

马师傅　（旁唱）亲家碰面不相认，

　　　　　　　牛犄角长到两岔去。

　　　　　　　俺家银燕没眼力，

　　　　　　　碰上个婆婆是嘴辣的。

　　　　　（白）石厂长！

　　　　　（唱）你家要演"相亲记"，

　　　　　　　临走我要说两句：

　　　　　　　现款今天要付清，

　　　　　　　柳树泉大队催得急。

石厂长　呵！千万别给他们！

　　　　　（唱）现款随要随时取，

　　　　　　　好像秋天想吃脆香梨。

马师傅　（唱）你们本来要求分期付，

　　　　　　　莫不是财神赞助你？

石厂长　（唱）众人齐心大山移，

　　　　　　　社员投资解决大问题。

马师傅　嗬！这是真的？

石厂长　（唱）光我家投资七百整，

　　　　　　　总数付清还有富余。

石庆妈　你到底是傻小子偷吃鸡蛋，瞒不过人！七百块都存到他们银行了？

石厂长　（懊悔）唉！我不是不让你提付款的事吗？

马师傅　啊！一急就忘了！

石庆妈　（唱）庆他爹，你听真：

　　　　　　　他们那银行我不存，

　　　　　　　一分不少你取出来，

　　　　　　　全都交到我的手心。

马师傅　（旁唱）果然有出好戏文，

　　　　　　　亲家母泼辣不含混。

　　　　　　　我轻打鼓来慢拉琴，

　　　　　　　自己斟茶自己饮。（自己倒水，坐下观阵）

石厂长　（唱）你从大队开来证明信，

也难拿走钱半分，

定期一年不能变，

不许取来只许存。

〔石庆领银燕上。听屋内唇枪舌剑，吵得正凶，进退维谷。他把银燕安顿在小凳上，凑近窗户看。银燕发现晾的衣服似曾相识，疑惑地走近窗户，石庆把她拽进堂屋。

石庆妈　还有这样的银行？谁负责？我找他去！

石厂长　行长就是我！你有啥事？

石庆妈　（唱）你是二两烧酒醉醺醺，

吃了秤砣铁了心，

不拿回钱来你别吃饭，

新衣服也别穿在身！（扒下石厂长的衣服）

石厂长　（唱）我没喝烧酒头不晕，

吃了秤砣倒是真，

家中百事你做主，

这件大事我定音。

石庆妈　这老头子，今儿个是怎么啦？都把我气死喽！

〔石庆从门探头观望，又缩回去。

马师傅　（唱）你消消气，你慢定音，

屋顶都震得落灰尘！

你们平心静气讲一遍，

我局外之人来评论。

〔银燕露头一望，确是其父，吓得缩回头。

〔石庆冲进门。

石　庆　你们这是闹什么哩？丢人不丢人？银燕早就来啦，光听你们吵架啦！

〔老两口都怔住了。

〔与此同时，银燕跑到院里，害羞地跑下。

石庆妈　在哪儿？快叫出来！榆木疙瘩！跟你老子一样，没点机灵劲儿！（从屋里找到院里，也没找见）

石　庆　银燕就是你们吵跑的！（蹲在地上，手捧着脑袋生闷气）

石庆妈　你进了院子，就不会通报一声！

石　庆　怎样通报？

石庆妈　扯着嗓子吼一声呗！（作示范）"妈，我回来了！"

石　庆　"我回来了"？我回来顶啥用！

马师傅　你得喊，"银燕驾到！"

石厂长　没过门的媳妇才能降住你！（一屁股坐到石桌上，又挪到小凳上）

石庆妈　媳妇就是你气跑的！瞧你这窝囊劲儿！（把衣服扔过去，还想啰唆什么）

石　庆　银燕驾到！

　　　　〔石庆妈马上住嘴，继而众人笑起来。

石庆妈　傻儿子，闷着干吗？还不快去找！（石庆起身往外跑）庆，站住。你爹在铅厂
　　　　分了一千块钱，也不跟咱娘儿俩商量，就拿出七百买机器，只拿回三百！你
　　　　的婚事怎么办？我让他把钱抽回来你说对不对？

石　庆　爹，那钱一定得要回来！

　　　　（唱）三百块就想娶儿媳，

　　　　　　　谁家"千金"那么便宜？

　　　　　　　银燕虽说通情理，

　　　　　　　总得和行情差不离，

　　　　　　　坐的要有沙发椅，

　　　　　　　听的要有录音机，

　　　　　　　骑的要有"凤凰"车，

　　　　　　　看的要有电视机！

石庆妈　对嘛，光这四件，三十张票子哪儿够啊？

马师傅　不够，不够！亲家母……

石庆妈　庆他母？叫庆他妈！

马师傅　对，庆他妈，要叫我说，至少得三百张——只要你家有！石厂长，算了，轧板
　　　　机我给柳树泉，省得不让你吃饭，不让你穿衣！

石厂长　你就别敲边鼓了——这就够乱乎的啦！

石庆妈　旁观者清——你别堵客人的嘴。

石厂长　庆，你妈嘴大心眼小。听我说，咱们现在生产的铅锭，要是制成电瓶出售，就
　　　　能多获几倍的利！所以党支部同意咱买台轧板机。可是一下子拿不出这么
　　　　多钱，就向社员借一半。咱们投点资，对不对？

　　　　（唱）社员都盼日子富裕，

　　　　　　　幸福要靠大伙齐努力。

　　　　　　　咱为集体分忧虑，

　　　　　　　只为根深叶茂树长绿。

　　　　　　　你给银燕讲仔细，

家具婚后再置办齐。

石　庆　　（唱）爹站房顶把人看低，

　　　　　　　　银燕思想进步懂道理。

　　　　　　　　可她爹是个绝户头，

　　　　　　　　少买一样也不依。

石厂长　　（对马师傅）唉，偏偏摊这么个亲家！

马师傅　　石庆，你丈人给你说啦？

石　庆　　给银燕说的。

马师傅　　她胡编乱造。

石　庆　　你怎么知道？

马师傅　　我，我……好小子，你就往你丈人脸上抹黑！

石　庆　　我丈人哪，用不着抹！

石庆妈　　石庆，没你的事了！快找银燕去！

石　庆　　哎。妈，全靠你了！（跑下）

马师傅　　亲家母！

石庆妈　　（纠正）庆他妈！

马师傅　　听我说两句。

石庆妈　　对，你一锤定音！

马师傅　　好！

　　　　　　（唱）石庆银燕都不算小，

　　　　　　　　男婚女嫁正相当。

　　　　　　　　新事该有新风尚，

　　　　　　　　勤俭节约莫铺张。

　　　　　　　　先公后私品德好，

　　　　　　　　这样的厂长该表扬！

石庆妈　　哼，怕是你那机器卖不出去，没法交代吧？

　　　　　　（唱）家家都有难念的经，

　　　　　　　　石庆下有四个弟兄，

　　　　　　　　这桩婚事要不像样，

　　　　　　　　谁还愿把石家门登！

石厂长　　（唱）农村的远景富裕美好，

　　　　　　　　插上金翅膀任你飞腾，

　　　　　　　　责任田麦穗压弯了腰，

队办工厂机声昼夜鸣，

春回大地花开正繁盛，

你却怕石家门黄卷青灯！

马师傅　你呀,像抱窝的老母鸡,光顾翅膀底下的鸡娃子啦!

石庆妈　要都像你们老公鸡,连鸡娃子也孵不出来!你们去干你们的大事,我就管我的鸡娃子!(把他们向外推)

石厂长　哎哎,你怎么把客人也往外推呀!

马师傅　真是大水冲了龙王庙!

　　　　〔马师傅向石厂长说明了身份。两人对笑。

　　　　〔石庆妈看见晾的衣服,拿起。

石庆妈　给,你的老鼠皮!

马师傅　我的茶还没有喝完呢!

石庆妈　我的茶是招待儿媳妇的!(将衣服扔过去,关门)

　　　　〔石厂长欲叫,马师傅制止。拉他出去。

　　　　〔幕后伴唱:

投石湖面荡波纹,

儿女婚事起纠纷,

风吹秋涛飒飒响,

云笼双眉愁锁心。

石庆妈　(灵机一动)对,我找支书去,给他说说!(下)

　　　　〔石庆上。银燕随后。

石　庆　(扯着嗓)妈!银燕驾到!银燕驾到!

银　燕　(急捂他嘴)哎,你疯了!

石　庆　我妈让先通报一声。

银　燕　你呀!

石　庆　没人啦!人都到哪儿去了?

银　燕　(神秘地)我看有没有那件衣服。

石　庆　哪件?

银　燕　庆!

　　　　(唱)咸菜上面你偏撒盐,

　　　　　　黑云浊浪你偏扬帆。

石　庆　燕!

　　　　(唱)娶妻成家岂能随便,

　　　　　　　　你只等过门不管闲。

银　燕　(唱)和睦家庭人称赞，

　　　　　　　　贪图虚荣招人嫌。

石　庆　你放心。

　　　　(唱)我为你涂脂又抹粉，

　　　　　　　　责任都推在你爹身。

银　燕　你就当着那个老头说的？

石　庆　嗯。他还说我平白无故给老丈人抹黑。

银　燕　(唱)气你恨你又笑你，

　　　　　　　　自家人相见不相认。

石　庆　他是谁？

　　　　〔此时，时钟敲六点。

银　燕　他……

　　　　(唱)石庆做事太荒唐，

　　　　　　　　胡编乱造不应当。

　　　　　　　　若把真情来相告，

　　　　　　　　只怕他胡思乱想出洋相。

石　庆　他到底是谁？

银　燕　时间快到了，演完戏我再告诉你。我先走了。

石　庆　化好妆再走，谁也不认得。

银　燕　让老人们碰上，像什么样子？

石　庆　他们都看戏去了。

　　　　〔他们化装成老头、老婆。石庆还情不自禁地边化边唱。临走时，又把糖、糕
　　　　点塞到银燕的包里。他们正要走，石厂长与马师傅说笑着上。

石厂长　真不愧是行家，经你一指点，产量又能提高不少呵！

马师傅　我也多年不干这个了，试一试才知道。

石厂长　就等着轧板机了。款，我这就给你付清。

马师傅　刚才是个激将法，不然哪有这出"相亲家"！(二人笑)领导派我来，一是告诉
　　　　你们，款要暂时凑不齐，可缓两个月；二是有用的地方，我就帮个忙。

石厂长　这对我们是多大的支援啊！

马师傅　不过，款可要照收。不要说买机器等钱用，就是不等，孩子们的婚事也该朴
　　　　朴素素！

石厂长　好亲家，咱们哥俩长着一个心思呵！

〔石庆、银燕在屋里听。

石　庆　他是你爸？

银　燕　就是我爸呀！

石　庆　哎呀,他怎么是你爸呢!（呆坐在椅上）

银　燕　见见去吧,我爸不会怪你!

　　　　〔石厂长拉马师傅向屋里走。

石　庆　（难言之苦）不! 不!

　　　　〔石庆,银燕躲进里屋。

　　　　〔石厂长、马师傅进屋。

石厂长　刚才怠慢你了! 一会儿让她炒几个菜,咱哥俩痛痛快快喝几盅。

马师傅　演出要开始了,还有银燕和石庆呢!

石厂长　噢,那得去。先喝碗水吧!（倒水）

　　　　〔石庆与银燕悄悄溜到大门,恰与石庆妈碰面。

石庆妈　（怔住）你们找谁来了？ 拿的啥东西？（看银燕的包）噢,我家的糕点、糖!

石　庆　你就是给她预备的!

石庆妈　她？

石　庆　她是银燕？

石庆妈　银燕？ 你是？ 哎,你怎么变成老婆子了？

石　庆　我们要演戏去。快叫妈!

银　燕　妈。

　　　　〔石厂长和马师傅由屋出。

石庆妈　你们咋就黏到这个屋啦？

马师傅　你撵不走我了! 还得好好招待我!

银　燕　爹!

马师傅　你给你爹捉了半天迷藏,到底被抓住了! 还有你,往老丈人脸上抹黑,我可
　　　　记你一辈子!

石庆妈　你是？

马师傅　（唱）我是修造厂的老工人,
　　　　　　　赶不走的大老马。

石厂长　（唱）他是石庆的老丈人,
　　　　　　　咱们老俩的好亲家。

石庆妈　（唱）亲家你咋不早说话,
　　　　　　　误会闹得笑掉了牙!

马师傅	（唱）我早就叫你亲家母，
	你可光让叫庆他妈。
	叫声亲家母，
石厂长	（唱）叫声庆他妈。
马师傅	（唱）咱两家老少都在场，婚事咋办商定下。
石庆妈	（怂恿地）庆，你们的事自己说！
	〔石庆斜觑马师傅。
马师傅	这回瞧你往谁脸上抹！
石庆	（嗫嚅）您说咋办就咋办，听您的，爸。
马师傅	（答应）唉！这就好！我的白胡子女婿！
石庆妈	（笑骂）你妈呢？媳妇没过门，就听老丈人的啦？
银燕	（亲近地搂住石庆妈）妈！
石庆妈	唉！
石厂长	那你的意见呢？
石庆妈	我刚去找支书啦。
石厂长	他咋说？
石庆妈	跟你说的可不一样！他说：
	（唱）支援铅厂是自愿，
	谁也不吃强扭的瓜。
石厂长	谁强迫你啦？
石庆妈	他还说，
	（唱）集体好比苹果树，
	众人浇水叶茂果实大，
	美味佳果香千里，
	为你为我为国家！
众人	是这个理！支书说的对！
石庆	你没问他儿子的事打算怎么办？
石庆妈	他说要办得热热闹闹！
石厂长	热热闹闹？
石庆妈	对！
	（唱）他要向公社提建议，
	集体结婚开先例，
	移风易俗破旧习，

提倡勤俭为公的好风气。

银　燕　妈！

　　　　（唱）这么办事我们同意，

　　　　　　　为大家也是为自己，

　　　　　　　看米做饭，量体裁衣，

　　　　　　　二老再莫煞费心机，

石庆妈　（唱）好闺女你可受了委屈，

　　　　　　　过了门我周到待承你！

　　　　　　　不是我只顾自家忘集体，

　　　　　　　我只怕乡邻瞧不起！

石厂长　（唱）新事新办新风气，

　　　　　　　乡邻怎会瞧不起？

　　　　　　　陈规陋习束缚你，

　　　　　　　怨你思想有问题。

马师傅　亲家母！你再不要怕啰！（指石庆和银燕，唱）

　　　　　　　让他小两口编成戏，

　　　　　　　说你有存折压箱底，

　　　　　　　表扬你主动出借款，

　　　　　　　为发展集体经济出大力。

石庆妈　你这个亲家呀，都难堪死我啦！

　　　　〔众人笑。

银　燕　妈，您看我们（指装扮）该演出了！

石庆妈　人家俩还急着去演老两口咧！快走吧！

　　　　〔众人走。

──幕落·剧终

【曲子剧】

心　事

苏　泓

人　物　表

张老汉　五十六岁,承包组饲养员。

何老汉　五十三岁,承包组饲养员。

玉　花　二十三岁,回乡知识青年,张老汉的女儿,共青团员。

思　义　二十五岁,回乡知识青年,何老汉的儿子。

二　婶　四十多岁,社员。

〔1981年夏。

〔农村经济政策正在巨变中的一个生产队。

〔轻快明朗的启幕曲夹衬着紧张、清脆的打击乐,乐曲渐紧,警鼓一声,何老汉吆喝牲口"吁——吁",乐骤起,乐曲伴以啼铃效果。

〔幕启:透过纱幕可见秀丽田野,青海碧浪,丰收在望,远处呈现充满生气的农村景色,青山披雪,无际蓝天,飘浮几丝白云,左边一棵茂密的柳阴后露出解剖式农家院门,右边一棵高大柳树高耸入云。舞台是田畔大路,路旁,碧草鲜花,引人入胜。

〔乐声激烈。

〔何老汉在幕内呼"吁——吁!"自下场门上。驴一蹦跳,又脱缰,何老汉一闪,驴疾驰而去。何焦急地向驴望去,望尘莫及、力追、蹦子圆场,边跑边唱。

何老汉　(唱)可恼毛驴脱了缰,

　　　　　急得我老汉手脚忙。

责任田长着大家希望，

全村为它日夜忙。

庄稼长得真兴旺，

又有瓜菜又有粮。

怪我粗心欠思量，

拴驴没试拴驴桩。

牲口进地难设想，

踏坏庄稼怎敢当。

(一望远处，格外着急)哎呀不好，看，它还想进地(大喊一声)得！得！(不见反应，拣起一块土坯疙瘩气冲冲地朝驴跑去)你给我跑？……跑？(急下)

〔玉花提一篮青草，轻松愉快地上。

玉　花　(唱)风吹麦浪翻，

玉花到田间。

捎一篮青草回家转，

牛羊吃了香又甜。

大路广又宽，

两边是好庄田。

如今面貌变，

人人笑开颜。

美景叫人看不完。

〔思义仓促迎面走来，一见玉花，顿时显得难为情，玉花一愣。

玉　花　(欲进院，见思义叫)哎哎！思义你不要走！(关心地)思义？你咋了？

思　义　(涩口地)没……没咋。(欲走却被玉花堵住去路)

玉　花　哎……没咋？你急啥吗？先看看你那个神色，还想哄人。

思　义　(着急地)唉！这，这……真是……唉！(一跺脚)

玉　花　哎，你到底咋了吗？看把你急的。

思　义　玉花，你看气不气死人，我爹拿榆树条子把驴嘴捆上不叫驴吃草。我一说，他还不愿意，又跳蹦子又跺脚地说，驴不听话，我也不听话。

玉　花　他捆驴嘴干啥？

思　义　你不知道?！嗨，我们家的驴没拴好，偏就把你们家的豆角子架踏了，这……这……

玉　花　噢！……(谅解地一笑)踏就踏了，又不是故意的，看把你吓的。

思　义　我知道你是没啥！就……

玉　花　怕我爹是不是？这你放心,他要问,我就说是我们家的驴踏下的。

思　义　嗯?!……那怎么行？

玉　花　为啥不行？你把心放到肚子里！不要管。

　　　　〔二婶挎篮子蹒跚而上。

思　义　唉！这就……玉花,你爹和我爹仇气那么大,这事他一知道保险又是唱不完
　　　　的戏。

二　婶　啥戏？还能唱不完？

　　　　〔思义和玉花见是二婶,戒备地互相对视踌躇起来,二婶早滔滔不绝地发起
　　　　议论来。

二　婶　哟！看把你们两个小心的,谁又不是公安局的,怕调你们的查,是怎么的？

玉　花　二婶,没有啥。

二　婶　哼！敢说没有啥。

　　　　(唱)二婶我是玻璃人哪,

　　　　　　　从头到脚亮晶晶。

　　　　　　　不说眼前人和证,

　　　　　　　你俩心事我也明。

　　　　　　　男大当婚娶,

　　　　　　　女大该嫁人。

　　　　　　　自由恋爱谁敢问?!

　　　　　　　躲躲闪闪为何情？

　　　　　　　队上谁不在议论……

玉　花　议论啥？

二　婶　议论啥,人家都说你们是,

　　　　(唱)牛郎配了个织女星。

玉　花　(害臊地)二婶你……你不要胡说,好不好？

二　婶　胡说?!娃呀！你到方圆打听,打听。你二婶说下钉子就是铁,看我造过谁的
　　　　谣？啊？

思　义　(唱)叫二婶,你细听,

　　　　　　　莫把月亮当电灯。

玉　花　(唱)影子虽斜身子正,

　　　　　　　根本没有这事情。

二　婶　(唱)你俩不要耍嘴硬,

　　　　　　　二婶我是明白人。

当年两家亲又近，

好得叫人说不成。

虽说老人们气不顺，

你们心事我知情。

玉　花　二婶,谁不知道,我爹跟他爹仇气那么大,我们还能……

二　婶　啊哟,啧啧……把你灵性的还想给你二婶甩套哩,我这眼睛里可有水哩,哎呀,你们骗了别人,骗不了我,谁不说你们是百里挑不出的一对儿。

玉　花　(羞怯地)二婶,你……

思　义　嗨,根本没影儿的事你……你,(瞭玉花一眼)看把人家羞的。

二　婶　羞啥? 这有啥羞的? 哪个大姑娘不嫁人? 不是我给你们卖嘴哩,我像她这么大的时候,不要说嫁,连娃娃早都……

思　义　(可笑地)啊哟! 啊哟……哈哈……

二　婶　这有啥可笑的,真的就是真的嘛。不过,把话说回来,你两个的事也真有些难办。(带乐数板)

你爹和你爹,

就是事儿多。

早把冤仇结,

常把嘴皮磨。

虽说同包产,

各拉各的车。

一个要上山,

一个要下坡。

一个想拆桥,

一个想过河。

一个萝卜两头切,

半截蜡烛两头着。

不是刀碰刀,

就是火点火。

(唱)别别扭扭没法说,

再好的事儿也砸锅。

思　义　就是,老人们抱住陈年老账不放,咱当小的真难受。

玉　花　叫人家还说,咱这个团员白坎儿当着呢。

二　婶　对! 现在兴自由,不能由他们。

玉　花　二婶,我不是这个意思。

二　婶　那是啥意思?

玉　花　二婶!

　　　　(唱)叫二婶,你细听,

　　　　　　　沉怨难解有原因。

　　　　　　　如今有了好光景,

　　　　　　　无忧无虑多轻松。

思　义　(唱)老人们不和气叫人心纳闷,

　　　　　　　咱袖手旁观怎能行。

二　婶　对,当老的,光知道憋气,就不知道当小的的难处,也不想想,娃们都这么大
　　　　咧,该是时候了,叫娃娃们怎么等住哩?!

思　义　(申辩地)二婶,你再不要胡猜,你不知道,我们家的驴踏了玉花家的自留
　　　　地,我爹气的不得了。

二　婶　哎?! 你们家的驴,踏了人家的自留地,你——爹,他还气啥呢?

　　　　〔张老汉在幕内喊:"玉花! 玉——花! "

　　　　〔三人同时一惊,思义胆怯地望玉花一眼,玉花示意让思义回避。思义从容
　　　　地退在一旁。张老汉上。

张老汉　玉花! 玉花! 喊你,你没长耳朵?

玉　花　(一笑)噢! 我跟我二婶说话哩!(又一笑)

张老汉　(生气地)走,看走! 不知谁家的牲口,把咱的自留地整得乱七八糟的,简直
　　　　不像话!

玉　花　(搭讪地)爹! 是不是我们家的驴没拴好。

张老汉　(理直气壮)我挂的我不知道。准是那个坏心烂肠子的,故意……

二　婶　(弄巧成拙地)张大哥! 自留地谁不心痛,还能故意? 我给你说,你可不要多
　　　　心,刚才何思义还来说,就为这事,他爹还气的跳蹦子呢。

　　　　〔玉花偷偷拉了一下二婶衣衫,示意谨言。张老汉却紧逼过来。

张老汉　他跳啥蹦子?

　　　　〔玉花又拉二婶,二婶不知所措。

二　婶　(索性开诚布公地解释)你不是说自留地叫牲口踏了吗! 是何思义家……

玉　花　二婶!

张老汉　啥? 何思义? 噢,是他们家的驴。难怪嘛。

　　　　(唱)这人叫我难摸底,

　　　　　　　谁知他是啥意思。

運動中结下满腹冤仇，

这两年喂牲口又在一起。

有时候我有气他在让步，

却为何拿牲口把我来欺。

兴许他没提防粗心大意，

为什么出了事他还不依。

看起来他是表里不一，

难道他要和我比比高低？

越思越想越生气，

不能叫他把我欺。

（白）哼，吃屎的还能把屙屎的鼓着。非叫他赔我的自留地不行。

〔思义欲走，被张老汉叫住。

张老汉　你站下，我问你，你们把人还没欺负够是怎的？过去你们汇报人，如今又叫驴来糟蹋地，想把人两头撮住叫屁胀死吗？

玉　花　爹！人家不是这个意思。为这事儿，我何叔叔都拿树条子把驴嘴捆上，连草都不叫吃。

张老汉　不叫吃了好，驴饿死了，他拉车去。

二　婶　大哥，你怎么看见旋风就当鬼哩嘛，人家是怕你生气，给驴出气着哩，你多那么多的心做啥呢？

张老汉　哼，多——心，他不是捆上驴嘴让人看，谁知道他安的啥心？

玉　花　爹，不说这些了，自留地我去整治，你忙你的去，咱不能为点小事让人家笑话。

二　婶　这话说得对，都在一个包产组，包产先得包心嘛，吹胡子，瞪眼睛的，会叫人戳脊背。

张老汉　戳啥？谁跟谁过不去，谁还不知道。

二　婶　哎，人家老何对你好着呢，你就不能让让人家？再说，娃娃们又那么好，还这么扳着葫芦抠籽儿的干啥吗？早晚还不是亲家。

张老汉　啥？亲家？做下啥的亲家？想要我的丫头，叫他等着去。

玉　花　爹，你……

张老汉　我咋哩？我问你，你成天跟他黏啥的呢！我给你也打个招呼，不准你再跟他们黏。

玉　花　我黏啥来吗？

张老汉　你，你还没黏，没黏成天就鞋不离脚，脚不离鞋的，是不是叫何思义把你的魂勾了？

玉　花　你们老的有气,我们就连话都不能说了?

张老汉　你嘴不要犟,今后你少和他缠!

玉　花　偏要缠,偏要缠。

张老汉　(气极)啥? 二十几的丫头了,你羞不羞? 唉?! 你,你还要不要脸?!

　　　　〔玉花羞恼地,扭头跑进院子。

　　　　〔张老汉气急败坏地咬牙切齿欲发作,何思义为难地要走。

张老汉　你站下!(拉住何思义)何思义! 我问你年轻轻的不学好,缠三倒四地黏我的丫头,你想干啥? 今天我给你说明叫响:我的丫头就是赶到河里喂鳖,也给不到你头上,你少打这个主意,你要再黏她,我要把你的腿打掉。

二　婶　啊哟,……你怎么又胡说开哩……不怕……

张老汉　怕? 怕就不说,他能枪毙人?

二　婶　唉!

　　　　(唱)你和他爹仇气重,

　　　　　　　拾掇娃娃怎能成?

张老汉　(唱)我就害着这个病,

　　　　　　　挥着鞭子叫驴听。

二　婶　(唱)你真像个没砣的秤,

　　　　　　　连个轻重掂不停。

张老汉　(唱)不管轻来不管重,

　　　　　　　不准坏人欺好人。

　　　　(对思义)(白)你给我滚!

　　　　〔思义尴尬下。

二　婶　唉! 你这个人真是。(悻然而下)

　　　　〔玉花出门朝思义方向欲去。

张老汉　(误解地)你做啥去呢?(玉花不语,张老汉赶上拉住)哎! 你……你往哪里跑?

玉　花　(冷冰冰地)干活去!

张老汉　干活?!(收敛地)我还没吃饭呢!

玉　花　饭好了,在锅里热着呢。(气冲冲下)

　　　　〔张望着玉花的背影,皱皱眉头,叹口气进院子。

二　婶　(唱)手提上筐筐走呀走得欢,

　　　　　　　赶集路上心里甜又甜。

　　　　　　　二婶我养的鸡爱下蛋,

紧吃慢吃吃不完。

筐筐儿圆又圆，

装蛋一百三。

进城看戏带卖蛋，

顺便买件涤纶衫。

又好洗来又好看，

娃他爹穿上能把干劲添。

〔玉花上。

二　婶　玉花,干啥去了?

玉　花　给豆角子搭了个架。

二　婶　噢,是不是驴踏下的?

玉　花　(点点头)唉! 二婶你可不要给我爹说,你知道,我爹光跟何思义家爱当当,
　　　　拾掇一下免得……

二　婶　对咧对咧! 你那个尕心眼想的啥,我知道。(何老汉夹树枝提铁锹上)还是何
　　　　思义家有福气,遇了这么个好媳妇。(笑)

玉　花　二婶,你……

　　　　〔何老汉见二人逗趣,啼笑皆非,咳嗽一声,玉花害羞地捂住了脸。何老汉欲
　　　　　走,被二婶拉住。

二　婶　大哥,你来了怎又走呢? 过来,过来!

何老汉　唉! 不行,不行! 叫玉花他爹看到了不好! (又执拗要走)

玉　花　何叔父,啥事不好?

何老叔　玉花,我把驴未拴好,我家的驴踏了你家的自留地,我想给你们拾掇拾掇,
　　　　你看,行不行?

二　婶　(失笑地)啊呀,看把你们做地。公公给儿媳妇还这么说话吗,啊,哈哈……

玉　花　二婶,看你……何叔叔,你放心,我们家的自留地好好儿的,根本没踏下啥。

何老汉　不对,不对,踏咧! 踏咧!

　　　　〔院门突开,张抽着烟袋自门而出,见玉花跟何老汉说话,顿时火起。

张老汉　(厉声地)玉花!(何老汉、玉花、二婶一惊)跟他有说不完的啥?你给我回来!
　　　　(唱)死丫头给人不争气,

　　　　　　跟他喧话是怎的。

　　　　　　叫驴踏坏自留地,

　　　　　　又想给咱来软的。

　　　　　　人家早就会唱戏,

413

谁知下的什么棋?

玉　花　(唱)爹爹莫把怒火升,

　　　　　　出掌不打笑脸人。

　　　　　　看人就要看行动,

　　　　　　莫把好心当坏心。

张老汉　(唱)这么大的姑娘没倒顺,

　　　　　　说话不知脸儿红。

　　　　　　老子和他憋着劲,

　　　　　　不帮你爹反帮人。

玉　花　(唱)有理天下好行动,

　　　　　　无理寸步也难行。

张老汉　(唱)我说西来你说东,

　　　　　　屎爬牛跟着屁轰轰。

二　婶　(唱)真情话未说明,

　　　　　　父女俩,把嘴争。

　　　　　　气头上说话没轻重,

　　　　　　大哥何必太认真。

　　　　(白)算了,算了,手心手背都是肉,这何苦呢!

何老汉　老哥,是我不对,你不要给娃娃怪不是。

张老汉　去去去,跟你没话。

二　婶　大哥!

玉　花　爹!

　　　　〔张老汉不理。

何老汉　(灰心丧气地)嗨!(蹲下用手砸头)

张老汉　哼。先看那样子。

二　婶　大哥,我说句话你可不要生气,幸亏你没有做官,要是你作了官哪,保险是
　　　　个糊涂浆子官。

张老汉　为啥?

二　婶　为——啥? 不管有理没理,你先不叫人说话嘛,人家好心好意的……

张老汉　他好心好意?他要有好心好意,狗连屎都不吃。(激动地比划,险些搞翻二婶
　　　　蛋筐,二婶急抱起蛋筐)

二　婶　你慢一点不行,差一点把我的蛋打了。

张老汉　对! 还是把你的鸡蛋筐筐招呼好,少管闲事。

二　婶　闲事？你说啥叫闲事？一家有事,百家不安嘛,你两个老红脖涨脸的当当不
　　　　罢,我能看着不管？再说玉花和何思义又那么好,早晚还不是一家子？

张老汉　我跟他一家子?！他没把人欺侮够,让他做梦去!

何老汉　他二婶(低声地)这话再不敢说,叫人家老哥生气呢。

张老汉　哎! 这一下你说对咧,现在不像过去,不能叫你给咱头上拉屎。

二　婶　你不能把前几年的事老往嘴上挂。过去又怎咧,玉花她妈病下的时候,人家
　　　　还不是给你帮助着哩。

张老汉　对咧,对咧,他帮忙,还不是把人亏下了做样子呢。哼,尿泡尿先把自己照一
　　　　照,都是啥人嘛,还想娶我的丫头。

二　婶　大哥呀!（唱一串铃)

　　　　　　何思义是个好娃娃,

　　　　　　聪明伶俐谁不夸。

　　　　　　性格温存有文化,

　　　　　　要论人品更不差。

　　　　　　热爱集体干劲大,

　　　　　　帮人从不顾自家。

　　　　　　七是七、八是八,

　　　　　　怎能眉毛胡子一把抓。

张老汉　好咧,好咧,再不要给他吹了,叫我看哪,老的小的没一个好货。(气冲冲地
　　　　磕磕烟袋进院内)

二　婶　真是死驴犟脖筋,套绳拉不动。

玉　花　何叔父,我爹就是那号子人,你不要着急。

何老汉　(附和地)啊! 啊!（泄气地下,却忘了带树枝和铁锨)

　　　　〔忽然幕内喊:"二婶,快! 车来了,快走!"

二　婶　(应)唉!（朝花)玉花,我卖蛋去,回去再跟你爹好好地说说,我走了!啊!(提
　　　　蛋筐下)

玉　花　好!（发现何老汉遗忘的铁锨,急忙拾起,朝何老汉的去向,赶上两步,踮脚
　　　　凝望,低头端详着铁锨,满怀心事地抚摸着铁锨把,唱)

　　　　　　一把铁锨一片心,

　　　　　　有心人遇上无心人。

　　　　　　何叔父又把钉子碰,

　　　　　　我爹积怨反更深。

　　　　　　心愿难填无底洞,

415

玉花更觉心不宁。

手拿铁锨细思量,

…………

(苦思)定叫无心变有心。

〔张老汉提茶壶自院门走出,见玉花拿着铁锨发愣。

张老汉　(嘟嘟囔囔地)不早了,愣着干啥,还不饮牲口去。

〔玉花望望张老汉,并不回答,将铁锨立在门边,从容地朝院后下。张老汉看着玉花朝马号走去,碰巧同返来拿铁锨的何老汉相撞,何老汉吃惊地往后一退。

张老汉　(质问)哎! 你长没长眼睛,硬往人身上碰,我身上有路?

何老汉　啊呀老哥,看你说的,我心里有事,忘了看路,谁故意碰你来嘛?

张老汉　你还没碰? 你没碰是驴碰的,老跟我过不去是啥事吗?

何老汉　(唱)叫老哥别生气多多原谅,

　　　　　我老何并没那个心肠。

张老汉　(唱)大大睁着两只眼瞎子一样,

　　　　　你不要装糊涂想把人伤。

何老汉　(唱)心里有事心惆怅,

　　　　　怎能故意把你伤。

张老汉　(唱)吃亏的人儿怕上当,

　　　　　受伤的羊儿怕见狼。

　　　　　挨过瞎打怕见棒,

　　　　　受惊的雀儿怕响枪。

　　　　　凭你装的有多像,

　　　　　姓张的不当替罪羊。

何老汉　老哥,看你说的,我又把你怎么了?

张老汉　没怎? 现在不是一打三反,再去汇报去,就说我卖鸡蛋,复辟着呢,把老子再关起来。

何老汉　好,我的老哥,悄悄儿的再不要说了,你就是不说,我都差的不行,自从咱俩到一起喂牲口,早就想给你认个不是……

张老汉　去去去,闪到那旁去。

何老汉　老哥!

张老汉　(捂着耳朵直摇头)不听,不听。

何老汉　(乞求地)老哥! 你不知道我心里的事……

416

张老汉　（语带双关，故意戏弄地唱起乱弹）

　　　　老贼放下泼妇脸，

　　　　谋计不成也是枉然。

　　　　猛想起周瑜威名显，

　　　　独占江南半面天。

何老汉　老哥！……老哥！

张老汉　（故意地大声唱）

　　　　曹应王他把中原占，

　　　　我辅佐幼主驾坐西川……

何老汉　好好好，我走，免得你生气。（欲走不舍）

张老汉　（唱）我不见你心不烦，

　　　　见你心里不自然。

　　　　喂牲口虽和你天天见面，

　　　　你走北来我走南。

何老汉　（唱）老哥把我怨，

　　　　老何心自惭。

　　　　怪我过去没远见，

　　　　不该错上无底船。

　　　　如今政策变，

　　　　光景比蜜甜。

　　　　见他只觉心里暖，

　　　　却是对面如隔山。

　　　　心里的疙瘩想揉揉不散，

　　　　像一块石头压心间。

　　　　早想找他道个歉，

　　　　解开疙瘩心舒坦。

　　　　碰巧今天又见面，

　　　　把住时机把心谈。

　　　（夹白）张老哥！张老——哥！（张老汉不理，无奈）唉！

　　　（接唱）他撅着胡子不抬头。

　　　　我，我……我抹下老脸走上前。

　　　（白）老哥，千不对，万不对，都是我不对。你宰相肚里能撑船，宽宏大量，来来来！我给你赔个礼，道个歉！

张老汉　（唱）你看这人怪不怪，

　　　　　　　来了个司马懿拜土台。

　　　　　　　假装耳聋把脸歪，

　　　　　　　看他把我怎安排。

何老汉　（唱）老哥别见外，

　　　　　　　往事丢搭开。

　　　　　　　知错认错我悔改，

　　　　　　　何必执意挂心怀。

　　　　　　　蔺相如不见廉颇的怪，

　　　　　　　我负荆请罪也应该。

张老汉　（唱）听他一席肺腑言，

　　　　　　　倒叫老张犯了难。

　　　　　　　不理显得太短见，

　　　　　　　理他我又不值钱。

　　　　　　　骑虎难下无主见，

　　　　　　　进退两难怎周全。

何老汉　（迫不及待地）老哥，还扳扯啥呢，咱在一起喂牲口，聋子唱戏，各唱各的，一个不招一个的嘴，叫人笑话呢。

张老汉　笑啥，谁笑话？

何老汉　（潜移默化地对答起来）人多嘴杂嘛，能保住谁？其实，想开了也没啥，还不是哪几年的运动做下的，现在政策变了，咱两个也该变。

张老汉　谁说我没变？没变还能跟你一个组喂牲口？……我也想过，喂就喂呗，怕啥？月亮能叫风刮走？反正……谁也不碍谁的事。

何老汉　对，就是不碍事，老哥！今天我豁出来了，你不给老弟给个面子，我……我就不回去。（蹲在地上）

　　　〔张老汉虽有感动，但无决心，裂开一步，不语。

何老汉　是不是为豆角子地你还生气呢，我想好了，按产论价，我给赔钱！

张老汉　（多虑地）赔钱？你以为我想花你的钱是不是？姓何的，你不要小看人，现在不像过去，谁稀罕你那几个烂钱……

　　　〔何老汉追去拉，张老汉执拗地挣扎。

何老汉　老哥！老……哥！难道你就连一点面子都不给吗？

张老汉　（摔脱，讽刺地）三张麻纸糊了个驴头——你，好大的面子！

　　　〔语音将落，乐声激昂，渐弱。

418

〔张老汉急向马号走去,何老汉失望地倒吸一口气,摇摇头,跌跌撞撞下。灯渐暗。

〔幕后伴唱:

　　　你拉你的车,

　　　我拉我的套。

　　　冤家路窄不对窍,

　　　风波一遭又一遭。

　　　虫儿唧唧叫,

　　　月儿挂树梢。

　　　月影深处人在笑,

　　　又填沟来又搭桥。

〔音乐停,夜色朦胧,浮云轻拂,一轮明月被浮云烘托得时明时暗,几点星星闪烁着眼睛,月夜田野,格外清静。

〔玉花轻开院门,走出渴盼地遥望远方,毫无所获。稍停,再望远方。

玉　花　(自言自语地念)

　　　明月当空,

　　　夜色朦胧。

　　　望穿秋月,

　　　依旧无人。

(白)这时候了,他怎么还不来。……会不会?……不会,为了咱两家的事,他比我更急。可,人呢……(盼望着不禁仰望明月,在沉思中含羞地笑了)

(唱)月儿当空照,

　　　浮云轻轻飘。

　　　星星眨着眼睛对我笑,

　　　笑得咱种地人上了金桥。

　　　好政策带来了新面貌,

　　　责任制照亮了富路一条。

　　　日子一好样样好,

　　　乡亲们好的像一母同胞。

　　　我爹爹脾气太暴躁,

　　　嘴巴爱叨叨。

　　　他对何叔父抱着成见不勾销,

　　　何叔父自歉再三把他找,

他总是不理又不招。

今日里又吵又是闹,

令人真心焦。

为劝他我和思义今晚再商讨,

等人月儿高。

（白）哎,这人是怎么搞的? 把人等的……（再望,仍无人,无奈地走进门去）

〔思义心情沉闷地上。

思　义　（唱）卖驴回来细推敲,

这事叫人真发毛。

大伯是个短捻子炮,

见火能跳八丈高。

赔礼道歉他甩套,

抱住老账不丢抛。

愁得我爹睡不着觉,

我也跟着脸发烧。

玉花对咱格外好,

又铺路来又搭桥。

约定今晚再商讨,

要叫他两个心一条。

（到玉花门口,欲敲门,又踌躇）哎呀,不知道她爹在不在? （一想）对,老办法,先试探一下（拣起一个土块蹑手蹑脚地向院内扔去,急忙一闪）

〔玉花听声,会意地,欲开门,却又止步。

玉　花　（自语）把人等的,他才来,我装的不知道,看他咋办?

思　义　（等不见动静）哎,咋没动静,是不是她没注意,再来一下。（又拣土块扔进院去）

〔玉花警觉地一闪一笑,急捂上嘴,仍不给动静。

玉　花　（自语）还是不管,看他怎么办?

〔二人门内外静候,不放心,同时挨门贴耳一听,玉花想笑,思义犯难。

玉　花　干脆我把他吓一下。（思义心不甘地贴门去听,玉花故意地）爹!

〔张老汉碰巧自马号返回,被玉花喊声一怔,发现站在门口被玉花喊爹声吓慌闪到墙后的思义,就将计就计藏在树后。玉花急开门一看,四处无人。

玉　花　嗯? 人呢,是不是叫我吓跑了?

思　义　（思义走出,埋怨地）哎,你爹在屋里呢?

玉　花　没在,我吓你呢。

　　　　〔张老汉探头一望,又缩回树后。

思　义　看你,把人吓得。

玉　花　怕啥? 他又不吃人。

思　义　我知道他不吃人,关系不一样,他气我爹,连我也看着不顺眼。

玉　花　他不顺眼,我顺眼你怕啥?! 他老撅着脖子不让人,叫人看笑话。

　　　　〔张老汉欲发作,却又按捺住性子。

思　义　这事不能怪他,都怪我爹。

玉　花　一个巴掌拍不响,怎能怪他一个。

思　义　唉,玉花呀!

　　　　(唱)树有根,水有源。

　　　　　　　追根求源话当年。

　　　　　　　运动一来风云变,

　　　　　　　全村十户九不安。

　　　　　　　砍桃园马大爷曾命断,

　　　　　　　卖鸡蛋张伯伯受了牵连。

玉　花　(唱)妈有病卧床头气息奄奄,

　　　　　　　想求医要买药手里无钱。

　　　　　　　没奈何背着人才去卖蛋,

　　　　　　　谁料想引起大祸一端。

思　义　(唱)怪我爹头发昏是非不辨,

　　　　　　　汇报给工作队惹下祸端。

　　　　　　　你爹他脾气倔据理争辩,

　　　　　　　工作队恼羞成怒就将他关。

　　　　　　　正遇上抓典型以点带面,

　　　　　　　逼供信将你爹整的太惨。

　　　　　　　我爹爹见此情才知深浅,

　　　　　　　恨自己想稳舵反把船翻。

玉　花　(唱)妈含悲愤把气咽,

　　　　　　　玉花孤女受饥寒。

　　　　　　　多亏乡亲来照看,

　　　　　　　送来米面和衣衫。

　　　　　　　正愁母死难棺殓,

421

母尸旁发现二百元。

挨家挨户齐问遍，

始终没解这谜团。

爹爹回来气炸胆，

怨恨你爹黑心肝。

思　义　（自忖地唱）

一步走错百步撵，

爹爹咛叮再而三。

心里有话一大串，

这事还是不能谈。

玉　花　哎，你怎说着说着又愣下了?! 你想的啥?

思　义　噢，没有想啥。玉花你不知道，我爹早想和你爹好，就是说不上话，愁得他连
　　　　觉都睡不着，我一跟你接近，他就叨叨。

玉　花　叨叨?! 他对我有看法?

思　义　不,怕你爹多心。

玉　花　多心? 多了叫他多去,我才不管。

〔张老汉怒不可遏地自树后闪出,又想发作。

思　义　那怎么行? 老的总是老的,我们当小的,不能叫他们生气,

〔张老汉松了一口气。

玉　花　哼,为了芝麻大的点事,他就闹得下不了台,把人整的,老少都不得安宁,拾
　　　　掇豆角架子,吓得你爹不敢进地,替他割包产苜蓿怕他知道,马号里铡草、
　　　　垫圈都是你爹偷着干的。他瞎猫抓住死老鼠,死活不让人。

思　义　这也难怪,他有气,忘不了从前。

玉　花　从前,关他的是工作队,又不是你爹,再说我妈也是连病带愁才……不在的。

思　义　其实我爹也后悔得不得了,所以才……（欲言又止）

玉　花　才,才怎了?

思　义　没啥,没啥。

玉　花　没——啥? 谁还听不出,你话里有话,说嘛……快说嘛。

思　义　这话说啥也不能说,我爹不叫说。

玉　花　啊哟,连我也防开了,不说算咧,不叫你担惊受怕。（欲返身进门,被思义拦
　　　　挡住）

思　义　玉花,玉花,你不要走,我给你说好不好。

玉　花　（并不转过身来)要说快说,说得慢了我不听。

思　义	就是你们家找不到主儿的那二百元。

〔张老汉、玉花大吃一惊。

张老汉	
玉　花	二百元?

思　义	(唱)汇报后出了事我爹悔恨,
	一句话错出口害了乡亲。
	他得知张大妈病情危重,
	补亏欠想帮忙手无分文。
	腊月八赶猪交公过秤,
	又把它皮夹夹卖给他人。
	趁探病去送钱怕人议论,
	因此上偷偷地放你家中。
	还对全家人三令五申,
	这件事不能叫外人知情。

张老汉	
玉　华	原来是他!

〔张老汉激动得湿了眼圈,颤颤抖抖地缓步走来。

玉　花	啊呀,你怎不早说嘛。
思　义	不是不说,我爹不叫说。
张老汉	(上牙抖动地咬着下唇,痛心地)思义! (玉花、思义一惊)我……我…… 糊涂……

〔何老汉上,见张老汉、思义在一起。

何老汉	思义,叫你卖驴去的,怎又惹得你张伯伯不高兴嘛!
张老汉	卖驴?

〔二婶路过闻声止步听了起来。

思　义	玉花,我没给你说哩,就为了我们家的驴踏了你们家的自留地,我爹怕张伯 伯生气,硬逼着我卖驴去了。
二　婶	看看看,为屁大的事,人家连那么攒劲(好)的叫驴都卖了。你还不依啥呢? 再说,今天你把人家爷俩收拾得连头都抬不起来,深更半夜的又耍啥威风 吗? 吵吵闹闹的,把玉花和思义也就难炸了……唉,又为啥来吗?
玉　花	(拉过二婶)二婶! (示意不要信口开河)
张老汉	(悔恨地)唉! 唉! 唉!
何老汉	老哥,年轻人不懂事,你……你不要生气。

〔张老汉激动而惭愧地朝何老汉走去,拉住何老汉的手。

张老汉　老弟,我……我糊涂!……我错咧!我不是人!

何老汉　老哥,你怎能这么说,都怪我糊涂,我错咧,我不是人,我给你赔礼!道歉!

张老汉　那些事你怎不早说嘛!

张老汉　不是不说,早就想说,不是你憋气,我把心都掏给你咧。老哥呀!

　　　　(唱)天天盼夜夜等,

　　　　　　　盼来老哥展笑容。

　　　　　　　那几年学大寨真是糊弄,

　　　　　　　把农村折腾得鸡狗不宁。

　　　　　　　大批判批得人头昏脑晕,

　　　　　　　不小心就来个"一抓就灵"。

　　　　　　　喊破嗓子敲破钟。

　　　　　　　社员就是不上工。

　　　　　　　人哄地,地哄人,

　　　　　　　辛苦一年光又穷。

　　　　　　　到如今包了产人人高兴,

　　　　　　　一鼓劲就能上高楼一层,

　　　　　　　为了心事心费尽,

　　　　　　　多谢老哥开了恩。

张老汉　(唱)老弟说话人感动,

　　　　　　　铁面人儿也心痛。

　　　　　　　怪我倔强太绝情,

　　　　　　　不该给你拉硬弓。

二　婶　这不是一河的水都开了。(忽一闪念,直向何老汉)大哥!我问你个话,你可不要肚子胀,你明明知道我买不上个好牲口,求爷爷,告奶奶地给人磕头作揖呢,你卖牲口咋不给我吭个气,怕少给你钱是怎么的?

张老汉　他这不是卖驴,是给我给难看呢。(命令的)何思义!

思　义　张伯伯!

张老汉　去把我家的驴拉到你家去。

思　义　那怎么行?

张老汉　为啥不行?去!拉去!

何老汉　你把驴真的卖了?

思　义　卖不掉,没人要。

二　婶　（迫不及待地）没人要我要,今晚算尿尿拾了个金娃娃,没白来(边拿钱边说)多少,咱先交钱,再拉驴。

思　义　二婶,驴还拉不成,我给人家赊出去了(掏出条子)看,这不是条子。

何老汉　没钱就不卖嘛,赊出去干啥？（夺过条子欲看,玉花,二婶也靠拢过来看条子)这是谁写的？

思　义　我舅爷。

张老汉　写的啥？

玉　花　（念）包产到农家,

　　　　　处处面貌新。

　　　　　只能往前看,

　　　　　叫驴卖不成。

张老汉　对,驴一卖,就唱不成戏。

二　婶　哟,开了竹篮大的花,结了芝麻大的子,（卷起钱,装起钱)叫人白坎儿高兴。

玉　花　高兴就高兴,还能白坎儿。

二　婶　那是当然,你爹跟你公公一好,你和何思义的事不就成了。冤家对头变成了亲家,当然白坎儿了。

〔乐欢快,天幕上浮云消逝,纱幕泛红光,鸡啼阵阵。

〔尾声起。各自由衷地笑了,张老汉、何老汉互拍对方肩膀大笑,思义和玉花腼腆的脸上露出欣慰的笑容。

〔幕后合唱:

　　　　张大爷,何大爷,

　　　　两个大爷笑哈哈。

　　　　各自心事一解破,

　　　　携手同唱幸福歌。

——幕落·剧终

华夏60年文学精品丛书⑥

天山的红花（下）

总主编◎祝谦　　本卷主编◎雷茂奎

 新疆美术摄影出版社
新疆电子音像出版社

图书在版编目(CIP)数据

天山的红花：60年戏剧·影视文学选：新疆卷：
全2册/雷茂奎主编. -- 乌鲁木齐：新疆美术摄影出
版社：新疆电子音像出版社，2013.11
（华夏60年文学精品丛书）
ISBN 978-7-5469-4440-1

Ⅰ.①天… Ⅱ.①雷… Ⅲ.①剧本－作品综合集－
中国－当代②电影文学剧本－作品集－中国－当代
③电视文学剧本－作品集－中国－当代 Ⅳ.①I230

中国版本图书馆 CIP 数据核字(2013)第 247904 号

责任编辑：栾　蕾
书籍设计：党　红
排版制作：李瑞芳

华夏60年文学精品丛书

天山的红花（下册）

总 主 编	祝　谦
本卷主编	雷茂奎
出版发行	新疆美术摄影出版社
	新疆电子音像出版社
	（乌鲁木齐市经济技术开发区科技园路5号　830026）
总 经 销	新华书店
印　　刷	三河市燕春印务有限公司
开　　本	787mm×1092mm　1/16
印　　张	49.75
字　　数	800 千字
版　　次	2014 年 1 月第 1 版
印　　次	2014 年 1 月第 1 次印刷
书　　号	ISBN 978-7-5469-4440-1
定　　价	198.00 元(上下册)

目 录

下 篇

影视文学剧本

哈森与加米拉

王玉胡

夏天的拂晓。

晨曦正从东方升起，鱼白色的光辉，照射出起伏山峦的轮廓。

朦胧的山坡上传来高亢悠扬的歌声。随着歌声，山坡上出现了马群和一个骑者的影子。这是哈萨克族青年牧工哈森。

> 东方升起金色的彩云，
> 像黑夜的篝火驱走寒冷，
> 夜晚放马时我一直想念着你，
> 欢迎我吧，像金色的黎明。

天色大亮了，群山环抱的草滩多么明媚动人：棉絮般的云朵，银塔般的雪峰，碧波般的松林，星罗棋布的毡房和轻轻飘动的炊烟。

哈森继续面向草滩唱着：

> 高声吆喝着挤奶的马群，
> 手里的树枝细软又鲜嫩，
> 白手巾绣着你美丽的容貌，
> 那金色的丝线拴住了我的心。

这歌声传到一家中等牧户的毡房里，一位酣睡的姑娘被唤醒了。这姑娘叫加米拉。

她凝神谛听着,脸上浮现出喜悦,接着便情不自禁地向正在灶边生火的母亲说:"妈!你听……"

母亲轻轻"嘘"了一声,向蒙头大睡的丈夫看一眼,示意女儿不要惊动了父亲。

加米拉看了父亲一眼,不由撅起嘴,很不高兴地披上一件外衣,跑出毡房去了。

这时,哈森恰好吆着马群下了山坡,望见了毡房旁边的加米拉。

> 在额尔齐斯河对岸看见了你,
> 快把耳环做成船把我载过去,
> 假若你不高兴,你不情愿,
> 你就是天上的仙女我也不再理你。

他们双方浮现微笑,隔着明净的河水用歌声和手势传递着双方的爱慕。

哈森沿着小河的彼岸向主人的毡房走去。加米拉仍依恋地望着他远去的身影,直到她发现站在身后的母亲才转过身来。加米拉爱慕哈森,并不隐瞒自己的母亲,慈祥的母亲也深深同情着女儿,可是加米拉仍有些羞怯地跑回毡房去了。

哈森赶着马群到了自己的阿吾力①。

"萨拉姆力克!"哈森向阿吾力的人们问着早安。

众人也向哈森问好,随后为了隔开准备挤奶的母马,开始追捕着一匹匹的马驹子。

一匹最顽皮的马驹闯出人群,落荒而逃。哈森跃马赶上,刷地撒出套马绳,那马驹子就像落网的鱼儿,只能蹦跳而无法脱身了。

牧主居奴斯的儿子帕的夏伯克也拿着套马绳凑热闹,可是他却没有套马,而是套住了一个年轻姑娘。

这姑娘叫库兰,她急忙挣脱绳索,躲到一个叫色立克的青年牧工身后。

帕的夏伯克大笑起来。

色立克愤怒地望着他。

这时,毡房周围忽然静悄下来,帕的夏伯克也不由溜到一边去了。

原来牧主居奴斯走出了高大的白毡房。他身材胖大,面目凶恶,一个瘦弱的老奴仆提着洗脸的铜壶跟在身后。

居奴斯向众人扫视一眼。众人一个个躬身施礼,向他问着安好。他既不还礼,也

---

① 阿吾力:牧民聚居的地方,其规模与农村的自然村相似。

430

不说话，又向畜群扫视一眼，便蹲下来伸开双手，老奴仆急忙用铜壶向他的手上浇着水。

"喂！这么热！你想烫死我吗？"居奴斯抖擞着双手骂道。

老奴仆惊慌失措，赶忙走回毡房换水去了。

众人又开始了劳动。哈森的父亲接过一匹马驹子拴着。

哈森走过来说："爸爸，我来。"

父亲："你累啦，快去歇歇吧。"

旁边的色立克也说道："是啊，快趁空去睡睡吧，等会儿不知又有什么活儿要干呢！"

哈森听了正要走开，忽然传来一声马的长啸。哈森转过脸，只见不远的马桩上拴着一匹骏马。骏马摇头摆尾，像是向哈森打招呼，哈森也不禁微笑着向骏马点头致意。

这时，居奴斯却厉声叫骂起来："哈森！哈森！你聋啦？没听见马叫唤？明天赛马它要是占不了第一，就别想再给我放马！"

哈森转喜为忧，迟步向骏马走去。

老奴仆提来换过的水，居奴斯这才蹲下来洗脸。

哈森走到骏马旁边，骏马立刻吻着他的衣襟和手掌，他那不悦的心情渐渐消失了。他一面爱抚着那油光闪亮的马背，一面喃喃道："我的黑走马啊，你听见吗，明天就要赛马啦，我为你忙了一个多月，为的是给部落争光，你一定要跑到前头才成啊！听见吗？走吧，咱们到河边去。"

一顶毡房旁边，十几只老绵羊被加米拉串连成一个挤奶的队形。她提来木桶，蹲到绵羊旁边开始挤奶。随着她灵巧敏捷的手指，奶汁像箭一样喷射在小木桶里。忽然，传来小羊羔的叫声，老绵羊焦急地摆动着身子，奶汁喷射在加米拉手上。

"鬼东西！我不会挤干的！"加米拉向老绵羊说着，顺势捶一下羊奶，奶汁又射到小木桶里。

小木桶装满了洁白的奶汁。她放开老绵羊，小羊羔霎时跑过来，吃着老绵羊的奶。

她把垂到胸前的一条条发辫甩到背后，望着一只只老绵羊和小羊羔，流露着无限的欢悦。随后，正要提了奶桶走进毡房，恰好碰上母亲提一只水桶出来。她放下奶桶说："妈妈，我去。"说着夺过水桶。

母亲："好孩子，你累啦，我去。"

加米拉："不累。"

"不累？看！"母亲说着擦掉加米拉额上的汗珠，顺势吻一下她的前额。

"妈妈，我去啦。"加米拉说着撒腿跑开。

母亲望着女儿的背影说："心爱的马驹子！"

正在旁边劈柴的父亲也插了一句："哪像个女孩子？"

河边，哈森正在饮马。

突然，一块石头落在水面上，浪花飞起溅了哈森一脸。

哈森转身一看，原来是加米拉——她望着哈森满脸的水花，不由顽皮地大笑起来。

"是你？"哈森说着追过来，捉住了加米拉的肩膀。

"叫人看见！"加米拉说着向阿吾力瞥了一眼，急忙挣脱哈森的双手。

他们安静地坐在河边，水面上映出了他们的倒影。

加米拉抚弄着自己的辫梢儿，哈森抚弄着自己的鞭把儿，谁也没有看谁，可是他们的心却是连在一起的。

"明天西游牧过喜事知道吗？"哈森终于打破沉默先说话了。

加米拉："知道。"

哈森："去吗？"

加米拉："你呢？"

"还能少了我？看！"哈森说着看一眼身旁的骏马，"去吧，咱们一块去！"

加米拉没有说话，只是微微地点了点头。

这时，阿吾力的头目伯尔得和杜斯波尔阿肯等人乘马向河边走来，他们带着鹰、犬，一看就知道是进山打猎的。

阿肯首先发现了哈森和加米拉，急忙示意别人不要惊动他们，接着便悄悄地掏出冬不拉，逗趣地拨弄了一下琴弦。

哈森与加米拉吓了一跳，等他们转过身，已躲闪不及了，只得有些不好意思地站了起来。

阿肯望着这双可爱的青年男女，立刻朗诵起即兴的快板诗：

> 伯尔得，你来看，
> 我们青春的影子，
> 仿佛又回到眼前。
> 找到心灵的钥匙，
> 才有幸福的青春，

心灵的钥匙在河边，

心灵的钥匙在树林，

我们也有过这样的青春。

(插白)心爱的哈森、加米拉，你们是不是也来找这把钥匙？

为什么不做声，

抬头看看我的眼睛，

哈森与加米拉害羞地低下头。

噢？你们已经找到了。

人们大笑起来。哈森与加米拉羞得站也站不稳了，正要抽身跑开，阿肯急忙唤住他们："等一等！我现在要正式赠给你们一件礼物。"阿肯说着郑重地弹起冬不拉，随后唱道：

世界上最宝贵的礼物就是歌声，

歌声给年轻人点起生活的明灯，

但生活的道路上却有悬崖峭壁，

意志坚强才能攀登幸福的峰顶。

哈森和加米拉紧靠在一起，深深被歌声感动。

宽阔的草滩上，聚集着为喜事举行游艺的人群。

哈森牵了骏马从人群中穿过。骏马修饰得更加漂亮，头上扎了猫头鹰羽毛，鬃毛和尾巴扎成辫结，身躯更显得明净光滑，人们不由得一面赞叹，一面为它闪开道路。

从另外一个方向又拥过一簇骑马的人。前面是伯尔得和阿肯，后面是穿着节日盛装的加米拉和其他一些青年男女。

哈森与加米拉的目光碰在一起了，并相互投递着会心的微笑。

这时，牧主居奴斯也乘马赶来，他的左右手达代和乌马尔等人，还有他儿子帕的夏伯克，拥在他的身后。

帕的夏伯克无意中发现了加米拉，立时拉住马，目瞪口呆地望着。

这神情很快被达代看在眼里，急忙凑到帕的夏伯克耳边说："少爷，您那尊贵的眼睛又看见什么啦？"

433

帕的夏伯克："多漂亮！要是能搞到这么一个美人儿，也不愧白活一辈子！"

达代："这有何难，要是少爷真的喜欢，我情愿做这个媒人。"

帕的夏伯克看达代一眼，得意地笑了。

各部落的头目和一些游艺主持人驱马跑上一个高坡，随后站出一个人拉长嗓音喊道："大家注意，游艺开始！"

随着喊声，一匹匹壮马聚到一起。哈森把一个十岁左右的小孩抱到自己的骏马上①小声嘱咐着什么。其他的小孩也纷纷上马，随后便由几个骑马的成年人率领着这些幼年骑手，向赛马的起点出发了。

少顷，草滩里，开始了"姑娘追"。

加米拉第一个骑马走出人群，姑娘们拥在她的身后。

伯尔得向居奴斯等人带着挑战的口吻喊道："喂！请看！这是我们部落的姑娘加米拉！快把你们的小伙子选出来吧！"

本部落的人们也随着伯尔得的声音向对方呐喊。

居奴斯不由看看身旁的人，达代正欲出迎，却被帕的夏伯克拦住了："我去！"

帕的夏伯克乘马向加米拉奔去。

阿肯看着帕的夏伯克蠢笨的身姿，凑趣地喊道："帕的夏伯克公子！你还是戴上皮帽穿上皮袄再去吧！姑娘的铁鞭子硬得很啊！"

随着阿肯的话，一阵笑声哄然而起。

众人闪开道路，加米拉放开马，帕的夏伯克紧紧追来。

"喂，加米拉，瞧你多漂亮啊！这帽子，这裙子！你干吗老躲着我？说实在的，我真……"帕的夏伯克边走边向加米拉调笑着。

加米拉一眼也不看他，只是有意把马打快一点，可是帕的夏伯克又紧紧追了上来。

帕的夏伯克又要向加米拉调笑的时候，恰好来到回马的地点。他立刻有些慌张地绕过那作为标记的木桩子，向归途逃奔。

加米拉望着他那狼狈的样子暗笑了，随即抖擞缰索，向他追去。

她霎时追上了帕的夏伯克，随即用鞭子在他头上摇晃着打了下来。

观看的人们开始呐喊助兴。

哈森挤到众人前面喊着："好！打啊！狠狠地打！"

---

① 哈萨克族赛马，按风俗，骑手均由小孩担任。

434

应着哈森的喊声,加米拉欠起身子,先是用马鞭在帕的夏伯克头上虚晃一圈,接着便用尽所有的力气,狠狠地抽打下来。帕的夏伯克不禁发出失声的叫喊,立刻从马上摔了下来。

人群起了笑声,居奴斯却有些失惊地望着地上的儿子。

加米拉到了众人跟前,姑娘们立时把她包围起来,小伙子们也争先恐后地替她拉马,哈森更是兴奋地跑上来祝贺她的胜利。

忽然,远远的地平线上扬起尘土,随后又出现了一个个黑点,这是赛马的人回来了。

众人的视线立刻转向远方,争先恐后地眺望着。

赛马的小孩各自用心地操控着自己的马,扬鞭飞驰。

一匹匹快马越过起伏的丘陵,踏过奔流的小河,距草滩上的人们越来越近了。

哈森的骏马已突出地跑在前面,但即刻之间,又有几匹马追了上来。

哈森看清了自己的骏马,乘马迎上前去。

飞奔而来的马更近了。人们各自喊着自己部落的口号为马匹加油助威。

哈森的骏马又突出地跑到前面。哈森乘马迎上前去。当骏马看到自己的主人并听到他的喊声,竟像腾空似的飞向前来。

骏马霎时吸引了所有的人们:姑娘们用手帕在空中摇晃;小伙子们几乎喊破了嗓子;几位老年人竟被这神速的骏马感动得抹着眼泪。

哈森的骏马终于第一个胜利地到达终点。

众人拥上来给骏马披上鲜红的彩绸,几个上年纪的妇女也跑过来,向骏马撒着"恰苏"①。

哈森拉了骏马微笑着穿过人群。加米拉也微笑地望着哈森,分享着他那胜利的欢悦。

叼羊开始了。叼羊比赛马更加惊险,几十名骑手围着一只杀死的山羊你争我夺,观看的人群也以更加激昂的调子为自己的骑手呐喊助兴。

自叼羊开始,哈森一直是最惹人注意的骑手。他那分外优越的骑术,那巧妙神勇的动作,时而激起阵阵的喝彩声。

加米拉一直望着哈森,她的整个身心也一直随着哈森的一举一动起伏变化;哈森与别人争夺时,她暗自替哈森使劲;当哈森抢过了羊,她的脸上浮现喜悦;当哈森

---

① 恰苏:即炒米,奶干、酥饼之类的混合物,用意类似彩纸,是一种吉庆祝贺的表示。

失掉了羊,她的脸色阴沉……

经过一阵激烈的争夺,胜利终于落到哈森手里。他高举着那只山羊,向远处的毡房飞奔而去。

众人为他欢呼,加米拉兴奋地流下热泪。

一轮明月高挂天空,游艺结束了,三三两两的人们正各自隐没在归途的夜影里。

皎洁的月光照射出哈森和加米拉的身影,他们沿着幽静的山林小径并马而行。

哈森:"唉!可惜我家里一匹马也没有,要不……"

加米拉:"说这干什么,我又不是嫌贫爱富的人。"

哈森:"可你父素喜欢牲畜。"

加米拉:"谁也不能拿我去换牲畜。"

哈森感动地拉住马,紧握住加米拉的手:"加米拉!你……"

加米拉顺势靠在哈森的怀里:"咱们永远在一起!"

加米拉的父亲贝森,正在自己毡房招待着衣冠华贵的客人——居奴斯和他的左右手达代和乌马尔。陪客是一个白胡子老汉。

乌马尔:"贝森哥,俗话说:'群马虽不一样,可用笼头拴在一起;祖先身世不同,可求老天帮助。'我们居奴斯巴依既然不嫌你穷,我看你就答应了这桩亲事吧!"

达代:"是啊,天下的姑娘多得很,我们并不是找不到姑娘,要不是我们少爷看上了你家的姑娘,我们还不来呢。"

一直有些不安的加米拉的母亲,这时不由插进来说:"姑娘还小,还是以后再说吧。"

乌马尔:"十七八的大姑娘了,还能说小吗?再说,跟巴依结亲,也是千载难逢的幸事,万一错过……"

贝森:"不要跟她一般见识,女人家懂得什么!"

达代:"是啊!俗话说:'女人头发长见识短',真是一点不假。"

加米拉的母亲被激怒了,说道:"你们不要女人长女人短的,女人不是人吗?你们既然看不起女人,又来找我的女儿干什么?"

贝森:"喂!喂!你疯啦?"

母亲:"谁疯了?姑娘不是你一个人的,我不能眼看着把她扔到火坑里去!"

"你胡说什么!给我滚!"贝森说着向加米拉的母亲挥拳就打。

白胡子老汉急忙拦住他，加米拉的母亲哭着跑出毡房去了。

居奴斯长长地吐口闷气说："真是骒马赛跑占不了第一，女人领头办不成好事！"

贝森："是是，请巴依不要见怪。"

乌马尔："好啊，这算不了什么，还是谈亲事吧。"

毡房又复平静下来。

白胡子老汉欠欠身说："俗话说：'姑娘未嫁是父母的财产'，结亲讲身价是我们的风俗。我们就不客气啦。"

乌马尔："是啊，你就开口吧。"

白胡子老汉："好吧，这身价嘛，我看至少也得七十匹骒马。"

居奴斯听了有些吃惊，乌马尔急忙随着主子的神色说："这，这未免太多了吧？除了姑娘的身价，我们巴依还有各种各样的花费，再说你们又能给姑娘陪送什么呢？依我看四十匹……"乌马尔说着偷看居奴斯一眼，见居奴斯暗暗点头，又继续说，"四十匹最公平，双方都不吃亏。"

白胡子老汉："这太少，不管怎么说，把一个姑娘养大，不容易啊！"

乌马尔："那就添上五匹，四十五。"

白胡子老汉："我看至少也得……"

达代："你们也不要只想着牲畜，也得想想你们是跟什么人结亲？"

贝森："跟巴依结亲我们高兴。"

乌马尔："是啊，我看就这样定了吧？"

贝森："好吧，反正以后求巴依的地方还多着呢。"

达代："对，这话说得对。"

贝森向毡房外面打个招呼，一个小伙子拖着一只羊走进毡房。

小伙子蹲在地上让羊头对着客人。贝森伸开双手，请大家一同祈祷。

乌马尔喃喃念着祈祷词："我们的谈判没有争论，祝你们双方牲畜平安，财源茂盛。安花克别尔①！"

大家随着乌马尔的祈祷词，也喃喃念着最后一句，并把伸开的双手从两腮滑下，就像理胡子似的。

小伙子立刻把羊拖到毡房外而,持刀逼近羊的脖子。血迹斑斑的羊，挣扎着，颤抖着。

这时，在另一顶毡房里，加米拉正抱着母亲哭道："妈呀！我的好妈妈！你就忍心

---

① 安花克别尔：哈萨克语，意为真主保佑。

把女儿扔到火坑里去吗？”

"可怜的孩子！妈的心肝！怎么跟你说呢？"母女俩伤心地抱在一起,放声大哭起来。

夜。

河边,河水呜咽。

加米拉正焦急地向哈森说着："哈森！咱们走吧！离开这里！"

哈森："唉！走？到哪里去呢？冬天又快来啦！"

加米拉："只要咱们在一块,到哪里也行啊！再苦我也受得了。"

哈森："走倒是能走啊,就怕咱们一走,留下老人们就该受折磨啦！"

加米拉："那你就眼看着他们把我抢去吗？"

一阵夜风吹来,丛草沙沙作响,接着又传来一阵群狼的哀嚎。

加米拉有些恐惧地靠近哈森,哈森顺势把她搂在怀里,怒视着茫茫的黑夜。

帕的夏伯克和达代正鬼鬼祟祟走近贝森的毡房。

帕的夏伯克："达代,你说加米拉会一个人在家吗？"

达代："那谁知道,要是你的运气好,或许不会有别人吧。"

他们小声说着,转眼走到毡房门口。

达代向帕的夏伯克做个手势,悄然溜进毡房。

毡房只有加米拉的母亲,正忧郁地坐在火堆旁边。

"您好？"达代问着,眼睛却看着别处。

母亲吃了一惊,当她看清是达代时,冷淡地问道："深更半夜的,你来做什么？"

达代支吾着："随便走走,怎么,贝森哥不在吗？"

母亲："不在。"

达代："嗯……"

母亲："怎么？东张西望的,你丢了东西吗？"

"嗯,没有,贝森哥既然不在,我走啦。"达代说着走出毡房。

毡房外面,帕的夏伯克凑近达代问道："怎么样？加米拉在不？"

达代："没有。"

帕的夏伯克："难道就白跑一趟？"

达代："别着急,我看到河边溜达溜达,也许能碰上。"

帕的夏伯克点点头,二人消失在黑暗里。

河边,哈森和加米拉仍坐在那儿。

加米拉:"哈森,把你的刀子给我。"

哈森:"刀子?"

加米拉:"嗯。"

哈森:"你?"

加米拉:"快给我。"

哈森:"你要干什么?"

加米拉:"放心,我不会寻死,快给我。"

哈森从腰间掏出一把刀子,迟疑地递给加米拉。

加米拉用刀子割下一绺发辫,郑重而沉痛地递给哈森。

"带上吧!要是我万一逃不脱这场灾难,我不会给你丢人的!要是我……"加米拉再也说不下去了,呜咽的哭声哽住了她的喉咙。

哈森忍着眼泪,望着发辫,也山盟海誓地说:"加米拉,不要哭,为了你,就是刀山火海我也不怕!"

这时,在一块大石头后面,忽然冒出两个头来。

原来是帕的夏伯克和达代。帕的夏伯克望着眼前的情景,不禁燃起嫉恨的怒火,正要冲上前去,却被达代拦住了。他们耳语了些什么,便悄然而去。

第二天早晨,在一顶破烂的小毡房外面,聚着面色惊慌的人群。

小毡房里传出一阵厉声的喊叫:"滚!给我滚!……"

随着喊声,小毡房里飞出一些破烂的毡片和衣物之类,接着便看到帕的夏伯克和达代,把哈森和他的父亲从小毡房里赶了出来。

"少爷!可怜可怜我吧!叫我们到哪里去呢?"哈森的父亲哀求着。

"是啊,可怜可怜他们吧!"众人也哀求着。

达代:"少说废话,这和你们没关系!"

帕的夏伯克:"快给我滚吧!"

"我找巴依说说去。"哈森的父亲说着就要走开。

达代:"站住,这就是巴依的命令。"

哈森:"爸爸,别这么低声下气的,咱们走!"

哈森收拾一下破烂东西,搀了父亲愤然而去。

众人恋恋不舍地望着他们的背影,特别是色立克和库兰,更是寄予同情的目光。

荒野,冷风萧瑟,哈森和他的父亲有些茫然地走着。

"喂,哈森,等一等!"色立克喊着跑上前来。

色立克跑到跟前,把挂在胸前的一双靴子递给哈森说:"带上吧。"

哈森:"不,你不是也没靴子吗?"

色立克:"快拿上,你们是出门啊!"

哈森的父亲:"唉!色立克,你看,天就要冷了,又能到哪里去呢?"

色立克:"大伯,也别太难过了,人总得想法活着。"

哈森:"爸爸,色立克说得对,咱们饿不死!"

色立克:"你们是不是找一找伯尔得巴依,看他能不能收下你们?"

哈森:"好吧。"

伯尔得的毡房里,哈森的父亲正向伯尔得和阿肯说着:"伯尔得巴依,杜斯波尔阿肯,你们为人公道,你们说说,我们安分守己给他苦干了一辈子,结果落得这么个下场!"

哈森:"爸爸,别说啦,老说这些干什么?"

哈森的父亲:"事情是这个样子,为什么不说?"

伯尔得:"好啦,你们就先留在我这里吧。"

哈森的父亲:"谢谢巴依。"

阿肯:"唉!这叫什么世道?"

一顶小毡房里,哈森的父亲正缝补着一双靴子。哈森在一旁看着加米拉的那绺发辫发呆。父亲微微瞟儿子一眼,不由叹口气说:"孩子,别再东想西想啦,居奴斯今天就要接亲,以后加米拉就成了人家的人啦。"

哈森:"爸爸,你哪里知道?加米拉不会顺从他们的!"

父亲:"这有什么法子?胳膊扭不过大腿,忍下去吧!我这么大年纪啦,就有你这一个亲人,要是你再惹是生非,有个好歹,叫我怎么办呀?"

哈森叹息一声,暂不做声了。

伯尔得毡房里,阿肯正轻轻弹着一支低沉幽怨的曲调。接着,他不由叹息一声,捧起冬不拉说:"可怜的冬不拉!你的两条弦弹过多少伤心事!'萨里哈—萨曼'①的眼泪还没有擦干,今天的哈森和加米拉又遭到不幸!"

伯尔得冷淡地:"不必替别人担忧,弹下去吧!"

阿肯又轻轻弹起那低沉幽怨的曲调。

---

① 萨里哈—萨蔓:民间史诗,古代哈萨克族青年男女间的爱情悲剧。

贝森的毡房外面，拥挤着忙乱的人群。

前来接亲的帕的夏伯克和他带来的人已经纷纷上马。

毡房门口，加米拉抱着母亲哭道："妈呀，我死也不离开你呀！我的亲妈妈！"

"孩子！妈的心肝！"

母女俩抱在一起哭着，一些观望的人也不禁流下同情的眼泪。

帕的夏伯克等得有些不耐烦了，拉着马一个劲兜圈子。

达代走到毡房门口喊道："好啦，好啦，眼泪是流不完的，快上马吧！"

加米拉望着走近的达代，恐惧地躲闪着："妈呀！我不去！我死也不去呀！"

"不去？我叫你不去？"达代说着，猛然从母亲怀里夺走了加米拉。

母亲立刻昏倒在地上。

达代就像擒获一只绵羊似的把加米拉拖到马上，随即扬鞭打马，奔驰而去。

昏倒的母亲睁开双眼，望着飞扬的尘土，听着女儿的哭叫，喊了一声："我的心被挖去啦！"又昏倒在地上……

伯尔得的毡房里，阿肯仍在弹着那低沉幽怨的曲调。

哈森猛然跑进毡房，悲愤交加地说："他们把加米拉抢走啦！"

"唉！不幸的事终于发生了，冬不拉，难道你永远是伤心和眼泪吗？"阿肯百感交集地说着，随即又弹起冬不拉。不过这已不是低沉幽怨的曲调，而是激昂愤慨的倾诉！你看，那琴弦跳动得多么激烈，犹如万马奔腾！你听，那琴声激荡得多么响亮，犹如山呼海啸！可是就在这时，只听嘭的一声，琴弦突然断了！

"好！断得好！既然你只知道伤心和眼泪，就索性当哑巴好了！"阿肯说着把冬不拉装进套子里，紧紧地扎了套口。

居奴斯的毡房里，正举行着盛大的婚礼。

两个女人扶了头戴高顶花帽脸蒙面纱的加米拉站在火堆前面。一个上年纪的女人正用一把勺子向火堆上浇油，另一个女人随即把双手伸向腾然升起的火焰，随后虚擦一下自己的脸，便伸进加米拉的面纱里。这时，所有的女人不约而同她说道："祝新娘幸福！求祖先的魂灵保佑！"①

"开始吧，小伙子！"是谁说了一声，接着便有一个年轻人走到新娘面前，用一根扎了彩绸的马鞭，指点着新娘唱起"揭开面纱"②的喜歌：

---

① 这是当时婚礼中一种迷信的仪式，意思是倒油驱鬼。

② 是当时封建的婚礼仪式之一。

噢——

好新娘,好新娘,

比喜鹊还敏捷,

比鸡蛋还鲜亮。

我要奉劝几句,

你要牢记心上;

这是富贵人家,

夜里定要晚睡,

黎明就要起床。

噢——

我要揭开新娘的面纱,

不是我故意把新娘夸,

等你看见她美丽的容貌,

就知道不是空口说白话。

新娘,新娘,也不要脸红,

在座的都是贵友亲朋,

上面就是居奴斯巴依,

向你尊贵的父亲一鞠躬。

按照传统的风俗,喜歌唱到这儿,新娘必须躬身行礼。可是加米拉仍木然直立,居奴斯立刻显出不悦的神色,搀扶的女人一时不知所措。

唱歌的小伙子见这般情景,急忙用歌声遮掩了过去:

噢——

看新娘的快走过来,

看新娘的礼物快交出来,

我就要揭开新娘的面纱,

来吧,这是草原上最美丽的红花。

小伙子唱完,用马鞭揭开了面纱。加米拉满面泪痕,神情呆痴,就像木偶似的听人摆布。大多数客人都寄以同情的目光。目送着她那迟步挪动的身影,直到陪伴的女人把她搀进毡房一角的床帏里。

床帷外开始了筵席,客人们抓吃着一盘盘的羊肉。

床帷里加米拉坐在一张小木床上,一个女人正端着一个蒙了白布的瓷碗①站在她跟前说着:"喝了吧,这是祖先的规矩。"

加米拉依然呆若木偶,那女人只得把碗送到她手里。

加米拉慢慢低下头来,望着手中的瓷碗。这时,她仿佛才慢慢清醒过来,不禁惊叫一声,瓷碗落到地上砰然打碎了。

那女人一时慌乱,踏落了床帷,于是整个毡房霎时一片骚动……

静悄的夜晚,毡房里闪着微弱的灯光。

库兰正扶着神志不清的加米拉坐到小木床上。可是不一会儿,加米拉突然发现什么似的站了起来。

"啊!哈森!是你啊!你来啊!站着干什么?啊……"她的唇边浮现微笑,并伸开双手,迟步向前移动。

"加马西②!加马西!你怎么啦?这里没有哈森哥。你看看我,我是库兰。"库兰说着又扶她坐到小木床上。

加米拉痴呆呆望着库兰,好一阵方认出来,不由伏在库兰身上失声地哭了。

帕的夏伯克走进毡房,随即向库兰说:"你走吧!"

库兰无可奈何地走出毡房去了。

"喂,我的小鸟儿,在这铺满鲜花的金笼子里,干吗要哭呢?"帕的夏伯克说着一下子捉住了加米拉的肩膀。

加米拉猛力挣脱,狠狠地打了他一个耳光。

帕的夏伯克一怒之下,从毡墙上抽出一条马鞭,向加米拉劈头抽来。

加米拉夺过马鞭和他扭打在一起。

帕的夏伯克又夺过马鞭扑上来,加米拉却搬起一口箱子砸了过去。

箱子正好击中帕的夏伯克的脑袋,箱子里的器皿也叮叮当当地飞滚出来,帕的夏伯克立时倒在地上,狼狈地喊着:"救命!快救命啊!"

达代领着几个打手应声闯进毡房,把加米拉捆绑起来。

加米拉怒目挺胸,毫不畏惧。

---

① 当时婚礼中一种迷信的仪式。碗里盛的是念过经的水,新娘新郎各喝一半,类似汉族的交杯酒。

② 加马西:对加米拉的昵称。

第二天晚上。

关闭加米拉的小毡房外面，一个背枪的看守人来回走动。

毡房里，面容憔悴的加米拉正环顾着毡房四周，像是寻找着什么。忽然，一条拉天窗的毛绳被她发现了。她不由拿起毛绳反复看着，眼里渐渐涌出泪花，绝望地说："哈森！妈妈！你们平安地活下去吧！"

毡房外面，一个人影正走近毡房。

看守喊道："谁？"

"我，库兰。"库兰说着走到毡房门口。

看守人："你来干什么？"

库兰："送饭。"

看守人："快一点！"

"加马西！你？"库兰刚掀开门旁的一块毡片，便吃惊地叫起来。

原来加米拉已经挽好毛绳套，正准备悬梁自尽。

库兰："加马西！你怎么能这样！"

加米拉见是库兰，也不由跑过来，隔了毡房的骨架握住库兰的手："库兰！好妹妹！这还有什么活头？"

"不，别这样，"库兰说着向四周环顾一下，小声说，"哈森哥来啦。"

加米拉："啊？"

库兰："色立克叫我先告诉你。"

加米拉："哈森？"

库兰："嗯，他正和色立克商量着救你呢。"

加米拉："啊？真的？"

"小声点！"库兰说着又向四周环顾一下，凑近加米拉耳语起来。

阿吾力旁边的草丛里。色立克正向哈森说着："等我把那个看守人诓到我的毡房以后，就叫库兰领你去。"

哈森暗暗点头，色立克悄悄地走开了。

关闭加米拉的毡房旁边，看守人被冷风吹得一个劲发抖。

色立克走出自己的毡房向看守人喊道："喂！库明克！你不冷吗？"

看守人："谁说不冷，连骨头都快冻僵啦！"

色立克："到我这儿喝热茶暖暖吧。"

"有热茶吗？太好啦！"看守人说着走近色立克的毡房。

"进来吧。"色立克揭开门帘说着。

看守人钻进毡房。

库兰领哈森来到关闭加米拉的毡房跟前。

库兰:"去吧,快一点,我给你看着人。"

哈森点头走向毡房背后,轻轻爬上房顶。

毡房里,加米拉听到房顶的声音,惊喜地望着。

房顶的毡片扯开了,哈森跳了下来。

"哈森!"加米拉紧抱住哈森哭了。

"加米拉!别哭!快走!"哈森说着把加米拉举上房顶。

哈森和加米拉从房顶上轻轻跳下,库兰也从毡房前面跑了过来。

"库兰……"加米拉一把拉住库兰的手,感激得不知说什么好。

库兰急忙用手势打断他:"什么也别说,快走吧!"

"好!再见吧!"哈森说着同加米拉悄然而去。

看守人走出色立克的毡房,说道:"谢谢你,色立克。"

色立克:"别客气,冷了就来暖一暖,一个女人家还跑得了!"

看守人点点头,又回到关闭加米拉的毡房跟前。他看看房门,房门照样锁着,于是便抱了枪,坐在门口打起瞌睡来。

随着一阵犬吠声,达代走近毡房喊道:"库明克,库明克!"

看守人懵里懵懂地跳起来,持枪喊道:"谁?"

达代:"怎么,睡着啦?"

看守人:"没有。"

"没有?"达代说着看看房门,随后又侧耳听了听,不由说,"怎么一点动静也没有?把门打开。"

看守人打开小门,达代钻了进去。

达代擦了一根火柴,望着空荡荡的毡房不禁惊叫一声:"啊!人跑了!"

"这……"看守人一时手足无措,惶惑不解。

"妈的!你怎么看的?"达代说着狠狠地打了看守人一拳。

看守人:"我也不明白啊!"

达代:"快把人喊来!追!"

看守人:"是!"

阿吾力霎时一片骚动,火光、人影、犬吠、马嘶,乱成一团……

445

天色阴沉的早晨,色立克骑马向伯尔得的阿吾力飞奔而来。

阿吾力的人们霎时被惊动了,伯尔得、阿肯、哈森的父亲以及其他一些牧民,纷纷走出毡房。

色立克刚刚跳下马,众人便围上来问着:"出了什么事?"

色立克:"昨天晚上,哈森和加米拉逃走啦……"

众人:"都知道啦,怎么,抓回来啦?"

色立克:"不,是居奴斯派人到贝森家闹去啦!伯尔得巴依、阿肯,你们快去看看吧,不管怎么说,贝森是你们部落的人,你们总不能看着不管啊!"

众人:"是啊!这怎么办呀?"

阿肯:"大伙先不要吵。伯尔得巴依,你看?"

伯尔得:"欺侮到咱们部落的头上来了!好吧,我们去看看。去备马吧。"

众人散开了。

色立克乘机把哈森的父亲拉到一边说:"大伯,我也要走啦。"

哈森的父亲:"你?"

色立克:"昨天晚上是我帮助他们逃走的,不能再待下去啦。"

哈森的父亲:"唉!好孩子,你看,又叫你受这个连累!"

色立克:"大伯,别说这个,为朋友死也情愿!大伯保重吧,我走啦。"

色立克说罢上马而去,哈森的父亲感激地望着他的背影。

十几名强壮的骑手正拥在贝森的门前。

达代抓着贝森的胸襟威胁着:"老家伙!快说!把女儿藏到哪儿去啦?"

贝森:"天哪!我实在不知道啊!"

"你们还讲理不讲理?你们把我的女儿逼跑啦,还跟我们要人?你还我女儿!"加米拉的母亲说着向达代扑过来。

达代怒目扬鞭,猛然把加米拉的母亲打倒在地上。几个女人急忙扶起地上的母亲。但达代仍不罢休,又要扬鞭行凶的时候,忽听一阵马蹄声传来,伯尔得和阿肯等人霎时到了跟前。

伯尔得:"住手!这是怎么回事?"

加米拉的母亲:"伯尔得巴依,他们不讲理啊,把我女儿逼跑了,还向我们要人!"

伯尔得:"达代!这太不应该啦!"

阿肯:"俗话说:'姑娘送出门,不关娘家事。'哪有你们这样的规矩?"

伯尔得:"是啊,人跑啦,你们去找好了,为什么要向她家里出气呢?"

达代:"巴依,这也是没法子啊!许多地方都找啦,连个影儿也找不到,我们怎么交差呢？"

伯尔得："怎么交差我管不着,可是在我管辖的部落里你们不能随便撒野!"

众人："对,这是我们的部落,你们不能随便撒野。"

达代见势头不对,不敢做声了。随后又向骑手们打个招呼："好吧,咱们再到别处去找找。"

阿肯厌恶地望着他们灰溜溜的背影,轻蔑地说："奴才! 可怜的奴才!"

贝森："巴依,阿肯,谢谢你们,你们要不来,可就闹大啦!"

伯尔得："这全怪你做事不周,闹得我也不得安宁!"

贝森惭愧地低下头。

灰茫茫的戈壁滩上,远远出现两个骑者的影子。

骑者越走越近,原来是哈森和加米拉。

加米拉已扮成男装,和哈森并马而行。走着走着,她忽然拉住马说："哈森,等一等,叫我再看看那些山。"

哈森："算啦,越看越难过。"

加米拉："不,我要再看看。"

哈森无可奈何地拉转马头,同加米拉遥望着故乡的山影。

加米拉不禁泪光闪闪地说："多好的山啊,可就是没我们落脚的地方,妈妈一定在那里哭我们哩。"

哈森："算了,居奴斯也一定在那里搜我们哩! 走吧!"

他们又拉转马,向前走去。

居奴斯的毡房里,达代正向居奴斯说着："什么地方都搜过啦,连个影儿也没有。"

居奴斯："放心! 他们上不了天,也入不了地! 只要他们活在世界上,就逃不出我的手掌!"

达代："是。"

乌马尔："依我看,他们一定跑过戈壁,到天山那边去啦。"

达代："我也这样想。"

居奴斯："哼! 天山那边? 那也是我们的天下! 乌马尔,你马上写封信给那边的杜团长请他们帮帮忙。"

乌马尔："是。"

居奴斯："达代,你领人继续在这边搜查,连一个狼洞鸟窝也不要放过。"

达代:"是。"

居奴斯:"就这样撒下天罗地网,看他们还能跑到哪里?"

天山雪峰。

山麓的草滩上,哈森和加米拉正向一个阿吾力走着。

一个哈萨克骑者和他们相遇了,哈森向他施个礼,同加米拉慌忙走去。

骑者有些怀疑地看着他们,随后喊道:"喂!等一等!"喊罢,赶上前来,"你们从哪来?到哪去?"

改扮男装的加米拉正要答话,哈森急忙向她使个眼色回答着骑者:"我们从北山来,到前面阿吾力去。"

骑者:"你叫什么?"

哈森:"我叫吐罕。"

骑者:"你呢?"

加米拉又要答话,哈森又急忙抢在前面说:"叫萨考①,真名叫萨特尔。"

骑者打量着加米拉,自语道:"萨考?好漂亮的小伙子!好,你们走吧。"

哈森和加米拉走开了,骑者仍有些怀疑地看着他们。

国民党军队的营寨,防卫森严,如一座城堡。

营寨的一所房间里,国民党军官杜团长正锁眉苦思。

参谋长拿一封信进来说道:"团长,居奴斯的来信。"

杜团长:"啊?居奴斯?"

杜团长看罢信,不由兴奋地说:"好!参谋长,我看叫特务连全部出动,分路搜查。"

参谋长:"团长,捉两个逃跑的男女,不过是小事一桩,用不着调动这么多队伍吧?"

杜团长:"不,小事倒是一桩小事,可是当我们办成了,它的后果则非同小可。"

参谋长:"团长的意思?"

杜团长:"这很明白,自'伊宁事变'②以来,反抗国军的逆流,简直像洪水猛兽,越来越威胁着我们的安全。要想在新疆站住脚,必须采取'以夷对夷'之对策。像居奴斯这样有势力的头目,一定要拉到我们这边,然后再用他们自己的拳头,去打他们自己

---

① 萨考:哈萨克语,意为哑巴。

② 指新疆1944年由伊宁爆发的三区革命。

的眼睛！"

参谋长："嗯,我懂啦。"

杜团长："那么捉拿这两个逃跑的男女是一桩小事吗？"

参谋长："绝非小事！绝非小事！"

这时,那个在路上盘问过哈森和加米拉的骑者走了进来。

杜团长："啊,加坎,你来得正好。"

杜团长把居奴斯的来信递给这个叫加坎的骑者。

加坎看罢信,杜团长问道："你看怎么样？"

加坎没有立刻回答,像是追忆着什么。

杜团长："怎么？ 这两个人不好抓吗？"

加坎："不,刚才我在路上碰到两个面生的年轻人,看样子很可疑。"

杜团长："啊,两个面生的年轻人？"

加坎："可惜是两个小伙子。"

杜团长立刻显出失望的神色。

加坎："不过其中有一个,我怎么看也不像个男的。"

杜团长："你没听他说话吗？"

加坎："没有,同路的小伙子说他是哑巴。"

杜团长："嗯？ 这里头有文章。他们朝哪儿去啦？"

加坎："朝东边阿吾力去啦。"

杜团长："好,你快去调查清楚。"

加坎："是。"

阿吾力边沿的一顶旧毡房里,已经改换女装的加米拉,正用彩色毛线在一片白毡子上绣着图案,身旁坐着一个慈祥的老妇人和两个中年妇女,加米拉的那双灵巧敏捷的手和已经绣好的一部分图案,深深地吸引着她们。

老妇人："聪明的孩子！ 这一条条的长线是什么呢？"

加米拉："是一条条的河,河里流着弯弯曲曲的水。"

老妇人："嗯。这下面再绣什么呢？"

加米拉："再就是羊角、牛角,和小孩儿的毛辫子啦。"

"你们看,手头儿多巧啊！"老妇人不由向两个中年妇女夸奖着。

加米拉有些不好意思地低下头,继续绣着。

这时,哈森背着一捆沉重的木柴,随同一个老汉走进毡房。

老汉："快给我们烧点茶喝,孩子够累了。"

哈森:"不累,年轻力壮的,背捆柴火算什么。"

老妇人:"真是天生的一对儿,都这么好! 对,我给你们烧茶去。"

一队国民党骑兵正在通往阿吾力的大路上走着。

领路的加坎边走边向一个下级军官说:"我都调查清楚啦,就在前面那个阿吾力,藏在一个老汉家里。"

军官:"好,那咱们走快点,别叫他们跑了。"

他们说着放开马,向阿吾力飞奔而去。

毡房里,哈森和加米拉正和两位老人围坐着喝茶。

老汉:"我们老两口没儿没女,以后要是你们实在不能回家,就做我们的孩子吧。"

老妇人:"我们虽说穷,可多少还有点牛羊,只要你们好好干活,也能凑合着过下去。"

哈森:"老人家,只要你们不嫌弃,我们都愿意。"

两位老人喜形于色。

一个中年妇女忽然慌慌张张地跑进毡房说:"'黄腿子'①朝这儿来啦! 不知会不会出事?"

老汉:"啊? 有人领着吗?"

中年妇女:"有,像是加坎。"

老妇人:"天哪! 这事情怎么偏偏叫这个地头蛇知道啦!"

哈森:"那我们先到外面躲躲吧,免得连累了你老人家。"

中年妇女:"来不及啦!"

老汉:"不要慌,我先出去看看。"

老汉刚刚走出毡房,国民党骑兵已经到了门前。

加坎:"老家伙! 快把人交出来!"

老汉:"加坎,咱们都是哈萨克,你……"

"少说废话!"加坎说着朝老汉劈头就是一鞭。

老人怒目挺胸,倔强地骂道:"真是恶狗比狼还坏!"

加坎老羞成怒,又鞭打着老人。哈森忍无可忍地从毡房里冲了出来:"住手! 老人没罪! 要打打我好啦!"

加坎:"哈哈,原来就是你啊! 还认识吗? 绑起来!"

"哈森!"加米拉喊着从毡房里跑了出来。

---

① 黄腿子:对国民党军队的称呼。

加坎:"哈哈,哑巴也会说话了,还摇身一变,成了个小妞儿。绑起来!"

士兵们又一拥而上,绑了加米拉。

加坎:"带走!"

士兵们带了哈森与加米拉蜂拥而去。

国民党团部。

杜团长:"真凑巧,人抓到了,礼物也运到啦。"

参谋长:"是啊,茶、糖、布、缝纫机、洋戏匣子、和田毡子,真是应有尽有!"

"最令人满意的还是这个!"杜团长说着打开一口箱子。

箱子里装满金光闪射的首饰和衣料。

"金戒指、金耳环、金丝绒,全是金的!"杜团长继续说着。

加坎望着这些东西,不由连声赞叹。发出"啧啧"的赞美声。

"这些礼物要全部送给居奴斯,再加上那两个逃跑的男女,那肥胖的居奴斯恐怕要笑破肚皮哩!"杜团长说着看看参谋长和加坎,三人禁不住得意地大笑起来。

加坎:"团长,那我们什么时候动身呢?"

杜团长:"越快越好,现在就去准备吧。"

加坎:"是。"

一望无际的戈壁滩上,响着单调的驼铃,一列重负的骆驼慢腾腾地走着。

拉骆驼的人骑了一匹小毛驴走在前面。哈森与加米拉被前后隔开,骑在骆驼上。加坎和两个背枪的士兵骑马走在最后。

加坎望着空旷寂静的戈壁,显出十分闷倦的神色。可是当他无意中瞥向前面,那高高骑在骆驼上的加米拉的身影,立刻吸引了他的视线。他不由打马走到加米拉跟前边走边说道:"喂,你是谁家的姑娘? 多大岁数? 唉! 说实在的,我真有点可怜你。"

加米拉沉默不语,连看也不看他一眼。

加坎:"怎么不说话? 你长得多漂亮! 为什么跟一个野汉子跑呢?"

加米拉听了最后一句话,不由怒视他一眼。

加坎:"你看我干吗? 你的眼睛多大,多黑,就像野葡萄!"

加米拉听着这些轻薄的话,有意让骆驼走快一点,而加坎又紧紧跟了上来。

哈森在后面注视着加坎的一举一动。

傍晚,骆驼队在一片水草旁边宿营了。

旷野里搭起一顶帐篷,帐篷旁烧起篝火,一峰峰骆驼就卧在帐篷周围。

哈森借着骆驼的身影凑近加米拉小声问道："那家伙都跟你说些什么？"

加米拉："没一句好话，他说喜欢我。"

哈森听了暗自点头，加米拉有些奇怪地望着他。

哈森："咱们能跑啦。"

加米拉："跑？"

哈森凑近加米拉的耳朵，低声耳语一阵，加米拉紧张的脸上慢慢浮现出笑容。

哈森最后叮咛着："要千万记住那片森林，到时候最要紧的是枪。"

加米拉默默地点着头。

这时，加坎走出帐篷，哈森又借着骆驼的身影急忙走开了。

加坎走到一个士兵跟前说道："把他们隔远一点，注意看守，别叫他们跑了。"

"是。"士兵答应着，随即走到哈森身边，把他押到一丛芨芨草旁。

夜深了，戈壁滩刮起夜风，草丛窸窣作响，远方时而闪烁着星星点点的磷火。

士兵在离哈森不远的地方来回走动。哈森望着他，轻轻脱下外衣，又把外衣轻轻围到一束芨芨草上，接着又摘下帽子戴在上边，于是芨芨草俨然变成一个人影的轮廓。哈森笑了，随即潜到草丛里去了。

不一会儿，加坎走到士兵跟前，随后又看看人影，见一点动静也没有，问道："怎么？人睡了吗？"

看守人："不知道，好久不吭声啦。"

加坎走到人影跟前，喊道："喂！喂！"

没有回答。

"妈的！聋啦？"加坎说着用马鞭打去，衣帽滑落了，人影的秘密立刻露出破绽。他不禁惊叫起来："啊！人跑啦！追！"

随着这惊慌的叫喊，人们纷纷跑来，霎时一阵骚乱。

加米拉望着他们慌张的样子，暗暗地笑了起来。

第二天，骆驼队又在戈壁滩上慢腾腾地走着。

加坎无精打采地从后面走上来。加米拉却主动地把他唤住了："喂，你等等，你看，就这样把我扔下跑了，我真命苦啊！"

加坎："这就是跟野汉子跑的下场！"

加米拉："唉！谁知道他是个骗子啊！这次把我送回去，也不会饶过我，你能救救我吗？"

加坎："我？"

加米拉："救救我吧！你不是说喜欢我吗？"

加坎："怎么？叫我把你放跑吗？"

加米拉："不，只求你帮我说些好话，只要能饶恕我，我一辈子也忘不了你啊！"

加坎："这……行啊，行啊！可是你得答应我两件事。"

加米拉："什么事？"

加坎："第一，在路上你得听我的，说一不二；第二，如果在路上发生了什么事，不要告诉别人。"

加米拉："只要你能救我，什么都行啊。"

"好，太好啦！"加坎说着兴奋起来，策马贴紧着加米拉的骆驼。

加米拉急忙躲开，说道："小心叫人看见！"

加坎："哈哈！怕什么？"

加米拉："不！要是你愿意，咱们到前面吧，有些话想跟你说呢。"

加坎："真聪明！好，我们走吧。"

加米拉："说得多容易，你没看见我骑的是骆驼吗？"

加坎："这好办。"说罢，向骑马的士兵喊道，"喂！你过来！"

士兵打马赶到跟前。

加坎："下来，把马交给她。"

士兵："我呢？"

加坎："这不是骆驼？快下来！"

加米拉骑了马，那士兵骑了她的骆驼。

"好啦，我们走吧。"加坎说着同加米拉打马跑开了。

辽阔的戈壁滩上，远远出现一片胡杨林。

加米拉拉住马说："看！树林子！"

加坎："太好了！有什么知心话儿，就到那儿去说吧。"

二人放开马，向胡杨林奔去。

茂密的胡杨林里，加坎正卸着马的鞍辔。

加米拉乘机向四周张望着。不远的草丛里，忽然出现了哈森的面孔。他对加米拉使个眼色，又隐没在草丛里。

加坎卸完鞍辔，向加米拉走来。

加米拉注视着他身上的步枪。

"美人儿……"加坎说着向加米拉伸开双臂。

加米拉故作惊慌地躲闪着："快离我远一点！"

加坎："怎么？"

加米拉:"看你那大枪,晃晃荡荡的,多怕人!"

加坎:"嗯? 这个? 不会响的。"

加米拉:"没装子弹吗?"

加坎:"装了。"

加米拉:"啊! 有子弹?"

加坎:"有子弹不扳也响不了。"

加米拉:"不,我怕,快摘下来扔得远远的!"

加坎:"女人真是老鼠胆儿,好,摘就摘下来吧。"

加坎把步枪放在地上,又向加米拉奔来:"这该不怕了吧?"

加米拉假笑一声,抽身跑开。加坎紧紧追向前去,那步枪远远丢在背后。哈森立刻跑出草丛,拾起步枪,发出一声威严的吆喝:"站住!"

加坎一转头,一下子吓呆了。

"不许动!"哈森喊着逼近加坎。

加米拉急忙跑到哈森旁边,向加坎骂道:"坏蛋! 瞎了你的眼睛!"

加坎吓得浑身发抖,扑通跪在地上,哀求着:"饶命,饶命吧! 只要不打死我……"

哈森:"不要怕! 我不会打死你。"

加坎:"只要你不打死我,我一辈子也忘不了你的恩德!"

哈森:"少说废话! 去把马牵来!"

加坎:"是,是!"

加坎乖乖地把两匹马牵到跟前。

哈森:"马袋子里装的什么?"

加坎:"是杜团长送给居奴斯的礼物。"

哈森:"好,你回去告诉杜团长,说我们收下啦。"

加坎:"是是!"

哈森:"身上还有什么东西?"

加坎:"还有一封信。"

哈森:"掏出来烧掉!"

加坎:"是是!"

加坎掏出信,擦一根火柴,当场烧成灰烬。

哈森:"你走吧!"

加坎迟疑地挪动脚步,眼睛仍望着哈森的枪口。

哈森:"走吧!"

加坎吓了一跳,随即放开脚步,狼狈地溜走了。

哈森与加米拉不由相视着大笑起来。

哈森与加米拉出现在层峦叠嶂的深山里。

他们正背着枪,在呈现着深秋景象的山林里寻获着猎物。

"看!"加米拉忽然指着前面说道。

高高的山崖上,一只野羊正昂头窥测四方。

哈森:"好,这次你来打。"

加米拉:"我?"

哈森:"嗯,你还没放过枪,应该学一学,日后也许用得着。"

他们说着伏低身子,隐藏在一棵大树背后。

加米拉把枪依托在一块大石头上开始瞄准。

哈森站在一边,细心地帮她校正着射击姿势。

野羊仍在山崖上昂头窥视。

哈森:"好啦,打吧。"

加米拉:"不行,我的心直跳!"

哈森:"不要慌,头一次打不到也不要紧嘛。"

加米拉:"不,我一定打到它,离我近一点!"

哈森靠近加米拉,又顺手帮她校正一下射击姿势。

枪声响了,野羊应声倒下山崖。

哈森立刻高兴地喊道:"好!好啊!"

加米拉更是高兴得眉飞色舞,连弹壳也忘记退了。

哈森:"快!退子弹壳!"

弹壳已经冷却,再也扳不动枪栓了。

"以后要记住,枪一响先退弹壳。"哈森说着拿过枪,猛力退出弹壳。

哈森与加米拉跑到野羊跟前。

加米拉:"多肥呀!"

哈森:"是啊!足够吃上十几天了!"

哈森说着正要拖起野羊,加米拉却拦住他说:"等一等,这是我第一枪,我的枪口要见见红。"说着,把枪口伸向血迹斑斑的弹痕。

哈森:"哈哈!真像个女英雄了!"

居奴斯毡房里,加坎正讲着路上的遭遇:"……就这样,他们就跑啦。杜团长送给你的礼物,也叫他们带走啦,信也烧啦。"

居奴斯："简直是造反！再拿不住他们还得了吗！

乌马尔："也难哪，地方这么大，谁知道他们藏在哪儿？我看咱们这一带，他们是不敢回来的。"

加坎："这不要紧，只要他们还在戈壁那边，我回去告诉杜团长，我们继续搜查。"

居奴斯："好，达代巴图尔，你也同加坎一块过去，要想尽一切办法给我抓回来！"

达代："是！"

狂风暴雪，严冬来临了。

哈森与加米拉冒着风雪，出现在冰雪封盖的山道上。

他们刚刚登上一个高坡，风雪突然把他们卷进坡下的雪窝里。深深的雪窝淹没着人和马。他们挣扎着刚刚爬起，即刻又陷落下去。

最后，他们终于爬出雪窝，又冒着风雪前进了。

在深山的一个石洞旁边，哈森与加米拉正用石头和树枝堵遮着洞口。

暴风雪仍在继续。

洞口堵好了，还扎了一个小小的柴门。

他们钻进石洞，深深地松了一口气。

哈森："总算有个落脚的地方啦。"

风雪仍在洞外呼啸飞舞，并时而猛烈摇撼着小小的柴门。

加米拉："雪好像越下越大啦！"

哈森："下吧！把大山封住，把我们的脚印埋掉，叫他们找去吧。"

加米拉："可是吃什么呢！火也没有？"

哈森："不要紧，能想出办法来……"

石洞里，哈森正用一块木板搓碾着一个小小的棉卷儿。加米拉凝神屏息地望着，充满期待的神情。哈森搓碾一阵，拿起小棉卷儿慢慢撕着，吹着，就好像那里面马上就会出现奇迹似的。

可是，回答他们的却是毫无所获。

"再撕块棉花。"哈森不甘失败地说道。

加米拉从破旧的棉外套撕出一片棉花，又搓成一个小棉卷儿，递给哈森。

哈森又搓碾着，随后又拿起小棉卷儿慢慢撕着，吹着，那小小的棉卷儿忽然冒出一缕微弱的青烟，他们不禁兴奋地叫道："火！火！"

石洞里已经燃起熊熊的火焰。

火,这冬天的花朵,这生命的象征,立刻映红了石壁,映红了哈森与加米拉的脸。

哈森:"再加大点,我去找点吃的。"

哈森说着走出石洞,加米拉向火堆添着柴草。

石洞外面,暴风雪停止了。整个山野变成一片耀眼的银白世界:悬崖巨石都披了厚厚的银装,高大的云杉也戴上了沉甸甸的大帽子,细小的灌木和草丛变成了一条条沾满雪花的银丝。

哈森一面环顾着这银白世界,一面登上山坡。忽然,一只山鹰在头上盘旋一圈,敏捷地向山坡背后直飞下去。

哈森凭着往常的经验,一看就知道这山鹰定然发现了猎物,于是急忙向山鹰飞落的方向追踪而去。

果然,在山坡背后,那山鹰正啄食一只野羊。

哈森高兴地跑上前去,山鹰飞走了,野羊落在他手里。

加米拉背着一捆柴草刚刚走进石洞,忽然一声巨响,巨大的冰雪从石洞上面下来,淹没了洞口。

哈森在归途上恰好看到这种情景,急忙向洞口跑来。

阴暗窒息的石洞里,加米拉猛力刨着冰雪,连声喊着:"哈森!哈森……"

洞外的哈森也猛力刨着冰雪,喊着:"加米拉!加米拉……"

厚厚的冰雪终于刨通了,可是加米拉已经昏迷过去。

哈森急忙把她抱在怀里,焦虑地唤道:"加米拉!加米拉……"

加米拉慢慢睁开眼睛,有气无力地喃喃着:"不要紧,等会儿就会好的。"

哈森仍焦虑地望着她,把她抱得更紧一些。

石洞又重新修好了,哈森与加米拉正点燃着被冰雪扑灭的火堆。

火,这冬天的花朵,这生命的象征,又烧起来了,而且越烧越大,随着那颤抖的火舌化出如下一些场景:

山崖上,一条条倒垂的冰柱开始融化,滴下一粒粒晶莹透亮的水珠。

河水奔流,春风吹拂,山野呈现初春的景象。

显得十分衰弱的哈森与加米拉,正靠在石洞旁边晒着太阳。

哈森:"冬天总算熬过去啦!"

加米拉:"唉!日子还长呢!这些时候,只要往远处一想,由不得就发起愁来。"

哈森："不管怎么样,总得想法儿活下去。"

加米拉："唉!照这样下去,怎么长得了啊!再说,我又有了几个月的身孕,等孩子生下来,拖累就更大了。说也怪,这些时候我一睡下就做梦,一梦就梦见妈妈、部落、羊群、奶子。有一次,梦见好多奶子,连河水都变成奶子了,你说,这是怎么回事?是想家吗?"

哈森："对,是想家,谁不想家啊!谁愿意过这人不人鬼不鬼的日子!最近我也想过,还是想法儿回到有人的地方去。"

加米拉："怎么?回老家吗?"

哈森："不,那儿哪能容下我们?我是说,不管哪儿,随便靠近一个部落,总要方便些。"

加米拉："那就走吧,再这样过下去,真要活活把人闷死!"

哈森："好,咱们收拾一下就走。"

哈森与加米拉正在一处山林里望着山下的草滩。草滩里散布着星星点点的毡房和畜群,一簇簇骑马的牧民向草滩的中心汇集。

加米拉："这么多的人?"

哈森："好像是过喜事。"

加米拉："过喜事?多想去看看啊!"

哈森："那还不容易,等天黑以后,一定有对唱晚会,混到人群里,谁能看出来?"

草滩的夜晚。

一顶大毡房里人群拥集,正听着两男两女为喜事举行的对唱:

（男）青春的热情在心中烧起火花,

　　　我们要用歌声来诉说心里话,

　　　假若你们能像加米拉那样坚贞,

　　　我们就对天盟誓作勇敢的哈森。

歌声中,哈森与加米拉也出现在毡房外面的人群里。当他们听到自己的名字,不由相互看看,默默地笑了。

（女）心中的火花就像黎明的晨光,

　　　我们的歌声就像那晨鸟歌唱,

假若你们真能像哈森那样勇敢，

加米拉就是我们姑娘的榜样。

"喂！喂！唱得不好啊！"坐在人群里的加坎忽然打断了青年们的歌唱。

毡房外面的哈森与加米拉，一下子愣住了。与此同时，他们还发现了达代。

加坎继续说着："哈森和加米拉是有名的滔天罪犯，这位尊贵的达代巴图尔，就是专为抓他们才来到咱们这一带的，你们反倒把他们唱成英雄啦！"

加坎的话引起青年们的不满，立刻议论纷纷，怨声四起。

毡房外面，加米拉急忙向哈森小声说道："咱们快走吧！"

哈森并没有立刻走开，他正全神贯注地凝视着挂在达代背后的一支手枪。

一时波动的毡房内，又渐渐平静下来，歌声又开始了：

鸦嘴再巧变不成黄莺，

脾气再大变不成英雄，

心灵的鸟儿飞遍天下，

笨拙的英雄寸步难行。

歌声中，达代身后的毡墙被割开了，一只手轻轻伸进来，摘走了那支手枪。

达代和加坎越听越不是味，特别是达代，就像受了侮辱似的站了起来，正要愤然而去，发现手枪不见了："啊！枪！我的枪呢？"

随着这一声叫喊，整个毡房里的人们都陷入惊讶之中。

国民党团部。

加坎正向杜团长说着："人们都说哈森和加米拉又下山啦，部落里还编了歌，唱他们，达代巴图尔的枪，很可能也是他们偷走的。"

达代："团长，你看，再不抓住他们还得了吗？

杜团长："先不要着急，要是他们真下山了，那才是自投罗网。回头我们再仔细商议商议，天下是我们的，只要他们活在人间，就逃不出我们的手掌。"

夏天的深山。

紧靠一片秀丽的山林，搭着一个小草棚，草棚周围生满鲜艳的野花和嫩草，山林背后衬着蓝天、白云和闪亮的雪峰。

哈森正坐在草棚旁边，望着这幽美的山野吹着"斯布孜哥"①，加米拉靠在他身边，一面摇着用树枝编成的摇床，一面小声哼唱着木笛吹奏的曲调。

摇床里的婴儿忽然哭起来，加米拉急忙把婴儿抱在怀里抚慰着："嗯，嗯，别哭，我的小马驹儿……"

哈森也凑过来说着："是啊！别哭啊，听爸爸给你吹个小曲儿。"说着，吹了一声有点滑稽的根本不成曲调的小曲儿。

说也怪，那婴儿果然不哭了。

哈森："你看，多机灵，连小曲儿都能听懂了。"

加米拉："去吧，一个月的孩子还能听懂小曲儿？"

哈森："咦，你可别说，这孩子可不平常，你看，她笑啦。"

加米拉："多像你啊。"

哈森："嘴倒像我，眼睛像你。"

"是吗？"加米拉说着反复凝视着婴儿，不禁轻轻吻一下婴儿的前额。

哈森："到底叫什么名字呢？"

加米拉："是啊，都满月了，还没有想出个好名字来。"

哈森想了一阵说："她一生下来就跟着咱们东奔西跑，我看就索性叫卓日特汗②吧？"

加米拉："不好，这名字听了叫人伤心，再说也不能叫孩子老是东奔西跑啊！"

哈森："那？哎，你还记得一句歌吗？"

加米拉："哪一句？"

哈森小声唱道："'可爱的婴儿是爱情的礼物。'我看就叫玛合拜特③吧？"

加米拉："玛合拜特，好！这个好！"

哈森长长吐出口气说："嗨呀！可有个好名字啦！"

加米拉把婴儿放到摇床里，立时叫起这个新名字来："我的玛合拜特，睡吧！妈妈还要忙着为你过这个命名日啊！"

哈森："是啊，肉就要熟啦，咱们立刻动手吧！"

哈森走到火堆旁边，从火灰里刨出一个慢火煨烧的羊肚子，接着用刀子一剥，羊肚子霎时露出一块块热腾腾的羊肉。

加米拉急忙拿过一个木盆，哈森把羊肉倒在木盆里。

---

① 斯布孜哥：哈萨克族牧人们自制的一种木笛。

② 卓日特汗：意为东奔西跑。

③ 玛合拜特：意为爱情。

加米拉:"多好的羊肉啊!可惜连一个客人也没有。"

哈森:"是啊,俗语说:'没客人的筵席不算筵席',可是这客人又到哪儿去找呢?"

二人搭讪坐下来,默默地吃着羊肉。

不一会儿,一群山鸽忽然飞落在草棚顶上。

"你看!这不是客人来啦!"哈森兴奋地说着,随即抓几块肥肉向山鸽抛去,"尊贵的客人们!请吃吧!"

山鸽一下子飞跑了。一只山鹰又盘旋着飞了过来。

哈森又看看山鹰说道:"这是勇敢的客人!"说着又抓起一块羊骨猛力抛上天空。

奇迹发生了:那山鹰竟然敏捷地低飞下来,一下子叨住了飞向天空的羊骨头。

哈森不禁欢呼起来:"好啊!深山的英雄!"

加米拉也兴奋地笑道:"真有意思!"

一道山沟,一队全副武装的骑兵无精打采地走着。

走在前面的达代,忽然发现了盘旋的山鹰,不由精神一振:"看!山鹰!"

一个骑兵嘟囔道:"山鹰有什么奇怪。"

达代:"不,山鹰盘旋是有人的迹象,要不就是野兽。"

骑兵们听了也不由精神一振,随即扬鞭打马,向山鹰盘旋的方向飞奔而去。

草棚旁边,哈森与加米拉仍在仰视着山鹰。

两匹马忽然惊叫一声,这不祥的预兆,使哈森几乎是本能地跳了起来,只见达代的马队飞奔而来。

哈森说了声:"快!"急忙备马,加米拉也急忙跑进小草棚抱出婴儿。

达代的马队卷着尘土越来越近了。

哈森与加米拉跳上马,向山林逃奔。

达代和骑兵们加快着马的速度。

哈森与加米拉也纵马飞驰。

背后响起枪声。哈森也马上还击。

达代举枪向哈森瞄准,哈森的马在枪声中应声倒下。

加米拉用短枪向敌人回击,哈森乘机跳上她的马,继续向前飞驰。

又一阵枪声传来,加米拉的马也被击中了,二人跌下马来。

骑兵们霎时追上前来,把哈森与加米拉围了个风雨不透。

达代在马上露出狰狞的笑脸:"哼哼!你们也有今天!"

哈森与加米拉怒目挺胸,毫不畏惧。

461

达代:"绑起来!"

骑兵们立刻冲到哈森与加米拉跟前,七手八脚地把他们捆绑起来,并且夺走婴儿抛到地上。

婴儿"哇"地哭了起来,加米拉拼命向婴儿冲去。

加坎:"带走!"

哈森与加米拉被骑手们拖到马上飞奔而去。

婴儿哭得更厉害了。

"野孩子!哭吧!叫狼把你吃掉!"达代说罢,也打马而去。

国民党监狱。

监房里,静坐着各民族的囚犯:汉族人、维吾尔族人、哈萨克族人、回族人……

监门"吱呀"一声开了,看守兵把打得鲜血淋淋的哈森推了进来,随即又紧闭了监门。

哈森倒在地上昏过去了,囚犯们纷纷围上来,一个汉族囚犯急忙把他扶到怀里说道:"快拿点水来。"

囚犯们端来水,汉族囚犯小心翼翼地把水灌到哈森嘴里。

哈森喝了水,渐渐睁开眼睛,可是并没有完全清醒。因此,当他望着这一副副陌生的面孔,又挣扎着喊叫起来:"放开我!我没罪!我没罪!"

汉族囚犯:"朋友,你再仔细看看,我们和你一样,也是在这儿坐班房子的。"

哈森终于清醒过来,望着这些命运相同的人,无力地倒在汉族囚犯的怀里。

女监房里,加米拉正闭着眼睛默默地靠在阴暗的墙角里。

她的嘴唇忽然微微向下弯曲一下,脸上淌下两行泪水,在她朦胧的意识里,出现了达代的凶相和丢弃的婴儿:婴儿孤零零地挣扎着,哭叫声,突然,一阵风沙飞卷过来,婴儿和哭声又湮没无闻了。

"啊!孩子!我的孩子!"加米拉失声地大叫着,从幻梦中醒来了。

女囚们纷纷围到她身边。她望着这些女难友们,不禁呜呜咽咽地哭起来。

一个中年囚犯安慰她说:"别这样,也不要老想着孩子,只要你和哈森能活着,能熬过这一关,就是万幸。"

加米拉:"唉!大姐,谁知哈森还活着不?"

中年囚犯:"你不是说,你们一块儿押到这个班房的吗?"

加米拉:"是啊,谁知道他这会儿在哪儿?"

中年囚犯:"这不要紧,放风的时候,我们帮你打听打听。"

加米拉感激地握住中年囚犯的手说："大姐！你真好！"

国民党团部。

杜团长正愁眉不展地来回踱着步子。

参谋长走了进来说道："团长,达代要回去。"

杜团长沉思片刻,说道："还是再留他几天。"

参谋长："反正人也抓住啦,我看就叫他回去吧,也免得麻烦。"

杜团长："不,现在消息一天比一天紧张,刚才又接到师部的电话,说共军占领兰州之后,又很快进入河西走廊,都快逼到新疆的大门口了！要是万一挡不住他们的进军,我们很可能暂时退到深山和草原去,那时候,这个人不就成了很好的向导和引线吗？"

"嗯？对！"参谋长说着正要走开,杜团长又唤住他说："等一等,师部叫我们很快清理一下监狱,你准备一下,回头我们一同去一趟。"

参谋长："是。"

监狱门前,服苦役的囚犯正修着泥泞的道路。

一辆破旧的美国中型吉普车急速驰来,修路的囚犯们慌忙闪到两边。

汽车忽然陷到泥坑里,车轮子一个劲打滑,怎么也走不动了。

杜团长和参谋长从车上跳下来,向囚犯们喊道："喂！看什么？还不推车！"

看守兵立刻应声："快！推车！"

囚犯们踏进泥坑,推着车子。

车轮旋转,污泥横飞,囚犯们小声抱怨着、咒骂着。

汉族囚犯一面推车一面窥视车内,一个工具箱子被他发现了。

一只手小心翼翼地伸向工具箱子,轻轻拿走了箱内的锉刀。

夜,狂风呼啸,阴沉的夜空衬出监狱的高墙壁垒。

监房小窗里摇曳着微弱的灯火,夜空衬出剪影般的高墙壁垒。

监房里,闪耀着微弱的灯光,汉族囚犯正默默地用锉刀锉着脚镣。

汉族囚犯锉开了脚镣之后,又把锉刀递给哈森,哈森也开始默默地锉着。

其他囚犯们有的在门旁听风,有的整理行装、捆扎鞋靴,呈现着一种紧张的准备行动的迹象。

监门外面一个看守兵正来回走动。监门忽然响起来,看守兵跑到门口厉声问道："敲门干什么？"

监门内回答:"快把门打开,一个犯人死啦!"

"妈的! 又死一个!"看守说着打开监门。

汉族囚犯趁势冲了出来,猛然扼住看守兵的脖子,按倒在地上。其他囚犯立刻拾起看守的步枪,向门外冲去。

霎时枪声四起,一阵骚乱!

囚犯们奋勇夺取着敌人的武器和战马……

女监房也被惊动了。加米拉急忙爬上窗口向外张望,只见哈森和几个囚犯正持枪策马,向女监房冲来。

加米拉不由喊道:"哈森! 哈森!"

哈森刚刚跑到窗前,屋顶上的机枪响了,两三名囚犯立刻应声倒下。

加米拉见势不妙,又喊道:"哈森! 快跑! 不要管我!"

这时,汉族囚犯跑到哈森身边,也说道:"不行啦,你们快跑!"

汉族囚犯一面催促着哈森,一面向房顶上的机枪手射击瞄准。砰的一枪,机枪哑然无声了。

哈森等人乘机飞马逃出监狱大门。

少顷,屋顶上的机枪又响了起来。汉族囚犯又举枪向屋顶瞄准,可是不等他发出枪声,便倒在地上,光荣牺牲了!

三区①民族部队的边界线上。

民族战士们正持枪守卫在阵地前沿。在这些战士们中间,我们看到了色立克,他正目光炯炯地注视着前方。

前面是一条大河,河面上的大桥拦腰折断了,大河对岸国民党军队的阵地隐约可辨。

大河对岸忽然响起枪声。

民族战士们纷纷进入阵地。

一位军官走到色立克身边问道:"哪里打枪?"

色立克:"报告上尉,枪声在敌人阵地的左翼。"

上尉随即用望远镜看着,只见一队国民党骑兵追着哈森和其他逃犯们。

上尉放下望远镜,立刻命令道:"准备战斗!"

---

① 三区:指伊犁、塔城、阿山(今阿勒泰)。1944 年爆发三区革命,后来曾与国民党和平谈判,暂时停战,划有临时边界。

大河对岸,国民党骑兵仍在追赶着哈森等人。

哈森等人一面纵马飞驰,一面马上还击。

汹涌的大河拦住了哈森等人的去路,国民党骑兵眼看就追到了跟前。

民族部队的阵地上,机枪手色立克随着上尉的手势发出清脆的机枪声。

大河对岸,国民党骑兵纷纷落下马来,哈森等人乘机越过大河。

民族战士们在阵地前沿欢迎着哈森和其他逃犯们——亲切的握手,热烈的拥抱……

当色立克把手伸向哈森的时候,不由相互凝视起来。

"哈森!"

"色立克!"

二人终于认了出来,紧紧地拥抱在一起。

繁星闪烁的夜晚,民族战士们正围着一堆篝火,轻轻歌唱着一支民歌。

自己的故乡是黄金的摇床,
英雄喜欢自己生长的地方,
碧绿的草原像丝织的花毯,
心爱的姑娘像天鹅歌唱。

自己的故乡是黄金的摇床,
英雄喜爱自己生长的地方,
假如叫我在异乡做一个国王,
我情愿在故乡当一个靴匠。

歌声渐渐终止了,战士们仍陷在默默的沉思里。

已经换上军衣的哈森,首先打破沉默:"色立克!你说!咱们现在有枪有炮,为什么不赶快打回家乡去?"

哈森的话立刻引起不少人的共鸣,大伙儿纷纷说道:"是啊!为什么不打回家乡去?"

色立克:"对!谁不愿意回到自己的家乡?谁不愿意看到自己的亲人?可是你们没有听到上面讲吗?需要等待。"

哈森:"还等什么呢?"

色立克:"人民解放军!"

战士们:"人民解放军?"

色立克:"对!听说他们已经进到新疆大门口啦,我们的代表也到北京开会去啦,看样子不会太久啦!"

旭日东升,把积雪斑驳的天山照耀得分外壮丽。

随着雄壮的军号和军歌,人民解放军正浩浩荡荡沿着天山山麓的大道向西挺进。

民族部队的阵地旁边,一位军官正在马上举着指挥刀,向骑兵战士们发着号令:"同志们! 新疆和平解放啦! 我们就要和人民解放军胜利地会师啦! 向乌鲁木齐,前进! "

指挥刀指向大河对岸,一匹匹战马开始向前奔驰。

乌鲁木齐的十字街头,人民解放军和民族部队胜利地会师了。

街道两旁站满了盛装的各民族的男女老少,在热烈的欢呼声中,开始了盛大的游行。

最活跃的是民族歌舞团的演员们,他们敲着手鼓,吹着唢呐,载歌载舞地环绕着游行的行列。

这一切,意味着在整个天山南北,一个崭新的时代开始了。

荒凉的戈壁滩上,枯草随风摇摆。

一群国民党士兵押着加米拉出现在戈壁深处。

士兵们一面走,一面抽打着加米拉的马,连声喊着:"走! 快走! "

加米拉时而愤怒地看他们一眼,最后索性拉住马不走了。

这时,国民党杜团长、参谋长、达代、加坎等人,恰好策马跑上前来。

士兵:"报告团长! 又不走啦! "

加坎:"团长,我看干脆毙了她算啦! "

杜团长:"不,到居奴斯那儿,这是最好的礼物。"

达代:"我来! "说着向加米拉的马凑近一步,向马屁股猛然一鞭,马惊叫着立刻跑开了。

阿吾力的夜晚。

贝森的毡房里,加米拉的母亲正躺在一片破毡上,望着挂在毡墙上的一件裙衫出神。

贝森倒一碗奶茶送到她身边说道:"喝点吧,一天没吃东西啦! "

母亲默默地推开贝森的手,仍出神地望着那件裙衫,随后说:"把孩子衣服递给我。"

贝森:"算啦,别再折磨自己啦! "

母亲:"不! 快递给我! "

贝森无可奈何地摘下裙衫递到她手里。

母亲望着裙衫热泪盈眶,随即抚在怀中喃喃说道:"加米拉!妈的命根子!你究竟在哪儿呀?"

贝森:"唉!你老这样有什么用啊!这几天外面风声很紧,说是共产党来了,世界要大变啦!谁知道又变成什么样子?要是咱们再有个好歹,就是孩子回来了,还不是一场空啊!"

这时,库兰气喘喘地跑进毡房说道:"大伯!大妈!加米拉回来了!"

母亲:"啊!加米拉?"说着立刻挣扎着坐了起来,库兰急忙把她扶住。"好孩子!快说!她在哪儿?"

库兰:"在居奴斯那儿,是达代从戈壁那边带回来的,一块来的还有十几个'黄腿子',正和居奴斯巴依商议什么呢!"

贝森:"天哪!又不知出了什么事情?"

母亲:"孩子!不管怎么样,先领我看看去!"

库兰急忙拦住她说:"大妈,先别急,你这会儿去了也不行。我看还是先找找伯尔得巴依,看能不能把人要回来。"

贝森:"对,库兰说的对,可不敢冒冒失失的,我现在就去找一找伯尔得巴依。"

库兰:"大伯,你把'黄腿子'的事也顺便告诉他一声,看他们那鬼头鬼脑的样子,恐怕没什么好事!"

贝森答应着走出了毡房。

居奴斯的毡房里。杜团长正向居奴斯说着:"居奴斯巴依,你再仔细想想,我刚才已经说过,共产党不但会抢光你们的牛羊,还会血洗你的部落,总之一句话,死路一条!现在你除了跟我们走,第二条道路是没有的!"

居奴斯满腹狐疑,顾虑重重,沉吟了好一阵才说:"走?到哪儿去呢?部落能不能带走呢?就说能带走,将来又怎么办呢?"

达代:"这个请巴依放心,只要你走,我们就能带走部落。"

杜团长:"至于将来,根本就用不着将来,你不要只看到我们这几个人。在深山里,我们的人还多得很。在那儿,你不但会看到你们有名的乌斯满,还会看到尊贵的美国领事,共产党连脚也不会站稳,就会被我们消灭!"

达代:"巴依,我看没有什么可想的了。杜团长冒着危险到这儿来,完全是为了你啊!过去你只写了一封信,杜团长就费尽千辛万苦为你效劳,直到今天,他还是把人给你带来了,可说是仁至义尽!"

居奴斯:"还是让我再想一想,天很晚啦,请大家先休息吧。"

杜团长:"好吧,希望你无论如何能在今天晚上做出最后的决定,明天就能进到深山。"

第二天早晨。

库兰和阿吾力的人们正拥挤在一顶小毡房的跟前，向看守加米拉的士兵哀求着："你行行好！叫我们看看她！"

"不行！快走开！"士兵说着抢枪吆喝众人，但人们仍然拥挤着，哀求着。

这时，伯尔得、阿肯、加米拉的父母、哈森的父亲也相继走向前来。

加米拉的母亲一到跟前，便连声叫喊："加米拉！我的加米拉在哪儿？"

关在小毡房内的加米拉，随即撕裂毡墙，看着久别的母亲，叫道："妈妈！"

母亲不顾士兵的阻挡，立刻冲了上去，母女俩隔着毡房的骨架，紧拉着双手哭了起来。

众人乘机向前一拥，那士兵霎时被挤到人群外面去了。

伯尔得向阿肯说道："走，我们去找居奴斯。"

这时，母亲已经止住哭声，反复看着加米拉说："孩子，叫你受苦啦！"

加米拉："妈妈，别难过，总算又看到你啦！"她看见了哈森的父亲，急忙唤道，"大伯！你也来了！"

哈森的父亲："好孩子，告诉我，哈森在哪儿？还活着不？"

加米拉："活着！他从监狱里逃出去啦！"

哈森的父亲："现在在哪儿？"

加米拉："这……"

在一面写着"新疆省人民政府牧区工作大队"的旗帜下，出现了哈森的面孔。

他正和工作队张队长、色立克以及贸易、医疗、宣传等方面的工作人员所组成的行列，在一道山沟里蜿蜒行进。

居奴斯的毡房里，伯尔得正向居奴斯说着："居奴斯巴依，我们千万不能上当，虽然我们还摸不清共产党的底细，可是国民党的狡猾我们是知道的！"

阿肯："搬到深山，这分明是叫我们造反！多少年来，我们轻易听信坏人的谣言，过着战乱的生活，也不知丧失了多少生命和财产，这样的日子不应该再有了！"

伯尔得："至于加米拉，如果你是个聪明人，就该让她的父母领回家去。"

居奴斯："唉！我现在哪还有心思顾得上这个！"

这时，一个小伙子慌张地跑了进来，说道："巴依！共产党的队伍到红山口啦！"

居奴斯："啊！这么快？"

伯尔得："不管怎样,应该先维持部落的安全,我先去看看!"

伯尔得说着同阿肯走出毡房。

乌马尔:"巴依! 怎么办呢?"

居奴斯一筹莫展,忧心如焚。

帕的夏伯克:"爸爸! 到底怎么办呀?"

居奴斯:"唉! 真是进遇两难!"

杜团长、参谋长、达代、加坎等人也慌张地走进毡房。

杜团长:"居奴斯巴依! 共产党的军队已经到了眼前,你不能再犹豫了!"

居奴斯:"走? 怎么来得及呀! 我的牛羊,部落,唉!"

杜团长:"那我们可是不能再等啦!"

居奴斯:"好吧! 就请你们先走吧!"

达代:"巴依! 你会后悔的!"

居奴斯:"那是我的命运!"

杜团长:"好,再见吧! 当你后悔的时候,仍然希望你能到深山来,我的大门会始终为你开着的。"

杜团长等人匆匆走出毡房。

帕的夏伯克:"爸爸! 这行吗?"

居奴斯:"唉! 我怎么知道?"

乌马尔:"求老天保佑吧!"

牧区工作大队已经走出山沟,前面是一片紧靠山麓的草滩。

哈森拉住马向张队长说道:"前面就是我们的部落。"

张队长望着那平坦的草滩以及隐约可辨的阿吾力说道:"真是个好地方!"

哈森忽然指着前面说:"看! 马队!"

色立克:"朝深山跑啦,一定不是好人!"

张队长:"说不定就是那伙子逃跑的土匪。"说罢,向随工作队同来的十几名战士命令道,"准备追击!"

哈森:"队长! 我也去! 我熟悉道路!"

张队长:"好,要小心些,最好迂回到前面去!"

色立克:"队长! 我也去!"

张队长:"不,你还是跟大家先到部落,那儿很需要你。"

色立克:"是。"

张队长又向战士们命令道:"出发吧!"

哈森和战士们立刻纵马而去。

工作队已经到达阿吾力跟前。

阿吾力的人们各自躲闪在自己毡房里探头窥视。

伯尔得和阿肯领张队长和色立克等人向毡房走来。

躲在毡房里的人们看到这种情景,特别是发现了色立克,疑虑消失了,纷纷跑出毡房,喊着:"色立克,色立克……"

色立克一一回应,向人们问好。库兰也跑上来喊着:"色立克!"

"啊!库兰!"色立克喊着伸开双臂,库兰一下子投到他的怀抱里。这时,加米拉和她的父母也跑上前来,色立克急忙放开库兰,紧握住加米拉的手说道:"加米拉!你在这儿!哈森回来啦!"

加米拉:"啊!哈森?"

哈森的父亲和众人也急忙凑到跟前问道:"他在哪儿?"

色立克:"大伯!到后山追赶达代他们去啦!"

"啊!色立克!把枪给我!"加米拉说着一下子摘下色立克肩头的步枪,"我要报仇!"说着立即飞身上马,奔驰而去。

"加米拉!加米拉……"色立克喊着,急于把她唤回,但已经来不及了。

深山里,哈森和战士们正追击着逃窜的匪徒。

加米拉匹马单枪,也在崎岖的山道上飞驰而过。

匪徒们在枪声中纷纷落马,剩下达代落荒而逃。

哈森望着达代狼狈逃窜的背影,跃马追上前去。

哈森霎时追上了达代,猛然抓住他的后背,一把拉下马来。

哈森的马有点受惊地兜个圈子,达代乘机拔出手枪,向哈森瞄准。

达代还没有来得及射击,忽听一声枪响,达代应声倒地。

哈森侧头一看,原来是加米拉结束了这匪徒的性命。

"加米拉!"

"哈森!"

二人策马跑到一起,紧紧地握住了双手。

一堆堆篝火照亮了草原的夜晚,人们正为哈森与加米拉举行着盛大的婚礼晚会。

阿肯拂打着琴袋上的尘土,小心翼翼地掏出冬不拉。阿肯并没有立刻弹曲子,只是试探地拨弄一下琴弦,好像对这放了几年的冬不拉又响起来有着无限的感慨似

的。最后,他终于弹起曲子,放声唱道:

> 旧日月割断了我的琴弦,
> 旧日月使我的嗓子沙哑,
> 又是我唱歌的时候了,
> 我心爱的伙伴冬不拉!

> 我过去唱过"萨里哈—萨曼",
> 他们像河水流失永不回还,
> 我今天要唱哈森与加米拉,
> 他们像火光万道照亮草原。

随着阿肯的歌声、琴声,哈森与加米拉也唱了起来:

> 过去的日子是一条斜路,
> 是谁给我们带来的幸福?
> 把天下的人都变成歌手,
> 也唱不完共产党的好处。

随着哈森与加米拉的歌声,青年男女也唱了起来,并情不自禁地围着一堆堆篝火跳起舞来。

哈森的父亲与加米拉的父母以及其他一些老年人,被这从来没有过的情景感动得抹着眼泪。

> 万岁啊! 共产党我们的救星,
> 万岁啊! 毛主席我们的父母,
> 是你救起了灾难的哈萨克,
> 把我们引上了那光明的道路。

随着歌声,火花缤纷,霞光万道,哈萨克美好生活的未来呈现在眼前:
看吧! 那肥美辽阔的草原! 那膘肥体壮的骏马和羊群! 那清新秀丽的山水和花丛! 那幸福欢乐的青年男女们!

——剧　终

471

天山的红花

欧　琳

激昂的冬不拉琴声和歌声。

天山脚下广阔的草原上,百花盛开,红旗招展。

穿着节日盛装的哈萨克族牧民们欢快地玩着各种游戏,有的摔跤,有的赛马,有的载歌载舞。卡以夏和木沙拜克等年轻人在玩"姑娘追"。

银髯飘飘的乌买尔望着幸福的人们,激动地弹唱着给大家助威:

　　　　我们的时代像开遍鲜花的草场,
　　　　我们的生活像蜂蜜一样的甜香,
　　　　幸福的时代爱唱幸福的歌,
　　　　我们把人民公社来歌唱。

　　　　人民公社把我们的眼睛照亮,
　　　　人民公社是草原的翅膀,
　　　　我们的草原像矫健的山鹰,
　　　　飞翔在祖国社会主义大道上。

　　　　把天山上的树都做成冬不拉,
　　　　把天山下的人都变成歌唱家,
　　　　从日出唱到日落,
　　　　也唱不完我们对公社的赞扬。

阿斯哈勒远离人们,独自倚马站立在一旁,满腹心事地用眼睛搜寻着什么人。他全身骑士打扮,身材魁梧,体格健壮,眼光率直而且执拗,嘴上那两撇高高翘起的羊角胡很明显地显示出他桀骜不驯的性格。

哈思木从欢乐的人群里,缓缓朝阿斯哈勒走来。他步伐稳重,风度翩翩,穿着一套旧干部服,目光和蔼,脸上荡漾着亲切的微笑,俨然是一位有修养的干部模样。他手里不时玩弄着一根贵重而华丽的鞭子,这根鞭子和他简单朴素的穿着颇不相称。

他指着欢乐的人群,带着戏谑的口吻问:"阿斯哈勒大哥,你这位摔跤能手、赛马健将,今天怎么啦?"

阿斯哈勒不理不睬,仿佛没有听见他的话。

哈思木笑了:"哦,我明白了,你在找奥依古丽大嫂,她怎么没跟你一块来?"

阿斯哈勒转过身子,背对他。

哈思木:"别这样,你对大嫂应该比过去更好才对呀。你看,昨天晚上讨论队长候选人的时候,多少人提大嫂的名字!今天要是她真的给选上队长,这可是一件了不起的事情啊!一个队长顶从前一个大头目,女人来当,在咱们草原上还没有过,你这位丈夫脸上够光彩的啦!"

阿斯哈勒旋过身来,瞪了他一眼:"光彩,光彩,光彩不是自留牛自留羊。"他跳上马,向草原深处奔驰而去。

琴声和游戏都停止了。人们亲热地呼喊着朝一个骑马的人拥去:"刘书记,刘书记!"

哈思木向刘书记望了一眼,走过去。

刘书记在社员们中间。他虽然是个汉族干部,却全身哈萨克装束,九年来的草原生活,已经使他在生活上完全和当地群众融合成一体了。可是,他的举止、言谈、动作还保留着老战士的味道。

刘书记向乌买尔伸手:"您好,乌买尔老爹。"

乌买尔只是笑,不去握刘书记向他伸来的手。刘书记和大家诧异地望着乌买尔。

刘书记:"怎么?不想握手?"

乌买尔:"是不想握手呀,刘书记。"

刘书记:"为什么?"

乌买尔诙谐地:"握手只是一般见面的礼节,你我感情深得多,还是让我和你挽个胳臂吧!"说着伸出胳臂。刘书记笑着伸出胳臂,他们二人挽臂,人们也兴奋地笑着争和刘书记挽臂。

刘书记望着乌买尔,以商量的口吻问道:"开始选举吧?"

乌买尔:"好!"

刘书记向大家："乌买尔老爹常说，没有骏马走不了千里，没有好鹰抓不住狐狸。过去我们这个队老是落后，很主要的原因是队长选的不合适，这回大家投票可要慎重考虑呀！"

每个人慎重地考虑着，挑选着，摘了一朵最美丽的红花向会场走去。

迎风飘扬的红旗中间，挂着一块红布横幅，上面用哈萨克文和汉文写着两行大字"前进人民公社第二生产队队长改选大会"；大字下有几个小字"1959 年 8 月 10日"。

卡以夏和木沙拜克分别在苏来曼和沙的克身后放置了一个民族式样的大花盘。

卡以夏在人们中间张望了一阵，把第三个盘子放在沙的克旁边："咦，奥依古丽大姐呢？"

卡以夏、木沙拜克等人大声呼唤着："奥依古丽！奥依古丽！"

大家呼唤的声音滚过草原，在山谷间发出洪亮的空谷回响。

云纱缭绕的群山峰峦间，一道陡峭的山坡上，奥依古丽正在帮助一位年轻的牧马人围拦受惊奔窜的马群。

一匹受惊的红马驹带领着一群马，疯狂地冲下白云滚滚的山谷。奥依古丽冒着生命危险，奋不顾身地驱马上前，从山坡最边缘把那匹红马驹引回来，马群随着转回头了。

奥依古丽勒住缰绳，解下头巾擦擦脸上的汗珠，松了一口气。这时候，我们才有机会看清她的面貌。她长得很秀丽，衣着素雅大方，有一双乌亮的大眼睛，她具备哈萨克族劳动妇女勤劳、勇敢的气质，她的眼光里时时闪烁着严肃、刚毅的光芒。

那位年轻的牧马人追上来，感激不尽地说道："奥依古丽，要不是碰到你，这群马就葬身山崖啦！"他接着懊恼地捶着自己，"都怪我不好，马群惊了。"

奥依古丽正要说什么，隔着峰峦传来一阵阵急切的呼唤声，她匆匆包上头巾，开始策动枣骝马。

草原上，木沙拜克、卡以夏呼喊着在草原上驰骋。

阿斯哈勒和奥依古丽并辔驰骋着。阿斯哈勒极其不安地打量着奥依古丽。

木沙拜克、卡以夏等人越跑越近。

阿斯哈勒倏地拉住奥依古丽的马，威风凛凛地向她扬着拳头："记住我昨天夜里跟你说过的话，别答应当队长！"

奥依古丽抬起黑宝石般的大眼睛，凝望着他，没有回答。

他们四人骑在马上向会场奔驰。

会场上,选举正在紧张进行,三个花盘里的花朵相差不远。

奥依古丽和阿斯哈勒等人来到。

大家热情地招呼奥依古丽,并把她簇拥到候选人的位置上坐下。

努尔阿里等人谈论着:"沙的克精明能干,会写会算,他的脑子就是算盘,现在又是会计……"他们把手里的花朵投进沙的克身后的花盘。

一位斑白胡子的老牧民安泰和几位老年社员窃窃私议着:"唉,胡大,女人怎么能当队长!"

"是呀,母雁领头飞不远,还是选苏来曼吧,他现在就是队长,生产上有经验……"他们把花投进苏来曼身后的花盘。

乌买尔郑重地举着手里的花朵,走到他们面前,驳斥道:"我这一票投给把整个心交给草原的人!"他说完把一朵红花投进奥依古丽身后的花盘。

许多社员向奥依古丽身后的花盘投票。

花朵像雪片一样飘落在她身后的花盘内。

有人问:"奥依古丽,你投谁的票?"

奥依古丽转过身来。

阿斯哈勒紧张地注视着奥依古丽。

奥依古丽慎重地思考着。

哈思木和乌买尔等社员们注视着奥依古丽。

刘书记注视着奥依古丽。

奥依古丽望望沙的克、苏来曼,又望望刘书记和乌买尔,毅然把花投进自己那个花盘。

乌买尔不禁叫出声来:"好!奥依古丽,做得对!"

阿斯哈勒望着她,愣住了。

群众中各种不同的反应,有人点头,有人摇头:"她怎么投自己一票?"

阿斯哈勒愤怒地揉碎手里的花朵,扔在地上,转身离开会场。

哈思木悄悄退出会场,走向阿斯哈勒。

一棵塔松前,阿斯哈勒气咻咻地解着缰绳。哈思木拦阻他:"你怎么随随便便就走,不怕大家对你有意见?"

会场上传来刘书记的讲话声:"现在宣布改选结果,正队长——奥依古丽,副队长——苏来曼。"

一阵阵热烈的鼓掌声。

群众兴奋的声音："欢迎刘书记讲话。"

会场上，刘书记在讲话："同志们，今天我的心情和大家一样高兴，我也拥护奥依古丽当队长。"他说完赞赏地望了奥依古丽一眼。

奥依古丽朴实、谦逊地低着头。

刘书记接着往下讲道："从今天选举本身，我想到很多，有胡子的人都清楚，一个女人在草原上几百年来一直是什么地位……"

乌买尔激动地说道："我们祖先传下来有这么几句歌。"说着，弹起冬不拉唱道：

> 女人活着不如一匹马，
> 命运的铁链套在脖子上，
> 悲惨的命运谁作证？
> 只有满头的白发。

> 婚前被人当牲畜论价，
> 婚后被人当牲畜鞭打，
> 权利只有烧茶生孩子，
> 女人的地位和牲畜一样！

刘书记指着一些中年妇女："是呀，你们谁没有挨过丈夫的打！过去女人挨打的时候连抬头望一眼的权利都没有。可是今天，女人当队长了！"

大家都很激动，尤其是妇女们表现得格外明显。

刘书记："我为草原高兴，我为哈萨克民族骄傲！"他说完走到奥依古丽面前，恭恭敬敬地右手抚胸行了个民族礼。

奥依古丽连忙还礼。

鼓掌声，欢呼声。

奥依古丽激动地："这都是因为有了党呀！大家相信我，把草原的命运驾在我的脊梁上，我就得作一匹骏马，不能作一只驾不了辕的兔子！"她的声音不高，却很有力量。

热烈的掌声、欢呼声。

阿斯哈勒上马，朝草原深处、毡房聚集的地方驰去。

哈思木拍击着手里的鞭子,目送阿斯哈勒。忽然,他的手停住,低头凝视鞭子,思谋起来。

一根乌黑发亮、用羚羊腿骨做成的鞭子,上面精致地镶着银圈和红绿宝石。

哈思木抬起头,嘴角流露出一丝微笑。

哈思木家,一顶大白毡房内,家具讲究,但已陈旧,除了钢丝床和一些包银箱柜外,一切都被旧毯蒙住。哈思木的妻子正在罗面,一个五岁的男孩,衣衫褴褛,捧着银碗在吃酥油白面馕。

一阵急骤的马蹄声由远而近。

哈思木的妻子慌慌张张地藏起罗和面,夺过孩子手里的银碗和馕,塞在床底下。孩子哭起来。

马蹄声在门外停止。

哈思木的妻子立即拿起身边一个盛有炒麦子的木碗往孩子面前一塞,故意大声骂道:"这么好的炒麦子还不吃,饿死你!"

孩子哭得更厉害了。

哈思木掀门帘进来。

哈思木的妻子马上扔开木碗,从床底下拿出银碗和馕重新给孩子吃,孩子不再哭了。

哈思木吩咐妻子:"快,把咱们的好东西都摆出来,烧起大铜茶壶,铺上好地毯,煮肉,拿酒,我要请个重要的客人。"

哈思木的妻子诧异地走近他:"谁?"

哈思木:"一会你就知道了。"他看了看她的旧裙衫,"你换件衣服。"继而目光转向孩子,"给孩子也打扮一下。"

哈思木的妻子不明白地问:"什么重要客人,这么麻烦!"

哈思木扬起鞭子:"少问!叫你怎么做,你就怎么去做!   "

哈思木的妻子遵命忙碌起来。

哈思木的眼睛里放射出仇恨的火花,从牙齿缝里嗫嚅道:"脚底下的臭奴隶,还想踩到我头上来!等着瞧吧,赛马才开始,离终点线还远哪!"他说着攥紧手里的鞭子走出门。

夕阳。晚霞。金光闪闪的冰山雪峰。

阿斯哈勒在门口用力抡斧劈柴,不时抬眼心焦地张望天空和草原上的人影。

晚霞渐渐隐没,天山黑魆魆的巨影蔽翳了整个草原,暮霭开始笼罩,天空逐渐昏暗下来。

阿斯哈勒目送走了一对又一对弹唱着、说笑着回家的牧民,还不见他的妻子回来。远近散落的毡房无不炊烟缭绕。他扔掉手里的斧头,坐在地上拿出烟荷包,开始卷莫合烟。

毡房前拴在木桩上的小牛犊,由于吃奶的时间已过,饥饿地叫着。一头母牛"哞哞——"地答应着走过来。小牛犊望着母亲鼓胀的乳房,用力挣来挣去,终于挣断绳索,奔到母牛身旁,钻进母牛肚子底下衔住奶头,吮吸起来。

阿斯哈勒发现这种情景,突然对小牛犊升起一股无名火,他跳起来,冲过去,揪住小牛犊的耳朵,在它嘴上狠狠给了一巴掌,硬把它拽回原来的地方拴住了。接着他又把母牛拴在另一根木桩上,望望四周没有人,便回身冲到毡房门口,一脚勾起门帘,用力把它掀到毡房顶上,跨进门去拿出一个木桶,走到母牛身边,开始用他那双拙笨的手,不熟练地挤奶。他刚挤了一会,母牛就扭动屁股,不肯让他挤,他只好跟着它来回晃动,挤出来的奶汁没有流进木桶,流在他身上,他气得兜肚给了它一拳,想叫它老实点,哪知母牛不听他的话,反倒回敬了他一脚,把他连人带桶踢翻在地上,还调过头来想用犄角顶他。

"你反了!我打死你!"阿斯哈勒狼狈不堪地从地上爬起来,举起木桶要往牛头上砸,背后伸过一只手,挡住了他举起的木桶。

"大哥,你要是真打死它,公社可不会再给你一头自留牛啊!"

阿斯哈勒回头一看,是哈思木站在他背后,他把举起的木桶扔在地上了。

哈思木伸手搭在阿斯哈勒肩上:"大哥,你怎么干起女人的活来了?"

阿斯哈勒长叹一声,走进毡房。哈思木随他走进。

哈思木望望毡房四周,亲切地说道:"看你毡房里,灯没点,火也没升,你一定还没吃饭吧! 走,上我家去随便吃点。"

阿斯哈勒:"谢谢你,不啦。"

哈思木拉住他不放:"走吧,客气什么,大嫂在开队委会,还不一定是什么时候能回来。说真的,以后这种情况不会少,你习惯习惯吧,人一当上干部就更顾不上家啦。"

阿斯哈勒的心情原来就烦,又经哈思木在火头上浇了一勺油,他在家里再待不住,便跟哈思木走了。

月夜,一片乌云滚过来遮住了明媚的月亮。

草原上,一堆篝火燃得正旺。

篝火旁,刘书记、奥依古丽、苏来曼、乌买尔和沙的克在开队委会。刘书记笑着说:"就这些? 再没有别的要求了?"

奥依古丽:"没有了。"

刘书记:"都满足你们。割草机明天一清早送到;种羊和技术员给你们最好的。奥依古丽,明天你自己到公社去挑。"

奥依古丽:"把沙法尔同志给我们吧!"

刘书记:"嘀,你这个女队长倒真厉害呀,一挑就是模范技术员。好,给你们,希望你们鼓足干劲往前追,很快从全公社最落后的一个生产队,变成先进队!"

奥依古丽点点头。

苏来曼:"刘书记,刚才奥依古丽提出还要改良绵羊品种和搞人工配种,这个事是不是再考虑考虑,我们不能忘记三年前那次失败的教训!"

奥依古丽:"副队长,三年前那次失败的原因很多,首先是那个技术员不负责任造成的。"

刘书记:"是呀,改良品种和人工配种已经证明是个很重要的丰产经验,不过,副队长,你们还可以多研究。"他望望天色站起来,"今天的会就开到这里吧。希望你们先在割草机和改良品种、人工配种上,打个漂亮仗!"

其余的人也都站起来。

等苏来曼和沙的克走了,刘书记忽然向奥依古丽问道:"你怎么会想到投自己一票的?"

奥依古丽:"草原的缰绳一定得捏在党的手里,我不当谁当!"

刘书记满意地握了握她的手:"好!"

奥依古丽有点胆怯地望着刘书记和乌买尔:"刘书记,乌买尔老爹,你们说我能搞好这个工作吗?"

乌买尔充满信任地:"孩子,山鹰矫健的翅膀都是飞出来的。"

刘书记:"说得对!最要紧的是认清方向,只要方向认准了,就坚决大胆地往前飞!党和大家都在支持你,我相信你的翅膀是坚硬的,不会被狂风暴雨折断!"

奥依古丽聚精会神地听着,眼睛里放射出坚强的光芒。

刘书记:"不过,奥依古丽同志,也应该看到你脊梁上要拉的车很不轻,要走的路也很不平哪,特别你又是第一个女队长,困难会更多……"

奥依古丽深思着。

刘书记:"要多和党小组长乌买尔老爹商量,有什么困难,尽量找我,我也会常来的。许多事情咱们以后慢慢谈吧,现在你该回去了,阿斯哈勒一定在等着你给他做饭呢!"

阿斯哈勒的毡房里,说笑声很热闹,卡以夏领着一帮妇女在帮做家务事。

卡以夏在切肉,几个妇女在烧火、煮水、和面……

一个姑娘唱着歌从门外提着挤好的一桶奶进来。

卡以夏向妇女们："以后,队长的这些家务事,我们几个人全包了,同意不同意?"

妇女们："同意。"

卡以夏向进来的那个姑娘："沙吾列,你在外面没看见阿斯哈勒?"

阿斯哈勒在哈思木家里喝酒。

哈思木的毡房变得几乎认不出来了,墙上地上都是崭新的挂毯和地毯,四周是包银的箱柜、镀银的马鞍、手摇缝纫机、银酒壶、银碗银盘、大铜茶炉……

哈思木用银酒壶斟了一碗酒,双手敬给阿斯哈勒。阿斯哈勒接过银碗大口喝干,抹抹嘴唇和胡子,从他通红的脸、发红的眼睛和胀起的血管看得出,他已经喝了不少。他抬起眼睛环视着四周,四周华丽的什物在他眼前晃动,闪耀着诱人的银光,诱惑着他的心。他默默地看了一阵,眼光开始转向打扮漂亮的哈思木的妻子及小骑士模样的哈思木儿子身上。

他良久地凝望着, 眼前闪现出一种幻觉……这个富裕的家庭变成了他自己的家;哈思木的妻子的脸变成了奥依古丽的脸;哈思木儿子的脸模模糊糊地变成了他自己想象中的儿子的脸。他完全沉浸于自己向往的家庭里了。

哈思木那双狼一样尖利的眼睛没有离开过阿斯哈勒的脸,没有放过他脸上每一个细微的表情。

"阿斯哈勒大哥,你在想什么?"哈思木说着,又给他斟了一碗酒。

阿斯哈勒从幻想中醒过来,望望哈思木亲切的笑脸,长叹一声,夺过酒又是一饮而尽,接着吃了一块肉,满怀感慨地说道:"鸟儿到处衔草,为的是筑个温暖舒服的窝巢呀……"

哈思木:"你的家不错嘛,你劳动是草原上数一的。"他在阿斯哈勒眼前翘了翘大拇指,"奥依古丽大嫂是草原上最漂亮的一朵花,一双手又能干,凭你们两口子还建立不起一个富裕美满的家?"

哈思木的妻子:"前几年你们不是置办了好些东西,你也快当爸爸了吗?唉!要不是那年奥依古丽非要和大家一起跳到山洪里去抢救牧业社的羊群, 她不会流产,你的孩子今年也有两岁啦。"

阿斯哈勒的脸痛苦地扭曲着。

哈思木:"大哥,孩子倒不用发愁,你们都还很年轻。更要紧的是心哪!"

阿斯哈勒深深叹了一口气:"人家那颗心跳到毡房外面去啦。"

哈思木故意地:"你这话什么意思? 我不明白。"

阿斯哈勒:"奥依古丽把整个心交给草原,再不操心自己家的锅啦!"

哈思木的妻子："那就把跳出去的那颗心拉回来呗。"

阿斯哈勒的情绪被挑起："说得容易，"他掰指计算起来，"她干活不计工分，自己掏钱买药给社里的羊治病，把家里的被子大衣拿出去给社里的羊羔盖……她这么干，我哪回没拉过她？"

哈思木的妻子："还是你没拉住呀！"

哈思木故意挥鞭责妻："你懂什么！少多嘴。臭娘们，一天不用鞭子抽着点，身上就痒痒。"继而转向阿斯哈勒，"这可是大嫂的一条大优点啊。看你们家挂了多少模范奖状！"

阿斯哈勒心里的火烧得更旺了："别提啦！"

哈思木态度诚恳地说："你要真想发家，就应该趁早想办法争取她那颗心。你要明白，当干部是牺牲自己为人民服务的事。"他含蓄地不再说下去了。

阿斯哈勒："你说怎么办吧！"

哈思木为难地一笑："这话我不好说，大嫂是队长，我是她领导下的一个兽医……"

阿斯哈勒："什么领导不领导，管他，你说。"

哈思木要讲又停住："嗨！还是把嘴锁住好，没有不透风的毡房。我说了要是传到大嫂耳朵里，又要联系到我那倒霉的家庭出身了，我就是端上一盘酥油馕，人家也会当成牛粪哪……"

阿斯哈勒急不可耐地："你的肠子拐弯太多了，这几年你满山遍野地跑着给牲畜治病，谁看不见，我看你就不错。"

哈思木："那好吧，我说……"

奥依古丽在草原上奔驰。

她在自己的毡房前下马，掀开门帘一看，惊讶得怔住了。

毡房里不但饭菜齐备，连餐布都铺好了。卡以夏和沙吾列等妇女们站立两旁笑望着她。

奥依古丽感动地扑过去拉住卡以夏和沙吾列，向妇女们说："谢谢你们！"

这时，她想起阿斯哈勒，不安地环顾着四周。

卡以夏猜透了她的心事，关切地说道："你在家等着，我们去把阿斯哈勒找来。"她说完向门外走去。

奥依古丽："谢谢你们，不用啦，我自己去找。"

哈思木家。

哈思木拍拍阿斯哈勒的大腿,慷慨地说:"大哥,只要你把她那颗心拉回来,别的就都好说了,比方说,你需要什么东西,只要我这里有,你尽管拿,我是个宽袖大摆的人。"

阿斯哈勒:"谢谢你的好意,叫我穿别人的狐皮袍,我宁愿披自己的破棉袄。我有两只有力的臂膀,愿意像蜜蜂一样,用自己辛勤的劳动来采集蜂蜜。"

哈思木翘翘大拇指:"你这种高贵的品格,我从心里佩服。"继而,他端起银碗斟上酒,"我们祖先有句话:只要想办法,冰雪也能点着。"

阿斯哈勒信心十足地捻捻两撇羊角胡。

哈思木把酒碗敬给阿斯哈勒:"我预祝你的理想早日实现!"

阿斯哈勒接过碗一饮而尽:"谢谢。"他放下碗,略有醉意地站起来,"我该回去啦。"

哈思木也站起来:"大哥。"他把那根银光闪射的鞭子,双手捧送到阿斯哈勒面前,"你不是很喜欢我这根鞭子吗?"

阿斯哈勒喜爱地望着鞭子。

"为了表示我对你的一片诚心,按草原上的习惯,请你收下我心目中最珍贵的这点东西。"

阿斯哈勒习惯地推开礼物:"这么贵重的东西,不……"

哈思木再一次送上:"你看不起我?"

阿斯哈勒:"哪儿的话。"

哈思木第三次送上:"收下吧,大哥,愿我们像在一个毡房里剪下脐带的弟兄一样亲密。"说着把鞭子放在阿斯哈勒手上,走到门口掀门帘。

阿斯哈勒拿着鞭子,走向门口,由于酒喝多了,他的脚步有点不稳。哈思木乖觉地扶住他:"我送你回去。"

阿斯哈勒推开他:"不,我自己能行,再见。"他把鞭子往靴子里一插,出了门。

阿斯哈勒走进自己的毡房,往床上一坐,把鞭子往枕头下一搁,开始脱靴子。

奥依古丽走进来:"你上哪儿去了?"一边解释着,"我在开队委会,会一完就赶着回来了。"她上前去帮他拔靴子,被他就势一脚蹬倒在地上。

"你还回来干什么?"阿斯哈勒把马靴一扔,赤脚站在地上,讽刺地模仿她的口气,"'我得作一匹骏马','我得作一匹骏马',作你的骏马去吧!我需要的不是骏马,是老婆!"

奥依古丽抑制着自己的激动:"大家选了我,我不能用别的话来回答大家。"

阿斯哈勒："你是想在羊群里跑骆驼，有意显示自己！草原上的第一个女队长，哼,多神气呀！"

奥依古丽一怔："你怎么会这么想？"

阿斯哈勒愤怒地："昨天夜里我怎么跟你说的？你倒好,还投自己一票。"

奥依古丽走向阿斯哈勒："我不能看着草原的缰绳落到沙的克这样一个商人出身的人手里。"

阿斯哈勒："那苏来曼呢？他总是放羊人出身吧？人家原来就是队长,哪点不比你强？"

奥依古丽："他不管什么事总是,'算了吧,何必呢？大家吃的是一条河里的水……'"

阿斯哈勒议论地："别人都是乌鸦,就你是山鹰！"

奥依古丽："我从来没这么想,你听我说……"

阿斯哈勒背过身子躺下了。

奥依古丽耐心地劝说道："不要这样，我们的眼睛不能光看自己一顶小小的毡房,要看到大家,把整个草原当成自己的家。"她说着坐在床沿,伸手去扳阿斯哈勒的肩膀。

阿斯哈勒背对着她,一挥手,无意中手背恰好打在她的下巴上。他欠起身来,歉疚地望了她一眼。

奥依古丽捂着下巴站起来,愤懑地离开了帐幔："我刚当上队长,好多事情不懂不会,满心盼着你能帮我一把,可你……"

阿斯哈勒跳起来："这辆车是你自己架在脊梁上的,拉得动拉不动你一个人顶去吧,跌倒,趴下,压断脊梁骨也活该,甭想指望别人帮忙！"说完,拉拢帐幔又躺下了。

帐幔外,奥依古丽心情沉重地坐在那里……

沉默。

帐幔里,阿斯哈勒心烦意乱地在枕头上翻来覆去,他希望她大哭一场,然后跑过来求他饶恕,同他和解。但是奥依古丽没有哭,没有跑过来。他憋不住了。她究竟是他唯一心爱的女人啊！他放开枕头,转过身来,轻轻伸手拨开帐幔,通过一条小小的缝隙,悄悄窥视着。

奥依古丽静静地坐在那里想什么。

他望着她。刹那间,……八年前他们新婚之夜,奥依古丽穿着新娘的衣裳,被揭开面纱时那张美丽、温柔而幸福的笑脸闪现在他眼前。

阿斯哈勒心软了,他再也躺不住,轻轻跳下床,踮着脚走过去,坐在她身旁,一把搂住了她。

阿斯哈勒疼爱地："别傻啦,你睁开眼睛看看,草原上像你这样的傻瓜有几个？宰羊吃的时候尽挑瘦的,抱羊洗澡的时候倒尽拣肥的。"

奥依古丽没有做声。

阿斯哈勒:"还记得八年前刚结婚那夜,我们一块把手抚在心口上说过的话吗?我们俩的心永远紧紧贴在一起,一定要把日子过得更富更好。"

奥依古丽默默地听着他的话。

阿斯哈勒:"前些年,我们省吃俭用地干着,总算有一百来只羊了,可后来一成立牧业社,你就变了;去年公社成立,你的心干脆跳出毡房,把自己的家扔到一边啦。"

奥依古丽:"那是因为我懂得了:锅里没有肉,勺子也不会舀上,你好好想想,要是没有牧业社,没有公社……"

阿斯哈勒激动地:"可锅里有了肉,你又净让别人的勺子先舀!"

奥依古丽:"让别人先舀有什么不好?"

阿斯哈勒愤然地:"好!好!等别人把锅里的肉都舀完了,你喝汤去吧!你把毡房也让给别人,自己住到外边去更好!"

奥依古丽:"需要的话,我也愿意那样做。"

阿斯哈勒跳起来:"我不愿意!"

月亮已经离开毡顶拱顶偏往西方了。奥依古丽起身温和地说道:"睡觉吧,明天还要打草,我希望你先好好劳动,别的咱们以后慢慢谈。"

阿斯哈勒拉住她的手执拗地:"不,现在就谈!别当队长啦。啊?那是吃力不讨好的活,费的劲大,挣的工分少,操心又多,搞不好把自己累趴下了,大伙的意见还能把你的肚子胀死!"

奥依古丽沉思着,她在考虑怎么说服他。

阿斯哈勒以为她心动了,便进一步争取她:"从今天起,咱们俩重新好好过日子吧。我什么都能干,我有三个人的力气,你也不差,咱们俩一边在队上好好劳动,一边把自留牛、自留羊快快发展起来。你看人家哈思木家里,要什么有什么。咱们再生个儿子,让他脚一落地就穿上亮锃锃的小马靴,别像我们似的,到结婚那天才脱下皮窝子,我还要把你打扮得漂漂亮亮的……"他激动地注视着她那双黑宝石般的眼睛,殷切地期待着她的回答。

奥依古丽:"不要眼红哈思木家里那些东西。你是解放那年才到我们这个部落来的,你不摸底,他家里那些东西都是用我们穷人的骨髓油换来的!"

阿斯哈勒:"谁的骨髓油我也不要,我凭自己的两只胳臂,能过得更富!"

奥依古丽摇摇头。

"你不信?咱们试试看!"

奥依古丽:"就是能,也不应该这么想。"

阿斯哈勒:"为什么?"

奥依古丽眼睛里放射出光芒,她充满理想地说道:"人不能像狼一样只为自己,我们应该多想想大家,想想怎么能使草原上和我们一起在鞭子底下长大的穷苦弟兄都过得更富,你明白吗? 这是我走到草原上,心里常想的。正是为了大家,我才出来当队长。"

她的话吹凉了阿斯哈勒的心。他走开,生气地咆哮起来:"你就知道大家! 大家! 等大家过得更富了,我们自己早埋进黄土啦。"

奥依古丽:"也许。不是已经有许多人为了让我们不再挨鞭子,埋进了黄土吗? 就说刘书记吧! 他为什么愿意到我们这穷山窝里来? 再看乌买尔老爹,他胡子都白了,又有两个儿子在乌鲁木齐当干部,生活很好,为什么他还一定要在公社里参加劳动,还上雪山打猎给公社搞副业呢? 我愿意踩着他们的脚印走,像他们一样为了大家……"

"又是大家,既然你把心交给大家了,你就跟大家过去吧!"阿斯哈勒指了指门,指指自己,叱咤道,"别跟我过!"

他一掀帐幔,大步走到床边,又独自躺下了。

摆荡不停的帐幔。

奥依古丽走到帐幔前,犹豫地望了片刻,毅然地转身离开帐幔,迈着刚毅的脚步走出毡房。

月夜,乌买尔和卡以夏在守卫羊群。乌买尔弹唱着:

白绵羊的肠子哟,
做成了我冬不拉的琴弦,
牧马人唱出了,
对党感谢的语言。

天上的星星离着月亮近,
哈萨克和共产党比它亲,
星星只能给月亮做陪衬,
哈萨克和共产党心连心。

奥依古丽走向他们。

旭日东升。灿烂的阳光透过薄薄的云纱,撒在露珠滴滴的草原上。奥依古丽和大家一起在用钐镰割草。

木沙拜克驾驶着马拉割草机在割草。

大家望着马拉割草机，兴高采烈地欣赏着，评论着。

"公社化了是不一样，看，这玩意儿多带劲。"

"多来几台就好啦！"

奥依古丽激动地："会多来的，咱们公社成立才一年嘛。"

乌买尔："再来就不一定是用吃草的马拉啦！"

苏来曼："那用什么马拉？"

乌买尔诙谐地："喝汽油的马呗。"

众人大笑。阿斯哈勒也笑了。

奥依古丽擦擦汗放下钐镰，走向乌买尔和苏来曼："我这就去公社领种羊、接技术员，三两天回来，你们带领大家割草吧。"

沙的克和哈思木在一旁注意地听着。

奥依古丽上马，奔驰而去。

割草场上人们正在紧张地割草、拉草和垛草。

木沙拜克驾驶着马拉收割机一马当先，走在最前面。一心和割草机竞赛的阿斯哈勒，挥舞着钐镰在旁边紧紧尾随。他穿着一件薄薄的绣花衬衣，很有节奏地舞动着肌肉发达的胳膊，他的钐镰过处，草一排排整齐地倒下。

乌买尔和另一个社员忙不迭地把他割下的草拉运走。

卡以夏、沙吾列等一些年轻人被远远地落在后面了，他们虽然干得很卖力，一个个面孔血红，汗流浃背，拼命想撵上阿斯哈勒，却办不到。相反因为他们过分紧张，手里的动作一乱，落得更远了。只有沙的克、努尔阿里等懒懒散散地割着，心甘情愿地落在最后面。

乌买尔看到大家劳动的热情，望望当空的日头，走到苏来曼面前，和他说了几句什么。

苏来曼放下钐镰，高喊道："休息，大家吃午饭吧。"

阿斯哈勒停止挥镰，回过头来，他那满面红光的脸上荡漾着劳动后愉快的欢笑。

卡以夏等年轻人争先奔向阿斯哈勒，异口同声地高喊道："阿斯哈勒大哥，你真能干，教教我们吧！"

阿斯哈勒笑着擦擦汗，披上棉衣。

树阴下，大家在喝马奶子。

阿斯哈勒坐在乌买尔旁边磨钐镰。

木沙拜克敬给乌买尔一碗马奶子："老爹，您请喝。"

乌买尔接过碗,转敬给阿斯哈勒:"来,咱们的割草能手,请你喝。"

这是很大的光荣啊,阿斯哈勒笑着接过碗喝光了。然后他按照草原上尊重长辈的习惯,转身斟了一碗马奶,回敬给乌买尔。紧接着,木沙拜克、卡以夏、沙吾列等年轻人轮流着向阿斯哈勒敬马奶子,弄得他应接不暇,喝了一碗又一碗。雪白的奶汁顺着他的嘴角和敞开的衣领,不断淌到他那健壮宽阔的胸脯上。

"阿斯哈勒——!"有人叫他。

他捻捻胡子应着声音望去,看到远远一棵塔松下,努尔阿里在朝他招手。他扛起钐镰走过去。

孤零零的一棵塔松下,努尔阿里在吃饭。阿斯哈勒走过来。

努尔阿里拍拍草地:"你干吗使这么大力气干?想当模范?"

阿斯哈勒:"我一干起来就这样。"

努尔阿里:"留点力气吧,你干得再多还不是队里的!"

阿斯哈勒低头磨镰,没说话。

对面的森林里。沙的克膝盖上摊着账本,左手拿着一百元人民币,右手执着钢笔犹犹豫豫地在账本上写上"8月11日生产队卖草两车共计壹百元"几个字,然后把笔往耳朵上一架,用商人习惯的动作,数着那一叠人民币。

哈思木像蛇一样无声无息地来到他背后。他没有察觉。哈思木没惊动他,弯下腰,探头从后面默默地窥视着账本上的字和他每一个细微的表情和动作。

沙的克数完钱,把它装进自己的衣兜,接着迅速从另一个口袋掏出退字灵,拧开瓶盖,熟练地抹掉那行字。哈思木一下按住他的手。

沙的克惊慌地回过头:"谁?"他两手颤抖,鼻尖上立时渗出一粒粒豆大的汗珠,脸色也发青了。

哈思木冷笑地:"自己锅里煮的什么肉,你自己明白。"

沙的克扔掉手里的东西,转身趴在哈思木脚下:"我求求你,……求求你……"

哈思木不动声色,目光严厉。

沙的克机智地从衣兜里摸出那一百元人民币来。哈思木不屑地摇摇头,推开他的手。

沙的克急得不知怎么办好了,苦苦哀求道:"救救我,哈思木,咱们总还算是亲戚,你别搬起石头来砸我,……可怜可怜我,我不过是想弄点零钱花……"

哈思木坐下来:"唉,你的胆子也太大啦,要是碰上他们,对你可不会客气。"他朝山下的乌买尔等人努了努嘴,接着望望四周,把账本等东西一一拾起还给沙的克,

"还不快收起来！"

沙的克感恩不尽地收起东西："我一定要天天为你祈祷,祈求万能的真主保佑你。"

哈思木意味深长地："保佑我和你。"他挪近一步,十分关切地问道,"告诉我,你打算怎么做,说不定我还能帮你出点主意。"

沙的克激动地拉住他："那太好啦。"继而,他往哈思木身边挪了挪,开始对哈思木托出内心的隐秘。

"我给队上联系了两车草的生意,明天人家来拉。我现在打算自己找两个人打草卖,这钱嘛,我跟他们平分。"沙的克指指装钱的衣兜,"你看找谁合适？"

哈思木："我看阿斯哈勒最合适。"

沙的克："对,他力气大。可是阿斯哈勒会干吗？"

哈思木肯定地："那就看你的舌头啰！"

沙的克很有把握地拍拍胸脯："我的舌头能锯断铁棍！"

哈思木忽然摇摇头："我要是你呀,就不贪这回的几十块钱,往后有的是机会。聪明人要会拿别人去试刀口。"

沙的克迷惑了："怎么？"

哈思木："再退一步说,就算你一时逃过奥依古丽的眼睛,弄到几块银子,又有多大好处！也不过是一点零花钱,还得老提着心,怕半夜有人敲门。"

沙的克："那依你看呢？"

哈思木："要做整个银山的主人,才能永远受用不尽哪。"

沙的克："这是不可能的,草原的颜色不会再变啦。"

哈思木："光知道祈祷真主当然不可能,要是你能把草原的缰绳掌握在你的手里嘛,情况就不一样啦。"

沙的克："不行呀,你没见选举的时候……"

哈思木："别看你是商人出身,你还不大会做买卖呀。"

沙的克："你这话什么意思？"

哈思木："咱们以后再谈吧,你不是还想要几头羊吗？"

沙的克："是呀,这两天城里羊肉私下都卖这个价了。"在袖袢里比了个数,"我想……"

哈思木："我给你弄了两头病羊,还放在老地方,你取去吧。"沙的克站起来,感激不尽地："你真是大圣人哪。"

哈思木："要小心点啊,别留下脚印。"

沙的克点头。

哈思木："你什么时候上阿斯哈勒那儿去？"

沙的克:"今天晚上。"

阿斯哈勒的毡房里。没有点灯。沙的克、努尔阿里和阿斯哈勒围火而坐。

阿斯哈勒的目光凝聚在颤动不停的火焰上,他的左耳边是沙的克的声音:"别死心眼啦,草是真主赐给的,又不是队里种的,凭自己劳动打点卖,有什么不合适?!"

阿斯哈勒的右耳边是努尔阿里的声音:"今天你给队上打草,一个人干了三个人的活,只要你多少匀出点力气就全有啦。"

沙的克的声音:"一个劳动日才一块多钱,干这么一回,可是几十块钱啊。"

努尔阿里的声音:"别傻啦,沙的克好不容易给我们俩弄一块肥肉,眼看到嘴边了你还不吃?"

他们两个人左一句右一句,一起向阿斯哈勒进攻。他们的话像蛀虫一样蛊惑着他的心。正在他考虑的时刻,沙的克已经把那一百块钱掏出来放在他手上了。

长满松林的山坡下,阿斯哈勒和努尔阿里装完草,从大车上跳下来。

大车开始走动。

乌买尔在山坡上看见大车。

阿斯哈勒和努尔阿里扛起钐镰刚上马,乌买尔飞驰过来。

乌买尔指着脚下割过的草地,质问道:"这是怎么回事?"

努尔阿里支支吾吾地说不出话。

阿斯哈勒大大咧咧地答道:"我们卖了两车草。"

乌买尔:"你们怎么能做出这样的事情来!"

阿斯哈勒:"草是真主赐给的,又不是队上种的,我们靠自己劳动割点卖,怎么不行?"

乌买尔:"草是集体的。我不信你们连这一点都不明白。"

努尔阿里嬉皮笑脸地哀求道:"是,是,我们错了,乌买尔老爹,碰巧遇上这么一回,您帮帮忙,一闭眼睛叫我们过去算啦。"

乌买尔:"不行。"

阿斯哈勒扛起钐镰上了马,不服气地抢白道:"给队上割草的时候,我一个人割的最多,乌买尔老爹,我没有吝惜过力气吧?"

乌买尔:"不错,你是割的最多,大伙评工分的时候不是也给你评的最高吗?"

阿斯哈勒没有话可说了,他在喉咙里嘟囔着什么,一夹马肚跑掉了。

努尔阿里上马追阿斯哈勒去了。

乌买尔策马追上他们,紧挨阿斯哈勒:"奥依古丽要回来了,看你怎么见她!"

大车已经驰行在盘旋的下山路上。

奥依古丽骑着马正好遇上这两辆拉草的大车。随在奥依古丽身后那辆拉着种羊的汽车和拉草的大车相错而过,各向自己的方向驶去。

奥依古丽怀疑地回头望了一眼那拉草的大车。

奥依古丽来到挂着写有"人工配种站"木牌的屋前。

哈思木第一个跑上前来,如逢至亲似的迎接她,帮她把马拴在木桩上,指着接踵而至的卡车说:"这就是公社给我们的种羊?"

奥依古丽:"嗯!"

哈思木有意地赞扬道:"人民公社是有优越性。"

奥依古丽没有理会他,忙着去招呼卸种羊。

社员们闻讯赶来,争着卸车看羊,议论纷纷,赞赏不绝。

"看它,简直赶上小牛犊了。"

"瞧它这身毛多厚!"

"是得改良品种呀,要是咱队的羊全成了这样的,羊毛就能堆得天山一样高啦。"

几个没羊高的孩子,钻到前面来,拉拽弯弯的羊角,爬到羊背上。

奥依古丽指着一个年轻英俊而又端庄的小伙子向大家介绍道:"这就是新来的技术员沙法尔同志,咱们改良品种靠他啦。"

众人纷纷上前向沙法尔问好。

哈思木热情地上前握住他的手:"嗬,沙法尔同志,是你呀!光听说刘书记要派个技术员来,没想到是你这位大模范,太好了,今天晚上请到我家去吃饭。"

奥依古丽:"今天晚上沙法尔同志在我家吃饭,我们还要谈谈工作。"

哈思木:"那明天上我家去。"

奥依古丽关切地问道:"哈思木,这几天队里割了多少草?"

哈思木:"具体数字说不清。这几天我一直在这里忙。反正比往年多,大家的积极性都很高。"

奥依古丽又问:"卖了两车草?"

哈思木故作惊诧地把她拉到一旁,压低声音说道:"你怎么知道卖草的事?"

奥依古丽本来并不知道什么,只不过是路上遇见了那两车草,信口问问。现在哈思木那番异样的神色,使她感到出了什么事。她的脸色陡然严肃起来,正要细问,哈思木沉重地叹息了一声开口了:"你先别难过,队长,听到的话不一定可信。我就不相信阿斯哈勒会偷卖队里的草。"

奥依古丽震惊地想说什么,又煞住了,她转身到木桩前解开缰绳,骑上马,向割草场驰去。

哈思木望着她的背影,眼睛微眯着,从浓密的睫毛间喷射出恶毒的光焰。

奥依古丽离割草场还有一段距离时,远远望见人们围挤一团,隐隐约约听见人们在纷乱地说话,只是离得远,听不清人们在吵吵些什么。她快马加鞭地向人群驰去。

割草场上。

苏来曼看到奥依古丽渐渐驰近的身影,驱散大家:"算了吧,何必呢?大家都是吃的一条河里的水。"

有些社员懒懒散散地拖着钐镰去割草。

阿斯哈勒抡起钐镰开始割草。

乌买尔、木沙拜克和卡以夏等一些社员不满地围住苏来曼。沙的克不安地凑上去。

乌买尔:"副队长,闭上眼睛的猎人可是草原上的罪人哪!"

卡以夏:"副队长,你还有没有原则性?"

沙吾列:"不管碰上什么问题,你都是这么不负责任的态度。"

木沙拜克:"让队长来评评理。"他说着要走。

苏来曼拦住他:"小伙子,要通点人情,队长刚回来,就让她歇歇腿也应该嘛!这事又不是出在别人身上,你们不是存心跟队长过不去吗?"他正说着,奥依古丽来了,他立即笑着迎上去,"队长,你回来啦?"

沙的克:"队长,你辛苦啦!"

奥依古丽急切地问:"刚才你们说什么事?"

苏来曼竭力掩盖地:"没什么,一点小事。"

沙的克附和着:"是呀,一点小事。"

一阵沉默。人们望望风尘仆仆的奥依古丽和执拗的阿斯哈勒,从照顾奥依古丽出发,大家不再说什么了。

乌买尔:"先割草吧,这事以后再谈。"

大家本来已经转身,准备走散,偏偏奥依古丽不肯罢休。

奥依古丽:"等一等!"

大家惊奇地回过头来。阿斯哈勒态度傲慢地望着奥依古丽。

奥依古丽急切地走到阿斯哈勒面前，两眼直勾勾地望着他的眼睛，低声问道："你卖草了？"

阿斯哈勒："卖了又怎么样？算我今天没上工，我不要队上的工分还不行？"

奥依古丽的眼光立刻严厉起来。她恳切而认真地说道："这不是几个工分的事情。"

阿斯哈勒的态度相当蛮横："别拣到一块小石头当大山！"

大家的眼光聚集到奥依古丽脸上。

奥依古丽义正词严地说："你错了，这不是一块小石头。"

乌买尔点点头。

卡以夏激动地支持奥依古丽："对呀，要是阿斯哈勒和努尔阿里可以不上工，随便私自打草卖，别人也会这么干的。大伙要全像他们那样，队上的生产还搞不搞？"

群众激动的议论声。

苏来曼挤眉弄眼地向卡以夏示意说："胡子上的饭粒吃了也填不饱肚子，阿斯哈勒大哥没少干活，他卖草也是头一回，只要往后再不卖就对了。"他开始哄散大家。

有些社员带着不满的情绪走散。

阿斯哈勒、努尔阿里轻松地走开。

乌买尔和卡以夏、木沙拜克、沙吾列走向奥依古丽，张口想说什么又止住。

一场风波似乎已经平息下去。突然，奥依古丽愤然大声喊道："回来，大家都别走，这件事情决不能这么算了！"

阿斯哈勒羞恼地回过头来。努尔阿里惊恐地回头。

卡以夏等人兴奋地拉住奥依古丽的手。

木沙拜克等人激动地低声交谈。

乌买尔连连点头，他望着奥依古丽，眼睛里流露出赞扬的目光。

社员们在纷纷议论，他们脸上荡漾着满意的笑容。

走散的人们又围拢来。

奥依古丽面向大家："他们卖的是集体的草，应该把钱拿出来！大家说对不对？"

社员们异口同声地："对呀！应该把钱拿出来！"

奥依古丽走到阿斯哈勒面前："拿出来吧。"

沙的克注视着阿斯哈勒。

努尔阿里望着阿斯哈勒。

阿斯哈勒不理不睬地仰望着天空。

奥依古丽转向努尔阿里，口气和缓地劝着他："努尔阿里大哥，别老低着头看自己脚边的一点草，要抬起头来，眼睛往远处看。"

努尔阿里把嘴往阿斯哈勒那边一努："他交我也交。"

社员们望着站在阿斯哈勒面前的奥依古丽。

哈思木骑马来到。

卡以夏望着阿斯哈勒,不满地轻轻嘀咕道:"真落后,真顽固!"

奥依古丽不可抗拒地喝道:"交出来!"

阿斯哈勒把手往皮带上一插:"我不交,你能把我怎么样?"

乌买尔:"阿斯哈勒——!"

"不交?"阿斯哈勒蛮横的态度把奥依古丽惹火了,她考虑了一下,肯定而坚决地,"那就记上账,分配的时候扣!"

社员们热烈赞同着。

奥依古丽转向大家:"乡亲们,咱们搞生产,好比挤牛奶,决不能光管挤奶,不看桶底漏不漏。"

努尔阿里走向阿斯哈勒,惊慌失措地和他商量起来。

奥依古丽:"不这么做,咱们队永远富不了。说起来,队上富了还不是大伙的!"

卡以夏和木沙拜克等社员无不点头称是,大家一面赞同,一面交头接耳谈论着。

"咱们没选错人。"

"奥依古丽的心真是金子铸成的呀!"

"可不,当队长的人就得像她那样没有私心。"

努尔阿里把钱交给奥依古丽。

大家注视着阿斯哈勒。

哈思木注视着阿斯哈勒。

阿斯哈勒在众人的目光下,也只好把钱掏出来,但是他没有交到奥依古丽手里,而是往她脚下一扔,转身大步走掉了。

一叠人民币在奥依古丽脚下散落。

"什么态度!"群众愤懑地议论着走散了。

卡以夏、木沙拜克等一些年轻人把钱拾起来交给奥依古丽。

奥依古丽被热烈欢迎她的群众包围起来。

幽静的野果林里。

阿斯哈勒任马踯躅着。马蹄声单调、沉闷而又拖沓。

夜降临了。

黑魆魆的野果林里,山鸟啼鸣着回巢了,猫头鹰开始出来活动。

阿斯哈勒还没有回家。

从毡房聚集的地方传来牧民们吆喝牲畜归圈的声音。

牲畜欢嘶的声音。

接着是奥依古丽焦急呼唤的声音："阿斯哈勒——！阿斯哈勒——！"

阿斯哈勒懒懒地挺起身躯，用鞭子在马头上拍了一下，马开始向毡房聚集的地方移动。

阿斯哈勒走出野果林，向离毡房聚集处不远的山溪走去——这是从野果林到毡房群必定要经过的一条河。

潺潺的山溪旁。

哈思木的妻子提着水桶，却不打水，只是扭动脖颈，不停地东张西望。

阿斯哈勒骑马来到河边，正要蹚水，被哈思木的妻子热情的声音叫住。

"阿斯哈勒大哥，你怎么才回来？"

阿斯哈勒"嗯"了一声，策马蹚过河来。

哈思木的妻子走到他面前："你不知道家里有客人？"

阿斯哈勒："客人？谁？"

哈思木的妻子："新来的人工配种技术员沙法尔呀！得了吧，我不信你真不知道。"

阿斯哈勒的眼睛睁大了。

哈思木的妻子伸出两个指头，晃动着说："他们俩早就认识，都是党员，都是公社模范，去年一块在县里开过先进生产者会议，这回又要一块在队上工作了。大嫂可高兴啦。"她瞟了阿斯哈勒一眼。

阿斯哈勒的脸色很难看，没有说话，两腿一夹马肚，朝远方驰去。

哈思木的妻子笑着提起水桶，跑回自己的毡房。

哈思木的毡房前。

哈思木急切不安地来回踱步。

哈思木的妻子跑来，在他耳边低语了几句。

哈思木得意地笑着朝阿斯哈勒毡房的方向指了一下。

哈思木的妻子领会地朝那边跑去。

奥依古丽在自己毡房里招待沙法尔。

地毯上铺着洁白的绣花餐巾，上面放着肉、包尔沙克①、奶疙瘩等吃食。

---

① 包尔沙克：一种油炸面果。

沙法尔坐在上座,奥依古丽坐在女主人的位置上。她盛了一碗肉汤递给沙法尔。

奥依古丽:"去年在先进生产者会议上,好几个先进队介绍丰产经验,都有改良品种和人工配种这一条,那时候我就盼着能在我们队重新开展这个先进经验。"

沙法尔:"这是丰产很重要的经验,好多队几年前就开展了。"

奥依古丽:"是呀,就是我们队自从三年前失败以后,再也开展不起来,大家思想通不过。这回我决心不管再难也要搞下去,想起这个,我一夜一夜睡不着呀!"

沙法尔:"咱们一块搞,不但要搞起来,还一定要搞好!"

奥依古丽兴奋地:"那太好了!"

这时候,阿斯哈勒倏地掀开门帘,跨进来。

奥依古丽和沙法尔几乎同时站立起来。

"你上哪儿去了,怎么才回来?"奥依古丽问了一声,开始向他介绍,"这就是新来的沙法尔同志。"

沙法尔热情地向阿斯哈勒伸出手:"您好!"

阿斯哈勒没有和沙法尔握手,只是右手抚头,淡淡地回答了一声:"您好。"

沙法尔诧异地望着阿斯哈勒。

奥依古丽为了打破僵局,向他解释:"请不要见怪,沙法尔同志,我们是深山里长大的粗人。习惯老的见面礼,还不习惯握手。"

沙法尔不在意地笑着说:"我也是粗人,咱们都一样。"

阿斯哈勒为了弥补自己对待客人的冷淡,对沙法尔说了一声:"请坐吧。"说着自己先坐下了。

沙法尔觉得阿斯哈勒的情绪不对,告辞了:"我得回配种站去了,再见吧!"

阿斯哈勒冷淡地:"再见!"

奥依古丽嗔怪地望了阿斯哈勒一眼。阿斯哈勒连头都没抬。奥依古丽只好送客人:"再见,沙法尔同志,希望你以后从文化上政治上和工作上都多多帮助我。"

沙法尔谦逊地:"我也很差。"

奥依古丽:"你知道我是头一回当队长,这儿社员的思想情况又复杂……"

沙法尔:"听说有个别人思想上还比较落后,看不见公社的优越性和集体的力量,一心想个人发家致富,走资本主义道路。"

奥依古丽:"是有这样的人,他们不知道天山上要是没有雪,我们也不会有水喝。"

他们随便谈着出了门,阿斯哈勒敏感地误会他们是故意说给他听的,他两眼顿时喷射出激怒的火焰。

门外。

奥依古丽替沙法尔解下马缰绳,照草原上的礼节,扶他上了马。

沙法尔弯下腰来和她握手:"再见。"他策马离去了。

奥依古丽回身走向房门。

毡房里。

阿斯哈勒一口接一口地抽着烟。

奥依古丽走进来:"阿斯哈勒,吃饭吧。"

阿斯哈勒怒气冲冲地:"还吃饭,光气我都吃饱了!"

奥依古丽惊讶地:"你这是怎么啦?"

阿斯哈勒把烟往火里一扔:"问你自己吧。我为咱们的家卖一点草,你就在大家面前撕我的脸,当场逼我把钱交出来!"

奥依古丽耐心地解说着:"那不是我们自己家里的东西,那是生产队的草呀!你那样做不对,我怎么能不管?"

阿斯哈勒:"生产队,生产队!你心里还有没有我,有没有这个家?"

奥依古丽:"我不让你走歪路,要你把钱交出来,正是为你好,为咱们家好!"

阿斯哈勒更加愤怒了,他瞪视着奥依古丽:"我这也是为你好,为咱们家好!"他说完从靴子里拔出那根银鞭,手扬起来。

毡房外。

哈思木的妻子在偷听,她敌意地笑了。

毡房里。

阿斯哈勒高举着鞭子,威风凛凛地逼着奥依古丽:"你要是还打算跟我过,就去把队长辞掉!"

奥依古丽那双望着阿斯哈勒的眼睛里,闪烁着不屈服的光芒。

"你去不去?"阿斯哈勒说着要打她。

奥依古丽怒喝道:"阿斯哈勒——!"阿斯哈勒被她严正的声音震慑住了,他退后一步,鞭子在手里不由颤抖了一下。那根颤抖的鞭子引起了奥依古丽的注意。猛然间,在灯光下,她看清楚了阿斯哈勒手里那根银光闪闪的鞭子,她的眼睛立刻瞪大了。她牢牢地盯视着鞭子,顿时回忆起许许多多有关这根鞭子的情景,这些情景是她终身忘不掉的……

哈思木父亲猖狂地挥甩着银鞭鞭打着被拖在马尾上的奥依古丽的父亲；鞭子抽打在周围愤怒的人们身上；抽打在许多衣不蔽体的奴隶身上；抽打在扑上去的小奥依古丽身上……

奥依古丽注视着鞭子问："这根鞭子是哈思木的？"

阿斯哈勒不耐烦地："是他送给我的，怎么样？"

奥依古丽："他为什么送给你？"她一步步逼过去，"你要知道，他父亲从前用这根鞭子打过我父亲，打过我，打过许多穷人……你要知道从前……"

阿斯哈勒不耐烦地："从前，从前，流过去的水不会再回头了。"

奥依古丽郑重地："不，要是我们都忘记从前……"

阿斯哈勒打断她："别老说从前啦，说说现在吧。我问你，到底你去不去？"

奥依古丽坚定不移地："不，我决不把草原的缰绳交给别人！"

阿斯哈勒用陌生人的眼光望了奥依古丽一眼，然后旋转身，拧绞着手里的银鞭，急步在房子里踱了两圈。

随着他的来回急走，油灯在颤动。

刹那间的沉默。

阿斯哈勒的脚步逐渐缓慢，最后在奥依古丽面前停住了。

阿斯哈勒的眼睛在奥依古丽的脸上和眼光里搜寻。

奥依古丽的脸上和眼光丝毫没有改变。

阿斯哈勒心里最后一点希望破灭了。他把银鞭往靴子里一插，走到支架前，开始从支架上一件件地取下皮大衣、雨衣、衬衫、马褡子……

他把马褡子铺在地毯上，往里面一件件塞着东西，故意大声带着威胁的口气说："好吧，飞不到一块，就各飞各的吧。"

毡房外。

哈思木的妻子提起水桶闪开了。

毡房里。

阿斯哈勒拿起整理好的马褡子，扫视一眼四周，迈起脚步一步一步往外走。

奥依古丽冲上去拦住他："别走！我不能让你走。"

阿斯哈勒希冀地："你改变主意了？"他扔掉手里的东西，紧紧拉住她的手高兴地说道,"啊,我知道你会改变主意的。咱们俩怎么能分开呢?明天一清早我就陪你到公社去辞掉队长,你要是觉得不好开口,我来说。"

奥依古丽摇摇头,抬起双手慢慢推开阿斯哈勒:"不,应该改变主意的是你!睁开眼睛好好看看,别再往错误的方向飞啦!不爱我们的社会主义,不为社会主义建设出力,光为个人打算,你这是在往绝路上飞呀,阿斯哈勒!"

阿斯哈勒彻底绝望了,用力把她往外一搡。

奥依古丽踉踉跄跄地倒退了几步。

阿斯哈勒再不看她,急速地从地上拿起马褡子,朝门口冲去。

屋角上,奥依古丽猛然大声叱咤道:"一定要走,你就走吧!把毡房、被子、箱子……什么都拿走吧!我什么也不要,我只要党,只要人民公社!"

阿斯哈勒掀开门帘出去了。

一阵马蹄声由近而远。奥依古丽定定地站在那里,一动也不动地凝望着对面毡壁上挂着的毛主席像,她一步一步走过去……

清晨,火红的太阳升上天山雪峰。

阳光灿烂的草原上。

卡以夏、木沙拜克等许多社员和奥依古丽一起往配种站去。

卡以夏:"奥依古丽大姐,我们共青团小组昨天夜里讨论了,大家一致拥护搞改良品种和人工配种。"

奥依古丽高兴地:"太好了,咱们先到配种站去开个会,现在还有好多人想不通,咱们一块来说服他们。咱们要摘掉落后队的帽子,在生产上就不能老踏着祖先的脚印走,得走党指出来的新路。"

卡以夏、木沙拜克:"对!"

牧民们三三两两结伙谈论着驰向配种站。

安泰、努尔阿里和几个上年纪的社员谈论着走向配种站。

安泰老人不满地:"苏来曼,你是副队长,这么大的事,你可不能不说话呀!"

苏来曼:"我说话有什么用,改良品种和人工配种我那天在队委会上就反对过,奥依古丽硬要搞,刘书记又支持,我有什么办法?!"

急骤的马蹄声。

沙的克追上来,轻声低语道:"你们知道了吗?阿斯哈勒离开咱们队,走了。"

苏来曼等人:"你胡说。"

沙的克:"昨天夜里有人提水走过他们家,亲眼看见的。"

努尔阿里:"难怪今天没见阿斯哈勒。"

阿斯哈勒麻木不仁地坐在鞍上,任凭那匹疲劳的马把他带到平静如镜的翡翠湖边。

马自动走到湖边停步了,阿斯哈勒依然不动地坐在鞍上。他明明睁着眼睛,却像睡着了一样,马自动弯下脖颈来饮水,迫使阿斯哈勒的身体朝前动了一下,他这才发现到了湖边。马想舒舒服服地喝点水,偏偏嘴里的口嚼又总是妨碍着它,它生气地晃动着头,嘶叫一声。

阿斯哈勒滑下马鞍,替它去掉口嚼。

马开始贪婪地饮水。

阿斯哈勒听着它饮水的声音,才感到自己也渴了,便离开马几步,在湖边趴下,喝了几口水。他双手正要掬水洗脸,在湖水里看到乌买尔背着猎枪清晰的倒影,他一怔。

乌买尔以严父的口吻训斥道:"洗吧!好好洗洗,把帽子脱掉,连脑袋一块洗,把你满脑子的糊涂思想都洗干净!"

阿斯哈勒心里很不舒服,不再洗脸,站起来。

乌买尔:"这时候,你一个人骑着马,跑到深山里干什么来了?"

阿斯哈勒掩饰地:"打黄羊。"

乌买尔严肃地:"你去的那座山上没有黄羊,只有狼!"

阿斯哈勒不以为然地在鼻子里哼笑了一声。

乌买尔:"怎么?你以为草原上现在没有狼了?等狼把你脖子咬断了,你就再不说这话了。"

阿斯哈勒:"那就让它来试试吧,我有三个人的力气!"

乌买尔:"你有十个人的力气,没有眼睛,脑袋照样保不住!"

阿斯哈勒似懂非懂地听完,走向自己的马,弄好口嚼,跨了上去。

乌买尔走过去,抓住阿斯哈勒的缰绳,大声疾呼道:"阿斯哈勒,你记住!马群里少一匹马没什么,一匹马离了群只有被狼吃掉!"

他一边说,一边注意阿斯哈勒的反应。

阿斯哈勒右手抚胸在马上敬了个礼:"乌买尔老爹,您不用再劝我啦,我有眼睛有耳朵,我喜欢自己来寻找方向和道路。"

乌买尔放开缰绳,继续大声道:"你听着,你这一走,不是离开哪一个人,是离开党和人民公社!你今天要是真走了,就别再回来!"他径自牵着马转身走了。

阿斯哈勒在鞍子上坐不住了。他望着乌买尔渐渐远去的身影,终于跳下马,跟着乌买尔的脚印,牵着马走去。

配种站,一间整洁的木屋内。

刘书记、奥依古丽和沙法尔在开会。

奥依古丽在汇报工作："……刘书记,我心里有好多事情想不通。就拿阿斯哈勒来说吧,他从小一个人在外面流浪,常常靠自己,想自己多些是有的,可从来没像现在这样过,我总觉得这和哈思木有关系,……"

刘书记仔细地听着。

奥依古丽继续说道："从我当队长起,哈思木忽然和阿斯哈勒亲密起来,还送给他祖传的鞭子。"

刘书记："啊?"

奥依古丽："还有卖草的事,我也奇怪是谁给他们找来的买主?"

刘书记："奥依古丽同志,你想得很有道理,我们一定要提高警惕性,用阶级观点来分析所有的人和所有的事情。这是毛主席教导我们的。要明白,阶级敌人是不会甘心情愿地放弃他们的统治权的。"

奥依古丽在本子上记下了刘书记的指示。

刘书记："奥依古丽,你们派个人跟哈思木学兽医怎么样?"

奥依古丽兴奋地喊道："刘书记,您这话说到我心里去了,我早觉得我们在各方面都应该有自己的技术人员。"

刘书记："你看派谁学习呢?"

奥依古丽："沙吾列怎么样?"

刘书记："行!"

他们正说着,卡以夏气喘吁吁地跑进来："队长,阿斯哈勒大哥回来了。"

他们三人同时站起来。

卡以夏拉住奥依古丽就跑。

奥依古丽："卡以夏,我们正在开会。"

刘书记过来,亲切地说道："回去吧!奥依古丽,咱们什么时候都能谈。"

卡以夏又拽奥依古丽。

奥依古丽没有走："刘书记,我还有好多事想跟您汇报……"

刘书记："回去也是工作,你明白吗?不能把你和阿斯哈勒的事当成私事,在这件事上,你也要跳出自己的毡房来看才好呀。"

沙法尔在旁边："回去吧,队长!关于改良品种、人工配种和盖接羔育羔棚的事,我来向刘书记汇报。"

刘书记催促着她："快走,一会我上你们家去。"

奥依古丽和卡以夏一块跑出去了。

乌买尔的毡房——一个典型的老猎人的毡房,墙上挂着一张名贵的黑狐皮,地上铺的是熊皮。

乌买尔老伴在洗涤碗和锅。

乌买尔在擦弄猎枪。

在弥漫的烟雾中,隐约看见阿斯哈勒还在一口接一口地喷烟。

乌买尔:"别抽啦,烟雾把你眼睛都罩住了。"

阿斯哈勒好像没听见他的话。

这时候,奥依古丽走进来。

乌买尔拿起正在擦的枪向老伴挤挤眼睛,指指门,他们老两口相继走出门。

门外。

乌买尔继续擦着枪。刘书记骑马来到。乌买尔拉住刘书记,在他耳边低语着。

这时,门开了,阿斯哈勒出来,大步走开。

刘书记追去。

刘书记和阿斯哈勒坐在一道山溪边谈话。

刘书记把手放在阿斯哈勒的手上,真挚而又亲切地说道:"阿斯哈勒,还记得吗?九年前,咱们俩一起在这儿坐过。"

阿斯哈勒心不在焉地听着。

刘书记:"我记得很清楚,那天,天都快黑了,天上下着小雪,我骑着马从县委汇报工作回来,……"

随着刘书记的声音,阿斯哈勒开始回忆起那天的情况……

那天他发着高烧,披着破皮袄,光着两只脚,爬到溪边想喝口水,结果还没喝到水,自己体力不支晕过去了。等他醒来一看,身上盖着一件军大衣,身边坐着一个穿军装的人(刘书记)。他跳起来扔掉军大衣,不信任地抡起拳头要打刘书记……

阿斯哈勒难为情地说道:"那时候,我看见你穿着军衣,……"

刘书记:"把我当成国民党了,是不是?"

阿斯哈勒:"提起这事,我的脸只有往靴子里藏呀。"

刘书记微笑着:"我今天提起这件事,不是让你把脸藏到靴子里去,是想提醒你,在我们每天穿马靴的时候,不要忘记光着脚的时候。别忘记你光着两只脚到处流浪的那些年月;别忘记你从前那件破皮袄底下积存了十几年流浪的尘土呀。"他掏出烟荷包来,卷了一根莫合烟,自己点着抽了一口,递给阿斯哈勒。

阿斯哈勒接过烟,猛吸着。刘书记像随便聊天似的谈道:"有一回,我跟乌买尔老爹上山去打狼,我问他怎么能打得准,他指着枪上的准星说,'枪最要紧的是准星,没有它,猎人本领再高也没有用,打不着狼还会错伤自己人。'阿斯哈勒,咱们看人做事都得有准星才行哪,这个准星按毛主席的话说,就是阶级观点。"

阿斯哈勒专心地听着:"你的意思是说我看人、做事没有阶级观点?"

刘书记亲切地笑着在他胸口捶了一拳:"你真聪明。好啦,现在我们上你家去吧。"说着站起来。

阿斯哈勒站起来又坐下了:"不。"

刘书记:"那你说上哪儿?总不能老待在这儿吧?"

阿斯哈勒:"不知道。"

刘书记想了想:"那这样吧,咱们一块上乌买尔老爹家去。"

阿斯哈勒犹豫地:"这……"

刘书记拉起他:"走吧,我同意你用自己的眼睛来寻找方向和道路,可就是有一点,要有阶级观点,要听毛主席的话,按照党和毛主席告诉我们的话去做。"

阿斯哈勒沉思地望着潺潺的溪水。

大河里滚滚的浪涛。

阿斯哈勒独自挥着斧头,猛力在河边伐木。

阿斯哈勒独自迎着浪涛,运送木排顺流而下。

阿斯哈勒独自扛着很粗的圆木,跑向盖接羔棚的地方。

阿斯哈勒独自站在即将盖成的接羔棚上盖顶。

…………

他留在公社了,却总是独自一人干着,虽然在一起劳动的有奥依古丽、刘书记等许多人,但是他没有一句话,也没有一点笑声,谁走到他面前,他都默默地躲开。怀着异常沉痛的心情,他不停歇地劳动着。

刘书记和奥依古丽向他走去。

汗如雨下的阿斯哈勒闷声不响地躲开了。

"阿斯哈勒!"奥依古丽要追去,被刘书记拉住衣袖。

刘书记摆摆手,望着阿斯哈勒,向她低语道:"没关系,累不垮的,由他干去好了。他这是在用汗水淘洗自己内心积存的沙砾。"

在给一座接羔棚钉窗棂的沙的克,望着谈话的奥依古丽和刘书记,做贼心虚地向哈思木低语道:"我一看到奥依古丽和刘书记说话,心就跳。"

哈思木:"你私底下卖羊的事,没给他们留下什么脚印?"

沙的克："没有。"

哈思木："歇歇手,暂时别再卖啦。"

沙的克牢骚满腹地："唉! 从前的日子多自由呀,拿一面小镜子可以换一只羊,拿一块砖茶可以换一匹马,想怎么就怎么。现在弄点零花钱,还老怕半夜有人敲门。"

哈思木："这话我早说过了吧,别忘记那年是谁揭发你不按国家牌价做买卖的……"

沙的克仇恨地望着奥依古丽："这个奥依古丽,我真想把她……"做了个杀的手势。

哈思木抓着他的手,望望四周,隐秘地："眼前得忍耐点,明白吗? 季节不对,冬天快到了,不是出门活动的时候。"

沙的克似懂非懂地听着。

哈思木："冬天雪厚,脚印太明显,猎人容易发现。要等春天消了雪,天气暖和了,再出来活动。"他眼睛又转到远处奥依古丽身上,充满仇恨的目光。

白茫茫的草原,遍地闪耀着灿烂夺目的银光,高大的塔松,玉树银枝,边疆的冬景别有一番素静雅致的风光。

苍穹间没有一只飞鸟。

大地上没有一个走兽。

静静的树枝。

静静的草原。

没有一点声音,没有一个脚印。

初春。

轻柔的春风吹拂大地,吹落了塔松上的积雪。

春风把积雪吹到开冻的冰河上,积雪舒适地坐在晶莹的冰块上,向草原告别,随着荡漾的水波漂流而去。

天空上飞翔着山鹰。

掀掉了厚厚雪被的草原开始活跃起来,梅花鹿和黄羊在欢跳,但是凶恶的豺狼也出来了。

草原上冬眠在地穴里的小旱獭钻出来享受着温暖的春阳,但是毒蛇也从洞里探出头来了。

初春的冬牧场上,层层叠叠的崇山峻岭间,自云朵朵的苍穹间,响亮地飘动着一种声音——初生羊羔充满生命力的呼叫声。它仿佛是草原上第一个女队长和广大社员战斗初捷的凯歌声。

随着声音,我们看到天山脚下风景美丽的草原上遨游着无数肥壮的马群、牛群和羊群。

奥依古丽在一个羊群里,欢笑地抱起一只小羊羔,唱道:

> 我们的家乡在前进,
> 四十匹骏马也追不及,
> 数不尽的羊羔齐欢叫啊,
> 这是人民公社的胜利!
> …………

奥依古丽和乌买尔、木沙拜克等几个社员用毡袋驮着许多羊羔,驰向育羔棚。

育羔棚里,满眼是洁白可爱的羊羔,两个妇女抱着羊羔,用牛角做成的土奶瓶给它们喂奶。

奥依古丽等人进来。奥依古丽从毡袋里抱出三只羊羔。

“看,这是一胎。”

那两个妇女放下手里的羊羔,走过来。

“又是一胎三羔,今年咱们的羊羔真是空前大丰产啦。”

“队长,都亏你那时候坚持搞改良品种和人工配种! ”

奥依古丽谦逊地笑着说:“我有什么,这是沙法尔同志的功劳,也靠大家管理得好呀。”奥依古丽和他们说笑着,各抱起一只羊羔,用奶瓶喂育起来。

另一间接羔棚里。

阿斯哈勒脱下自己的皮大衣盖在并排躺着的四只羊羔身上。它们的小身体还是湿漉漉的,显然刚生下来。阿斯哈勒的眼睛里充满了喜悦。

卡以夏蹦蹦跳跳地拿过净壶①和毛巾来给阿斯哈勒洗手。她一边为他倒水,一边钦佩不已地夸奖道:“阿斯哈勒大哥,你真有办法,要不是你来,这四只羊羔早在母羊肚子里憋死了。”她光顾说话,忘了手中的壶,阿斯哈勒洗完了都在擦手了,壶里的水还在往外流。

阿斯哈勒把毛巾搭在卡以夏肩上,指指手壶:“我走了,再遇上难产,你早点叫我。”他扭头就走。

---

① 净壶:穆斯林洗手净身专用的水壶。

外面往来人声。卡以夏向窗外张望。

奥依古丽等人走出育羔棚。

卡以夏忽然转念，拦住阿斯哈勒："一胎生四个羊羔是草原上从来没有过的事情，这是一件大喜事，咱们应该马上去向队长报喜，你说呢？"

阿斯哈勒："你去报喜吧。"说完又要走。

卡以夏不放他，故作为难地皱皱眉头："我这儿走不开，你去一趟吧！"说完，她那一对机灵的大眼睛在阿斯哈勒脸上转个不停。

阿斯哈勒带着沉重的心情，断然拒绝了："你去，我替你守着。"他说完坐下了。

卡以夏："唉。"她遗憾地跑出去了。

门外传来卡以夏清脆的声音："奥依古丽大姐……"

阿斯哈勒跳起来，冲到窗口，把眼睛贴在玻璃窗口，向外张望。

门外。

奥依古丽和乌买尔被报喜的社员们和临时托儿站的孩子们围住了，有的举着两个指头，有的举着三个指头……只听见一片报喜的声音，听不见他们说什么。

卡以夏挤到奥依古丽身边，她的四个指头举的比谁都高，声音也最大。

"四个，四个，一胎生了四个羊羔！"

社员们纷纷惊呼起来："四个？真是奇迹！"……

奥依古丽高兴地抱住卡以夏的腰，转了一个圈，不寻常的喜讯使她变得年轻了。

孩子们受大人心情的感染，学着大人的样，举起四个指头，分散奔跑着传播喜讯去了："四个，四个，一胎生了四个羊羔！"

哈思木的孩子也举起四个指头，高兴地喊着跑回家去了。

哈思木正在毡房里喝酒。他妻子坐在旁边。

沙吾列拿出书和本子来："哈思木老师，好多天都没上课了，今天……"

哈思木笑着说："对不起，今天我头痛，明天再说吧。"

沙吾列很不高兴地站起来。

哈思木："别性急，沙吾列，科学不是三天五天能学会的，得慢慢来。"

沙吾列出去了。

哈思木仇恨地说道："奥依古丽这个臭奴隶想得倒不错，我决不能把技术交给你们！"

哈思木轻蔑地撇着嘴。

这时，他的儿子从外面跑进来，模仿卡以夏的样子，高举四指，高高兴兴大喊着扑向哈思木："爸爸，四个，四个，一胎生了四个羊羔！"他以为他爸爸一定会像奥依古丽对待卡以夏那样抱住他的,但是出他预料,哈思木狠狠给了他一巴掌。

孩子莫名其妙地抬起带有五个大指印的脸,望着凶恶可怕的父亲,傻了。

哈思木的妻子扑过来,搂住孩子,不满地责怪道:"孩子又不懂事。"

哈思木怒不可遏地喊道:"滚!都给我滚出去!"

孩子吓得大哭起来。

哈思木的妻子把孩子抱出去了。

门外传来孩子委屈的号啕声。

哈思木慢慢抬起打过儿子的手,满腔深仇地凝视着前方。

接羔育羔棚附近的一项白帆布帐篷前,帐篷上印有"供销社流动售货站"的字样。

帐篷里,不少妇女在买东西。

奥依古丽在卡以夏等许多欢笑的社员们簇拥下,在卖糖的柜台旁买糖。她手里已经抱了一些玩具。

售货员熟练地称着糖:"恭喜你们大丰产了,队长同志,难怪今年买东西的人特别多。分配得不少吧?"

奥依古丽:"是呀。"说完付钱,拿糖。

帐篷外。

奥依古丽把玩具分送给临时托儿站的孩子们。

热心的姑娘们从各个接羔育羔棚把大家叫出来。

乌买尔拽着阿斯哈勒出来。

奥依古丽高兴地打开手里的大纸包,开始撒"恰西卡"①,她把糖一把一把撒给大家。

大家欢呼着纷纷抢糖,孩子挤在大人们中间抢糖。

哈思木接住从空中飞来的糖,没有吃,勉强咧开嘴,不自然地苦笑着,他的眼睛不断窥视阿斯哈勒。

阿斯哈勒低垂着头站在乌买尔旁边。

奥依古丽向他们抛来一把糖。

阿斯哈勒望着自己的靴子,没有接。

---

① 哈萨克民族的一种习俗,即逢喜事向亲人和朋友们撒吃食。

乌买尔接过飞来的糖给他,他摇摇头推拒开。乌买尔剥开糖纸,把糖塞进阿斯哈勒的嘴里。

沙法尔突然骑着快马奔驰而来。

奥依古丽和众人热情地迎上去。

沙法尔下马。

奥依古丽热情地和沙法尔握手。

沙法尔:"我从公社带来了一个很不好的消息。"

大家紧张地注视着他。

沙法尔:"根据公社气象站预报,这两天要来寒流和暴风雪。"

社员们不安地骚动起来,他们剥着糖纸的手停住了,送到嘴边的糖放下了。

哈思木正相反,把拿在手里本来没动的糖迅速剥开,放进嘴里大嚼起来。

大家纷纷谈论着,乌买尔、奥依古丽和沙法尔注意地听着。

几个老牧民惊慌地谈论着:"糟了,春天的暴风雪可是杀人的刀子呀!"

阿斯哈勒惊慌地点头。

另外几个社员:"春天来暴风雪是常事。今年不过早来几天就是了。"

木沙拜克等年轻人:"早来几天也没啥,往年咱们能过来,今年更用不着怕,我们有这么好的接羔育羔棚,有足够的草料……"

沙法尔接上去说:"我还带来了公社支援我们的四百瓶青霉素,要我们及时防治肺炎。"他从马褡子里拿出八个大纸盒来,转向奥依古丽说道,"刘书记特别让我问大家好,鼓励我们在大丰产的基础上,再努一把力,争取大丰收!"

奥依古丽沉着有力地说道:"能做到!"

社员们:"一定要做到!"

奥依古丽:"'春天的暴风雪是杀人的刀子。'这句话是我们祖先传下来的,那是因为从前草原上都是一家一户的放羊,谁也经不起风雪的吹打。"

阿斯哈勒注意地听着。

乌买尔附和她:"是呀,俗话说:'一小块牛粪烧不开奶茶,一小片毡子搭不起毡房。'"

"老爹的话很对。"奥依古丽高昂起头说道,"可现在草原上不一样了,现在是人民公社! 暴风雪这把刀子杀不了我们!"

大家的情绪被她那番豪壮的话语激励起来。

阿斯哈勒情绪高昂地抬起头,眼睛里充满了信服的光。

奥依古丽环视着大家一双双信心十足的眼睛,双手向天,以乐观、诙谐的口吻笑着说道:"乡亲们,既然是天上要来客人,那咱们就好好准备迎接吧。"

大家充满信心地笑着分散走开,回接羔育羔棚去了。

阿斯哈勒独自离去。

哈思木在心里谋划着，慢慢走开。

奥依古丽走向乌买尔和沙法尔："开个党团员、干部会议吧？"

他们二人点头赞成。

奥依古丽的毡房内。从毡房内的陈设可看出她是独居着，这里没有一件阿斯哈勒的东西。

会议正在进行。

影片开始时的那个青年牧马员突然跑进来："队长，拦马的橼子坏了。"

奥依古丽站起来："走，我去看看。"

乌买尔也站起来："会就开到这里吧，咱们赶紧分头去进行工作。"

参加会议的人议论着相继走出毡房。

奥依古丽叫住了苏来曼，把那八大盒青霉素交给他："苏来曼大哥，这些药你先拿着，我去看看就回来，万一我回来晚了，你要……"

苏来曼接过药："我明白。暴风雪里羊很容易得肺炎，……"

奥依古丽郑重地："你要多多督促哈思木，事先做好准备，勤检查，早预防。一发现肺炎，马上治，千万不能让病传开。"

苏来曼："你放心。"

奥依古丽和那个青年牧民走出毡房。

苏来曼家里。

哈思木积极地要求道："副队长，把这些药给我吧，我好去做准备。"

苏来曼把药交给他："对，你好好准备一下，一定要勤检查，早预防。"

哈思木拍拍胸脯："没问题。"

哈思木家。

哈思木留下一半，把其余四个大纸盒交给沙的克。

"拿去吧，这是我给你的。"

沙的克欣喜地接过纸盒。

沙的克："那你拿什么治羊？"

哈思木淡淡一笑："我自有办法，这你就不用管啦，老兄。我手里有点什么，总没忘记过你，是吧？"

沙的克感恩不尽地："是，是，这点我一直是记在心里的。"

哈思木："可惜我能给你的太少。要是能把草原的缰绳捏到咱们手里，什么都好办啦。"

沙的克绝望地摇摇头，长长叹了一口气。

哈思木笑着说："干吗像临死前一样叹气？你没看见春天来了吗？"

沙的克苦笑着："春天倒是来了，可春天不是我们的。"

哈思木指指天："不！真主给我们帮忙来了。"

沙的克："有什么用？暴风雪这把刀子又杀不了他们。"

哈思木："另外我还有一把！"

暴风雪的傍晚，混混沌沌的天空中，滚动着一根根雪柱，辽阔的草原上，狂风怒吼，大雪弥漫。

一间接羔棚里。

阿斯哈勒背着门，在接羔棚的一角铺摊他那简单的被褥、衣物。

一阵门响。

一股狂风夹着雪花卷进来，吹得油灯的灯捻直摇晃。

阿斯哈勒不满的声音："谁？快关门！"

没等他说完，门已经关上。

阿斯哈勒转过身来，进来的是奥依古丽，她围着大头巾，穿着皮大衣、毡靴，背着一个皮口袋，拿着一顶崭新的白毡帽和一床被子，靠门站着，深情地望着阿斯哈勒。

他们俩的眼光相遇了。

阿斯哈勒背过身子，冷淡地问道："你来干什么？"

奥依古丽："来看看你还不行？听乌买尔老爹说，你为了在暴风雪里更好地照顾羊，搬来住了。"她说完把被子和毡帽放下，拿着皮袋，走到阿斯哈勒面前。

"皮袋里是你喜欢吃的酥油馕和包尔沙克。"她说着把皮袋放在阿斯哈勒手上。

阿斯哈勒默默地承受着，一股炽烈的暖流突然涌上心头。

奥依古丽兴奋地："从那次刘书记和你谈话以后，这几个月来，你表现很好，我和大家都很高兴，希望你从思想上进一步来认识……"

这时候，沙法尔、木沙拜克等几个年轻力壮的社员闯进来，看到屋里的情景，又想出去。

奥依古丽转过身来："人都到齐了吗，沙法尔同志？"

沙法尔："到齐了，沙的克说他肚子疼，不能去。"

奥依古丽："那咱们走吧！"

沙法尔等人出去了。

阿斯哈勒："你们要到哪儿去？"

奥依古丽："马群被暴风雪吹散了，我们去一下。"

阿斯哈勒："我去。"

奥依古丽："不，我去。你是接羔能手，这儿需要你。卡以夏她们热情高，就是经验少，你要多帮助她们。"她走了出去。

阿斯哈勒追了出去。

门外。

奥依古丽等人上马，迎着猛烈的暴风雪出发了。

他们越走越远，马蹄扬起滚滚的雪尘，遮没了他们的身影。

阿斯哈勒目送着他们。

哈思木在远远窥伺着他。

茫茫的风雪，漆黑的天空，雪地上反映着雪光。

阿斯哈勒还在门口担心地张望。

卡以夏跌跌撞撞地奔来："阿斯哈勒大哥，一头母羊生不下来，昏过去了。"

阿斯哈勒小心地关严门，随她走了。

哈思木望望四周，悄悄溜到阿斯哈勒负责的接羔棚门口，掀开门帘，打开大门，旋又放下门帘，走开。

风雪卷进接羔棚。

灯捻被吹灭。

羊羔和母羊不断打喷嚏和咳嗽的声音。

沙的克的毡房内。

沙的克津津有味地在啃着一块羊骨头，突然听到门响，他急忙躺在地毯上，捂着肚子，"哎哟，哎哟"地装肚子疼。

哈思木走进来："行啦，起来吧。我好容易才把沙吾列支使开了，快。"

沙的克跳起来，跟哈思木奔出门。临走，他又抓了一块肉塞进嘴里。

另一间接羔棚里。

努尔阿里心不在焉地用牛角做成的奶瓶给一只初生羊羔喂奶，小羊羔的头一动，奶头从它嘴里掉出来，一滴滴奶汁流淌到地上，他也没有察觉。

沙的克进来，统计完数字，走过去问道："努尔阿里，你在出什么神呢？"

努尔阿里望着三只并排躺着的羊羔，没说话先叹了一口气："唉！队上的羊羔大丰产了，一胎三个四个，可我的自留羊连个双羔都没有。"

沙的克隐秘地说："这还不好办？队里的还不就是你的嘛。"

努尔阿里领会着他话里的含意。

沙的克走到门外，把脸贴在玻璃窗上，看到努尔阿里抓起两只羊羔，裹进袷袢，转身出了门。他笑着向躲在屋角的哈思木挥了挥手。

哈思木溜到门口，打开门，放下门帘，悄悄走了。

风雪卷进接羔栅。

灯捻被吹灭。

母羊和羊羔不断打喷嚏和咳嗽的声音。

哈思木和沙的克躲过苏来曼和乌买尔，悄悄来到一间接羔棚的窗前，向里张望。

接羔棚里。

卡以夏围上头巾，穿上大衣，提着桶出了门。

阿斯哈勒把剪刀等一些接生用具放到火炉上消毒。

沙的克捂着肚子进来。

阿斯哈勒冷淡地问道："你不是病了吗？"

沙的克装得很积极的样子："是呀，可暴风雪刮得这么紧，怎么能躺得住，唉！"忽然他神秘地凑到阿斯哈勒耳朵边低声说道，"刚才我来的时候，看到一个人影，好像是努尔阿里，鬼鬼祟祟地从接羔棚出来，怀里有羊羔叫唤的声音，该不是……"他做了个手势，意思是偷羊。

阿斯哈勒激怒地跳起来往外冲。

沙的克按住门："你要找努尔阿里去？"

阿斯哈勒愤怒地："我要好好问问他！"

沙的克嗔怪地："别去炝蹶子踢人，……你这个人，简直不能告诉你一点事。"他装得很生气地走了。

阿斯哈勒在门口犹豫一下，仍然出去了。

哈思木顺墙根溜到门口，掀开门帘打开大门，然后放下门帘退走了。

卡以夏提着一桶牛奶，和拿着手电、背着猎枪的乌买尔以及沙吾列一起往她负责的接羔棚走，看到一个人影晃晃悠悠由附近闪过。

乌买尔打亮手电，警觉地问："谁？"

一股手电光照在哈思木身上。

哈思木大大方方走上前来："我，乌买尔老爹。今天夜里风雪这么大，我真担心羊羔呀。"他说着和他们一起走到接羔棚前。

卡以夏掀开门帘一看，禁不住"哎呀"一声惊叫起来。

门大开着，里门黑洞洞的，只听见母羊和羊羔不断地打喷嚏和咳嗽的声音。

他们慌慌张张进屋，点着灯，察看羊羔。

羊羔冻得互相挤在一起颤抖着，那四只可爱的羊羔挤在母羊身旁，不停地把头往母羊肚子底下钻。

卡以夏又气又急，都快哭出来了。她手足失措地把羊羔抱起来偎在怀里。乌买尔把大衣脱下来，盖在它们身上。哈思木积极地取出听诊器给羊听诊。

哈思木："没什么，不要紧。"

卡以夏："阿斯哈勒是怎么搞的，上哪儿去了？"

乌买尔："沙吾列，你哪儿也别去了，好好和哈思木一起仔细检查一下，我去找阿斯哈勒。"

沙吾列点点头。

乌买尔迅速出了门。

乌买尔冲进阿斯哈勒负责的接羔棚。

接羔棚里黑洞洞的，门大开着，羊和羊羔冻得挤在一起。

乌买尔关好门，点上灯，往火炉里加了些柴，察看一下羊，迅速转身出去了。

努尔阿里的毡房里——一个比较富裕的牧民家庭。

努尔阿里出于不得已地自我检讨着："我错了。"

阿斯哈勒愤慨地："亏你做得出！"他把地毯上的那两只羊羔抱在怀里，用大衣紧紧裹住就往外跑。

努尔阿里狼狈地跟着走了。

努尔阿里负责看管的那个接羔棚里。

苏来曼把大衣脱下，盖在颤抖的羊羔身上，然后他打开火炉的炉门，不停地往里面添柴火。

阿斯哈勒、努尔阿里等几个社员冲进来。

苏来曼愤怒地："努尔阿里，你看看这些羊都冻成什么样了！"

努尔阿里大惊失色："啊？"

阿斯哈勒放下羊羔，走到努尔阿里面前，指着冻得缩在一起的羊羔愤怒地责备道：“这也是你干的好事！”

努尔阿里惧怕地解释着：“这……我……我不知道……”

阿斯哈勒一把揪住努尔阿里：“你……羊要是真病了，我非找你算账不行！”他和大家不满地谈论着去察看羊羔。

正在这时候，乌买尔冲进来。

乌买尔严厉地：“你回自己接羔棚去看看吧，你负责的接羔棚和卡以夏那个接羔棚里的情况和这里一样。”

阿斯哈勒大惊：“您说什么？绝不会，绝不可能！”他拔腿就往外跑。

苏来曼也焦急不安地往外跑。

乌买尔那双猎人的眼睛，凝视着眼前的受冻的羊，眼前闪现出他在另两个接羔棚所看到的同样的情况，自言自语地：“奇怪！”他思考着，并疑惑地想起在卡以夏接羔棚里遇见哈思木的情景，随后走出。

哈思木家里。

哈思木的妻子把一些空瓶放到哈思木面前。他面前已经有十七个空瓶了。

哈思木拿着很粗的一个针管，从贴有“蒸馏水”三个大黑字的大瓶里抽出满满一针管蒸馏水来，分别灌进各个空瓶里，然后放进医务人员的皮药箱，背上药箱站起来，走过去，掀开丝挂毯，望着他父亲的照片，得意洋洋地说道：“尊贵的父亲，赛马的终点线快到了，看你儿子给你报仇吧！”他说完放下丝挂毯，把帽子往头上一扣，迈起轻捷的步伐走出门。

哈思木的妻子惶恐不安地望着他。

哈思木走在茫茫的雪野上。

沙吾列迎面跑来：“快，哈思木，阿斯哈勒那里的羊病啦。”

阿斯哈勒负责的接羔棚里，乌买尔、苏来曼和阿斯哈勒在谈话。

乌买尔：“你记得很清楚是关好门才出去的？”

阿斯哈勒点点头。

乌买尔深思着继续问道：“努尔阿里偷羊羔的事，你怎么知道的？”

阿斯哈勒：“是沙的克告诉我的。”

哈思木背着药箱和沙吾列匆匆进来，乌买尔的眼光转到哈思木身上。

哈思木非常关切地问道：“怎么样？”他迅速地走到乌买尔和阿斯哈勒旁边，戴上听诊器。

阿斯哈勒抱起一只只羊羔让哈思木听诊。

乌买尔的眼睛一直没离开哈思木的脸。

哈思木脸上显得很镇静。他从耳朵上取下听诊器："有点不大好呀！老爹，副队长，打几针青霉素预防一下吧？"

乌买尔："嗯。"

苏来曼："我到别处去看看。"说完走出。

哈思木取出针盒，开始给羊打针。乌买尔注意着他。

哈思木毡房里，癫狂的冬不拉琴声。

哈思木："……我打针的时候，乌买尔老看着，哈哈，别看他有双猎人的眼睛，在这方面他等于是瞎子。"

他停止弹琴，拿起一本伊斯兰教的书交给沙的克："'开书'①成不成全要看你的啰。这是赛马的最后一圈，把你所有的本事都拿出来！"

沙的克接过书揣在袷袢里，很自信地："放心，我的舌头能锯断铁棍，万能的真主会保佑我们的。"

哈思木恶毒地："这回奥依古丽回来……"

黎明。风雪滚滚的草原上。暴风雪还是那么肆无忌惮地在草原上逞凶。

一股卷扬的雪尘由远而近。

奥依古丽、沙法尔、木沙拜克等人在马群中艰苦奋战了一夜，带着疲惫的身体凯旋了。他们满身是雪，眼睫毛、眉毛和头发上凝结着冰凌；他们的马也是满身披挂着冰雪。

阿斯哈勒负责的接羔棚里，安泰等许多社员在责备阿斯哈勒和努尔阿里。

苏来曼指着阿斯哈勒和努尔阿里："去年秋天卖草是你们俩干的，这回偷羊，把羊弄病的又是你们俩。唉！怎么说你们好呢？"

一些社员激愤地谈论声。

"真是瘸马上不了高山。"

"真不知道什么时候他们俩才能变好。"

卡以夏："这回阿斯哈勒大哥可没有偷羊！"

阿斯哈勒有口难辩地抓下头上的新帽子，在手里胡乱拧绞着："我……"

乌买尔："河底的石头还没摸清楚，大家先别乱埋怨。"

哈思木心虚地瞟了乌买尔一眼，他觉得乌买尔的话是有所指的。

---

① 开书：穆斯林中流传的一种迷信。

苏来曼:"责任要追查!"

大家议论得更激烈了。

奥依古丽和沙法尔、木沙拜克等人满身冰雪地走进来。

卡以夏伤心地哭起来:"大姐,好多羊都病倒了,那四只羊羔……也得了肺炎……"

奥依古丽震惊地望着眼前的许多病羊。

沙法尔等人震惊地望着病羊。

群众窃窃私议的声音,听不清他们说什么。

苏来曼:"阿斯哈勒和努尔阿里把羊弄病了。"

奥依古丽激动地走向阿斯哈勒:"你……,你……!"她气得说不下去了。

阿斯哈勒痛苦地捶打着自己:"你处分我吧!"说完大步冲出人群,要出去,被哈思木拦住:"大哥,别太难过啦。"

阿斯哈勒推开他大步冲出门去。

哈思木转向奥依古丽:"队长,谁也不能保证工作中不出一点差错。阿斯哈勒大哥不是有意把羊弄病的。"

乌买尔把奥依古丽拉到一边低语着什么。

哈思木注视着他们。

乌买尔转向哈思木:"这儿的羊你全打过青霉素了?"

哈思木:"打过啦。"

乌买尔:"那你就到别的棚里去吧,别处病羊还等着你呢。"

哈思木不得已背起药箱。

奥依古丽:"大家先各回各的接羔棚去吧,现在最要紧的是救羊,千万不能让肺炎病传开!"

大家谈论着出门。最后出去的是哈思木。

屋里只剩下乌买尔、奥依古丽、沙法尔和沙吾列。

奥依古丽急切不安地走近乌买尔追问道:"老爹,到底是怎么回事?"

乌买尔:"马群那边情况怎么样?"

奥依古丽:"没问题了。"

乌买尔:"那咱们就来谈谈这边的情况吧。"

奥依古丽:"好……"

努尔阿里负责的那个接羔棚里。

安泰和一些年纪较大的社员心慌地围住奄奄一息的羊羔在谈论。沙的克在旁边给羊羔喝水吃药。

安泰:"真奇怪……"

哈思木进来。

安泰老汉:"哈思木,你来得正好,怎么光见你打针,不见羊好呀?"

哈思木:"我也正想这事,昨天一夜到现在,我不停地给羊打针,羊就是不见好,我有什么办法?"

大家的心更慌了:"这是怎么回事呢?"

哈思木:"我也说不清,按道理青霉素是治肺炎的特效药……"

安泰:"是呀,往年咱们的羊得了肺炎,全是青霉素治好的。"

哈思木:"我当了几年兽医,用青霉素治肺炎都治好了,谁知道今年是怎么回事,不灵了。"

努尔阿里和所有在场的人都惊慌失色地议论起来。

"不灵了?"

"为什么?"

"怎么会呢?"

哈思木长长地叹了一口气:"唉!这是我从来没碰到过的怪事。"他在火炉边烤烤手,带着戏谑的口吻说道,"也许万能的真主知道吧。"他搓着手出去了。

沙的克仿佛自言自语地低语道:"奇怪,这两天怎么连着出了好几件怪事!"

老牧民们:"什么怪事?"

沙的克掰起指头数着:"头一件,一个母羊生四个羊羔,这事你们见过没有?"

大家摇头。

安泰捋捋斑白的胡子说道:"这倒是,我胡子这么长了,别说见,连听都没听说过。"

沙的克:"第二件,三十年没有过这么大的暴风雪,偏偏今年有了。"

众人又点点头。

沙的克又掰起指头接着说:"第三件,这些接羔育羔棚的门都挺紧的。风雪根本吹不动,他们又都说是关好门出去的,那门怎么会开的?"

大家议论纷纷。

安泰接着说道:"再加上最灵验的青霉素今年不起作用了。这四件事太奇怪了。"

沙的克双手向天:"唉!真是巨大的灾难哪,愿万能的真主保佑我们吧!"

安泰:"沙的克,你从前上过经文学校,读过可兰经,领着我们做个祈祷吧!"

另一个老牧民:"沙的克,你不是还会'开书'吗?开一次书问问万能的真主,这四件怪事到底是怎么回事?"

安泰等老牧民们指着眼前的病羊："有什么办法,人到绝路,只好求问真主啦。"

沙的克故意推辞:"你们找别人去吧,我……"

安泰等老牧民:"咱们这儿再没人会啦,沙的克你就开一次书吧。"

沙的克面有难色:"不行,我怕挨批评。"

老牧民们:"别怕,我们给你顶着。"

沙的克仿佛很勉强似的,点了点头。

众老人拥着沙的克走出门。

一间育羔棚里。

奥依古丽、苏来曼、乌买尔、沙法尔、沙吾列、木沙拜克等十来个人围住哈思木。

哈思木显得有些紧张。他打开药箱,旋即又合拢:"哎呀,病羊太多,带的药恐怕不够,我回去多拿点来再打。"

乌买尔:"我替你回去拿。"

哈思木:"怎么好麻烦您呀。"

木沙拜克:"那我去。"

哈思木:"你……"

沙法尔:"你要是怕他拿错药,我去。"

哈思木:"不,不用。"

奥依古丽:"哈思木,救羊如救火呀,你先把药箱里有的打完再回去拿吧。"

哈思木:"也好。"他只得开始打针了。

沙法尔望着哈思木手里的药瓶问:"药瓶里装的怎么不是粉剂是水剂呀?"

奥依古丽等人注视着哈思木。

哈思木故作泰然地笑着答道:"不错,药瓶里本来装的是粉剂,因为今天夜里病羊多,我怕打的时候临时一瓶一瓶兑蒸馏水耽误时间,事先都兑好了,这样打起来方便。"

奥依古丽:"你想得真周到呀。"

哈思木:"救羊如救火嘛,在这样的紧要关头,应该多动脑筋想办法。"说着开始打针。

奥依古丽和沙法尔、乌买尔、沙吾列交换了一下眼色,乌买尔和奥依古丽有意遮挡住沙吾列,沙吾列迅速打开药箱,取出两瓶药,交给沙法尔,沙法尔拿药走出。谁也没察觉。

门外,沙法尔在等奥依古丽。

517

奥依古丽走出来："沙法尔同志,你把这两瓶药送去化验一下。另外找刘书记,向他汇报一下情况,请他赶快派公社医疗队来抢救,越快越好。"

沙法尔上马,急驰而去。

奥依古丽抬头仰望着茫茫的风雪,深思着。

育羔棚前。

卡以夏等几个妇女在和奥依古丽说话。

哈思木、乌买尔、苏来曼等人相继走出来,从哈思木脸上可看出他尚未发觉药瓶的遗失。

这时候,安泰、努尔阿里等十来个老牧民走上前来,他们走到奥依古丽面前站住了,有些人往后缩,有一两个人想走开,被旁边的人拦住。

哈思木的眼睛里微微露出高兴的目光。

老牧民们局促不安地挤在一起,努尔阿里缩在最后面。

奥依古丽走向老人们,亲切地问道："你们有什么事找我?"

片刻的沉默。老牧民们推搡着,谁也不愿先开口。

安泰捋捋胡子,干咳一声,镇定一下："是这么回事,奥依古丽,……"

奥依古丽："请说下去。"

安泰："你把整个心交给草原了,是不是?"

奥依古丽："是。"

众人惊诧地听着。

安泰："你一心为大家好,对不对?"

奥依古丽："对。"

安泰右手抚胸："那为了草原为了大家,我们现在来请你把队长让出来。"

众人纷乱地谈论着。

乌买尔："暴风雪把你们的头脑吹晕了吗?"

安泰等老人们："没有。"

卡以夏惊慌地："你们……你们怎么了?"

奥依古丽摆摆手,让她不要做声,然后转向老人们："为什么?"

老人们："为了挽救大家的牲畜,为了消除灾难!"

乌买尔托住自己长长的银髯向众老人："胡子越长说话越得考虑周到呀!"

老人们："我们考虑过了。"

奥依古丽："你们打算叫我把队长让给谁呢?"

老牧民们："让给苏来曼。"

苏来曼："你们疯了,奥依古丽哪点不好？"

哈思木悄悄从人后溜走了。

阿斯哈勒负责的接羔棚里。

阿斯哈勒用木勺在给一只垂危的羊喂着什么。

哈思木闯进来："大哥,你在干什么？"

阿斯哈勒："我给羊喂点草药试试。"

哈思木夺下他手里的木勺："嗨,他们都在叫大嫂退掉队长了,你还喂草药？"

阿斯哈勒惊讶地拉住他问："叫奥依古丽退队长？"

哈思木激奋地："是呀,你还不快去？ 以前你想让大嫂不当队长,没能成,那时候是一匹马扬不起尘,这次机会多好,你一定可以把大嫂那颗心拉回毡房,你的理想全能实现啦,让我预先祝贺你吧。"

阿斯哈勒放下手里的羊就往外跑,哈思木紧跟着他。

奥依古丽周围的人更多了。

乌买尔："你们老糊涂了吗？"

安泰向乌买尔解释："我们明白奥依古丽有一颗金铸的心,正因为这样,大伙去年才选她当队长。我们虽说那时没投她的票,可她的许多优点,我们也是看见的。"

木沙拜克、卡以夏、沙吾列等人气愤地质问："那你们为什么还来……"

老牧民们不理他们。

阿斯哈勒和哈思木的妻子先后来到。

安泰对奥依古丽说道："我们是诚心诚意来求你的,看在我们这些年老人的面子上,把队长让出来吧！"

紧张的沉默。

哈思木的妻子望着奥依古丽。

周围的人骚动起来。

阿斯哈勒没说话,只是望着奥依古丽。

卡以夏、木沙拜克等许多人激动地："奥依古丽大姐,你可不能答应呀！"

卡以夏旁边一位老牧民瞪着她："没你的事！"

卡以夏："我是队里的人,为什么没我的事？ 奥依古丽当队长是去年秋天社员大会选出来的,只有社员大会才能重新改选！"

众多的社员附和她。

老人们停住嘴,不再往下讲了。

奥依古丽非常诚恳地："要是我缺点和错误太多,真的驾不了这个辕,就请你们不客气地指出来,我可以把队长让出来。"

卡以夏、木沙拜克等许多人沉不住气,又想发言,乌买尔拦住他们。

安泰等老牧民们:"我们对你没什么意见,假使你是个男人,的确是个很难得的好队长。"

老牧民们:"谁让你偏偏是个女的呢?都是因为女人当了队长,真主才降下这么深重的灾难,连青霉素都不灵验了。"

"女人就不能当队长!"

努尔阿里:"特别是像你这样一个背叛了自己丈夫的女人……眼看我们入社的羊都要死光,大家都要毁在你手里了!"

群众又骚动起来。

突然,一个霹雷似的喊声震动了整个接羔棚。

"胡说!完全是胡说!"

阿斯哈勒极端愤怒地大喊着挥起他那有力的臂膀,推开所有挡住他路的人,挤到奥依古丽面前,猛转过身,用自己高大的身躯卫护住她。

大家全因他这意外的举动怔住了,所有的眼光都凝聚到他脸上。

阿斯哈勒拍打着自己挺起的胸脯,大喝道:"灾难是我造成的!跟咱们队长没关系,你们的唾沫和拳头都冲我来!"

群众哗然。

奥依古丽上前一步,站到阿斯哈勒旁边,激动地说道:"不,阿斯哈勒,造成这场灾难的不是你,也不是我,是狼和毒蛇!"她继而转向大家,"青霉素的事很快就会弄清楚,沙法尔同志已经去找刘书记,公社的医疗队很快就到,灾难要结束了!"

群众激奋的谈论声。

哈思木的妻子急匆匆地跑了。

哈思木的毡房内。

哈思木正在得意地弹冬不拉。

哈思木的妻子冲进来,气喘吁吁地报告道:"不好了,奥依古丽说沙法尔已经去找刘书记,公社的医疗队很快就到……"

哈思木惊慌失色地打开药箱,检查药瓶:"糟了,药瓶少了两个!"

公社化验室里。

刘书记从化验员手里拿过那两个药瓶,转身出门。沙法尔穿上大皮袍,戴上帽子随出。

哈思木家里。

在哈思木的妻子子绝望的哭声伴奏下,哈思木换上一套破皮袍,戴一顶大皮帽,拿一个小箱子,倒出许多金银宝石等贵重的首饰,装进一个布带,绑在腰上。

接着,他走到那条丝挂毯前,掀开,取下他父亲的像,最后看了一眼,递给妻子。

"暂时藏起来,别忘了常拿给儿子看,告诉他,草原的缰绳从前是捏在我们手里的;这里的树上都刻过我们家的刀印,这里的牲畜身上都烙过我们家的火印,这里的人都是我们家的奴隶!"

他妻子跪在地上,抱住他的腿,哭得更凶了。哈思木烦乱地:"哭什么,我又不是到坟墓去,是到朋友那儿去,我会回来的。"他推开妻子出门。

哈思木的脚跨出门。

刘书记、沙法尔和几个医疗队员的脚跨出门,走向备好的乘马。

奥依古丽和卡以夏的脚跨进沙的克家的门。

沙的克正在埋那四大盒药,一时来不及遮掩,被奥依古丽和卡以夏看见。

沙的克瘫软地跪在奥依古丽脚下:"我坦白,全坦白,是哈思木给我的,全是他……"

奥依古丽:"你敢跟他对证?"

沙的克点点头。

奥依古丽:"走,上哈思木家去!"

哈思木家里。

哈思木的妻子抱着儿子正在号啕大哭,奥依古丽、卡以夏带着沙的克进来。

奥依古丽:"哈思木呢?"

哈妻哭道:"这个没心肝的,扔下我们跑了,叫我们往后怎么办呀?"

沙的克:"跑了?"

奥依古丽:"卡以夏,你马上把沙的克押到乌买尔老爹那里去。我去追哈思木。"她说完返身出了门。

奥依古丽在急驰。哈思木在急驰。

接羔育羔棚前。

乌买尔、苏来曼、阿斯哈勒等许多社员们在欢迎刘书记等人的来到。

刘书记拿出那两瓶药:"同志们,经过化验证明,哈思木给病羊打的是蒸馏水,根本不是青霉素!"

众人激愤地谈论着：

"这条毒蛇！"

"把他找来！"

"哈思木在哪儿？"

阿斯哈勒愤怒地转身要去找哈思木，卡以夏气喘不休地跑来。

"哈思木……他……逃跑了，奥依古丽大姐一个人去……去追啦！"

众人："啊？"

阿斯哈勒等人迅疾地上马。

刘书记向医疗队员们："一定要把羊全部救活！"

医疗队员们："保证完成任务！"

刘书记和乌买尔、卡以夏等一些社员走出接羔育羔棚，翻身上马，飞驰而去。

阿斯哈勒和许多社员们在急驰。阿斯哈勒一马当先，跑在最前面。

奥依古丽急驰着追赶哈思木。

哈思木狼狈奔逃着。

他们中间的距离越来越近。

奥依古丽大声喊道："毒蛇，你就是长上翅膀也别想跑掉！"

哈思木快马加鞭地逃跑着。

他们一前一后地驰上一道险峻的山道。

险峻的山道上。左边是陡峭的悬崖，右边是杉松密布的山坡。

奥依古丽追上哈思木，在马上揪住哈思木的缰绳不放。

哈思木像恶狼一样龇着牙，举起劈恰克①，极端仇恨地喊道："臭奴隶！今天我要用你的血来祭我尊贵的父亲！"他说完冷不防刺向奥依古丽。

风雪弥漫的草原上。猎狗飞奔着引路。

沙法尔、阿斯哈勒、刘书记、卡以夏等人飞驰着。

众马嘶鸣。

远远从险峻的山道，传来一匹骏马回应的长嘶声。

_____

① 劈恰克：哈萨克族式尖刀。

他们快马加鞭地朝险峻的山道奔去。

滚滚的雪尘卷向险峻的山道。

险峻的山道上。

奥依古丽虽然身受重伤,却紧紧揪住哈思木的马缰绳不放。

群马嘶鸣的声音。

奥依古丽听到马嘶声,指着声音传来的方向,笑着说道:"听见没有,我们的人来了!"

哈思木恶狠狠地又向奥依古丽刺了一刀。

奥依古丽身子摇晃了一下,终于倒在雪坡边。

哈思木驱马逃跑了。

枣骝马走过来,用蹄子在雪地上刨了几下,对天哀鸣着,伏在她的身旁。

奥依古丽静静地躺在雪地上,翩翩的雪花飘落在她的脸上、身上……

阿斯哈勒、刘书记、乌买尔、卡以夏等人驰近,跑向奥依古丽。

阿斯哈勒扑过来,一把抱起她:"奥依古丽!奥依古丽!"

已经昏厥过去的奥依古丽一动不动,没有回答。

刘书记等所有的人拥上来,关切地凑近奥依古丽。

"队长!"

"大姐!"

"孩子!"

"奥依古丽!"

卡以夏忍不住哭了。

阿斯哈勒猛然抬起头来:"这条毒蛇!这头恶狼!"他抱着奥依古丽就要去追哈思木。

沙法尔拦住他:"你别去了,我去把哈思木抓回来!"

沙法尔带领木沙拜克等几个人跟着马蹄印,朝哈思木逃跑的方向跟踪追去。

刘书记转过身,脱下大衣来铺在地上。

阿斯哈勒把奥依古丽放在刘书记的大衣上,用颤抖的声音呼喊着:"奥依古丽!奥依古丽!"刹那间,埋藏在他心灵深处隐秘的话语像春天的山洪一样涌出来。

"奥依古丽,你醒醒,你听我说,你是对的,我错了,我全错了。我走错了路,我瞎了眼睛,没有阶级观点,把敌人当成朋友,把狼当成羊,我恨……我恨我自己,啊!往后我全听你的!我要跟着你一块往前飞,我要帮你拉车!我要跟你一块建设社会主义,啊!——奥依古丽!……你听见我的话了吗?"他凝望着奥依古丽的脸。

奥依古丽像雪一样纯净、白皙的脸上，没有任何表情。

阿斯哈勒扑在奥依古丽身上，失声恸哭起来。

刘书记沉痛地望着他。卡以夏和乌买尔在旁边偷偷拭泪。

这时候，沙法尔等人把捆在马上的哈思木带来了。

沙法尔："哈思木抓来了！"

顿时，阿斯哈勒所有的眼泪都变成了仇恨。他跳起来，一步一步走过去，把哈思木从马上揪下来，从靴子里拨出那根银鞭，高高举起，没头没脑地抽打在哈思木身上："你这条毒蛇！这是你送给我的鞭子，我叫你尝尝它的味道！"

刘书记赶过来拦住他："我们把他和沙的克送到公社去，让全体社员来审判他们！"

阿斯哈勒无比愤恨地把手里的鞭子折成两截，扔下白云滚滚的山崖。

这时，卡以夏含着眼泪大声叫道："大姐醒过来了！"

阿斯哈勒回转身来，被这意外的喜讯惊呆了。他全身颤抖着，一步又一步地走向奥依古丽。

春光明媚的草原。

满山遍野的羊群、牛群、马群，仿佛是苍穹间朵朵浮云的倒影。

影片最初举行选举的草地上，依然铺满着绚丽的万花，其中尤以鲜红色的克孜阿尔达克花最为引人注目。

朝气蓬勃的牧民们像过盛大的节日一样，穿着盛装，聚集在草原上。

乌买尔、木沙拜克等好几个人弹着冬不拉和卡以夏、沙吾列等许多社员们一起唱着赞扬奥依古丽的歌曲。

飞鸟里最勇敢的是山鹰，

草原上最美的是克孜阿尔达克花；

奥依古丽是我们的山鹰，

奥依古丽是我们的克孜阿尔达克花。

山鹰没有眼睛方向辨不明，

克孜阿尔达克花没有阳光不能开放。

毛主席是我们的眼睛，

共产党是我们的阳光！

离他们不远的地方,安泰手里托着最初选举时用过的大花盘,和努尔阿里等一些曾经要求奥依古丽退队长的老人们唱着歌在采摘克孜阿尔达克花。

隐隐约约的汽车声。

大家立即停止弹唱,细听起来。

卡以夏等许多社员们:"来啦,奥依古丽大姐从医院回来啦。"

大家纷纷向汽车声传来的方向跑去。

一辆小汽车飞驰过来。

汽车停住。

奥依古丽和刘书记笑着走出汽车。

大家以最大的热情欢迎奥依古丽从医院回来,男人们争着和她握手,女人们争着和她拥抱。

那些曾经反对过奥依古丽的老人们拥上前来,安泰在他们前面,双手托着那花盘。

斑白胡子的老安泰恭恭敬敬地双手把花盘举过头,羞愧地说道:"队长,原谅我们这些糊涂的老马吧,今天我们补选你一票,请收下。"

奥依古丽激动地敬了个礼,接过花盘。

大家热烈鼓掌。

"奥依古丽!"阿斯哈勒急匆匆地赶到,高举着一朵克孜阿尔达克花冲到奥依古丽面前,十分慎重地双手把花投进了奥依古丽手里的花盘,"队长,我的好队长,我双手投你一票!"

乌买尔、木沙拜克等人弹起了冬不拉。

阿斯哈勒崇敬而又深爱地凝望着奥依古丽。

刘书记、乌买尔等人望着他们俩。

乌买尔、木沙拜克等人的琴声更炽烈了。

在琴声伴奏下,阿斯哈勒激情地跳起舞,并邀请奥依古丽和他同舞。

刘书记拿过奥依古丽手里的花盘,向她眨眨眼睛,示意让她同舞。

奥依古丽开始和阿斯哈勒同舞。

刘书记和乌买尔喜爱地望着奥依古丽。

奥依古丽那纯朴、谦逊的脸上荡漾着朝气蓬勃的神采,她那双黑宝石般的大眼睛里放射着一个共产主义者坚强而刚毅的光芒。

——剧　终

向　导

邓　普

塔里木新绿洲。

千里春色在我面前展开,万里鲜花向我迎面扑来。奔腾澎湃的河流,喷发着我们时代激昂而奋发的气息,在我面前滚滚东去。

我站在船首。柴油船"塔里木三号"正在鼓轮前进。白色的浪花在船头激溅,成群蓝鸽在头顶飞翔,几千只白色的水鸟在河面的低空鸣叫,新近竣工的拦河闸,在不远的地方拦腰截断宽阔的河面,二十四孔闸门飞泻出一排排白练似的瀑布。

我每次登船,总爱站在船首,仔细地浏览我们家乡这条美丽的大河。那两岸整齐而茂密的白杨林带,那闪光而葱郁的广阔田野,那越来越繁盛的街市和居民点,总是使我心情无比激动。

我的童年,是在这条河开始的。我清楚地知道,在不是太遥远的十多年前——也就是本世纪(20世纪)50年代以前,这条河还是古老、荒凉、原始、死寂的同义语。它在混沌的岁月中度过的时间,总该有一万年或者一百万年以上了。因此,对于它在短短的时间一下子就从原始生活跃入近代生活。我,作为这条河流的女儿,心里总是抑制不住翻腾起很多往昔的回忆与严肃的思考。

我爷爷的祖父依卜拉欣从农奴主赛义德的庄园逃跑到这片人烟极其稀少的地方的时候,沿着河边走啊、走啊,从沙枣树开花一直走到河水结冰,没有遇到一处农民的村落和庄稼地——人们还没有能力利用这条经常改道的沙漠河流进行农业生产。祖爷爷用一段被盐碱蚀空树心的野胡杨造了一只独木舟,当时就算唯一能在这段河上"航行"的船只了。一直到他的孙子(也就是我爷爷)年老的时候,还在划着这只独木舟,把我带到这里的所有小港、浅湾、苇湖、盐沼找寻一切可以充饥的食物。整个这一大片地方,只居住着爷爷和我两个人。

我的祖祖辈辈,都是被洋魔鬼以及同洋魔鬼勾结的巴依赛义德害死的。

"塔里木也来过外国人?"

船上,一百多个系着红领巾的少先队员围在我身边,诧异地看着我。

我们这些塔里木的孩子们,不管是汉族的,还是维吾尔族的,都是在开发塔里木垦区以后诞生的。他们小时候的乳名,有的也跟这条船的名字一样,叫"塔里木一号"、"塔里木二号"……不管叫多少号,反正都是在我们祖国最幸福的年代诞生的,他们谁都没有见过巴依和帝国主义者,也没有尝过半封建半殖民地社会的滋味,不知道帝国主义者曾经把塔里木看做是任由他们征服和宰割的荒凉地域,他们在这里欺负我们中国人,跟欺负所有殖民地的人民差不多。

"别妮西汗姑姑,给我们讲讲吧。"

是的,我要讲的。今天共青团和妇联给我的任务,就是带着孩子们乘着这条船,去看看塔里木垦区一些值得看的地方,沿途给他们讲讲塔里木的过去和现在。

那么,好吧,孩子们,让这条大河作我们的学校,这条船作我们的教室,在明媚的阳光下,我们开始上课吧。我像一个真正的教师那样,在孩子们跟前展开一本书。

我展开的不是学校课本,是一册洋人写的书……

一册20世纪30年代翻译过来的洋书:Exploration In Taklamacan

中译名:塔克拉玛干沙漠探险记　哈定博士著

"……当爱新觉罗氏之大清皇朝日益衰微破败的时候,我得皇家地理学会之资助,并获俄国沙皇尼古拉二世之钦准,得以经由里海以东之俄属土耳其斯坦进入中国新疆之塔里木盆地西部——这广袤之荒凉地域,近年来俄国人称之为东土耳其斯坦……"

随着哈定的叙述,叠入画面:

彼得堡。

塞罗宫。

一只青铜铸的凶恶兀鹰用爪子抓着一幅亚洲地图。这是尼古拉二世工作的偏殿。

穿着军服的沙皇尼古拉二世,对着墙上悬挂的中亚大幅地图指划着。哈定作为他的客人,谦逊地站在旁边。

沙皇手中的红铅笔指着中国新疆南部的喀什噶尔、叶尔羌河、塔里木河……一直指向罗布泊。

哈定有礼貌地接过红铅笔,在地图中布满小黑点的椭圆形区域虚划一圈——这里标志着塔克拉玛干大沙漠。

"……尼古拉二世明知我国对亚洲荒漠并无领土要求，但对于我征服塔克拉玛干大沙漠还是颇具戒心。我向他说明，那里的古代城市买齐提极度吸引着我，它被大沙漠掩埋了一千多年了。那时候，无论是我们条顿民族还是他们斯拉夫民族，对中国这座古城都远远一无所知。最后他总算同意了我的探险工作是为欧洲争光的说法。可是这座古城到底深埋在什么地方，目前上帝也无法告诉我……"

随着哈定的叙述，画面叠入塔克拉玛干大沙漠的边缘地带：

沙海，夕阳。

死树，荒冢。

瞑鸦零乱，征马踟蹰，驼铃暗哑，惊沙入面，哈定的探险队在一处没有人烟的荒破村落愁苦地徘徊。

镜头摇向沙海：西风残照，暮霭沉沉，黄沙莽莽，地老天荒……

血红的夕阳在枯死了不知多少年代的胡杨树投下暗紫色的阴影。

一个暗紫色的人影举着望远镜。在他的眼前，展开完全光裸的连绵不绝的庞大沙丘，巨型的半月形沙链，显示风暴足迹的密密的鳞状沙纹。

哈定放下望远镜，倒抽了一口凉气。

"……我认为，这是地球上所有沙丘掩覆的荒地中最可怕的了，乃至在土著居民中竟无法找到一个向导，可以把我带进这冥王星般的世界。于是，我只好求助于喀什噶尔城的欧洲政治权力……"

画面叠入喀什噶尔城。

喀什噶尔城。

一面沙皇俄国的国旗赫然出现，这是沙皇俄国驻喀什噶尔的领事馆，门外两个武装的哥萨克兵站岗。

又出现一面米字国旗，这是英国驻喀什噶尔的领事馆，门外坐着两个头缠红布的印度籍看门人。

镜头推到一间房顶上竖着十字架的屋子前，这是欧洲传教士在这里设立的基督教堂。

基督教堂内。

英国领事麦克达尼看着哈定的护照。

"哈定博士，您既然持有大英帝国的护照，为什么不住在英国领事馆，而偏要住在教会呢？"

"领事先生，因为俄国在这里也设有领事馆，而我，是第三国的地理学家和考古学家。"

麦克达尼略带讽刺地："想必是尼古拉二世为您提供了一切方便,所以您不愿取道印度,而宁肯穿越成万里的俄罗斯土路来到这里。"

"您当然非常清楚,俄国的沙皇在金钱上是最吝啬,而在领土要求上则是最贪婪的。"

麦克达尼耸着肩膀："但是我不明白,女皇陛下为什么要为您填补沙皇陛下的吝啬。"

哈定出奇地沉静,而且相当强硬："不止填补,而且需要全部支持,包括向中国官员打交道时提供可以意识得到的政治压力。"

麦克达尼怫然,把护照还给哈定,站起来告辞。

哈定一把抓住他的肩膀,让他留下。

麦克达尼已有愠意："哈定先生……"

哈定："您可以对我取道俄国而满腹狐疑,但是俄国内阁总理维特伯爵的考虑,大英帝国是非常想知道的。假定俄国在欧洲方面对付不了英国人的话,他们的陆军大臣库罗包特金将军已经奉命在亚洲方面对英国敏感的部分——印度作出姿态。"他从容不迫地从里襟取出一件火漆封口的信件,继续说:"我的朋友威伦勋爵获悉我亚洲之行后,派人秘密嘱咐我取道俄国。这是我将万里之行的所见所闻写给他的长信,请领事先生转送伦敦。"

麦克达尼肃然:"我愿意为威伦勋爵尊敬的朋友效劳。阁下,请嘱咐我……"

哈定轻松一笑:"法国人说,政治是一种肮脏的勾当。我现在可以完全摆脱这种勾当,专心致志从事我的沙漠探险活动了。我请您帮助找寻一个向导。"他着重指出,"一个能够把我带到买齐提古城的向导。"

麦克达尼面有难色,思考一阵,有了点主意:"您拜会过这里的中国官员了吗?"

"没有。"

"可以拜访他,让他为我们办这件事。当然,这得准备一些能打动他心灵的礼物,领事馆可以为您办妥一切。"

"我不想主动拜访他。"

"这在礼节上……"

"在礼节上,俄国领事彼特洛夫一定要提出陪同我去,因为我是沙皇的客人。这么一来,事情就弄糟了。中国人在《伊犁条约》和几次中俄勘划边界的条约中丧失了大片领土,他们吃尽了俄国人的苦头。我要是作为俄国的客人出现,中国官员将要对我封闭一切进入塔克拉玛干的门户。"

"那么……"

"我愿意英国的领事先生陪着我在喀什噶尔的街头浏览一番,让中国官员知道我的到来以及我的身份……"

喀什噶尔大街。

艾提尕尔清真大寺。绿色的圆塔,橙黄色的琉璃瓦和金碧辉煌的大拱门。寺院里传出肃穆的宗教鼓乐声。

缠着白头巾的,留着长胡子的,穿着白色长大袷袢的虔诚的穆斯林老人。

戴面纱的女人。

清真大寺对面的大巴扎上,万头攒动,熙熙攘攘:

拉骆驼的,赶毛驴的,烤羊肉的,卖抓饭的,卖无花果、巴旦木、杏子、桃子和各种鲜香瓜果的,剃头的,打铁的……

收购皮毛,推销毒品,贩卖粗糙皮革制品的俄国商人。

出售时钟,批发洋布,贩卖西药的欧洲商人。

到处跑腿兜揽生意的印度捐客。

熙熙攘攘的闹市外,一个僻静的角落摆着一个十分可怜的小地摊:半塔哈①野生的沙枣,还有一堆天晓得从那里拾来的古代钱币,几个非常古老的陶器,甚至还有锈得非常厉害的古老刀子和箭镞。

这个显然没有人光顾的小地摊,蹲着一个好像从来没有刮过脸的、衣衫十分褴褛的维吾尔族老人。旁边是跟他一样寒碜的他十二岁的孙子。

小孩显然是饿极了,抓了几个沙枣填进嘴里。

老人的目光从可怜巴巴的孙子身上移开,瞅着那边热闹非凡的、飘出羊肉香味的烤肉摊和散发面饼香味的烤馕店。

他默然无声地扫视着自己这个卖破烂的小地摊,忽然从一小堆古代钱币上产生了点希望。他拿起几个古钱,交给了孙子。

小孩拿着这些古代钱币跑到卖馕的商人那里。那个商人起初莫名其妙地接过古钱,后来弄清楚是怎么回事,差点把圆滚滚的大肚皮都笑破了。

胖子商人把那些古钱扔出铺子外面。

古钱骨碌碌地在街上滚了一阵,滚到一伙路过这里的欧洲人跟前。哈定顺手拾起一个,很感兴趣地看着,后来从衣兜里掏出放大镜,仔细地瞅起来。

麦克达尼:"哈定博士,这个钱币很有研究价值吗?"

"是的,这是一千一百九十年前中国唐代的钱币。"

古钱上镌刻着四个字:开元通宝。

---

① 塔哈:维吾尔语,意为口袋。

"啊！"

几个欧洲人都停下脚步,互相传看这个稀罕的古钱。

热闹的大街上传来敲锣的声音。大巴扎熙熙攘攘的人群,惊惶地向两旁躲避。

街上出现一支光怪陆离的队伍。

几个头缠黑布,腿上打着绑腿,黄褂子的背后有个"勇"字的清朝士兵,为出巡的官员开道。走在最前面的一个执着一面锣,每走五步就打一响:"当"。

士兵的后面跟着几个手执木棒和皮鞭的差役,驱逐沿街行人。

接着,持"肃静"和"回避"木牌子的穿长袍大褂的执事出现了。满清政府的喀什噶尔道台大人坐在一辆太阳车里,一匹壮大的驴子拉着车子缓缓而行。左边一个听差给道台大人捧着茶盅,右边的听差为他打着遮阳伞。

不懂得城市礼仪的摆地摊的维吾尔族老人回避不及,挨了差役一皮鞭。另一个恶狠狠的差役抢起棒子,差点就向小孩打去。老人急忙护着孙子走开。

他正好撞在一个穿得很阔气的维吾尔人身上。那人一双凶恶的眼睛圆鼓鼓地盯了他一阵,认出来了,这是从他庄园跑掉的农奴。

"依卜拉欣?"

老人一抬头,也认出庄园主了。他惊叫了一声:"赛义德!"

老人不顾一切地拽着孙子就跑,立刻就消失在纷乱的人群中。

他一跑开,那个摆卖破烂杂物的小地摊,便给惊惶奔避的行人踏得稀烂了。

一切纷乱场面都被挡住——道台大人的车驾在镜头前面。

道台一眼瞥见那伙欧洲人,好奇地看了陌生的哈定一阵,对亲随蒋师爷附耳低语。

车驾走过了。头一次目睹这一盛况的哈定,赞叹不已:"真像神仙下凡一样。"

"是赋予权力的神仙。"一个欧洲商人说。

"有赖于异国权力的赋予。"一个欧洲传教士轻蔑地说。

"但是我国的权力,乐意维护他这种显赫声势。"

英国领事麦克达尼说这话的时候。眼睛瞟着俄国领事馆悬挂的国旗,大家都懂得了这是什么意思。

他们一边谈论着,一面踱着优雅的步子。一不小心,哈定的皮鞋踢着一个挺重的东西——一只破烂的陶罐。

哈定猛然在那个被踏得乱七八糟的地摊上站住。他的脚下,是成堆的中国古代钱币,还有不少可惜被踏烂了的古代文物。他一下子就呆住了,碧绿的眼睛闪着狂喜的荧光,几乎想把整个小地摊拥抱起来。

"卖东西的人呢? 喂喂,人呢……"

人,显然是找不着了。

基督教堂内。

欧洲的外交官们,传教士们,商人们,太太们……纷纷欣赏哈定从街上拣拾回来的古代文物。它们已被整理和装饰得异常醒目。

古代的刀子和箭镞,用绿色的呢绒垫子衬托着。

古代的陶器虽然是破损的,被珍藏在古铜色的盒子中。

古代的钱币用醋酸洗得光灿发亮,装嵌在猩红色的金丝绒托垫上。

麦克达尼惊异地站在这些古代文物前,无限神往。他问:"哈定博士,找到这个摆地摊的人,肯定能当您的向导吗? 他一定能把您带到买齐提,这点已确定无疑了吗?"

"如果不是买齐提古城,那么他带我去的地方必定是价值更大的古城。"哈定把放大镜递给领事,介绍一件古陶器的饰纹,"这是公元前 3 世纪的陶器。"

"多少?"一个传教士吃了一惊。

"它在耶稣基督诞生前三百年就被这里的人用陶土烧制出来了。不列颠博物馆,大概肯为它付出一千英镑的代价。"

太太们为这数字发出一片惊讶的声音。

商人:"如果整个买齐提挖出来,那……"

另一个商人:"成千倍?"

"那是好几船鸦片的价钱啊!"那个商人惊叫起来。

哈定欣然地说:"我很欣赏这种有远见的估计。"

"好的,"麦克达尼决定了,"我们应该为找寻这个向导不惜化出代价。"

敲门声,仆役引进一个人来。这人头戴瓜皮帽,身穿马褂长袍,后脑勺拖着条辫子。他就是喀什噶尔道台的亲随蒋师爷。

"诸位先生,道台大人今晚设宴为哈定博士洗尘,请诸位都做他的宾客。"

他把一张张大红请帖分送给每个外国人。

喀什噶尔道台衙门。石狮子,牌坊,大厅门前挂着大灯笼。大厅内灯烛辉煌,嘉宾满座,一片寒暄客套的语声。

门外衙役高声传呼:"俄国领事彼特洛夫大人驾到。"

道台和一些官员拱手迎客。

彼特洛夫向道台答礼:"我荣幸地参加阁下为哈定博士设的盛宴,预祝他征服塔克拉玛干大沙漠成功。"

"赏光,赏光。"

"我同样荣幸地提醒阁下,沙皇陛下的探险家来征服别的地方的时候,也应受到同等礼遇。"

道台一面把彼特洛夫延入内室,一面说:"贵国也实行'机会均等'的外交主张了?"

"阁下如果不高兴这种主张的话,沙皇陛下传统的外交主张早已见诸《伊犁条约》。"

"哈哈,阁下太认真了。其实那个探险家,只不过是企图证实民间流传的一段神话。"

彼特洛夫是一个二十五岁的上尉军官,保留着俄罗斯贵族纨绔子弟骄横跋扈而又矫揉造作的习气。他对于此间民间传说也知道一些,就不放过显示沙皇使节博学的机会:"这段神话说,在塔克拉玛干大沙漠的腹部——那是鸟儿也飞不到的地方,有一座宝城。宝城的墙是玉石砌的,屋顶是用金子铺的,沙枣树上结的不是沙枣,是价值连城的红宝石……"

"一颗就能换五万只羊,哈哈……"道台打罢哈哈,表明他对探险家并不担心,"阁下当然也知道,去找宝的人从来没有一个能活着回来,他们不是在沙漠上给毒烈的太阳烤死,就是找不到水喝给活活渴死。"

"不,有个老头子活着回来了,而且连他的孙子也去过那里。"

"哦?"

"这个老头子非常熟悉沙漠,他是追踪一只负伤的野骆驼偶然到达那个地方的。原来那不是什么宝城,只不过是座早就被沙子埋掉的废墟。他刨到了一袋古钱和别的什么,跑来喀什噶尔想卖几个钱,可是没有成功。"

道台目瞪口呆了:"阁下怎么知道得这样详细?"

彼特洛夫微微一笑,故意说出秘密:"这个老头,是从赛义德巴依的庄园逃出去的农奴,叫依卜拉欣。他一直带着孙子住在靠近沙漠的河边,过着原始人一样的生活。赛义德巴依最近才知道他的下落。"

"赛义德巴依……"道台拍着额头,想起来了,"是不是贵领事馆发给他侨民证,要求立他为乡约的那个赛义德巴依?"

"中亚人不叫乡约,叫阿克沙哈勒,是商董的意思。"

道台微愠:"可是,赛义德是大清皇帝的臣民,何况贵国在敝境就算设商董,也未免……"

"我再说一遍",彼特洛夫咄咄逼人地说,"赛义德先生申请并得到俄国领事馆同意,希望阁下承认他是沙皇陛下的臣民,并立为此地的阿克沙哈勒,这是他本人和我的意愿。"

道台唯唯。

门外衙役大声传呼：

"亨利斯大牧师驾到。"

"格罗伍德帮办大人驾到。"

"英国领事麦克达尼爵士驾到。"

"皇家地理学会哈定博士大人驾到。"

客人纷纷入席后，道台大人把象牙筷子高举额际，仆人们便端着三十六道菜肴像穿梭般接连不断送上……

依卜拉欣老人和他的孙子，两手捧着一掬清泉咕嘟咕嘟喝着。他们的晚餐，就是河中的流水和沙枣树的干涩果实。

晚霞的余光在河中撒下片片金鳞，两岸紫金色的胡杨树莽莽苍苍地在河岸蜿蜒伸展。树林上空一群群蓝鸽飞回各自的鸟巢。从南方飞回的大雁和各种候鸟，斜斜地降落在河边的沙滩。

依卜拉欣老人河水也喝够了，沙枣也吃饱了，心满意足了。他将着白花花的胡须向夕阳告别，望着天空的飞鸟叹着长气。

"别的鸟都靠不住，只有鸽子在冬天也恋着我们这条河，"他抚着孙子的头，"没有忘记吧，巴吾东？"

"忘不了，爷爷。"

"天地这么大，只有我们这条河才是仁慈的，它的河水可以让我们喝个够。晓得吧，巴吾东？"

"晓得的。"

"所以不管什么时候你都得沿着我们的河走。要是河跑到别的地方了，你就找鸽子，鸽子是知道河水往哪里搬家的。你记住了吗，巴吾东？"

"记住了，爷爷，你干吗老问我呀？"

"让你不要倒霉啊。爷爷这辈子走过的路够多的啦，怕是要走到尽头啦。你的路可长着呐！"

老人喃喃地说着，牵着孙子的手回家了。

他的家，就是在胡杨树下草草搭成的窝棚，穷得连最起码的锅、盆、瓢、勺也没个像样的。他们身上穿的破烂不堪的羊皮袄，就是白天的衣服和晚上的被褥了。八个打野兔用的兽铗，算是他家唯一的财产。此外，还有一把破旧得出奇的乐器——热瓦普。

老人拿起热瓦普,弹了几下,停下来,又叮嘱孙子:"爷爷要是不在了,这八个兔铗子可是一个都不能丢啊,你要靠他活命的啊。"

爷爷说着,不知为什么又长叹起来。他弹起热瓦普,用低沉的声音哼着一首很古老的维吾尔民歌……

鼓乐如狂,唢呐似吼。

道台衙门的宴席到了高潮。被烈酒灌得烂醉的人倒在椅子上,还未酩酊大醉的人在东摇西晃,已有几分醉意的人互相对灌……

道台的上席虽然也到了酒酣耳热,但到底还是保持着彬彬礼仪,外交谈话还带着点唇枪舌剑。

道台对英领事麦克达尼:"您要求我们派向导,领哈定先生去征服塔克拉玛干沙漠,这样说来未免……"

一个官员小心解释:"中文的'征服',含有动武的意思。"

道台:"是的,能否改用亲睦一点的字眼?"

麦克达尼:"啊,阁下,征服沙漠是科学家的壮举,让哈定博士对沙漠'亲睦一点',噢噢,这在英文的语法上是不通顺的。"

俄领事彼特洛夫:"俄文的语法,也不允许这种亲睦。"

道台:"哦哦,那么贵国的沙漠,别的国家是否也可以派人去征服?"

麦克达尼有点发窘:"女皇陛下的国土,只有海港、城市、花园、工厂……"

"这真是个好地方!"道台睨视俄国领事一眼,"我劝俄国人赶快去征服这个地方。"

彼特洛夫大为狼狈:"这是不可能的,阁下。沙皇陛下同女皇陛下亲切极了,彼此不含恶意……"

"是吗,难怪你们两家争着征服帕米尔的时候,谁都不愿首先开枪,"道台寓有深意地,"可是那片曾经是敝境治下的山地,有多半已经不是我们的了。现在哈定先生要征服塔克拉玛干,俄国又提出派探险家征服别的地方。这,对于敝境的平安,实在堪虑。"

麦克达尼:"请放心,哈定博士是科学家,科学家同开拓领土是无关的。"

彼特洛夫尖酸刻薄地:"同开拓领土无关,但是同利益是有关的,哈定博士现在代表的是谁家的利益?"

一直沉默不语的哈定,到了该他说话的时候了:"我荣幸地回答阁下,利益是一个熟透的苹果,谁都是想伸手摘的。俄国人为了觊觎东土耳其斯坦的利益,俄国的探险家蒲斯瓦尔斯基曾经周游了半个塔里木盆地并且深入到西藏。"哈定转向道台,语中有语,"到过贵境的外国旅行家,我是第五十一个了,大家都是跟利益分不开的,也跟此地的大清皇朝官员的利益分不开。德国人注意到他们可能在塔里木获得石油的利益,多次请瑞典的斯文·赫定博士向阁下赠送了您乐意接受的利益。美国的地理学家洪天通,日本的科学家达西巴那博士,法国的著名旅行家巴宁先生,对阁下和阁下的前任关注各自的利益有着深刻印象,因此都用相应的礼物或者金钱对这种良好的美德表示过敬意。"

麦克达尼:"哈定博士对阁下的上述美德所表示的敬意,明天由英国领事馆派人送到府上。"

道台大人弄得非常尴尬,嘿嘿强笑。

席上,笑语喧哗。

道台的私邸,合家欢笑。

道台玩赏着一架"魔女戏球"的时辰钟,连称:"奇,奇!"

道台夫人抖开一块洋布,在身上比划着。

道台的公子们摆弄着一架留声机。

道台的小姐们端着镜子和花露水。

两个打开的箱子,装着洋布、洋糖、洋烟、洋酒……

蒋师爷替道台点完礼物,小心翼翼地禀告:"哈定博士的人情够厚的,他要求派的向导……"

"我打听到一个人了。"

道台一面说,一面在礼物中挑出一瓶鸦片酒,掂量了一下,终于决定赐给这个有鸦片烟瘾的亲随。

"我派你去哈定的探险队,当一个专司联络的总管。你以后替他们办事的时候,对他们干的事情得瞅着点。"

"是。"

道台把一份衙门行文交给他:"你亲自去找赛义德,就说道台衙门已经批准他的申请,他以后可以做俄国的阿克、阿克……"

"阿克沙哈勒,表面称商董,实际是乡约。"

"乡约就乡约吧,要他把那个跑掉的老农奴抓回来,交给我。"

俄国领事馆。

俄领事彼特洛夫吩咐赛义德:"你可以交给他。"

赛义德:"他可是要交给哈定博士……"

彼特洛夫恶狠狠地笑了笑："哈定受过我们皇上的接待,可是到了这里,他一头就栽进英国领事馆,他代表的原来是英国人的利益。既然这样,我得叫他吃点苦头。"

赛义德莫名其妙地眨着眼。

现在我们对赛义德看得比较清楚了。他还不到三十岁,三角眉毛下圆鼓鼓地突出一双黄褐色的眼球,横生的脸肉上长着疣子,唇上留着小扫帚似的口髭,头上戴着维吾尔人的小花帽,身上却穿着俄罗斯人的服式。他恭顺地听领事先生的吩咐,但对事情却十分不理解。

"领事先生,依卜拉欣是我的农奴,他逃到哪里也是我的人,他住的地方也应该算我的地方——我庄园的牧场以后就搬去那里了。要是我把他交出去……"

"你不交出去,那片地方就不是你庄园的牧场了。"

赛义德更加不解。

彼特洛夫:"赛义德巴依,那个老农奴对你可不忠顺。你只要找上他一次,他立刻就会逃得无影无踪了。他一逃,你凭什么说那个地方是你庄园的牧场呢?"

"啊!是的,那就啥都没有了。"赛义德有点明白了,可又有点不明白,"可是把人交了出去,地也是没有了啊!"

"你不会只交老农奴,不交他的孙子嘛。农奴的子孙世世代代都是农奴,他的孙子住的地方自然也就是你的地方,懂不?"

赛义德恍然大悟:"那好,我懂了,交……"

"不,你还不懂。"彼特洛夫站起来,指着地图上的巴尔喀什湖一带,"在上个世纪的时候,我们成功地把原先是中国的游牧部落,用强制的办法使他们归附俄国,变成俄国人。然后把这些游牧部落生活的地方,变为俄国的地方。派你当阿克沙哈勒和让你去发侨民证,就是带有这个意思。你应该在你的庄园,而且首先在那片新牧场升起俄国的国旗。要是你不能在那里保有一个小农奴,那么你就只能升起一条破布了。"

"是的,是的,破布是不能当国旗的。"

"你既然有这么好的智慧,就照我说的办吧。"

依卜拉欣窝棚前的一棵胡杨树,吊着十二岁的巴吾东。赛义德的狗腿子正用皮鞭抽打他。他挣扎着、呻吟着、哭喊着:"爷爷——爷爷……"

赛义德:"要一条小狗认识它的新主人,也要下点功夫。"喝令,"抽狠点!"

一鞭下去,鞭痕冒出鲜血。

巴吾东惨烈地喊叫:"爷爷!爷爷……"

依卜拉欣被蒋师爷和道台衙门的差役捆着双手,推着往前走。

后面传来小孙子巴吾东的惨烈哭喊声:"爷爷——爷爷——"

依卜拉欣心如刀割,老泪纵横。他一扭身,用肩膀撞倒蒋师爷,往回便跑。

差役一齐举起鞭子……

英国领事馆。

石头台阶上,依卜拉欣像一头发怒的老狮子。虽然被捆绑着双手,但没有谁敢接近这个极其凶猛的老人。

他一抬腿,把送来的食物连碗带碟踢了个稀巴烂。

哈定愁眉苦脸地隔窗看着这个未来的向导,怀着恐惧诉起苦来:"好不容易把唯一的向导找到了,却弄成这个样子。"他问麦克达尼,"他咒骂着,要把我带到胡大那里,胡大是什么地方?"

"胡大是他们的上帝。"

"我的天!"

俄国领事馆。

彼特洛夫对着赛义德哈哈大笑。

"哈定以为用英国人的礼物换来个向导,就可以顺顺当当去征服塔克拉玛干大沙漠。可我早就给他安排好了,他换来的,是把他带去地狱的向导。"

"领事先生盘算得真妙,真妙!"赛义德也捧腹大笑。

笑罢,彼特洛夫凛然地说:"俄罗斯的餐桌,向来不允许旁人伸进刀叉。哈定拿着英国的刀叉想来尝点什么,那就让他尝点苦头吧。"

五月的沙漠,烈日炎炎,阳光似火。

左前方:气流晃动,幻出海市蜃楼。

右前方:旋风骤起,卷起冲天沙柱。

哈定的探险队在旋转的沙柱后出现:

走在最前头的是老人依卜拉欣,他被强制骑在一峰掉光了毛的癞皮骆驼上,两脚被绳子牢牢地拴在驼鞍的腹带上。但老人的神色庄重而矜持,好像不是带着一支探险队深入沙漠考古,而是他去麦加朝圣或者远赴天涯参见先知穆罕默德。

他有时也扭头瞅瞅后面,目光中充满轻蔑和冷漠的嘲笑。

后面是骑着一峰高大骆驼的哈定。他相当不安地打量着这个脾气极其暴烈的向导,每当那匹癞皮骆驼绕过一个沙丘或者骆驼的足印拐点弯子的时候,他都得举起望远镜,用罗盘校对一下方位,在旅行图上画着什么。

538

再往后,是哈定的职员和仆人:包着红头巾的印度雇员罗格森替他背着图囊;另外几个印度测量人员和雇工,扛着一节红一节白的测量标杆和盛着测量仪器的皮囊;穿着清朝服装的蒋师爷率领着几个道台衙门的差役,不时向后面吆喝一两声。

后面,是一长列驮着羊皮水囊的骆驼队。跟在骆驼队后面徒步行走的,是几十个疲惫不堪的维吾尔族和汉族苦工。他们扛着各种工具和外国人的行囊,赤脚艰难地踏着松软的沙砾。

在骆驼和人的沙漠足印中,叠印出哈定用罗盘校出方位的旅行图——图上画的是一条弧线,相当于兜了一个接近三百六十度的大圆圈。

旅行图画出第二个螺旋形的大圆圈。
旋行图画出第三、第四、第五……个螺旋形的大圆圈。

《塔克拉玛干沙漠探险记》的一页:
"……我和探险队的命运,现在极其可悲地听命于那个桀骜不驯的老农奴的摆布……"
探险队进入绝对无水的沙漠已经很多天了。炎炎的烈日,把有些苦工腰上拴的盛水葫芦烤出几寸长的裂口。
一匹骆驼驮的羊皮水囊,漏出很小的水滴。一个维吾尔族苦工偷偷奔上前去,用舌头舐着湿润的羊皮。凶恶的差役,迎头就是一鞭。
传来苦工们嘈杂的骚动声。
哈定皱着眉头望了望后面,勒住骆驼,对蒋师爷说:"问问向导,前面是什么地方。"
"喂喂,依卜拉欣……"
依卜拉欣的骆驼被一个差役拉住了。
"老鬼,前面是什么地方?"
依卜拉欣没有回答。
哈定亲自上前,不惜纡尊降贵地装出礼貌:"老人是应该诚实的。告诉我,前面是什么地方?"
"前面?"恶狠狠的依卜拉欣嘶嘶地从牙缝中吐出声音。
"是的,前面,"哈定用鞭子指着,"什么地方?"
老人眯缝着凶恶的眼睛:"你不知道?"
"是的。可是你骗不了我,你不是领路去买齐提,是领着我兜大圈,已经兜了好多个了。"哈定晃着罗盘,"你别耍滑了,说老实话吧,我会重赏你的。"

"咻——"老人吁了口气，舔了一下干裂的嘴唇。

哈定连忙把水壶递过去。

依卜拉欣看了看水壶，再看了看哈定……

哈定高兴了，原来这个老农奴也是可以用利益买动的。

老人接过水壶，摇了摇，里面真的有水。他把水壶递给了挨打的穷兄弟们。

哈定脸上掠过阴影，但还是表示谅解。

"好的，好的，这回你该说了吧。"

依卜拉欣不知是真心还是嘲弄，终归是说话了："你说的是前面吗？来，我告诉你。"

哈定洗耳恭听。

依卜拉欣指着天沙一色的地平线，若无其事地说："前面，是世界的尽头。"

哈定愤怒地咬着牙，传下命令："停止前进，就地宿营。"

夜。

哈定的帐篷亮着一盏马灯，他伏在木箱拼成的临时桌子上，对着旅行日记和旅行线路图苦思冥想。

"罗格森，"哈定转向他的印度雇员，"你说，在沙漠中发现过一个人的新鲜脚印？"

"是的。"

"在什么地方？"

罗格森指着旅行路线图："在兜第三个圈子的时候发现，那个老向导与这串足印平衡走了一段，后来向南拐；兜第四个圈的时候，又发现，后来又北拐……"

"是一个孤独的旅行者的足印？"

"是的。看来他很想跟着这串足印走下去，但每次都是只走一小段又离开了。"罗格森补充说，"我观察他离开足印的时候，脸上现出非常难过的神色。"

"哦！"

哈定思考了一阵，走出帐篷。

沙漠之夜，星河耿耿，皓月千里。

探险队的苦工们，被白天的酷热和苦渴煎熬后，筋疲力尽地倒在沙丘上。有人叹着气，有人愤懑地骂起来："该死的洋魔鬼！一天只给我们喝一次水，把我们当骆驼了。"

"骆驼还好，可以喝上洋魔鬼的洗脸水，我们可不行。"

"这是硬卡，卡住水就算卡住我们的命，让我们服服帖帖跟他去买齐提。"

"喂，依卜拉欣大叔。"

"噢。"老人转过身来。

"到买齐提还得走几天？"

"我说，兄弟们，"依卜拉欣非常不满地问，"你们为什么给人家干这种活？"

人们围拢在依卜拉欣周围，小声说话："唉！谁愿来？是给捆来的。"

"是乡约派的'阿下'①。"

"骗我们，说这次出'阿下'只去三天，可三天早过了，眼看没个头。"

"依卜拉欣大叔，你倒是说呀，还得走几天？"

老人长叹一声，沉默。半晌，他才认真地说："兄弟们，你们逃跑吧，抢满一葫芦水就赶快往回逃吧。要不，就跟着洋魔鬼死在沙漠了……"

附近一个沙丘，趴着一个黑影，在悄悄窃听苦工们说话，他是蒋师爷。

哈定走到蒋师爷身边。

蒋师爷沙沙地在哈定耳边低语……

趴在沙丘后面窃听的蒋师爷，突然站起来，大声说："大伙听着，哈定先生有重要的事情宣布，都聚拢来。"

哈定站在沙丘的顶端，在明亮的月色下看了看为他卖命的苦工们，非常沉痛地宣布："我非常不幸地告诉大家，我的探险队，失败了，失败的原因，就是这个老向导把我们领错了路。我们带的水囊是有限的，再这样拖下去，我们全都得渴死。"哈定指着依卜拉欣，厉声宣布，"因此，我现在宣布，当场将他解雇，不要他当向导了！"

依卜拉欣一惊，脸上的皱纹松弛了一下。

哈定继续宣布："你们大伙也用不着议论逃跑的事情。我宣布，明天我们往回走，回到喀什噶尔。大家口渴，我现在就解决。等会儿每人发一碗水，大家喝了就睡觉吧……"

水，从羊皮水囊流进桶子里。

哈定："罗格森，把那种让人安定入睡的药水拿一瓶来。"

哈定拿过瓶子，亲自把这种药水倒了半瓶进桶子里，搅匀。

药水的扑鼻怪味使蒋师爷高兴得几乎发狂："鸦片酒！"他想伸手乞讨过来。

哈定厉声："我说的是使人安定入睡的药！"后来他语声缓和下来，叮嘱蒋师爷说，"给那个老家伙灌上满满一壶水，不要放药，你亲自交给他，告诉他，让他回家，不要跟我们返回喀什噶尔了。懂吗？"

蒋师爷虽说不懂，也连连点头。

---

① 阿下：维吾尔语，意为公差。

哈定把半瓶鸦片酒给了他："拿去过瘾吧。"一挥手，"去发水吧。"

太阳像金盘子般在沙海升起。

依卜拉欣老人目送着哈定的探险队往回走。喝了掺鸦片酒的水后，探险队的苦工们第二天还是昏昏沉沉的，他们痴痴呆呆地踏上归程。

现在哈定的探险队，像一支送葬归来的殡仪队，没有任何人说话，连喘气的声音都没有。只有叮咚的驼铃在沙漠的空气中震荡着哀愁的声响。

直到探险队从沙海的地平线上消失，依卜拉欣老人才勒转癞皮骆驼，继续向沙海的深处前进。

不久他就找到沙漠上一个孤独的旅行者的足印，他催策癞皮骆驼沿着这串足印快跑……

哈定在最高的沙丘顶端举着望远镜瞭望。

望远镜中：依卜拉欣已经走得很远了。

哈定命令探险队："停止前进。"

罗格森沿着老人走过的路，检查那个孤独的旅行者的足迹。

蒋师爷："罗格森先生，你在这里还磨蹭什么呀？"

罗格森："发现一个孤零零的人往沙漠里走。你看这脚印，他至少走了三天了。"

蒋师爷大骇："不会是鬼的脚印吧，这沙漠哪里会有一个孤零零的人走路？"

"鬼大概是不吃沙枣的。可是你看，这是他吐出的沙枣核。现在，哈定先生的旅行日记会增添无限神奇的色彩了。"

哈定的旅行日记化作《塔克拉玛干沙漠探险记》的一页：

"……上帝庇护着我，他让天使在沙漠上给我安排了一串奇妙的足印，使我用不着走到世界尽头去朝觐，依卜拉欣的胡大就找到了去买齐提的道路……"

叠入依卜拉欣骑着癞皮骆驼前进的镜头。

老人凶猛地催策着骆驼。骆驼气恼地喷着绿色的口沫，迈开长腿，沿着那串"奇妙的足印"飞跑。

远处的沙丘发现了一个小黑点，是个人。

镜头越拉越近，这个人是——

"巴吾东！孩子……真的是你，巴吾东！"

依卜拉欣老人，一下子就把孙子抱进怀里。原来，老人几天前早就认出这个沙漠上孤独的旅行者的足印,是自己孙子的足印了。直到探险队往回撤,他才摆脱了洋魔鬼,找到了小巴吾东。

巴吾东背着一个很大的盛水葫芦,还有爷爷的热瓦普,还有八个打兔子的兽铗和半塔哈沙枣。孩子的脸庞瘦削多了,裸露的脊背上,鞭痕累累,黑色的血迹还斑斑可见。他对爷爷翕动着苍白的嘴唇,轻轻地笑着:"爷爷,你渴了吧? 饿了吧? 我把水和沙枣给你带来了。"

依卜拉欣抱着孙子,泪水盈眶。

"巴吾东,你为什么跑到买齐提来啊?"

"恶鬼赛义德对别人说,让你给洋人带路去买齐提,我听着啦。晚上,我偷跑了,心想,跑来买齐提等你吧,果真是等着了。那些洋人呢? 他们是人,还是魔鬼呀?"

"他们是魔鬼! 我让那些魔鬼掉转头,回喀什噶尔了,他们别想动我们的买齐提!"

"可是……"眼尖的巴吾东说,"爷爷,你瞧,瞧见了吗? ……"

在很远很远的地方,升起很高的尘土。

尘土高扬处,出现庞大的骆驼队——哈定的探险队并没有回喀什噶尔,它掉转头跟踪依卜拉欣的骆驼足印赶上来了。

依卜拉欣老人看清楚了。他瞪着双目,气得浑身颤抖:"这些魔鬼啊,魔鬼! ……"

哈定的探险队。

清理买齐提古城遗迹的"办事处",设在用帆布搭的凉棚里。凉棚前面用几只木箱拼成一张长桌,像个柜台,桌上放着几个丁点大的杯子,是酒杯。桌子后头放着一个水桶和一瓶鸦片酒。这么个摆设,有点像西方最简陋的酒吧。罗格森像掌柜般拿着舀水的小勺子,戴着墨镜的哈定高居在姑且可以说是椅子的木箱上,威风凛凛地监视着,手里甚至握着一柄左轮手枪。

几个持枪的印度人和持木棒的道台衙门差役保卫着这个"办事处"。

蒋师爷大声吆喝:"发水喽! 一个挨一个,排队!"

几十个苦工排成一长列,等待临到自己喝水。

罗格森看看哈定,哈定微微点头。

罗格森大声宣布:"这水有妙不可言的提神药,喝了可得好好干活。谁偷懒,谁就得像他这样!"

他伸手一指,一个印度雇工正在烈日下罚站,不准喝水。

他发着高烧,脸肉干缩,眼睛下陷,鼻翼一扇一扇地出气,两腿直打战。

苦工们发出一片不满的嗡嗡声,有人喊:"给他水喝,要不没命了……"

罗格森冷冷一笑："想造反吗,告诉你们,我们都带着枪。想跑吗,不行,你们上瘾了,跑不动了,再也离不开这种提神药了。再说,就算跑出去也得在沙漠活活渴死!"他拿起小杯子交给第一个人,"来吧,祝你运气好。"

在枪杆威胁和皮鞭抽打下,苦工们在沙漠上挖着,刨着。

那个患热病的、被罚在烈日下站立的印度雇工,抽搐着,摇晃着,终于戛然一声倒下。他已经濒临死亡了……

已经清理出来的买齐提古城的一角,露出了一大片断壁残垣,一根根横七竖八的枯木,依稀可以辨认出房屋的轮廓。

哈定和他的外籍职员,在这个被荒沙掩埋了一千多年的古城贪婪地搜索着。

挖掘出来的古钱、陶器、木简、兵器、丝绸碎片……

一处保存得相当完整的庙宇,墙上的壁画被整幅地连墙皮揭下来,装进很大的木箱。

蒋师爷钉完了一个木箱,背转身来掏出一个黄色的本子,用铅笔暗暗记下箱子里装的东西。他这完全是遵照道台大人的嘱托办事,根本不懂这些破破烂烂的杂物有什么用处。

罗格森注意到他的行为,但装作若无其事地走过来。

蒋师爷问:"罗格森先生,哈定博士跑老远来到这里,挖这些破破烂烂的东西顶什么用?"

"在你看来不顶什么用,在西方博物馆看来,这是价值十几万两银子的中国古代文物。"

蒋师爷吓了一跳:"十几万两银子!"

"如果再加上哈定博士下一步的工作,那就是双倍,或者更多。"

"下一步又挖什么?"

"不挖什么,是测量,画地图。"

"在我们这里画地图?"

"是的,所有到过的地方都画,这里更要画。你打算禀告道台吗?何必偷偷记在本子上呢,可以公开记,一件一件记。"

"嘻嘻,不……不敢。"蒋师爷尴尬地收起本子,赔着笑脸低声问,"哈定博士送给道台的礼物,值多少钱?"

"不值几个钱,大概是这只破罐子的一半价钱吧。"罗格森指着一个古代陶器说。

"那我们……"蒋师爷伤心得简直要哭出声来,"我们吃亏太大了……"

"你不会吃亏的,哈定先生对你很厚道,今天又关照我送给你一瓶进入仙境的妙药。"

蒋师爷接过鸦片酒,连声道谢,赶快找个阴凉的地方去"进入仙境"。

他哼着小调,在一个土坎的背阴处坐下来,悠然自得地一小口一小口啜着鸦片酒,其乐无穷。

突然,他的脸色变得铁青,脊梁像拉紧的弓般反张起来。哈定这瓶配方有所不同的"妙药"短时间就发挥作用,使他浑身像打摆子般颤抖起来,口吐白沫,两眼上翻,天旋地转,一跤栽倒在地上。

顷刻之间他就死了。

罗格森走过来,从他口袋中掏出那个黄色的小本子。

骆驼拽着死尸——印度雇工的尸体,中国苦工的尸体,还有蒋师爷的尸体,在沙漠上缓缓走动。沙子刷刷响,尸体的头部像船首翻开水面般犁着沙子,拖出一条长长的沙槽。

骆驼拖着死尸,向沙漠中的山脉——马扎儿塔克山走去。

山上,被风侵蚀得异常光洁的砾石连一根稍为突出地面的短草也没有,却有一团被撑立起来的黑色东西十分显眼——这是又一具尸体,它被利用来做测量地形的标志物。

倒毙了的人和牲口的尸体,被奇妙地布置成测量点,外籍的测量员扛着一节红一节白的测量标杆,在中国的土地上奔跑着。哈定瞄着仪器,在图板上绘制十万分之一的极其详细的地图。

依卜拉欣老人用血红的眼睛瞅着这一切。他和所有未死的苦工一样,被干渴和饥饿煎熬得不能动弹了。他明白,等待着他的,也将是被一根棍子撑起来,永远留在沙漠中的马扎儿塔克山上……

只有他的孙子巴吾东还能活动,他用沙哑的声音说:"爷爷,我们回家吧,跟着那鸽子,我们就能回去了。"

天空的确有一只蓝鸽惊惶地飞翔着。老人默然地仰视一下鸽子,鸽子是从西方飞来的。

西方,黄蒙蒙的地平线涌起了浓黑色的齐天高的尘头,发出隆隆的声响,迅猛地向马扎儿塔克山扑来。

"'加兰·布兰'呀!黑风暴呀!快走呀!"哈定向外籍雇员们狂乱叫喊。

外籍职员们仓皇地收拾着所有东西,装到骆驼的驮架上……

黑风暴像海浪般迎面扑来。狂风裹着塔克拉玛干的流沙,以每秒二十四公尺的速度横扫着沙漠。骆驼纷纷把尾巴背着风向躺下,并把脖子在地上伸直⋯⋯

风头已过,疾风稍敛。

依卜拉欣老人大声嘱咐孙子:"巴吾东,把洋魔鬼的魔杖给我拔一根来,就是一节红一节白的木棍子,拔一根来⋯⋯"

"爷爷,要来干什么呀?"

"不用问,快去吧!"

孙子走开以后,老人掏出刀子,切割着自己肘上的血管。

血,流进依卜拉欣的盛水葫芦里。

两三个苦工爬来,含着热泪,看着依卜拉欣老人。

老人把自己的一切后事都料理好了。此刻,他脸色异常苍白,额头上沁着豆大的汗珠。当乡亲们聚拢来的时候,他将将白色的长须,脸朝西方向人间告别,然后拿起热瓦普,调了调弦,弹着⋯⋯

当巴吾东回到爷爷身边的时候,爷爷启唇,以最后一点残留的生命力,用维吾尔语唱着一首极其哀伤的、古老调子的歌:

> 黑风咆哮,沙丘飞舞,
> 洋魔鬼带着赃物奔回归途。
> 只留下在死亡中挣扎的奴隶,
> 流尽最后一滴血和汗珠。

这极其哀伤的歌子,使得还未完全断气的苦工爬呀,爬呀,向依卜拉欣爬来,听他唱这首为自己和为乡亲们唱的挽歌:

> 异国的恶魔卡断我们的咽喉,
> 罪恶的巴依出卖我们的民族。
> 我们将长眠塔克拉玛干,
> 让沙丘掩埋我们的白骨。

苦工们的脸,一个个流着泪水和汗珠。但依卜拉欣的悲歌,从绝望中迸发出新的生命力:

> 可是——

我不能让子孙听任灭亡,
　　我要为后代夺回一条生路!
　　巴吾东啊,巴吾东,
　　你快背上盛水葫芦,
　　回到我们的故乡塔里木。
　　…………

依卜拉欣把盛水葫芦,挂在小巴吾东的脖子上。
另有两个濒临死亡的苦工,把第二、三……个葫芦挂在巴吾东的肩上。
依卜拉欣最后的生命力在猛烈燃烧,歌声高亢而激昂:

　　当你长大成人的时候,
　　别忘了乡亲们的好处。
　　你要让复仇的旋风卷起的沙山,
　　变成埋葬异国魔鬼的坟墓;
　　你要让故乡的河水变成猛虎,
　　吞噬巴依的狗肠烂肚。
　　啊!
　　我和乡亲们等着这一天,
　　看我们的民族不再受凌辱;
　　我们奴隶不再受巴依欺侮!
　　…………

"嘣"的一声,热瓦普的琴弦断了。
依卜拉欣老人放下热瓦普,徐徐倒下。
已经呼吸完最后一口空气的苦工,一个个相继倒下。
黑风暴更猛烈地咆哮,天昏地暗……
(淡出)

画面淡淡化入我们这部影片开始时的塔里木新绿洲。
柴油船"塔里木三号"继续航行,现在它离开出发的地点已经很远了。
航程虽然很远,可是我们故乡这条壮丽的大河,却越来越使人心醉了。那两岸果
园湘桃绣野,艳杏烧林,莺歌燕舞,蝶乱蜂喧。在河滩的地方,朱砂似的红柳花,米黄

547

色的沙枣花,粉红色的罗布麻花,雪白的野铃铛花……五彩缤纷地倒映在静静的河水中。

如今塔里木新绿洲,再也没有从前那种黑风暴了。掠过河面吹到船上的温暖清风,轻轻拂动着一百多条红领巾,仿佛我们的"塔里木三号"开遍了嫣红的野芍药。

可是当年那场黑风暴的悲惨情景,却历历在目,使一百多个少先队员都哭了。他们一双双睁得又圆又大的含着泪水的眼睛,全都燃着怒火。

"别妮西汗姑姑,难道洋魔鬼哈定这样就逃走啦?"

"是的,逃了。"

"那,小巴吾东呢?"

"他终于回到故乡——就是我们这条船走过的这一带地方了。"

"后来他怎么样?"一些孩子这样问。

"还有,那个哈定后来又怎么样?"另一些孩子这样问。

他们都说:"姑姑,给我们讲下去吧。"好的,我要给孩子们讲的事情,还多着哪!但这本《塔克拉玛干沙漠探险记》可以暂时搁在一边了。我拿出一沓烧掉了若干页的俄文手稿,现在,我将我所知道的这部手稿的内容以及我的亲身经历,讲给孩子们听吧。

这部手稿的名字叫《我在亚洲腹地的大半生》——彼特洛夫回忆录。

"……我的生涯充满了戏剧性,一下子从外交官身份变成哈定先生探险事业的继任者。关于哈定先生,他在第一次世界大战爆发的前一年,从北满乘俄国火车沿西伯利亚铁路回欧洲了。他在彼得堡最后一次觐见沙皇尼古拉二世的时候,圣上决定了我的命运……"

叠入画面:

仍然是那只用爪子抓住亚洲地图的青铜铸的凶恶兀鹰——尼古拉二世工作的偏殿的饰物。

尼古拉二世在贪婪地翻阅着哈定在中国绘制的一大沓地图,并以之同俄国探险家蒲斯瓦尔斯基的地图作对照。

尼古拉二世:"嗯,很好,很好!哈定博士,我必须承认,您画的地图,比俄国著名的探险家蒲斯瓦尔斯基将军所画的还要详尽。您到过的很多地方,是他没有到过的。"

哈定:"遗憾的是,我还没有到过沙漠北缘的那条很大的内陆河。因为那里同样人烟极其稀少,更没有船,只好打消这个念头。"

"是吗,很有趣,我一定设法弥补您的遗憾。"尼古拉二世从那叠地图中抽出很多张,放在一边,对哈定说,"我不需要您过多的礼物了,除了我挑的这些地图以外,全部归还给您。阁下,我想您不会拒绝的。"

哈定脸色一变,呆若木鸡:"陛下……"

尼古拉二世已经让人把他所需要的地图收走了。他若无其事地在哈定旁边坐下,拍着对方的手背,用政治商人的口吻说:"哈定先生,您前后多次进入中国,都是经由漫长的俄罗斯道路去的。这就意味着,阁下的探险事业,部分地要为俄国的政治利益服务。我想,我们早就已经有了默契,虽然我没有在任何时候给您说过间谍的事情——这对于您的科学考察是极其不利的,可是我们的陆军大臣苏哈姆林诺夫将军,一直奉命在暗中设法保护您。甚至,您当然也晓得,您乘坐俄国火车和运到欧洲去的大量古代文物,都享受免费待遇。要知道,任何旅行家都无法得到这种特权的,您难道没有意识到这点吗?"

尼古拉二世见哈定还打算申明什么,不容对方置喙,用阴鸷的威胁口气说:"如果我通过报纸把阁下同我们的默契透露出去,我想,阁下是非常难堪的。难道一个科学家可以同间谍的名声联系在一起吗?"他用眼睛斜睨着哈定。

哈定颓然,只好答应把他绘制的一部分地图,让给俄罗斯的沙皇陛下了。

尼古拉二世:"您的金钱报酬,我想,很多博物馆会给你的大量古代文物偿付巨额的英镑、法郎、马克或者美元。我何必再因为那么一些地图给您增添一些不必要的卢布呢。因为事情透露出去,后果也是很不好的,外界会传出我们帮助哈定先生……"

哈定很有分寸地反唇相讥:"这种帮助很特殊。我在沙漠吃尽了一切苦头,后来弄清楚,原来是贵国驻喀什噶尔领事彼特洛夫先生给我制造的。他并没有因为我是陛下的客人而给我一些面子……"

尼古拉二世很高兴地说:"是这样吗,那真是太好了!他完全是个很称职的外交官。如果他不是给您制造些麻烦,而是给您一些或明或暗的支持,那么,敏感的英国人和提心吊胆的中国人,都一下子晓得我们的关系。"他忽然转换了口气,"要是您还在生他的气的话,我现在决定把他的领事职务撤掉!他再也不是俄国的驻外使节了。"

哈定对沙皇一下子就轻率地撤掉一个外交官,倒是愕然。

"我要替您惩罚他!要他到您没有去过的地方探险,让他也尝尝苦头!"尼古拉二世后来平静地说,"按说他的军阶,是应该由上尉晋升为中校的……"

一面沙皇俄国的国旗,在旗杆上有气无力地耷拉着。

河上,浮着一只说不上什么名称的航具。它是用八根剖空了心的大圆木拼联起来的，上面铺着很宽的木板，因此居然可以拴两匹马。船板上面没有什么船舱、船篷之类的设备，却像草原的游牧人那样架起一座圆形的毡房。毡房后头还养着十几只羊。一只牧羊狗向陌生人汪汪叫着。这么只又荒唐又拙笨的航具，却没有忘记傲慢地立起一根悬挂沙皇俄国国旗的旗杆。

"船头"上铺着猩红色的花地毡，巴依赛义德站在那里，恭候主人的到来。

"这位是海军中尉科斯洛夫阁下，"原先是俄国驻喀什噶尔领事的彼特洛夫，向赛义德介绍，"他是我的探险队首席地理学家和航海家。以后你也不必叫我领事先生了，我是探险家了。对吧，科斯佳①。"

海军中尉对着这艘由庄园主赛义德用丰富的想象力设计出来的"探险船"口张目呆，半晌说不出话来。

赛义德诣媚地："海军中尉先生，这探险船像不像您的军舰？ 您看，有俄国国旗的。"

穿海军制服的科斯洛夫，只好如同对俄国军舰升起国旗那样行举手礼，草草一挥手，无可奈何地对彼特洛夫说："中校先生，我们算是回到彼得大帝以前的时代了。我为这艘高贵的浮游木器而替俄罗斯的国旗伤心。"

"这是没有办法的。中亚细亚人能够造出这种比羊皮筏子好得多的浮具，算是我们的运气不错。瞧，这上头甚至还可以牧羊。"

"唉！又像军舰，又能牧羊，"科斯洛夫登上"探险船"，环视一下，耸着肩膀，"真是想象不到。"接着，他又说，"我更想象不到的是，为什么当欧洲的大战打得一团混乱的时候，我们却要乘这艘诺亚方舟，去逛游这条洪荒时代的河流呢？"

"不是逛游，科斯佳，"彼特洛夫用亲切的口气开导自己的同僚，"日本人称赞我们说，三百年来，俄国扩张领土的速度是平均每天一百五十平方公里。我们引为自豪！"

"是的，我们甚至把阿拉斯加和阿留申群岛都拿到手了，可是后来却以七百万美元的代价卖给了美国人。"

"当然，俄国在加速她领土的增长中曾经遇到她力量不足的困难。但是俄国的军人和外交官，在亚洲应该是永远不知道她的疆界在那里停止。著名的外交家戈尔恰科夫亲王在1864年的时候，已经给我们阐明了这个政策。"

"那是五十多年前的事情了。可是现在，我们俄罗斯母亲被欧洲的大战和列宁的革命论文弄得异常虚弱，我不知道这个政策目前是否还适用。"

"适用的！在俄罗斯母亲身患重病的时候，她的儿子没有理由因此而失掉为她建

_____

① 科斯佳：对科斯洛夫的昵称。

立功业的献身精神。"彼特洛夫褐色的眼睛燃烧着歇斯底里的火光,他狂热地说,"这是一种自觉的精神, 在远离彼得堡的荒凉地域进行任何行动都无需请示的独断精神! 穆拉维约夫将军用这种精神征服了黑龙江的左岸;我们的先驱蒲斯瓦尔斯基将军,用这种精神从额尔齐斯河横越中国的新疆,直达西藏! "

科斯洛夫被这种激情感动了,他肃然立正,对这种至高无上的精神表示敬意。

彼特洛夫转向护送"探险船"的卫兵排长:"齐诺夫少尉! "

"到。"

"留一个班在船上,其余两个骑兵班,沿河的两岸向东走,接应我们的探险船。"

"是! "

"起航! "

在沙漠中奔流的野河,卷着混浊的浪花,喷着黄色的泥沫,在平坦的沙岸中窜出很多河道,仿佛干旱的沙漠也发生了大水灾。有些河道其实是盲肠一样,前面是没有去路的。

"探险船"在河上拙笨而缓慢地浮动。测量水情的人不停地大声报告数字:

"流速,每分钟从五米减到两米。"

"河宽,由二百八十公尺变为五百七十公尺。"

"水深不及一公尺。"

"向北拐弯五十一度。"

彼特洛夫和科斯洛夫,伏在桌上精心地绘制河图。

站在船头的排长齐诺夫举着望远镜瞭望, 无精打采地照例报告:"航程第十六天,中午,仍然没有发现人踪。"

"探险船"猛然停下了。

测量水深的士兵大声报告:"搁浅! "

目测兵也报告:"前面没有去路,探险船又钻进死胡同。"

科斯洛夫把笔一掷,气哼哼地说:"真是气死人! 没个向导,我们简直是瞎闯! "

彼特洛夫叹了口气, 无可奈何地命令齐诺夫少尉:"让岸上的骑兵把绳子扔过来,拴着船尾,用马把船拖回原先的河道。"

绳子,拴着一只独木舟,逆水而行。

这段河道和"死胡同"完全不同。这里河岸高耸,河流被箍紧,河水变得又深又急。凶恶的激流冲刷着松软的沙岸,泥土大块大块地崩坍,根部被水完全掏空的胡杨树,临终前向天空庄严地鞠着躬,然后猛然栽进河中……

在这急激的河水中，独木舟是无法逆流而上的，所以划舟的人就得背着纤绳，在岸上拉着它走。

拉独木舟的人是个二十多岁的维吾尔族小伙子，衣衫非常褴褛，头发很长，但身体异常结实。他拉着的独木小舟上，放着八个打兔子的兽铗，一把破旧得出奇的热瓦普，此外还有两只猎获的野兔。

他拐过一个河湾，抬头一望，不禁大吃一惊——河上冲下来一只庞然怪物，就是那艘"探险船"。

站在船头瞭望的齐诺夫，几乎乐得大喊："报告，航程第二十天，发现河上第一条船，左岸有一个人！"

彼特洛夫和科斯洛夫一齐奔向船头。

拉纤的小伙子瞅见穿异国服式的人，猛然一怔，迅速收起纤绳跳下独木舟，顺着急流向原路飞快划走。

彼特洛夫命令齐诺夫："两岸骑兵快马前进，务必追上这个人。"

黄昏，血红的落日。

"探险船"靠在一片长满野胡杨和沙枣林的岸边。彼特洛夫和科斯洛夫晚饭后正闲悠地啜着咖啡。

赛义德走来报告："先生，那个人不肯当向导，怎么办？"

科斯洛夫："他到底熟识不熟识这条水道？"

赛义德："除了鱼以外，大概只有他熟识这条水道了。"

彼特洛夫："嗯，你怎么跟他说的？"

赛义德："要是能给他说上话倒是好啦。这是个很野蛮的人，骂得可凶，我好像在哪里见过他……"

"哦！野蛮人，"彼特洛夫站起来，对科斯洛夫说，"对于野蛮人，同他谈条件是软弱的表现。他们只尊重捉摸得到的力量。蒲斯瓦尔斯基深入西藏的时候说过，他的向导是金钱、枪、短鞭子。我们就用最后一种吧。"他抓起一根鞭子。

一棵胡杨树，分桠处长着树结。

这棵树下，捆着那个被抓来的维吾尔族小伙子。他身上，已经有很多处鞭痕了。

气吁吁的彼特洛夫因为用力挥鞭子，挥得自己也浑身是汗。

彼特洛夫问赛义德："他怎么说？"

"还是不肯当向导。"赛义德气哼哼地说，"骂你是洋魔鬼，骂我是狗巴依，要埋葬你和吃掉我，嘻！"

彼特洛夫诧异地盯着这个倔强的小伙子。

维吾尔族小伙子瞪着眼,直勾勾地盯着彼特洛夫,毫无惧色。

彼特洛夫挥起鞭子,照着小伙子的软肋猛抽,一鞭、两鞭……

被抽的小伙子眼睛燃着怒火,目眦尽裂。

三鞭、四鞭……

小伙子因为钻心的疼痛,额头流着汗。

五鞭、六鞭……

小伙子额头上的汗变成小水柱,流进圆睁的眼睛里。他的视野开始模糊起来,只听见鞭子在耳边嗖嗖响,渐渐什么都看不清楚了……

浑身是汗的彼特洛夫把鞭子交给一个麻脸的俄国士兵,命令他:"你接着揍,一直到他肯当向导为止。"

麻脸的士兵:"中校先生,你揍得太狠了。要是他再也醒不过来,可就没有人当向导啦。"

彼特洛夫:"等他醒来的时候,再这样对付他。"他把鞭子掷到地上。

地上,燃起一堆篝火。篝火的三脚架吊着一个烧水的小锅。

被鞭子打得遍体鳞伤的小伙子醒来了。麻脸的士兵用茶缸子倒满开水递给他。

一个吃列巴①的士兵,掰下一大块,放到小伙子的手中:"吃点吧,小伙子。你又挨打,又挨饿,够受的了。"

小伙子瞪了这些洋人士兵一眼,朝列巴啐了一口,转过身去。

"嘿,好小伙子!"一个褐色头发的士兵倒是赞叹起来,"有点像我们库班人的犟劲!"

麻脸的士兵:"我们诺夫哥罗德人也一样,如今对老爷的鞭子,可不像从前那么尊敬了。"

吃列巴的士兵:"在欧洲的战场上,军官老爷就更吃不开啦。"

"喂,听说你们在那边的战壕里,同德国兵联欢,是真的吗?"

"当然不假,我们在一块唱歌……"士兵拿起那把破旧的热瓦普,调了调弦。

他正想唱,热瓦普被小伙子一把夺回去了。

小伙子不能让别人碰这把琴,他珍惜地抚摸着他的热瓦普……

"探险船",在热瓦普琴声中起航。

---

① 列巴:俄国面包。

"探险船"，在热瓦普琴声中，驶入那段水深、流急、沙岸崩坍，倒下死树的河道中。

"探险船"是尾随着独木舟行驶的。独木舟轻得像一片树叶，在流速较快的河上，根本不用划桨。于是，那个维吾尔族小伙子就弹奏起热瓦普来了。

这热瓦普琴声，我们好像在什么地方听过，这是一首古老的、极其哀伤的维吾尔民歌的调子。

"探险船"上。

赛义德望着很深的流水，听着独木舟上小伙子的热瓦普琴声，抑制不住心惊肉跳。他回过头来向彼特洛夫禀告："我看用这小伙子当向导，怕是靠不住。那热瓦普弹的……好像是送葬的调子。"

"嗯？那是要当心点。赛义德，你坐到他的船上，拿枪监视着他。遇到危险的地方，向我们这里打旗。"

"我？"赛义德大吃一惊，"那独木舟……怕是坐不了两个人。"

"坐得了的。你在船头，他在船尾，面对面盯住他……"

话犹未了，忽听船上有人惊惶的叫喊声。

原来是，在河的正中漂流的独木舟，突然向右拐了一个九十度的大弯——它避开了在河心横躺着的一棵很大的死胡杨树。

眼看"探险船"马上就被急流推着往死树撞去，海军中尉科斯洛夫一个箭步奔向船尾，亲自把舵猛扳向右，喝令船工用木篙把船往右撑……

"探险船"沿着独木舟驶过的航道也拐弯九十度。半浮半沉地在河中漂着的死树，差点就用它巨大的枝梢把"探险船"上的一切扫掉。

科斯洛夫擦着额头的汗，长长吁了口气。他鄙屑地瞥了赛义德一眼，说："你说这个小伙子当不了向导？不，他领的航道很正确，要不你造的这条船早该翻掉了。"他决然地说，"这是个好向导，让他当下去。"

彼特洛夫点头："是这样，那顿鞭子一直发挥着良好作用。科斯佳，我们停船测量一下这段河道吧。这里太重要了，要在河图上详细标记下来。"

停靠在岸边的独木舟。

维吾尔族小伙子看着"探险船"上的洋魔鬼瞄着仪器，画着河图；赛义德同几个外国兵扛着"魔杖"——就是那种一节红一节白的测量标杆，在河岸奔跑着……他猛然震动了。

在他的眼前，浮现出哈定在沙漠测绘地图的情景。

现在我们明白了，这个小伙子不是别人，正是依卜拉欣老人的孙子巴吾东。

巴吾东的耳畔，响起了爷爷依卜拉欣的热瓦普琴声和歌声。

他拿起热瓦普，用仇恨的目光扫视着这一切，手指有力地拂动琴弦。

于是，我们再次听见依卜拉欣老人的歌声和看见老人和乡亲们在沙漠上濒死的情景……

黑风咆哮，沙丘飞舞，
洋魔鬼带着赃物奔回归途。
只留下在死亡中挣扎的奴隶，
流尽最后一滴血水和汗珠。
异国的恶魔卡断我们的咽喉，
罪恶的巴依出卖我们的民族。
我们将长眠在塔克拉玛干，
让沙丘掩埋我们的白骨。
…………

"喂喂，开船！"

赛义德一手提着别旦式手枪，一手拿着红绿小旗，跨到独木舟上。

圆咕噜的独木舟，猛烈地歪倒一边，差点就被肥胖的赛义德弄翻了。

心惊胆战的赛义德，两手牢牢地抓住独木舟的"船帮"，紧张万分地盯着小伙子，用讨好的声音说："开船啊，听见没有？"

巴吾东拿起木桨，轻轻地划动独木舟。

他虽然没有弹热瓦普，但爷爷的琴声和歌声，仍然一直在他的耳畔响着：

巴吾东啊，巴吾东，
你快背上盛水葫芦，
回到我们的故乡塔里木。
当你长大成人的时候，
…………

在歌声中，独木舟驶进一段两岸高耸的河槽。这里水更深，流更急，河水打着磨盘大的漩涡，河底的流沙向上翻滚。

吓坏了的赛义德，顾不上拿别旦式手枪监视巴吾东。他两手抓牢"船帮"，浑身打战。

爷爷的悲歌,一直在巴吾东的耳畔响着,而且声音越来越大:

　　你要让复仇的旋风卷起的沙山,
　　变成埋葬洋魔鬼的坟墓;
　　你要让故乡的河水变成猛虎,
　　吞噬巴依的烂肠狗肚。
　　…………

独木舟像在魔釜的沸汤上翻滚的一片菜叶,被急激的流水推着飞驰。

“探险船”上,人人紧张,个个严阵以待,连狗都盯着翻滚的河水直打哆嗦。

“打旗号!”彼特洛夫额头上冒着汗,大声喝令独木舟上的赛义德,“打旗,给我们打旗号!”

赛义德毫无主意,低声下气地问:“我说,好小伙子,船该朝那边走? 我好打旗。”

“你不认识我了吗?”

“我,不……”

“我可认识你啊,巴依!”巴吾东说着,但却若无其事地把独木舟拐向左边。

赛义德急忙把一面绿旗向左边挥动,向右边挥红旗——危险讯号。

“探险船”上的海军中尉科斯洛夫,像在军舰上那样威风凛凛地指挥:“左满舵!”

“探险船”急往左拐弯。

河的左边,一个巨大的胡杨树桩在离河面五寸的水中隐伏着。河水在这里出现巨大的漩涡,像飞瀑般急速奔泻。

独木舟在隐伏的树桩旁边轻巧地滑过去。

巴吾东静静地告诉赛义德:“你怎么忘性这么大哩,我就是被你当成小狗,吊在树上打的人,依卜拉欣的孙子啊!”

“啊,你?……”

赛义德知道要出大问题了,又想拿别旦式手枪,又想挥旗打讯号。但巴吾东一使劲,圆咕噜的独木舟便像摇篮般翻滚起来。吓得面无人色的赛义德“啊,啊,啊”地直叫喊。

巴吾东扭身一看,“探险船”离那个隐伏的树桩不远了。他挥起木桨,劈头向赛义德打去。

赛义德被打落水中。

在“探险船”上的彼特洛夫发现了独木舟上的情况,没命地大叫:“危险,危险……”

他也一个箭步窜到舵边,把船猛扳向右。这可更好,"探险船"横着臃肿的躯体向隐伏的树桩撞去。

于是,一场煞是好看的事情就在顷刻间发生了。这艘用八根剖空心的大圆木拼联起来的航具,被猛然一撞,侧着身倒立起来。船上的人和所有一切——测量仪器、图板、木箱、马、羊、狗连同那顶圆形的毡房,统统掉进河中。接着,八根圆木就分崩离析,整艘"探险船"散架了。

巴吾东回首望着这一切,脸上浮起了轻蔑和嘲弄的笑纹。他划着木桨,独木舟像箭一般顺着急流扬长而去。

黄云凝暮,暝霭沉沉,篝火的浓烟直冲天际。

彼特洛夫、科斯洛夫、赛义德全像被水泡肿了的肥猪那样,光裸着大肚子,一堆燃得很旺的篝火在烤他们湿淋淋的衣服。

"我说,赛义德,把你那个该死的农奴抓来后,还准备要吗?"

"不,不要了!我要用这把刀子,像宰别的农奴一样,亲自宰了他!"

"不,他想让我淹死,我可得用火把他烧死……"科斯洛夫说。

"对,我指定捆在这棵树上,"彼特洛夫指定的就是那棵长了个树结的胡杨树,"点上这么一大堆火,把他活活烤死!"

"可不知道抓得住抓不住?"

彼特洛夫断然说:"他绝对跑不了。齐诺夫少尉亲自率领两个骑兵班沿河的两岸搜索他,他除非钻进水里……"

"哦,看,有人来报讯了。"

两个骑着快马的人,在河岸飞奔着。他们一个是俄国驻喀什噶尔领事馆的职员,一个是护兵。两人在火光前跃下马来。

彼特洛夫看起来的是领事馆职员,不禁一愣:"你?……"

领事馆的职员顾不上休息,神色紧张地把彼特洛夫和科斯洛夫拉到一边低声说话。

麻脸士兵向刚来的护兵挤了挤眼,低声问:"我说,老乡,有什么事?"

护兵极其快活地大声说:"沙皇尼古拉二世完蛋了!"

"住嘴!"彼特洛夫在远处骂他。

可是护兵却不管这套,嗓门更大了:"真的完蛋了!列宁从国外已经回到彼得堡,布尔什维克的口号是'全部政权归苏维埃'!"

剪接的影片资料:

人声鼎沸,烟雾弥漫的斯莫尔尼大礼堂。

列宁站在讲台上,左手拿着讲稿,右手伸向听众,全身前倾地向革命人民发表演说。

工人们、士兵们、水兵们、赤卫队员们一片震耳欲聋的欢呼声:"乌拉!……"

在这些影片资料中,叠印着俄国驻喀什噶尔领事馆的那面沙皇俄国的国旗被降下来。

天空喜气洋洋地飘着1917年头一场雪花。

已经完全丧失了昔日威风的彼特洛夫,现在连服式都改变了。此刻,他穿的是维吾尔人的长大袷袢,戴的是维吾尔人的羊皮帽,在黄昏,穿过寂静无人的喀什噶尔街头。

他在一扇大黑门前停下来,敲门。

喀什噶尔道台的堂屋,此刻也不像从前那么喜庆。墙上挂着一副对联,上写:

闭门不问维新事

浑噩长为太古民

彼特洛夫颓丧已极地坐在堂屋的椅子里,耷拉着脑袋。

道台:"这么说,你这个俄国的官员,害怕回国……"他做了个杀脑袋的样子。

彼特洛夫悲哀地掉下眼泪。他从长大袷袢的怀里取出金表、金链、金元宝,双手奉上前去:"我对大人……一点微小的孝敬,请大人允许我的要求,做贵国一个普通的臣民。"

"这个……下官也有为难之处。何况我也是卸任在即……"

"就请大人在授印之前,接纳我这个卑微的中国百姓吧。"

彼特洛夫忽然朝道台大人跪了下去,一如清皇朝时的黎民百姓向官员行跪拜之礼。

道台微微一笑,扶他起来,顺便也就把礼物收下了。

"既然如此,就请先生改个此地人的名字吧。"

"我叫萨曼——萨曼巴依。"彼特洛夫对科斯洛夫说。

在旧俄领事馆。改称萨曼的彼特洛夫正在收拾行囊。他和科斯洛夫都要马上离开这里了。对此凄惶情景,他们这些人都神色黯然。

"那好吧,萨曼巴依,你以后打算怎么生活呢?"

萨曼向旁边的赛义德摆摆头:"也像他那样,经营些土地,雇一批长工,再开一间店铺,当个中国的财主吧。"

齐诺夫少尉走进来:"先生们,领事馆的卫队也该回国了。"

"好吧,祝你顺遂。"

"可是,还有一个班的士兵留在探险船出事的地方……"

"还什么探险船的啊,以后再别提这事了。"

"你忘了,他们是奉你的命令,去捉拿弄翻船的那个小伙子的。"

赛义德:"抓住了吗?"

"抓住了,怎么办?"

"还有什么说的,"彼特洛夫想起这件倒霉事,余怒又起,"从前说过怎么办,现在还是怎么办。烧死!赛义德巴依,你不去看看吗?"

赛义德咬牙切齿地:"我明天就去。亲自点火把他烧死!"

我们认得那棵长着树结的胡杨树。树下堆着一堆干柴,旁边是被捆绑着的巴吾东。

几个俄国兵,有的坐着,有的躺着,有的卷莫合烟,麻脸的士兵在哼着一首哀伤的俄罗斯民歌:

> 草原茫无边,
>
> 路途遥又远。
>
> 在这草原里,
>
> 车夫快冻死。
>
> 他在临死前,
>
> …………

一个俄国士兵问另一个俄国士兵:"河水都快结冰了,让我们在这里等什么呀?"

"说是要等什么赛义德巴依来,把这个小伙子烧死。"

麻脸士兵不唱了,插过来说:"我说,伙计们,我们别作这份孽了。我们烧死这个小伙子干什么呀?"

褐色头发的士兵完全同意:"是呀,说是现今俄国士兵的枪口,要对准资产阶级,可这是个中国的穷小子。"

"对对。滚他妈的什么巴依吧,跟俄国的财主是一路货。我们反正回国,别听他们的了。"

"对对,我们走吧。"士兵们都同意了。

麻脸的士兵把巴吾东的绳索解开,叮嘱说:"走吧,可得走远点,别让那个巴依再把你抓住,要不可就没命啦。"

俄国士兵骑着马,扬着尘土,朝西方走了。

巴吾东奇怪地眨着眼睛,都是"洋魔鬼",怎么这些人不把他弄死,却把他放掉呢?

巴吾东登上独木舟。

巴吾东划着独木舟,在快要结冰的河上走了……

河水,冰结,冰消。

河畔,花开,花落。

天空,雁去,雁来。

河上,划着独木舟的巴吾东,已经是一个满脸胡髭的中年人了。那顶在买齐提就戴着的羊皮帽已十分破旧,头发在帽下像乱草般伸出来……(化)

从破帽伸出来的乱发,变成花白色——巴吾东已经老了。这个在原始而荒凉的河上过了几十年原始生活的人,还是划着那只独木舟。

但独木舟上除了打猎的兽铗和破旧的热瓦普以外,还增加了一个瘦弱的,脸色苍白的女孩子——那是他疼爱的小孙女别妮西汗。

天空飘着雪花,独木舟在一片莽莽苍苍的胡杨林边靠岸。巴吾东背起一个塔哈,里面装的是黑色的和褐色的野生植物籽实。

小别妮西汗光裸的双脚踏着河边的薄冰,雪花纷纷扬扬落在她的头发上和身上。她瑟缩着肩膀,呵着冻得发红的小手……

这两个穷得不能再穷的祖孙俩,消失在茫茫的雪雾中。

在雪花纷飞中,出现那本俄文手稿:

(画外音)"……三十二年前的头一场初雪降临喀什噶尔的时候,我由俄国人变成中国人,在这交通闭塞的亚洲小城冷眼等待历史的演变。但等待的结果是……"

(画面)一辆国民党军队的十轮大卡车拽着一门野炮在辚辚行驶。炮架上拴满了诸如夜壶、网篮、箱子、包袱等等杂物。炮上挂着一面白旗。

(画外音)"……1949年头一场初雪降临喀什噶尔的时候,三十二年前发生在俄国的事情,在中国又发生了……"

窗外雪花纷飞。

赛义德的家里,炉火熊熊,锅上炖着羊肉,桌上摆着一个盛满抓饭的大圆盘,还有装着各式各样干果的小碟子。

但是气氛很恒郁,赛义德同萨曼坐在桌旁谈论着以后的出路。赛义德的三个儿子——都是三四十岁的恶棍,也在旁边听着,为未来的事情担忧。

这两个巴依都一把岁数了。萨曼看来还壮实,六十多岁;赛义德则是老朽了,已经七十出头了。

"我说,赛义德巴依,共产党的军队已经开进新疆的大门了,再有个把月,他们就要来到喀什噶尔了,你打算怎么办呢?"

"呃呃,萨曼巴依,这……这回我们该算中国的臣民,还……还是算俄国的臣民呐?"年迈的赛义德,说起话来已经木讷了。

"算俄国人的话,我是白俄,你连白俄也不是;算中国人的话,你和我都是恶霸地主,咳!都是马克思不要的人。"

"他……他们就不尊敬老人?"

"对于你这位老人,啊,恕我直说,大概最尊敬就是枪毙了。对于你这三个儿子,恐怕也得陪着你,这你心中有数。"

赛义德站起来,绕着房子转圈。

"难、难道我们就、就等着吗?"

"等什么呢,坐下来吧,赛义德巴依。绕着房子转没有用,得转到别的地方去。"

"转、转到哪里去啊?"

"能去的地方,怕是不多了。"

赛义德的三个儿子,快要哭出声来:"我们赛义德一家,就等着挨杀啊?难道就没有条活路了?"

"萨曼巴依,你、你说吧,我、我晓得你有办法的。"赛义德用悲哀的、期待的、有气无力的声音说。

"要是你们愿意过点苦日子的话,办法是有的,到塔里木去吧,你原先打算在那里办牧场,没有办成。现在可以去办了。"

"塔里木办牧场……行吗?"

"大概能行。俄国的中亚沙漠地带,直到第二次世界大战以后才有能力开发,那是布尔什维克上台后三十年的事情。在中国,大概也要等这么久吧。"

"噢,三十年,我、我有一百岁了,够了。"

"我也够了。我一直在写我的回忆录,如果我能在共产党统治下,躲在人烟稀少的沙漠边缘地带完成它,拿到国外出版,我想,比哈定的《塔克拉玛干沙漠探险记》要惊险得多,有趣得多。让我们都去塔里木吧。"

"好吧。"

"要走的话,得赶快,悄悄走,不要让别的人知道。要不,可就大祸临头了。"

"好的,过两天,他、他们……"赛义德指三个儿子,"先赶几群羊去……"

俄文手稿的又一页。

(画外音)"……我很快就成为塔里木的牧羊人。可是在塔里木'浑噩长为太古民'的历史条件已不复存在,担任垦荒的共产党军队并没有等三十多年,而是很快就到了塔里木……"

红旗。

一支中国人民解放军生产建设部队的荒地勘察队,开进茫茫的塔里木。

歌声:

> 勘察队员,
> 四海为家,
> 迈开大步走天涯。
> 让塔里木荒原,
> 遍布农场,奔驰铁马,
> 让塔里木河,
> 千里绿浪,万里鲜花。

勘察队员们肩扛仪器和工具,提着一节红一节白的测量标杆,在塔里木的原始莽林中前进。

我们的电影观众还没有在这部片子中看过塔里木的原始莽林,现在请看吧:

风蚀坟连接着风蚀坟,沙冢连接着沙冢。

奇形怪状的野生胡杨树,张牙舞爪地迎着镜头而来:

树,拳桠爪枝,像巨大的章鱼伸展曲臂;

树,乱条交错,像长满一身长毛乱发。

死掉的树,像僵尸般挺立;

活着的树,半身枯枝,半身黄叶,一边冒芽,一边衰败。

勘察队在莽林中踏着盈尺的浮土前进。浮土慢腾腾地但非常顽固地升起一片黄褐色的雾霭……

勘察队走进一片密不透风的灌木梢林。

人们挥着斧头,砍劈灌木梢林,打算开出一条路来。

年纪最轻的勘察队员宓祥,在梢林的"洞"口趴下来,打算往里钻。一只怪物——红色的头,黑色的背,像小狗那么大的蜥蜴,忽地窜出来,一溜烟跑掉了。宓祥停下斧子,傻了眼。

勘察队长钟毅兵爬上一棵高大的胡杨树瞭望,只见挡着他们前进的这片灌木梢林,黑压压望不到头,完全是黑刺、铃铛刺、黄荆棘等带钩带刺的灌木丛。凭勘察队这些人,就算砍十天也别想砍出条路来。

"停止!"钟队长从树上爬下来,"就地休息。"

人们个个汗流浃背,默默无声地放下斧头。摇摇水壶,很多人的水壶已经空了。大家干渴不堪。

宓祥走了过来,低声说:"钟队长,我看不对头!"

钟队长默默点头:"宓祥,谈谈。"招呼大家,"同志们都来研究一下。"

宓祥:"自愿来带我们看荒地的那个老乡,怎么带我们来看这种荒地?"

"这种荒地我们也得看嘛。"

"不,"宓祥从兜里掏出一大包东西,打开来一看,是野兔的毛、野兔的粪、野猪粪、鹿粪……"队长,这是我沿路拣拾的遗落物,你再看这个……"他指着刚才跑掉的那只大蜥蜴的足印。

"宓祥的意思是说,我们走的路,不是人走的,是野兽踏来踏去踏出来的。"一个勘察队员解释说。

另一个勘察队员说:"在进入塔里木前,我也听人说过,这种到处都好像是有路的野林子,叫'迷宫'。顺着这种路走,往往越钻越深。最后迷失方向,就在野林里渴死了。"

宓祥:"难怪那个老乡领我们到林子边,就溜掉了。"

"那可不是,是阿不都拉同志让他带路往回走,接应医生。"另一个勘察队员说。

钟队长一直在默默思索……

野林空地,架起了勘察队的野营。

炊事员在野灶升起袅袅炊烟。

无线电发报机在吱吱响。

报务员把师部的来电迅速翻译出来,交给队长:"师部复电。"

队长轻轻念着电文:"你队当前的任务,是务必物色在当地土生土长的老乡当向导,希全力以赴。在此以前,勿深入莽林。"

另一份电文:"派给你们的医生,已骑骆驼出发三天,追踪你们的足印前进。希速派人循回路接应。"

钟队长口述复电:"已派人去,但仍未接到。"

医生牟华骑着一峰高大的骆驼,沿着一串不知什么足印走进一片枯林。

医生是个戴眼镜的年轻人,大学毕业不久就参了军,这次自告奋勇追踪勘察队来了。他骑骆驼的姿势可是怪,牲口每迈一步他就往前摇晃一下,可以说是一路鞠躬前进。

"勘察队——我是医生——你们在哪里——请回答——"

他沿路大声叫喊着,可是枯林一片死寂,没有半点回音。

于是,这个有点淘气的书呆子想出了个好主意,他在骆驼背上战战兢兢地站起来,等到骆驼正好从一棵枯树下走过的时候,他急忙把树一抱,就想攀到高处瞭望一下。可是才离开骆驼背,这么粗大的一棵树就轰的一声坍下来了——这是一株枯死了不知多少年的朽树,稍微一触便像沙塔般倒下来了。

医生虽说摔得不甚厉害,可也够他自个儿揉一阵子的。他瞪着眼睛,十分惊讶地瞅着这株自个儿会坍下来的大树,又是生气,又是叹气。可是等他把眼镜擦净再戴上的时候,急得叫喊起来:"你往那里跑啊!"

原来是,那峰不晓得怎么照顾他的骆驼,在他摔下来以后昂首阔步地继续往枯林里直走。他急忙爬起来,一拐一拐地追赶骆驼……

"就这样,医生在离我们十二公里左右的地方钻进枯林里,沿着一串很大的脚印走,后来天黑了,就找不见他的踪迹了。"接应医生的阿不都拉同志,向勘察队长报告接应医生的情况。

钟队长有些奇怪了:"阿不都拉同志,你说是一串很大的脚印?有多大?"

"有这么大,"阿不都拉比划着,大概有一尺多长,"椭圆形的,在浮土很细的地方,还可以辨认足印是有毛的。"

宓祥眨着眼,惊奇地叫喊起来:"有毛的?"

"是呀,带我们来看这片林子的老乡,也看到了。"

镜头移转:原来,带勘察队来看林子的老乡不是别人,是变成"塔里木的牧羊人"的萨曼。

萨曼:"是的,我看到了。"

钟队长:"你看,这是什么脚印?

萨曼连连摇头:"我也不知道。听说有种人熊——是熊,但像人一样直着走路……"

"你见过吗？"

"不，要是碰上这东西，恐怕就没命了。"

"那么，你来这边牧羊并没有多久啊。"

萨曼暗暗吃了一惊，但他非常老练和狡猾，立即就顺着说："来这边才几个月，我从前是在和田那边放羊的。"

"那好吧，你休息去吧。"勘察队长让阿不都拉带他到帐篷那边休息去了。

他们走了以后，队长对人们说："这个人并不熟识这里的情况，我们必须找到在这附近的老乡当向导才行。"

宓祥奇怪了："这附近会有老乡？"

"会有的。而且，我希望能找个土生土长的老乡给我们当向导，那么……"他转向两个搞水利工作的勘察队员，"你们搞水利的同志，就可以向他了解水文资料，河流改道的规律，"他又转向两个搞土壤学和植物学的勘察队员，"你们搞植物和土壤学的，也就可以向他了解森林和植被的情况，土质情况。有这么个向导，该多好啊！"

"唉！"

"你唉什么的，宓祥。"

"队长，你真是怪会想的，可就是有点唯心论。"

"哈，宓祥，别以为只有你才会拣拾路上的遗落物呀，我也会哩。"说着，队长从兜里也拿出个纸包，打开来让大家看，"你们看，这是什么？"

搞水利的勘察队员一下就认出了："野兔子皮。"

队长："这张野兔子皮，是人剥下来的，还是野兽剥下来的？"

"当然是人剥的，野兽吃兔子哪用得着剥皮呐。"

另一个勘察队员："真的，你看，这兔子皮的切口边缘整齐，是用刀子剥的。"

他们正议论兔子皮的时候，阿不都拉牵着峰高大的骆驼走来了，兴高采烈地说："队长，医生找到了。"

"啊，在那里？"

"瞧，这是峰骆驼……"

宓祥急了："哎！怎么你们尽搞些象征性的东西。这是骆驼，可不是医生。"

阿不都拉："这不是我们勘察队的骆驼，是医生的，它闻到我们骆驼的气味，自己跑来归队了。"说着，阿不都拉从骆驼背上取下马褡，打开来看，里面装着红十字包、药瓶、听诊器、注射器……"这不是医生的，还会是谁的。"

队长立即下命令："我们立即出发，跟着骆驼的脚印找医生……"

医生牟华处在极其狼狈的状态中。他的脚踝被一个不知什么东西打伤，站不起来,就一直爬呀爬的,在浮土上大概爬了足足一公里。此刻他浑身尘土,连眼镜都变成灰黄色的了。当勘察队的同志找到他的时候,他已处在半昏迷状态中。指着脚说:"咬伤了……咬伤了……"

队长连忙把"咬伤了"他脚的铁器解下来,惊奇地问:"阿不都拉,看,这是什么?"

阿不都拉一看,惊喜了:"这是兽铗,我们维吾尔老乡用来打野兔子的兽铗。"

宓祥也发现问题了:"阿不都拉,你昨天说的有毛的大脚印,是不是这种?"他指着一串的确是尺把长的、边缘有毛的大脚印问。

"是的。"阿不都拉让跟上来的萨曼看,"这就是你说的'人熊'的脚印,对吧?"

萨曼讷讷地说:"就是这种啊,怕也不一定是'人熊'……"

勘察队长让人们赶快救护和安顿医生,回头对阿不都拉和宓祥说:"我们跟着这串脚印走下去,看看。"他让萨曼也跟着一起走。

阿不都拉和宓祥顺手扛了根一节红一节白的测量标杆,同队长沿脚印走下去了。

走了不长一段路,阿不都拉忽然伸手把队长一拦:"别动!"

这里,那串大脚印有点零乱。阿不都拉仔细在浮土上打量着,看准了一个地方,他用测量标杆轻轻地往那里一触。"啪"的一声,一个兽铗从浮土里面跳出来,一下子就把测量标杆夹住了。

阿不都拉兴奋地说:"队长,你要找土生土长的老乡,有了!是个猎人。"

在他们发现猎人的踪迹的时候,另一个人也发现了他们。

这个人躲在远处一棵粗大的胡杨树后面,他蜷曲的头发和胡须散披到颈项,花白色。很难说他穿的是一种什么衣服——光着身子披了一张生羊皮,羊皮已十分褴褛,几乎无法辨认衣服的外形。他脚上穿的是一双用生羊皮裹成的皮窝子,羊毛露在外面。因此他踏出来的,就是那种"边缘有毛"的大脚印了。

他就是巴吾东。巴吾东一眼就看见萨曼,虽然一下认不出来,但多少面熟。而他引到胡杨林里来的一群陌生人,手里也是扛的"魔杖"——一节红一节白的测量标杆,他对这东西的印象可是极其深刻。他警惕而又紧张地瞪着双目,一声不响地盯了一阵,倏即在林子里消失……

但他在浮土上踏出来的一长串大脚印,却说明了他的去向。

那串大脚印,一直伸到胡杨林里。

胡杨林里出现一间小屋。

这是一间非常简陋的小屋,它以四根自然生长的胡杨树作为屋柱,用红柳条编成的墙,糊了一层泥巴。有些泥巴已经脱落,从这些泥巴脱落的墙洞里,径直传出一个女孩子低微的呻吟声。

屋内,这个女孩子躺在土炕上,十二岁左右,比我们上次看见她的时候脸色更加苍白,更加消瘦。可是她的眼睛睁得很大,努力守望着炕头上的一盏很小很小的羊油灯。

她兴许是冷起来了,伸出瘦弱的小手,轻轻地触动火焰……不,那是羊油快燃尽了,她在拨灯捻子。

她听见门外响起脚步声,急忙用衰弱的声音喊:"爷爷!"

刚从外面回来的爷爷急忙走进屋里。他本来准备抱起孙女赶快离开这里,避开马上要来到的灾祸的。可是孙女的说话,却使他悲伤地迟疑起来。

"爷爷,灯快灭了……爷爷,灯一灭,我就要死了吗?那就让我死在家里吧……"

爷爷把孙女放下,一滴眼泪落在弱小的火焰旁边,"刺啦"一声爆裂出很多小火星,真的快灭了。吓得他赶快把灯捻子拿起来,另一只手把一团干硬的羊油捻碎,细心地撒进容器里。

灯,又重新亮起来。可是那一小团羊油,剩下不多了。爷爷的手托着羊油,战栗起来。

"我说,别妮西汗,让我们离开这里吧,要不,倒霉的事情可就要来了。"

"爷爷,我不怕倒霉,我反正要死了。要是我死了,你就弹着热瓦普,唱支祖爷爷的歌给我送葬吧……"

爷爷的眼睛被泪水濡湿了。他背过身去,不让孙女看见他流泪。心里想,要是他唯一的小孙女快死的话,他这个老汉还需要躲避什么灾难呢……

他颤抖的手拿起那把古旧的热瓦普,迟疑了一阵,用极其哀伤的声音弹唱起来。

于是,老依卜拉欣那首古老的,极其哀伤的民歌旋律,又在这间很小很小的屋子里回旋飘荡起来。

屋外,我们听见热瓦普的琴声和巴吾东低沉的、哀伤的歌声:

　　…………

　　异国的魔鬼卡断我们的咽喉,
　　罪恶的巴依出卖我们的民族。
　　我们将长眠塔克拉玛干,
　　让沙丘掩埋我们的白骨。
　　可是——
　　我不能让子孙听任灭亡,

我要为后代夺回一条生路。

…………

勘察队长和阿不都拉，扛着一袋面粉和一块砖茶，沿着足印来拜访他们发现的穷苦猎人。萨曼跟在后面走。

当萨曼走近小屋的时候，逐渐听见了那首古老的、极其哀伤的维吾尔族民歌，这使他一下愣住了。他侧耳仔细地听着、听着，这首歌他好像在什么地方听过……啊！记起来了，是他那条"探险船"遭受覆舟之祸的时候。难道……

他怀着一股惊惧的情绪，勉强跟着勘察队的人走向这间小屋。

小屋门前，一只眼睛烂得发红的大黑狗，猛然狂吠起来。

听见狗吠声，巴吾东放下热瓦普，走出门外，准备迎接到来的灾难。

巴吾东瞪着眼，看着这三个陌生人。当他的目光扫视到萨曼的时候，立刻就凝聚不动了。近在咫尺之间，他几乎不是用视觉，而是用全身的感觉器官认出了这个曾经用鞭子狂打过他而且几乎要烧死他的洋魔鬼。

同样，萨曼也不仅凭视觉，而且也凭刚才听到的歌声，证实了这个把他的"探险船"弄翻的赛义德以前的农奴。

当钟队长和阿不都拉扛着礼物走进小屋里的时候，萨曼趸身溜到一边，迅速向林子里溜跑了。

勘察队员们正在巴吾东小屋附近架设着帐篷。

队长和阿不都拉，从巴吾东的小屋走出来了。

宓祥殷切地问："怎么样，那个老猎人肯当向导吗？"

队长默然。阿不都拉沉闷地把老人让他扛回来的半塔哈东西放下来。

队长语声沉重地说："同志们，把帐篷拆掉。"

勘察队员们诧异了："为啥？"

队长："老大爷本来要抡棍子揍我们。幸好阿不都拉是维族人，给他做了很多解释，总算把棍子放下了。却闷声不响地蹲在那里，半晌不说一句话。"

阿不都拉："老大爷很不高兴，他不愿意同我们做邻居。要是我们不搬，他就搬。"

"我们做错事啦？"宓祥问。

"没有做错什么。送给他一袋粉和一块砖茶，给他说了很多好话，总算勉强收下了。可是倔得很，不肯白拿我们的东西，非得让我们也拿他一些食物才行。唉！这食物叫什么'希勒克'、'阿拉卡提'、'空空勒克提干'，我是个维族人，也不晓得那是什么东西。"

说罢,阿不都拉把塔哈里的东西倒在篷布上。啊!全是垃圾似的东西:铃铛刺籽、黑触籽、硷蓬花籽、骆驼刺籽……最好的就算为数不多的野生沙枣了。

帐篷里,空气沉重起来。勘察队的人对着这些"食物"呆住了。

队长把几棵草籽填进嘴里,咀嚼了一下。那又酸又涩的黑刺籽和又麻又苦的硷蓬花籽,使他皱起眉头。其余的草籽,顺着指缝落下。

队长沉重地说:"不要往远处搬,离这里一里地就可以。"

"要是他还不肯呢?"

"再搬一里。"

"要是……"

"同志们,我们勘察队,首先是人民的军队。人民有困难的时候,我们有责任关心、照顾。现在这个老大爷生活很困难,他有个孙女病得很厉害,他靠那几个打野兔的兽铗生活,可现在春天草青了,野兔子不那么好打了,兔铗子经常落空,只好吃这些黑刺籽和硷蓬花籽。我们要是搬走了,老大爷的生活就没有人照顾了。"他想起来了,问,"自愿走来带我们看野林子的那个老乡呢?"

宓祥说:"他走了。说是他要回去照管羊群。我们既然找到了向导,也用不着他啦。"

"宓祥,看看,那条狗为什么又叫了,谁到老大爷家去啦?"

宓祥在帐篷门口一看,叫起苦来:"哎呀! 我们的书呆子又该吃苦头了。"

原来是,被兔铗子打伤了脚踝的医生,已穿起白褂子要开始工作了。他拿着个装注射器的铝盒子和酒精灯,想到老大爷的屋子里蒸煮注射器,好给病人治病。可他一走近小屋,那条一辈子没见过穿白褂子的黑狗,便尽忠职守地吠得几乎把肺都呕出来。当它那双烂得发红的眼睛瞧见医生抬起一根树枝准备自卫的时候,它便很不讲情面地向他扑去了。

医生吓得把树枝一扔,撒腿就跑到巴吾东身边,一把抱住他的羊皮上衣。

巴吾东对于这个被他的兔铗打伤脚踝,现在又被他的狗欺负得好惨的穿白色"袷袢"的年轻人,倒是有点同情和体贴。

他用棍子把狗敲了一记,狗再也不敢吭气了。

医生不能进屋子取火,他就从口袋中取出个放大镜,弄了点碎树叶,对着阳光让放大镜的焦点把碎叶燃着。然后把酒精灯在冒烟的叶子上晃了晃,酒精灯像小羊油灯那样亮起一朵火焰。

这朵小火焰,使巴吾东老人产生了点希望。他的小别妮西汗那盏小羊油灯已经快燃尽了,他再也没有羊油了。他蹲下来,伸手要这盏酒精灯。

他蹲下来的时候,医生看清他了,惊叫起来:"老大爷,你的眼睛害结膜炎。我是医生,我给你瞧瞧……"

懂得尊重少数民族风俗习惯的宓祥一听,再看见医生想动手翻老大爷的眼皮,急坏了。他一个劲给医生打手势:"医生、医生……"

执业不苟的医生不懂宓祥干吗挤眉弄眼打手势的,他咕哝着:"他眼睛就是有病嘛,我有责任给他治。"他转身对巴吾东说,"我这就给你拿药去。"

医生走开以后,巴吾东把酒精灯端进屋子里了。他高高兴兴地对孙女说:"别妮西汗,灯,"他把酒精灯放在快要熄灭的羊油灯旁边,"你的灯,不会灭的。"

小别妮西汗看见这么漂亮的,透明的酒精灯,也快乐起来了。

"爷爷,来这里的,是魔鬼,还是人?"

"不晓得,好像不像魔鬼。"爷爷喃喃地安慰着小孙女,"爷爷遇见的所有魔鬼,都是害人的啊……"

河畔,赛义德和萨曼的牧场。这里新修起两栋房子,周围放牧着几百只羊,看来两个逃亡巴依的日子过得还是蛮不错。不过,此刻赛义德的三个儿子又围着两个老家伙,忐忑不安地听他们讲潜伏着的危险了。

赛义德:"这小子,还,还活着?"

萨曼:"是的,他住的地方,离这里只有两天路程。如果他知道赛义德和萨曼巴依原来在这里,他会怎样呢——要是他给共产党的勘察队当了向导的话。"

"他、他认出你啦?"

"大概认出了。"

"啊,啊!萨曼巴依,你自己跑去共产党那里,带他们看野林子,说是有、有好处,可是……"

"别埋怨了。我本来想把勘察队引到离我们这里远远的地方,可遇见你原先的农奴,就把灾难引到身边了。"

赛义德跌着脚,号起来:"怎、怎么办呐,这回又、又该往哪里逃呐!"

"杀死他!"赛义德的大儿子恶狠狠地说,"他死掉,共产党就算走到大门口也不会知道我们的事情!"

"倒是干脆。可是在共产党的大门口杀死个人,跟你从前在庄园里杀死个人是不同的啊!"萨曼一面说着,眼睛一面在咕噜咕噜转,"哎,有了,他不认识你,你会当'巴赫西'吗?"

"那个玩意,有什么会不会的,随便糊弄一下也行。"

"啊,那就行了。"萨曼用手指头在地上划着恶毒的计划,"你把他诓到远一点的林子里……可是,先想办法弄死他那条狗,免得吠起来惊动勘察队……"

那条大黑狗,让宓祥用馒头诳到医务室的帐篷外面拴着。

他从口袋拿出一瓶眼药水,给狗点着眼睛,医生牟华看见了,气得直跺脚。

"宓祥,你这是干啥! 我报告队长……"

"嘶——别嚷,我是帮助勘察队的'巴赫西'工作。"

"啥?"

"阿不都拉告诉巴吾东老大爷,让他别找'巴赫西'了,我们勘察队也有'巴赫西',可他不肯信任我们的'巴赫西'……"

"闹了老半天也不明白,我们的'巴赫西'在哪里呀?"

"就是你呀。"

"我? 巴赫西是什么意思。"

"本来是博士的意思,可是到了这里,就成了那种、那种……"宓祥发窘了,只好直说,"就是那种靠念经,跳大神给人治病的巫师呀。"

医生牟华勃然大怒:"宓祥,我对你真有意见。我是医学院毕业的正式医生,怎么是念经、跳大神的……"

"哎,哎,你别发火嘛,我跟你说……"宓祥正正经经给他介绍情况,"巴吾东老大爷本来有儿有孙,可除了这个小孙女,全死光了。眼下小孙女怕也保不住了。他从前,是到很远的地方找'巴赫西'治病的,不管治好治死,都得给人家干一百天活。现在他正毫无办法的时候,偏巧有个野巫师主动来找他,说是胡大知道他孙女病了,派他来给虔诚的穆斯林降福的。老大爷一听,觉得真是神的先知,相信了,野巫师今晚就要给他的孙女诵经了。"

"呀! 那不行! 他孙女得的是肺结核,诵经哪能治好? 这事我得管。"

"你愿做'巴赫西'了?"

"干吗'巴赫西',我告诉他,巫师是骗人的。得注射链霉素和吃异烟肼……"

"呀呀,你这个人,怎么是个死脑筋。这塔里木从来没有医生,他能信你的链霉素和异烟肼呀。队长说了,群众不了解我们,我们有责任设法让他了解。喏,你的药水把他家的狗的烂眼睛治好了,他才会信任勘察队的'巴赫西'是真能治病的嘛。"

真的,那条黑狗烂得发红的眼睛,果真消炎退肿,快治愈了。

晚上,黑沉沉的野林。

远远出现一堆孤零零的篝火。在篝火的烘托下,胡杨树显得又高、又大、又阴森。从篝火那边,传来"咚巴克"的咚咚声和时断时续的非常低沉的诵经声:

"安拉——洪——安拉……"

篝火前面,一棵大树下用绳子吊着一个筐子,筐子里装着巴吾东气息奄奄的小孙女。

穿阿訇衣服的赛义德的大儿子,把一个木碗递给巴吾东:"让胡大降福,安拉,洪……"巴吾东随着这祷告声,把这碗大概是用醉马草泡的水喝掉了。

于是,"巴赫西"用手叩击着"咚巴克",时轻时重,时快时慢,巴吾东按着鼓的拍节,开始推着筐子,围着篝火转。

"快转,快跑,让魔鬼离开你的孙女……""巴赫西"催促着说。

鼓点声快起来:喝了那碗水的巴吾东,神色开始不对头,他气喘吁吁地跑着,筐子里的女孩子哭起来。

鼓声急骤:巴吾东大张着嘴喘气,跌跌撞撞地推着筐子急速旋转……

鼓声又重又急:巴吾东晕眩了,神智也不清了。眼前的篝火一片模糊,他的胸脯像风箱般呼哧呼哧发响,豆大的汗粒从额头上滚下来。

赛义德的大儿子见时机已到,抓住巴吾东的衣领,恶狠狠地说:"你背叛真主,仇恨巴依,胡大早就要烧死你的!现在我遵照胡大的旨意……"

说着,赛义德的大儿子把巴吾东往篝火中一推。篝火窜起一丈火苗,万点火星。

正好在火星迸溅的时候,宓祥和医生赶到林边了。那条大黑狗,老远就向"巴赫西"狂吠起来。

赛义德的大儿子大吃一惊,马上隐进夜色中,跨上马背急驰而去……

萨曼和赛义德在一处地方迎着他,急问:"怎么样?"

"糟了!赶快跑!"

萨曼一把扯住他的马缰绳:"不能往回跑,那片牧场不能要了!我们从这里赶着羊顺河边跑,跑得远远的,跑到连魔鬼也找不到的地方才行……"

一片轻纱般的晨光笼罩着塔里木。

勘察队的医务室———一座帐篷外面,额头缠着纱布的巴吾东看着宓祥用眼药水给他的爱犬点眼,微笑着。大黑狗的眼睛,可以说完全治愈了。

不远的天空,成千只水鸟在河的上空飞旋、鸣叫。巴吾东仰望天空,喃喃自语:"噢!阿库洛,阿库洛……"

宓祥:"老大爷,你说啥?"

巴吾东用非常柔和的眼睛凝视着宓祥:"小宓宓,你,是好人吗?"

"你说呢。"

"嗯,"老人点头,认可了,又喃喃自语,"你们的'巴赫西',也是好人。"

帐篷里，"巴赫西"牟华正给躺在帆布床上的小别妮西汗喂饭吃。她精神好些了，开心地尝着甜丝丝的食物，小舌头舐着粘在唇边的稀饭。

"医——沙——"她用陌生的汉语学着。

"不，医生。"

"勘——察——堆。"

"队，队，勘察队。"医生一面教他，一面指着一种有对长耳朵的东西，问，"这叫什么？"

她"咯咯"地笑了："土什干——秃（兔）子。"

医生大笑起来。他们富有感染力的笑声，使走进帐篷的巴吾东也乐了。

巴吾东今天脸上挂着微笑，可以说神采飞扬。他浑身上下洗得干干净净，那张稀烂的生羊皮没有了，穿的是勘察队员赠送给他的军便服。不过他按维吾尔人的习惯穿法，在腰上束了一条布带子。

"小宓宓，'巴赫西'。"巴吾东勾着指头，让宓祥和医生过来，认真地问，"你们有巴依没有？"

"我们是中国人民解放军，怎么会有巴依呀。"

"洋魔鬼，也没有？"

宓祥好笑了："没有。"

巴吾东指着一节红一节白的测量标杆："怎么你们也带着魔杖。"

宓祥一下子还弄不清楚"魔杖"的底细，只好拿起一个兔铗子跟他解释："你用这个干活，我们就用那个（测量标杆）干活，是干活用的啊，不是魔杖。"

"嗯，干活，干活的人，是好人呐，对不？"

"对。"

巴吾东突然严肃地说："小宓宓，快告诉你们在河边干活的人，跟我逃命！……"

滚滚不尽的沙漠河，浩浩荡荡地向东倾泻而下。勘察队员们，被这条雄浑而神秘的内陆河迷惑住了。一首歌，深沉而惋惜地在河面响起来。

> 沙漠河啊，无缰马，
> 河水滚滚浪淘沙。
> 水流千尺沙千转，
> 河水一年一搬家。
> 新河一夜成泽国，
> 旧河一夜变平沙。

何日河水改旧貌，

不灌荒沙灌庄稼。

…………

　　这首歌，也许用不着唱，它只是勘察队员们的心声。他们一面测量着河的流速、流量、河深、河宽，一面由衷地赞美起这条河来：

　　"多么大的河啊，水量很丰富。"

　　"现在的流量，有一千四百多立方米每秒。"

　　"真是不错，开发出来，可以灌成千万亩地哩。"

　　"几千年来，中国的水利工作者从未来过这里，我们算是头一批了。"

　　"不，"勘察队长说，"我们现在还摸不清河道的变化规律，不知道它为什么经常改道和朝什么方向改道，甚至还没有一点水文资料，我们还谈不上是它的水利工作者。"

　　宓祥流着大汗，飞一般跑到河边，老远就大喊："队长，快让大家回去。"

　　队长："干什么？"

　　宓祥："巴吾东老大爷，叫我们赶快搬家。"

　　勘察队员们都摸不着头脑。

　　"不是对我们蛮不错嘛，干吗又不要我们做邻居了？"

　　宓祥指着在天空飞翔的密集水鸟群说："看，看见了吗？这东西叫阿库洛。"

　　"阿库洛又怎么的？"

　　"大洪水快卷来了。"

　　水利工作者："啊，宓祥，以后你来搞水文资料好了，我去学算卦啦。"

　　宓祥急了："怎么不分场合乱开玩笑。巴吾东老大爷说，阿库洛成群在头上飞，不是好兆头，它飞到那里洪水就卷到那里。要是它在头顶越飞越多，大叫大嚷，那就得赶快跑，跑到哈的东躲洪水。"

　　"哈的东是什么地方？"

　　"是片高地，巴吾东老大爷年年都是根据阿库洛的动向，跑去那个地方躲洪水的。"

　　钟队长惊喜了，对水利工作者说："这是水文资料啊。巴吾东老大爷头一次给我们介绍情况了，以后会越来越多，同志们，走吧。"

　　洪水从三面包围了哈的东，这是一片只长着一棵沙枣树的高地。

　　水利工作者仰望着阿库洛出神："嗨，这家伙还真灵。"

　　勘察队长也瞅着这些水鸟说："能不能叫阿库洛只在这哈的东飞，不往别的地方飞？"

另一个勘察队员："那我们就一年到头都得躲洪水了。"

队长："不，你注意这哈的东的地形没有？"

"注意了。要是修水库，这倒是一个好库址。"

"对啊，你的想法跟我一样。"队长指着水鸟说，"这阿库洛跟着洪水的水头飞，原来是找鱼吃。要是在这里修个大水库，阿库洛就老在这个地方转了。"

另一个水利工作者："对啊！从这个地方往北面那片丘陵筑一条弧形大坝，就可以成为一个很大的水库了。巴吾东老大爷不光带我们躲洪水，而且开始当向导，给我们带路，找到水库的库址了。"

阿不都拉："巴吾东这几天很高兴，给我说了这地方的好多情况。"

"是吗？"勘察队长高兴极了，"说了些什么，快给我们讲讲。"

"他介绍的情况，都是根据自然物的变化得出的经验。"阿不都拉随便指着一只在空中掠过的燕子说，"连这燕子怎么飞，他都说得出名堂。喏，它成群在南岸飞，南岸就要起风；往北岸飞，风很快就要刮到北岸。"

"啊！让我记下来。"队长一面在笔记本上记着，一面问，"关于这条河呢，他讲过吗？"

"讲了。他说，每次发洪水，这条河总有些地方要改道。他一生，见过大的改道有四次，小的改道就数不清了。改道多半偏北，所以南岸有很多死树林。因为河流一改道，胡杨树没有水，就枯死了。"

"啊！啊！这资料太重要了。"队长再问阿不都拉，"他在河的北岸住过多少年？"

"三十年。"

"南岸呢？"

"也是三十年。"

"喂喂，阿不都拉，你得多想点办法，请他带我们到他去过的所有地方走一遍。你看，行不行？"

"这个啊，完全没有问题了。因为我们勘探队的'小宓宓'和'巴赫西'，几乎成了他的亲人了。"

勘察队员们扛着测量标杆，带着各种仪器和图板，跟着巴吾东向塔里木荒地进军——现在，他们勘察大面积荒地的工作，正式开始了。

这个在塔里木生活了大半生的老人，背着那个很大的盛水葫芦，肩头挂着几代人靠它生活的八个打兔子的兽铗，威风凛凛地上路了。但是，他觉得有点不对头，用手指头向扛了一束测量标杆的宓祥勾了勾。

"小宓祥，"巴吾东指着一节红一节白的标杆，"勘察队的人，用它干活？"

他见宓祥想说明什么,相当不满意。"那为什么不给我,啊?"说着,他拿过一根从前的"魔杖",扛到自己肩上了。

勘察队员们由衷地笑开了。

连那只大黑狗,也高高兴兴地跟着主人上路了。

巴吾东领着勘察队,在沙漠的边缘前进。(划)

巴吾东领着勘察队,在河边的草原前进。(划)

巴吾东领着勘察队走过的路,化作一条通行汽车和拖拉机的公路。

歌声:

> 茫茫的大漠,
> 滚滚的大河,
> 沉睡了千年万代的塔里木,
> 红旗如火,
> 波澜壮阔!

大群载重汽车载着生产建设部队的军垦战士们,沿着这条公路浩浩荡荡向塔里木进军。拖拉机牵引着各种机械农具和装满油罐的斗车,在这条公路上隆隆驶过。

歌声:

> 看革命战士逞英豪,
> 看人民军队战大漠,
> 要莽莽荒原变良田,
> 要浩浩黄沙荡绿波。

巴吾东领着勘察队走过的莽林,化作垦荒战场,军垦战士挥汗如雨,扫荡荒林,进行造田。

哈的东大水库,坝上坝下人流滚动;轻便铁路的斗车给大坝运土;拖拉机牵引羊角碾压坝。

…………

歌声:

> 啊——
> 古老的山河遍布阡陌,

"无缰野马"披鞍上锁。

塔里木河两岸，

千里鲜花，万里春色。

——巴吾东打野兔的莽林，化作瓜地、果园：红郁郁的苹果，黄澄澄的鲜杏，香喷喷的甜瓜、光闪闪的西瓜……

——巴吾东住过的那间以四根胡杨树作柱子的小屋，化作塔里木第一医院。

——巴吾东躲洪水的哈的东，大水库已完成第一期工程，出现了一个烟波浩渺的人工湖泊。泄水闸前，成千阿库洛在飞翔、鸣叫。

——巴吾东所住过的地方，都变成了麦田、棉田、桑园、菜地；塔里木的水稻田，使这昔日荒原荡漾江南风光。

军垦战士的豪迈战歌高唱入云，吓得赛义德一家和萨曼失魂落魄，面如土色。他们驱赶着羊群，沿着河岸不歇气地奔逃、奔逃……

他们有的人骑马，有的人乘驴，老家伙赛义德老得不能骑牲口了，被安置在一辆木轮车上，一路颠颠簸簸逃命。

他们就这样逃啊、逃啊，一直向未被开发的、还没有多少人烟的地方奔逃。

留在后面窥视勘察队动向的赛义德第三个儿子，策马赶到前面，惊魂稍定地说："歇一下吧，歇一下吧……"

萨曼："歇什么？"

"那个给勘察队带路的老鬼，不朝这边走了，把勘察队领回去了。"

赛义德大喘着气："安拉！总算、算有个头了。再逃下去，我、我的骨头要散架了……"

萨曼："不，不能歇，起码要再离他们三、四天路程，才能歇。"他挥鞭策马。

于是，这伙亡命的巴依又继续奔逃了。

猎罢归来的巴吾东，背着那八个打猎的兽铗，提着十多只肥大的野兔，右手还抱着一只刚捕获的小鹿，满面春风地在公路上走着。

一辆满载物资的大卡车赶上了他，停住了。

驾驶员打开车门："老顾问，老顾问。"

巴吾东像跨进家门一样，跨进驾驶室。

"老顾问，这次打猎，去了几天呀？"

巴吾东的大手伸出四个指头——四天。

汽车风驰电掣地行驶。

驾驶员："回哈的东，还是回家呀？"

"我的家，就是勘察队。"

勘察队员之家。

别妮西汗和大黑狗，老远就来迎接巴吾东。

"爷爷——"

"别妮西汗！"

别妮西汗现在双颊红扑扑的。眼睛水灵灵的，小辫子悠打悠打的，跑起来像一阵风似的。

她抱起小鹿，向一个木栅栏走去。木栅栏挂着一个勘察队给她写的木牌："塔里木第一养鹿场。"

加上新捕获的小鹿，这个"第一养鹿场"已经有二十多只小鹿了。

"哈哈……"

巴吾东非常满意地笑着，向挂着"勘察队员之家"木牌的帐篷走去。

可是"勘察队员之家"是空荡荡的。床上没有铺盖，桌上没有图板，放测量标杆的地方，一根"魔杖"都没有了。这使巴吾东吃惊地瞪着双目：

"'小宓宓'呢？'巴赫西'呢？勘察队呢？"

"'勘察队员，四海为家'，他们唱着那支歌走了。"别妮西汗眼泪汪汪地说。

"啊！"巴吾东吃了一惊，他生气了。

报话机响着宓祥的声音：

"哈的东，哈的东，我是阿库洛、我是阿库洛……"

哈的东水库工程指挥部的门被猛然推开，巴吾东出现在门口，脸色怪难看的。

"嗤——"

阿不都拉慌忙制止他，把他拉到响着宓祥声音的那个机器跟前。

宓祥的声音："报告队长，一切很顺利，今天前进三十公里。"

勘察队长："情况怎么样？"

宓祥的声音："河道仍然很平坦，没有发现适合建设水电站的地方。"

"前面是什么地方？"

"不知道，摸索前进。"

"好吧，按时通报。"

"是，按时通报。喂喂，还有……"大概宓祥以为队长要关报话机了，急忙问，"巴吾东老爷爷回来了吗？"

"刚回来。"

"他家的柴火不多了。我们在距出发地十公里的右岸河边,给他打了很多柴,请派车运回去。"

"好的。他在这里,你有话说吗？"

当队长同宓祥通话的时候,巴吾东一直在听着,听着,气也消了,笑容也露了。现在,他对着报话机大声说起话来:"'小宓宓'、'巴赫西',我……想你们啊!"

报话机响起了一阵欢快的声音,是宓祥和医生牟华的声音:"再见,巴吾东老爷爷。"

报话机关掉了。巴吾东坐在那里,默然不语,又是气呼呼的了。

钟队长向阿不都拉使眼色,朝巴吾东的背后努着嘴,低声说:"气大着哪,要给他好好说才行。"

阿不都拉笑着,向巴吾东走去:"老爷子,生气啦？"

"他们走了几天？"巴吾东声音很粗。

"才两天嘛。"

"为什么没有我？"他瞪起眼睛来了。

"哈,早知道你要问的,可你先别生气。"阿不都拉的声音又柔和,又甜蜜,"我们初来的时候,找你找得好苦,没有你真是不行啊。你带着我们在北岸走,走遍了你三十年住过的所有地方;又转到南岸,也走了这么多地方。你的皮窝子踏烂了不知多少双了。你的每个脚印,都踏出我们军垦农场的大片农田啊! 是这样吧,老爷子。"

这么一说,巴吾东有点满意了:"阿不都拉,你的舌头是百灵鸟给的。"

"谁也没给,说的是实话。你是我们勘察队的老向导,军垦农场的老顾问了。说什么我们也该让你歇一歇,有点时间去打打兔子啊。"

"现在用不着我了。'小宓宓','巴赫西',都会飞了。"巴吾东有些伤心起来。

队长:"他们过些时候又要飞回来的。这次他们出去,只不过是沿着河岸走,找个水特别深,河特别窄,水流特别急的地方建设水电站……"

巴吾东吼起来:"水这么凶的地方,我才知道,他们不知道!"他指着报话机,对队长下起命令来,"你告诉'小宓宓',沿河的这只胳臂走(指着左臂),我在前面等他。"

"哎哎,老爷子,你等等……"

"等什么,我划船去,比他们走路快……"说着,巴吾东就在门外消失了。

巴吾东的独木舟载着大黑狗,顺流而下,轻快疾行……

落日熔金,千里斜阳。

古木斜晖,疏烟淡日。

河窄、水深、流急处——我们在影片已经见过这地方了:

——那棵长着一个大结的胡杨树,已经长得两人才能合抱了。

——附近大片野生的沙枣林,光景也同三十多年前大体一样。赛义德和萨曼的大群马、驴、羊,在践踏着这片林子,吃着枝叶低垂的沙枣。

"你还记得这地方吗? 赛义德巴依。"萨曼不无感触地看着这湍急的河水和长着树结的胡杨,树下也是如同过去一样燃着一堆篝火。当年的情景,在他脑子里还不曾消失:"我还记得一清二楚,这就是我们那条探险船给撞翻的地方啊。"

"噢噢——"赛义德是老糊涂了。

"这片沙枣林,当年我们晾过衣服。这棵长结的胡杨树,我们光着膀子在这里烤火。"

"噢噢,是的。"

"从这天起,我的命运就因为俄国的革命,同那条探险船一样翻了个过了,我连国籍也得换,名字也得换了,唉! "

"嘻——! "

"那次我们乘船只走到这个地方,前面就没有去过了,是吗?"

"呃……是的。"

"这样吧,赛义德巴依,我们这辈子的交情算是不错,就在这个地方美满地结束吧,我得走了。"

"你? ……"赛义德大吃一惊。

"你也明白,现今的塔里木,再也不是从前的塔里木了。我还是到新疆北部的天山去吧,从前的海军中尉科斯洛夫,就在那里,那边有我们的同胞,在大森林里靠养蜂、打猎过日子,倒还不错。"

"彼特洛夫先生……"

"不,我还是萨曼。"

"萨曼巴依,带上我们一家吧。"

"这个呀,不行。你岁数够大的了,爬天山不是你的事了,你还是留在塔里木,当个谁也认不出你是巴依的牧羊老汉吧。"

从密丛丛的沙枣林中,静悄悄地走出巴吾东。他在这里听赛义德和萨曼说话已经很久了,现在他还在背后静静听着,手里拿着划独木舟的桨和纤绳。

两个老巴依一点都不知道背后有人,继续说他们的。

赛义德："你到了那边，比在这里强？"

"比在这里强。到了天山，我跟我的同胞一样，是个侨居的俄罗斯养蜂人，或者猎人，或者做点小买卖的商人。"

"那么，那么你写的回、回，啊，回忆录还写下去吗？"

"噢！我这本没有写完的回忆录，再也不能写了。这里每句话，都成为记录我罪状的东西了，也有你的很多罪状。要是被人发现，那就完啦。这么着，现在让我当着你的面，把它烧掉吧。"

萨曼叹着长气，把一本十分珍惜的俄文手稿，翻了又翻，摸了又摸，非常舍不得。

"唉！看来把它送到外国出版，是绝对没有希望了。与其让它成为我的罪状，那就只好烧、烧吧！"

他双手捧着俄文手稿，像焚化遗物般，轻轻放到篝火上。

突然，一只大手从背后伸出来，一把就将俄文手稿从火中抓出，打灭了烧着的几页。

"噢——原来你们把罪恶藏在这里，想烧掉，那可不行！"

两个老家伙扭头看见巴吾东，吓得魂不附体。

巴吾东一脚踏住赛义德，一手抓住萨曼，两眼喷着怒火，大喝道："洋魔鬼！ 原来你在这里，还有你，出卖民族的巴依赛义德！"

"啊！啊！啊！"

两个老混蛋还想挣扎，巴吾东挥起木桨，朝他们狠狠揍了几桨，把他们打翻在地。

"放老实点，省得我把你们揍烂了！"

巴吾东大吼着，抖开纤绳，把赛义德捆个结结实实，然后再去收拾萨曼。

可是萨曼趁着这个机会，拔腿就往沙枣林飞跑，边跑边喊："来人呀，来人呀，救命呀……"

巴吾东提着木桨追赶萨曼。可是来不及了，萨曼已经骑到马背上了。

巴吾东一打口哨，那条大黑狗便勇猛地扑向那匹马……

巴吾东急追萨曼。萨曼没命地踢着马肚子，催马快跑，继续声嘶力竭地大喊："来人呀，来人呀，救命呀……"

在胡杨树林里伐木的赛义德三个儿子，都闻声走出来，手里都提着斧头。

萨曼对着赛义德的三个恶棍叫喊："快，快，给勘察队带路的那个老鬼，要杀死你们的父亲了……"说着，萨曼没命地策马跑掉了。他听见后面传来木桨和斧头的格斗声、怒喝声、骂声、狗的狂吠声……

这种声响，也传到正在徒步前进的勘察小分队——他们距肇事地点不远了。

宓祥一下就听出了巴吾东的怒喝声。他大吃一惊:"是巴吾东老大爷……"他把手一挥,"同志们,跑步前进!"

勘察小分队急步快跑。但是,巴吾东的怒骂声突然中断,狗在哀叫……

满面泪痕的宓祥对着报话机:"哈的东,哈的东,我是阿库洛,我是阿库洛……"

队长的声音:"我是哈的东,开始通话。"

宓祥:"我们这里发现严重敌情……"

勘察队长脸色严峻,他听着宓祥在报话机里的声音:"有一伙阶级敌人,数量不清,大概不超过五个人,他们杀害了巴吾东老大爷,向东逃窜。我们勘察小分队全部出动,跟踪追捕。可是敌人很狡猾,分散骑马逃跑,有的过了河,有的钻进胡杨林,我们只捉到一个老家伙。请速派骑兵来搜捕。"

队长:"我马上向指挥部报告,你们现在的位置在那里?"

宓祥的声音:"从昨天的位置向东前进十五公里,在河的左岸,到达巴吾东老大爷等候我们的地方。"

"有什么特点?好让骑兵迅速找上你们。"

"河水很深,河面很窄,水深流急。这正是建设水电站一个很合适的地点。"宓祥的声音响亮而严肃,"巴吾东老顾问,老向导,在临终时给我们选择了这个好地点。他生命的最后一天,实际上还在为我们勘察队当向导。我们勘察队员向他遗体告别的时候,一致表示:对他唯一的亲人——他的小孙女别妮西汗,一定要由我们勘察队来抚养。这是我们勘察队员对尊敬的巴吾东老人的一片心意。请示队长,是否同意。"

勘察队长抱起一直靠在他身边的别妮西汗,严肃地答复:"已经同意。"

报话机响了一声"通话完毕"。他关掉报话机,抱着别妮西汗迅速走出门外……

我和一百多个戴红领巾的孩子们,已经离开了柴油船"塔里木三号",现在站在一座水电站前面。

那被河水冲刷而曾经大块大块崩坍的河岸,现在是一条巨大的水泥建筑的河堤;

那曾经卷起巨大漩涡的河水,现在驯服而欢快地沿着水泥渠道,流进发电站的输水隧洞;

那万古洪荒的广阔原野,现在架起了高压线路;

那棵长着树结的老胡杨树,它的华盖像凉亭般遮阴着一大片绿毯似的草地。那粗大的树干,要三个人才能合抱了。

我爷爷巴吾东就长眠在这里,他日夜守望着我们故乡的这条大河,看着它一年比一年美丽,一年比一年壮观。

孩子们终于明白了:"别妮西汗姑姑,巴吾东老爷爷的小孙女就是你?"

"是的。"

"你后来呢?"

"也跟你们现在一样,戴上红领巾上学。在我大学毕业的时候,勘察队长把这本《塔克拉玛干沙漠探险记》送给了我,把这本俄文手稿的事情也告诉了我。后来,我要求回到我的故乡工作,并且也常常当向导……"

"给勘察队当?"

"不,给青年同志们、中学生们和孩子们当,像今天这样,带大家到塔里木各地看看,讲我今天给你们讲的故事。"

"可是故事还没讲完哩,后来那个狗巴依赛义德一家怎么啦?"

"该镇压的镇压了,该惩办的惩办了。"

"那个老毛子彼特洛夫呢?"

"他逃到伊犁那边,在天山深处的野果沟同几个养蜂、打猎的白俄住在一起。赫鲁晓夫上台后,他们都在苏联驻伊犁的领事馆领到证件,被当作苏联公民接回去了。"

"啊——!"孩子们大吃一惊,"明明是个漏网的狗巴依,怎么成了他们的公民?"

"是的。事情给颠倒过来了,这是为什么?我家祖祖辈辈当过向导,我就讲向导的事情吧。他们拍了一部电影,叫做《德尔苏·乌扎拉》,那也是个向导的故事。但那是个出卖祖国,出卖民族,咒骂中国人民,俯首帖耳为老沙皇侵略中国领土卖命的向导。他们把这样一部影片拿到世界各地放映,这是为什么? 大家想想吧。"

"别妮西汗姑姑,也给我们讲讲这个《德尔苏·乌扎拉》吧。"

"好的,我们一面走,一面说吧……"

于是,我带着孩子们,继续去看塔里木的老向导去过的一些地方——我们走向冉冉物华,春光无限的塔里木新绿洲的深处……

——剧　终

钱这个东西

吐尔逊·尤努斯（维吾尔族）

张世荣　译

一张图案古朴的地毯，由左及右铺展开来充满画面。

面值不一的人民币由小及大急速旋转而出，最后由一张面值拾元的人民币充满画面。

叠印出"演员表"几个字。

喀孜木戴着用线绳拴着一条腿的老花镜，坐在一只矮凳上专心地清点钞票，然后抬起头来，脸上露出一丝得意的微笑。

肥胖的泰莱罕戴着珠光闪闪的首饰，坐在织毯机前数钱，她满意地开怀大笑，眼角一颗黑痣在不停地颤动。

迪利夏提身着西装结领带，一条皮尺挂在脖子上，在专心数钱。他猛一抬头，闪动着一双机灵的眼睛，会心地一笑。

谢依达放下绣好的小花帽，取出一沓钞票在数着，然后抬起头来莞尔一笑。

打扮得花枝招展的茹仙古丽在数钱，然后她把长长的头发向后一甩，得意地一笑。

艾力在数钱，数着数着高兴地憨憨地笑了。

赛来阿洪和阿依木罕各占画面的一角在数钱。

尼牙孜和买买提各站在画面两边，麻利地数着钱，数完用手一拍钞票，然后行一抚胸礼。

几双手在快速地数钞票。

多棱镜头由慢至快不停地旋转，最后转得看不清物像，形成几条彩色转动的弧线。彩色弧线变成飞舞的钞票，组成片名：

钱这个东西

赶集的路上,车水马龙。

长长的集市,熙熙攘攘,十分热闹。

民族乐器店里,一老者弹奏都塔尔琴,边弹边唱。几个青年在选购乐器。

路两边布满卖各种小吃的摊贩。

小摊贩们高声叫卖着向行人招揽生意。

一只手从热气腾腾的蒸笼里向外拣包子。

一个小伙子甩开膀子拉面条,然后向画外将拉面一甩,长长的面条飞进沸腾的锅里。

一只手有节奏地向凉粉碗中浇卤。

烤馕人伸手搂住飞来的馕胚,熟练地转了两下,俯身向烤炉内一贴。

琳琅满目的时装摊和各种布料摊。

各种水果摊和叫卖声。

卖毛驴的市场上,人们在讨价还价,打着各种手势。

花帽店。

谢依达和母亲阿依木罕正在飞针走线绣花帽,迪利夏提背着一个做工精巧的木架子走进来,神秘地向谢依达做了一个鬼脸,打开木架子,像变魔术般一摆,漂亮的各式小花帽自动地"叮叮咚咚"挂在木架的几排钩子上。

迪利夏提得意地:"怎么样?谢依达,下次上街去卖花帽,就不用提篮子了吧!"

谢依达嫣然一笑:"你真会想办法。"

阿依木罕欣然望着迪利夏提笑了。

谢依达取出卖花帽的钱,快速地数着。

迪利夏提依傍谢依达而坐,看谢依达数钱。

阿依木罕高兴地看着这一对将要结婚的恋人,会心地笑了笑,然后站起来,蹑手蹑脚地出去了。

迪利夏提:"谢依达,咱们的日子快到了,可我觉得太阳这家伙太不懂心理学了,老是懒洋洋地爬着。"

谢依达"扑哧"一笑,抬起头来对迪利夏提温柔地一瞥:"可是,我爸爸又要把咱们的婚期往后拖……"她忧愁地说着。

迪利夏提愕然:"为什么?"

鞋店里。

喀孜木戴着用线绳拴着一条镜腿的老花镜,正伏在一排皮鞋后面专心致志地数钱。一会儿又用小电子计算器加着钱数,算毕,他抬头向马路上看着。

马路对面一男厕所里,不断有人进出。

喀孜木急忙收起钱,打开锁,欲将钱放进钱柜,忽然停住手,想了想,又把一大把钱揣进怀里,向门外走去。刚走出店门,他又不放心地折回店内。可是,小便憋得他坐立不安,抖着身子夹着腿,向店外张望着。

马路上行人川流不息。

喀孜木(画外音):"这个死老婆子,怎么还不来!"

喀孜木被小便憋得抖着身子,在店里不停地走动,嘴里还不住地嘶啦着。他望着马路对面矮墙上写的"男厕所"几个字,不禁打了个"尿悸",忽然灵机一动,抖着身子,走出店门,跑过马路,眼睛盯着鞋摊,向墙角退着,退着,刚挨墙角,一个急转身……

喀孜木背转身正在撒尿时,突然一只手搭在他的肩上。他吓了一跳,"啊"的一声,回过头来一看:一只扎着红袖章的胳膊,上写"纠察"二字。

(画外音):"罚款五角!"

阿依木罕匆匆走来,刚到店门口,喀孜木劈面吼道:"你,你专等我被罚了款了才来!"

阿依木罕诧异地:"罚款?为什么?"

喀孜木不耐烦地:"你少管!"说着走进店内,打开钱柜,把钱放进去,"你给我好好看着,我出去一趟。"

阿依木罕:"哎,别把钱都锁起来呀,女儿的大喜日子快到了,该办点嫁妆了,今天正好是巴扎日……"

喀孜木虎起脸:"这钱不能动!"

"咔嚓"一声,喀孜木把大铜锁锁起来,挂在钱柜上的大铜锁不停的摇晃着。

喀孜木:"我另想办法去!"

地毯店外。黄昏。

喀孜木干着一辆毛驴车来到地毯店门前"吁"了一声,毛驴车停下来。他跳下车向坐在一大垛地毯上正在数钱的泰莱罕走去。

喀孜木:"喂,泰莱罕,我的亲家母,怎么还不收摊呀?"

泰莱罕一抬头:"嗯,原来是亲家呀……"说着,她"扑通"一声从垛得高高的地毯上跳下来,"咯咯咯"地笑得浑身的肉直哆嗦,说,"你来得正好,顺便把地毯帮我拉回去。"

喀孜木诡异地一笑:"我就是专门来接你的呀!"

泰莱罕惊奇地睁大眼睛,盯着喀孜木好一会儿才说:"哎哟哟,可不得了啦,今天的太阳是从西边出来的吗?"

喀孜木:"哪里的话,咱们不是亲家吗!"

二人脸对脸,"嘻嘻"、"咯咯"地笑起来了。

正笑着,泰莱罕猛地收住笑脸,急忙转身去抱一摞地毯往驴车上装,生怕驴车会赶走似的。

喀孜木也动手帮助装车。

林阴路上。傍晚。

大路上,毛驴车、马车、各种型号的拖拉机来往如梭,川流不息。

赶巴扎归来的人们手提肩扛,熙熙攘攘。

喀孜木驱车夹在人群中间,身后坐着泰莱罕,为了说话方便,泰莱罕坐在地毯垛子上面,一高一低,一胖一瘦形成鲜明的对比。

泰莱罕:"我说亲家,孩子们结婚的日子,不是在定亲时就说好了吗?怎么又要往后拖呢?"

喀孜木吆喝一声毛驴,说:"我也不想往后拖呀,可是,为了彩礼的事,我女儿还有点不满意……"

泰莱罕:"啊? 彩礼的事,不是说好了吗? 一切由他们自己解决……"

喀孜木回过头来,沉吟片刻:"这,这,可我女儿还想要一对金镯子。哦,对了,她还想要一块金壳手表、一对金耳环、一对金戒指……另外,还要一台大彩电、一辆轻便摩托,还有……"

泰莱罕越听越生气,她睁大眼珠子,拉长嗓音喊道:"还有? 这些起码得万把块呀!"她气得一扭身子,不料用力过猛,"扑通"一声从地毯垛子上滑了下去。

喀孜木微露得意之色,忽听身后有响动,急忙回头一看:"哎呀,亲家,你怎么啦?"

泰莱罕急忙从地上站起来,装作没事的样子,掩饰道:"没,没,没什么,我口渴,想买点酸奶子吃。"说着,掏出一张五元的票子,递给路旁卖酸奶的小孩,"来碗酸奶子。"

卖酸奶的小孩见伸在眼前的是五元钱,摇摇头说:"找不开。"

泰莱罕用鼻子哼一声:"真差劲!"她望着喀孜木,抿抿嘴唇,做出极渴的样子。

喀孜木眯缝着眼,用抖抖索索的手从怀里掏出一张拾元的票子递过去。

小孩又摇摇头:"更找不开啦!。"

喀孜木摇摇头,表示无能为力。

泰莱罕一撇嘴,眼角上的黑痣颤动着,她吃力地爬上毛驴车,盘腿坐定,心想:这个死老头子,真是个铁公鸡,一毛不拔!哼,没准儿他又在打什么鬼主意了,老娘也不是好惹的。加彩礼,敲竹杠,看谁能敲过谁!

泰莱罕那肥胖的身体随着车子的颠簸在晃动着。

二人默默不语,只听驴蹄"得得",车声隆隆。

喀孜木忍不住了,回头问道:"亲家,你在想什么?"

泰莱罕佯装笑脸,探过身子,说:"哦,我在想,你有那么个好女儿,就是要多少彩礼也值得呀。"

喀孜木感到意外,又一次回过头去,二人对视片刻。

泰莱罕忍不住"咯咯"地笑了。

喀孜木随之皮笑肉不笑地打了个哈哈,转过身去,二人一前一后陷入沉默,各自在想心思。

驴蹄"得得",车轮滚滚。

河边路上。傍晚。

驴车摇摇晃晃地向前走着,河边的树影在两人身上一明一暗地闪动着。

二人相背坐在车上不语。

喀孜木低头思索着,树影在他脸上晃动。

喀孜木(心声):"这个老太婆,真是块粪坑里的石头,又臭又硬!我今天偏要从石头缝里榨出油来!"

泰莱罕:"我的好亲家,你在想什么?"

喀孜木立刻狡猾地装出笑脸:"哦,我在琢磨着,我们两家的孩子,性格一样,个头也合适,真是天生的一对儿呀……"

泰莱罕:"是啊,我也是这么想的,真是再合适不过啦。"

喀孜木:"这么说,咱们俩都想到一块去了。"

泰莱罕:"咱们是两亲家嘛,哈,哈……"

喀孜木:"那,咱们换亲吧。"

"换亲?"泰莱罕收起笑容问。

喀孜木慢悠悠地:"我说的换亲,是你再把你的女儿茹仙古丽嫁给我儿子艾力,那不就是亲上加亲了吗?"

泰莱罕心里盘算一会儿,然后说:"这事嘛,我得好好想一想,再说我女儿……"

泰莱罕(心声):"其实他的主意正对我的心思。"

喀孜木:"咱们两家来个亲换亲,两个婚事一起办,那可有多排场啊……"

泰莱罕被说得心花怒放,仰面大笑,说:"那太好啦,只要你看得上我的女儿,那还用说么？好吧，就这么办吧！"

喀孜木高兴地说："太好了，咱们又想到一块去了。"他扬起鞭子，抽了一下驴屁股，毛驴立刻打起精神，轻快地跑起来。

驴车渐远。

两亲家越谈越热火，欢笑声随着远去的驴车渐渐消逝。

喀孜木家门前。傍晚。

驴车驶到门前停下。

喀孜木朝大门里喊一声："艾力！"

艾力应声跑出门："爸爸，您回来了，累了吧？"说完，眼睛转向车上的泰莱罕。

泰莱罕的目光早已投向艾力，上下打量着。

喀孜木："不累，我的好儿子，让你妈做一顿汤揪片等着，我把你泰莱罕大婶送回家就回来。"说完，抽了一鞭子，毛驴继续向前跑去。

喀孜木回过头来对泰莱罕说："这小子就是你未来的女婿，你看还行吗？"

泰莱罕扭过神来，看着站在门口的艾力，满意地笑道："那还用说！"

艾力愣愣地站在门口，不知是怎么回事。

泰莱罕家门前。傍晚。

驴车已停在大门口。

茹仙古丽从大门里出来，先向喀孜木打招呼，说："大叔，您好！"

喀孜木满意地打量着茹仙古丽。

泰莱罕："茹仙古丽，我的好女儿，快帮妈把车上的货卸下来。"

茹仙古丽痛快地应了一声，手脚麻利地抱起地毯往院里走去。

喀孜木盯着茹仙古丽的背影，说："亲家，您这女儿跟我那小子真是天生一对儿呀！这事要是真成了……"

泰莱罕："当然能成，在家里我说了算。"

喀孜木："那咱们就说定了。"接着他向手心里啐了一口，与泰莱罕击掌，表示一言为定。

泰莱罕："说定了，选个日子订婚吧。"

泰莱罕家卧室。夜。

台灯下，泰莱罕的一双手在数钱。

赛来阿洪在一旁困惑不解地望着泰莱罕："换亲？这……"

泰莱罕："这有什么不好呢?他家女儿要多少彩礼,我家女儿也向他要多少彩礼。"说着把数好的钱锁进大钱匣子里,"一进一出,收支平衡,说不定还能赚点呐! "

泰莱罕家地毯店。

泰莱罕坐在店里,对茹仙古丽说:"只要你同意,一切都包在妈身上。"

茹仙古丽:"妈,让我考虑考虑吧。"

泰莱罕:"有什么可考虑的!既是亲上加亲,咱们一定要大办,办得体面阔气,让全市的人都看着眼红! 这么一来,妈在你哥哥的婚事上花的钱,不是又赚回来了吗? "

茹仙古丽领悟地:"哦,原来是这么回事呀! "

喀孜木家鞋店。

透过摆得整整齐齐的一排皮靴,可以看到喀孜木正在和儿子艾力谈话。

喀孜木:"眼下,咱们手头紧,为你姐姐的婚事已经花了不少钱,孩子……"

艾力不解地:"咱家早就是万元户了,还怕花那几个钱? "

喀孜木怒斥道:"钱这东西,能省一分决不花一毛! "

艾力驯服地说:"好吧,就照你说的办吧! "

泰莱罕家小院。

茹仙古丽正在织地毯。

泰莱罕抱来一堆驴毛和麻线,放在女儿身边说:"再夹一些进去织吧。"

茹仙古丽:"妈,已经掺了七成的驴毛了。加多了,织出来的地毯,用不了几天会开线的……"

泰莱罕:"傻丫头,人无外财不富,再说办婚事也得花钱呀。"

茹仙古丽:"要是让买主发现了,找上门来,那多丢人呀! "

泰莱罕:"妈自有办法。"

茹仙古丽:"你有什么办法? "

泰莱罕抓起一把驴毛,坐在女儿身边捻着线团,说:"真货家里还有五条,把价格压低拿出去卖,等买主们都争着买的时候,再把这批假货投放出去。"

茹仙古丽边织着地毯:"这,这能行吗? "

泰莱罕:"行,咱们可以雇人去卖嘛,就是被人发现了,也找不到咱门上来。从前妈就是这么做的……"

茹仙古丽回头看着泰莱罕："哦,我明白了。妈,你可真有本事啊!"

喀孜木家堂屋。

谢依达和阿依木罕正在绣花帽。

喀孜木从外面进来。

谢依达忙问:"爸爸,串花帽珠子的线买来了吗?"

喀孜木应了一声,取出花线递给谢依达。

谢依达接过线一看:"啊? 你怎么买这种线?"

喀孜木:"便宜。"

谢依达:"光图便宜不行,用这种线串珠子,几天就断呀!"

喀孜木已经跨进卧室门,又回头说:"管得了那么多? 卖出手就行了。"

谢依达生气地:"咱们不能做对不起顾客的事!"说罢起身向外走去。

喀孜木追了几步,停在在门口:"谢依达,回来!"

谢依达头也不回地走出大门去。

喀孜木气得呼呼喘气,回过身来冲着阿依木罕发火:"都是你把女儿给惯坏了。"

阿依本罕仍绣着花帽,说:"我看,谢依达做得对!"

喀孜木狠狠地瞪了阿依木罕一眼。

喀孜木家廊下。夜。

地上堆满马粪纸和山羊皮。

艾力:"爸爸,万一被人发现了怎么办?"

喀孜木:"真不会的,从前我就是这么干的,谁也看不出来。"他拿起一张马粪纸和一块山羊皮比划着,"只要用点麻布做衬里,外面用一点点皮子就行了,马粪纸外面包一层山羊皮做鞋帮,鞋帮和鞋底用胶粘,都不用缝,一天能做好几双。"

艾力憨憨地笑了。

喀孜木:"无论什么样的皮靴,只要上了漆,就跟上海的牛皮靴一模一样。"

艾力:"这种皮靴穿一天就会完蛋,一湿水就像土坯泡在水里了呀。"

喀孜木理直气壮地:"那我们就管不着了,咱们先做它两百双,到时候找个乡巴佬先拿几双真货给他卖,等买主抢购时,再抛出这两百双。"

艾力:"这办法倒不错。"

喀孜木:"不过,皮靴的款式一定要新颖、时髦。买主只注意式样,就不注意质量了。"

艾力:"我明白了。"

喀孜木:"这事千万不能让你姐和你妈知道了。"

艾力点点头。

喀孜木拿出小计算器："要是这两百双都能出手,能赚……"他念着"小九九",计算着,"一双皮靴摊三元二角五分本钱,净赚二十三元零七分……两百双就能赚……"他小声念着算着。

父子俩在一堆马粪纸、木制鞋后跟和麻布中比比划划地计算着。

泰莱罕家织毯房。夜。

泰莱罕和茹仙古丽在用驴毛掺羊毛纺着线。

歌声:

　　月昏昏

　　夜深沉

　　放下窗帘关紧门

　　羊毛掺驴毛

　　哈哈次充好

　　嘻嘻假当真

　　省钱省料又省工

歌声中一大堆驴毛、羊毛渐渐减少。

喀孜木家堂屋。夜。

喀孜木和艾力正在用马粪纸、山羊皮和麻布片做假皮靴。

歌声:

　　月昏昏

　　夜深沉

　　放下窗帘关紧门

　　羊皮包硬纸

　　哈哈次充好

　　嘻嘻假当真

　　快钉快缝莫松劲

歌声中,一大堆马粪纸、山羊皮和麻布片渐渐减少。

泰莱罕家织毯房。夜。

织好的地毯渐渐增加,垒成一摞一摞。

泰莱罕和茹仙古丽高兴地扑在织好的地毯上手舞足蹈。

二人边唱边舞:

　　要想发大财
　　　就得找窍门

喀孜木家堂屋。夜。

一双双崭新的假皮靴,自动摆好。

喀孜木和艾力围着垒起的假皮靴边唱边舞:

　　要想赚大钱
　　　就得动脑筋

喀孜木家临时鞋摊。

尼牙孜高声叫卖着:"皮靴!皮靴!上等皮靴!款式新颖,做工精细,物美价廉……"

尼牙孜一边叫卖一边应酬,买主们纷纷围过来,争先恐后地购买皮靴。

喀孜木和艾力站在一处不引人注目的地方观望。

喀孜木欣喜地:"孩子,怎么样?爸爸找的这个卖皮靴的小伙子不错吧,人挺精干,嘴也巧,是一把做生意的好手。"

艾力看得入了迷:"嘿嘿,是把好手!"

尼牙孜满头大汗地叫卖着,一张大嘴一张一合:"皮靴!皮靴!上等皮靴……"

泰莱罕家临时地毯摊。

买买提一转身,用手捻了捻小胡子,高声吆喝道:"地毯!地毯!上好地毯!花色鲜艳,品种齐全,价格低廉,快来买呀!"

随着叫卖声,争先购买地毯的人流向前涌去。

泰莱罕站在远处得意地对身边的女儿说:"瞧,妈挑的这个卖地毯的小伙子不错吧!"

茹仙古丽夸赞道:"太好啦,妈,你真有眼力,他揽起生意来真是呱呱叫!"

泰莱罕家卧室。夜。

灯下。泰莱罕和茹仙古丽伏在小圆桌上,瞅着摆得整整齐齐的一捆一捆钞票。

茹仙古丽:"妈,今天的地毯就数咱家的卖得快!"

泰莱罕:"我早说过,只要照我说的去做,绝不会赔钱!"

茹仙古丽眼睛看着泰莱罕,臂肘轻轻压在一扎钱上:"那就赶快把家里那批存货拿出去卖吧。"

泰莱罕:"不,再等一等……"说着用眼睛瞄着那一扎钱。

肘下的一扎钱被茹仙古丽的手悄悄移到胸前,却被泰莱罕的手截了回去。

泰莱罕把一扎一扎钞票装进大钱匣里,说:"等二道贩子们找上门来时再说吧。"

茹仙古丽两眼圆睁,一看大钱匣上了锁,顿时变色:"妈,你怎么都锁上啦!"

泰莱罕严肃地:"锁了,怎么啦!"

母女俩为钱争执起来。

茹仙古丽拉过钱匣:"我要提成!"

泰莱罕从女儿手里夺过钱匣:"自家人提什么成! 你要什么我替你买。"

茹仙古丽从母亲手里夺过钱匣:"我要大衣橱!"

泰莱罕又夺过钱匣:"行,买!"

茹仙古丽:"我要金耳环!"

泰莱罕:"行,买!"

"我要,我要,我要!"

"买,买,买! 你什么都想要。"泰莱罕说完把钱匣抱走。

茹仙古丽抽泣了几下,哭了。

喀孜木家地下室。夜。

喀孜木像小偷似的摸进地下室,拉开电灯,回头望望室外无人,便走进室内,径直来到大铁箱前,打开铁箱,把怀里一扎扎钞票放进箱内。

忽然传来艾力的声音:"爸爸! 爸爸!"

喀孜木急忙盖箱盖,双手捂住怀中的钱:"艾力,干什么?"

艾力出现在地下室木栅窗外面,压低声音:"爸爸,今天的买卖可真红火,一下子就抢光了,该把那批假货拿出去卖啦!"

喀孜木压低声音:"别急,等下一个巴扎日,两百双皮靴一次出手,那可赚大钱啦!"

艾力瞪大眼睛望着没上锁的铁箱。

喀孜木:"你怎么啦? 孩子。"

艾力的眼珠子这才活动起来,说:"没什么,爸爸,我在想,钱是个好东西,有了钱能在戈壁滩上买到肉汤喝。"

喀孜木警惕地看了看没锁住的钱箱:"是啊,俗话说,钱是男人的翅膀嘛。"

泰莱罕家临时地毯摊。

买买提叫卖着:"哎,卖啦,卖啦,上好的地毯——啊欠!"他打了个喷嚏,接着又叫卖起来,"颜色鲜,做工巧,物美价廉……"

他正在向围拢过来的人们招揽生意。

喀孜木闻声挤进人群,看了看堆起来的地毯,对艾力说:"孩子,我看这些地毯真不错,花色好,做工细,价格也便宜……"

艾力点头:"嗯,从来没见过这么便宜的地毯。"

喀孜木:"不妨买它十条。"悄声对艾力耳语,"一转手就能赚七八百块!"

买买提走过来热情地招呼道:"您老要买地毯吗?这可是地地道道的物美价廉。"他掀开一条地毯角,"您仔细瞧瞧,这做工有多精细呀,花色、图案也不错。"

喀孜木和艾力把地毯翻过来调过去地察看一番。

喀孜木:"这地毯是哪儿出的?"

买买提:"这是从乡下贩、贩、贩……"一只小蜜蜂在他翘起的小胡子上飞旋,他两眼成了斗鸡眼,唇肌颤动,直到小蜜蜂飞走,才把那句话说完,"贩来的呀。"

喀孜木:"兄弟,要是每条毯子少要十块钱,这十条我全包了。"

买买提:"不行,不行,少一块钱也不卖。"

艾力在一边插道:"五块,五块,乡下人从来不为两个小钱争来争去。"

喀孜木围着地毯转了一圈,又回到买买提身边:"算了,算了,每条毯子减五块钱,这生意就算说定了!"说着在买买提手掌上猛击一下,算是拍板成交,掏钱给买买提。

买买提数完钱,问:"怎么,少给五块呀!"

喀孜木:"少五块就少五块,算得了什么?"

买买提拉住喀孜木的衣袖:"不行,不行,这样我太亏了。"

喀孜木在怀里掏了几下,最后掏出一件东西往买买提手中一放。

买买提一看原来是一块冰糖:"这……"

喀孜木:"小意思,拿回去给你老婆泡茶喝吧!"

喀孜木家大门前。

喀孜木和艾力正在向院里搬运手推车上的地毯。

阿依木罕迎出来惊问:"女儿的婚事你一点不操办,买这么多地毯干吗?"

喀孜木不耐烦地:"老娘们,少管闲事!"

阿依木罕用手去摸地毯,喀孜木挡开说:"别动!"

阿依木罕气得走开。

喀孜木洋洋自得地做个手势,说:"这是真主的恩赐!"

喀孜木家临时鞋摊。

地摊上摆着一双双崭新锃亮的皮靴。

尼牙孜高声叫卖着:"皮靴、皮靴,款式新颖,价格便宜……"

泰莱罕和茹仙古丽被叫卖声所吸引,向地摊走过来。

"瞧,这皮靴做工多好,价格也便宜。"泰莱罕低声对女儿说,"要是咱们把它买下来,等下一次巴扎日转手卖出去,能赚不少钱呢!"

茹仙古丽:"是啊,这皮靴真不错,尤其是女式皮靴更妙气。"

茹仙古丽拿起一双女式皮靴欣赏着,赞不绝口。

泰莱罕:"要不,买一百双男式皮靴做生意,再买两双女式的留下自己穿。"

茹仙古丽赞同地:"太好了,就这样办吧。女式皮靴就剩两双了,再不买就没有了。"

这时,泰莱罕和尼牙孜正在讨价还价,两人把钱推来推去。

尼牙孜推开钱:"不成,少一块也不卖!"

泰莱罕又把钱推回去:"好啦,这一百双我全包了,每双减一块!"

尼牙孜推开钱:"不行!"

泰莱罕推钱:"行啦,就成交了吧!"由于用力过猛,把尼牙孜搡了个跟头,羊皮帽也掉在地下了。

羊皮帽在行人脚下滚动着,人们急忙躲开。

尼牙孜去追帽子,边跑边喊:"帽子,帽子,我的帽子!"

泰莱罕和茹仙古丽趁尼牙孜去追帽子时,各自试穿一双女式皮靴,然后满意地脱下来,装进箱子里。

尼牙孜带上帽子,数着钱:"二十、三十、四十……"边数边走过来。

泰莱罕:"放心吧,一分不少,咱不是骗人的主儿!"说着与茹仙古丽抬起鞋箱。

泰莱罕家小院。

泰莱罕将鞋箱往地上一放。

泰莱罕喊道:"迪利夏提!"

迪利夏提从屋里出来:"妈妈,什么事?"

泰莱罕:"快帮我把箱子抬上去。"她指了指台阶。

迪利夏提扛起鞋箱拾阶而上："里面什么东西，这么重？"

泰莱罕在后面扶着箱子，说："妈妈还不是为了给你操办婚事，黑天白日地拼命挣钱，这是买来的皮靴……"

迪利夏提："买这么多皮靴干什么？"

泰莱罕："再卖出去呀！"

迪利夏提一听，急了："妈，你怎么做起二道贩子来了？"他把箱子放在地下。

泰莱罕："二道贩子怎么了，只要能赚钱就行，广开财路嘛！"

迪利夏提："为了赚钱可不能走歪门邪道呀！"

泰莱罕大发脾气："你走你的正道去吧！娶不上媳妇，别怪你妈！"说完，赌气地独自抱起鞋箱往上房走去。

谢依达卧室。

室内摆满各式小花帽，桌上也摆了几顶小花帽，有的还正在绣制。

一个账本翻开在桌上。

喀孜木进来，翻开账簿查看。忽听有脚步声，急忙把账本往桌上一扔，躲进布帘后面。

谢依达走进卧室，坐在桌前，拉开抽屉取钱时，发现账本放的位置不对，好像被人动过。回头查看，空无一人，她自嘲地笑了笑，打开一扎钱数起来。

喀孜木从帘后伸出头来窥视。

谢依达听到身后有"窸窸窣窣"的声音，回头看时，喀孜木急忙缩回布帘，可是一双脚却从布帘底下露了出来。

谢依达微微一笑，转过身去继续数钱，翻动钞票的"哗哗"声更响了。

喀孜木再一次从布帘后伸出头来，把脖子伸得老长窥视着。

谢依达强忍着笑，故意自言自语地说："这是留作扩大再生产的钱，这是交税的钱，这是结婚买嫁妆的钱，这是给家里的……"顺手将钱摆到右侧。

喀孜木像是被磁铁吸住了似的，急忙伸手去摸给他的那一份。

谢依达用力捂住抓钱的手，问："谁？"

喀孜木"哎哟"一声，从布帘后面出来，喜眉笑眼地说："你不送，爸爸只好自己来取了。"

谢依达："你何必那么着急呢，爸爸，我还会不送去吗？"

喀孜木只顾数钱，也不回答。等数完钱后把一只手伸到女儿面前，说："拿来吧，你出嫁要花钱，你哥哥娶亲也要花钱，我没有那么多钱贴进去呀！"

谢依达："爸爸，您太贪婪了。"

喀孜木一听,立刻吹胡子瞪眼地说:"你说我贪婪?我什么时候贪婪过,我白天晚上不得闲地拼命赚钱,都是为了谁呀,还不是为了你们……"

阿依木罕闻声赶来:"老头子,你跟孩子吵什么呀!"

谢依达听到母亲的声音,站起来扑到母亲怀里,委屈地哭泣起来。

喀孜木生气地:"哼,都是你把她给惯坏了!"说罢走出门去。

茹仙古丽的卧室。

泰莱罕穿着漂亮的高跟皮靴,十分满意地在室内走来走去地比试着。

茹仙古丽穿戴一新,站在穿衣镜前欣赏着自己的身影。

泰莱罕走过来,也想照一照自己的模样。

镜子里,一个在前一个在后,左晃右晃照不全。泰莱罕干脆绕到女儿前面,对着镜子自管照起来。不料把女儿给遮住了。

茹仙古丽生气地一扭身子:"妈,你太自私了。"

泰莱罕对着镜子不停地扭动着肥胖的身躯,说:"照照镜子有什么自私不自私的。我的小古丽,你看妈穿这一身衣服戴这首饰,参加今天的婚礼好看吗?"

茹仙古丽拍手叫好,绕着泰莱罕边看边舞:"好看极了,妈妈,特别是那双皮靴,使你显得更高贵了,简直像个贵妇人啦!"

泰莱罕被夸奖得飘然忘形,手舞足蹈起来。她那身上的肥肉随着挂在她脖子上和耳朵上的珠宝首饰的舞动而不停地扭动着,显得滑稽可笑。

茹仙古丽也随之跳起舞来,穿着新皮靴的一双脚在踢踏舞动。

母女俩尽情地跳着,乐得前俯后仰。

赛来阿洪出现在门口,愣住了,诧异地问:"你们娘儿俩,这是干什么?"

泰莱罕舞了两下,抬起一只脚,给丈夫看:"老头子,瞧我这双靴子,最新款式,一定能把婚礼宴会上的人全都镇住!"

茹仙古丽也像母亲一样,抬起脚给父亲看:"爸爸,你看我的,说是外国进口的准有人信!"

赛来阿洪:"嗯,好!好!"

泰莱罕家门前。

几个姑娘穿戴一新,站在门前"叽叽喳喳"地说笑谈天。

茹仙古丽从大门里出来,和她们一起向街上走去。

茹仙古丽的新皮靴,踏在路上发出清脆的响声,格外引人注目。

女伴甲:"哟,茹仙古丽,你的皮靴可真漂亮啊!是从哪儿买的?"

茹仙古丽得意地:"香港货,从私人货摊上高价买的。"

女伴们羡慕地跟在茹仙古丽后面,欣赏着"香港皮靴"。

女伴乙:"能穿这么双皮靴,参加婚礼舞会,可真够露脸的了!"

茹仙古丽更加飘飘然地:"是吗?我也真想在舞会上好好跳个够呢!"说着舞动双手,旋转起来。

女伴们开心地笑着。

小街上。

泰莱罕和几个中年妇女迎面走来,她们也是穿戴一新。

妇女甲边走边看泰莱罕的皮靴:"哟,泰莱罕大姐,你这双皮靴可真够派头啊,从哪儿买的?"

路上有一个小水塘,泰莱罕绕过去说:"这是进口货,听说是从什么伊朗那边进来的,全市就来了两双,我跟女儿一人买了一双,可贵呐!"

前簇后拥的女伴们听了,不禁惊嘘起来,低声议论着……

"我想,一分钱,一分货,贵就贵吧!"泰莱罕只顾说话,忘记注意路面,踩着一摊水渍走过去,继续说,"我这个人哪,只要是喜欢,再贵也要买!"

又有几双脚踩着水渍走过。

妇女们说说笑笑地走着。

被簇拥着的泰莱罕走着走着突然跛起来了,速度也开始减慢了。

粗心的女伴们并没有注意泰莱罕的变化,仍旧说说笑笑地走着。

泰莱罕渐渐落在后面。湿了水的那只靴底开口了。

她停下来,脱下皮靴一看,张开了口的一只新靴子,露出了马粪纸。

泰莱罕惊得睁大了眼睛,心里骂道:"该死的鞋匠,靴底是用马粪纸和猫皮粘上去的!"

正走着的妇女甲,发现泰莱罕没有跟上来,便返回来问:"泰莱罕大姐,皮靴怎么啦?"

泰莱罕急忙用手绢装作擦靴子的样子,说:"靴子上沾了点泥。"说罢便蹲下去,遮遮掩掩地穿靴子。

可是,那只张开口的靴子已被妇女甲看到了。她快步走过去,向妇女乙耳语着什么,又向另外几个妇女低声嘀咕了几句。

众妇女停下来,望着姗姗走来的泰莱罕:"泰莱罕大姐,你那进口的新皮靴怎么啦?"

泰莱罕不好意思地把那只张嘴的靴子藏在另一只小腿后面:"没,没什么……"

几个妇女不约而同地捂住嘴笑起来。

泰莱罕气得直瞪眼珠子。

婚礼宴席。

廊下，男宾们济济一堂互相道喜祝贺，主人殷勤地让座，摆上茶点。

喀孜木彬彬有礼地坐在男宾席上寒暄着。

婚礼宴席。

室内，女宾们更是喜气洋洋，互敬互让。

泰莱罕入席，女宾们纷纷起身让她坐上首。

泰莱罕讪笑着故作谦虚，执意不肯。

女宾甲："泰莱罕大姐，你不坐上席怎么行呢？"

泰莱罕忽然觉得比别人矮了一头，佝偻起身子，拣了个角落坐下，赶紧用裙子把脚盖起来。裙子遮住了前面，不料，跪坐时破靴子从后面露出来了。

女宾甲向泰莱罕身后指了指，女宾乙歪着脑袋去看，几个妇女"嗤嗤"地笑着。

坐在廊下窗口的喀孜木，被室内女宾们的窃笑声吸引，顺着她们指指划划的方向看去，只见亲家母的破靴子露在裙子外面。

女宾甲（画外音）："泰莱罕大姐，这些外国人也真能发明创造，竟然用纸做起皮靴来了！"

女宾们哄笑起来。

泰莱罕恼羞成怒，发起火来："笑什么？小心别把你们的嘴笑歪了！"说罢起身走进厢房。

女宾乙："人越有钱，越吝啬！……"

厢房内。

泰莱罕怒气冲冲地走进来。

女宾乙（画外音）："……舍不得花钱，穿起纸糊的皮靴来了……"

笑声（画外音）："哈哈哈……"

泰莱罕气极了，叉起腰，指着内屋骂道："这些个老娘们也不掂量掂量自己腰包里有几个钱，倒笑话起我了！我穿的戴的哪一件你们有哇！就我身上戴的这些金首饰也值一万两千块呢，你们见过吗？"

男宾席上。

喀孜木如坐针毡,不安地起来坐下,坐下又起来,最后窥视一下房内,悄悄溜走了。

葡萄架下。
参加婚礼晚会的男女青年围坐在一起跳舞唱歌。
平台上的小乐队奏起"婚礼歌":

没见过的人都在问,
新媳妇长得俏不俏?
樱桃小口柳条腰,
走起来好像水上漂。

几个姑娘欢快地跳着,邀请男青年共舞。

新娘子心眼好不好?
侍奉公婆可周到了?
针线茶饭样样行,
尊老爱幼有家教。

舞蹈着的人们在画面里不断更换。

新娘的脾气怎么样?
到底爱哭还是爱笑?
爱哭爱笑又有何妨,
难道你也想当新郎。

新郎和新娘相视后,羞涩地一笑。
茹仙古丽被邀请上场。

你要是爱我就快点过来,
别再犹豫,别再徘徊。

急速旋转着的茹仙古丽。

尊贵的客人已经到了，

让我把面纱为你揭开。

茹仙古丽欢快地跳着,完全被优美的歌声和轻快的节奏所陶醉。

舞动着的双脚越转越快,突然靴底掉了,茹仙古丽摔倒在地上。

众人惊愕,纷纷拥过去,把茹仙古丽扶起来,一看崭新的靴底和靴帮已经分开。

女伴甲:"啊!这是怎么回事?还是一双新靴子呢!"

茹仙古丽羞得无地自容,双手捂脸,尖叫一声,冲出人群。

茹仙古丽卧室。夜。

茹仙古丽冲进门来,一头扑倒在床上痛哭起来。

泰莱罕家卧室。

泰莱罕躺在床上,额头上敷了一块白毛巾,哭闹着:"……该死的鞋匠,干吗要捉弄我这个老婆子呢?真是丢人现眼,以后叫我怎么见人呢!唉……"她不停地捶打着自己。

站在床前的迪利夏提:"妈,你别难过了,有些人就是不讲商业道德,偷工减料,以假乱真,为了赚钱,什么骗人的事都能做出来……"

泰莱罕听到这儿,脸上的肌肉一颤,眼角上那颗黑痣又颤动起来。

迪利夏提继续说:"妈,你不是常说人不欺软,天诛地灭吗?"

泰莱罕忽地坐起来,吼道:"什么?我吃了亏,你倒来讥笑我!滚,你给我滚到一边去!"

迪利夏提:"妈,这话可是你自己说的呀!"

泰莱罕:"你给我闭嘴,滚开!"

迪利夏提挨了骂,有点生气。他灵机一动,装作痛恨的样子说:"好,我走,我去把那个做假靴子的坏蛋找来,给他点颜色看看!"他借口溜出门去。

泰莱罕不相信地跟出了门,赛来阿洪急忙去搀扶她。

院子里。

赛来阿洪搀着泰莱罕走出卧室,拐向院子栏杆旁往下看。

下院里,迪利夏提走进了缝衣作坊。

泰莱罕气呼呼地:"我就知道这个小子是不会去的。我受人欺骗,你们谁也不帮我,我不想活了,还不如从这上面跳下去摔死的好。"她哭闹着做出要跳下去的姿态。

赛来阿洪赶紧把老伴抱住不放,说:"尊贵的老伴,两个孩子的婚事还没办呢,你可不能寻短见呀,愿真主保佑你长命百岁吧!"

泰莱罕抱怨地:"那该死的骗子,骗了我一千八百块呀!不把那该死的找到,我死不瞑目!你快去给我找呀!"说着,手抚额头,眼前一阵晕眩。

赛来阿洪赶紧扶住她说:"亲爱的老伴,那卖靴子的人,我又没见过,上哪儿去找他呢?茹仙古丽不是去了吗?"

喀孜木家临时卖靴处。

茹仙古丽拿着假靴子走来,原先卖靴子的地方杳无人迹,她叹了口气,转身离去。

集市。

喀孜木心事重重地走着,忽然停步,躲到一家百货摊后面窥视着。

茹仙古丽拿着假皮靴,正向另外几个拿皮靴的人问着什么。

喀孜木想了想,急忙转身匆匆离去。

喀孜木家院子。

艾力正在廊下整理杂物。

喀孜木匆匆进来,拉着艾力进了里屋,对儿子耳语:"孩子,靴子暂时不要上市,快把尼牙孜打发回去。"

艾力:"为什么?"

喀孜木:"有些买主在打听咱们的消息,万一把尼牙孜认出来就糟了。"

泰莱罕家阁楼上。

赛来阿洪搬过一把椅子,扶泰莱罕坐下,安慰道:"孩子他妈,你也别折磨自己了,那个骗子总有一天会找到的。"

茹仙古丽提着那双破皮靴,无精打采地沿台阶走上来。

泰莱罕急问:"找到了吗?"

茹仙古丽:"妈,我找遍了所有的大街小巷,谁也没见过那个卖靴子的骗子。"

泰莱罕一怔,猛地站起来:"哎哟,这可怎么办呀,这该死的骗子跑哪儿去了!唉,你们俩都是窝囊废,还是我自个儿去找吧!"

她正要下阁楼,忽然停下来往下看着。

大路上。

一个人赶着一辆毛驴车从远处走来。

泰莱罕家阁楼上。

泰莱罕揉了揉眼睛，弯下腰又一次往下看。

茹仙古丽："妈，你看什么？"

泰莱罕急忙摆手："轻点声儿……"

赛来阿洪："老婆子，当心点儿，别摔下去。"

泰莱罕："别说话，哼，这下看你往哪儿跑！"她转身往楼下跑去，"他那顶羊皮帽，我一眼就认出来了。"

赛来阿洪急忙跟着跑过来："老太婆，慢慢下，别摔着……"

赛来阿洪的话音没落，泰莱罕真的从楼梯上摔了一跤。她一个骨碌爬起来，操起一根木棍冲了出去。

大路上。

泰莱罕家大门忽地打开，泰莱罕和女儿一前一后，冲了出来。

毛驴车刚驶过大门口，车上的人已成背影，泰莱罕抢着木棍冲上去，一棍打在后车板上，车前辕翘起来，赶车人被受惊的毛驴甩了个四脚朝天躺在车板上，羊皮帽也甩了出去。

赶车人急忙坐起，受惊的毛驴狂奔不止。赶车人扯着缰绳喊着"吁——"，毛驴却越跑越快。赶车人无法下车，只好大声喊着："帽子，我的帽子——"

帽子在地下不停地滚动着。

泰莱罕一把抓起帽子："哼，没这帽子，我还认不出你呢！"

毛驴车飞奔而去。

泰莱罕紧追不放，大声喊道："喂，骗子，快停下！"她又对茹仙古丽说，"快去叫你爸爸来，非抓到这个骗子不可！"

茹仙古丽应了一声便往回跑。

驴车在前面飞奔。

泰莱罕在后面大喊："骗子手，快停下！再跑我可不饶你，老娘可不是好惹的！"

小桥泥坑。

驴车奔到小桥上，连人带车掉在烂泥坑里。

后面追来的泰莱罕，跑得气喘吁吁，一时收不住脚，也掉进泥坑里。

泰莱罕从污泥中爬起来，刚要抬腿，不料一只脚陷在污泥里拔不出来，身子一晃又倒了下去。当她抬起头来时,已是满脸污泥,分不清鼻子和眼睛了。她叫喊着:"真主啊,我造了什么孽啊,让我受这么大的罪!"

毛驴和车倒在污泥里,赶车人拼命往外拖。

毛驴在泥里挣扎着,满身污泥的赶车人前后吆喝着,一会儿推车,一会儿拉驴。

这时,跑来几个行人,帮他把车抬上岸。

泰莱罕双腿插在污泥里,呼天喊地地大叫:"救人哪?快救人哪!我快死啦……该死的骗子害得我好苦啊!"

几个行人把满身污泥的泰莱罕拖上岸。

泰莱罕紧闭双眼叫道:"我的眼睛,眼睛要瞎了,疼死我啦!"

赶车人把一条毛巾递给泰莱罕:"别喊啦,擦去烂泥眼睛就好啦。"

泰莱罕摸索着接住毛巾,擦去脸上的污泥,睁开眼睛一看,面前站着一位满脸皱纹却没长一根胡须的老头儿。

泰莱罕惊得目瞪口呆:"啊?你不是那个骗子!"

赶车人愤怒地:"疯婆子!我啥时候骗你了?"

泰莱罕自知理亏,忙赔不是:"对不起,我认错人了,请您千万别生气……"

赶车人:"瞧,我的车也给摔坏了,赔我驴车!"

泰莱罕:"请你原谅我吧,我被一个卖假靴子的人骗了。"

赶车人揪住泰莱罕不放:"你被人骗了,追我干什么!不行,非得赔我车不可,这辆驴车每天能挣三十块,至少你得赔我两百块钱,不然,你就别想走!"

泰莱罕:"啊,你可别这么做呀,看在真主的分上,饶了我吧。"她又向围观的人求助,"求求大家说个情。帮个忙吧,我是个从外地来的穷老太婆,身上一个子儿也没有。"

赶车人:"你没钱,那就把手上的金镯子留下一个吧!"

泰莱罕大惊:"这可使不得,我已经让那个骗子坑了,破了大财。可不能让我再破财呀。"

围观的人们暗暗发笑。

赶车人:"那好,你要是不赔偿损失,我们到法院去说理。走!"他用力一拽,将泰莱罕拉到眼前一看,突然愣住了,"啊!我认识你,你就是上次到我们村收购驴毛的老太婆,你收购驴毛干什么?走,咱们到法院把这件事也一块说说。"

泰莱罕急忙摆手:"不,那不是我,我从来没到你们村里收过驴毛!"

几个围观的人纷纷议论着:

"收购驴毛做什么用呢?"

"听说最近有人卖了掺驴毛的假地毯……"

泰莱罕听了更加惊慌起来，直胡乱地摆着手说："不！那不是我，我没有……"说着背转身去欲逃走。

赶车人："不是你，你慌什么？快赔款吧！"

泰莱罕心疼地掏出十元钱，递给赶车人："我就这十块钱了，你想多要一分也没有了。哎哟，我的脖子疼死了。"

赶车人："不行，两百块，少一分也不行！"

泰莱罕："哎哟哟，我的牙又痛起来了，好，好，再加十块……"

赶车人："你别耍花招了，你说没钱，我不信，你敢让我搜一搜吗？"说着做出要搜身的样子。

围观人哄笑起来。

泰莱罕躲在一个人身后，说："不行，不行，男女有别，你不能动手动脚。你就行个好吧，我为你做祈祷，求真主降福给你。"

赶车人不肯放过："不行，还差一百八十块，少一块也别想走。"

泰莱罕一听傻了眼："我实在没钱了，不信，我让你看看。"说着把两个衣袋翻出来。不料，一个塑料布包从衣袋里掉出来，布包散开露出一叠崭新的钞票。泰莱罕急忙蹲下去，用自己肥胖的身躯把钱压住。

围观者们哄然大笑。

赶车人："哈哈，这个疯老婆子原来也是个骗子。"

街上。

泰莱罕哭丧着脸走来。

茹仙古丽迎上来说："妈，爸爸不在家。"

泰莱罕没好气地："真主啊，他咋不死去！哎呀，我好命苦啊，找了这么个男人！"她痛心地大哭起来。

茹仙古丽莫名其妙："妈，你怎么了？"

泰莱罕哭诉："追了半天，追错了人，摔坏了驴车，倒赔了两百块！"

茹仙古丽："妈，干脆到公安局去报案吧！"

泰莱罕："你给我闭嘴！听说买了咱们地毯的人在找主儿呢。"

茹仙古丽一惊。

收购地毯处。

艾力推着一辆装满地毯的车子走来，把车子停在地毯商前面。

艾力："师傅，收购地毯吗？"

地毯商走到车前："收购。几条？"

艾力："十条，全是上好的地毯。"

地毯商把手放在毯子上摸着，在毯子上用力一抓，一把驴毛摊在手掌上。

商人狡黠地一笑："推回去吧，掺了驴毛，概不收购！"

艾力大惊："啊？掺驴毛了！"他急忙学着商人的作法，在地毯上摸了几下，抓起来一看，确实是驴毛。

他慌忙翻开下面的地毯，一连翻了四五条，每一条都抓起了驴毛。

艾力呆若木鸡。

喀孜木家院内。

喀孜木坐在廊下悠闲地打开烟盒，卷了一支莫合烟吸着。

白烟冉冉上升，在喀孜木脸上萦绕升腾。喀孜木眯细小眼睛，望着飘然上升的白烟，得意地哼着一支不知名的小曲。

门外传来推车声。

喀孜木一看，艾力垂头丧气地把车推进来一扔，蹲在地上不吭气。

喀孜木急问："你怎么把地毯全推回来了？"

艾力："二道贩子一条也不肯收。"

喀孜木："为什么？"

艾力抬起头来："他们说，这地毯是掺了驴毛和粗麻织的假货！"说着他站起来，在地毯上学着商人的办法，连着抓起几把驴毛给喀孜木看。

喀孜木大惊："啊！咱们上当啦……"

喀孜木像疯了似的急得满院子转，大声喊着："快去！把那卖地毯的给我找回来，不然，咱可要亏老本啦！这几天辛辛苦苦挣来的那点钱全都要赔进去啦！快，快点去呀！"他大喊大叫，像热锅上的蚂蚁，闹得鸡飞狗跳。

喀孜木拍打着自己那光秃秃的脑门，一屁股坐在地上："唉！完了，全完了！"

阿依木罕闻声从屋内跑出来问："怎么回事？"

喀孜木像触电似的弹起来，对妻子喊道："孩子他妈，你也去，一定要把那个骗子找到！"

阿依木罕："什么骗子？让我到哪儿去找？"

喀孜木一听，欲喊又止，一跺脚蹲下去，缩成了一团。

花帽店外。

店外搭了个售货摊，许多顾客争先购买小花帽，不断地啧啧称赞。

谢依达忙着卖花帽,应接不暇。

突然传来汽车声。

一辆高级小卧车驶过来停在店外货摊前面,从车上走下来几个外国人。

一位外贸人员陪同外宾,向谢依达作了介绍:"这几位外宾听说你的花帽绣得最好,是特意来买你的花帽的。"

谢依达有礼貌地拿出几顶花帽,让外宾挑选。

一位日本人选了一顶花帽,戴在头上比划着:"这个的,好看。"

一个欧洲人举着一顶女式花帽扣在头上:"噢,这个的,更好看的!"

翻译笑道:"这是女式的。"

一顶顶花帽在外宾手里传递着,玩赏着。

外宾们说着不标准的中国话并夹杂着外语。

货摊已空。

外宾们满意地拿着买好的各式花帽,互相交谈着、比划着依次离去。

外贸人员对谢依达说:"那好,我们外贸局直接同你签订一个订购小花帽的合同吧。"

谢依达高兴地点着头。

外贸人员扬一扬手,坐车离去。

迪利夏提匆匆走来。

谢依达迎上去。

迪利夏提:"对不起,让你久等了。"

谢依达:"没什么,花帽刚刚卖完。"

迪利夏提随谢依达走进店一看,里面的货架也空了:"今天的生意不错嘛,全卖完了。"

"谁说的。"谢依达又从抽屉里取出一顶别致的"奇曼"图案的小花帽,亲自给迪利夏提戴上,问,"满意吗?"

迪利夏提深情地笑道:"满意!"

河边。

柳丝倒映在水面上,碧绿的河水泛着涟漪。倒映的柳丝在水中幻化成长长的五线谱,好像是一首优美的乐曲。

迪利夏提的声音:"谢依达,你知道吗? 我设计的时装,已经送到时装展览会去啦。"

谢依达的声音:"那太好啦,你做服装,我绣花帽,咱们组成一个衣帽联营小家庭吧！"

二人欢乐的笑声。

菊花台。

迪利夏提和谢依达共骑一辆轻便摩托车,风驰电掣地驶来,停在草坪上。

迪利夏提把摩托车向山坡一靠,两人向绿茵茵的山坡跑去。

野花随风摇摆,迪利夏提和谢依达从山坡下冒出来,宛如行走在花丛中间。他们立即被开阔、壮丽的大自然的美所陶醉。

他们欢笑着向一片野花跑去,情不自禁地翩翩起舞。

迪利夏提边唱边舞,向谢依达倾吐情怀:

> 我愿作一只夜莺,
> 对着玫瑰花歌唱,
> 我愿作一颗宝石,
> 闪耀在你的心上。

谢依达莞尔一笑,以歌作答,倾诉对迪利夏提的爱:

> 没有雨露和阳光,
> 玫瑰花怎么会开放?
> 没有辛勤的工匠,
> 蓝宝石怎么会发光。

两人纵情地欢舞着。

> 愿我们纯洁的爱情,
> 像玫瑰花一样芬芳,
> 愿我们共同的理想,
> 像蓝宝石一样闪光。

他们舞着舞着躺在万花丛中,尽情吮吸着大自然的芳香。

歌声飞过高山峻岭,直冲蓝天。

歌声在直泻而下的瀑布间萦绕。

溪流越过层层岩石，掀起朵朵浪花，飞泻而去。

集市。

艾力肩搭地毯，穿行在繁忙的人流中，他见人便问，打听卖地毯的下落。

艾力时隐时现地穿行在衣料、时装中。

巷口。

买买提和泰莱罕边走边谈，拐进过街巷口的阴影下。

买买提压低声音："地毯暂时不要卖了。"

泰莱罕："为什么？"

买买提："听说买主正在找麻烦！"

泰莱罕一怔，想了一下，说："那你先回去吧，万一让人认出来，与你我都不好。你要马上走，越快越好！"说着，她从口袋里掏出几张钞票，数了数，递给买买提，"这钱你先拿去花吧，有事我去找你。"

买买提接过钱，用手"哗哗"翻动了一下，又伸出一只手，做出要钱的动作。

泰莱罕只好又掏出两张拾元的票子给买买提。

买买提："这才刚够给我老婆买件衣服的钱！"

喀孜木家院内。

艾力从外面进来，将搭在肩上的地毯扔在地下，说："倒霉！那个卖地毯的没找到。"

喀孜木："不行，非找到他不可，我自己去！"

艾力："爸爸，别找啦，跟大海捞针似的，还是去公安局报案吧！"

喀孜木虎起脸："住嘴！你想自投罗网吗？"

成衣店里。

迪利夏提正在翻找一张发票。

赛来阿洪："你找什么？"

迪利夏提："找一位顾客的发票存根。"

赛来阿洪不解地："找存根干什么？"

迪利夏提："我发现一位老人把衣服取错了。他的衣服料子要比拿走的衣料好得多，我得想法找到他。"

赛来阿洪："对，咱们生意人，决不赚不义之财。"

迪利夏提:"可是我不知道他住在哪儿,只记得他是从下面巷子里出来的。"

小巷里。
迪利夏提拿着一件衣服从一家门里出来,又走进另一家大门。
迪利夏提不停地走着。
一家门口,一位妇女开门出来,迪利夏提向她问话,她指了指旁边的一条巷子。
迪利夏提转身走去。

老人的院子。
整洁、清静的小院里,迪利夏提和一位老人站在葡萄架下说话。
迪利夏提把衣服还给老人。
老人紧紧地握住迪利夏提的手,说:"你真是个好青年,要是你不送来,我还真不知道拿错了呢!"

泰莱罕家客厅。
泰莱罕生气地:"世界上少有你这号大傻瓜,已经到手的钱,又给人家送上门去,哼!"
迪利夏提:"妈,不该我得的,一分钱也不能要。"
赛来阿洪微微一笑,喝了口茶,说:"这茶真好喝!"
迪利夏提会意地笑了笑。
泰莱罕生气地瞥了老头子和儿子一眼,狠狠地咬了一口馕。
茹仙古丽看着迪利夏提闷头喝茶的样子,不由得报以冷笑。

喀孜木家鞋店。
茹仙古丽向店里瞥了一眼。
艾力懒洋洋地靠在店前的鞋摊旁,嘴里哼着流行歌曲,没有发现茹仙古丽的到来。
茹仙古丽见对方没有发现自己,便故意咳嗽了两声,装作无事的样子背过身去。
阿依木罕正在绣花帽,发现了茹仙古丽,忙叫了声:"艾力!"
艾力没听见,仍在有气无力地哼唱着那支流行曲。
茹仙古丽生气地把屁股一扭,做出要走的样子。
阿依木罕急忙叫住:"姑娘别忙走。"起身到艾力身边,推了他一下,"艾力,你看。"她用嘴向外努了两下。
艾力一看,连滚带爬地跳起身来,一个蹦子窜出皮鞋摊。

艾力站在茹仙古丽面前,不知该说什么好,只是"嘿嘿"地傻笑。

茹仙古丽白了艾力一眼,学着艾力的样子:"嘿嘿,呆头鹅。"说完转身就走。

艾力站在原地不知所措。

母亲急忙喊道:"艾力,去玩吧,带钱了没有?"

艾力领悟地:"带啦。"尾随茹仙古丽而去。

集市。

茹仙古丽和艾力在繁华的集市上走着。两人你看看我,我看看你,只是笑笑,不开口。两人停在一个卖葡萄的小车前。

小贩向他们招揽生意:"葡萄,葡萄,不甜不要钱!买一点吧。"

艾力找到了说话的机会,向茹仙古丽献殷勤地说:"茹仙古丽,要吃吗?"

茹仙古丽揶揄地:"我只当你是哑巴呢"说完一笑,做出羞涩的样子。

艾力不好意思地:"嘿嘿,我看你不开口,也就不好意思说话了。"接着他凑近茹仙古丽细声细语地问,"古丽,吃葡萄吗?"

小贩接过话茬说:"吃吧,吃吧,我的葡萄颗颗都是甜的。"

茹仙古丽娇滴滴地:"我最喜欢吃酸的。"

小贩马上改口说:"要酸的!有,我的葡萄就是酸的多。"

公园里。

茹仙古丽边吃葡萄边说:"我妈说,咱们结婚那天,要大办,办得既有派头又很阔气。我呢,乘我妈高兴,多要点嫁妆,你说对吧。"

艾力:"对,我也是这么想的。"

茹仙古丽:"唉,可惜,我哥哥迪利夏提是个大笨蛋,他说他什么都不要。他们的价码低了,咱们的婚事也就跟着跌价了。"她扫兴地倚在一棵树上。

艾力:"就是啊,我也是这么想的,我妹妹谢依达也是个大傻瓜,她也说结婚什么都不要。"

茹仙古丽嘲笑地:"真有意思,没想到两个傻瓜配一对儿了,哈哈……"

艾力:"是啊,的确很有意思,没想到咱们俩个性格一样,脾气也相投。"

茹仙古丽向艾力嘴里放了一颗葡萄:"你爱吃酸的吗?"

艾力高兴地吃着:"爱吃,我顶喜欢酸的了。"

茹仙古丽兴奋地两手搭在艾力肩上,说:"哎呀,咱俩什么都一样,我们俩又都结过一次婚!"

艾力也高兴地把双手搭在茹仙古丽肩上:"是啊,这点也完全一样!"

两人哈哈大笑,边舞边唱:

咱俩都一样,
咱俩都一样。

茹仙古丽唱:
你结过一次婚,
艾力唱:
你嫁过一个人。
茹仙古丽唱:
你还是那么年轻,
艾力唱:
你还是那么漂亮。

两人抖肩边舞边唱:

我是你的,你是我的,
我不是你的又是谁的?
我是你花钱买来的,
一个最忠实的奴隶。

公园游艺场。
茹仙古丽和艾力并肩坐在秋千椅上唱:

咱俩都一样,
咱俩都一样。

茹仙古丽唱:
有钱我开心,
艾力唱:
没钱我心慌。

二人随转动的秋千上升。

茹仙古丽唱：

  夜里做梦，我当上贵妇人，

艾力唱：

  梦中笑醒，我成了大富商。

二人随转动的秋千，忽儿升上天，忽儿落下地。合唱：

  我是你的，你是我的，

  我不是你的又是谁的？

  我是你花钱买来的，

  一个最忠实的奴隶。

泰莱罕家裁缝铺。

泰莱罕提着包急匆匆走来。

赛来阿洪正在裁剪衣服。

泰莱罕一进屋就嚷道："哎呀，你这个老头子，还在裁呀剪呀的，快替我去找那个该死的骗子去！"

赛来阿洪抬头看一眼，又埋头裁剪衣服。

泰莱罕冲过去，说："你不去，我也不让你做活！"她一把拽起剪剩的衣料，抖开一看，"唉，这块布头刚够我做一条裤头。"说着就往提包里装。

赛来阿洪急忙去夺布头："快放下，这剩下的布头，要还给顾客的。"

泰莱罕："没见过你这号裁缝！哪个裁缝不赚点布头做制服帽卖钱花。"说着就拽布头。

赛来阿洪被拽了个跟头，站起来说："手艺人要处处为顾客着想，不能贪图小便宜，拿来！"用力一拽，泰莱罕也被拽了个跟头。

泰莱罕骂道："如今为顾客着想的有几个人，那个卖假皮靴的骗子咋不为我着想？"

赛来阿洪："告诉你，老太婆，诚实的手艺人还是多数，今天就不能让你拿走！"

泰莱罕："告诉你，老头子，你去当你的多数吧，今天我非拿走不可！"

赛来阿洪气得胡子在颤抖："你怎么能干出这种坑人的事！"

泰莱罕眼角的黑痣在颤动："什么，我坑人！没见过你这号男人，老婆被人坑了，你不帮忙去找那骗子，反倒说我坑人。好，你不找，我自己去找！"她将布头一甩，气冲冲地走了出去。

大街上。

喀孜木穿过大街,拐进一条小巷,与泰莱罕相遇。

喀孜木欲躲不及,讪笑道:"哟,亲家母,到哪儿去呀?"

泰莱罕悻悻地:"哎呀,我那死老头子不肯帮忙,就求你帮个忙吧,我被一个卖靴子的给骗了,找了几天没找到,这个伤天害理的骗子,等我抓到他,非把他撕成两半不可!"

喀孜木听了,不禁打了个寒战。

泰莱罕疑惑地问:"亲家,你怎么了?"

喀孜木:"没,没怎么啊。"

泰莱罕:"那你为什么打哆嗦?"学着喀孜木的样子。

喀孜木:"我,我是听说你被该死的骗子骗了,气的,骗子是最没商业道德的人,一定得抓住法办!"

泰莱罕走近一步:"哎,我说亲家,你家不也是卖靴子的吗?你……"

喀孜木有点慌乱:"卖靴子的跟卖靴子的可不一样,我从来不干这种缺德事!亲家,咱们是亲上加亲,怎么能怀疑自家人呢?"

泰莱罕急忙解释:"我不是怀疑你,我是说你该知道点同行的内情呀!"

"那好,我一定帮你打听打听。"喀孜木说罢转身欲走,回头又见泰莱罕跟在后面,便说,"亲家母事不宜迟,咱们分头各自去找吧。"

泰莱罕点头称是:"对,你说得对。"

两人分头而去。

百货商店。黄昏。

一条头巾抖开。

买买提:"这条头巾我老婆戴正合适。"接着他又把风衣翻过来调过去地看了看,说,"这件风衣也不错,我试试可以吗?"

女售货员笑道:"这是女式的。"

买买提:"我老婆的个头儿跟我差不多,我穿合身她穿准行。"

女售货员:"真有意思,那你就穿吧。"

买买提穿上女式风衣,走到镜子前面,左瞧右看,十分满意:"不错,就要这件吧。"

买买提付了款,拿着买好的东西往外走,正好与刚进店门的喀孜木打了个照面。

喀孜木一愣:"你?"

买买提一怔："你？"当他认出是买地毯的喀孜木后，转身就跑，一闪钻进人群去了。

喀孜木拨开人群，大喊："抓骗子！"

买买提挤出商店，向大街上跑去。

喀孜木紧跟着追去。

高级宾馆门外。黄昏。

买买提躲在一根大理石柱子后面向外窥视。

喀孜木停下来，不知该往何处去追。

这时，艾力正巧走过来。

喀孜木："快，我看到卖假地毯的骗子了！"

艾力："在哪儿？"

喀孜木："逃跑了，咱们分头去追，你从那边追，我从这边追，要快！"

大理石柱子后面的买买提慌了神儿，东瞧西望，一看自动开关的大玻璃门里有宾客进出，顿时喜出望外，立即向大门跑去。

喀孜木发现了买买提，紧追过来。

买买提迅速混入进出的宾客中溜进大门后，大门自动关闭。

喀孜木追上来，大声喊道："别关门，我要进去抓骗子！"话未说完，大门果然自动打开了。

喀孜木反而吓得退了回来，不敢进去，门又自动关上了。喀孜木："哎——怎么又关上了！"

喀孜木急切地望着玻璃门内，买买提在里面回头看了喀孜木一眼，迅速拐进大厅里去了。

喀孜木急了，不顾一切地向玻璃门冲去，门又自动打开。喀孜木一步跨进去，转身就关门："我把大门关上，看你跑得出去！"可是，他无论怎么拉，门也不动。

大厅里。黄昏。

买买提躲在墙后得意地窥视着，忽然又收住笑，急忙闪开。

喀孜木向服务员走来，说道："快帮我把大门关上。"

身后的大门忽地一下自动关上了。

喀孜木满意地："谢谢，关得好。"说完又去追买买提。

卫生间。黄昏。

买买提穿好风衣，对着镜子将头巾一蒙，扭了扭腰肢，飘然地走出卫生间。

大厅内。黄昏。

喀孜木径直朝里面走去,一位服务员有礼貌地拦住问道:"老大爷,您找谁呀?"

喀孜木:"我找一个骗子。"

服务员惊奇地:"什么?骗子!"

喀孜木指着前面:"就是那个卖假地毯的……"正说着一位女宾蒙着头巾从里面走出来,喀孜木急忙上前问:"哎,女同志,您看见里面有个留小胡子的青年吗?"

女宾轻轻撩开头巾:"没看见。"说完,放下头巾走出大门。

这时,买买提蒙着头巾从里面走出来。

喀孜木又跟上去问:"喂,请问,您看见刚刚跑进去一个留小胡子的年轻人吗?"

买买提径直往前走,喀孜木跟在后面问,买买提不答话,出了门后,门又自动关上。

喀孜木不甘心,追出去大声问:"喂,女同志,您在里面看见一个留小胡子的年轻人吗?"

买买提打个手势,指了指旁边的一条路继续向前走。

喀孜木一愣:"天哪,这'女人'原来是个哑巴!"他按买买提指的方向追去。

买买提回过头来,见喀孜木已经走远,一把扯下头巾,撒腿就跑。

胡同里。黄昏。

买买提急急忙忙拐进一条胡同,见对面走来一个人,急忙用头巾蒙往脸,学着女人走路的样子。

对面走来的是艾力,他用怀疑的目光把那"女人"上下打量一番后,继续向前走去。

街道。黄昏。

买买提蒙着脸,跑得上气不接下气。

街口,有一位妇女站在大门前。

买买提踉踉跄跄地跑来(画外音):"累死我了,最好能找个地方休息一下,缓一口气。"

他跑到门前,一下歪倒在大门上,不住地呻吟着。

站在大门前的原来是阿依木罕,她见状急问:"姑娘,你怎么啦?"

买买提用手指了指肚子,"哎哟,哎哟"地叫着。

阿依木罕顿生怜悯之情:"真可怜。还是个哑巴,走,姑娘,先进去喝口热茶,暖暖肚子吧。"说着搀扶买买提走进大门。

喀孜木家院子。黄昏。

阿依木罕扶买买提进了堂屋,让他坐在炕上,便去端茶。

这时,喀孜木一瘸一拐地走进来,径直走进堂屋。堂屋里很暗,喀孜木瞥了一眼蒙着头巾的买买提,并没有在意径直进了卧室。

喀孜木家卧室。黄昏。

喀孜木进来后,拉亮电灯,精疲力竭地倒在床上,喊道:"喂!孩子他妈,快来帮我把皮靴脱掉。哎呀,我的脚都磨出血泡了,痛得我不敢挨地……"

阿依木罕闻声进来帮喀孜木脱皮靴,说:"哟,这脚都磨成这个样子啦!"

喀孜木:"都是为了去追那个卖地毯的骗子……"

喀孜木家堂屋。黄昏。

卧室里的灯光投进来,使堂屋亮了一点。

喀孜木(画外音):"这个该死的骗子,喂,轻一点脱,哎呀呀,疼死我啦!"

买买提把头巾掀开一角,偷偷向里屋看了一眼,顿时惊得目瞪口呆,他赶紧把头巾放下来。

喀孜木家卧室。黄昏。

喀孜木揉着脚:"喂,我说厢房里坐的那姑娘是谁呀?"

阿依木罕整理着靴袜:"是个乡下姑娘,不大舒服,我让她进来喝点茶。"

喀孜木:"噢,还是乡下姑娘好,我儿子要是娶个乡下姑娘,就用不着找这么多麻烦了。"

阿依木罕扶喀孜木坐在椅子上。

喀孜木侧过头向厢房看一眼,问:"她结过婚没有?"

喀孜木家堂屋。黄昏。

买买提把头巾盖严,低下头,浑身发抖。

阿依木罕(画外音):"你胡说些什么,她是个哑巴。"

喀孜木家卧室。黄昏。

喀孜木抬起另一条腿,说:"嗯,是个哑巴。来,把这只皮靴也脱掉,哎哟,慢点,好痛啊!"

阿依木罕替喀孜木脱靴子。

喀孜木痛得鼻子和眼睛都扭曲了:"哎哟,这个该死的骗子,我要是抓到他,非把他的耳朵拧下来不可！"

喀孜木家堂屋。黄昏。

买买提吓得不住地发抖，透过面纱向里屋看了一眼，趁喀孜木正在脱靴子的时候，慌慌张张地从炕上往外爬，不料，头巾滑落下来，他急忙去抓头巾，不小心又碰翻了茶碗，发出"咣当"一声响。

喀孜木家卧室。黄昏。

喀孜木回头一看，大叫一声："骗子，抓骗子！"

喀孜木顾不得穿靴子，光着两只脚跑出卧室去。

阿依木罕惊得不知发生了什么事。

喀孜木家院子里。黄昏。

买买提穿过院子，向大门口跑去。他刚打开大门，正巧与进大门的艾力撞了个满怀。

艾力被撞翻在地，买买提夺门而逃。

喀孜木追上来，见一人躺在地上，不管三七二十一扑上去就打："你这骗子，可把你抓到了！"

艾力呼叫："爸爸，我是艾力！"

喀孜木大惊，急忙扶起艾力的头一看，儿子被打得鼻青脸肿，鼻孔流血。

艾力："爸爸，你抓不到骗子，也不能拿我出气呀！"

喀孜木扶起儿子："谁想到是你呢，我以为是骗子呢！"他顺手掏出手绢，擦去儿子脸上的血迹，"等我抓到那骗子，非让他包赔医药费不可。"

阿依木罕跑来关切地抚摸着儿子的伤处。

喀孜木："好啊，你这个老婆子，我到处抓骗子，你倒好，把骗子藏在家里。"

阿依木罕："我哪知道他就是骗子呢？"

喀孜木："胡子拉碴的一个男人，你怎么就看不出来呢？"

阿依木罕："他把胡子藏在女人的头巾底下，我能看得见吗？"

小街。

喀孜木和艾力继续寻找买买提。

迎面走来一位戴面纱的女人。

喀孜木疑惑地停住，拉了一下艾力："你看前面那个女人，像是昨天闯进咱们家

619

的那个骗子。"

艾力："嗯,我看很像,看那衣服,还有头巾,一点没错,走,抓住他……"

喀孜木："慢着,别让他像昨天那样逃跑了。咱们先藏起来,等他走过来,你就……"

那女人渐渐走来。

喀孜木在树后悄声对艾力说:"你在后面盯住她,我绕到前面去看看有没有胡子,然后再……"说着,做了一个双手捏住的姿势。

那女人走过来,整理了一下头巾,露出一张漂亮的脸,看样子有三十多岁。

喀孜木和艾力一前一后,鬼鬼祟祟地跟着她。

那女人听到身后有脚步声,回头一看,顿时紧张起来,加快脚步拐进一条胡同。

喀孜木悄声对儿子说:"他好像一发现我们就有点慌张。一点没错,正是那个男扮女装的骗子。快,你往那边去追,我从这边插过去。可别让他溜了。"

喀孜木跟踪追去。

胡同。

女人慌慌张张地走着(心声):"糟糕,有个长着山羊胡子的坏蛋在盯我的哨,他一定是个老二流子……"

喀孜木紧追不舍(心声):"他要真是那个骗子,我可饶不了他,先把他的胡子揪下来,然后再让他赔钱!"

茶馆外的路上。

女人边走边紧张地思索(心声):"哎呀,我的心咚咚直跳,不行,我得找个地方躲起来!"

女人急忙走进一家茶馆。喀孜木紧跟着进了茶馆。

茶馆里。

那女人仍蒙着面纱,坐在一张桌子上用茶,每喝一口时,都把面纱撩起来,把茶碗从下面端进去。

喀孜木提了一壶茶,走进来坐在女人的对面,装作若无其事的样子品茶。

那女人一见喀孜木,生气地扭过身去(心声):"这老家伙,干吗老缠着我,不行,我得给他点厉害看看。"

喀孜木目不转睛地盯着(心声):"胡子,胡子,我得想办法看看他藏在面纱下面的胡子。"

喀孜木轻轻挠了挠头,故意把帽子捅到地上,然后装作拾帽子的样子,爬在那女人的脚下,仰起脸来看面纱下面是否长着小胡子。

面纱猛地揭开,露出一张漂亮的女人脸。

喀孜木顿时惊得目瞪口呆,瘫坐在地上,

女人愤然站起来骂道:"让你看个够,你这个老不要脸的,想干什么?放规矩点!"

喀孜木从桌子底下爬出来,急忙道歉:"这是个误会,我认错人了,请别生气,我以为您就是那个长小胡子的……"

女人大怒:"胡说,面纱里面怎么会长小胡子!"

茶馆里的人哄笑起来,围过来看热闹。

喀孜木狼狈不堪:"对不起,我,我昨天确实见过一个长小胡子的……"

女人不耐烦地:"我没工夫跟你磨嘴皮子,走,咱们到派出所去!"

客孜木步步后退,连连赔礼道歉,当退到门口时,转身就跑,不料,与一位长胡子的警察相遇。

女人喊道:"快抓住那个老二流子,他调戏妇女!"

喀孜木有口难辩,再三解释:"我,我没调戏,我只是找一个长胡子的骗子……"

警察:"什么?长胡子的骗子?"他的胡子气得直抖。

泰莱罕家卧室。

泰莱罕埋怨丈夫:"你也不帮我去抓那骗子,我一个女人到哪儿去抓呀!钱也没了,我的脖子也岔了气。痛得我气都不敢喘,哎哟!"

赛来阿洪:"老伴呀,脖子痛,快去找郎中拔个火罐就好了。"

私人诊所。

一个瘦骨嶙峋的老民族医生正在给泰莱罕检查脖子:"这儿疼不疼……这儿疼吗?"

他每动一下,泰莱罕都要叫一声:"哎哟,好疼。啊!"

民族医生:"这儿疼吗?什么,你大点声,我耳背,听不清。"

泰莱罕提高嗓门喊道:"哎哟,好疼啊!"

民族医生:"哎呀,你别大声喊呀,我得找好拔火罐的地方啊!"

泰莱罕嘟囔道:"这个老东西,一会儿叫我大点声,一会儿又叫我小点声……哎哟……"

民族医生捏住泰莱罕的脖子猛一扭,泰莱罕疼得尖叫起来。

民族医生："好了,好了,马上拔个火罐,就会好的。"

民族医生把一个酒精棉团放进玻璃罐里,然后点燃棉球,刚要拔时,泰莱罕吓得急忙躲避,突然站起来,一口气把火吹灭了。

民族医生一怔："你这是干什么?"

泰莱罕："我怕!"

民族医生："你要是害怕就请回去吧!"

泰莱罕："那好,我把眼睛闭上,你可要快一点儿呀!"

民族医生重新点燃火罐,在泰莱罕肥胖的脖颈两侧,一边各拔了一个火罐。

民族医生："很好,你脖子上肉多,火罐吸得牢,病就会好得快。"

泰莱罕歪着脖子问："我想喝点水,火罐不会掉下去吧?"

民族医生整理着用具,说："不会的,现在你就是骑马、跳舞,火罐也掉不下来。"

泰莱罕直起身子,走到镜子前面照了照,镜子里,两个火罐就像两个大蘑菇似的长在她脖子上。

泰莱罕试着动了一下,两个火罐吸的挺牢,她又去到窗户前倒水喝。

这时,尼牙孜正好从窗户外面经过。

泰莱罕端着暖瓶,惊叫一声："骗子!快抓骗子呀!"放下暖瓶,不顾一切地冲出门去。

诊所外面。

尼牙孜听到叫声,回头一看,认出了泰莱罕,撒腿便跑,差点撞倒路上的行人。

泰莱罕边追边喊："抓住他,他是个骗子!"

民族医生追出门喊道："喂,你往哪儿跑?我的火罐!火罐!"

路上行人纷纷停下来,惊奇地望着依次追逐的三个人。

大街上。

泰莱罕跑得气喘吁吁,喊着："站住,你这个骗子,把你的皮靴拿回去,把钱退给我!"她脖子上的火罐一摇一摆,十分滑稽可笑。

民族医生追上来喊着："喂,你这个胖女人是怎么回事?要把我的火罐拿到哪儿去!看病不给钱,还想把火罐拿跑,真是贼喊捉贼。"

泰莱罕恍然大悟："哎呀,我不是在骂你,我是在骂骗子!"

民族医生气地拔下火罐,说："你再骂,让你的嘴也歪了!"

泰莱罕继续去追尼牙孜。

杂技场。

泰莱罕追到杂技场,被人流拥到表演走绳索的地方。

一杂技演员踩着绳索往上走,做出各种惊险滑稽的动作。

围观者不断地喝彩。

泰莱罕完全被精彩的杂技表演所吸引,边看边移动着脚步,最后找到一个合适的地方,踮起脚跟仰望着。

技艺高超的杂技演员踩着绳子,越走越高,突然做了个惊险动作。吓得泰莱罕惊叫一声,继而又拍了拍旁边一个人的肩膀,大加赞赏,哈哈大笑。

那人一转身,原来是尼牙孜。他顿时惊呆了,趁泰莱罕没反应过来,赶快溜走了。

泰莱罕猛地醒悟过来,再看时已不见身边的尼牙孜,她急忙挤出人群去追。

河边。

尼牙孜沿河边奔跑,不时地回头看一眼。

泰莱罕远远地追来。

尼牙孜跑着跑着,一个腾跃,钻进水里。

泰莱罕追到河边时不见尼牙孜的影子,她四处张望着,突然发现了什么,猫起腰,轻轻往前移动。

一棵大树底下,草丛在晃动,发出"刷啦刷啦"的声音。

泰莱罕蹑手蹑脚地走过去,嘴里念念有词也说:"真主保佑,让我把骗子抓住……"说完猛地扑向草丛,只听得"妈呀!"一声小孩的哭叫,原来一个放羊的小孩正在树下解大便。受惊的小男孩,光着屁股"哇哇"地哭起来。

泰莱罕一骨碌爬起来,急忙去哄小孩。

理发馆。

喀孜木躺在理发椅上,脸上和脖子上全是肥皂沫,一把刮胡刀在他脸上刮来刮去。

买买提走进理发馆,站在喀孜木身边的镜子前面,用手抚弄着两撇小胡子,在自我欣赏。

正在刮胡子的喀孜木,从镜子中发现了买买提,他刚要张口喊叫,剃刀正好刮到下巴和咽喉上,他急得抬起手来比划,被理发师按下去。

理发师:"别动,不然会开口子的。"

买买提什么也没发觉,仍站在镜子前欣赏自己的小胡子。

喀孜木抓住理发师的手,直起身子指着镜子喊道:"抓骗子!"

买买提转身一看,认出是喀孜木,拔腿就跑。

喀孜木扯掉围单,抓起一顶小花帽扣在头上,就去追买买提。

理发师不知发生了什么事,见喀孜木跑了,急忙追出去喊:"喂,你还没付钱哪!"

旁边正在理发的小伙子,发现自己的小花帽不见了,急忙喊道:"咦,我的小花帽呢?准是被刚才那个老头儿换走了!"他顾不得解围单便追出去要帽子。

理发馆门外。

那青年跨上自行车,一边喊着:"把花帽还给我!"一边追去。

老理发师跟出门来,喊着:"我的白围单!白围单!"

大街上。

买买提在前面跑,喀孜木在后面追。

喀孜木后面是年轻理发师,接着是骑自行车的青年,最后是那位老理发师,一面跑一面喊:"我的白围单!白围单!"

街上的行人望着一个追一个的场面,纷纷停下来看热闹。

喀孜木大喊大叫:"站住!你这个骗子,你往哪儿跑!"

年轻理发师在喀孜木后面喊:"喂,站住!你不付钱往哪儿跑?"

骑自行车的青年:"我的帽子,快把帽子还给我!"

喀孜木指着买买提喊道:"抓住他!他是个骗子!"

年轻理发师追上喀孜木,一把揪住后衣领说:"快把理发钱付给我!"

喀孜木急得大嚷:"放开我。骗子逃跑啦!"

年轻的理发师:"理发不给钱,你才是骗子呢!"

喀孜木一想,自知理亏,忙解释道:"对不起,我马上付钱,马上付钱。"说着掏一把硬币,一边数一边说,"我的胡子只刮了一半,我只好付你一半钱啦!"

喀孜木付了钱,刚走了几步,一辆自行车横在他面前。

骑自行车的青年:"站住!快把帽子还给我。你想用两块钱的破帽子,换我二十块一顶的新帽子吗?没那么便宜。"说着把那顶旧花帽扔给喀孜木,又从喀孜木头上摘下自己的新花帽。

喀孜木深鞠一躬:"误会,误会,对不起,我还要去追那骗子呢!"说完转身又去追买买提。

骑自行车的青年刚要往回走,老理发师赶上来,说:"别走,年轻人,我的白围单还在你身上呢。"

骑自行车的青年低头一看:"对不起,都是那个老头儿搞的……"

闹市。

喀孜木穿行在各种小吃摊中间。

正在吃烤羊肉串的买买提突然发现了喀孜木,他急忙扔下烤肉钎,拔腿便跑。

喀孜木也认出了买买提。他不顾一切地向烤羊肉摊跑来,不小心撞倒卖馕的小摊,"哗啦啦"烤馕滚了一地。

卖馕者一把揪住喀孜木的衣领:"你给我一个个拣起来!"说着用力一搡,喀孜木一个趔趄钻进烤羊肉架下。

炭火烧焦了喀孜木的衣服,屁股上冒了烟,他连滚带爬地钻出烤羊肉架,又去追赶买买提。

小摊贩在后面叫骂着:"这个老家伙,疯疯癫癫地想干什么?! ……"

果园外。

买买提飞快地跑着,跑到一堵围墙下,纵身一跳,翻墙而过。

喀孜木追到围墙下,跳了几下都没有翻过去,急得他满头大汗,直转圈子。他顺着墙走着发现一个水洞,躬下身就往洞里钻。

果园里。

喀孜木钻水洞时,用力过猛,衣服划破一个大口子,他用手捂着站起来,四下张望一会儿,继续往前追。快到后门处,突然一条花脖狗蹿出来"汪汪"叫着。

喀孜木吓得急忙向后退。花脖狗狂吠蹿跳,十分凶猛。

喀孜木发现狗是拴着的,鼓足勇气又向前冲,花脖狗扑过来狂吠几声,他又缩回去。

狗凶恶地瞪着眼,胡须直立狂吠不止。

喀孜木吓得目瞪口呆,稀疏的胡须也在颤抖。他从衣袋里摸出碎馕块,向狗扔过去。花脖狗吃下馕块后,仍然向喀孜木狂吠。

喀孜木:"喂,你这条不通人情的狗,吃了我的东西,还不放我过去。莫非你是那骗子的同伙? 哼,我不怕你,看我怎样过去! "他拍拍胸脯,不顾一切地冲出了后门。

花狗扑跳着,终于拽断绳子,吼叫着追出后门。

瓜地。

喀孜木连滚带爬地来到瓜地,听到狗叫。回头一看,那条狗又追来了。吓得他在瓜地里东一头、西一头,无处藏身,最后躲在瓜棚旁边的一堆西瓜后面。花脖狗向他猛扑过来,他急忙抱起西瓜向狗砸去。

西瓜在花狗头上开了花,花脖狗抖了抖脑袋,后退几步又扑过来。

喀孜木急忙用双手一推,西瓜堆如山崩似的"隆隆"滚下,瀑布般涌向花狗。凶猛的狗见之却步,不敢向前,一时停止了攻击。

喀孜木趁机爬上瓜棚,那花脖狗又扑向瓜棚。喀孜木又爬上瓜棚顶,瓜棚摇摇欲坠,喀孜木往左,瓜棚随之向左倾斜;他往右去,瓜棚立刻向右倾斜。那条狗仍在下面向上扑跳狂吠。此刻,喀孜木如乘一叶孤舟,在大海里漂泊不定,孤立无援,叫天不应,入地无门。

大树后面,买买提探出头来开心地笑着。

水渠边。

一个园丁正在渠边干活。

买买提跑过来说:"同志,您是看瓜的吗?"

园丁:"是啊。"

买买提:"你快去看看,有人在偷瓜!"

园丁:"真的吗?"

买买提:"我敢对天发誓。"

园丁自言自语地:"噢,怪不得我的狗一直在叫,这个小偷来过几次了,这一回我决饶不了他!谢谢你啦,小伙子。"

他从筐里拣了个大西瓜,一切四瓣,递给买买提说:"请吃瓜!"说罢向瓜地走去。

买买提跑得又热又渴,一屁股坐下来,开心地大吃起来。

瓜地。

花脖狗终于安静下来,卧在地上监视着棚顶上的喀孜木。经过一场激战之后,喀孜木已经精疲力竭。此刻,只觉得口干舌燥,他望着瓜地里狼藉满地的鲜红、诱人的瓜瓤,不停地用舌头舔着干裂的嘴唇。

园丁赶来大喝一声:"喂,偷瓜的,我等你好几天了,这回你可溜不掉啦!"

喀孜木在瓜棚顶上辩解道:"我,我不是小偷,是好人!我可以发誓。"

园丁:"哼,凡是小偷,都爱发誓。这一套骗不了我。"

喀孜木:"真主在上,请不要这么说吧。"

园丁气愤地:"你再说我也不会相信你的话。看上去你倒像个体面人,又那么一大把年纪了,还来偷西瓜,真不害臊!瞧,你把瓜地糟蹋成什么样啦,瓜秧全让你踩烂了,这可是最好的品种啊!"

喀孜木:"对不起,我不是有意的。"

园丁:"你知道吗,一条瓜秧至少能结十多块钱的瓜,你踩坏了这么多瓜秧……"

喀孜木:"我赔偿你的损失!"

园丁:"这还差不多。你说赔多少吧?"

喀孜木想了想:"二十块,怎么样?"

园丁:"怎么? 才二十块,那不行!"

喀孜木:"二十五块。"

园丁:"不行。"

喀孜木:"三十块好啦!"

园丁:"不行,差远啦"

喀孜木一咬牙,说:"好! 那就四十块!"

园丁:"我没工夫跟你泡蘑菇,花花上!"

花脖狗立即狂吠起来。

喀孜木急改口:"那就五十块吧。"

园丁:"不行。"

喀孜木苦苦哀求:"再多我也拿不出了,最近我亏了本。"

园丁:"不能少于两百块,你要不同意,就随你的便吧"说完欲走,花脖狗又狂叫起来。

喀孜木:"请别走,两百就两百,我认啦。"

园丁这才把狗挡住,让喀孜木从棚顶上下来。

喀孜木走到园丁面前,手放进怀里一边掏钱一边自语道:"哼,等我把骗子抓住后,这笔账也要加在他头上。"

喀孜木家卧室。

阿依木罕喜盈盈地迎上来,说:"哟,你一大早出去,怎么才回来? 税务局的人来过好几次了。"

喀孜木一屁股坐在炕上,没好气地:"钱都给了看园子的了,哪有钱上税呀?"

阿依木罕一怔:"看园子的怎么也收起税来了?"

喀孜木:"人倒了霉,喝口凉水也塞牙!"

阿依木罕奇怪地:"怎么,你今天去逛公园了?"

喀孜木不耐烦地:"去了又怎样? 老娘们管那么多闲事做什么?"

阿依木罕生气地:"老也老了,还到公园去寻开心! 谁知你把钱送给什么人了?"

喀孜木瞪着眼:"我把钱送给谁,用不着你管!"

阿依木罕也火起来:"好,我不管,我什么也不管,儿子定亲的日子后天就到了,你去管吧!"说罢走出房门。

喀孜木呆呆地坐在炕上发愣,突然,他像点燃的爆竹"噜"地一下跳起来,大喊大叫:"这日子没法过了,滚,都给我滚!什么订婚呀,散,散伙儿!"

他歇斯底里大发作,抓起什么摔什么,枕头、被褥、毛毯摔得乱七八糟,他又抓起一个古老的瓷花瓶。高高地举起来正要往下摔时,突然又觉得舍不得,手慢慢地放下来,将花瓶抱在怀里,痛苦地扭曲着脸:"我完了,一切都完了!"

他抱着瓷花瓶在墙角里蜷缩成一团,空荡荡的屋子里,他显得那样渺小。

成衣店。

奖状上写着:"奖给遵纪守法的先进个体户迪利夏提同志"。

明亮的成衣店里,挂满了各式各样的时装。

顾客们络绎不绝地进进出出,迪利夏提忙着在应酬。

谢依达兴冲冲地跑过来。

迪利夏提忙向旁边一位年轻伙计交代几句,迎上去说:"谢依达,好久没见你啦!"

谢依达高兴地说:"我最近忙着给广交会赶制一批订货。我绣的花帽已经远销中亚和欧洲啦!"

迪利夏提:"祝贺你!"

谢依达:"我也祝贺你,你设计的服装被评为全市一等奖了!"

二人高兴地笑了,笑得那么舒畅、那么幸福。

狭长的小巷。

茹仙古丽和艾力各推一辆自行车,并肩缓步走来。

艾力:"你听我把话说完呀,我也想多送点彩礼,可眼下我家出了点事,经济上受到很大损失……"

茹仙古丽:"什么损失呀,还不是你爸爸那老财迷,不肯出钱买彩礼!"

艾力:"不,不是的,也不怪我爸爸,反正我们俩又不是头婚,婚事办简单一点也没什么。"

茹仙古丽不高兴地:"结过婚又怎么啦!就是结过十次、八次婚,我还是我,谢依达的婚事办多大,我们的婚事也要办多大!花得起钱就结,花不起钱就拉倒!"

茹仙古丽赌气地调转车头,独自向来路走去。

艾力留在原地,手扶车把,望着渐渐远去的茹仙古丽,陷入苦恼之中。

喀孜木家院子。

天空,乌云沉沉。

喀孜木家院子里,似乎也失去了往日的生气,一切悄然无声。唯独阿依木罕在忙忙碌碌地准备订婚的彩礼。

喀孜木坐在廊下,一个人抽闷烟。

尼牙孜从门外走进来,轻手轻脚地走到大门过道,向院里窥视一番,然后压低声音叫道:"喀孜木大叔——"

喀孜木:"你怎么来了?"

尼牙孜:"我是来问问这几天有事没有?"

喀孜木叹了口气:"别提啦,坑了我的那个骗子,到现在也没抓到。这不,又要给儿子定亲,还得买只大活羊拉过去,我哪有这份心思哟!"

尼牙孜一听:"那这件事就让我替你去办吧。"

喀孜木端详一阵尼牙孜,说:"行是行,就怕你再被人发现……"

尼牙孜:"没事,把钱给我吧,保证替你拉只大肥羊回来。"

喀孜木把钱递给尼牙孜。

尼牙孜把钱数了数,说:"这钱哪儿够呀,别说买只大肥羊,连小羊羔也买不来呀。"

喀孜木:"就这些钱,你看着买吧。反正是个活的就行。噢,对了,买完羊,干脆你直接把羊送过去吧。"

尼牙孜:"好吧。不过,我不认识你那亲家。"

喀孜木:"叫你阿依木罕大婶带你去。"

尼牙孜应了一声,转身欲走。喀孜木突然想起了什么,用手拍了拍脑门,忙叫住:"哎,尼牙孜!"

尼牙孜转回来问:"什么事?大叔!"

喀孜木:"这样吧,你买好羊,还是牵到这儿来吧,我叫你阿依木罕大婶送去就行啦。"

尼牙孜:"好吧,还有事吗?"

喀孜木想了一会儿,说:"没事了,你走吧!"

尼牙孜刚离去,喀孜木又叫道:"哎,还有件事。"

尼牙孜又折回来,莫名其妙地:"大叔,你今天是怎么啦?"

泰莱罕家上院。

几把菜刀快速地切着胡萝卜丝。

锅灶里火烧得正旺。

自来水管的水流入水桶。

一双脚飞快地跑上层层阶梯。

一桶水向大锅里倾注着。

院子里，人们忙忙碌碌的十分热闹。

赛来阿洪倒完水，又蹲下去向炉灶里加柴。

泰莱罕满而春风，扭动着肥胖的身躯，向廊下帮工的妇女们说："姐妹们，手脚麻利点，时间不早了！"

妇女们应着："快了，快了，误不了事。"说着加快了切胡萝卜丝的速度。

泰莱罕又向窗内喊道："我说亲家公呀，时间不早了，你的羊怎么还没拉来？"

喀孜木从窗内探出头："我已经打发人去买了，也许为了挑一只大肥羊，耽误了点时间。"

泰莱罕边走边说："也好。今天定亲，来的都是贵客，一定要买个大肥羊才好。"

喀孜木："那是一定的。"

这时，泰莱罕走到上院栏杆处，忽然发现下院有人进来，便问："谁呀，噢，是买买提呀……"

买买提招招手说："我来问问，今天需要我帮忙吗？"

泰莱罕急忙走下台阶，来到大门道里，对买买提说："我实在忙不过来，你就帮我到集市上买一驮子好柴火，最好是杏木的。"

买买提："好，我就去。"说完欲走。

泰莱罕叫住他："买买提，上街要当心点，昨天我做了个梦，梦见有一条狗在追你。"

买买提："真让您给说中了，最近是有一个讨厌的家伙，像狗一样跟在我屁股后面。"

泰莱罕打趣地："你这个机灵鬼是不会被狗咬住尾巴的！哈哈哈，不过要当心点。"

买买提："放心吧真没事儿！嘿嘿，我该走啦。"

泰莱罕："快去快回，我等着用柴火呢。"说完走上台阶，又急急忙忙走进厨房。

这时，阿依木罕和尼牙孜从大门进来，尼牙孜手里牵着一只老山羊。

廊下帮工的妇女们忍不住"嗤嗤"地笑起来。

"哎哎，买了只老山羊！"

"喀孜木大叔真是个守财奴，也不怕人笑话！"

喀孜木抬头一看愣住了，急忙给尼牙孜打手势，让他快点出去。

尼牙孜不解其意，以为是让自己把山羊拉走。山羊"咩"地叫了一声，向泰莱罕家圈起来的一只大公羊示威。

圈里的大公羊也要冲出圈门与山羊决斗。

山羊"咩咩"地叫着，努力想挣脱尼牙孜手中的绳子，尼牙孜紧紧地拽住绳子，想把山羊拉到一边去。

泰莱罕闻声从厨房跑出来,双手沾满了面粉:"哟,喀孜木亲家,你怎么买了这么一只老山羊呀,这不是糟蹋人吗? 快把它拉走。"

喀孜木忙解释道:"别生气,亲家母,都怪这小子不会买羊。"

尼牙孜不服气地:"谁不会买羊? 你给的钱就那么一点嘛!"

泰莱罕突然人叫:"啊,啊,骗子!"

尼牙孜一回头,也认出了泰莱罕,放开山羊就跑。

泰莱罕:"快抓骗子! 把大门关起来……"她边喊边冲下楼梯,把大门关上。

尼牙孜见大门已关,无法逃脱,便钻进自来水龛洞躲起来。

泰莱罕站在院子里大喊大叫:"别让那骗子跑了! 快——"

那只公羊冲出圈,向山羊号叫着满院子跑。一时人叫、羊跑,一片混乱。

受惊的山羊爬上院墙、又跳上房顶"咩咩"地大声叫着。

上院里,喀孜木喊:"快把山羊捉住,别让它跑了!"

下院里,泰莱罕急得团团转,大喊:"快把骗子抓住,别让他跑了!"

茹仙古丽的卧室。

屋外吵吵嚷嚷闹翻了天。

公羊却安详地走进茹仙古丽的卧室,径直向大衣柜走去。

镜子里的公羊和镜子外的公羊相视着,好斗的公羊叫了一声"咩!",镜子里的公羊也做出同样好斗的姿势,公羊发怒了,后退几步,把角一低,向镜子里的公羊冲过去。"哗啦啦"一声,镜子被顶破了,公羊角被夹在破镜子里。

泰莱罕家院内。

泰莱罕终于发现尼牙孜躲在自来水洞里,便向他扑去。

尼牙孜急中生智,打开自来水,用手一堵,水立刻向泰莱罕喷射过去。

水喷在泰莱罕的脸上、身上,她用手遮住脸,横着身子步步向尼牙孜逼近。尼牙孜趁泰莱罕不备,溜了出去,沿着石阶往上院跑。泰莱罕追上来,揪住尼牙孜的衣领:"我看你往哪儿跑? 你这个骗子!"说着举手欲打。

尼牙孜求饶说:"亲爱的大婶,您放了我吧。我不是骗子。"

泰莱罕怒斥道:"你不是骗子谁是骗子,我的眼睛没瞎!"

尼牙孜:"我真的不是骗子,请您高抬贵手吧。"

泰莱罕:"别耍滑头,把假靴子卖给我的就是你!"

尼牙孜:"不错,靴子是我卖给你的,可那靴子不是我的。"

泰莱罕威逼道:"是谁的,快说,不然我把你送到派出所去!"

尼牙孜:"我说,我说,那靴子是……"

喀孜木在一边急忙向尼牙孜打手势。

尼牙孜胆怯了,不敢说。

泰莱罕进一步威逼道:"是谁的,快说!"

尼牙孜无可奈何地:"是喀孜木大叔的,我只不过跑跑腿儿,混口饭吃。"

喀孜木抢白道:"你胡说,这不是真的!"

尼牙孜:"大叔,咱们直说了吧,我把你的那批靴子全卖给这位大婶了。"

喀孜木"啊"了一声,像泄了气的皮球蹲下身去,双手抱头缩成一团。

全院子的人都惊呆了。

泰莱罕一时不知说什么好,缓过神来后,指着喀孜木说:"好哇,原来是你干的好事呀!真是丢人现眼。算了,这门亲我不定了,你把靴子钱退给我,不然,咱们到……"说着便去拖喀孜木。

喀孜木赖在地上求饶道:"钱我一定赔你,一定赔,只求你不要把这事张扬出去。看在亲家的分上,我求求你啦!"

泰莱罕:"不行,没那么便宜,我要让全市的人都知道你的为人!"

喀孜木:"别这样,我的好亲家,我也叫人给坑了,到现在还没找到人呢!钱,我马上拿不出来!"

泰莱罕从屋里搬出一口箱子,放在廊下:"你的事跟我不相干,钱得马上赔我!"她向箱子踢了一脚,箱子翻倒,假皮靴滚了出来。

泰莱罕:"把这些骗人的东西都拿走,马上把钱退给我!"

这时,买买提扛着一大捆柴火,走进院子,喊道:"大婶,柴火买来了,说着,把柴火往地下一摞,"全是上等杏木劈柴,一点就着,就跟烧煤油一样。"

喀孜木先是一愣,接着一个蹦子跳起来,大叫:"骗子!快抓骗子!"他一把揪住买买提。

买买提猝不及防,被抓住后只好哀求道:"亲爱的大叔,我不是骗子。"

喀孜木:"那驴毛地毯是不是你卖给我的?"

泰莱罕一听傻了眼,悄悄向人们背后躲。

买买提:"不过,那不是我的地毯。"

喀孜木冲到前面说:"是谁的?快说,不然我饶不了你!"

买买提求援似的向泰莱罕看了一眼。

泰莱罕躲在人后,向买买提使眼色,示意他不要讲。

喀孜木一把将买买提拽到眼前,威逼道:"你说不说,不说我就把你扔进这口大

632

锅里！"

买买提："我说，我说，这地毯是泰莱罕大婶的！"

众人大惊，一个个犹如泥塑木雕。

喀孜木把买买提推开，一步一步向泰莱罕逼过去，说："好你个泰莱罕，把我害得好苦啊！我也不认你这个亲家，快把地毯钱还我！"他越说火气越大，竟然跳起来，说，"你不把钱退给我，我就不把女儿嫁给你儿子！"

泰莱罕也不示弱："你不把钱退给我，我也不把女儿嫁给你儿子！"

喀孜木："我儿子不会娶你的女儿！"

泰莱罕："我儿子也不会娶你的女儿！"

喀孜木："从现在起，咱们一刀两断，我没有你这个亲家！"

泰莱罕："我也没有你这个亲家！"

迪利夏提在一边沉思着。

赛来阿洪哭丧着脸："唉，真是害人如害己！怎么办了这样一件蠢事呀！亲也定不成了，家里也没钱了。"说完背转身去，蹲在地上叹气。

阿依木罕愤愤地："两家人你骗我，我骗你，把钱全都折腾光了！"

迪利夏提走到谢依达跟前说："钱不成问题，只要茹仙古丽和艾力不是把爱情建立在金钱的基础上，我愿意承担他们俩结婚的一切费用。"

阿依木罕大喜。

泰莱罕和喀孜木不约而同地："这是真的吗？"

迪利夏提："当然是真的。我可以把银行存款取出一部分来帮助他们。"说着拿出一张存款单。

谢依达："如果他们俩真心相爱，我也愿意帮助他们。"也拿出一张存款单。

泰莱罕不解地："你们哪儿来的钱？"

谢依达和迪利夏提异口同声："靠劳动挣来的呗！"

婚礼舞会。

男女青年双双翩翩起舞。

歌声：

> 天上的星星数不清
> 最明亮的是启明星

谢依达头披白纱巾和迪利夏提并坐在一起。

歌声：

　　　地上的鲜花有千万朵
　　　最美的鲜花只有一朵

男女青年们在狂舞。
一条条飞旋的裙子从镜头前划过。
歌声：

　　　世上的人有千千万

谢依达的纱巾被揭开，露出一张美丽而幸福的脸。她向迪利夏提微微一笑。
歌声：

　　　我心上的人只有一个

喀孜木家门外。
一张张地毯抖开一甩，甩上毛驴车。
喀孜木、泰莱罕和买买提把地毯装上车。
喀孜木把鞭子一扬，驴车向前驶去。
歌声：

　　　哎……
　　　条条路通向幸福门

泰莱罕家门外。
鞋箱被抬上毛驴车。
歌声：

　　　幸福掌握在每个人手中

泰莱罕家院内廊下。
喀孜木和泰莱罕在互相退钱，虽不情愿，但只好这样做了。

婚礼舞会。

旋转的舞裙。

迪利夏提和谢依达在跳舞，飞快地旋转着。

歌声：

>   只要辛勤劳动洒汗水
>   幸福花开得火一样红

青年们在狂舞。

公园树下。

艾力和茹仙古丽背靠背坐着，你等他他等你谁也不开口。

艾力偷看一眼茹仙古丽，叹了口气，又恢复原姿势。

茹仙古丽也偷看一下艾力，见艾力不理她，也叹了口气恢复原姿势。

艾力用肘撞了撞茹仙古丽，茹仙古丽也用肘碰了碰艾力，两人同时转过身来，不好意思地笑了。

舞会。

飞旋的裙子从镜头前一一划过。

一双双青年男女旋转着。

歌声：

>   只要辛勤劳动洒汗水
>   幸福花开得火一样红

——剧　终

殉 情

肖 陈

都市大街涌动着上班的车流和人流。

女作家(二十八岁)驾着摩托车驶过。摩托车一路超越车辆,向前冲去。很快,摩托车拐进一条小街。

小街。

一座高层写字楼的后院。

紧闭的铁大门前有不少行人驻足翘首向门内观望。门前停着警车,有公安和保安人员在维持秩序。围观者互相悄声打听着,气氛紧张、神秘。

摩托车一直骑到铁门前才熄火。守门的警官助手向女作家打着招呼,为她打开了铁门。

院内。

写字楼前一株槐树下横躺着一具尸体,尸体脸上盖着布。几个公安人员忙着在现场勘察取证。

年轻干练的公安警官(三十一岁)站在一旁,与写字楼的保卫干部严肃地同一位戴红袖标的老头谈话。

警官助手陪着女作家走来。

助手:"电话是队长叫我给你打的。他说你在写侦探小说,最好请你来现场看看,感受一下……"

女作家:"死的是什么人?"

助手:"不知道。"

他们在死尸前站定。树上开败的槐花纷纷扬扬飘落下来,落在死尸周围。

助手揭开死者脸上的白布。

女作家面露恐惧,下意识地用手捂着嘴——死尸的模样太可怕了!

女作家:"他……他是怎么死的?"

助手将布重新盖上:"不知道,我们队长正在调查呢。"

一股小旋风从地面扫过,枯叶落英飞舞起来,簌簌作响。

警官正耐心地听那个戴红袖标的老头的说明。

老头:"昨天夜里十点钟,我把前后大门都上了锁,一夜没有离开值班室……今天早晨天麻麻亮,我去后院喊临时工起来烧开水,看见地上躺着个人。我还以为是个醉鬼呢……这真是怪事!这个人不是我们院里的,前后门都锁着的嘛,他是从哪儿进来的呢?"

"还有个临时工?"警官吩咐身边的保卫干部,"去把他给我叫来!"

头发蓬乱的临时工站在警官面前,两眼红肿,神情木讷,双目低垂,不敢正视警官的眼睛。

临时工:"我昨天跟车去东山拉煤,累坏了……晚上睡得跟死人似的。真的什么也没有听到……"

年轻气盛的保卫干部不信任地盯着他:"你要说老实话!你那些牌友晚上没有来找过你吗?"

临时工一脸哭丧:"骗你我是王八!自从上次保卫科批评我以后,我再没有带闲人到后院来过……不信,你们问门卫嘛!人命关天,我不敢说胡话。"

保卫干部用指头点着他的脸:"我们决不会放过一个坏人!"这句话产生了威慑力,临时工脸色发暗,这会儿真的要哭出来了。

警官一言不发,目光始终在临时工和老门卫身上游移。

写字楼墙根,依墙靠着一柄铁制的手杖。镁光灯闪烁,刑警在拍照。一只戴白手套的手将那手杖小心地拿了起来。

警官(画外音):"说不定这会让你抓到一个侦探小说的好题材了。"

警官端详手中的手杖。

女作家:"这好像是……一把自制的手杖?"

警官:"对,死者生前是个瘸子。"

女作家:"什么?瘸子?!"

警官:"奇怪吗?"

警官的助手们在测量从手杖到死尸之间的距离。

助手乙:"跟队长说话的那位女士是谁啊?"

助手甲:"队长的大学同学,是个作家呢。"

助手乙："我还以为是队长的对象呢。"

警官："现在至少有这样几个疑问。这是个封闭的后院，就是一个健康人，黑灯瞎火地想要钻进来也不容易，何况一个残疾人呢。难道他身怀绝技，会飞檐走壁不成？"

女作家："也可能是他杀，后来被转移到这里来的，这里不是第一现场。"

警官："那就更奇怪了。你看，这地方不仅难进难出，还不具有隐蔽性。凶手何必选这种地方抛尸呢？"女作家刚要开口，被警官用手止住了，"我知道你想说死者可能是被凶手从楼上推下来的。要是那样，你怎么解释那手杖？"

女作家："手杖，手杖怎么啦？"

警官用手比划着："难道手杖会跟主人同时从空中坠落，而且正好靠墙立在那儿。这不太离奇了吗？"

女作家："那……我也可以假设是他自己作案，不慎失足摔死的！"

警官："你先回答我一个问题，一个瘸子，半夜爬楼，不慎失足摔死，你说他到底为了啥呢？"

女作家："这该问你，你是警官嘛！"

写字楼后门。

后门门把上缠着一把链锁。戴红袖标的老头守在那里，不放人进来。

楼内人影憧憧。上班的人陆续走进大楼。

院内。

警官和女作家向写字楼走来。

女作家："死者会不会是那个临时工的朋友，白天就来了，晚上因为赌博或者什么别的原因被杀，然后制造一个坠楼的假现场……"

警官："这也不大可能，你研究过杀人犯的心理吗？杀人犯作案后要么立刻转移尸体，要么自己远离现场。总之是会千方百计避开嫌疑的。像你说的那样，凶手杀人之后在被害人身边鼾然大睡。然后佯装一无所知，那不仅是他自己天真，也把我们想得太天真了。你说对不对？"

女作家自嘲地："是我太天真了！"

警官："那也未必。你用的是侦察心理学中的'假言推理'，而我驳倒你用的是'选言推理'，两种方法在刑事侦察中都是有意义的。现在不能排除临时工作案的可能性，包括老门卫，甚至这座楼上所有的人。"他们仰脸向上看，高耸的大楼直指蓝天。

警官不由得扶扶头上的大檐帽。

女作家："你的打击面是不是太大了——这座楼里至少能容纳上千人呢。"

警官还在仰脸看楼。

一扇扇窗户陆续打开。有人扒在窗台上探头探脑地向下观望,叽叽喳喳地议论着。

警官立即向助手们发出命令:"快,快快! 马上带人上楼,给我看住从二楼到十八楼在尸体坠落线上的所有房间,一个人也不许放进去! 要快!"

后门的链锁打开,公安人员涌进门去。

警官对女作家:"你看看,我差一点疏忽了。走,跟我上去! 别乘电梯。一层层往上爬!"

写字楼内。

两个人拾级而上。他们眼前晃过不同楼层门楣上挂着不同质地的匾牌:"TCO 研究所"、"心理软件制作中心"、"亚太飞行器设计院"、"世界性史资料馆"、"远东木乃伊精品陈列室"、"二战名将蜡像屋"、"一处"、"二处"、"三处"……

他们只看有警察守卫的房间。

空荡荡的公司里大多是搬不走拿不动的设备和器械。梦境般的朦胧中,电梯有人进出,走廊有人来往,无论男女,皆素衣素裤,白色幽灵般往来无声,见到两位不速之客,目光怪异。

五楼"兰室"。

门楣铜牌上镌刻着"兰室"。

警官推了下门,门锁着。

警官吩咐助手派人看守。

楼顶。

警官和女作家气喘吁吁地往顶层爬去。女作家停下来,用手帕擦拭额头的汗水:"好了好了,别再爬了……再上就楼顶了。没看到天窗锁着嘛! 那儿可没梯子。"

警官倚在楼梯扶手上,掏出一支烟:"我能吸烟吗?"

女作家:"别在我面前装绅士。"

警官点着烟吸了一口:"你的性格和大学时候不大一样。"

女作家:"其实你那时候也不一定就真了解我……"

保卫干部满头大汗地跟上来。

女作家:"白费劲了,一无所获。"

警官:"不,收获还是有的。"

女作家："我怎么看不出来？"

警官："你看，差不多每个办公室除了仪器和资料，都不存放任何贵重的东西，更不要说现金了。也就是说，这幢楼里没有值得偷窃和抢劫的东西。"

女作家若有所思："这才怪了。那这个人上这幢楼来干什么呢？"

警官突然想起什么："走，我们回去看看五楼！"

"兰室"门外。

警官和女作家匆匆赶来。

"兰室"的门已经开了，门口却没有人值班。警官脸色大变，他叫了声"不好"，扑向"兰室"。

女作家跟着他冲进房间。

"兰室"内。

房间整洁优雅，一位身姿艳美的白衣少女正在擦拭窗台。清晨的阳光透过窗棂穿透少女身上薄如蝉翼的裙裾，一览无余地勾勒出她的青春胴体，甚至能看清她颤抖的乳房。少女的每一个肢体动作都洋溢着生命的美感，令人赏心悦目，心旌摇荡。

听到响声，少女回过头来。

警官近乎粗暴地："你在干什么？给我停下！"

少女的脸涨红了，身体僵在那里，如一幅美妙绝伦的侧逆光青春照。

跟随而进的女作家眼睛一亮。

警官向窗台扑去，就像去抢救一个立刻要坠楼的活人。

窗台已擦拭得光如明镜，一切痕迹都被抹去了。

警官和女作家一起探向窗外。

他们的身体差不多正好伏在那株槐树的树梢。满树对称的椭圆形叶片，在晨风中舞弄，树枝上盛开的槐花伸手可及。透过树叶，可以看到后院的公安人员正在向灵车上抬瘸子的尸体。

警官一把握住女作家的手腕："你看，你往下看呀！"

女作家被握疼了，剜了警官一眼。警官歉意地松开手。

女作家："你说那些搬运尸体的人？"

警官："不，是树！你看树！"

女作家："树？什么树？"

警官："左边，靠第二个分杈的地方，看见吗？向我们伸过来的那一枝！"

女作家："那怎么啦？"

警官:"劈断了,整个劈断了!"

一段擀面棍粗细的树桠,从分权不远的地方劈裂,连着树皮,斜挂在下面茂盛的枝叶上。

女作家(画外音):"这可能是被瘸子坠楼的时候砸断的。"

警官(画外音):"下面无论如何看不见这根砸断的树枝!"

女作家:"要是验尸结果证明死者确实是因为坠楼摔死的,这根砸断的树枝对我们又有什么特殊意义呢?"

警官的眉头拧起来。他回头找那个姑娘,姑娘已经不在了。

洁净的桌面上,有一台四通打字机和码放得整整齐齐的文稿。

女作家抚摸着打字机:"她好像是个打字员……"

警官嗅到了一种奇怪的气味:"你嗅到什么了吗?一股暗香,淡淡的……"

女作家笑:"是那个姑娘身上的气味,男人对少女的青春气息总是很敏感的。"

公安局。

解剖室里,法医和助手在对瘸子进行尸检。

警官穿着白大褂,背着手默默地站在他们身后观看。

女作家背着包匆匆走进办公大楼。

警官带着助手,一面读手里的尸检报告,一面风风火火迎面走来。

警官对两名助手:"快快,你马上去办一张搜查证!你,把车给我开出来!"

女作家微笑地看着警官走近。

警官看到了女作家:"你来了!"

他带着助手继续朝前走。

女作家紧跟上来:"有结果了?"

警官:"他是摔死的,脾脏都摔破了。"

女作家有些跟不上:"你去哪儿?"

警官:"现场!"

都市大街。

行驶中的警车。

警官:"死者背部、大腿有大面积的被树木擦伤的痕迹。整个掌心被树枝划得血肉模糊……你想想这能说明什么?"

女作家:"死者在下坠的过程中曾经像溺水的人抓稻草那样拼命地去抓那些树枝。"

641

（闪切）一个人从槐树上沉重地坠落，发出绝望的、令人毛骨悚然的呼叫。

警官："从生到死，就是那么几秒钟的时间，他不可能不叫，一个垂死的人在深夜里的呼叫，如果说没有人听到，那不是怪事吗？"

警灯闪烁，警车驶过交通路口。

女作家："你还是怀疑那一老一少？"

警官："你说我怀疑得没有道理吗？那天晚上现场只有他们两个人，既然他们都有可能听到声音，为什么又都不敢承认呢？"

写字楼收发室。

警官和戴红袖标的老门卫谈话。

一名女警官做笔录。

边上坐着保卫干部和女作家。

老门卫把大茶缸顿在桌子上，茶水都溅了出来："你们怀疑我跟这案子有瓜葛是不是？我这把年纪了，难道还会去干杀人越货的勾当吗？"

气氛有点僵。

警官："老师傅，先不要激动！协助公安局破案，是每个公民的义务嘛。"

老门卫："对，我作为大楼的值班员，有责任向你们提供真实情况。可是我说了，你们不信嘛！"

保卫干部："慢慢讲，慢慢讲……"

老门卫："我就是一句话，那天晚上我啥也没听见。"

警官："一直是你一个人值夜班吗？"

老门卫："是的。"

警官看了一眼保卫干部："嗯……那就是说，你也无法提供能够证明你那天晚上始终没有离开过值班室的证人了。是不是？"

老门卫怔了一下，转着眼珠子，突然地："有，我有证人！"

在场的人一起打起精神来。

警官："谁？"

老门卫："我老伴！她能证明我那天一夜没有回家。"

警官哑然失笑。女笔录员也不由笑了。

写字楼后门。

保卫干部领着警官等人察看大楼通向后院的通道。从值班室到后门要斜穿前厅、走廊和后门夹道两道门。

642

警官:"这么远,大概有七米不止吧。"

保卫干部:"七米五左右吧。"

警官用手试着推拉那两道弹簧门:"这两道门晚上都有用吗?"

保卫干部:"这两道门每天晚上十点之后都要从里面锁死。"

警官:"这就是说,晚上门卫室有可能听不到后院的声音。"

写字楼后院。

警官等人从后门走入后院。

那株树叶婆娑的槐树立在那里,仿佛守口如瓶的知情者。

临时工宿舍。

警官和他的两名助手搜查临时工宿舍。

临时工满脸晦气,蔫头搭脑地站在墙角,女笔录员看着他。

助手翻箱倒柜,却一无所获。

助手走到警官身边,悄声地:"没有发现有价值的东西。"

警官心犹不甘:"锅炉房看过了吗?"

锅炉房。

助手站在锅炉房门口,警官和女作家站在他的身后。

庞大的锅炉,烧剩的煤堆,粗笨的铁家什,似乎没有什么可搜查的了。

助手走过场似的检看积灰的台钳、掉把的铁锹、生锈的斧子……

警官(画外音):"检查那堆煤。"

两把铁锹在煤堆上翻找。

警官铁青着脸盯着煤堆。

女作家和保卫干部说着闲话。

"咣当",铁锹碰到金属的声音。一把锋利的匕首被翻了出来。

临时工宿舍。

匕首在警官手里缓缓转动。

这是一把钢质极好的匕首,刀柄色彩斑斓,镶着五颗熠熠闪光的水钻。

警官:"你说吧,这是哪来的?"

临时工贴墙站着,头深埋在胸前。

警官:"说,这东西是哪儿来的?"

643

临时工:"是我、我……买的。"

警官:"撒谎,买来的刀子你舍得埋在煤堆里吗?"

临时工额头冒出冷汗。

警官:"你有权保持沉默。不过,我们会叫你开口的。"

女作家书房。

女作家坐在电脑桌前,打开刚到的报纸。报纸上登着一条公安局发布的《认尸启事》。

电话铃响了,她拿起话筒。

警官(画外音):"喂,你在干吗呢?"

女作家:"爬格子呗,还能干啥!"

警官(画外音):"出来走走吧,别在家里闭门造车了。"

女作家:"案子有进展了?"

警官(画外音):"这是工作秘密,不告诉你。"

"咔嗒"一声,电话挂上了。

女作家笑着摇摇头。

公安局预审科。

那把匕首被放在桌子上。

临时工颓丧地坐着。

成竹在胸的警官犹如欣赏一件战利品,注视着临时工。

警官:"知道我们为什么把你请到这地方来吗?"

临时工:"不,不……不知道。"

警官:"你还想装糊涂?你看看这是什么?"

警官用两根指头夹起桌上的匕首:"这把匕首上只有两个人的指纹,一个是那个死者的,另一个就是你的。你怎么给我解释呢?"

临时工身体像筛糠一般抖动起来。

警官目光锐利地盯着他。

临时工:"我想……要杯水……"

临时工手里捧着喝空的杯子,陷入回忆:"那天深夜一点多钟,我不知道怎么突然醒来了,是做了噩梦还是听到了什么吓人声音……"

临时工宿舍。(闪回)

临时工从嘎嘎作响的木床上摸黑爬起来,愣怔怔地听着四周的动静。他摸到灯绳,打开电灯,重新躺下。

临时工(画外音):"总之我觉得有点不对劲,心咚咚乱跳……好像起风了,窗外很黑……"

窗外,一只野猫凄惨地叫了一声,从屋檐下窜过。

临时工惊得又一次坐起来。

槐树被大风吹得哗哗作响。

临时工揉着乱跳的胸口,披了衣服,伸脚找到拖鞋,开门走到院子里。

写字楼后院。(闪回)

一弯新月在云中穿行。地上景物忽明忽暗,看不真切。

临时工走到大楼墙角小解。

他突然听到了一种奇怪的声音,警觉地回过头。

槐树下黑糊糊的,声音没有了。

临时工系好裤子,匆匆往回走。

声音又响起来,像是人的呻吟。

树阴下一团黑影蠕动了一下。

临时工这回听清了,那是个活物!他吓得紧紧贴着树干,死盯着那团黑影,大气也不敢出。

黑影一动不动。

临时工壮起胆子:"谁?谁在那里?"

那团黑影没有反应。

临时工稳住神,一步步蹭过去。

一阵风吹开了头顶上的枝叶,月光照在那团黑影上。

地上侧身躺着一个人。

临时工打了个激灵。

临时工(画外音):"我看清了那是个人。他的半张脸在月光下白煞煞的。起先我想这也许是个喝醉的酒鬼吧……"

临时工一步步走近那个人。

(特写)死者扭曲的面孔。

临时工(画外音):"突然,我看到了那个人脸上的血!那是个死人!"

临时工腿肚子打战,向后退去。

临时工变调的声音:"来人哪!来人哪……"

一根树枝在后面勾了他一下,他跌倒在地,爬起来没命地向宿舍方向逃去。

临时工(画外音):"就在这时,我的脚踏到了一样东西。"

他的脚下露出一把匕首。他弯腰捡起来。

(闪回结束)

公安局预审科。

(特写)放在桌子上的匕首。

警官像听故事似的看着临时工。

记录员也听得入神了。

临时工垂着头:"我当时想也没想,抓起那把匕首就跑回了宿舍……"

临时工宿舍。(闪回)

临时工在灯下细看那把匕首。

他把匕首压在枕头下,躺下来,望着屋顶出神。他忽然意识到这把匕首是个不祥之物,猛地坐起来。

临时工(画外音):"说不定这把匕首就是凶器!窝藏凶器不是自找麻烦吗?我怎么这么糊涂!"

他从枕下抽出匕首,东掖西藏,都觉得不妥。

警官(画外音):"既然如此,为什么你不把匕首送回去呢?"

临时工(画外音):"当时脑子全乱了……我不敢再见到那个死人。更不敢去报案,我知道没人相信我。凶器在手里,死人在身边,还有什么话好说的?"

临时工选中了墙根的老鼠洞,用报纸裹了匕首,小心地塞进洞去,又用破砖堵住。

警官(画外音):"那匕首怎么又跑到煤堆去了?"

临时工宿舍。(闪回)

从窗口可以看到警官等人在院内勘察现场。

那个躺在树下的尸体的脸已经被人盖上了白布。

临时工(画外音):"那天早晨你们来了,我心里又紧张,又矛盾……"

临时工贴着窗玻璃,紧张地注视着外面的动静。他背在身后的手紧紧地攥着那把匕首。

锅炉房。(闪回)

临时工溜进锅炉房。

炉膛烈火熊熊,他向门外看了一眼,想把藏在裤袋里的匕首扔进去。

保卫干部(画外音)："喂,你在干吗呢?"

临时工吓了一跳。

保卫干部把头探进门："快点,公安局的人叫你过去!"

临时工："就来就来!"

匕首被扔到煤堆上,一只脚迅速地用煤沫把匕首盖住。

(闪回结束)

台球室。

码好的球被一杆打散。

警官手握球杆,直起身子："你觉得临时工的口供可靠吗?"

女作家拿着球杆,寻找下杆的角度："像是在编小说呢,难道你相信吗?"

警官："你们文人哪,常常把复杂的事情想得简单,又把简单的事情想得复杂。"他停了停,"我敢这样说,没有一个女作家可以成为合格的警察!"

女作家猫下身去打了一杆："你又在制造冤假错案了!至少你打击了一大片。"一只球被击中,却没滚进洞内,"我也有句话对你说——一个没有想象力的警察,永远不可能成为一名作家,尽管他装了一肚子形形色色的素材。"

警官举着球杆走来走去,一副不屑争辩的神气："你有什么理由坚持临时工的口供是瞎编的呢?你大概忘记了一个常识,在凶手和被害人之间往往有一定的因果关系。临时工和死者是什么关系?瘸子的特征再明显不过,如果他们平日稍有来往,别人不会没有印象。现在我们掌握的情况是,他们根本就不认识。所以,我宁可相信临时工的口供——他与这桩命案没有关系。"

女作家："其实你也在靠想象推断。"

警官："不,我有证据。那把匕首上没有死者的血迹。临时工的房间里,也没有发现任何作案留下的痕迹。"

女作家："难道他不会洗尽血迹,销毁罪证吗?"

警官："死者身上没有一处刀伤。死亡的直接原因,不是被人从楼上推下来,就是自己掉下来的。不会有第三种可能。"

女作家："这就叫人百思不得其解了——一个瘸子,半夜爬楼干什么?何况楼里没有什么东西好偷。"

警官："说了半天,这句话才算问到了点子上。"他又成功地击进了一个球,"你刚才说的两点,正是我们解开瘸子死因之谜的钥匙。要解开这个谜,得先搞清死者的真实身份。《认尸启事》登出之后,今天已经有消息了。死者生前住在丁香大街猫眼胡同34号。是死者的邻居提供的地址。"

胡同口。

警车停在巷口,车开不进去了。

车门打开,警官和两名助手,还有女作家钻出车来。

他们辨认着巷口的门牌号,向巷里走去。

34 号住宅楼。

一座破旧的灰色简易楼。

警官等一行人走进楼门洞。

楼梯。

楼内光线昏暗,墙壁斑驳,破旧的门户,堆积的杂物,仿佛一座废弃的、无人居住的危楼。

一行人拾级而上,楼内发出空洞的回音。

女作家跟在后面,东张西望地打量那些紧闭的门扉,偶尔听到了从门后传来的锅碗瓢盆的磕碰声。

五楼。

警官在 11 号门前停住。

助手敲门:"王先生,请开门,我们是来拜访你的。"

门无人自开。

11 室内。

警官一行人依次走进房间。

一位精瘦的老头坐在宽大的安乐椅里,用遥控器指挥门重新关上。

房间里意想不到的豪华。

老头声音嘶哑,表情呆滞:"你们……是找我?"

警官:"是的,你曾经给我们值班室打过一个电话。"

老头朝身后看了一眼。

华丽的丝绒布幔后面,坐着一个肥胖的妇人,正在逗弄怀里一只硕大的白色波斯猫。

老头:"我这儿只有两把椅子,对不起……就站着说话吧。"

警官:"你在电话里说,你的邻居是个跛腿的男青年?"

老头点头,又回头看看身后的女人。

警官："他有一把自制的铁手杖？"

老头点点头。

警官："他从事什么职业？"

老头这回摇摇头。

警官："是你不知道呢？还是他没有职业？"

老头又把头转到后面去了。

胖妇人站起来走开，一副不愿被人打扰、更不愿管闲事的样子。

老头："没有工作……"

警官："他就住在对面吗？"

老头沉默着，神态有些怪异。

客人们互相交换了一下眼色。

老头好像在用耳朵捕捉外面的动静。

楼梯。（闪切）

铁手杖"笃笃"地点着水泥地，从对门走出来，下楼去了。

11 室内。

老头隔门目送那声音远去。

梯楼。（闪切）

铁手杖"笃笃"地敲击着地而，从楼下一步步走上来。

11 室内。

老头细心谛听，直到脚步声走进对门里。

老头有些伤感地："我有好几天没听到他的声音……"

警官和女作家交换一下眼神。

警官："那套房间是他自己的吗？"

老头："是他爸爸留给他的……"

女作家："他爸爸呢？"

老头："他爸爸死了，我从来没见过他的亲人。"

一时大家陷入沉默。

胖妇人不耐烦地咳嗽了几声。

老头："你们问完了吧？"

警官："你能同我们一起到对面房间看看吗？"

老头回头去看那妇人。妇人已经不在了，只有波斯猫卧在那里打瞌睡。

老头："我的腿不方便……我从不出门。"

警官："我们需要你的帮助，请吧。"

助手走过来搀扶老头。

12 室门前。

万能钥匙插进锁孔，打开门。

警官一行走进门内。

12 室内。

一座空宅。一室一厅，布置得舒适整齐。客厅窗台上的盆花已经枯萎。玻璃鱼缸里，几尾热带鱼在浑浊的水中奄奄一息。两只书架插满了图书和期刊。书桌上摆着一架四通打字机，上面已经有了灰尘。

警官审视放在打字机旁的几张文稿："喂，作家，你来看看这是什么？"

女作家放下手中的杂志走过去："好像是科技方面的论文……看不懂。"

警官小心地把文稿纸收进手里的文件夹："哎，他们那边发现什么了？"

卧室。

墙上挂满明星、半裸和全裸的美艳的女人照。主人床前悬挂的长幅壁毯上，四个真人大小的赤裸的外国沙滩女郎栩栩如生。

助手翻看艺术人体画册。

警官走进卧室："你们干啥？把正事忘啦？"

助手吐吐舌头，赶紧收起画册。

女作家走过去，拿起主人枕头边一本夹着书签的书。

(封面特写)《欧·亨利短篇小说集》

警官："那是什么书？"

女作家："欧·亨利的小说。"

警官："欧·亨利是谁？"

女作家将书放回原处："美国著名作家。"

警官拉开抽屉，翻出一叠纸袋，里面装满照片。他把照片倒出来，一张张展示。

(照片画面)俯拍的街景，与友人的合影，一幢大楼的窗口和窗前的树木被反复拍了多次。

桌子上摊满照片,一些黑白旧照片也夹杂其中。

女作家捡看那些照片:"主人拍着玩的,用的不是什么好相机,连焦距都不准!不过,也有些照片拍得不错!"

警官从一只皮夹里抽出一张发票:"你看,又是一张扩印照片的发票,银座照相馆,5月7日,今天是多少号?5月10号……照片还在照相馆里呢。"

女作家:"奇怪,这人这样喜欢摄影,为什么家里没看到一架像样的相机呢?"

助手从床头柜找出一捆信札。信札用红色丝带系着。

丝带被小心地解开。

助手:"队长,这些信全是写给一个叫苏菲菲的人的。"

警官接过信札。

助手:"没有收信人地址,可是全贴了邮票,没有寄出去。"

警官抽出其中一封信读。

瘸子(画外音):"亲爱的菲菲,你好吗?今天下了小雨,我不知道你是怎么回家的。你带伞了吗?你家的那条路一定很不好走。一定当心,不要滑倒。你知道我多么想去送你呀。可惜我没有这个福气。不过你要知道,我的目光无时无刻不在追随你,哪怕你走到天涯海角……"

(闪切)打着红伞的少女在蒙蒙细雨中袅袅婷婷行走的背影。

警官又抽出一封信读。

瘸子(画外音):"菲菲,你知道吗——我今天好想好想你。今天是我的生日,我自己动手做了一套西餐,我想象着你优雅地坐在我对面用餐的样子。房间里飘荡着舒伯特的小夜曲。听着你快活的笑声,那该是多么令人心动的时刻呀!菲菲,你知道吗,为了这一天,我一直在苦苦地等待……"

(闪切)飘在大酒盅里的红烛。烛光照着色香悦人的西餐。

警官命令助手:"注意有没有这个苏菲菲寄来的信!对了……所有寄来的信我都要。"

客厅。

一只戴手套的手从废纸篓里掏出几团揉绉的纸。纸团在桌面上抹平,展开。

打印着人物对话、场景之类文字的A4复印纸。

助手拿起文稿走出客厅。

老头坐在一张椅子上,麻木地看着警官们忙来忙去。

卧室。

警官站在桌前端详一幅彩照。

死者生前和一位年轻女郎坐在客厅小沙发上的合影。

助手将那几张文稿送到警官面前："这是从纸篓里找到的,队长你看有价值吗?"

女作家也凑过来看："这好像是打印的电影剧本。"

客厅。

警官坐在老头对面："老先生,你知道这家常有什么人来吗?"

老头："不知道。"少顷补充道,"我没有留心过这些事。"

警官："你好好回忆一下,有没有一个女孩子来找过他?"

老头："女孩子? 我想不起来!"

警官："你再想想,既是邻居,怎么会一无所知呢? 他失踪不是你马上就发现了嘛!"

老头做回忆状："对,有过一个女孩子,不过也许是少妇。说不准,那天她把门敲错了……"

警官表面上不露声色。

五楼 11 室内。(闪回)

敲门声,很轻柔。

老头坐在沙发上看电视。他拿起开门的电子遥控器,回头看了一眼正在梳妆台前化妆的胖妇人。

胖妇人不吭气。

老头继续安心看电视。

敲门声又响起来。

老头按下控制板上的按钮。

敲门的年轻女郎立刻出现在电视屏幕上。女郎模样俊美,打扮入时,肩上挎着时髦的皮包。

老头起身亲自去开门。

门开了,漂亮女郎笑容可掬地向老头连致歉意,显然她敲错门了。

老头热情地指指对面的房间。

女郎转过迷人的身段,去敲对面的门。

老头失落地把门关上。

(闪回结束)

12 室客厅。

警官把房主和女郎在沙发上的合影递给老头。

警官："你看是不是这个女人。"

老头戴上老花镜细细端详："差不多吧……我说不准,那天楼道光线很暗……"

12 室阳台。

女作家信步走上封闭的阳台。她打开窗户,伸了个懒腰,随意向外看去,像被什么触动了一下,她眼前忽然一亮。她把头探出去。

阳台对面是一幢高层写字楼。

大墙下有几棵树,最大的一株槐树,树梢已经够到五楼窗口。阳光在窗棂和楼墙上投下斑驳变幻的光影。摇曳不定的枝叶间,可以看到窗后闪动的人影。

女作家看着窗外发呆。

警官心情很好地走过来："嘿,一个人在这里发什么呆?"

女作家："你来看!"

警官顺着她手指的方向看窗外："看什么呀,一幢楼,几棵树?"

女作家："你真看不出来?"

警官："等等,你先等等……"他伸出头去上看下看,"怎么回事——这不是那幢写字楼吗?"

女作家："对呀,正是那幢楼!"

警官："奶奶的,早知道离得那么近,我们就不在大街上兜圈子了。"

女作家思索着。

警官："好消息,我找到那个叫菲菲的女人了!"

电影厂会客室。

警官的两名助手坐在沙发上。

年轻漂亮的女编辑走进来。

女编辑："请问是你们找我吗?"

助手甲："我们找苏菲菲。"

女编辑："对不起,我不叫苏菲菲。"

助手乙："等一等!"从文件夹里取出那张合影,"你们厂办的同志说照片上的这个人就是你。"

女编辑接过照片："没错,这个人是我。"

助手乙："你认识这个男人吗?"

女编辑："认识。我们有过合作。"

助手甲："你们是怎么认识的?"

女编辑:"制片主任老姚介绍的。"

外景地。
一群电影人在拍摄现场忙碌。
两名助手坐在树下和大胡子制片主任谈话。
制片主任神情黯然地吸着烟:"说起我那老同学……心里挺不好受的……他怎么就莫名其妙地死了呢?"
助手:"是呀,我们也觉得蹊跷。"
制片主任:"我这个同学要不是残疾,肯定是个人物。他太不幸了。先是上小学的时候患小儿麻痹症成了瘸子,上中学时母亲病故,高中没上完父亲又遭遇了车祸,给他留下了两间旧房子……"

五楼 12 室。(闪回)
瘸子在客厅向制片主任演示打字机。
制片主任(画外音):"他人聪明,爱学肯钻。可是没有正式工作,也没有固定收入……"

电影制片厂。(闪回)
厂区林阴道上,制片主任拿过女编辑手中的剧本翻看。
制片主任(画外音):"我从文学部给他揽到了活——帮助打剧本。这既符合他的兴趣,又多少能给他增加一点收入……"

五楼 12 室。(闪回)
制片主任带着女编辑敲开了 12 室的门。瘸子热情地把客人让进房间。
制片主任(画外音):"我想帮老同学一个忙,让我们电影厂成为他的长期客户,就带编辑去了他家一趟……"
(闪回结束)

咖啡厅。
女作家和身着便服的警官面对面坐着。
警官沉默寡言,心事重重。
女作家微笑着打量着他:"你今天怎么蔫了? 有心事啊!"
警官旋转着手中的咖啡杯:"想女朋友了呗。"

女作家:"你怎么到现在还不成家呢?"

警官:"谁要我呀!"

女作家:"我给你介绍一个吧。"

警官:"没劲……这个案子结不了,我连吃饭都没有味。"

女作家:"挨领导批评啦。怪不得没精打采呢!"

警官:"你不知道,忙了几天,结果那个女人不是我们要找的苏菲菲,整个电影厂没有一个叫苏菲菲的!"

女作家:"原来是为这个啊,别费劲了!也许根本就没有这样一个人!那不过是那个残疾人臆想出来的女神!一个他崇拜的偶像!"

警官:"不可能。我觉得你的文学离科学太远!你在搞玄学。侦察、破案是一门科学。知道吗?是科学!科学和一切伪科学水火不容!"

女作家笑道:"这么好战!难怪你身边没有姑娘呢。"她友好地递给警官一包香烟,"好了好了,我不是请你来论战的。我从家里给你拿来了一包你喜欢的烟。昨天忙到半夜,你总不会一点故事都没有吧。"

警官:"又来套素材了是不是?我受苦受累,你坐享实惠。一包香烟就把我打发了呀?"

女作家:"友情后补,小说发表了,我请你到海德大酒店吃日本料理怎么样?"

警官:"好,咱们一言为定,不许反悔。"

女作家:"要不要拉钩呀!"

12 室客厅。(闪回)

四通打字机旁放着准备打印的剧本。

警官(画外音):"女编辑第一次去那,受到了瘸子热情的款待。"

宾主谈笑风生,气氛十分融洽。

瘸子情绪高昂,妙语连珠,引得女编辑笑声不断。

12 室厨房。(闪回)

三个人揉面和馅包饺子。

瘸子和女编辑有递有接,配合默契。

警官(画外音):"也许瘸子家里很少来人。那天他们在一起谈得十分愉快,还喝了酒……"

(闪回结束)

咖啡厅。

警官:"过了几天,女编辑又去了一趟,取回打好的剧本。"

女作家还在等着警官的下文,警官却没有话了。

女作家:"完了?"

警官:"完了。"

女作家:"你讲这些有什么意思?"

警官:"我要告诉你——他们才刚刚认识,女编辑不是瘸子的恋人!"

女作家:"你再详细讲讲女编辑和他第二次见面的情况。"

警官:"我亲自找女编辑谈过。她说她一开始敲错了门,到瘸子家取了剧本她就回去了。就这么简单。"

女作家想了想:"剧本打印质量怎么样?"

警官:"她说干得不错。她很满意。"

女作家:"既然如此,那她为什么后来再没有找他打印别的剧本呢?"

警官一愣:"你……什么意思?"

女作家:"我想知道女编辑有没有第三次再去他家里?"

警官:"没有了。那次剧本的打印费也是制片主任后来送去的。"

女作家:"嗯,我知道了!"

警官:"知道什么了?"

女作家:"我知道是怎么回事了。"

12 室客厅。(闪回)

女编辑端坐在沙发上,用茶。

瘸子拄着手杖走过来,把打印好的剧本和原稿放在她面前。

女编辑翻看剧本。

瘸子挨着她身边坐下。

女编辑感觉到瘸子火辣辣的目光。

瘸子色迷迷的眼睛。

女编辑身体向旁边移了一下。

瘸子跟着靠过来。

女编辑慌忙把剧本装进包内。

瘸子欲火燃烧的眼睛,他的呼吸变得粗重起来。

女编辑起身告辞。

瘸子忽然扑过去,抱住女编辑。

靠着沙发的铁手杖滑到地上。

女编辑在瘸子怀里挣扎。

（闪回结束）

咖啡厅。

女作家："女编辑之所以再不肯去他家,恐怕就是因为他有不规矩的行为……"

警官听得出神了。

12 室客厅。（闪回）

女编辑从瘸子怀里挣脱出来。

瘸子拐着腿,还在纠缠不放。

女编辑回手打了他一记耳光。

瘸子手捂着脸,怔怔地望着女编辑。

（闪回结束）

咖啡厅。

女作家："你想想,一个三十多岁的光棍,从来没有接触过女人。一旦与一个自己喜欢的漂亮女性独处,能够坐怀不乱吗？就是行为有些不检点,也不奇怪……"

警官反唇相讥："奇怪的是那个女编辑受了羞辱后不仅不声张,还热心地给那条色狼办事！这你又如何解释呢？"

女作家："你说什么？谁给谁办事？"

警官："那次回来,女编辑给制片主任带话,帮助瘸子借了架带变焦的照相机。"

女作家："有这事？"

警官："照相机直到瘸子出事前几天才由制片主任从他那里取回来。这就是为什么我们在他家没有找到相机的原因。"

女作家无语。

警官："你想想,如果他真的羞辱了女编辑,女编辑别说替他带话,即使不在制片主任面前痛骂瘸子,至少也要流露出一点不满吧！"

12 室客厅。（闪回）

女编辑坐在沙发上用茶。

瘸子一只手端着果盘进来。

女作家（画外音）："那我就不明白了,他们的关系为什么会突然冷下来呢？"

女编辑赶忙起身去接。

果盘里的苹果和香梨刚刚洗过,沾着晶莹莹的水珠。

瘸子从果盘上取过刀子——这正是瘸子死后落到临时工手里的那把匕首,彬彬有礼地递过去……

女编辑满意地将剧本装进包里。

瘸子将客人送到门边,托她带话。

女编辑欣然答应,和瘸子握别。

(闪回结束)

都市大街。

女作家和警官在华灯初上的大街上漫步。

女作家:"可以这样解释你说的现象。女编辑知道了瘸子有那种心思,她根本不可能成全他,但是她又不愿意伤害一个残疾人敏感的自尊心,最好的办法就是回避。"

警官:"没有证据,我是宁可信其无,不愿信其有。假定无罪是我们办案的原则。"

女作家:"我说大警官,人和人不一样呀!你现在钻进死胡同了——因为女编辑没有对任何人说过,所以你就相信她和瘸子之间一定没有情况。是不是这样?"

警官:"是的,除非你拿出让我信服的证据。"

女作家停了停:"好吧,假如你愿意听,我可以给你讲一段故事。"

警官感兴趣地:"你自己恋爱的故事?"

女作家:"不是我的恋爱故事也不要紧,只要听了对你有些启发就行。"

他们默默地向前走了一段路。

行人,车流,闪烁的霓虹灯。

警官急迫地等着女作家开口。

女作家:"上大学的时候,我们班有个女同学,被大家公认是'校花'……"

(一组切换的短镜头,闪回)

"校花"捧着书在小树林里复习外语,树林里的晨岚和熹微的晨光将她衬托得恍若仙女。

女作家(画外音):"系里的男生们开玩笑说,如果她穿着短裤打篮球,整个教学大楼的男生都会放下功课跑到球场观看比赛……"

一个男大学生远远凝目注视着树林里的女孩。

女作家(画外音):"学校组织横渡水库,一个不谙水性的小伙子也抢着报名,为的是能同她一池同泳……"

"校花"和一群女孩嬉笑着从林阴道上走来。

小伙子闪在一边,傻呆呆地目送她远去。

"校花"回眸一笑。

小伙子受宠若惊,高兴得手舞足蹈。

女作家(画外音):"还有不少小伙子用各种办法向她射去丘比特之箭。"

"校花"在图书馆读书。

小伙子悄悄将情书插进"校花"身边的书包。

女作家(画外音):"有些情书写得文采四射,简直可以和郁达夫的情书媲美……可是,却从来没得到过她的一字回音。"

小伙子在黄昏校园孤独地徘徊。

女作家(画外音):"小伙子终于憋不住了,决定短兵相接,正而交锋……"

"校花"从林阴小道上独自走来。

守候已久的小伙子突然挡住了去路。

"校花"吃惊地望着他。

小伙子紧张得一时说不出话来。

"校花"认出他来了,嫣然一笑。

这给了小伙子勇气。他终于勇敢地说出了那三个字。

"校花"怔住了。

小伙子热切地表白着他的爱情。

"校花"涨红了脸,向后退缩。

小伙子困惑起来。

"校花"拒绝了他,转身走开。

女作家(画外音):"姑娘拒绝了他。"

小伙子怔怔地望着她的背影。

(闪回结束)

都市小街。

女作家和警官走在僻静的小街上,良久无语。路灯把他们投在地上的影子缩短了又拖长。

警官长长地吁了口气:"那时候大学生在校是不允许谈恋爱的。外系有个女同学,把同班一个男生的求爱信交给了系领导,搞得那个男生非常狼狈……"

女作家抬头看了警官一眼。

警官:"是的,我当时最怕的就是你把我的那些情书也交出去让人耻笑。可是,我又没有勇气向你把信要回来。"

女作家:"今天你还要那些信吗?"

警官轻松一笑:"别开玩笑了……我想问一句,为什么你当时没有把我的那些信交出去呢?"

　　女作家:"为什么要交出去?你当时并没有错呀。每个人都有选择爱的权利。我即使不能答应你,也应该尊重你的权利。当面说清楚就行了。你后来再没有来找我,说明你是一个自尊自爱的人。难道我不应当替你保守这个秘密吗?"

　　警官显然被感动了:"没想到……你心眼这么好!太难得啦……"

　　女作家:"至少我是个善良的女性。"

　　警官:"堵在我心里十年的疑问,今天终于解开啦!"

　　女作家:"现在我可以说明我的观点了——那个女编辑,为什么就不可能是这样一个心地善良的女性呢?瘸子有爱的权利,女编辑有不爱的权利。她何必一定要把事情抖搂出来,做得那么缺德呢!"

　　警官恍然大悟:"绕了一个大弯子,你在这儿等着我哪!"

　　女作家住宅。

　　打开灯,警官和女作家走进来。

　　女作家:"坐一会儿吧。"

　　警官:"你先生呢?"

　　女作家平淡地:"我们分居了!"

　　警官一怔,欲问又止。

　　女作家忙着泡茶:"不谈这些。来来,尝尝我从杭州带来的正宗龙井。"

　　警官背着手欣赏挂在墙上的母子合影。他走过来,从衣兜里掏出装照片的纸袋。

　　警官:"光顾说话,忘了给你看照片了。"

　　女作家:"谁的照片?"

　　警官:"银座照相馆的。"

　　茶几上铺满了几十张彩照。

　　女作家手里还有一叠。

　　(一组特写镜头)绿叶遮掩的窗口,一位白衣少女在打字机前专注地工作;少女纤手托腮,沉浸书本中;少女对着窗外凝思遐想,树叶中露出一张粉脸和半个肩膀。

　　(最精彩的一幅)少女占据半个画面,手拿一牙红瓤西瓜,正和人说着什么可笑的事情,一幅丽人活泼、淘气的神态。她对面的同事,被风吹向一边的树叶挡住了。

　　女作家:"这是用变焦长时间跟踪目标才能抓拍到的。太棒了!"

　　警官:"可惜这样的照片不多。窗口有根树枝遮着……"

　　女作家继续看那些照片:"这不是穿白裙子的那个女孩吗?"

警官:"对,正是她。那个擦窗台的女孩。"

女作家兴奋起来:"哎呀,我们为什么没有想到她就是菲菲!你呀,你把侦察方向整个搞错了!"

警官:"我会忽略这么重要的线索吗?我早调查清楚了。"

女作家:"她叫什么名字?"

警官:"叫什么名字不重要,重要的是她和死者没有任何关系。"

女作家:"胡说!瘸子的死一定和她有关!不可能无关!"

警官:"那个女孩的社会关系非常简单、清楚。她根本不认识他,也没有见过他。"

女作家把手中的照片扔在茶几上:"那才怪了——你怎么解释这些照片呢?"

警官:"一个穷极无聊的人为了解闷照着玩玩罢了,跟女孩有什么关系!我同她接触过了。那女孩纯洁得像一匹白布,根本不可能撒谎,也不可能做任何坏事。"

女作家:"你呀,你难道比我更了解女人吗?一个漂亮女人要想征服你,她的一颦一笑都是危险的。你怎么能轻易相信一个女孩的眼泪和谎话呢?"

警官摆着手:"好了好了,我该走了。今天晚上我们过得很愉快。"

女作家送客到门口。

警官转回身来:"朋友归朋友,有句话我还是要说——隔行如隔山,说到底,你不懂我们这一行。你等着吧。案子结束了,我会来请你听故事的。"

卧室。

一缕晨光从窗外射进来,照在房间的床上。

女作家睡意蒙眬,看一眼腕上的手表,打开床头的收音机。收音机里正在播送欧·亨利的配音小说。女作家头枕在手臂上,听得十分入迷。

(闪切)那棵槐树在风中摇摆。

她下了床,一面梳妆一面继续往下听。

(闪切)被树枝遮掩的窗口在风中时隐时现。

她眯上眼睛,仿佛在捕捉脑海中的神秘讯号。

(音响)风吹得树叶哗哗乱响。瘸子坠地发出的凄厉的呼叫。

她匆忙穿好外衣,向门外跑去。

公安局值班室。

一双手使劲擂打着门。

警官披着衣服,睡眼惺忪地开门:"是你!"

女作家:"走,你快跟我走!"

警官:"怎么啦?"

女作家:"照片,照片在哪里? 谜底就在那上面!"

警官:"你都说的什么呀,我一点都听不明白。"

女作家:"快快! 我们马上去瘸子家,到时候你就明白了!"

都市大街。

警车快速驶过。

34 号住宅楼。

警官和助手莫名其妙地跟在女作家后面,向楼上跑去。

五楼 12 室。

打开门,女作家第一个冲进去。

她穿过过厅、客厅,直奔卧室。

女作家向床头扑去,冲动地拿起放在枕边的那本《欧·亨利小说集》。

警官和助手赶过来,不知道她要干什么。

书被迅速翻到夹书签的地方:《最后一片常春藤叶》。

女作家把书紧贴在胸前,激动得声音发抖:"找到了! 终于找到了!"

警官:"你神经没有出毛病吧?"

女作家顾不上他的挖苦,伸出手来:"照片,那些照片在哪里?"

助手:"在我这儿。"

女作家接过照片,直奔阳台。

警官和助手跟过去。

阳台。

阳台上的铁窗被一把推开。

对面五楼树后的那扇窗户在清晨的阳光中看得清清楚楚。

女作家抽出一张黑白照和一张彩照:"你们过来看,这两张照片拍的是不是同一个地方?"

警官和助手对比着实景和照片。

助手:"不错,拍的都是这个窗口。"

女作家:"再仔细比较一下,这两张照片有什么不同?"

助手:"一张黑白,一张带色……"

女作家:"哎呀,这是小学生和文盲都能回答的问题,"指指警官,"来,你来说!"

警官:"一个用的标准镜头,一个用的变焦镜头……"

女作家:"你太让我失望了! 我提醒一下——你仔细看看窗外有什么变化?"

警官:"你是指……那些树吗?"

女作家:"还能有什么呢! 你仔细看。"

警官惘然端详:"黑白照片上的树叶不如彩照上的茂盛……"

女作家:"准确地说,彩照上的树比黑白照上的树长高了一大截,对不对?"

警官:"是这样……不过,我还是有些不明白。"

女作家又挑出两张照片:"你注意到这根树枝了吗? 对,就是这根。在黑白照上,刚刚够得上窗台,可到了拍彩照的时候,如果没有风吹动,差不多可以把大半个窗户遮住了……"

警官的眉头跳了一下。

女作家双手抓住警官的肩,把他推到前而,指着对面五楼的窗口。

女作家:"你看嘛,你再来看……"

从打开的五楼窗口,可以看到白衣少女的座位、她的口杯和工作台上的四通打字机。

警官:"那是那个少女位置,这会儿她大概还没有上班。"

女作家:"对,她一直在那儿坐着,现在她的位置一目了然,无遮无拦。原先挡着她的那根树枝呢? 树枝怎么不翼而飞了?"

警官似有所悟:"你是说……"

女作家用手制止他:"你如果有兴趣的话,我现在给你们讲一个故事。这个故事可以讲很长,也可以几句话说完,如果你只关心结局,我就简单一点……"

五楼 12 室。(闪回)

瘸子拄着铁拐杖在房里走动。

女作家(画外音):"那是我们主人公短暂一生的最后几章……"

他走向阳台,向外凝目注视。

对面窗口(闪回)

白衣少女在打字机前工作。

女作家(画外音):"有位名人说过,女人容易爱上天天见面的男人。一个孤独的残疾男人,也会悄悄爱上一个天天见面的女人。"

白衣少女的纤纤十指灵巧地在键盘上跳动。(叠化)

663

阳台。（闪回）

瘸子用望远镜观察对面窗口的女孩。

女作家（画外音）："他喜欢她不仅是几天几个月了……"

对面窗口。（闪回）

女孩一颦一笑尽收眼底。

窗口枝叶摇动。

12 室客厅。（闪回）

桌子上摆着一台四通打字机。

女作家（画外音）："爱屋及乌的心理，使他也买了一台打字机……"

瘸子坐在桌前，笨拙地学习打字。态度十分认真。

女作家（画外音）："在和女孩同样的工作中，他寻求着一种感情联系，找到了工作的乐趣。"

他已经能够熟练地敲击键盘。（叠化）

客厅。（闪回）

瘸子伏在灯下写信。

女作家（画外音）："他知道得不到她。但是又离不开她，他给她写了许多永远不会发出的信……"

他写的信渐渐多起来。（叠化）

阳台。（闪回）

一架旧相机对着对面的窗口。

女作家（画外音）："每天在窗后凝视心中的女神，已经成了他生活中不可缺少的功课。他不再满足于对她远远的凝视。"

相机一次次按下快门。（叠化）

对面窗口。（闪回）

那株槐树在窗下随风摇摆。

女作家（画外音）："时间一天天一月月一年年过去了。窗前的树在不知不觉中长高，而少女却永远那么年轻、鲜丽……"

长高的树梢在窗口晃来晃去。

窗后的少女忽隐忽现。

阳台。（闪回）

瘸子这回用的是一台有支架、带变焦镜的高档相机。那根树枝妨碍了他，使他不得不时常停下来。

女作家（画外音）："一簇悄悄升高的树桠，开始扰乱他的视线……"

变焦镜头里，刚刚捕捉到的对象，一次次被摇动的树枝剪碎或者完全遮挡。

瘸子的腿支撑不住，为了抢一个镜头，差点摔倒。他恼恨地退回房间，那架相机留在阳台上。

瘸子又在阳台重新出现了。他一眼看到对面窗口的目标，迅速打开镜头盖抓拍。没拍几个镜头，该死的风将树枝又合起来。他耐着性子总算拍完一卷。

12 室卧室。（闪回）

瘸子躺在灯下读那本欧·亨利的小说。书中的情节深深吸引了他。墙上的美女们在迷蒙的灯光中注视着他。放下书，他从床上坐起来，愣怔怔地想着书中的故事。

女作家（画外音）："那本书好像让他中了魔法，那个念头一跳出来，他便立即开始行动……"

瘸子走火入魔似的在房间里走动。

一只跛腿挂着铁手杖走进客厅。

瘸子在茶几前停住，取走了放在果盘里的匕首。

女作家（画外音）："那时候天已经完全黑了……"

（一组短镜头，闪回）

瘸子挂着铁手杖，向楼下走去。

女作家（画外音）："没有人知道，更没有人去阻止他近乎疯狂的念头。"

铁手杖敲击地面的声音在空荡的楼道里回响……

女作家（画外音）："他从二楼楼道的窗户翻进了高墙大院。那下面正好是临时工的宿舍。"

楼道的窗口洞开。一条人影挂着铁手杖在屋顶跛行。

黑暗中槐树在风中飒飒作响。

女作家（画外音）："我们不知道一条腿有残疾的人是怎么完成这样复杂的动作的。也不知道他对自己轻率地做出的决定是不是有过后悔……"

靠墙立放的铁手杖。

在乌云中穿行的一弯新月。

一个人影抱住了树干。那树形变得更加怪异了。

女作家(画外音):"我们只知道,既然已经开始,他就没有退路了。冲动和不计后果正是热恋中的青年最容易犯的毛病。"

随风摆动的大树,细碎的树枝和开败的槐花随风飘落。

攀缘者吃力地喘息。

强化的风声,喘息声,攀缘过程中树枝的断裂声……

突然,一声短促、绝望的呼救声划破夜空。

那之后,万籁俱静。

(闪回结束)

12 室客厅。

那台打字机还放在桌子上。

女作家、警官和助手相对而坐,好一阵没人说话。

警官:"这可能吗? 仅仅是为了折断一根树枝……"

女作家:"我现在可以把你的话反过来说——我们的错误,往往在于把简单的事情想得过于复杂,而把复杂的事情想得过于简单。"

警官:"怎么讲? "

女作家:"他的死是非常简单的,简单到常人难以相信。可是他走向死亡的心理过程又很复杂,复杂得你和我都很难理解它的全部内容。"

警官:"我干了十年公安,还从来没有碰到这样怪的个案……"

女作家站起来:"你还不相信是不是? "

警官摇头。

女作家把那本小说放在警官面前:"好吧,我给你一把钥匙——去读一读欧·亨利的小说吧! 看看那个躺在病床上的女画家怎样把自己的生命维系在一片树叶上。她每天数窗外一株老常春藤的叶子。她觉得,藤叶一旦落光,她就要死了。风雨之夜,一个老画家偷偷在墙上画一片藤叶。正是这片吹不落的藤叶,救了那个女画家的命。"

助手好奇地翻书,警官则目不转睛地盯着女作家。

女作家:"你们难道从这个故事里悟不出一点道理吗? 一个处于危难中的人,要寻找一种支撑他活下去的力量。一旦他发现自己心中最后的希望将要破灭,他会不顾一切地保卫它。有时候甚至置生死于度外。我们不要责备一个不幸的残疾人。他有爱的权利,他的死也许是一种很奇特的殉情。"

警官:"殉情?! "

女作家:"是的,一种奇特的殉情。"

警官定定地看着女作家，无法赞同，也无法反对。

都市大街。

女作家、警官和助手从小巷里走出来。街头阳光灿烂，晨风习习。上班的人流、车流从他们身边淌过。

警官摘下大檐帽，捋捋头发："这桩案子……真能像你说的那样结案吗？"

女作家："我知道，对你来说，更注重事实，而不是推测和臆断。你觉得我的分析，还缺乏有力的证据，对不对？"

警官："你说对了！"

女作家胸有成竹地笑笑："这个很好解决。当时勘察现场，我们忽略了一个重要的地方，就是那棵槐树……"

警官："槐树？"

女作家："对，你还记得我们从五楼窗口看到的那根折而不断的树枝吗？你可以马上派人去仔细看一下，如果它的茬口有用刀砍削过的痕迹，那就可以证明我的结论百分之百的正确！"

警官满脸佩服，匆忙戴上大檐帽："你简直神了！我这就去看！"

五楼窗口。

窗外，那株折而不断的树枝和上面的叶子已经干枯，像一条破旧褪色的挽幛悬挂在绿叶间。树枝断裂的地方，明显地留着匕首砍削过的痕迹。

那是瘸子生命留下的最后痕迹。

——剧　终

叶尔羌河之波

（又名：最后一个涝坝）

雷杰超　艾赫坦姆·欧麦尔（维吾尔族）

浩瀚的沙漠和大海的海面一样，也呈现着汹涌起伏的波浪，所不同的是沙漠里的浪峰和波谷都是静止不动的。

沙漠里稀疏的红柳和芦苇丛在晨风中摇曳。越过红柳和芦苇丛，一座绿树环抱的村子出现在眼前，清真寺的穹顶塔楼巍然耸立。

晨光熹微。从清真寺的塔楼上传来嘹亮而悠长的诵经声，这声音远远地荡漾开去，把沉睡中的农舍唤醒了。从各家的农舍里传出驴叫和狗吠声。

塞依德家。

里屋光线晦暗，五十多岁的妇女胡玛罕由外屋进来，走至窗前，拉开玻璃窗上的布帘，晨光照进屋子。奴斯莱特穿着裙子还躺在炕上酣睡，她十八岁，一张秀美的圆脸，乌黑的眉毛下一双闭合的眼睛显出两条长线。

胡玛罕走近炕沿，伸手推她"奴斯莱特，奴斯莱特！快起来，起来去挑水啊！"

奴斯莱特动了一下，睁开惺忪的眼睛，翻过身子又睡了。

胡玛罕："啊呀，你快起来呀！桶里的水剩的不多了，我要烧早茶了，你快起来去挑水呀！"

奴斯莱特沉沉地睡着，没有动。胡玛罕无奈地挥挥手，走出屋子。

院子里，年近六十的村长塞依德正在棚圈往食槽里添料加草，黑色小毛驴兴致勃勃地大嚼着。

胡玛罕提着只盖住桶底的水从屋里出来，把桶放在地上，从墙角拿起一只小手壶,把桶里的水全部倒入壶里。

塞依德加完草料,提着空筐子走出棚圈,把筐子扔在院墙边,向胡玛罕走过来,蹲在地上伸出双手,胡玛罕用手壶往他手上浇水,他洗过手,然后洗脸。

塞依德:"奴斯莱特还在睡吗?"

胡玛罕:"可不是吗,这孩子真贪睡,今年天气大旱,水塘里的水只剩一半了,待会儿去挑水的人一多,她都挤不到跟前去。我再去叫醒她。"

塞依德:"急什么嘛,水塘里的水又不会干,让她多睡会儿吧。"

胡玛罕:"你这么说,好像我就不心疼她似的,那就让她再睡一会儿吧。"

村里的水塘边。

水塘正面对着清真寺,相距四五十米,水塘四周长着硕大的柳树。塘里的水面距塘边近一米,水呈绿色,水面上浮着白沫和其他污浊物。水塘四周都站着人,妇女们用扁担钩钩住水桶把水桶甩进塘里打水,后面来的人见机就插进空隙中去。人少的地方,不时有人牵着牛和驴饮水,牲畜随意把粪便拉在水塘边上。

奴斯莱特手握扁担也站在水塘边上,她和女友阿曼古丽微笑着搭讪,见有人让出了位置,她二人一同把水桶放入塘里。

村口,复员军人斯迪克跨步走来,他二十七八岁,身材魁梧,穿着摘掉了肩章的军服。他把提包搭在肩上,满脸汗渍,嘴唇干焦,一看便知他走了很长的路。

太阳高照,他沿大路朝村子里走。

他进了村,正碰上奴斯莱特挑着两桶水轻快地迎面走来。

斯迪克走近她,注视着阳光下她那美丽而容光焕发的面庞,然后把目光移向她的水桶。

斯迪克:"啊,姑娘,能让我喝口水吗?"

奴斯莱特从肩上卸下担子,注视他一会儿,说:"行,你喝吧。"

斯迪克走近水桶,看了看。

斯迪克:"我……怎么喝啊?"

奴斯莱特:"你就对着水桶喝吧。"

斯迪克稍作犹豫,便伏下身,把嘴凑近桶边。他猛然看见微带绿色的水里蠕动着线头似的红色小虫子,立即起身。

斯迪克:"这是哪儿弄来的水?"

奴斯莱特:"是水塘里的水啊。"

斯迪克:"还是那个水塘?"

他不经意地把目光转向远处的水塘。

奴斯莱特："我们村里就一个水塘啊。"

斯迪克："嗯,对,就一个水塘……"

奴斯莱特把探询的目光投向他。

奴斯莱特："你是……(突然认出)啊,你是斯迪克哥。"

斯迪克微笑："对。"

奴斯莱特高兴地："啊,你回来了……"

斯迪克："对,我复员回来了,你是谁?"

奴斯莱特："我是奴斯莱特。"

斯迪克惊异地："啊,奴斯莱特!我走的时候,你还是个小姑娘呢,现在你长大了……"

奴斯莱特羞涩地抿嘴而笑。

斯迪克："你爸爸好吗?"

奴斯莱特："他很好,那不,"抬手朝清真寺那边指,"他正坐在那里,等着做完礼拜的人出来和他们商量事情呢。"

斯迪克："嗯?"

他朝清真寺那边看,塞依德正独自坐在清真寺门前的土墩上。

斯迪克："好,我去看看他。"

奴斯莱特："你不喝水啦?"

斯迪克边走边说："改天我到你家去喝茶吧。"

清真寺门前。

塞依德坐在土墩上,不时把目光投向清真寺。斯迪克快步走过来。

斯迪克："塞依德大叔,您好啊?"

塞依德转过脸望他,顿时认出他,站起相迎。

塞依德："啊,是斯迪克回来了!"

斯迪克上前同他行摸手礼。

斯迪克："您身体好吗?家里都平安吗?"

塞依德："好,好,都好。正盼着你回来呢。(上下打量斯迪克)我听乡政府的人说,你回来是要当村党支部书记的。"

斯迪克："乡党委是这么安排的。"

塞依德："这就好了,我年纪大了,村长这副担子我实在挑不动了,正想交给你们年轻人呢。"

斯迪克："您还是村长，我只是协助您工作的。"

塞依德："不管怎么说，我会轻松些的，好啊，好啊……"

此时，做完礼拜的人从清真寺出来，走在前面的人认出斯迪克，斯迪克上前一一同他们行摸手礼，互相说着一连串问候的话。一位身材瘦削高大、头戴色兰的人最后走出清真寺，他是寺院的主持阿布杜拉。阿布杜拉远远地注视着人群，终于认出斯迪克。

阿布杜拉："啊，咱们村出去的鹰飞回来了！"

听见他的声音，人们都避让到旁边，把空间留给阿布杜拉和斯迪克。斯迪克恭敬地上前向他施礼。

斯迪克："阿布杜拉主持，您好！"

"好，好，真正的鹰不管它飞得多远，练硬了翅膀还是要飞回自己的岩穴。来，来，"阿布杜拉双手取下头上的色兰，又把盖在光头上的白布瓜皮帽取下，然后戴上色兰，举着白布瓜皮帽走近斯迪克，"把这个戴上。"他把白布瓜皮帽扣在斯迪克头上，这顶帽子与斯迪克身上的黄色军制服配在一起，显得不伦不类，阿布杜拉却赞赏地点头。

阿布杜拉："这就像咱村里的人啦，欢迎你，欢迎你！"

斯迪克无奈地以微笑向他表示感谢。

远远近近的村民们闻讯都赶了过来，清真寺门前围聚了一大群人。斯迪克一一同男人们握手，向妇女们施礼问安。

三四个小伙子在远处的村道上边走边向他招手呼喊。斯迪克认出他从前的伙伴，便迎上去。一个十二岁的男孩主动提起他的提包，殷勤地跟在后面跑。

斯迪克向小伙子们走去时，随手取下头上的白布瓜皮帽塞进裤子口袋里。他与小伙子们会合，大家兴奋地拥抱在一起。

站在清真寺门前的阿布杜拉主持看见斯迪克摘下帽子，不悦地摇着脑袋。

斯迪克同小伙子们嬉闹了一阵，他发现不远处在水塘边上打水的妇女们都站着向他行注目礼，他便向她们微微施礼，迈步向水塘走去。

斯迪克站在水塘边上，目光投向水塘，脸上显出忧戚的神色。

塞依德走到他身边。

塞依德："今年大旱，到现在叶尔羌河的洪水还没有下来，地里的麦子和棉花都只浇了头遍水，这水塘也有半年没有进水了……"

斯迪克沉默不语。

塞依德："你还没有回家吧？你爸妈知道你要回来，都等着你呢，先回家看看吧。"

斯迪克："嗯……"

村子中心的广场。傍晚。

这里是村里举行盛大庆典的地方。广场一侧有三个烤馕炉,另一侧有几株高大的槐树,树下摆着几张长条桌,中心堆放着三堆待燃的柴堆。

村里的头面人物都坐在长条桌旁,斯迪克的右侧是他的父亲哈斯木,左侧是村长塞依德,再过去便是阿布杜拉和其他长者。斯迪克的母亲帕塔罕同一些年长的妇女坐在边上。小伙子们坐在地上的毡子上,另一边地上的毡子上坐着奴斯莱特、阿曼古丽及一群姑娘们。

人群里笑声不断,一个由手鼓、热瓦普和都塔尔等乐器组成的乐队一直在不停地演奏。人们从三个烤馕炉里取出三只烤成金黄色的烤全羊,然后把烤羊分割成小块用盘子端到人们面前。

塞依德做邀请的手势,长者们做都瓦①,大家开始吃烤羊。

一青年："斯迪克,说说你在部队里的事儿吧。"

斯迪克："部队里的事以后有的是时间说,我倒是想说说我回到村子来的感觉。"

另一青年："什么感觉?"

斯迪克："我一进村,就发现村子里发生了很大变化,许多人家都盖了新房,土房子少了,砖房子多了。听说咱们村自从响应政府号召种植棉花以来,家家的收入都增加了,日子也过得富了……可为什么有一样东西就是没有变化呢?"

一长者："你说的是什么呀?"

斯迪克："咱们为什么还在喝那个水塘里的水呢?"

众人一片喧哗后,不少人露出不解的神色。

另一长者："水塘又怎么了?"

青年甲喊道："水塘里生满了虫子和蝌蚪!"

斯迪克："对! 水塘里生满了虫子和蝌蚪,还有我们看不见的细菌。再说,人和牲畜都在一个水塘里饮水,这样的水是很不卫生的。"

长者卡吾拉洪："可我们祖祖辈辈都是喝水塘里的水过来的,那又怎么啦?"

斯迪克："我们村里每年都有一些人得急病死去,其中就有年幼的孩子,他们的死就跟水塘没有关系吗? 依我说,咱们再也不能喝水塘里的死水啦。"

卡吾拉洪："那你让我们到哪儿去找活水啊? 难道只能等叶尔羌河的洪水下来,我们才能喝水吗?"

---

① 都瓦:饭前祷告。

斯迪克:"我们可以打井,井水是干净的,只要我们打出一口井,把管子安到各家,家家就都有干净的水了。当然,打井需要许多钱,这个我们可以想办法……"

阿布杜拉按捺不住:"嗨,斯迪克,你知道你都说了些什么吗?那水塘是祖先留给我们的恩惠,喝水塘里的水,男人才个个身强体壮,女人们都能生孩子,而地底下的水是太阳没有晒过的阴水,喝了就会邪气附身,你要让全村人都蒙受灾祸吗?你知道吗?那水塘还是你爷爷的爷爷挖的,你说这话问过你的父亲吗?"

斯迪克看着身边的哈斯木,众人也把目光移向哈斯木。

哈斯木思量片刻,说:"我儿子是书记,我听我儿子的。"

众人发出一阵哄笑,青年甲一跃而起。

青年甲:"斯迪克说得对!我们早就不想喝死水塘里的臭水了!我们支持打井!"

青年们爆发出一片赞同的呼叫声,就连奴斯莱特和阿曼古丽一伙姑娘们也欢呼雀跃起来。他们像有意扰乱这宁静的秩序,一起跃入场中跳起舞来。

阿布杜拉瞪眼瞧着青年们,愤然地"哼"一声,起身离去。卡吾拉洪和两三位长者也随他离去。

篝火点燃了。火光映照着暮色笼罩的广场,人们围着篝火舞蹈,几乎所有的人,包括老人和中年人都进入场中尽情地跳舞。

斯迪克也在场中跳着,他和奴斯莱特对舞,奴斯莱特特别兴奋,一双放射光彩的眼睛一直盯着斯迪克,目光中流露着敬佩和深情。斯迪克从她的目光中发觉异样的东西,他也显得心花怒放。

跳舞的人们把他俩分开,转了几圈,奴斯莱特离开舞场,跑出人群。

跳了一会,斯迪克发现奴斯莱特不见了,便用目光四处搜寻她,随即,他也走出人群,到场外寻找奴斯莱特。

奴斯莱特在一棵槐树的阴影下,背靠大树站着,斯迪克走过去。借着淡淡的火光,他看见奴斯莱特一脸喜悦,胸脯微微起伏。

斯迪克:"奴斯莱特,你怎么不跳了?"

奴斯莱特:"我……我有些心跳……"

斯迪克:"为什么?看来你很高兴?"

奴斯莱特沉吟一下:"斯迪克哥,你真的要在村里打井吗?"

斯迪克:"是啊,我一定要打出井来,我们再也不应该喝死水塘的水啦。"

奴斯莱特激动地:"啊——"

斯迪克:"你支持我的意见吗?"

奴斯莱特:"当然,刚才和我在一起的姑娘们听了你的话,都特别高兴。那水塘里的臭水,我们早都不想喝了,想一想都叫人恶心,可是谁也没有办法⋯⋯你回来了,我们有希望喝上干净的水了?"

斯迪克:"一定的,一定要让村里的人喝上干净水,我要做的第一件事就是这个⋯⋯"

奴斯莱特:"哦,太好了⋯⋯"

斯迪克:"奴斯莱特,你就是为这事而高兴吗?"

奴斯莱特:"是,是啊⋯⋯"

斯迪克转脸望一眼舞场中的人们,大家伙在忘情地跳舞,没有人注意到暗影里的他们。

斯迪克:"奴斯莱特,你记得吗?我去部队以前,有一次,桑葚熟了,你站在一棵桑树下想摘桑葚吃,可是你爬不到树上去,是我把你抱起来,放到树上去的。"

奴斯莱特:"记得。"

斯迪克:"那时候,你大约是个十一二岁的小姑娘。我在部队的这些年,常常想念家乡,有时也想到我曾经抱上树去的那个小姑娘,不知道她长成什么样了⋯⋯谁能想到,你现在是这么美啊⋯⋯"

奴斯莱特羞涩地低下头,脸上挂着微笑。

斯迪克看着她,激动使他鼓足勇气。

斯迪克:"你现在能让我抱你吗?"

奴斯莱特没有领会他的话意,抬头望了望高大的槐树。

奴斯莱特:"你想让我爬到树上去吗?"

斯迪克"扑哧"地笑了:"你还是那样一个傻姑娘吗?"

奴斯莱特恍然大悟,红晕飞上她的面颊,她对他笑笑,转身跑开了。

斯迪克看着奴斯莱特又进入场中,融入姑娘群中跳舞。此时,场中的人们已跳得激情澎湃,刀郎舞的舞步雄健粗犷,斯迪克站在场外满心喜悦地看着。

田野。

塞依德领着斯迪克察看庄稼。他们走进麦田,俯身抚弄干渴的麦苗。麦秆长得低矮,微微泛黄的叶子在热风中颤动,有些麦秆已结出短小的麦穗。

他们行进在棉田里。大片的棉田袒露出灰白缺水的沙质土壤,刚出土不久的棉苗缺乏生机。

塞依德指着成片的棉田。

塞依德:"今年的收入全靠这些棉花,棉田要是再不能适时浇水,就什么也指望不上啦。"

斯迪克抬眼望着远处，越过棉田尽头的林带，一丛接一丛荒凉的沙丘裸呈在天空下，干燥的热浪在沙丘上空飘浮，斯迪克忧心忡忡。

斯迪克："棉花的价钱高，政府还给奖励，咱们村要打井，出路也在棉花上，得想办法哪。"

塞依德："打井的事你一定要干吗？"

斯迪克："你说呢？"

塞依德："还是跟村里的长者们商量商量吧。"

村子旁边的树林里。

奴斯莱特和女友阿曼古丽跪坐在林中的沙地上。奴斯莱特身边立着一只盛水的葫芦。

阿曼古丽与奴斯莱特年龄相仿，身体却比她丰壮，丰满的乳胸把裙子撑得高高的。此时，阿曼古丽用双手使劲扒前面的沙土，被她从沙底下扒出的湿润的沙土堆成了一个小堆，她便撂起裙子，把两只硕大的乳房压在沙堆上，然后伸直腿，整个身子舒适地趴在沙地上。

奴斯莱特在一旁看着，禁不住"咯咯"地笑。

奴斯莱特："你在干什么呀？"

阿曼古丽："这样可舒服啦，你不来试试吗？"

奴斯莱特："你干什么呀？不害臊吗？快起来吧。"

阿曼古丽："这儿没有人来，怕什么呀？"

阿曼古丽伸开双臂，让身子更舒展一些，享受着那特殊的滋味。奴斯莱特看着她，只是忍不住地笑。

一阵清脆的驼铃声传进林子。

奴斯莱特："哎，你听，是不是他来了？"

阿曼古丽侧耳一听，立刻坐起来，把沙堆推平。

阿曼古丽："是他，是他！"

她俩一齐跑到林子边上张望。远处的沙漠上一前一后出现两峰骆驼，驼背两侧驮着鼓鼓的皮囊，前面的驼背上驮着人。

阿曼古丽："哎，快进来，别让村里的人看见了。"

她们又返身进入树林，阿曼古丽整理一下发辫和衣裙，背靠一棵树站着，呼吸显得急促。

奴斯莱特注视着林子外面。驼铃声愈来愈近，终于，两峰骆驼出现在林子边上，那人从驼背上跳下来，他是个二十五六岁的壮实小伙子。

阿曼古丽往前走几步,站在林子边上。

阿曼古丽:"亚森哥!"

亚森看见阿曼古丽,一步窜进林子,他同时看见了奴斯莱特。

亚森:"啊,奴斯莱特,你也来了……"

奴斯莱特:"亚森哥,你好!"

亚森:"你们来了许久了?"

阿曼古丽:"等你半天了。"

亚森笑笑,面对奴斯莱特:"奴斯莱特,把你的葫芦给我。"

奴斯莱特急忙跑过去从沙地上拿起葫芦递给亚森。

亚森接过葫芦,走出树林,来到骆驼跟前,解开扎皮囊口的绳子,把皮囊口对准葫芦往里灌水。他给葫芦灌满了水,扎好皮囊口走进树林,把葫芦交给奴斯莱特。

奴斯莱特:"谢谢你,亚森哥。"

奴斯莱特转身拔腿跑开,亚森叫住她。

亚森:"奴斯莱特!"

奴斯莱特站定,回头。

亚森:"下个星期的这个时候我还来。你再来取水吧。"

奴斯莱特:"谢谢你,亚森哥。阿曼古丽,我走了。"

阿曼古丽:"哦。"

奴斯莱特握着葫芦朝林子那一边跑去,亚森和阿曼古丽之间相距两米,二人看着她跑。一会儿奴斯莱特的身影从树林里消逝,他俩便不约而同扑向对方,紧紧抱在一起。

他们猛烈地亲吻、拥抱。少顷,他们分开,阿曼古丽显出忧虑的神色。

阿曼古丽:"咱们老是这样下去可怎么办呢?迟早会惹出麻烦的。"

亚森:"我托去向你爸爸提亲的人,两次都让你爸爸轰出来了,我还能怎么办?要不你就跟我逃走吧。"

阿曼古丽:"那不行,能跑到哪去啊?要是给抓回来,爸爸会打死我的。"

亚森:"那怎么办呢?要不,等我给勘测队送水的事完了,我再多备些彩礼,托人去向你家提亲?"

阿曼古丽:"我爸爸说什么也不会让我嫁给外乡人的!"

亚森:"唉,那我可怎么办呢?"

俩人一时愁眉不展。

阿曼古丽忽然眼睛一亮:"哎,对了,我们村新来了一个党支部书记,是个年轻人,看样子,他跟老人们不一样……"

亚森:"你说他能给我们做主?"

阿曼古丽:"说不定他能帮助我们,过些日子,跟他熟了,我试着请他给我爸爸去说说。"

亚森:"你有把握?"

阿曼古丽:"说不准,到时候看吧。"

忧虑暂时从他们中间消逝。

亚森:"阿曼古丽,你知道我有多想你吗?我整天骑着骆驼在沙漠里走,心里想的只有你……"

他又把阿曼古丽抱住,并把她推得靠在一棵树上,狂热地亲吻她,并用身体压住她的胸脯。阿曼古丽陶醉地闭上眼睛。

沙丘旁。

奴斯莱特握着葫芦在村子边缘的沙丘旁小步跑着。斯迪克在察看村子周围的情况,他看见那边沙丘旁闪动着一个姑娘的身影,便好奇地张望,待认出是奴斯莱特以后,便迎了上去。

奴斯莱特与他相遇,略显惊惧。

斯迪克:"奴斯莱特,你去哪儿啦?"

奴斯莱特:"我……我……"

斯迪克:"你手上的葫芦装的是什么?"

奴斯莱特:"哦,是水,水……"

斯迪克疑惑地问:"水?"

奴斯莱特略迟疑,尔后,取下葫芦塞子。

奴斯莱特:"你尝尝这里面的水,你尝尝。"

斯迪克接过葫芦,对着葫芦嘴喝了一口水。

斯迪克:"啊,这么甜的水!这不是水塘里的水……"

奴斯莱特:"不是……"

斯迪克:"你从哪弄来的?哪儿有这么好喝的水?"

奴斯莱特:"是亚森给的。"

斯迪克:"亚森?哪个亚森?"

奴斯莱特:"他不是咱们村里的人,他是外乡人。"

斯迪克:"他是做什么的?他从哪儿弄来的这水?"

奴斯莱特:"他是给勘测队送水的……"

斯迪克:"勘测队?什么勘测队?"

奴斯莱特:"我……我不知道……"

斯迪克:"他在哪儿?"

奴斯莱特举手朝树林那边一指:"在那边树林里。"

斯迪克有些疑惑地盯视她一会儿,随即转身朝树林的方向跑去。

奴斯莱特:"哎,斯迪克哥!"

斯迪克停步,转身:"什么?"

奴斯莱特:"你别去。"

斯迪克:"为什么?"

奴斯莱特坚定地:"不为什么,你别去!"

斯迪克又走近她,观察她的神色,疑团从心中升起。

斯迪克:"那个亚森经常来这儿吗?"

奴斯莱特:"嗯,他经常打这儿过……"

斯迪克:"你认识他好久了?"

奴斯莱特:"不,没多久……就他路过这儿的时候……"

斯迪克:"他每次来,你都同他见面,向他要水?"

奴斯莱特:"是,对……"

斯迪克的脸上浮上了阴影。他不悦地凝视着她。

"啊,你快回吧。"说完斯迪克迈开大步朝树林那边跑去。

奴斯莱特担心地凝视他的背影,随即转身向村里走去。

树林里,亚森和阿曼古丽扭抱在一起滚在沙地上。

忽然从林子另一端传来窸窸窣窣的声音,阿曼古丽警觉地推开亚森坐起来。

阿曼古丽:"有人来了。"

亚森侧耳倾听,声音渐近。

亚森:"你这么害怕?"

阿曼古丽:"要让爸爸知道了,我会给打个半死,我得躲起来,你赶快从那边出去,咱俩下次再见。"

她起身朝另一端跑去,很快在一个沟坎里消失了。

亚森也迅速地拍拍衣服,窜出了树林。

一时林子里空无一人,只听有人擦着树枝走来的声音,斯迪克出现了。他边走边朝四周看,走到刚才阿曼古丽和亚森待过的地方时,目光投向林子深处,猫腰寻找什么。他头一低,看见亚森和阿曼古丽在沙地上滚过的印迹,顿时傻了眼。他挪动脚步,仔细察看地上的印迹,这分明是人滚过的印迹,不由心颤起来。

斯迪克拨开树枝往林子深处走几步,一阵驼铃声从树林外面传来。他寻声跑出树林,站在树林边上,看见两峰骆驼稳步朝沙漠走去,前面的骆驼背上骑着人。

斯迪克定了定神,拔腿向骆驼追去。

沙漠。

亚森骑着骆驼在前面走,老远的后面,斯迪克吃力地在沙地上追赶。他同亚森之间的距离却难以缩小。他一面追赶一面呼喊:"喂,喂!停一下……"终于,亚森听到了喊声,回头看见了他,停了下来。

斯迪克气喘吁吁地来到骆驼跟前。他望着驼背上的亚森和两峰全副武装的骆驼,亚森也警惕地看着他。

斯迪克:"你是干什么的?"

亚森:"是给勘测队送水的。"

斯迪克:"什么样的勘测队?"

亚森:"北边沙漠里,有一支国家派来的水利勘测队,他们在勘测叶尔羌河流域的水源、水势和水流量……"

斯迪克:"那他们一定知道叶尔羌河的水讯了?"

亚森:"那还用说,他们都是国家的水利工程人员。"

斯迪克:"那他们也能测地下水位吗?"

亚森:"那你去问他们吧。"

斯迪克注视着他,心中的怒火不由升起:"我偏要问你,你就用这点水来招引我们村里的姑娘吗?"

亚森被激怒了,他瞪视着斯迪克:"你是什么人?"

斯迪克:"我是村里的党支部书记,斯迪克!"

亚森:"啊,真是百闻不如一见,原来……你也不准你们村的姑娘嫁给外乡人吗?"

斯迪克:"那要看你说的这个姑娘爱不爱你。"

亚森斩钉截铁地:"她当然爱我!就像我身上的这把刀和刀鞘一样,你不能把我们分开!"

这话在斯迪克心上不啻重重地一击,他感到一阵痛楚,随之而来的是沮丧和泄气。他调整着自己,镇定地说:"好吧,现在你带我去找那个水利勘测队。"

亚森稍作思量:"那你得答应我一个条件。"

斯迪克:"什么条件?"

亚森:"你别干涉我的事。"

斯迪克的心里似雪上加霜,他沉静片刻,坚定地望着亚森:"好吧。"

亚森从驼背上跳下来，牵着旁边那峰骆驼，让它卧倒，招手向斯迪克示意："上吧。"

斯迪克跨上驼背，骆驼起身；亚森又使另一峰骆驼卧倒，自己骑上去。

两峰骆驼一前一后在沙漠里行进，驼铃声渐远渐消。

村道上，阿布杜拉主持大步走来，站在房屋墙脚和从路上走来的村民打招呼，村民们都向他弯腰施礼并问候。

塞依德与他迎面相遇。

塞依德："您好，阿布杜拉主持！"

阿布杜拉："塞依德村长，您好，昨天夜里我做梦，梦见坟地里的鬼魂都在向真主祈祷呢。"

塞依德："你有什么忧虑的事吗，阿布杜拉主持？"

阿布杜拉："这还用问吗？现在有人要毁掉祖先留给我们的规矩，要我们喝地底下不见阳光的阴水，这不是要给全村人招来灾祸吗？"

塞依德："斯迪克也是咱们同村同宗的人，他从部队回来，也是要给村里人办好事啊，您何必这么忧心忡忡呢？"

阿布杜拉："您是村长，您不到清真寺来做礼拜，我们就不对您说什么了，可是您不能听任一帮亵渎祖先的年轻人胡作非为，您要给虔诚善良的人们心上蒙上阴影吗？"

塞依德："可是您也得心平气和地听听年轻人的想法嘛，也许他们的想法有道理呢……"

阿布杜拉："您听着，凡事都会有报应的，您可不要给自己招来大祸啊！"说完，从鼻孔里"哼"一声，扭头走了。

奴斯莱特与阿曼古丽在水塘附近的一棵大树下洗衣服。

阿曼古丽："不知道斯迪克那天在树林里看到我和亚森没有，这两天我一直提心吊胆的呢。"

奴斯莱特："看见又怎么了？你害怕什么呀？"

阿曼古丽："哎呀，你不知道，要是他看见我们……要是他说出去，让我爸爸听到了，我可真的活不成了。"

奴斯莱特："他就是看见了，也不会说的……你不是看见他跟亚森走了吗？"

阿曼古丽："是啊，他跟亚森之间会有什么事呢？下次你见着他，你替我试探试探，看他知道什么事儿不知道。"

奴斯莱特："你让我去试探？"

阿曼古丽："对,你去试探,他保准对你说实话,那天晚上跳舞的时候,他和你一起对跳,你们俩的眼神我都看见了。后来你离开人群,他也跟了出去,你们俩在大树底下说什么来着？"

奴斯莱特低头"咯咯"地笑。

阿曼古丽："我看他是迷上你了,他准听你的话。他要知道什么,你就叮嘱他几句,知道吗？"

奴斯莱特："好吧。"

塞依德家。

斯迪克从外面走进院子。

斯迪克："塞依德大叔在吗？"

塞依德在屋里："是谁呀？进来吧。"

斯迪克进屋："您好,塞依德大叔!"

塞依德："啊,是斯迪克呀,这几天你去哪儿啦？来,炕上坐。"

斯迪克上炕跪坐。

斯迪克："我到沙漠里去了。"

塞依德："到沙漠里去了,去做什么？"

斯迪克："我就是来给您说这事的……"

塞依德："好,好,(朝屋里喊)拿茶来!"

胡玛罕走出里屋,与斯迪克互致问候,随即走向柜子,取出餐布和馕摆放在斯迪克面前。奴斯莱特用托盘端两碗茶进去,分别放在塞依德和斯迪克面前。

斯迪克："大叔,是这么回事,北边的沙漠里,有一支国家的水利勘测队在勘测叶尔羌河的水流情况。咱们的庄稼正旱得厉害,我想知道旱情近期能不能解除,就到沙漠里去找他们。他们告诉我,今年叶尔羌河的第一次洪水很快就要下来了,我们的庄稼就有救了。"

塞依德："啊,是吗？这可是天大的好消息啊!"

斯迪克："所以,咱们得赶紧组织人把渠道整修一下,等洪水一来,咱们就抢洪灌溉。"

塞依德："对,对,这事儿我就去安排……"

此时,奴斯莱特正手持托盘站着,不住用眼睛瞟斯迪克,而斯迪克却有意不看她,一时弄得奴斯莱特焦急不堪。

塞依德发现奴斯莱特在招引斯迪克,把脸沉下来,干咳了两声。胡玛罕明白塞依德的用意,便含笑带责备地瞟奴斯莱特一眼,奴斯莱特这才醒悟过来,转身离开屋子。

斯迪克:"还有,我同勘测队的人们讲了我们准备打井的想法,他们很支持,说政府早就在计划把我们这一带长期饮用死水的现状改变过来呢。他们还说,打井需要的投资,政府也会援助的。他们已经答应了来帮助我们测定地下水位。"

塞依德:"这事嘛,我当然赞成,只是不要那么着急吧,年长的人们,特别是阿布杜拉主持就很反对呢。"

斯迪克:"这不要紧,他们只是不习惯喝井水,等到井打出来,他们尝到了井水又干净又好喝,他们就不会反对啦。"

塞依德:"嗯……喝茶吧。"

斯迪克喝着茶,并把一块油馕送入口中。

塞依德家外面的路边上,奴斯莱特站在一棵杨树下,显然在等斯迪克出来。

她听到院子里斯迪克道别的声音,便往树后面隐了隐身子。

斯迪克走出院子,走了几步,看见奴斯莱特站在树后偷看他,他装作没有看见,只管迈步往前走。

奴斯莱特从树后闪出:"斯迪克哥!"

斯迪克听见她的喊声,仍往前走了几步,这才回过头来:"奴斯莱特?"

奴斯莱特来到他面前,满脸红潮,不由把微笑的脸埋下去。

斯迪克:"有事吗? 奴斯莱特?"

奴斯莱特:"嗯,刚才,我听到你和爸爸说的话了……"

斯迪克严肃地看她:"那你相信我们村一定会打出水井?"

奴斯莱特不假思索地:"当然。"

斯迪克:"你也相信村里的人要不了多久也会喝上又净又甜的水,再也不用喝死水塘里的脏水了?"

奴斯莱特:"我相信……"

斯迪克:"那你为什么就不能等待一下,却一定要喝外乡人的水呢?"

奴斯莱特:"怎么? 外乡人的水就不能喝吗?"

斯迪克:"可是,就为了那水,你就……"

奴斯莱特:"我怎么了,斯迪克哥?"

斯迪克:"你……就是为了喝他的水吗?"

奴斯莱特:"是啊,自从我第一次尝了他带来的水,我就再也不想喝那死水塘里的水,我做得不对吗?"

斯迪克的脸上显出无奈的痛苦表情,他叹息一声。

斯迪克:"好姑娘,我不能责怪你,只怪我们村里没有早早打出水井来……"说完转身朝前走去。

奴斯莱特追上来:"斯迪克哥,你等等,我有话要问你。"

斯迪克站住:"什么?"

奴斯莱特:"那天你在树林子里,看到什么了吗?"

斯迪克思忖片刻,板着脸:"没有,我什么也没有看见……而且,我答应亚森不干涉他的事。"

他转过身,径直朝前走了。

奴斯莱特站在原地看他离去,心中甚是不解。

村道上,奴斯莱特和阿曼古丽肩并肩走来。

阿曼古丽:"他说他什么也没看见,是真的吗?"

奴斯莱特:"他是这么说的。"

阿曼古丽:"嗯,我相信他的话,他就是什么也没看见,那天我听见有人走进树林,我们早早就躲开了。"

奴斯莱特:"可你能断定亚森不会把你和他的事告诉斯迪克吗?"

阿曼古丽:"亚森不会轻易说的,他得听我的。"

奴斯莱特:"可是,斯迪克对我说的那些话,我听着不大对劲……"

阿曼古丽:"怎么? 他说什么了?"

奴斯莱特:"我喝了亚森带来的水,他好像不高兴。"

阿曼古丽:"是吗? 哈哈哈……他嫉妒啊,明白吗? 他爱你,他嫉妒了……"

奴斯莱特:"可我该怎么办呢?"

阿曼古丽:"你发什么愁啊? 让他就这么爱着你,等他憋不住了,他就会对你说他爱你,就像亚森对我那样……"

突然,从遥远的地方传来隐隐约约的驼铃声,她们站住侧耳聆听。

阿曼古丽:"是亚森,他来了! 走,你快去拿你的葫芦,我们到树林里去。"

奴斯莱特迟疑:"我……我不想去了……"

阿曼古丽:"怎么,你不想喝亚森带来的水啦? 你不是天天都在盼着吗?"

奴斯莱特:"可我现在……"

阿曼古丽:"你是怕斯迪克生气吗? 别怕,只要他爱你,他不会为这事儿生气的,我们快走!"

阿曼古丽拉着奴斯莱特向村子里跑去。

驼铃声传进村子。站在水塘边上打水的妇女们和在路上赶牲畜的村民都站着倾听驼铃声,看见阿曼古丽和手持葫芦的奴斯莱特朝树林方向跑去,村民们窃窃地议论。

　　树林里,阿曼古丽和奴斯莱特跑进来,在一处空地上驻足,向村子边上张望着,她们发现站在村子边沙地上的两峰骆驼,却不见人的影子。

　　她们继续往林子外边搜寻,看见树林那一端旁边的沙地上站着两个人,是斯迪克和亚森。

　　阿曼古丽:"斯迪克? 他怎么会来这里? "

　　奴斯莱特显得惊慌,转身朝来路跑去。

　　阿曼古丽追上并抓住她:"你怎么了? 奴斯莱特? "

　　奴斯莱持:"我不想让他看见我在这里,我要回去! "

　　阿曼古丽思忖一阵,从奴斯莱特手中接过葫芦。

　　阿曼古丽:"那我把水送到你家去。"

　　奴斯莱特把葫芦交给她,拔脚向来路快步跑走了。

　　阿曼古丽握着葫芦,一面走着一面窥探树林外面的情景,随后,她背靠一棵树站定,注视树林外面的亚森和斯迪克。

　　树林外面的沙地上,斯迪克和亚森面对面站着说话。

　　斯迪克:"下次你回来的时候,把勘测队的人带来。我给他们说好了,等我们这儿做好了准备,就请他们来给我们测定地下水位。"

　　亚森:"我和勘测队的人是朋友,我会把他们带来的。"

　　斯迪克朝树林深处瞟一眼。

　　斯迪克:"那边有人等你? "

　　亚森:"你已经知道了……"

　　斯迪克沉默一阵,欲转身离去。

　　亚森:"我也想请你帮个忙。"

　　斯迪克:"当然,我不会拒绝的。"

　　亚森:"好吧,等下次我把勘测队的人带来了,我会告诉你。"

　　斯迪克:"好吧,咱们下次见。"

　　亚森:"再见! "

　　斯迪克转过身,头也不回地走了。亚森看他离去,便朝树林走去。

　　树林里,亚森走来,阿曼古丽迎上来。

阿曼古丽:"你同斯迪克在说什么?"

亚森看见她手上的葫芦。

亚森:"奴斯莱特没有来?"

阿曼古丽:"她没有来,你替她把葫芦灌满吧。"

她把葫芦伸过去,亚森接在手上,微笑着。

亚森:"我和斯迪克成了朋友,我想让他替我去向你爸爸求亲,他会把我们的事儿办成的。"

阿曼古丽无比高兴:"啊,这就太好了,求真主保佑我们吧。"

她向亚森迎上去,亚森张开双臂拥抱她,葫芦掉落在沙地上。

村外大路上,斯迪克紧步走来。奴斯莱特装作漫不经心的样子向他迎面走来。他们相遇时斯迪克显得惊诧。

斯迪克:"奴斯莱特?"

奴斯莱特:"嗯,斯迪克哥。"

斯迪克:"你没有见亚森?"

奴斯莱特:"没有。"

斯迪克:"为什么?"

奴斯莱特:"我……"

斯迪克:"他可带来了新鲜的水……"

奴斯莱特:"你不是说咱们村里很快会打出自己的井吗?"

斯迪克:"嗯……"

斯迪克有些心慌意乱,他避开奴斯莱特向前走,走出几步又停步,转身。

斯迪克:"听着,奴斯莱特,亚森正在帮我们村办一件大事,我不想把这事耽搁了……"

他说完径直朝村头方向走去。

奴斯莱特:"斯迪克哥!"

斯迪克没有回头,奴斯莱特茫然地看他的背影远去。

田野。

混杂着泥沙的流水在田野的沟渠里急速地流淌,它给田野重新带来了生机,麦田和棉田里透着一片旺盛的景象,就连林木也更加苗壮挺拔了。

在这如诗如画的田野风光中,阵阵驼铃声由远而近传来,驼铃声愈来愈响,浑厚的铃声仿佛撞击着宁静的村庄。

斯迪克家。

几名汉族水利勘测队的队员坐在正屋上首，他们面前的餐布上摆着油炸食品，各种干果及茶水，塞依德村长坐在旁边招待客人。

院子里，斯迪克的父亲哈斯木正给亚森倒水洗手，斯迪克站在旁边。

另一间屋里，斯迪克的母亲帕塔罕把刚煮好的羊肉分盛在大盘子里。

亚森洗完手，从哈斯木手上接过毛巾擦手。哈斯木又给斯迪克浇水洗手，斯迪克把手壶接过来，说："爸爸，让我自己来吧。"

哈斯木把手壶交给他，便走进厨房。

院子里只剩斯迪克和亚森。斯迪克浇水洗手，亚森瞅着他。

亚森："现在是你给我帮忙的时候了。"

斯迪克笑笑："当然，当然，有来有往嘛。"

亚森："我要做你们村的女婿，还得请你出面说媒吧？"

斯迪克手一颤，手壶掉在地上，随后他镇定地弯腰把手壶拾起。

斯迪克："我？"

亚森："我到哪儿去找有你这样有面子的媒人呢？"

斯迪克装作笑脸："恭敬不如从命啦。"

亚森满意地笑笑，用肩膀碰他一下。

哈斯木端着盛羊肉的大盘子走来。

哈斯木："请，进屋吧。"

亚森答礼，进屋，斯迪克跟进屋。随后，哈斯木把盘子摆在餐布上，帕塔罕端来一盘羊肉，交给哈斯木，哈斯木把盘子摆在客人面前。

哈斯木站在地上，面向塞依德伸出双手做邀请状。

哈斯木："塞依德村长，请您款待客人吧。"

塞依德直跪起身子，面向客人。

塞依德："今天的客人是我们村里的贵客，帮我们测定了井位，以后打井的事情也还要麻烦你们，真不知怎样感谢。"

队员甲："政府派我们来，就是帮助这里的群众解决水的问题，打井工程队随我们在一起，只要你们需要，尽管来找我们就是了。"

斯迪克："打井的事愈快愈好，应该尽早让乡亲们喝上干净水。今年的棉花有望丰收，打井的资金我们尽快筹措。"

塞依德："咱们边吃边说，主人发话了，大家请用吧。"

塞依德把盘子里的羊肉分别递到客人们手上，最后他拿起一块肉递向亚森。

塞依德："亚森也是我们的贵客，给我们村帮了大忙，感谢你。"

亚森恭敬地欠身用手接过肉,斯迪克下意识地注视他的动作。

塞依德家。

斯迪克和塞依德面对面坐在里屋炕上。

塞依德:"客人们送走了?"

斯迪克:"送走了。"

塞依德:"嗯,还有什么事吗?"

斯迪克:"我……受人之托,来说一门亲事……"

塞依德惊愕:"说一门亲事?给谁?"

奴斯莱特用托盘端着两碗茶刚走到里屋门口,听见他们的话,便停步,她没有让塞依德看见自己,只侧身望着斯迪克。

斯迪克:"是您见过的一个小伙子。"

塞依德:"我见过的小伙子多了,你说的是谁呀?"

奴斯莱特听出事情不对,心里发急,连忙向斯迪克摆手,斯迪克却没有看见。

斯迪克:"他不是咱们村里的人。"

塞依德:"不是咱们村里的人?那你说的是谁呀?"

斯迪克:"他……"

奴斯莱特连连摆手,斯迪克依旧没有看见,情急之中,奴斯莱特把一只茶碗向外屋的墙上摔过去。塞依德和斯迪克闻声转过脸,塞依德看不到奴斯莱特,斯迪克却看见她急急向他摆手,并张着嘴巴无声地向他示意,斯迪克明白她的意思。

塞依德朝外屋喊:"谁在那里?"

屋外悄无声息。

斯迪克:"好像没人。"

塞依德:"那你倒是说清楚,你说的小伙子是谁啊?"

斯迪克:"我……我说不清楚……我只是来问问您,像我这样没有成家的人,可不可以替别人说亲啊?"

奴斯莱特这才松了一口气,吐一吐舌头,连忙趔身进了另一间屋了。

塞依德:"哎呀,我说斯迪克,你今天说话怎么颠三倒四的?你到底是来给别人提亲的,还是来问我该不该给别人提亲的?你把我都弄糊涂了……"

另一间屋里,奴斯莱特趴在炕桌上用铅笔在一张旧本子上费劲地写字。

斯迪克:"我自己也弄不清楚……我好像是该来问一下您,我该不该替别人提亲……"

塞依德:"你是书记,你管这些事干什么?我看你是忙得晕头转向了,你该回去好好歇歇啦。”

斯迪克：“是，是，我得回去休息一下了。”

斯迪克起身下炕，走出屋子。塞依德看他离去，不禁摇头叹息一声。

奴斯莱特听见斯迪克出去，便从本子上撕下那张纸捏在手上，轻手轻脚出了屋子，塞依德未察觉，她来到院子里，从地上拣起一块土疙瘩，用那张纸包好，然后跳上院墙边的鸡窝，越过墙头，看见斯迪克正低头走在院墙外的树阴下，她把纸包的土疙瘩朝他身上打去，土疙瘩打在斯迪克身上，又滚在地上。斯迪克一怔，拣起土疙瘩，打开那张纸，迅速扫了一眼，再抬头看时，奴斯莱特不见了踪影。

村外田野。

斯迪克和奴斯莱特站在几株杨柳遮阴的空地上。

斯迪克：“你说我弄错了？我真的弄错了？”

奴斯莱特：“你是弄错了，和亚森相好的是谁，你没有问过他吗？”

斯迪克：“没有，我怕问这件事……”

奴斯莱特：“可他也没有告诉过你吗？”

斯迪克：“他没有，他想我知道是谁……”

奴斯莱特：“和亚森相好的是阿曼古丽，不是我！”

斯迪克：“阿曼古丽？怎么是阿曼古丽？不是你到树林里去跟他见面的吗？”

奴斯莱特：“我跟阿曼古丽一起去的，我只是向他要水……”

斯迪克：“只是向他要水？啊，原来是这样！”

斯迪克恍然大悟，带着歉疚而又喜出望外地凝视奴斯莱特，目光充满热情。

奴斯莱特：“你不再向我爸爸提亲了吗？”

斯迪克：“亚森的相好是阿曼古丽，我干吗还要向你爸爸提亲？”

奴斯莱特：“你就不为你自己？”

斯迪克：“当然，当然……这正是我心里想的，等到咱们把井打出来，棉花也收了，我就让爸爸向你爸爸提亲……”

奴斯莱特幸福地低下头站着不动，斯迪克激动地凝视她，两人一时被沉默阻隔。

突然，他们头顶上的树枝猛烈地摇动起来，耳边响起呼呼的风声。

天空被灰蒙蒙的沙尘遮盖，大风从远处迅疾地刮来，沙粒在空中和地上飞卷，把他们吹得站不住脚，睁不开眼。

“快，沙暴来了！”斯迪克拽住奴斯莱特往村子的方向跑，沙尘暴更加凶猛，大树东倒西歪。他们几乎被沙暴吞没，斯迪克把奴斯莱特拽到一棵大树底下，借树遮挡风暴,奴斯莱特把身子紧紧靠在斯迪克胸前,斯迪克脱下上衣,把她的头和脸包裹起来,他们紧紧拥抱在一起。

棉田。
沙尘暴过后,棉苗东倒西歪,大部分棉苗被连根拔起,棉田里一片狼藉。

清晨,清真寺门前围聚一群上了岁数的人,阿布杜拉站在中间。
阿布杜拉:"罪过,真是罪过!这都是有人破了祖先的规矩,祖先才降下灾祸来。要是听任这样的人一意孤行,更大的灾祸还会降临到我们头上啊!"
有人随声附和:"赶快制止他们吧!"

塞依德家。
塞依德垂头蹲在地上,神情沮丧。
一群长者走进院子,卡吾拉洪走在前面,塞依德看见他们,立即迎出来。
卡吾拉洪:"塞依德村长,您是一村之长,可要替我们做主,现在灾祸降临,你们就不要再提打井的事了吧。"
众人附和:"是啊,赶快放弃邪念吧。"
塞依德面对长者们,一筹莫展。
斯迪克走进院子,冷静地走到长者们中间。
斯迪克:"你们都是受人尊敬的长者,请你们不要相信那些没有根据的说法,我们这里不是年年都要刮大风的吗?只是今年的风特别大,棉田才遭受了损失,这是一场自然灾害,我们可以想法补救。老村长,我们到广场上去,跟村里人一起商量怎么办吧。"
塞依德:"好,好。"
斯迪克:"诸位长者,请你们也一起去吧。"
斯迪克邀塞依德往外走,长者们只好随后跟出来。

村子中心广场。
斯迪克和塞依德朝那颗老槐树走来,长者们落在后面,远远近近的村民们见状也跟过来。
斯迪克手上拿一根废弃的铁管,他把铁管挂在树枝上,从地上拣起一块石头敲击铁管,村民们闻声围聚过来。
斯迪克跳上土台,村民们围在他周围用期待的目光看他。

斯迪克："乡亲们，一场大风把我们的棉田毁了，我们过去常年受穷，现在刚开始发家致富，可是一场灾害挡住了我们的路，我们能向自然灾害低头吗？我们有的是力气，只要我们肯出力、肯流汗，把毁掉的棉田再补一次苗，我们的损失会夺回来，我说的对不对？"

青年们齐声喊："对！我们不能躺着等待好收成啊！"

卡吾拉洪："可谁能保证灾祸再不会降临我们呢？"

斯迪克："自然灾害是有规律的，天上不会一年四季都刮大风吧？请大家想一想，到秋天我们收了棉花，大把的票子就会装进我们的口袋，有谁不喜欢票子吗？"

人群中发出笑声。

斯迪克："从今天开始，大家都到地里去补苗，谁承包的棉田谁来补，好不好？"

青年甲："好，不愿补苗的人，就在地里收沙子吧！"

斯迪克："大家开始干吧。"

村民们纷纷散去。

远处的村道旁，阿布杜拉一直在看着广场上的人群，当人群散开时，他愤愤地拂袖而去。

阿布杜拉家。

阿布杜拉一脸晦气地跪坐在炕上闭目养神，他的妻子泽图拉进来。

泽图拉："村里的人都给棉花补苗去了，咱们的地里不补苗行吗？你想让人家白白地把粮食送到你家来吗？"

阿布杜拉："你在说什么呀？你要让我在大家伙面前出丑吗？"

泽图拉："那是你自找的，谁让你胡说八道的？你那些话连我都不信！"

阿布杜拉："你这个吃了鹰脑的疯子！还不到地里去干活，也好治治你的疯病！"

泽图拉："哼，就会拿我出气！"

她嘟囔着到院子里去收拾农具。

田野。

村民们分散在地里补棉苗。

泽图拉蹲在地里给新补的苗培土，斯迪克走过来。

斯迪克："泽图拉大婶，阿布杜拉主持没有来吗？"

泽图拉："你没听说，头烂了往帽子里藏，手烂了往袖子里藏吗？"

斯迪克笑笑："他的头和手都好好的，我来帮您干吧。"

泽图拉:"谢谢你,斯迪克。"

塞依德家。

傍晚,里屋光线幽暗,奴斯莱特静静地躺在炕上,一只手放在肚皮上摩挲。胡玛罕端着一盏煤油灯进来。

胡玛罕:"孩子,干吗这么早就躺下了?"

奴斯莱特:"妈妈,您看看,我的肚子是怎么啦?"

胡玛罕把灯放在炕头。

胡玛罕:"你的肚子不舒服吗?我来看看。"

奴斯莱特:"没有不舒服,只是……"

胡玛罕跪上炕去,用手摸奴斯莱特的肚皮蓦地吓了一跳——奴斯莱特的肚皮像孕妇似的鼓胀了起来。

胡玛罕:"啊,天哪,这是怎么啦?你的肚子怎么啦?"

奴斯莱特:"我不知道……"

胡玛罕:"你有什么事瞒着我吗,奴斯莱特?"

奴斯莱特:"我没有什么事瞒着您,妈妈……"

胡玛罕:"可这到底是怎么回事啊?"

奴斯莱特坐起来:"别担心,妈妈,也许是得了什么病吧,慢慢会好的。"

胡玛罕:"可从没有听说过这样的怪病啊,你要是有事瞒着我们,那可要遭大难的,求真主保佑可别让灾难降临到我们头上啊……"

田野近旁的杏园里,奴斯莱特和阿曼古丽蜷腿坐在地上。

阿曼古丽:"不知道斯迪克是不是替亚森向我爸爸提亲了,一点消息都没有。"

奴斯莱特:"等亚森回来不就知道了吗?"

阿曼古丽:"他这次去沙漠里,要二十多天才能来呢,勘测队的人走远了,往北边去了。"

奴斯莱特:"你着什么急呀?二十多天都等不住吗?"

阿曼古丽:"不是我着急,我是怕……"

奴斯莱特:"你怕什么呀?"

阿曼古丽:"我怕……我怕我会怀孕……"

奴斯莱特:"你瞎说什么呀?怎么会怀孕呢?"

阿曼古丽:"你真傻,连怀孕的事都不知道吗?"

奴斯莱特："不知道。"

阿曼古丽地望着她狡黠地笑着。

阿曼古丽："那我告诉你，一个男的和一个女的，把身子挨在一起，女的就会怀孕了……"

她说完只顾"咯咯"地笑，奴斯莱特却浑身一颤，脸色骤变。

阿曼古丽："哎，你怎么了？"

"我……我肚子不舒服……"奴斯莱特站起身，"我们回家吧。"

塞依德家。

奴斯莱特蹲在灶旁用葫芦瓢往锅里舀水，她神不守舍，锅里的水溢了出来。

胡玛罕进屋，见状，一把夺过她手上的葫芦瓢："水都溢出来了，没看见吗？"

奴斯莱特心神不宁地走进里屋，胡玛罕跟进来。

胡玛罕："孩子，有什么心事快告诉妈吧，你叫人多担心哪！"

奴斯莱特："妈，我问您，一个男的和一个女的把身子挨在一起，女的就会怀孕吗？"

胡玛罕手上的葫芦瓢掉在地上。

胡玛罕惊惧地："你，有过这样的事吗？"

奴斯莱特沉默不语。

胡玛罕："你跟谁……有过？快告诉妈呀！"

奴斯莱特把脸埋下："斯迪克……"

胡玛罕："啊？你们都做了什么事啊？"

奴斯莱特："我们没做什么……"

胡玛罕："可你的肚子……到底怎么啦？"

奴斯莱特："我真的什么也不知道，我不知道……"

胡玛罕："天哪，这可让我跟你爸爸怎么说啊？他会打死你的……"

村道上，塞依德与区上来的水管员苏旺走在一起。

苏旺年近五十，长着又圆又大的脑袋，挺着大肚子。

苏旺："上次洪水来的时候，你们没有经我允许，多放了三天水，罚你们的款是理所当然的，你们把今年拖欠的水费连同罚款一齐准备好，下次我来的时候带回去，要交不上，下次就不再给你们村配水了。"

塞依德："苏旺水官，我们村子在沙漠中间，今年又旱得厉害，不给我们配水，我们的庄稼就会渴死的。"

苏旺:"这我不管,叶尔羌河的水是统一管理的。罚款和水费,你们向每个村民摊派嘛。"

塞依德:"要不,您见见我们的书记斯迪克?"

苏旺:"这个人我听说过,异想天开,得了两只馕,就把一只当手鼓敲,我不想见他!"

他们来到阿布杜拉家门前。

苏旺:"就这么定了,我得去看看阿布杜拉主持,我和他是老朋友了。"

他独自进了阿布杜拉家院子。

阿布杜拉家,阿布杜拉和苏旺坐在炕上。餐布上摆着馓子、干果和其他食品。

泽图拉给他们斟上茶后退出。

阿布杜拉:"现在我的话越来越不管用了,连祖宗坟头的旗幡都给扔掉了。"

苏旺:"空口袋立不起来,带话也拴不住尊严和威望,要我帮你什么忙吗?"

阿布杜拉:"怎么?你不会只是让我替你祈祷吧?谁不知道你是个把酒当作圣水往肚子里灌的人啊。"

苏旺:"嘿嘿……最近,我把老婆休了……"

阿布杜拉:"又休了一个?"

苏旺:"你知道,我……"

阿布杜拉:"不用说了,这事交给我吧,到时候我会把好消息给你送去的。"

水塘边上,奴斯莱特把水桶打满,一手提桶一手提起裙子往水塘沿上登,她那鼓鼓的肚皮便显现出来。

在旁边打水和洗濯的妇女发现她隆起的肚子,不由互相使眼色。

奴斯莱特挑起水桶略显吃力地走去。妇女在她背后交头接耳地议论起来。

村道上,阿布杜拉幸灾乐祸地迈步走着,迎面走来卡吾拉洪。

阿布杜拉:"听说咱们村里的丑事儿了吗?"

卡吾拉洪:"您是说村长的女儿……"

阿布杜拉:"卡吾拉洪,您也得当心哪,这种事可别让它出在您家啊。"

卡吾拉洪:"当然……当然不会……"

阿布杜拉:"您还不知道吧,有人看见村长的女儿和您的女儿阿曼古丽经常跑到树林子里去喝外乡人的水,这就是祸端啊。"

卡吾拉洪:"什么?真有这事吗?我回去把那个畜牲打个半死!"

阿布杜拉:"那倒不必,只要好好管教就行了,再说,女儿大了,就该替她寻找栖身之所。"

卡吾拉洪:"您是说……"

阿布杜拉:"我正要为这事找您呢,请到我家去说吧。"

塞依德正好路经他们身边。

塞依德:"您好,阿布杜拉主持。"

阿布杜拉:"您好,村长,有什么见教吗?"

塞依德:"没有,没有,祝您好运……"

阿布杜拉:"好运不是人人都有的,我提醒过您,不要给自己招来灾祸,现在您看到魔鬼的影子了吧?"

塞依德:"您在说什么呀,阿布杜拉主持?"

阿布杜拉:"您还不知道吗?您的女儿经常跑到树林里去喝那个外乡人的水,把肚子都喝大了。"

塞依德:"阿布杜拉主持,我可没有让我的舌头像毒蛇一样咬过您哪!"

阿布杜拉:"我也不愿意这样,您还是回去看看您女儿的肚子吧。"他昂一昂脑袋往前走了,卡吾拉洪跟随他去。

塞依德望着他们的背影,气愤地咬着牙齿。

阿布杜拉走出十几步,又转过身来,恶狠狠地:"您听着,塞依德村长,按照祖先的规矩,没有出嫁的姑娘要是肚子大了,应当被乱石打死的,或者赶出村子!"他的话音未落,塞依德扭身疾步走了。

塞依德家。

塞依德气呼呼地跃进屋子,吼道:"胡玛罕,胡玛罕!奴斯莱特在哪儿?"

他一眼瞅见壁龛上那只盛水的葫芦,上去一把抓在手里狠狠地摔在地上,用脚狠命地把葫芦踩碎。

胡玛罕惊慌地从里屋出来。

胡玛罕:"怎么了?你为什么发火?"

塞依德:"奴斯莱特在哪儿?"

胡玛罕:"在屋里,出了什么事?"

塞依德进里屋,胡玛罕跟进来,只见奴斯莱特惊恐地缩成一团。

塞依德眼瞅着奴斯莱特的肚子,顿时怒火中烧,他转向胡玛罕:"你女儿出了什么事,你还不知道吗?"

胡玛罕:"哎呀,怎么不知道呢?可这事怎么说得清楚啊,又哪敢告诉你啊?"

塞依德指着胡玛罕喊:"你这个没有用的女人,你管教的好女儿……"

塞依德转身奔到外屋,从墙上取下一根皮缰绳,又奔进里屋,抢起皮绳往奴斯莱特身上抽打。

塞依德:"你说,你说! 你跟谁干了不要脸的事……"

奴斯莱特一面躲避,一面哭诉:"爸爸,我没有……我没有……我什么事也没有做……"

胡玛罕用力挡住塞依德,护住女儿。

胡玛罕:"别打了,别打了,求求你,你要我们娘俩都去死吗?"

塞依德停住手,喘着粗气:"你说,你是不是跟那个送水的外乡人干了不要脸的事?"

奴斯莱特:"没有,爸爸,我跟他真的什么事也没有……"

塞依德:"那你的肚子是怎么回事?"

奴斯莱特:"我不知道,我不知道……"

塞依德痛苦地望着胡玛罕:"啊,我是造了什么孽啊,到了这把年纪还要受这样的屈辱吗?"

胡玛罕:"塞依德,你先消消气吧,这事女儿真的说不清楚,她只是说……斯迪克想娶她……"

塞依德惊诧地:"斯迪克?"

他把质问的目光投向奴斯莱特,奴斯莱特只顾垂首啜泣。

塞依德哀叹一声,走到外屋,在炕上坐下来低垂着头。

斯迪克大步流星地进屋,看见塞依德低头闷坐,面色阴沉,便有些纳闷。

斯迪克:"塞依德大叔!"

塞依德没抬头:"你来做什么?"

斯迪克:"嗯,现在咱们村里的事都很顺畅了,我想打井的事越早越好,今天我就到沙漠里去找勘测队,把打井工程队请来,听说他们到叶尔羌上游去了,我可能得多去些日子,村里的事您先照顾着……"

塞依德仍阴沉着脸,斯迪克等他说话。

塞依德抬起头来,目光里流露着哀愁:"斯迪克,你是我看着长大的,现在你又是党的干部,有句话我要问你……"

斯迪克:"您问吧。"

塞依德:"你是想娶奴斯莱特吗?"

斯迪克颇觉意外,他看着愁容不展的塞依德,又转脸朝里屋看,胡玛罕站在里屋门口用期待的目光瞅着他。

斯迪克:"塞依德大叔,我真心实意喜欢奴斯莱特,要是你们不反对,等到了秋天,我就让爸爸来向您老提亲……"

塞依德的脸色依然阴沉得可怕。

塞依德:"你要是真心娶她,那你现在就娶了她吧……"

斯迪克惊愕不已:"为什么?为什么这么急?塞依德大叔?"

塞依德:"再不能让村里人说三道四啦……"

斯迪克:"可究竟发生了什么事呢?"

塞依德:"她……她肚子已经……大了……"

斯迪克一下懵住了,他看看塞依德,又看看胡玛罕,无法相信听到的话。

斯迪克:"怎么会有这种事?这是不可能的,不可能的!奴斯莱特在哪儿?"

塞依德背转脸往里屋一指。

斯迪克转身走进屋里,奴斯莱特坐在炕沿上低头哭泣。他回身看见胡玛罕站在身后。

斯迪克:"胡玛罕大婶,让我跟她说吧。"

胡玛罕避开了。

斯迪克凝视奴斯莱特:"你爸爸说的是真的?"

奴斯莱特点头。

斯迪克如五雷轰顶,茫然不知所措。少顷。

斯迪克:"你……难道亚森他……"

奴斯莱特:"不,我跟亚森什么事也没有……"

斯迪克:"奴斯莱特,我一直把你看做是好姑娘,我真心实意喜欢你,你得把实话告诉我,你跟谁……"

奴斯莱特:"我跟谁也没有,这是真的……"

斯迪克:"难道你肚子里的不是孩子?"

奴斯莱特:"我不知道……"

斯迪克发现塞依德和胡玛罕出现在他身后。

斯迪克:"这事是可以清楚的,只要到县上的医院去检查一下,就清楚了……"

塞依德:"可要是检查出她怀的是孩子,她还怎么回来见人呢?"

斯迪克:"请相信你们的女儿说的话吧,请你们等些日子,我现在要去把打井队请来,现在不去,他们会离开这里,等我回来把打井的事安排了,我就送奴斯莱特到县上的医院去……"

村子外。

696

田野和村庄又笼罩在明亮而宁静的气氛中，驼铃声似乎在近处有节律地响着，渐渐远去了⋯⋯

　　塞依德家。
　　塞依德在院子里修理木板车。
　　屋里炕上，奴斯莱特直挺挺地躺着，她的肚皮愈见大了。
　　突然，阿曼古丽哭嚷着冲进院子，跌跌撞撞地扑向塞依德。
　　阿曼古丽："救救我吧，塞依德村长，快救救我吧⋯⋯"
　　塞依德："阿曼古丽！你怎么了？你怎么了？快起来！"
　　阿曼古丽："救救我吧，村长⋯⋯"
　　"起来，起来，有话到屋里说。"塞依德拉起阿曼古丽一同进屋。
　　胡玛罕和奴斯莱特闻声走过来。
　　阿曼古丽："救救我吧，塞依德大叔⋯⋯"
　　塞依德把阿曼古丽扶到炕沿上坐下。
　　塞依德："孩子，有话慢慢说，到底出什么事了？"
　　阿曼古丽："苏旺要我给他当老婆，爸爸已经答应了，还让阿布杜拉主持送来了一头牛，十棵杨树，三只羊和一口袋麦子⋯⋯"
　　塞依德："啊？"
　　阿曼古丽："明天阿布杜拉主持就要给我们念经合婚，我该怎么办呢？⋯⋯"
　　塞依德："唉，既然你爸爸都答应了，我还有什么办法啊？"
　　阿曼古丽："苏旺是个老色鬼，他娶了我，过不了多久，就会把我休掉的，您是村长，求您劝劝我爸爸吧⋯⋯"
　　塞依德："他现在还听我的吗？"
　　阿曼古丽："要是连您也救不了我，我就只好去死了⋯⋯"
　　胡玛罕："您就可怜可怜这孩子，去给卡吾拉洪说说吧。"
　　塞依德稍作思量，叹息一声，走出屋去。
　　阿曼古丽转脸看见奴斯莱特，便扑过去紧紧抱住她。
　　胡玛罕怜惜地哀叹着，走出屋子。
　　阿曼古丽："我要是你的一个姐姐或者妹妹，也就不会有这样的命运了⋯⋯"
　　她突然发现奴斯莱特又大又硬的肚子，不由吃了一惊。
　　阿曼古丽："啊？你是怎么了？"
　　奴斯莱特眼泪汪汪，更紧地抱住她。

奴斯莱特:"要是死,就让我们一起去死吧……"

卡吾拉洪家院子,卡吾拉洪身着崭新的无领对襟长衫悠闲地坐在廊沿的土炕上,他的妻子在旁边煮羊肉。

塞依德跨进院子,卡吾拉洪略显惊讶。

卡吾拉洪:"塞依德村长,我可没有邀请您啊。"

塞依德:"是您女儿阿曼古丽请我来的。"

卡吾拉洪:"我女儿与您有什么相干?"

塞依德:"俗话说,女儿是父亲心里的花,您可不能把她往火里扔啊。"

卡吾拉洪:"你说的是什么话?我嫁我的女儿,您管得着吗?"

塞依德:"可您把她嫁给一个老色鬼,他会把您女儿毁掉的!"

卡吾拉洪:"您身为村长,村里的事管不了,干吗来管我家的事?现在全村的人都要交罚款,我把女儿嫁给苏旺水官,他给村民们免掉罚款,还答应阿布杜拉主持给我们配给充足的水浇地,这对您有什么不好呢?得到的好处难道是我一个人的吗?"

塞依德:"这像是一个做父亲的说的话吗?"

卡吾拉洪:"您给我住嘴,我是照顾您的面子,才对您客气了一点,手指头不割破是不会出血的,您的女儿肚子里怀了杂种,您有什么脸面来教训我?还是回家去等着您女儿肚子里的杂种出世吧!"

塞依德气得浑身颤抖:"啊,你这厚颜无耻的家伙!"

卡吾拉洪:"你给我滚出去!"

塞依德咬牙切齿地转身跨出院子。

塞依德家。

奴斯莱特、阿曼古丽、胡玛罕坐在一起,个个面色忧戚。

塞依德怒气冲冲地进屋,三人一齐站起,准备听他带来的消息,可塞依德可怕的面孔把她们惊呆了。

塞依德指着奴斯莱特:"啊,你让我丢尽了脸!究竟是谁把祸根种在你的身上,你去找他!你去,去,找你那杂种的爸爸,找不到别回家!"

奴斯莱特:"爸爸……"

塞依德:"我不是你爸爸,我没有你这个让人丢脸的女儿……你肚子里的孩子是谁的,你去找他!去!"

他愤愤地去拿墙上的皮缰绳。胡玛罕欲阻止他,他奋力把她推开,像头暴怒的狮子。

奴斯莱特"哇"地哭着跑出去,阿曼古丽跟着追出去:"奴斯莱特!"

村道上,奴斯莱特挺着肚子悲痛欲绝哭着跑来,阿曼古丽在后面追赶。

一群在路边玩耍的半大孩子,看见奴斯莱特跑过来,有的拾起路边的土块和石子朝她打过来,有的跟在后面追赶,骂着脏话。

阿曼古丽追上来,挡在孩子们面前,奋力推挡。

阿曼古丽:"住手,住手,你们这些畜牲!"

孩子们被制止住了,她回头看时,奴斯莱特不见了踪影。

塞依德家。夜。

塞依德垂首坐在炕桌旁,胡玛罕坐在他对面哭泣。

胡玛罕:"你怎么能这样对待她……我的女儿到现在还不回来,我可怎么办哪……你不去找她,我去找她,不把她找回来,我也不进家门……"

她下炕走出屋子。塞依德听见她呼唤奴斯莱特,随即,他也下炕,跟着出了院子。

夜空笼罩的村落里,回荡着胡玛罕的呼喊:"奴斯莱特——"

卡吾拉洪家。

天空阴霾,远处响着闷雷。

一些村民们在院子里席地而坐,屋门前挤满了看热闹的人。

屋里,卡吾拉洪、阿布杜拉和几位长者坐在炕头,苏旺和阿曼古丽坐一侧。苏旺身着质料不佳的西服,阿曼古丽着新娘妆,头上蒙着盖头,她旁边坐着伴娘。

阿布杜拉清了清嗓子。

阿布杜拉:"库尔班的儿子苏旺·库尔班,你愿意娶卡吾拉洪的女儿阿曼古丽·卡吾拉洪为妻吗?"

苏旺瞟一眼卡吾拉洪:"愿意!"

阿布杜拉:"卡吾拉洪的女儿阿曼古丽·卡吾拉洪,你愿意嫁给库尔班的儿子苏旺·库尔班,做他的妻子吗?"

只听盖头下面发出抽泣声。

阿布杜拉把脸转向卡吾拉洪,卡吾拉洪喉咙里发出威胁声。

阿布杜拉提高嗓门:"卡吾拉洪的女儿阿曼古丽·卡吾拉洪,你愿意嫁给苏旺水官为妻吗?"

仍不见回答,伴娘用胳膊碰一下阿曼古丽。

阿曼古丽突然进出悲怆的哭声,接着号啕大哭,卡吾拉洪怒目圆瞪。

院子里发出嘈杂的喧闹声,斯迪克和亚森奔进院子。斯迪克拨开挤在房门口的人群,冲进屋里。

斯迪克:"你们在这里做什么?"

阿布杜拉:"我正在给苏旺水官和阿曼古丽念经合婚,你来做什么?"

斯迪克:"叶尔羌河下来了特大洪水,这里的事情停一下!"

苏旺急切地:"斯迪克,你要搅了我的好事吗?"

斯迪克:"洪水已经泛滥了,咱们村和下面几个村就要被淹了,这里的事必须停止!"

苏旺:"好啊,斯迪克,你身为书记,却要破坏我们的合法婚姻吗?"

斯迪克扯下阿曼古丽的盖头,指着仍在哭泣的阿曼古丽:"这就是你的合法婚姻吗?阿曼古丽,你愿意嫁给这个人吗?"

阿曼古丽:"不愿意……"

她抬起头看见亚森,一跃而起奔到亚森面前,亚森用手臂把她扶住。

卡吾拉洪凶神恶煞地指着阿曼古丽:"你……"

斯迪克指着阿曼古丽对苏旺:"她跟你到乡政府去登记过吗?"

苏旺瞅一眼斯迪克,把眼皮垂下。

斯迪克指着苏旺:"你这是非法的!你身为区上的水官,在洪水泛滥的时候,不到现场去抢救,却在这里强迫一个姑娘跟你非法结婚,你还算是国家的干部吗?你要受到清算的!"

他拉起阿曼古丽和亚森冲出屋子。

院子里,人们一齐朝他围过来。

斯迪克:"乡亲们,叶尔羌河下来了特大洪水,洪水就要冲毁渠道,淹没我们的庄稼啦!可是苏旺水官却在这里强迫阿曼古丽跟他结婚!阿曼古丽根本不想嫁给苏旺,也没有跟他办理登记手续,大家看,这才是一对相爱的恋人!"

他指着身边的亚森和阿曼古丽,阿曼古丽挨紧亚森,脸上挂着激动的泪水,人们看着他俩,一齐欢呼起来。

斯迪克:"我宣布这里的婚礼是非法的!无效的!政府会处理这件事的!现在大家立即到大河边上去修渠筑坝!"

人们齐声响应,纷纷离开院子。

斯迪克看着阿曼古丽和亚森。

亚森:"斯迪克哥,我们来得太及时了,感谢你!"

阿曼古丽:"斯迪克哥,是您把我们救了……"

斯迪克:"好,我们也一起去堵截洪水吧。"

他们出了院子,跟随人群向村外迅跑。

在遥远的天边,雷声滚滚。

塞依德家。

塞依德垂首坐在炕上,心里像压着一块石头,胡玛罕和斯迪克站在炕前,斯迪克把一只女鞋放在炕沿上。

斯迪克:"这是从叶尔羌河边拣到的……"

胡玛罕把鞋捧在手上细看。

胡玛罕:"这是她的鞋,是她的鞋!啊,我的女儿,可怜的女儿,奴斯莱特,你死得好惨啊……"

塞依德瞅一眼胡玛罕手中的鞋,把头垂得更低,呼吸沉重。

胡玛罕泪眼汪汪地瞅着斯迪克。

胡玛罕:"斯迪克,这是为什么?为什么要让这样的命运落在我们的头上……"

斯迪克无限悲痛地看她一眼,慢慢转过身走出屋子。

塞依德家的院墙外,斯迪克步履沉重地走来,忽然有用纸包着的硬块打在他身上,他抬头看时,院墙里闪现出奴斯莱特美丽而活泼的面庞,顷刻又消逝了。他察觉到这是幻觉,便把头抵在路边的一株树上,强压心中的悲痛。

村子尽头的打井工地,一面艳亮的红旗在井架上迎风飘动,工地上响着机器声和打井队员们的呼唤。

一些好奇的村民在围观。

这一切都给村子带来了生机。

阿布杜拉家。

阿布杜拉直挺挺地躺在炕上,腹部隆起,屋里光线幽暗。

泽图拉走近他:"你不吃不喝的,干吗生这么大气呢?地底下冒上来的水也淹不到咱们家里来,你不喝它就是啦,没有人把水塘放干,水塘里的青蛙还能吃糟害庄稼的虫子呢,你就还喝水塘里的水好啦。"

阿布杜拉:"你住嘴吧,四十头驴子也驮不完你的废话!你来看看我这肚子是怎么啦?里面是气吗?"

泽图拉伸手摸他的肚子："啊呀,肚子越来越大了,硬邦邦的,哪里是气呀!怕是你天天祈祷,真主给咱们赐给了孩子吧？"

阿布杜拉："你这个可恶的女人,你生不出孩子,难道要我替你生孩子不成吗？"

泽图拉："要不就是你作了孽,魔鬼附到你身上了吧！"

阿布杜拉："让你的舌头从根子上烂掉吧！你还不快去找个人来看看。"

泽图拉："这会儿让我找谁啊？唉,谁来帮你啊……"

她蹒跚地走出屋子。

斯迪克家。

斯迪克、哈斯木和帕塔罕都在听泽图拉讲述："他的肚子鼓得大大的,硬硬的,像怀了孩子似的,他从来没有得这样的病啊……"

斯迪克警觉地："噢？走,我去看看。"

阿布杜拉家,斯迪克站在炕前,谨慎地察看阿布杜拉的肚皮。

斯迪克："这一定是什么怪病,您得到医院去看看。"

阿布杜拉呻吟着。

斯迪克转向泽图拉："你赶快把车套好,县城有几十里地呢,得带些吃的,我们现在就送他到县城医院去。"

县城医院。

斯迪克和泽图拉坐在病房走廊的长椅上。

从诊断室走出一位汉族女医生,向斯迪克示意："请您来一下。"

医生办公室,斯迪克和女医生相对而坐。

女医生："你们送来的病人,是我们遇到的第二个特殊病例,你是哪个村的？"

斯迪克："花园村。"

女医生："哦？这可巧了,前些日子送来了一位姑娘得的也是这种病,人家怀疑她是怀了孕,她跳进叶尔羌河想自杀,是水利勘测队的人把她救了,她也是花园村的。"

斯迪克惊诧地站起："啊？她,她在哪？"

女医生："请跟我来。"

病房里,奴斯莱特安详地躺在病床上,斯迪克跟随女医生进来。

斯迪克和奴斯莱特惊愕地对视,喜悦的笑容像冲开闸的激流涌到脸上。

斯迪克："奴斯莱特！"

奴斯莱特一跃而起："斯迪克哥！"她控制不住地扑向斯迪克,斯迪克抱住她。

女医生："待会请到我的办公室来。"

斯迪克点点头,女医生离去。

奴斯莱特紧靠在斯迪克胸前,泪流满面。

斯迪克："奴斯莱特,对不起……"

奴斯莱特："不怪你,斯迪克哥……是勘测队的人救了我,还给我付了医疗费……"

斯迪克深情地抚摸着她。

医生办公室,斯迪克全神贯注地听女医生说话。

女医生："这个姑娘的病已完全治好了,现在可以出院了。我们用汽车送你们回去,同时派两名化验员跟你们一起去。根据我们的判断,你们村里水塘里的水有问题,需要进行化验,请你协助把这件事办好,行吗?"

斯迪克："好的。"

女医生："你们刚送来的这位病人,就交给我们好了。那位同来的妇女是他什么人?"

斯迪克："是他的妻子。"

女医生："好,让他妻子留下,你们放心吧。"

斯迪克："谢谢你们！"

塞依德家的炕桌上摆着水果和食品。

塞依德、胡玛罕、奴斯莱特斯迪克坐在炕桌旁,奴斯莱特偎依地靠在胡玛罕身旁。

塞依德愧喜参半："唉,都怪我……太愚蠢了……"

斯迪克："塞依德大叔,谁也别怪,这事以后再也不会有了。"

塞依德："是啊,是啊……"

黎明,村子笼罩在苍茫之中。

清真寺的塔楼上传出悠长的诵经声。

阿布杜拉家。

阿布杜拉躺在幽暗的屋里,泽图拉走近他。

703

泽图拉："你回来都好几天了,连门都不出,也不去做礼拜,难道要人家来登门谢罪吗?"

阿布杜拉："你又开始唠叨啦,我哪有脸面去见人啊,真是作孽啊!"

泽图拉走出屋子。

阿布杜拉一咕噜翻起身:"啊,净身,净身,我就要去净身……"

他穿起长衫跨出屋子,朝院子奔去。

正在舀水的泽图拉看见他魂不附身似的往外面冲,惊诧不已:"你要去哪儿啊?你去哪儿啊?"

水塘附近的村道上,天色冥冥,阿布杜拉大步奔跑着,清真寺塔楼上的诵经声仍在回响。

水塘边上,阿布杜拉奔过来,看着被灌得满满的水塘发呆,随即他脱去长衫,脱去上衣和裤子,只穿一条短裤纵身跃入水塘。他在水里扑通着,光着的上身在水中一跃一隐。

一位四十多岁的妇女挑着空桶走来,看见一样东西在水中一跃一隐,发出怪声,便扔下水桶惊叫着逃开。

妇女:"水塘里出了鬼怪了! 水塘里出了鬼怪了!"

听见她的喊声,人们纷纷从家里出来,顺着她手指的方向,向水塘跑去。

阿布杜拉继续在水塘里扑通,嘴里含糊其辞:"该死! 水塘……该死……"

水塘边上围满了人,斯迪克也赶了来,大家定睛细看,有人认出了阿布杜拉。

村民:"是阿布杜拉主持! 是他!"

斯迪克立即跳进水塘,青年甲也跟着跳下来,斯迪克与青年甲合力搀着阿布杜拉把他推出水塘。有人赶快把他的长衫拿来替他披上。

斯迪克:"快,把主持送回家去,别让他感冒!"

青年甲和几个小伙子推拥着气喘吁吁的阿布杜拉离去。

斯迪克和人们望着渐渐平息的水塘。

斯迪克:"这水塘里的水再不能喝啦,这是咱们村最后的死水塘,祖祖辈辈喝脏水的历史结束了! 乡亲们,我们的井就要出水了! 它给我们带来了新的生活!"

清亮的水从手压机的管子里进出,两个姑娘把脸对着水流冲洗,日光映照着她们美丽的面庞。

在一座庭院里,老人用手压机往桶里压水,他笑得合不拢嘴。

就连阿布杜拉的院子里也安置了手压机,泽图拉接了一盆水端进屋子,阿布杜拉在一旁用手壶洗手、脸和胡须。

村子中心的广场四周铺上了毡毯,村民们坐在毡毯上。手捧托盘的妇女往来穿梭,把各种食品摆放在人们面前。十几名乐师摩拳擦掌,准备演奏。

老槐树下搭了一个不高的平台,上面铺了花毯。阿布杜拉坐在台子上,他的两侧分别坐着塞依德、胡玛罕、哈斯木、帕塔罕与卡吾拉洪和他的妻子。他们的对面坐着两对新人:斯迪克与奴斯莱特、亚森与阿曼古丽。奴斯莱特与阿曼古丽身边都坐着伴娘。

平台周围站着急不可待的姑娘和小伙子们。

塞依德:"乡亲们,今天是个好日子,大家伙儿已经知道了,咱们村得到了一笔意外的款子。本来我们打算今天把裤腰带勒紧过日子的,因为咱们的打井工程要花十几万呢。可就在咱们该支付打井费的时候,县上派人送来了一张支票(从衣袋里取出一张支票),是政府拨给咱们的打井专项款。这笔款就是社会各界的人捐献的,这里头还有中央领导人的捐款呢,(向旁边的人)我没听错吧?"

青年甲:"这事儿都登报啦,您没看报? 就是的!"

塞依德:"那我没听错,这么说,大家伙又可以把裤腰带松一松了。(众人笑)我老了,不知道该说什么样感谢的话……"

卡吾拉洪:"塞依德村长,话长了会把自己裹起来的,你快办正事吧。"

塞依德望着他笑:"卡吾拉洪,你也着急了,是怕你的阿曼古丽再给人抢去吗?"

众人扬起笑声。

塞依德:"好啦,现在请阿布杜拉主持给两对新人证婚吧。"

众人鼓掌。

阿布杜拉清清嗓子,等待众人安静下来。

阿布杜拉:"哈斯木的独生子斯迪克·哈斯木,你愿意娶塞依德的女儿奴斯莱特·塞依德为妻吗?"

斯迪克:"愿意。"

阿布杜拉:"塞依德的女儿奴斯莱特·塞依德,你愿意嫁给哈斯木的儿子斯迪克·哈斯木,做他的妻子吗?

奴斯莱特:"愿意。"

人们心花怒放,耐心等待着下一对新人的回答。

阿布杜拉:"尤努斯的儿子亚森·尤努斯,你愿意娶卡吾拉洪的女儿阿曼古丽·卡吾拉洪为妻吗？"

亚森："愿意。"

阿布杜拉："卡吾拉洪的女儿阿曼古丽·卡吾拉洪，你愿嫁给尤努斯的儿子亚森·尤努斯，做他的妻子吗？"

阿曼古丽："愿意！"

话音刚落，姑娘们和小伙子们就发出一片欢叫声。他们把两对新人扶起，推拥着进入场中，彩色纸花在人们头上飘洒。

乐师们起劲地演奏起来，场中姑娘们和小伙子们把两对新人围在中间跳起舞来，两对新人也欢快地舞起来。

刀郎舞欢快、洒脱、粗犷、奔放，人们沉浸在欢乐与幸福之中。

——剧　终

大　河

张　冰

塔里木上空。

一只孤独的鹰飞翔在天空中。

忽然那只鹰像是发现了什么猎物扑落下来站立在一棵枯死的胡杨树杈上。

上百棵干枯的胡杨兀自站立在沙地上，零星的几棵树上残留着发白的碎叶片，在刺目的阳光下人们无法分辨枯干和树叶。当镜头下移，我们看到聚集在这些枯死的胡杨树下的是一团团球形的干草，大风吹来，草团散开，仿佛巡逻的士兵在查找生命的迹象。

镜头跟随快速滚动的草团急进。

鹰看清了地上的草团，失望地飞起，直上云霄。

大风吹起了漫天黄沙。

悲怆而低沉的木卡姆古曲远远传来⋯⋯

一个草团被旋风吹离了大部队，攀越古河道，独自继续前进。

因为风，这里有了生命，无生命的草团变成了精灵，它翻滚、它跳跃、它肆意四处游荡。

在木卡姆的背景乐下能清晰地分辨出吵闹声⋯⋯

草团似乎在聆听，终于停下了脚步。

镜头升起，看到了声音的出处，黑压压的一片人，肃穆地站立着，与其说站立，不如说对峙。一方是神色愤怒的老百姓，另一方是头戴安全帽的工程人员。

水利局技术员吴亮："大家听我解释，我们是根据图纸作业的，这里的河道必须推平。如果影响了工程进度，你们要赔偿！"

一村民狠狠地把一口痰吐在推土机的玻璃上："赔偿?我给你个'呸'先尝一尝?"

几个工人冲上来抓住那个村民。

其他村民一看自己人被抓，冲上去撕扯起来。

吴亮大喊："别动手！别动手！"

众人喊起来："让陈南疆出来！我们要见陈南疆！"

塔里木地区水利局大楼。

一个三十多岁的男子一边走一边打电话。这位男子是陈南疆，河海大学水利学博士，塔里木地区水利局副局长兼总工程师。

陈南疆："你们先稳住局势，我马上到。"

这时候，迎面走来一个年轻维吾尔族姑娘。这位维吾尔族姑娘是贝尔娜·吐尔逊，地球遥感专业博士，水利局遥感研究室主任兼水利局副总工程师。

贝尔娜旁若无人的与陈南疆擦肩而过。

陈南疆转身："贝尔娜！"

贝尔娜站住："什么事，陈副局长？"

陈南疆走近她："贝尔娜，你不打算叫我哥哥了？"

贝尔娜冷漠地说："对不起，这是在单位不是在家里。"

陈南疆轻声说："好妹妹，我知道阿里木江的牺牲对你意味着什么，告诉你一个好消息，阿里木江的烈士荣誉已经批下来了。"

贝尔娜："人都没了，这种荣誉对我来说有什么用？"

陈南疆沉默了半响："我理解你，回一趟家吧，阿里木江牺牲后，妈妈一直很担心你。我有急事先走了。"

贝尔娜："陈副局长，我也正好有急事儿找你。"

陈南疆："你说。"

贝尔娜："你说的急事儿是不是还要去炸掉那个大坝？"

陈南疆："对。"

贝尔娜："我坚决反对！"

陈南疆："说说你的理由。"

贝尔娜："三点。一，在旧河道没有找到和清理之前，炸掉大海子水库的大坝只能形成大水漫灌，暂时提高下游的水位，不会达到长期治理的目的。可是用水依赖大海子水库的几百万亩耕地就会因为干旱颗粒无收。二，大海子水库对于你我，对于英苏村的老百姓都是一座丰碑，他是大河叔叔和冬尼娅阿姨用鲜血建造起来的。炸掉这个大坝，我不同意，爸爸也不会同意，英苏村的乡亲们更不会答应的……"

陈南疆打断她的话："你说的都对，贝尔娜。第一，我承认，大水漫灌不是一个长期的办法,可我现在是抢救危重病人。大海子水库就像卡在塔里木动脉里的一个栓塞体,不把它拿掉,塔里木河只有死路一条。第二,别忘了,我也是英苏村的人,我知道这个水库的分量,可塔里木河不仅仅属于英苏村,不仅仅属于我们这一代人,就算是再大的丰碑,我也会把它炸掉。你的第三点呢?"

贝尔娜:"如果你不悬崖勒马,我会马上向地委汇报。因为你擅自修改了工程方案,用专项修缮资金去炸坝输水。"

陈南疆笑道:"贝尔娜,你是我的妹妹,你不会这么做。"

贝尔娜:"我会的。"

陈南疆:"随便你吧。"

贝尔娜急了:"哥哥,我求你了,你会坐牢的!"

陈南疆笑道:"我知道,我有爸爸,有妈妈,有一个关心我的好妹妹,不会没人给我送牢饭。"

陈南疆扬长而去。

贝尔娜伤心地哭了。

大海子水库大坝。

吴亮费力地爬上坡岸:"南疆,你怎么才来?"

陈南疆看着群众:"坝上的炸药装好了吗?"

吴亮:"炸药昨天就装好了。"

这时候有人高呼一声,众人跟随着发出低沉有力的应和。

陈南疆兴奋地跳下坡岸,迎了上去。

诵经者带着人群走到陈南疆面前。

陈南疆:"莫阿訇,可以开工了吗?"

莫阿訇看着陈南疆:"陈局长,真主让我给你带个话。"

所有的群众围拢过来,紧张地看着莫阿訇。

陈南疆:"给我带什么话?"

莫阿訇:"真主说,这里的坟不能迁。"

众人听到阿訇这么说,立刻响起了放心、愉快的赞叹声。

陈南疆:"如果不迁坟,炸坝之后,几百万立方的水就会把这块坟地淹了,那时候怎么办?"

莫阿訇摇摇头:"真主说没有几百万方水的事情。"

群众哄笑起来。

陈南疆沉吟片刻,下了决心:"好吧,叫推土机跟我来!"

陈南疆接过一把铁锹拔腿便走,几个工人和所有的群众都紧随其后。

一大群人走到一个修葺得整整齐齐的墓前,陈南疆站立。

墓碑上醒目大字"陈大河、冬尼娅古丽夫妇之墓"

陈南疆跪下:"爸爸,妈妈,儿子给你们找了一个新家,咱们动身吧。"

陈南疆磕了三个头,然后站起来,拿起工具准备动手。

莫阿訇拦住他:"陈局长,我刚才说的是外国话吗?真主说了,这个墓也不能动。"

陈南疆闻听此言笑了:"真主不知道这是我父母的墓吧……"

莫阿訇双手向上,打断他的话:"真主无所不知。"

群众又笑了。

陈南疆有点急了:"我是他们的儿子,我说了算数!"

这时候人群中传出响亮的声音:"你说了算个屁!"

前面的人群闪开,一架木轮车推过来,上面坐着一个长者。老头怒视着陈南疆。

陈南疆笑道:"阿不力孜大叔,您这么说可就是打我的脸了! 推土机过来!"

阿不力孜笑道:"你要是敢动这个地方一块土,我打的就不是你的脸了。"

推土机发动。十几个乡亲堵在前面。

陈南疆忍无可忍:"你们干什么? 我在工作! 懂不懂? 吴亮,让推土机过来!"

陈南疆刚刚拿起铁锹,就被几个强壮的小伙子抓住四肢,高高地举了起来。

陈南疆挣扎着,大叫着"放我下来"……

那些小伙子回头看阿不力孜。

阿不力孜坐在木轮车上,望着不远处的河道沙土,短促地啸出一个短音,"咻!"

小伙子们就像听到了命令,同时用力,把陈南疆抛了出去。

陈南疆划过一道弧线,重重地摔在两米外的沙土堆里。

陈南疆挣扎着从土里爬出来,大喊着:"我这是在工作!"

陈南疆艰难地站起来,拿过铁锹再次冲上。

几个大汉再一次把陈南疆高举在半空中,回头看阿不力孜。

阿不力孜的唇间啸出了比上一次更加长的一个哨声:"咻——!"

只见陈南疆直飞出去,在空中划一道弧线,落在比上次远两倍的地方,重重地砸出一片尘土。

塔里木地区水利局大楼。

眼睛红肿的贝尔娜终于拿起了电话。

贝尔娜:"喂,请给我转接地委行署专员办公室。"

对方回答:"对不起,专员正在开会。"

贝尔娜带着哭腔:"我是他的女儿,现在必须跟他说话,你就说,家里出大事了。"

大海子水库大坝。

聚集的群众越来越多。

陈南疆趴在地上突然哭起来,哭得很伤心。

见此情形大家都愣住了。

群众甲上来:"南疆,没事情嘛哭啥呢?你知道我们都是开玩笑呢。"

群众乙:"就是就是,谁不知道这个河道上摔不痛。"

陈南疆大叫:"你们都走吧,这个坟我不迁了,这个大坝我给你们留着,将来让你们的孙子都来瞻仰一下当年他们的爷爷是怎么战天斗地的!"

阿不力孜:"就是这个意思嘛,你早这么说就不用翻脸了。这么大的一个水库是你爸爸带着我们英苏人一起干出来的,你要炸掉,我们能不翻脸吗?"

陈南疆:"阿不力孜大叔,铁力干大不大?大!上个星期我的一个同事就死在铁力干的沙漠里了,阿里木江是在铁力干长大的,他的尸体离公路只有五百米。活活给渴死了。我今天要是不炸这个水库,用不了多长时间,咱们的新英苏村就要变成老英苏村了,那个时候留着这个水库和这个坟地有什么用?你能找到你的坟吗?"

阿不力孜想了想:"那我不管,政府肯定管我们呢。你就说,你炸不炸大坝吧。"

群众甲:"你刚才说的话,算不算数?"

陈南疆大叫:"算数!吴亮!告诉坝上,把所有的炸药全拆了!"

吴亮呆呆看着他。

陈南疆大叫:"你他妈的赶快去拆!谁是局长?你想不想混了?啊?"

吴亮连忙跑了。

英苏村人放心地散了。

阿不力孜:"这才是陈老师的好儿子,我们英苏村的巴郎子!"

陈南疆无力地站着。

群众乙:"南疆,我儿子明天的割礼你早点来啊!"

陈南疆:"你放心,我去。"

对方高兴地拍拍陈南疆肩膀:"那谢谢你了,来了喝酒。"

没多久人都散光了,只留下陈南疆一个人孤零零地站在风中的河道里。

陈南疆跪倒在父母的墓前："爸爸,妈妈,儿子不孝,让你们受委屈了。"

西行的列车上。

列车窗外景色慢慢变得单调。

20世纪50年代的苏式车厢,木质板条的坐椅上坐满了穿着蓝色工作服的年轻人。大家手里都拿着本子和钢笔,低头记着什么,没有人去注意窗外的景色。

班长操着浓重的河南口音:"大家注意了,现在是业务学习时间,我们这个小组都是去少数民族地区工作的同志,首要任务就是掌握好兄弟民族的语言,大家跟我念……"

班长用河南腔一字一句地:"牙—和—鞋—吗—塞—子,你好!"

方文刚和陈大河等人跟着他一字一顿地说着河南腔维吾尔语:"牙—和—鞋—吗—塞—子,你好!"

班长继续:"托—马—科—鞋—疼—了—么,这是说你吃饭了没有?"

众人:"托—马—科—鞋—疼—了—么,你吃饭了没有?"

方文刚笑了:"怎么都是鞋子啊,这怎么记啊?"

班长狠狠瞪了他一眼,继续:"或—许,这是说再见。"

大家纷纷一边念一边记在本子上。

班长:"奥—德—鲁—阿,请坐!"

方文刚:"班长,你知不知道维语'我爱你'怎么说?"

班长终于忍不住了,严厉地:"方文刚同志!我严肃地警告你,不要以为你的英语好就想给这里带来一些资产阶级的腐朽思想!我们是去工作的,不是去搞恋爱的!"

方文刚不服气了:"我说了要去谈恋爱吗?我就是想问一问。"

班长反驳:"问也不能问,想也不能想。我再向你宣布一次我们的纪律:在少数民族地区工作,要严格尊重少数民族的宗教习惯和民族传统,绝对不能随便和少数民族女青年搞恋爱,不该吃的东西坚决不吃,不该说的东西坚决不说!"

几个干部领着几个外国人模样的人匆匆走过。

方文刚手里的本子慢慢的歪斜下来。

一个漂亮的"维吾尔族"女子从他们身边走过……

方文刚的目光追随着那个女子的脸庞和腰肢。

方文刚碰碰陈大河:"大河,这些人是去哪儿的?"

陈大河看了一眼:"可能是去餐车吃饭的。"

典型的维吾尔族农家院落,但是从它的精致和装潢的考究你可以看出,这决不是一般维吾尔族人家居住的,这是地区行署专员吐尔逊的家。

吐尔逊坐在院子里,像是得了一场大病。

陈南疆走进院落,谨慎地走到吐尔逊面前。

陈南疆:"爸爸……"

吐尔逊:"事情处理完了,顺利吗?"

陈南疆点头:"一半一半吧。"

吐尔逊苦笑:"不会吧,水库没有炸掉,坟也没有挖掉,啥叫一半一半?"

陈南疆愣住了。

吐尔逊看着他:"我怎么知道的? 陈大局长读了博士就成了最聪明的人了,你小子以为我这个地委书记是从大街上捡回来的? 你以为我不在这儿,这块地上的事情我就不知道了? 你小子趴在地上哭的时候我就接到电话了。"

陈南疆:"我知道,您是地委行署专员。"

吐尔逊:"那我记得地委行署当时批给你们的预算是修缮水库专用吧?"

陈南疆不说话了。

吐尔逊:"修缮需要在大坝上打二十四个炸药点? 我看出来了,你真的想炸水库。"

陈南疆难过地说:"大海子原来的大坝闸门已经全部被泥沙淤死了,不炸掉就等于掐断了塔里木的大动脉……中下游就彻底完了。"

吐尔逊:"你知不知道大海子是谁修的?"

陈南疆:"为了塔河,不管是谁修的,不管那里埋着谁我都必须炸。"

吐尔逊猛地转过身,顺手抓过挂在墙上的鞭子,劈头盖脸地朝陈南疆抽下去……

吐尔逊:"炸,炸! 老子让你炸! 老子判你的刑! 我让你到监狱去炸!"

这时候,吐尔逊老婆阿娜尔罕提着菜进了院门。

阿娜尔罕厉声喊道:"吐尔逊!"

阿娜尔罕跑过来将陈南疆护在身后,瞪着眼睛:"吐尔逊,我这二十多年养出来的是个儿子,不是让你抽的马! 他都三十多了!"

吐尔逊扔下鞭子,叹了口气:"我不抽他?! 我再不抽他,你养出来的这个陈大局长就要去炸大海子水库了。"

吐尔逊说完,进了里屋,又回过头,说:"对了,顺便通知你,我和书记和组织部都商量过了,你的局长已经没有了,去当个处长吧,也许当个科长才能让你把命保住。"

阿娜尔罕平静地把鞭子拾起来,挂在墙上。

阿娜尔罕:"巴郎子,你真的想炸掉大海子?"

陈南疆:"不炸掉不行,妈妈。"

阿娜尔罕一把扔掉手里的菜:"不吃饭行不行?你走吧,今天家里没有你的饭!听见你爸说的话了,你现在是处长了,你走吧。"

陈南疆:"妈妈,我没有骗你,就是让我当科长,那个水库也应该炸掉。"

阿娜尔罕:"你非要炸,我也无所谓,你就是别忘了,等你炸水库的那天给妈说一声。我和你爸都坐到那个大坝上去,你把我们两个,还有你的亲爹亲娘都一块儿炸到天上去!"说完一屁股坐在地上,默默地哭起来。

陈南疆为难地:"妈妈,对不起……"

阿娜尔罕终于哭出了声:"胡大啊,我的奶水里有毒呢吗?怎么喂出这么个没有良心的东西啊……赶快走!"

街道。

陈南疆郁闷地开着车。

陈南疆放慢了车速,停在路边,他心事重重地下车,仰头望天。刚才晴朗的天空忽然变得暗淡下来。

街道边的彩旗呼啦啦作响。

远处的天空中一团黑云席卷而来,很快遮蔽了整个天空,随之而来的是狂风和沙粒。

陈南疆一边大喊着:"沙尘暴!"一边躲进了车里。

刹那间,黑夜降临了。

吐尔逊家。夜。

吐尔逊在观看电视新闻。

主持人:"据气象台紧急报告,今天下午,沙尘暴再一次席卷了我市上空。"

(若干镜头)沙尘暴笼罩街面。

主持人:"有关部门正在统计损失情况,希望市民做好沙尘暴季节的各种防护准备……"

吐尔逊拿起电话:"给我接地区气象局值班室。"

吐尔逊家浴室。夜。

阿娜尔罕正在帮着贝尔娜洗头。

阿娜尔罕:"阿里木江的葬礼办得咋样?"

贝尔娜:"铁里克的人都去了。"

阿娜尔罕:"这么好的孩子可惜了,原来我以为他能当咱们家的女婿呢。"

贝尔娜眼泪汪汪地:"妈妈,您别说了……"

阿娜尔罕:"你爸爸这段日子心里也不好受,今天下午动手打了你哥哥。"

贝尔娜:"真的? 为什么?"

阿娜尔罕:"就是为了你哥哥要炸掉大坝的事儿,而且撤了你哥哥的职。"

贝尔娜冷笑着:"活该!"

阿娜尔罕:"孩子,妈妈不许你这么说。阿里木江是为了工作牺牲的,你哥哥又不是凶手!"

贝尔娜:"妈妈,如果不是哥哥点名让他参加那个研究小组,阿里木江就不会死。"

阿娜尔罕严肃地说:"胡说! 老天爷想要收回一个人的命是不会和咱们商量的。阿里木江和你哥哥一起工作,如果那天非要死一个人,不是阿里木江就可能是你哥哥。懂吗?"

贝尔娜不说话。

阿娜尔罕:"你们两人都是吃妈妈的奶长大的,他和你的亲哥哥一样,你见过哪一个妹妹这么说哥哥的? 懂吗?"

阿娜尔罕拍了女儿一巴掌:"懂了吗? 你的耳朵也进沙子了?"

贝尔娜不情愿地点点头:"懂了,妈。"

贝尔娜的头发上冲下来一盆泥水。

阿娜尔罕:"看看你的头,这盆水里的土都能养花了。"

贝尔娜笑道:"碰上沙尘暴了,我有什么办法。"

路上。

吐尔逊和秘书坐在车里。

吐尔逊:"小李,我让你侧面打听一下水利系统对这次处理陈南疆的反映,有没有结果?"

小李:"是,首长。我打听过了,大部分人认为陈南疆同志这次的行为是有点出格。"

吐尔逊:"什么叫出格? 是胆子太大了,水库都敢给你炸掉,那是要判刑的,一点大局观念都没有。"

小李:"但也有相当一部分技术人员认为陈南疆的观点没有错,塔里木河再不紧急输血,就来不及了。"

吐尔逊:"我也知道他的大方向没有错,可脑子热治理不了这条河,这条河需要几十亿的资金。你知道我手里捏着多少贫困县吗? 告诉你,我连一百万闲钱都没有。

715

干水利一动就是烧钱。我干了几十年水利,我不懂这些吗?可我是个父母官,我要管老百姓的菜篮子,要管老百姓的面袋子,过年的时候我要知道他们的冰箱里有没有羊肉,我不能只盯着那些胡杨树!"

小李:"还有一部分同志理解地区的难处,但认为国家可以给予支持。"

吐尔逊:"站着说话不腰疼,解放快六十年了,天天要国家支持呢吗?说实话,每次我去乌鲁木齐要钱,我都觉得自己脸红,丢人。"

小李附和着:"首长说得对。"

吐尔逊:"你给水利局打个电话,告诉他们,陈南疆如果真的想参与治理塔里木河,就从最基本的旧河道勘测开始,为将来国家治理塔河做好技术准备。"

小李笑了:"首长,这个报告陈南疆昨天已经递上来了,这两天您一直在气象局现场办公,没来得及给您。陈南疆说,他要用实际工作说服地委,证明他是对的。"

吐尔逊笑了,接过报告:"这小子,表面不动声色,骨子里和他老子一样,闷头干大事。告诉水利局,勘测小组加上贝尔娜。"

小李:"首长,野外勘测条件很苦也很危险。"

吐尔逊:"我知道,可这是贝尔娜自己的意思。我连儿子都管不住,能管住女儿吗?"

汽车内,司机打开雨刮器。

小李:"终于下雨了。"

司机指着前挡风玻璃上刮下来的泥水:"你看这是雨吗?这是泥。"

吐尔逊看着窗户上淌下的泥水,缓缓地说:"我们年轻的时候真没见过这种雨啊……"

西行的列车上。夜。

晃动的列车上,方文刚和另一个人已经倒下睡觉,陈大河和班长依然端着白茶缸子喝酒,越喝越高。

列车停在哈密站。

方文刚睡得很香甜。

熙熙攘攘的月台上,陈大河和班长在站台上紧紧地拥抱在一起,他们将就此分别。

班长哭了:"陈大河同志,记住我的话,你可是咱们的第一名,去了不能丢人!"

陈大河也哭了:"我不丢人!我好好干!"

班长大哭着:"陈大河同志,咱要让毛主席吃上肉啊!"

陈大河也哭着:"班长,你放心!我保证不给毛主席丢人!让他老人家天天都吃肉!让老百姓也都吃上肉,吃上白面馍馍!"

月台上的人越来越少,汽笛响了,列车开始缓缓开动。

班长呆住了:"陈大河同志……"

陈大河浑然不知:"嗯,班长,我说的是真的,我保证好好干,让老百姓都吃饱肚子……"

班长结巴了:"陈大河同志……火车……开了……开了!"

两个人吓得酒醒了一半,撒开腿开始追火车……

陈大河跑得脸都变了形,一边跑一边拍打窗户。

他的努力终于引起了一个女人的注意。

她就是那个在车厢里吸引了方文刚目光的年轻女人,她叫冬尼娅·伊凡诺芙娜。

冬尼娅慢慢地了解了这个疯狂男人的处境。她用尽了全身力气把窗户抬了上去……

陈大河一把扒住了窗户沿儿。

班长在他身后疯狂地跑着,使劲把他的腿往窗户里面送。

终于,陈大河被推进了窄小的列车窗户。

班长摔倒在地上,大声喊着:"陈大河同志!再见了!"

列车加速驶出了哈密车站。

软卧包厢内。夜。

陈大河从地上爬起来,在惊魂未定的时候看到一个漂亮的姑娘正在看自己。

依然半醉状态的陈大河望了冬尼娅半天,拍了一下脑门,终于想起来一个维语单词。

陈大河用河南腔:"牙—和—鞋—吗—塞—子。"

冬尼娅疑惑地望着陈大河。

陈大河:"不懂?呃,你等等,热,热,热—的—和—买—的!"

冬尼娅依然摇摇头。

陈大河挠挠头自言自语:"这是谢谢呀,咋听不懂呢?"

冬尼娅笑了,用很标准的汉语说:"不用谢!"

陈大河瞪大眼睛:"你会汉语?"

冬尼娅笑着点点头,指了指自己列宁服上的校徽。

陈大河很惊讶:"北京大学?你是在北京大学学中文的?"

冬尼娅只是笑着点点头。

陈大河看着冬尼娅两条金色的大辫子,奇怪地说:"你其他的辫子呢?你怎么就剩下两根了?你其他的辫子呢?啊?剪了?多可惜啊,你这个孩子真不懂事。"

冬尼娅不解地摸了摸自己的两根辫子:"要那么多辫子干什么?"

陈大河激动地说："多好看啊,我在武汉看过你们的歌舞团演出,一转起来像风车一样,多好看啊!"

冬尼娅捂着嘴笑了。

陈大河这才开始打量包厢:"这里怎么这么好?这是啥地方?"

冬尼娅:"软卧。"

陈大河大惊失色:"是不是由解放军把守的那个?"

冬尼娅点点头。

陈大河吓得团团转,都快哭了:"完了,完了,我完了……"

冬尼娅奇怪地问:"怎么了?"

醉酒中的陈大河终于孩子般的自顾自地哭了:"我会被抓起来的,我犯大错误了,我去不了南疆了,我会被抓起来的……"

冬尼娅走过去,爱怜地把陈大河的头抱在自己的怀里,安慰他。

冬尼娅:"没有事情,你不会被抓起来的。来,喝点儿水。"

陈大河拿起杯子咕咚咕咚地喝起来。

塔里木水利局大楼。晨。

陈南疆漠然地收拾好自己的东西,然后一路快步走下楼。

(画外音)"鉴于陈南疆同志擅自改变工程方案的严重错误,组织部决定,免去陈南疆同志塔里木地区水利局副局长的职务,转任水利局下游水管处副处长职务。塔里木地区水利局副局长由水利局副总工程师、遥感研究室主任贝尔娜·吐尔逊同志代理。"

不一会儿,陈南疆背着大包走出大楼。看见全局上下几乎都站在大楼门口为这支勘测分队送行,陈南疆愣住了。

陈南疆慢步走下台阶,同事们一起鼓掌。

陈南疆忽然觉得心里有一种令自己哽咽的东西在涌动。

水利局局长迎上来:"南疆,大家都是自发来的,给你们送行。"

陈南疆笑了:"太形式化了吧?"

水利局局长:"这是吐尔逊专员的意思。"

陈南疆:"我就知道这是我爸爸的意思,他无处不在。"

水利局局长笑道:"这是老领导对我们水利事业的关心。局里决定再给你配一个助手。"

陈南疆:"我不需要助手,吴亮和斯迪克就够了。"

水利局局长:"我们希望这次勘测引入高科技的手段,所以让贝尔娜加入进来,利用卫星遥感辅助勘测。"

陈南疆："这也是我爸爸的关心？"

水利局局长："这是贝尔娜自己的心愿。"

陈南疆看着不远处一身行装的贝尔娜，贝尔娜也正在看着他们。

陈南疆："那好，贝尔娜加入，我退出。"

陈南疆提起包转身欲走，被局长拉住。

水利局局长："南疆，有什么看法可以说，就算你退出了，我们这个事业就停止了？不要意气用事好不好？"

陈南疆："贝尔娜因为阿里木江的死一直对我有意见，这你不是不知道。她从小就飞扬跋扈，我是她哥哥只能让着她，这你也不是不知道。关键是贝尔娜只是个刚刚走出校门的小孩子，她不具备水利人的意志，塔河事业需要的是奉献，是牺牲，这你们也很清楚。你们罢了我的官也就算了，现在又把贝尔娜派给我当助手，她不是助手，她是个杀手！她来了，这次的活儿就完了。"

水利局局长笑了："她是个助手还是个杀手，那是你们的家务事。你完全可以把这个小孩子变成一个真正的水利人。南疆，没有人天生就懂得奉献和牺牲。你我都是这么走过来的，甚至我敢说，连你的亲生父亲陈大河也是这么走过来的。"

普通车厢内。夜。

一个战士跑过来："报告，哈密车站电话打通了，说没有人落站，倒是有个人从软卧的窗户里跳进去了。"

排长："糟了，要出大事儿了。你说，你们那个同学叫什么名字？"

被吓呆了的方文刚结结巴巴地说："陈，陈大河……"

排长："叫人过来，搜！踏踏实实地搜！"

软卧包厢内。夜。

冬尼娅："好点儿了吗？"

陈大河呆呆地点点头。

冬尼娅自豪地："我爸爸也爱喝酒，我很有办法。"

陈大河只是呆若木鸡地盯着冬尼娅。

冬尼娅奇怪地："你在看什么？"

陈大河："你真好看，怪不得方文刚说新疆姑娘都是美女下凡。"

冬尼娅又笑了："你喝了多少酒？"

这时候，门被重重地敲响了。

陈大河猛地站起来。

冬尼娅打开门，排长冲进来："你是陈大河？"

陈大河："到！"

排长抓住他："跟我们走！"

冬尼娅："你们要干什么？"

排长："对不起冬尼娅同志，我们正在找这个人，现在要带他走。"

陈大河这下子酒全醒了，脸色惨白。

冬尼娅："他是我请的客人，你们不能把他带走。"

排长："你的客人？"

冬尼娅坚定地："是我专门请来的。"

排长疑惑地："我怎么没看见他进来？"

冬尼娅："是啊，我也奇怪，我和他来的时候你们这里一个人也没有。"

陈大河："太晚了，我想回去了。"

陈大河正准备侧身出门。

冬尼娅突然抱住他亲了一口："我会想你的。"

排长和所有战士都瞪大了眼睛。

陈大河头也不敢抬，一溜烟跑了。

冬尼娅笑着冲战士们眨眨眼，随后关上了门。

排长满脸疑惑对自己的手下："哈密站到底怎么说的？"

战士们都呆呆地看着冬尼娅消失在门后。

塔里木河故道。

远处沙丘上的红旗和标杆。

近处好几层楼高的沙丘上架着观测仪。

电缆线从观测仪上延伸至沙丘底部电脑测量站。

电脑前的吴亮大喊着："左偏四度！"

陈南疆和斯迪克在远处测量。

吴亮大喊："好！就是这里。"

陈南疆用对讲机："你确定？"

吴亮说："确定！我太佩服老爷子了！"

陈南疆用对讲机："那你就用远程传输把这个点给我焊死在数据库里。"

吴亮说："放心，一定给焊死了！"

这时候，贝尔娜一边观察着卫星图像一边说："等等。"

吴亮看着贝尔娜："贝尔娜局长，等什么？接通数据库很麻烦的，这是在塔里木。"

贝尔娜："吴亮，麻烦你等等，我的卫星正在回传这个坐标点的图像呢。"

吴亮摊开手："好吧，不过下次请你们商量好谁说了算，好吗？拜托了。"

贝尔娜笑："我以为你是知道的。"

一身沙土的陈南疆跑了过来："焊死了吗？"

吴亮："没呢，贝尔娜副局长让我等等。"

贝尔娜："哥，你看看这个图像的颜色，我们的坐标点处在一个高位，不应该把拐点定在这里。"

陈南疆："高位怎么了？旧河道在这里是一个事实。河岸的沉积层和苇根都能证明。别忘了，我依据的是陈大河先生晚年实地考察留下的坐标。"

贝尔娜："哥，我们不是在考古，我们是为了将来疏浚河道。就算是大河叔叔的坐标精确无误，咱们也要从实际出发啊。"

陈南疆："丫头，塔里木河是一条漂移的河流，什么时候才能疏浚河道你知道吗？你的卫星图像有没有告诉你那时候的高位在哪里？"

贝尔娜："我怎么知道什么时候才能真正对塔河进行治理？"

陈南疆笑道："那就对了，爸爸说过，真正的治理需要最少几十个亿，天知道他老人家什么时候才能从牙缝里挤出这些钱？吴亮，数据库在吗？"

吴亮："感谢卫星，没断呢。"

陈南疆："给我焊死了！"

吴亮："好嘞！"

陈南疆头也不回地走了。

吴亮收拾了手里的仪器："贝尔娜副局长，不是我不给领导面子，在这个勘测分队，南疆几乎救过我们所有人的命，我们信任他，他是唯一的老大。对不起了。"

贝尔娜无力地看着这一切，一脸的委屈。

1959年，南疆公署塔里木专区大楼。

方文刚和陈大河、吐尔逊以及三十多个接受工作任务的年轻人静静地坐在一个会议室里。

一群人走进来。

陈大河和方文刚都愣住了。

他们看到一个老教授旁边站着那个笑盈盈的冬尼娅。在他们旁边的是塔区水利委员会的几个领导。

冬尼娅几乎也在同一时间看到了陈大河，开始也是一脸惊讶，但马上转化成喜悦的笑容。

安东诺夫教授(俄语):"我叫安东诺夫,为了中苏钢铁……呃……加兄弟的友谊,为了共产主义,很高兴从今天起和大家一起工作。你们各自负责的河段都已经分配好了,我们专家组驻地就在塔河下游铁里克。"

冬尼娅:"顺便加一句,我是专家组翻译,我叫冬尼娅。"

安东诺夫(俄语):"塔里木河是世界上第二长的内陆河,所以我要求你们每个人的工作都要有全局感,要统一规划,决不能擅自行动,决不能!"

冬尼娅一边翻译一边向陈大河眨眼。(以下都是俄文和中文的同声翻译)

安东诺夫(俄语):"你们必须学习,学习,再学习,直到你们懂得什么叫统一规划。"

安东诺夫(俄语):"我对你们还有一个要求,就是保证所有获得的水文资料要在第一时间交到我们专家组手里,能保证吗?"

大家齐声回答:"能。"

只有陈大河冒出一句:"为什么?"

听了冬尼娅的翻译以后,安东诺夫一愣。

安东诺夫问冬尼娅(俄语):"他是说了为什么吗?"

冬尼娅点点头。

安东诺夫(俄语):"'为什么'先生,介绍一下你自己。"

陈大河:"陈大河,武汉水利学校毕业,在叶尔羌河流域依干其水库实习一年。"

安东诺夫有点不高兴地(俄语):"你的任务是学习,不是问为什么。懂吗?"

陈大河有点倔:"教授,我就是想知道,塔里木河是我们中国的河,而教授您是个苏联顾问,凭什么要我们第一时间把水文资料给你们呢?"

这时候委员会的一个领导:"陈大河同志,不要多说话。"

安东诺夫追加了一句(俄语):"现在懂了吗?"

陈大河:"懂了。"

安东诺夫(俄语):"你负责的是哪一个河段?"

陈大河:"我们三人小组负责铁里克到阿尔干河段的水文探测。"

安东诺夫(俄语):"我们是邻居,我会经常检查你们的。"

方文刚大声说:"欢迎安东诺夫教授和冬尼娅老师随时检查工作。"

梨花市大街巴扎。

陈大河、方文刚、吐尔逊三个人走在尘土飞扬,马车、驴车穿梭如织的大街上。

陈大河有点儿郁郁寡欢,方文刚却是神采飞扬。

这时候,路旁边传来一个男人愤怒的骂声,原来是一个汉族司机在教训自己的维吾尔族徒弟。

师傅:"我在下面喊了半天,你他妈的傻啊?学半年了,连扳子和钳子都分不清?蠢货!下次再这样就给老子滚回去种田去!他妈的。"

那个维吾尔族小徒弟吓得不知道该干什么,眼泪汪汪的。

陈大河生气地:"哎,这位师傅,你说话能不能注意点。吐尔逊,问问怎么回事?"

师傅很横:"你是谁啊?"

陈大河也很横:"你看不出来吗?"

吐尔逊:"这个孩子不懂汉语。"

方文刚马上站到前面:"陈主任,您忙国家大事,这种人不用您操心,气坏了身体,我们怎么和北京交代啊!"

那个司机一听,心里有些发虚。

方文刚转过脸对司机:"你傻啊?教了人家半年,连人家不懂汉语都不知道,你这个老师怎么当的?你知道扳子和钳子维语怎么说吗?"

司机:"不知道。"

方文刚指着他的鼻子:"不知道就要学!我们汉族同志到新疆来工作,第一条就是要向少数民族同志学习他们的语言,不该吃的东西坚决不吃,不该说的话坚决不说,懂吗?你什么单位的?"

司机真的害怕了:"对不起,几位首长,我错了,我一定改!首长,我一定改!"

方文刚:"向你的徒弟道歉!"

师傅赶紧给徒弟鞠躬。

方文刚:"吐尔逊,告诉这个小师傅,下次他的师傅再乱骂人,就到市政府找陈主任。"

与此同时,在相隔不远的另一条街道。

冬尼娅满头大汗地在人群中寻找着什么。

面对赶巴扎的人群,冬尼娅只好上了催促她的汽车。

塔里木河沿岸。

平静的塔里木河上,回荡着三人的开怀大笑。

陈大河、方文刚、吐尔逊坐在卡盆①里顺河而下,陈大河和吐尔逊分别掌左右桨,方文刚在船头指挥着。

---

① 卡盆:独木舟。

方文刚："陈主任,吐翻译,快点划,磨磨蹭蹭的怎么实现共产主义。"

陈大河："文刚,你的胆子太大了,你说陈主任的时候吓得我半死。"

方文刚得意地："只要那个司机比你更害怕就行了。"

陈大河："吐尔逊,你是新疆农业学校学水利的,我原来以为你只是个翻译呢。"

吐尔逊憨厚地笑了笑。

这时候,听到前面人声鼎沸,吐尔逊兴奋地站起来："陈老师,方老师,我们家英苏大队到了!

寻声望去,在河道的一个拐弯处,一大群孩子手里提着巨大的葫芦在打水。

方文刚："这个水能喝吗?"

吐尔逊："不是喝的,他们是抢着给包谷浇水呢。"

陈大河："靠上去,看看。"

三人上岸,人群拥挤,没有人注意这些外来人,一个个打好了水,急匆匆往前跑。他们跟随那些打水的孩子来到一大片包谷地。

青嫩的包谷刚刚开始抽穗,眼前是一大片绿色的希望。

孩子们背着葫芦纷纷跑向自家的地里,大人们接过葫芦再把空的葫芦交给孩子,孩子们来不及休息光着脚丫又飞跑向了河边。

大人们熟练地用大拇指扣住葫芦口,在每一个包谷苗下面放出一股塔河水,一行行包谷就是这样惜水如金地浇灌了出来。

陈大河和方文刚被这种灌溉的方法震撼了,目光变得沉重而深邃。

吐尔逊："水太少了,这个叫点水。"

陈大河和方文刚在嘴里咂摸着这个词:"点水……"

吐尔逊："我爸爸,爸爸! 爸爸!"

吐尔逊的爸爸阿布杜拉看到儿子,提着葫芦健步如飞地走到他们面前,打量着这两个汉族小伙子。

吐尔逊："爸爸,这两位就是派来工作的汉族同志。"

陈大河结结巴巴地："老人家,牙—和—鞋—吗—塞—子。"

阿布杜拉奇怪地:"什么?"

方文刚:"牙—和—鞋—吗—塞—子。"

吐尔逊:"爸爸,他们说你好。"

阿布杜拉先是一愣,然后大笑起来:"你们要是会说汉语的话,你们就说汉语算了。"
两个人顿时有些尴尬。

阿布杜拉转过身大声喊着:"哦,乡亲们,北京给我们派修水库的人来了!"

阿布杜拉这一嗓子喊声,犹如一声惊雷,偌大的包谷地里钻出了老老少少一群人,高声叫喊着朝这里聚集过来。

塔里木河岸边村落。黄昏。

炊烟已经慢慢地升起来了。

偌大的一口锅烧开了水,十几个孩子每个人都拿着一个小小的木碗排队站着,木碗里装着自己家里凑出来的一点点包谷面,挨个倒在锅边的案板上,孩子们一边倒空小木碗一边说自己父母的名字,随后欢快地跑开了。女子们便把包谷面飞快地变成面糊糊。

几个年轻人和老头围坐在陈大河和方文刚身边。

吐尔逊:"陈老师,他们想知道,你们的水库怎么修?"

方文刚比划着说:"就是修一座大坝,把塔里木河拦腰切断,把洪水堵住,积蓄起来。"

几个人听懂后,交流着,终于有个人摇头说了句话,大家都笑起来。

吐尔逊:"他们说,这是个坏主意。人要拉屎撒尿,洪水就是塔里木撒的尿,你把口口堵死了,把塔里木河憋死怎么办?"

陈大河:"我们不想憋死它,我们就想让他慢慢地尿,一点一点地尿。"

一个老头:"一点一点地尿? 就像我现在这样?"

周围的人又大笑起来。

阿布杜拉:"孩子们,我听说你们吃不惯羊肉,今天用塔河的大头鱼招待你们。"

吐尔逊:"爸爸,现在这个季节哪里有大头鱼啊?"

阿布杜拉笑了:"巴郎子,你的塔里木河这个时候没有,你爸爸的塔里木河什么时候都有呢,我派出去的船队就快回来了。"

方文刚:"大叔,这里还有船队?"

话音未落,女人和孩子们的叫声响起来。

夕阳下,十几个卡盆排成两行沿着河岸驶来,桨起桨落溅起一片金色的浪花。随着一条条大鱼抛上了岸,掌船的人高声呼号着,岸上的孩子们跟着呼喊着。

渔舟唱晚的时候,篝火点燃了⋯⋯

土坯房。夜。

火光慢慢延伸开来。

火光映红了陈大河和方文刚微醺的脸庞,两个人似睡非睡地躺在两个简易的木板床上。

方文刚:"大河。"

陈大河:"嗯?"

方文刚继续感慨:"这里缺水,缺水啊!守着一条大河,居然要点水,点水。要修水库!毛主席说得多好,'高峡出平湖,神女应无恙'!太有气势了,我方文刚命中注定就是要在塔里木河上修建这样的水库!只有这样的水库才能让阿布杜拉大叔他们牛羊成群,让他们电灯电话,你说呢,大河? 大河?"

陈大河在梦中喃喃着:"班长说毛主席都没肉吃了……"

雷声滚滚而来。

方文刚大叫着:"听,这春雷和这春雨,都是我们俩带来的。咱们是有福之人啊,老天爷! 让暴风雨来得更猛烈些吧!"

陈大河:"文刚,睡吧,明天阿布杜拉大叔还带咱们去台特马湖呢。"

方文刚终于听话地栽倒在床上。

急风暴雨落在了平静的河面上,砸出了无数的水花。

清晨,河面上恢复了平静。

外面的阵阵喧闹声惊醒了陈大河,他跳起来:"文刚,文刚! 快起来! 文刚!"

醉酒的方文刚嘴里咕哝了一声子又翻身睡过去了。

陈大河一个人跑出房间,跟随着哭天抹泪的人群往外跑。

他们来到昨天的包谷地,陈大河惊呆了。

偌大的田地完全被泥浆和碎石头覆盖,找不到一棵完整包谷的影子,洪水和泥石流在平整的田地里冲出一道壕沟直接汇入了塔里木河干道。

衣衫褴褛的男女老少在痛哭,很多人跪倒在地上咒骂。

吐尔逊哭着跑过来抱住陈大河。

陈大河震惊地:"这是从哪儿来的?"

吐尔逊指着山里的方向:"铁力干河,陈老师,桃花水,碰见桃花水今年咋过呢!"

陈大河重复着:"铁力干河,铁力干河……"

阿布杜拉走过来。

陈大河:"大叔,这种洪水每年都有吗?"

阿布杜拉难过地摇摇头:"不知道,这都是胡大自己的安排,没有和我们商量过,说来就来了。孩子,大叔想问你一件事。"

陈大河:"您说。"

阿布杜拉:"吐尔逊跟我说,修了水库就能挡住洪水,是真的吗?"

陈大河坚定地:"是真的,有了大坝,有了水库,我们就能制服它!"

阿布杜拉看着陈大河的眼睛好半天,终于点点头,默默地走了。

这时候,睡眼惺忪的方文刚才赶过来:"大河,大河,咋了?"

陈大河看着方文刚,突然像怒狮一样爆发了。

陈大河失去理智大叫着,狠狠一拳把方文刚打倒在地。

陈大河:"咋了? 瞎了你的狗眼自己看! 你干的好事! 这就是你他妈的天意! 这就是你他妈的春雷! 这就是你他妈的让暴风雨来得更猛烈些! 你以后再不把你的臭嘴闭住了,你他妈的就真的遭天谴了! 你给老子记住了!"

方文刚跳起来扑向陈大河:"你疯了你? 这怨我吗?"

方文刚刚刚跳起来,又被陈大河打倒了。

周围的维吾尔族群众先是惊讶,然后马上抱住了这两个发疯的孩子。

吐尔逊的妈妈热孜婉紧紧抱住陈大河:"孩子,孩子,妈妈证明,妈妈保证,真的不是他干的,孩子,我证明。"

其他几个妇女也哭着喊道:"我们也证明。"

塔里木河古道。

连绵的沙丘和枯死的胡杨林。

陈南疆小组在塔里木河故道勘察标点间行进着。

贝尔娜终于体力不支,坐到沙地上。

陈南疆递给她一瓶水:"休息一下吧。"

贝尔娜:"谢谢,老大。"

陈南疆奇怪地看着她:"我早就说过这个工作不适合女人。"

贝尔娜:"你让我工作了吗?"

陈南疆:"怎么没让你工作?"

贝尔娜:"我是说按照我的意愿那样去工作!"

陈南疆:"你是副局长了,怎么不能按你的意愿呢?"

贝尔娜委屈地:"可他们说你是这里的老大。"

陈南疆笑了:"从小到大你都是家里的老大,我抱怨过吗?"

贝尔娜严肃地:"陈南疆同志,说正经的,我看不到你们现在这种工作方式的任何意义。"

陈南疆:"什么工作方式?"

贝尔娜:"你们完全忽视卫星提供的数据,拿着大河叔叔留下的坐标图,像个没头苍蝇一样寻找着老河道。我们是考古队吗? 找到那些老河道有什么意义? 阿里木江已经死在你的老河道上了,下一个是谁? 你自己?"

陈南疆生气了:"闭嘴,一个博士读得你变成个絮絮叨叨的老娘儿们了? 你对塔里木河了解多少？你的眼睛只顾看你那些卫星遥感图，可你不知道塔里木河最需要什么。老河道意味着什么？意味着它厚重结实的地基，意味着未来疏浚河道所减少的工程量，意味着节省下来的大笔工程预算，等到炸掉大海子大坝，塔河水会沿着……"

贝尔娜："别再提你的炸掉大坝了好吗？你以为炸掉那个大坝就能拯救塔里木？塔里木需要的是综合治理，综合治理！"

陈南疆："怎么个治理法？"

贝尔娜："应该废除平原水库，修建泥沙量少的山地水库，要重新改造灌溉系统减少渗漏和蒸发，要对塔里木的水量进行精确计算、合理分配。"

"出发吧，我不想和你讨论我退休以后的事情。"陈南疆扭头走了。

贝尔娜跟在他身后喊："你现在的方法是头疼医头脚疼医脚懂吗？只不过是自杀式的输水。"

陈南疆："不是自杀性输水，是应急输水。塔河下游的胡杨林等不了你那么久。"

贝尔娜："陈南疆，不要以为你炸掉这个大坝就能掩盖我们的父辈当年犯下的错误。"

陈南疆："父辈的错误，他们有什么错？"

贝尔娜："塔里木不是今天才变成一条泥沙大河的，他们当年在修建水库的时候就应该想到会有泥沙淤积的问题，难道当年的设计者不应该为今天的结果承担一点责任吗？"

陈南疆冷笑："你不如干脆说陈大河和冬尼娅包括我们的吐尔逊爸爸都是历史的罪人好了。"

贝尔娜倔强地："这话不是我说的，可意思差不多。"

陈南疆气得嘴唇发抖："我当年要是不把你从河里捞上来就好了。"

贝尔娜冷笑："那样最好，要是没有我，恐怕你也就平平安安地炸掉了大坝，顺利地住在牢房里了。"

陈南疆："无聊！"

贝尔娜尖叫："你更无聊，你无耻！"

吴亮和斯迪克无奈地摇头。

吐尔逊家里。夜。

熟睡中的吐尔逊突然从梦魇中惊醒，他慌忙坐起来，摸索着打开灯。

阿娜尔罕："怎么了？吐尔逊？吐尔逊？"

吐尔逊恍惚之中答应着老伴。

阿娜尔罕："你怎么了？"

吐尔逊："我梦见好多人，有爸爸，有大河，还有那个叫阿里木江的年轻人，他们都在不断跟我说，炸掉大坝！炸掉大坝。"

阿娜尔罕："别乱想了，谁也别想炸掉大海子水库，当年修得多艰难呀。"

吐尔逊："是啊，真艰难，真艰难……当年为什么要修这个水库来着？"

阿娜尔罕："你真是老了，为什么都忘了？为了桃花水！"

吐尔逊："是啊，桃花水。"

塔里木河局部。

吐尔逊(画外音)："一场桃花水，让英苏村丢掉了全年的口粮，死亡八人，那是一家八口，当天点水太晚了就全家睡在了包谷地里。从那天起，陈大河和方文刚就都戒了酒，他们的屋子里没有了笑声。大家只有拼命干活。"

陈大河和吐尔逊在塔河里面手里提着标尺杆扎猛子。

三个人光着身子裹着大衣在岸上蹲着啃着干馕。

三个人一前一后拖着器材赶着驴在大山的山谷里行进。

英苏村阿布杜拉家。夜。

阿不力孜匆忙跑进来。

阿不力孜："阿布老爹，阿布老爹。吐尔逊带着陈老师和方老师进铁力干了，本来中午就该回来了。现在也没人影儿。"

阿布杜拉盯着阿不力孜："他们带皮大衣了没有？"

阿不力孜摇摇头。

阿布杜拉："骑马了没有？"

阿不力孜："就一头驴，拉器材了。"

阿布杜拉："带枪了没有？"

阿不力孜摇摇头。

阿布杜拉转身出门："把人都喊起来，跟我进铁力干！"

铁力干山谷。夜。

寒风凛冽，山里飘起了雪花。

吐尔逊、陈大河和方文刚都只裹了一件雨衣，紧紧靠在一起，不停地哆嗦着。

吐尔逊哆嗦着："方老师，你冷吗？"

方文刚也浑身哆嗦："我比你胖，我不冷！谁知道新疆这个季节了还下雪啊！陈大河,我们到这里干什么来了?"

陈大河:"新疆?毕业的誓言都忘了?修水库,造大坝,让老百姓过好日子……"

方文刚:"废话,我是说我们到铁力干干什么来了?"

陈大河:"测量河道啊,咱们不是商量好了要在明年桃花水下来之前把引水渠修好吗?"

方文刚哈着寒气,哭丧着脸:"我实在是太冷了!你说,安东诺夫要是知道我们背着他设计引水渠,他会不会饶不了我们。"

陈大河:"我才不管安东诺夫饶不饶我们呢,我担心今天晚上,山里的狼会不会饶了我们。"

方文刚听了一个蹦子跳起来,四下里看看:"真的有狼?不可能,这儿这么远,狼怎么会到这儿来?啊?"

陈大河苦笑:"我们坐着火车汽车都从武汉来了,狼怎么就不会到这来?"

方文刚压低声音骂道:"吐尔逊,你知道这儿有狼怎么不说?为什么拉着我来?"

吐尔逊哭丧着脸:"我也不知道,那些狼又不是我养的。"

陈大河:"我想反正你比我们都胖,狼肯定先吃你。"

方文刚大骂:"他妈的……"

陈大河突然朝山顶看去:"嘘!别出声……"

方文刚扭头看去。

暗色的山脊上出现了几盏绿幽幽的小灯,然后绿灯越来越多。最后,山谷里回荡起了一声长长的狼嚎,随即是众狼的回应。

三个人吓傻了。

铁力干山谷另一侧。夜。

二十几匹快马举着火把沿着河滩向上搜索。

阿布杜拉停下马,朝后面挥挥手。

所有的马队都静悄悄地停了下来。

阿布杜拉和众人侧耳倾听。

远处传来一阵阵狼嚎。

阿布杜拉:"这是狼群集结的叫声,它们发现东西了。"

阿布杜拉从身后接过一杆枪,朝天上开枪。

阿布杜拉一挥手:"冲!"

众人纷纷开枪快马加鞭冲进河谷。

山上的狼群飞快散去。

等一帮快马和火把冲到吐尔逊、陈大河方文刚身边的时候,只见三个人手里拿着标杆站在大石头上,浑身僵硬。

几个人七手八脚把他们抱下来,用大衣裹上。

阿布杜拉这才生气地用鞭子抽了吐尔逊一下:"谁让你把他们在这个季节带进山的?"

吐尔逊低着头,不敢说话。

阿布杜拉又用鞭子指着陈大河和方文刚:"你们两个也是没脑子的娃娃,这个季节进山皮大衣都不带!还要把塔里木河帮我们拦腰切断呢,山里的狼先把你们拦脖子咬断了。"

勘测小组驻地。夜。

夜深人静,陈南疆在灯下看着一本又厚又旧的笔记本。

陈南疆(画外音):"爸爸,我们今天下午在铁力干河的旧道里,按照你笔记里的提示,利用 GPS 准确地找到了你留下的二十四个节点的第一个 A 点,吴亮说他真佩服老爷子,我也在想,您是怎么在没有先进仪器的条件下确定这个拐点的?"

另一个房间,贝尔娜坐在灯下发呆。

贝尔娜(画外音):"阿里木江,我和你的老大一路吵吵闹闹的快要到你离开我的地方了,你的老大依然在继续着你的工作。可是我不明白这么做到底有什么意义?我忽然开始恨起了塔里木,它从我身边夺走了你,现在又夺走了我和哥哥这么多年的兄妹情。"

陈南疆(画外音):"今天贝尔娜问我,谁应该为大海子水库的泥沙问题负责。我想我没有权力回答这个问题。当年为什么要用青春和生命去换取一座座平原水库,只有您和妈妈这一代人和那个火热时代有权力回答这个问题……"

塔里木河卡尔达衣河段。

春寒料峭。

塔河河面上依然漂浮着一层薄冰。

几骑快马在塔河堤岸上奔驰。快马在一个巨大的水磨前停住。

安东诺夫四下里看着(俄语):"他们在什么地方?"

几个跟随的中国技术人员也在帮着寻找。

冬尼娅大声喊道:"陈大河!方文刚!你们在哪里?"

方文刚从石磨后面伸出头:"我在这儿!"

冬尼娅:"陈大河呢?"

话音未落,陈大河和吐尔逊两个人拿着探测杆从水里面钻出来。

冬尼娅焦急地:"大河,你们两个不要命了? 现在才几月份? 快上来,安东诺夫教授有问题要找你们!"

吐尔逊和陈大河爬上卡盆划了过来。

安东诺夫(俄语):"他们在干什么?"

冬尼娅(俄语):"不知道。"

陈大河一上岸,冬尼娅马上把自己的大衣给陈大河裹上了。

陈大河赶紧把大衣给吐尔逊披上,冬尼娅又拿过一个同志的大衣递给陈大河。

安东诺夫(俄语):"为什么先生,你在抓鱼吗?"

陈大河冻得哆嗦,说不出话。

方文刚:"报告教授,我们在测量水流量。"

安东诺夫(俄语):"你们怎么测量的?"

方文刚:"我们以水磨为单位,能转动一个水磨的水叫一塔什水,四个塔什水就是每秒一个立方米。"

安东诺夫(俄语):"你们这是从哪里学的办法? 为什么不用流速测量仪?"

方文刚:"我们没有分到测量仪,全流域总共就那么几个。这个办法是我们在叶尔羌河流域实习的时候学的,很准确。"

安东诺夫用手指陈大河(俄语):"那你呢,你在水里面干什么?"

陈大河打着冷战:"我在水里面用腿估量,观察流速。"

安东诺夫(俄语):"用什么观察,你以为你的那个玩意儿是流速测量仪?"

冬尼娅没有把这句话翻译过去,她涨红着脸愤怒地说(俄语):"安东诺夫先生,你作为专家组组长说出这样的话,难道不为自己脸红吗? 我真为你感到羞耻!"

安东诺夫自觉失言,不好意思地(俄语):"对不起,冬尼娅·伊凡诺芙娜,我道歉。"

冬尼娅:"安东诺夫教授对自己刚才的态度道歉,他请你们原谅。"

安东诺夫(俄语):"我想问的是另外一件事儿,是谁擅自组织英苏大队的群众开挖引流渠的? 那条渠是谁设计的?"

陈大河:"是我,设计师也是我。"

安东诺夫满脸鄙夷(俄语):"是吗? 你为什么要这么做?"

陈大河虚弱地说:"桃花水刚刚冲毁了包谷地,如果不赶快把水引到能够抢种粮食的土地上,英苏的老百姓今年就要挨饿。教授。"

安东诺夫大声吼着(俄语):"我不管老百姓挨饿的事儿,我问你管闲事的理由! 你有没有自己的工作? 这个河段谁负责?"

冬尼娅："大河,他想知道你为什么要管这种闲事,他就是这个脾气,你别太在意。"

陈大河愤怒了,他把身上的大衣狠狠甩在地上。

陈大河:"我他妈的偏偏很在意!我为什么管闲事?因为这不是闲事,我来新疆本来就不是跟你做什么资料、搞什么规划的,我是来让老百姓吃上白面馍馍的!老子就是农民,老子知道农民最想要什么!我告诉你安东诺夫,老子修完了引渠,还要修水库,修大水库!设计师还是老子!陈、大、河!"

陈大河说完,光着身子朝自己的马走去。

安东诺夫问冬尼娅(俄语):"他在说什么?"

冬尼娅(俄语):"他说他在这里修完了渠后,还要设计建造一个大水库。"

安东诺夫转身对几个中国干部吼着(俄语):"你们马上给县里打电话,派人把他抓起来!逮捕他!"

几个干部不明就里,互相琢磨着。

冬尼娅没有翻译。

吐尔逊不明就里地看着他们。

安东诺夫催促(俄语):"翻译过去,告诉他们,逮捕他!"

冬尼娅冷冷地(俄语):"安东诺夫先生,我不能翻,这是在中国,我们只是客人。"

安东诺夫失望地(俄语):"你到底是站在什么立场上,亲爱的冬尼娅·伊凡诺芙娜?"

冬尼娅大声地(俄语):"我是站在一个正直的苏联公民的立场上!"

这时候,陈大河从马上重重地栽了下来。见状,冬尼娅和方文刚喊着他的名字就冲了过去。

安东诺夫也被此景惊呆了。

土坯房内。夜。

英苏大队的乡亲们和冬尼娅、方文刚、吐尔逊等人围拢在陈大河的床前。

陈大河躺在那里,烧得满脸通红不省人事。

阿布杜拉大叔将嘴唇贴在陈大河的额头上,良久,抬起身子。

热孜婉焦急地:"他爸,这个巴郎子咋样了?"

阿布杜拉摇摇头:"像放在馕坑里一样,再加一把火,这个巴郎子就熟了。"

冬尼娅的眼睛里噙着泪水。

方文刚跳起来:"不行,必须马上送医院,再拖下去大河就没命了!"

阿布杜拉:"吐尔逊,把巴吾东他们叫来,抬着去医院!"

吐尔逊:"爸爸,怎么抬?只有梨花市有医院,好几百公里,他这个样子也没办法

733

骑马呀。"

冬尼娅站起来:"他没办法骑马,我们有办法。"

塔里木河沿岸土路。夜。

几十个火把照亮了半边的河道。

陈大河被绑在担架上,四个抬担架的人骑在马上。

走马快步地连夜往前赶……

阿布杜拉骑着马在后指挥着:"巴吾东! 阿不力孜! 你们前面的马慢一点!"

阿布杜拉:"快,跟上! 后面跟上。"

就在这时,前方开来一辆汽车,所有人都停下来。

汽车停下来。

安东诺夫大叫着(俄语):"冬尼娅·伊凡诺芙娜! 快把他放到车上!"

冬尼娅看着安东诺夫。

安东诺夫急了用汉语喊着:"快! 上!"

大家七手八脚把陈大河送上了汽车。

冬尼娅上车(俄语):"谢谢你,教授。"

安东诺夫恳切的样子(俄语):"对不起,冬尼娅·伊凡诺芙娜,我很后悔啊……也很羞愧,等这个孩子平安了,我会向他道歉,请相信我的诚意。"

安东诺夫开动汽车,疾驶而去卷起一股尘土。

阿布杜拉等村民们高举着火把,催马在后。

病房内。

陈大河躺在病床上。

冬尼娅抱着一堆衣服要去洗,吐尔逊连忙抢过来走出去。

冬尼娅笑望吐尔逊的背影:"吐尔逊真好。"

陈大河笑了。

冬尼娅回到床边,用小勺给他喂东西喝。

冬尼娅:"大河,好喝吗? 什么味道?"

陈大河:"甜。"

冬尼娅高兴地:"这是政府补贴给安东诺夫教授的上海奶粉,他给你送来的。"

陈大河一听,把脸扭过去,不肯再多喝一口。

冬尼娅:"大河,教授很后悔对你那种态度,他来看过你,想向你道歉,当时你没有醒。"

陈大河沉默。

冬尼娅："你应该原谅教授,每个人都会犯错误,那天幸亏他救了你。"

陈大河接受了喂到嘴边的牛奶。

冬尼娅："大河,什么叫桃花水?"

陈大河："就是春天桃花盛开的时候突然冲下来的洪水,那时候老百姓的庄稼刚刚抽苗,所以桃花水的破坏力最大。"

冬尼娅："桃花,多美的名字。"

陈大河："可惜了这个好名字了。"

冬尼娅："大河,我一直想问你一件事。"

陈大河期待地着看她。

冬尼娅："你,你还记得那天在火车上的事吗?"

陈大河："记得。"

冬尼娅欣喜地："你记得那天的感觉吗?"

陈大河："记得。"

冬尼娅用蔚蓝色的眼睛盯着他:"什么感觉?"

陈大河叹口气:"第二天头疼。"

冬尼娅一愣,随后哈哈大笑起来,在陈大河额头上狠狠亲了一口。

冬尼娅："你的可爱一点没变。大河。"

陈大河："桃花水有点像桃花运。"

冬尼娅微怒地对他说:"难道我也是桃花吗?"

陈大河笑得开心。

吐尔逊正准备进屋,见此情景止住脚步在门外笑着。

勘测小组。

贝尔娜坐在炙热的沙地上,艰难地喘着气。

贝尔娜四顾望去,满眼都是枯死的胡杨。

贝尔娜的眼前仿佛幻化出小时候的情景。

(闪回)

幼小的贝尔娜提着篮子寻找放羊的陈南疆。

小贝尔娜："哥哥! 哥哥!"

小贝尔娜焦急地四下里望去。

只有茂密的胡杨林和穿梭于胡杨之间的羊群,没有哥哥。

这时候,小陈南疆从小贝尔娜头顶的胡杨树上跳下,正好落在小贝尔娜的面前。

小贝尔娜吓得扔掉手里的篮子,篮子里的馕和西瓜散落一地。

小贝尔娜哭了起来。

小陈南疆急忙抱住妹妹哄着她,小贝尔娜不依不饶地哭着。

小陈南疆变戏法似的掏出两个鸟蛋。

小贝尔娜破涕为笑。

(闪回结束)

陈南疆走近发呆的贝尔娜。

陈南疆:"贝尔娜,贝尔娜。"

贝尔娜转头看着陈南疆,眼里面充满泪光。

陈南疆:"怎么了?"

贝尔娜终于哭起来。

陈南疆搂住妹妹:"告诉哥哥,怎么了?"

贝尔娜伤心地:"哥,不是说胡杨三千年不死吗?这里的胡杨怎么都这样了?"

英苏大队塔里木河引水渠。

繁忙热闹的劳动场面。

陈大河站在闸口,指挥着一群小伙子把一个巨大的木闸吊装到渠首闸口。

衣衫褴褛的老乡们情绪高昂地喊着号子:

　　叶儿羌的水啊(嗨吆),

　　天上的河(嗨吆),

　　孔雀的尾巴(嗨吆),

　　来回的祸(嗨吆)。

　　铁力干的桃花(嗨吆),

　　脖子上的山(嗨吆),

　　卡德尔①来了(嗨吆),

　　全弄翻(嗨吆)。

阿布杜拉高声带领着号子,老乡们把巨大的木闸一点一点地往上面拉去。

随后,在陈大河的口哨下,木闸又一点点往下落。

终于,木闸严丝合缝地落入闸口,全场雷动。

---

① 卡德尔:维吾尔语,意为干部,这里指共产党的干部。

大师傅巴吾东挥舞着围裙:"开饭了!开饭了!"

饥饿的人们立刻淹没了巴吾东。

人们领到自己的两个包谷面饼子,就散开各自啃起来。

阿不力孜:"阿布杜拉大叔,是不是等水库修好了,咱们英苏大队就能天天吃白面馍馍了?"

巴吾东:"白面馍馍有啥好吃的?世界上最好吃的馍馍是黑面馍馍。"

英苏村的小伙子们顿时哄堂大笑。

巴吾东认真地:"真的,苏联老大哥为什么厉害?他们吃的馍馍就是黑面的。我姑姑就在苏联,人家的日子都是抹了蜂蜜的。我表弟的头发上都抹的是发亮的蜂蜜,吃饭的时候黑馍馍上抹的也是蜂蜜……不相信,你们去问冬尼娅翻译官。"

这时候,吐尔逊怒气冲冲的找到阿不力孜:"阿不力孜,吃吃,你就知道吃。我让你把你们家原来那个破羊圈推掉,怎么还在那里?你不知道那里要修蓄水池吗?"

阿不力孜委屈地:"我推过,砸不动。"

吐尔逊:"砸不动?钢做的吗?铁焊的吗?"

阿不力孜:"就是砸不动,不信你去试试。"

吐尔逊一把拉起阿不力孜就走。

人们纷纷跟过去。

阿不力孜家的破羊圈。

来到破羊圈,阿不力孜指着那堵墙:"就是这里。"

吐尔逊抡起坎土曼狠狠砸上去,羊圈墙居然没动。

阿不力孜笑起来。

吐尔逊:"让开!"

吐尔逊抡圆了砸下去,坎土曼居然"啪"的一声豁了。

吐尔逊惊讶地看看:"给我一个镐头。"

吐尔逊用镐头终于破开一小块下来,他拾起来看:"阿不力孜,你们家是地主啊,羊圈墙都用水泥做?"

阿不力孜委屈地:"谁说的?就是用河里的沙子和泥巴草,我亲自干的。"

吐尔逊把那块土揣起来。

陈大河过来:"吐尔逊?"

吐尔逊:"陈老师,有事?"

陈大河忧虑地:"水泥不够了,只够用三天。"

吐尔逊:"不够了就打报告去买,我去找爸爸。"

陈大河:"我们需要的这种高标号水泥,新疆不生产,只有从苏联口岸买。"

吐尔逊:"怎么了?苏联的怎么了?"

陈大河:"太贵了,一袋苏联水泥相当于一袋子包谷面的价格。"

吐尔逊愤怒地大吼:"苏联的水泥是金子做的吗!"

英苏村村委会。夜。

房子里烟雾缭绕,就听见众人用维吾尔语七嘴八舌地议论着。

忽然听到阿布杜拉大叔高声大叫。

陈大河一个人站在门外。

方文刚走过来:"你怎么不进去听?"

陈大河:"进去也听不懂,再说我也不想听,听了心里难受。"

方文刚:"你和冬尼娅怎么样?"

陈大河:"挺好。"

方文刚:"我听说内地好多苏联专家都撤走了。"

陈大河:"冬尼娅不走,她要去伊犁河考察水文资料。已经定下来的。"

方文刚:"我就想,是不是我们和老大哥吵架了,两国关系不好了?"

陈大河:"吵架有什么不好?不对就要吵。我不是经常和安东诺夫吵架吗?"

方文刚:"我不是这个意思,为什么以前很便宜的水泥现在这么贵?"

陈大河:"是啊,为什么呢?明显的敲竹杠。"

这时候里面的人鱼贯而出。

阿布杜拉:"大河,你们需要多少水泥?"

方文刚:"我刚才又算了一遍,有半车就够了。"

阿布杜拉:"我们也算了一下,我们上英苏村和下英苏村十个大队的人,娃娃不算,老人不算,喂奶的妈妈不算,每个人每顿饭少吃半个包谷面饼子,半车的水泥就有了。"

陈大河抓住阿布杜拉的手:"大叔,都怪我,设计的时候没考虑这么多。"

阿布杜拉:"大河,修水库我们不懂,可我们知道,桃花水里面带着石头和泥巴,不用好的水泥,我们的大坝就像晒干的馕,碰上水就软了,挡不住桃花水。"

陈大河哭了:"可这都是你们的救济粮啊。"

阿布杜拉:"这是啥话?你们年纪轻轻的,爸爸看不见,妈妈看不见,来给我们修水库,我们嘴里连半个饼子都省不出来吗?"

方文刚:"那就把我们俩的口粮也算上。"

阿布杜拉:"那不行,你们俩现在比吃奶的孩子都值钱。"

众人笑了。

铁里克专家组驻地。

吐尔逊纵马而来,放慢速度,来到冬尼娅的帐篷前,喊道:"冬尼娅大姐! 冬尼娅大姐在吗?"

冬尼娅在帐篷里应声:"快进来! 吐尔逊。"

吐尔逊进了帐篷,看见冬尼娅正在整理资料。

冬尼娅笑着:"是最新的水文资料吗?"

吐尔逊:"这三个月的……"

冬尼娅接过去:"你先喝点水,我马上就好。"

吐尔逊默默地坐着。

冬尼娅站起来:"好了,终于弄完了,等我们这里结束了,会有一份最完美的塔里木河水文资料和区域规划留下来。"

冬尼娅:"陈大河怎么不来看我? 我好久没见他了。"

吐尔逊:"陈老师是引渠的设计师,所以……"

冬尼娅:"所以他离不开工地,我理解。"

冬尼娅忽然想到什么:"你等等,我有东西要给你,就等我一会儿。好吗?"

吐尔逊只好点头。

"我马上回来。"说着冬尼娅跑出帐篷。

不一会儿,冬尼娅提着一些东西跑进来。

冬尼娅:"吐尔逊,快看我给你带什么了。"

冬尼娅把几个罐头、茶叶鸡蛋等食物放在桌上。

冬尼娅往他的书包里装:"都是给你和大河还有方文刚的。"

吐尔逊摇头:"不,不行,我不能要。"

冬尼娅:"这不是我偷的,都是我吃不完攒的,早就想给你们了。你们三个人我谁也不偏心。"

吐尔逊:"冬尼娅大姐,你自己留着吃吧,我们那里吃得很好。"

冬尼娅白了他一眼:"撒谎,别以为我不知道你们每天吃的都是什么。吐尔逊,别人累坏了可以有人代替,你们三个人要是累坏了,工程就要停下来,知道吗? 拿着。"

吐尔逊接过来。

冬尼娅:"你找我什么事?"

吐尔逊拿出用手绢包着的那块阿不力孜家羊圈的墙土。

吐尔逊:"我想用你们的色谱分析仪器帮我看看,这块土里都有什么成分?"

冬尼娅:"要物质成分还是分子成分?"

吐尔逊:"最好两样都有。"

冬尼娅爽朗地笑道:"没问题,结果一出来我就给你。"

英苏村村口。晨。

村口停着一辆大卡车。

村民们都聚集在这里,默默地把自己的小袋子包谷面倒进大袋子,然后装上车。

吐尔逊在一旁仔细地记录着。

陈大河:"文刚,还是我去吧。"

方文刚:"我去,你是设计师,必须留在这儿。再说那个口岸我去过,我的俄语也比你好。"

阿布杜拉:"文刚,你和吐尔逊路上小心点。"

吐尔逊:"车装好了,方老师,咱们走吧。"

方文刚:"放心吧,顺利的话我们一个星期就回来!"

群众默默地看着车驶出村口,脸上都没有表情。

车慢慢走远了,阿布杜拉这才回头:"你们怎么啦?脸都让狼舔了?不会笑了?"

这时候有几个女人终于忍不住哭起来。

阿布杜拉:"不要哭,等水库修好了,就能实现共产主义,到了共产主义,我给你们还真正的白面。"

仍然是那些人,那个地方,一天天地等待。

巴吾东说起怪话:"大叔,他回不回来了?我的食堂也快没面了,半车面能换不少钱呢!还能换个女人呢。"

阿布杜拉生气地:"把嘴闭上!"

人群骚动起来。

土路上,远远的一辆汽车开了过来,一个黑色的影子在挥舞着。

吐尔逊兴奋地大叫着:"我们回来了!"

人们跟随汽车跑着。

吐尔逊趴在水泥袋子上面,浑身没有一处是干净的,只能看见牙齿和眼睛。

陈大河:"方文刚呢?"

吐尔逊从水泥堆上抱起昏睡的方文刚。

吐尔逊:"方老师和那个苏联二道贩子打赌喝酒,说好了喝一瓶子多给两袋子水泥,方老师一口气喝了三瓶子白酒,多赢了六袋。已经睡了两天了。"

众人赶紧把方文刚抬了下来,抱进屋子里。

阿布杜拉给了儿子一巴掌:"吐尔逊,上一次你把他们带到山里喂狼的账我没跟你算呢,这次方老师要是有个三长两短,我饶不了你!"

吐尔逊捂着脸,很是委屈。

铁里克专家组驻地。夜。

四面八方的老百姓都聚集在这里,有很多是我们熟悉的面孔。

会议主持人地委书记:"现在,请塔里木河流域水文调查大队苏联专家组副组长谢尔盖先生发言。"

群众热烈地鼓掌。

谢尔盖和冬尼娅一起走上主席台。

谢尔盖(俄语):"同志们,朋友们,历时一年的调查结束了。我们今天有一个向往已久的时刻,那就是把我们共同付出了心血换来的成果,这厚厚一本《塔里木河流域水文调查资料和总规划》交给我们的中国同志。希望它能给你们的这条美丽的母亲河带来荣耀。谢谢。"

谢尔盖高高举起一个皮包,把它交到中方地方官员手里。

陈大河、方文刚等所有的人都热烈鼓掌,欢呼跳跃。

冬尼娅问自己的一个同事(俄语):"见过安东诺夫教授吗? 他怎么没来? 应该是他来主持的。"

同事(俄语):"没有见到,昨天就去梨花市开会了。"

冬尼娅四下里张望,果然没有看到安东诺夫教授,但冬尼娅看到了陈大河,冬尼娅开心地笑了。

陈大河也在凝视着美丽的冬尼娅。

快乐、盛大、热烈的篝火刀郎麦西来甫开始了。

疯狂的音乐疯狂的人,快乐的舞姿快乐的歌。

坐在刀郎乐手旁边的方文刚看着人群中的陈大河和冬尼娅在眉目传情,把一碗碗酒倒进自己的嘴里。

沙丘。夜。

冬尼娅和陈大河偷偷溜出狂欢的人群,牵手飞奔。

顺着一个巨大的沙丘两人双双滚下。滚定,凝视,热吻……良久。

两人相拥着,听着不远处传来的刀郎欢歌,看着天空的皎洁明月。

陈大河："这里结束了你真的不回去？"

冬尼娅："我说过了，我要跟着教授去参加伊犁河的水文调查。"

陈大河开心地："不算太远，能见到你就行。"

冬尼娅温柔地："大河，就算是我回国了也会经常过来看你，社会主义大家庭都是一家人，走亲戚很方便。"

陈大河高兴地点头："你们不会很快走吧？明天我要去若羌拉木头，你等我回来。"

冬尼娅："嗯，如果我们回梨花市调整，你到那里找我吧。"

两人相视一笑，继续热吻。

铁里克专家驻地。夜。

心情喜悦的冬尼娅看到安东诺夫的帐篷里有光亮。

冬尼娅走进帐篷（俄语）："教授？教授？你回来了？"

安东诺夫颓废的坐在昏暗的角落里，手里握着一个酒瓶子，自斟自饮。

安东诺夫（俄语）："都结束了？"

冬尼娅试图夺取瓶子（俄语）："结束了，你怎么一个人喝酒？"

安东诺夫指着桌子上的几本书（俄语）："这是我写的几本关于水库设计建造的书，请你把它交给陈，告诉陈，很抱歉都是俄语的。"

冬尼娅（俄语）："教授，你不能再喝了。"

安东诺夫紧紧抓住瓶子不放（俄语）："仪式怎么样？"

冬尼娅（俄语）："挺好，很热烈，总算把资料交给中方了，大家都很高兴。"

安东诺夫喝了一大口（俄语）："谎言，他们交出去的是一个天大的谎言。"

冬尼娅（俄语）："教授，你喝醉了？我不明白你的意思。"

安东诺夫苦笑（俄语）："他们复制了资料，交给中国人的是一个充满了荒谬数据的废品。而真正的资料还在这儿。"

安东诺夫的桌子上放着一个厚厚的皮包。

冬尼娅瞪大眼睛（俄语）："为什么这么做？"

安东诺夫（俄语）："小兄弟最近不太听老大哥的话了，按他们的说法这是一种……惩戒。"

冬尼娅摇头（俄语）："教授，我不相信我们的国家会做出这种事。"

安东诺夫（俄语）："亲爱的冬尼娅·伊凡诺芙娜，我们的国家不会这么干，可每个国家都会有一些满脑子邪恶念头的人，他们身居高位，掌握着你的生杀大权。"

冬尼娅转身抱起那个皮包就往外走，安东诺夫拦住她。

冬尼娅激动地（俄语）："教授，这是欺骗，是盗窃。这里面是中国人将近两年的心血。"

安东诺夫低缓地说（俄语）："我知道，孩子。我是个科学家，不是个贼，可我已经三年没有回家了，我的儿子在东德当军官，我还从来没有见过我的孙子……冬尼娅·伊凡诺芙娜，帮帮我……"

冬尼娅的目光开始飘忽不定，终于，目光中闪现出泪光。

铁力干沙漠腹地营地。夜。

帐篷里，每个人都在整理自己的资料和设备。

贝尔娜抱着自己的背包进来："我睡在哪儿？"

陈南疆指了指帐篷里的空地："随便了，我们没有单间。"

贝尔娜为难地说："我想问一下，在哪里能上厕所？"

斯迪克："到外面，外面到处都是厕所。"

贝尔娜站着不动："我怕……狼……"

三个男人立刻笑了。

斯迪克："哎，贝尔娜局长，你以为狼像我们一样，自己背着矿泉水到处闲逛吗？"

贝尔娜拿着手电筒就出了帐篷。

没过多久，突然听到贝尔娜的一声惨叫，几个人先是一愣，旋即冲出帐篷。

三个人打着手电寻声而去，看见贝尔娜跪在一个枯死的胡杨树下，哭叫着。

贝尔娜："有东西咬我了！我的手！我的手！"

借着灯光，陈南疆仔细观察了伤口："没事儿，是沙脊子蛇。贝尔娜，放心吧，这是无毒蛇，上点药就好了，别害怕了，好吗？"

贝尔娜委屈地点点头。

大家舒了口气。

突然，吴亮："老大，你刚才说什么？沙脊子蛇？"

陈南疆随口："是沙脊子蛇，没错。"

吴亮盯着陈南疆大叫："你再说一遍！"

几个人都愣了，互相看了看，然后同时冲到贝尔娜身边，把贝尔娜的手高高举起来，仔细看。

陈南疆："绝对是。是沙脊子！是沙脊子！哈哈……"

三个男人忽然仰天放声大笑起来，笑着笑着却都哭了。三个人紧紧地拥抱在一起，哭得惊天动地。

贝尔娜惊讶地:"你们……你们怎么了?"

三个人一下子跑过来,把贝尔娜抱起来。

陈南疆:"好妹妹,谢谢你!"

贝尔娜觉得莫名其妙。

陈南疆:"五百万立方水啊! 我们只不过往下游输了五百万立方水,阿拉干就有生命了,沙脊子就回来了。"

吴亮:"这他妈就是塔里木,你永远也别想知道它会发生什么事!"

斯迪克:"哈哈哈! 把我们的功臣扔起来!"

他们把贝尔娜高高地抛起来,接住,再抛起来,再接住……

空旷黑暗的沙漠里传来贝尔娜的一阵阵尖叫声……

塔里木河英苏河段沿岸。

安东诺夫的汽车在河岸上颠簸着。

冬尼娅将那本《钢铁是怎样炼成的》紧抱在胸前,目光焦灼。

汽车一直开到了英苏村陈大河的住地。

冬尼娅下了车大声喊着:"大河! 大河!"

吐尔逊从房间里出来:"冬尼娅大姐,怎么了?"

冬尼娅一把抓住吐尔逊:"吐尔逊,大河呢? 大河在哪儿?"

吐尔逊:"他和方老师去若羌拉木料了,没回来呢。怎么了?"

冬尼娅泪水盈眶:"我们要回国了。"

吐尔逊吃惊地:"这么快? 我听陈老师说,你不是准备去伊犁河吗?"

冬尼娅摇头:"取消了,一夜之间全变了,吐尔逊,怎么办? 大河他们现在会在什么地方,我能不能再见到他?"

吐尔逊低头盘算着路程。

安东诺夫打着喇叭(俄语):"冬尼娅·伊凡诺芙娜,我们必须走了,孩子!"

冬尼娅:"好弟弟,他们现在到底走到哪儿了?"

吐尔逊摇摇头:"很难说。"

汽车喇叭再次响起。

冬尼娅把手中的《钢铁是怎样炼成的》一撕两半,把其中一部分交给吐尔逊:"记住,告诉大河,我们汽车是两天后的中午两点整! 记住了吗?"

吐尔逊点头:"两天后的中午两点整。"

冬尼娅紧紧地拥抱着吐尔逊:"再见,好弟弟!"

吐尔逊抱着冬尼娅说不出一句话。

冬尼娅猛地放开吐尔逊跑向汽车："我们会见面的。"

吐尔逊看着汽车远去，怅然若失。

塔里木河沿岸。

吐尔逊骑着一匹马，牵着另一匹马。

两马并行，在路上飞驰。

塔里木河沿岸。

陈大河、方文刚等人正带领这几十个老乡拉纤。

那熟悉的劳动号子再次回响着：

    叶儿羌的水啊（嗨哟），

    天上的河（嗨哟），

    孔雀的尾巴（嗨哟），

    来回的祸（嗨哟）。

    铁力干的桃花（嗨哟），

    脖子上的山（嗨哟），

    卡德尔来了（嗨哟），

    全弄翻（嗨哟）。

号子声中，一捆捆巨大的木料沿着塔里木河溯流而上。

吐尔逊纵马前来："大河老师，快，上马！"

陈大河："怎么了？"

吐尔逊："冬尼娅大姐！是冬尼娅大姐！专家组突然撤走了，两天后的中午从乌鲁木齐坐车回国，快！到梨花市！上马！"

陈大河飞身上马，猛挥马鞭，两匹马如箭一般飞出。

方文刚大叫："路上小心！"

路边。黄昏。

吐尔逊和陈大河两个人在大路边拦车。

一辆大解放开过来，陈大河横马立在路中央。

解放车停下，伸出一个司机脑袋大喊着："让开！干啥呢？"

吐尔逊大喊："你这个车去哪儿？"

司机回答:"乌鲁木齐。"

吐尔逊:"我们要搭车!行不行?"

司机看了看吐尔逊,忽然笑了,大声说:"哦,翻译官,是你吗?"

吐尔逊说:"你是谁?"

司机:"我是买买提,扳子和钳子都分不清楚的买买提。"

吐尔逊笑了:"大河老师,你看我们碰到谁了?"

陈大河骑马过来。

买买提赶紧下车:"哎呀呀,陈主任这么大的首长也不坐小汽车吗?"

三个人都笑了。

天山山路。夜。

解放车大灯的光亮和机器的轰隆声划破了天山寂静的黑夜。

三个人挤在驾驶室里。

陈大河:"买买提,能不能再快一点儿?"

买买提:"不行了陈主任,不能再快了,车太重了。"

陈大河:"你的车上拉的啥?"

买买提:"军马。"

吐尔逊:"首长让你快一点,你就快一点吧!"

买买提无奈地:"好吧,首长。"

说着,脚用力踩下加大了油门,机器发出更大的轰隆声……

天山深处。

解放车抛锚在山路上,水箱冒着热腾腾的蒸汽。

买买提在费力地修车。

吐尔逊:"买买提,查出来了没有?到底咋回事儿?"

买买提伤心地:"报告首长,马达的缸拉坏了。"

陈大河:"能修好吗?"

买买提:"可以。"

陈大河:"什么时候能修好?"

买买提望着天:"明天?后天?大后天?下个月?不好说。"

吐尔逊急了:"我说你这个买买提啊,你肯定平时没有好好保养汽车。你不知道我们有急事吗?"

买买提哭丧着脸,他指着汽车发牢骚:"你们不让它吃饭,不让它睡觉,它累得很，我也没有办法。它又不急着到乌鲁木齐追卡车老婆"。

陈大河看着车厢里的马。马儿们挤在车厢里打着响鼻。

陈大河："买买提，你这些是什么马？"

买买提："军马。"

陈大河："打印记了没有？"

买买提："屁股上全部盖的解放军的章子。"

吐尔逊笑了："大河老师，不会丢吧？"

陈大河摇头："这里的老百姓不会随便牵军马，捡到了也会送回去的。"

天山山路。

陈大河和吐尔逊的马后各跟着四五匹健壮的军马。

这两群马在天山山路上飞驰。

两个人在紧张地换马，并且把跑累的马赶到路基下面去。

两个人身后的马越跑越少。

转过一道山，每个人身后只有三匹马了。

两个人满脸大汗，往嘴里塞一块干馕，紧急地换马、赶马、再上马。

再转过一道梁，身后的马又各少了一匹。

吐尔逊和陈大河已经奔驰在平原的公路上了，身后没有马了，胯下依然快疾如风。

公路上。

吐尔逊大叫着："大河老师！两点整了！他们已经出发了。"

陈大河拉住马头，辨别着方向。

陈大河快马加鞭，飞跃路基，向车队的方向追去。

吐尔逊叹了口气，狠狠抽马鞭，纵马追去。

汽车上。

冬尼娅坐在车里，手里拿着半本《钢铁是怎样炼成的》黯然神伤。

安东诺夫突然指着窗户外面："冬尼娅·伊凡诺芙娜，快看！快！"

冬尼娅一脸迷惑。

安东诺夫喊着："陈！是陈！"

冬尼娅用手捂住嘴，眼泪模糊了双眼。

窗外，两匹快马旋风般追赶着车队。

陈大河大喊着:"冬尼娅! 冬尼娅!!"

冬尼娅使劲儿挥手。

冬尼娅(俄语):"老师,能不能让车停下来。"

安东诺夫(俄语):"不行,这个车上到处都是安全局的人。"

陈大河和吐尔逊同时看见了冬尼娅,顿时加快了抽打马儿的速度。

陈大河:"冬尼娅!"

冬尼娅终于喊出了声音:"大河!"

这时候,车队末尾的警卫车停了下来,几个战士下车朝天放枪。

战士大吼:"停下来! 这是外交车队,不准追赶! 马上! 否则开枪了!"

陈大河策马准备冲上。

吐尔逊惊慌失色,立刻冲到陈大河的马头前,一把拽住马缰绳。

陈大河的马前蹄高高抬起。

陈大河:"放手!"

吐尔逊死命拽住不放手。

吐尔逊大喊着:"陈老师! 这是外交车队! 上面插着苏联国旗呢!"

战士开始把枪对准他们。

陈大河眼看着汽车越走越远。

车内,冬尼娅扑进安东诺夫的怀里大哭起来。

荒野。

吐尔逊(画外音):"当时有人来调查追赶外交车队的事情,后来才知道,其实那次他们是为了找到冬尼娅。苏方联络组向中方通报,冬尼娅携带机密文件,中途潜逃。"

荒原枯草,漫天大雪。

冬尼娅一个人在雪原上踯躅前行。她裹着一件维吾尔族妇女常穿的黑色大衣,一绺金色的秀发从头巾下漏出,紧紧贴在额头上,眉毛和睫毛上染上白霜。

冬尼娅喘着粗气,不慎摔倒在雪地里。

(闪回)

陌生的一个边境小城市,一个饭厅的周围布满了警卫。

安东诺夫在人群中寻找着冬尼娅。

安东诺夫推开厕所。

厕所里烟雾缭绕。

冬尼娅惊慌失措地往一个脸盆里倒水。

安东诺夫疑惑地看着冬尼娅。

安东诺夫从脸盆里找出一块残存的身份证件。

安东诺夫严肃地(俄语):"冬尼娅·伊凡诺芙娜,你想干什么?"

冬尼娅凛然地看着安东诺夫。

安东诺夫终于明白了,狠狠叹口气:"你真是疯了冬尼娅·伊凡诺芙娜,你彻底疯了!我们的车队是安全局押运的。我们每个人都会有爱情,可他值得你这么做吗?"

冬尼娅哭着说:"教授,大河就是那个在哈密从窗户跳进包厢的小伙子……"

安东诺夫痛惜地:"那又怎么样?你是苏联人,他是中国人。"

冬尼娅:"我愿意……当中国人。"

安东诺夫愤怒地:"你会后悔的!冬尼娅·伊凡诺芙娜,我告诉你!你会后悔的!"

安东诺夫摔门而出。

(闪回结束)

冬尼娅吃了几口雪,紧了紧背上的包袱。爬起来,继续在雪地里深一脚浅一脚地走着。

一股狂风袭来,冬尼娅捂住自己的脸。她摊开手,看到冻僵的手指无法活动,痛苦地哭起来。

(闪回)

边境某车站僻静处。

安东诺夫担忧地看着已经换上了中式服装的冬尼娅。

安东诺夫掏出一卷钱塞在冬尼娅的衣服里:"在塔里木没地方花钱,剩下不少人民币,你留着。"

冬尼娅感动地看着安东诺夫。

安东诺夫又拿出一个盒子:"这是我的指南针,让它把你带到塔里木去。"

冬尼娅抱住安东诺夫哭着说:"谢谢你,教授,谢谢你……"

安东诺夫紧紧抱着冬尼娅,低声在她耳边说:"先别哭,孩子,还有一个最重要的东西。"

安东诺夫从自己的大衣下摆里拿出那个厚皮包直接塞进冬尼娅的怀里。

安东诺夫:"把这个拿着,交给它的主人。"

冬尼娅明白过来,惊呆了:"教授,那你怎么办?回去你怎么交代?"

安东诺夫在冬尼娅耳边轻轻地说:"我想通了,冬尼娅·伊凡诺芙娜,我想通了,最坏我回去他们判我几年刑。可是,如果我在这里当了贼,就算回到自己的家里,我的良心也会一辈子关在大牢里，永远关在里面。"

冬尼娅激动地："谢谢你，安东诺夫教授，我爱你，教授。"

列车发出了开车信号。

安东诺夫亲吻着冬尼娅的脸庞："多保重孩子，避开大路，晚上不要出门，不要坐车但也不要离公路太远。记住，要把它交给真正的主人。"

冬尼娅哭着点头。

安东诺夫转身出门。

（闪回结束）

冬尼娅趴倒在一个哈萨克族毡房的旁边。

毡房的女主人出来，发现了已经冻僵的冬尼娅，赶紧叫人一起把她抬进了房间。

临时住地。夜。

贝尔娜走进帐篷："吴亮，我哥哥呢？"

吴亮和斯迪克对视一眼，没有说话。

贝尔娜奇怪地："怎么了？我问你们话呢，我哥哥呢？"

斯迪克："贝尔娜局长，你不知道？"

贝尔娜："知道什么？我哥哥去哪了？"

吴亮："离这里不远，就是我们发现阿里木江的地方，我想，他可能在那里。"

沙丘。夜。

沙漠的月光皎皎。

陈南疆一个人坐在沙丘上。

面前有三炷香，一瓶子酒。

陈南疆把酒洒在沙土上，顿时泪如雨下。

陈南疆："阿里木江，好兄弟，我来看你了。"

贝尔娜轻轻走过来，坐在陈南疆身边。

贝尔娜也把一杯酒洒在沙土上。

陈南疆："贝尔娜，哥哥有句话想给你说。"

贝尔娜："你说吧，哥哥。"

陈南疆有些哽咽："塔里木河道的铁力干线本来不是他的线，本来是我的。但是，阿里木江找到我，说他就是铁力干长大的，比较熟悉地形，可以早去早回，当时我就同意了，可他没有回来……这些天，我的心情很复杂，我想起伟人的两句话，一句是'死人的事是会经常发生的。'另一句是'要奋斗就会有牺牲'。我不明白，毛主席有那么多话,自己为什么会想到这两句?现在我觉得,毛主席这两句话好像不是为张思德说的,是为我们这些在新疆干水利的苦孩子们说的。"

贝尔娜抱住陈南疆:"哥,对不起,我以后再不惹你生气了。"

陈南疆抚着贝尔娜的头发:"好妹妹,哥没有生你的气,哥是生自己的气,如果塔里木河不能回到原来的样子,我们都没有脸去见阿布爷爷,去见我爸爸,去见阿里木江他们。"

贝尔娜:"哥哥,我看了大河叔叔留给你的那些笔记,他在晚年为什么要重走塔里木?他在找什么?"

陈南疆:"也许他在找一个答案。晚年的爸爸已经不怎么动感情了,有一次他走到罗布泊,忽然想到几十年后也许梨花市也会变成今天的英苏村和罗布泊这样,爸爸当时很害怕,哭得很伤心……"

罗布泊遗址。

年老的陈大河背着行囊在罗布泊盆地干裂的沙土上跋涉着。

眼前是一片令人痛心的死寂的废墟,但是塔里木河水的激荡声音却充斥画面,隐隐传来阿布老人的笑声。

方文刚(画外音):"大叔,这里还有船队?"

话音未落,女人和孩子们的叫声响起来。

夕阳下,十几只卡盆排成两行沿着河岸驶来,桨起桨落溅起一片金色的浪花。随着一条条大鱼抛上了岸,掌船的人高声呼号着,岸上的孩子们跟着呼喊着。

渔家唱晚的时候,篝火点了起来了……

声音渐渐远去……

陈大河来到罗布泊遗址,颓然坐下来。

陈大河从沙土中抓起一些干草和苇根,茫然四顾。

陈大河喃喃地:"这里就是罗布泊了,这里应该就是罗布泊了。"

助手看了看地图:"对,这里就是罗布泊。"

陈大河缓慢地说:"先是罗布泊,然后是台特马,阿拉干,英苏村,再后来呢?是哪里?"

年轻的助手:"陈老师,你怎么了?"

陈大河流着泪拍打着干涸的地面:"这里原来都是一条大河,是一条很大的大河啊。"

大海子水库工地。

陈大河正在给工人们讲解图纸,方文刚风风火火地走过来。

方文刚:"干不了了,我干不了了,这个公共食堂不能再办下去了!工程进度太慢了,每天清汤寡水的,老百姓没力气干活啊。"

陈大河:"说话小心啊,小心再给你多一顶帽子。"

吐尔逊偷偷地笑了。

方文刚:"虱子多了不怕痒,反正我们这个已经是个修正主义大坝了,与其这样给你当监工,不如把我放到黑孜戈壁放羊去,我保证让干活的工人每星期都有肉吃。"

方文刚:"大河,还有一个坏消息,咱们的水泥快用完了。"

陈大河:"还有多少?"

方文刚:"没多少了。"

陈大河一砸桌子:"他妈的水泥,老百姓有多少包谷面,都换了水泥吃什么?"

方文刚笑道:"别急,这回不用去换,这回我们自己造。"

陈大河:"怎么造?"

方文刚:"吐尔逊,把你的伟大发明拿出来吧。"

吐尔逊腼腆地笑着。

陈大河:"吐尔逊,你搞什么鬼?"

吐尔逊:"大河老师,你记不记得阿不力孜家那个坚硬无比,镐头都刨不开的羊圈?"

陈大河:"记得。"

吐尔逊:"我那时候请冬尼娅大姐给我做过色谱分析,你看看都是什么东西。"

吐尔逊递过一张纸,陈大河看了哑然失笑。

陈大河:"什么乱七八糟的? 黏土、石头子、石灰、麦草,怎么有包谷面?"

方文刚:"不是包谷面,是淀粉。淀粉有非常好的黏合作用。我估计阿不力孜家经常拿刷锅水喂羊,慢慢的那里面的包谷面糊糊就渗到里面了,所以非常坚硬。"

陈大河:"泡在水里行吗?"

吐尔逊拿出当年刨下来的那块石头:"这块土块我在水里泡了快两年了,你试一试。"

陈大河不相信,将土块放在地上,拿出榔头狠狠砸。

土块只是跳跃了一下,没有其他反应。

方文刚得意地:"而且我已经帮着吐尔逊把原始的成分改良了,比这个牛多了。"

陈大河:"试验成功了吗?"

方文刚:"有门。不过咱们要把大坝的设计做点修改。"

陈大河："我们怎么修改设计,你来说说看。"

三个人共同看着设计图。

方文刚："就是承受冲击的地方仍然用正常水泥,其他的地方换一换……"

陈大河的土坯房内。

包裹着头巾的冬尼娅替陈大河整理着房间,目光落在书桌上的那本半本《钢铁是怎样炼成的》,她拿起书,摩挲着,回味着……

陈大河进门,愣住了:"阿娜尔罕,你来了?"

冬尼娅赶紧用头巾把自己的脸捂住。

陈大河奇怪地问:"阿娜尔罕,你怎么了? 怎么把头巾都带上了?"

冬尼娅慢慢转过身。

陈大河感觉到异样。

两个人慢慢靠近。

陈大河一把抱住冬尼娅:"冬尼娅!"

冬尼娅抱住陈大河哭了。

冬尼娅:"你怎么知道是我?"

陈大河:"是你的味道,你身上的味道,你怎么会在这儿?"

冬尼娅:"我一直在你身边,远远地看着你。"

陈大河:"多久了? 多久了? 怎么没人告诉我?"

冬尼娅:"吐尔逊说,要是我被发现了,他们就会把我当特务抓起来,连你的工程也要停下来。"

陈大河吻着冬尼娅:"你真傻,冬尼娅,你真傻,你怎么没有回国?"

冬尼娅:"我半路下车来找你,实在走不动了,是一个哈萨克牧民救了我,送我回来的。大河,我心里舍不下你。"

两个人像是要把这么长时间的思念化在柔情蜜意的吻中。

陈大河坚决地说:"冬尼娅,我要和你结婚,就今天,我们结婚!"

冬尼娅捂住他的嘴:"不行,大河,我会牵累你,我会毁了你的水库。"

陈大河笑道:"冬尼娅,听我说,我们今天就结婚,老婆我要娶,水库我要造,谁也拦不住我! 跟我走!"

陈大河拉着冬尼娅跑出门。

陈大河拉着冬尼娅跑上塔里木河大堤,跑过芦苇荡,跑过胡杨林……

阿布杜拉家。

阿布杜拉一家人正坐在院子中吃饭,看见奔跑过来的恋人既惊讶又高兴。

陈大河兴奋地说:"老爹,我要结婚! 我要结婚! 请你给我主持婚礼好吗?"

阿布杜拉看着陈大河:"先把你的手放开,我们没有父亲给自己的女儿主持婚礼的习俗。"

陈大河放开冬尼娅的手:"什么叫你的女儿?"

阿布杜拉:"你刚才拽着跑的那个丫头现在的名字叫冬尼娅古丽·阿布杜拉,是我的女儿,吐尔逊的姐姐。"

陈大河看冬尼娅。

冬尼娅笑着点头。

阿布杜拉:"你应该找个好的媒人来我们家提亲,而不是疯疯癫癫地跑过来大喊大叫。"

陈大河:"好的,老爹。"

热孜婉坐在一旁慈祥地笑着。

阿布杜拉:"你存了多少钱?"

陈大河为难地:"有一点,不多,我的工资不高。"

阿布杜拉:"按照我们的习惯,男方家里就是再穷也要给娘家人每人做一件新衣服。"

陈大河干脆地:"行。"

吐尔逊笑着:"姐夫,我要卡其布的,四个兜的那样子。"

阿布杜拉家。夜。

阿娜尔罕把一把把的海纳花放进一个大的木碗里,然后用杵子细细的磨碎。

木碗里倒出浓稠的黑红色液体。

冬尼娅坐在镜子前面,毫不犹豫的用剪刀剪去了自己金色的长发,变成了一头短发。

热孜婉惋惜地用布把剪下来的金发包起来:"这么好的头发非要剪掉吗?"

冬尼娅神情欢快地:"这样再把它染黑,更像个中国媳妇。"

热孜婉把布包收进箱子里:"那这些头发妈妈帮你收起来。"

阿娜尔罕端着木碗过来:"姐姐,要黑一点吗?"

冬尼娅笑着:"嗯,越黑越好。"

冬尼娅偏着头,阿娜尔罕把浓黑的海纳花汁涂抹在她的金发上。

这时候,屋子外面喧天的迎亲麦西莱甫音乐已经响了起来。

音乐中,热孜婉替冬尼娅描好了黑色的眉毛,阿娜尔罕为冬尼娅换好了传统的维吾尔族新娘服饰。

陈大河的土坯房。夜。

简朴的婚房,浓烈的气氛。

曲终人散,陈大河和冬尼娅坐在床上。

冬尼娅含情脉脉地看着陈大河:"你是谁?"

陈大河:"我是陈大河,是你的保尔。"

冬尼娅俏皮地:"拿什么证明你是我的保尔?"

陈大河拿出那半本《钢铁是怎样炼成的》。

冬尼娅把自己的那部分拿出来,两部分合在一起。

冬尼娅搂住陈大河:"大河,你真的是我的保尔,我的丈夫……"

荒原戈壁,有了温馨的色彩。

阿布杜拉家。

阿不力孜急促地敲着阿布杜拉的房门:"阿布老爹!老爹!"

阿布杜拉出门:"怎么了?孩子?"

阿不力孜:"县里来人把大河和方文刚都带走了!"

热孜婉:"胡大啊,什么时候?"

阿不力孜:"一大早,一大早就来人了。"

阿布杜拉一边穿衣服一边说:"让吐尔逊给我备马,老伴儿,把干粮给我带上。孩子,咱们进城!"

县委会议室。

陈大河疲倦地坐在桌子前,他的前面坐着两个干部模样的人。

干部甲:"陈大河,我最后问你一遍,冬尼娅是谁?"

陈大河:"她原是苏联专家组的翻译,现在是我的妻子。"

干部甲:"先说说你设计的那个修正主义的大坝。"

陈大河:"那不是什么修正主义的大坝。"

干部甲把当年安东诺夫送给陈大河的那几本书摔在桌子上:"不是修正主义,这是什么?"

干部乙:"这上面写的什么?"

陈大河:"《论平原水库和山地水库修建的异同》和《伏尔加河的水文初探》,这些都是纯科学的论文。"

干部甲轻蔑地："你真的以为你设计的那个修正主义的大坝能挡住社会主义的洪水？"

陈大河坚定地："能，一定能，我敢担保。"

干部甲："你拿什么担保？"

陈大河："拿我的命！只要你不耽误我完成工程，我用命担保这个大坝。如果将来这个坝垮了，随便你们怎么判我、关我、杀我！"

干部甲指着干部乙："记下来！全记下来！陈大河，你要对你说的话负责！"

陈大河："放心。"

干部甲："好，你现在可以回家了。"

干部乙："不是要谈谈你用老百姓的救济粮去和苏联特务换水泥的事儿吗？"

干部甲："这个事儿不用查了，已经有人承认了。"

陈大河愕然："谁？"

干部甲："你的好朋友，方文刚。他全部承认了，你回家吧。"

公安局拘留室。

方文刚一个人蹲在拘留室的墙角里。

公安局局长办公室。

阿布杜拉把一袋子包谷面馕放在桌子上。

公安局局长和一个干部惊讶地看着他。

干部："这是什么？"

阿布杜拉："这是我的干粮！你们今天要是不放了方文刚，我也骑上个毛驴去北京！我要问一下，当年毛主席给我们派来的那些娃娃哪一个是坏人，哪一个是特务？"

公安局局长笑了："你是谁啊？"

阿布杜拉把两个陈旧的证件放在桌子上："英苏大队革委会主任阿布杜拉。1952年参加中国共产党，乡长请我喝过酒，县长和我照过相。"

干部："老英雄，快请坐。"

阿布杜拉："立即放了方文刚。"

干部："凭什么呀，他有很严重的罪行你知不知道？他是你什么人啊？"

阿布杜拉："他不是我的什么人，他是毛主席给我们英苏村派来的党代表。"

干部笑了："什么党代表，他连党员都不是。"

阿布杜拉盯着他："他不是党员，可他干的都是党的事。有些人是党员，干的却不是党的事。"

公安局局长在一旁笑了。

干部："老同志,现在大家都在忙着秋收,你不去组织生产,跑到这里来闹,多不好。"

阿布杜拉认真地说："如果你们把我的孩子放了,我就回去组织秋收。如果今天晚上还没有见到方文刚,我们上英苏和下英苏村十个大队组织的就是秋收起义!"

局长和干部哈哈大笑起来。

局长："小高,你去忙吧。"

小高笑着走出去。

局长："大叔,你也回去吧,方文刚已经不在这里了。"

阿布杜拉："什么意思?你们把他枪毙了?"

局长："我们把他释放了。他的问题不立案,另行处理。你现在回到英苏村,方文刚一定在那儿。"

阿布杜拉松了口气："你们为什么这么做?"

局长："大叔,我们家就是铁力干的,我知道他和陈大河在那里都干了些什么。"

阿布杜拉上前紧紧握住局长的手,狠狠地摇了摇："好巴郎子!那你们准备怎么另行处理?"

局长："脱离水利建设队伍,去其他地方教书。"

阿布杜拉生气地："他是个技术员,不修水库能干什么?"

局长："大叔你也体谅一下我们,这么大的事情,我们如果把他放了,一点也不处理,这身警服我们都穿不住。"

阿布杜拉喟叹一声,转身走了。

方文刚的小屋。

陈大河冲进来。

方文刚和吐尔逊收拾着行李。

陈大河："方文刚,你凭什么说粮食换水泥的事情是你一手策划的,是你的主意,是你亲自去的?事实上那件事是我的主意,货主是冬尼娅联系的,你不过是跑了一次腿,你为什么不和他们说清楚?你的头让驴踢了?"

方文刚："你的头才让驴踢了呢!你别忘了,我是贫农出身,你是地主出身,我哥哥是个军代表,他们不敢把我怎么样。可你要是沾上这个事儿,再把冬尼娅拉进来,这个性质就严重了你懂不懂?"

陈大河抱住方文刚哭了："谢谢，兄弟……"

方文刚："土水泥的样品已经成功了，比他妈的石头都硬，你帮我把它用到咱们的大坝上去，你是总设计师，没有你怎么修？还有冬尼娅，她现在是你老婆了，你要完蛋了，她怎么办？我现在只不过是个发配教书，脱离水利队伍，脱离就脱离，干水利有什么好的？他妈的天底下有啥活儿比这个更苦更脏更累的……"

两个人抱头痛哭。

塔里木河河道堤岸。晨。

六根棍驴车在土路上慢慢起伏着。

方文刚躺在车上，眼角挂着泪。

吐尔逊（画外音）："就在方文刚临走的那天，他又一次喝醉了，直到我把他送到梨花市长途车站，他也没有醒来，从此再也没有了他的消息。"

吐尔逊赶着车，慢慢驶向远方。

渐闻孩子的笑声。

塔里木河河岸。

出生不久的陈南疆躺在小卡盆里面开心地舞动着小手小脚。

卡盆的两端各拴了一根结实的绳子，一头由阿娜尔罕牵着，对岸的冬尼娅抓住另一头慢慢拉着，小卡盆就沿着塔里木的河水慢慢划过来，来到对岸的冬尼娅身边。

冬尼娅一边拉一边笑："饿坏了吧？我们开饭了。"

冬尼娅把孩子抱在怀里给他喂奶。

冬尼娅："阿娜尔罕，你回去吧，我也马上回家了。"

阿娜尔罕愉快地答应着。

陈大河家。夜。

冬尼娅摇着小卡盆里的陈南疆，唱着维吾尔族的歌谣："睡吧，睡吧，妈的巴郎子。睡吧，睡吧，妈的宝贝蛋。摇床断了，妈妈累了，巴郎子睡在卡盆里，塔里木就变成了妈。睡吧，睡吧，摇床断了，妈妈累了，宝贝蛋睡在大河上，胡杨树就变成了爸……"

陈大河疲倦地进门。

冬尼娅："回来了，吃饭了没有？"

陈大河摇摇头。

冬尼娅起身给他去热饭。

陈大河俯下身子看着儿子,笑得痴了。

陈大河小声地说:"儿子,知道你为什么叫陈南疆吗?"

陈大河一边说,一边在孩子额头上写着。

冬尼娅把饭端过来:"你跟他说这些,他能听懂吗?"

陈大河叹口气:"电话里说,铁力干的桃花水下来了……估计明天就到我们英苏村。"

冬尼娅不动声色:"听说了,那又怎么了?"

陈大河:"听说这次桃花水很大,兵团刚建好的坝被毁了,还死了人。"

冬尼娅:"那又怎么样,我相信你设计的大坝能挡住桃花水。"

陈大河:"你知道,当时我们的水泥不够,我改动了设计……"

冬尼娅看着大河:"大河,你也不用给我和孩子说什么,明天我抱着孩子和你一起上大坝,要死,我们三个人死在一起,谁也别想丢下谁。"

陈大河难过地看着冬尼娅。

冬尼娅:"我给你烧了热水,你好好洗一洗。"

陈大河:"我今天累了。"

冬尼娅坚定的:"去洗,今天你必须干干净净的上你老婆的床。"

陈大河笑了。

反修大坝。夜。

大坝在火把的火光中显得雄伟。

在洪水来袭的那一面闸口前,阿布杜拉和吐尔逊正在指挥村民在宽阔的河道上打下上百根粗大的胡杨木。

大家奋力地把木头砸进土里。

一大片木桩已经伫立在洪水来袭的河道上了。

阿不力孜疲乏地坐在地上:"老爹,木桩子基本打完了,你说有用吗?"

阿布杜拉忧虑地:"看胡大的旨意吧,我就是捉摸着,这些木头哪怕能给大坝多挡下来一块石头也好啊!"

陈大河家。夜。

闪烁的炉火,冬尼娅将热水一点点浇在陈大河的头发上、赤裸的身上,慢慢地搓洗着。

陈大河体会着妻子的柔情,不由自主地抱住了冬尼娅。

两个人在弥漫的水汽里赤裸着抱在一起。

他们如饥似渴地吻着对方的身体,生离死别般的缠绵着,索取着对方,给予着对方……

小卡盆里,睡梦中的小南疆甜甜地咂着嘴。

勘测小组帐篷。

贝尔娜闯进帐篷:"吴亮,南疆和斯迪克还没有回来,离约定的时间已经过去两个小时了。"

吴亮看了看表:"出事了,马上通知局里支援我们,就说我们的一个小组在阿拉干其文阔尔河道附近失踪了。"

吴亮拿起海事卫星电话紧急呼救着。

贝尔娜:"不会吧,哥哥告诉我,这个断面点他去过七八次了,不会迷路的。"

吴亮收拾装备匆匆出帐篷:"阿里木江呢?他就出生在铁力干!这就是塔里木河,你就是和它打了一辈子交道,也不知道明天会发生什么。"

吴亮奔向汽车。

贝尔娜急忙:"等等,我也去!"

塔里木河故道附近骄阳似火的沙漠。

陈南疆和斯迪克两个人背着标测杆在沙丘里艰难跋涉着。

陈南疆抬头看看太阳:"斯迪克,看看 GPS 恢复了没有?"

斯迪克掏出卫星定位仪看了看,摇摇头。

陈南疆:"地面温度呢?"

斯迪克拿出温度计测量:"六十五度。"

陈南疆再看看太阳:"咱们的方向是错的,不能再走了,水剩下多少?"

斯迪克:"就剩下一瓶了。"

两个人蹲下来。

陈南疆在沙子上指画着:"老斯,我走不了了,你的体力比我好,你拿着这瓶水,沿我们刚才过来的路线走回去,找到国道,叫人来找我。"

斯迪克:"不行不行,要走我们一起走。"

陈南疆严厉地:"这是命令!我们两个走,谁也出不去!"

陈南疆把水瓶塞在斯迪克手里:"马上走!"

斯迪克默默地走了。

陈南疆看着斯迪克走远,然后撑着测量杆坐下来。

陈南疆开始用手刨沙子,使劲刨着,慢慢的刨出一个大坑。

陈南疆把身体贴在有点凉意的沙子上,神情恍惚……

反修大坝。黄昏。

十里八乡的人们都纷纷聚集到这里,人们陆续地点起了火把,无数的火把筑成一道火焰的大坝。

一骑快马沿着河岸飞驰,马上的人挥舞着马鞭大喊着:"桃花水,桃花水来了!"

快马接近了大坝:"陈技术!阿布杜拉老爹!洪水下来了……"

话音未落,远处洪水震耳欲聋的怒吼已经传来。

人们站在高处,随着越来越近的怒吼声人们开始紧张,不由自主地向更高处退散着……

陈大河两眼紧盯着落死的闸口。

泥石流裹挟着大块的石头和树根沿着河道冲击而来……

冬尼娅抱着孩子紧紧依偎着陈大河。

陈大河听着洪水的轰鸣,耳朵里却是自己的声音。

陈大河(画外音):"拿我的命!只要你不耽误我完成工程,我用命担保这个大坝。如果将来这个坝垮了,随便你们怎么判我、关我、杀我!"

干部甲(画外音):"记下来!全记下来!陈大河,你要对你说的话负责!"

陈大河突然跳下堤岸,在众人的惊呼声中走向闸口。

阿布杜拉:"大河,你干什么?回来!孩子!"

陈大河充耳不闻,走到闸口下面,盘腿坐下来。

人们都惊呆了,渐渐有些人开始大声喊着陈大河的名字。

洪水越来越近,发出了震耳欲聋的声音。

冬尼娅把孩子递给阿娜尔罕,走向丈夫。

热孜婉和一些妇女开始哭喊。

冬尼娅紧贴着陈大河坐下来,和丈夫一起看着河床上面微微跳动的石子。已经可以看到洪水卷着恶浪开始冲刷不远处的河床。

陈大河紧紧闭住双眼,体会着洪水的到来,等待着它冲击自己面前大坝闸口的那一时刻。

阿布杜拉和吐尔逊连同几个年轻人也跳下堤岸,坐在了他们身边。

"咔嚓"声开始响起来,那是石头打断坝前木桩的声音。

岸上的老百姓开始哭喊,年纪大一些的人开始双手朝天,向胡大祈祷。

761

陈大河和冬尼娅双手紧紧握在一起,低下头,伴随着每一个巨大的木桩折断声,他们的身体都不由自主地抖动一次,就这样一次又一次的浑身颤抖着……

终于,桃花水带着石块和断木,咆哮着扑上了大坝。

短短几秒钟,像是过了几年,人们在万分的惊恐和担忧中面部痉挛失声。

大坝似乎微微颤动了一下,但最终挡住了洪水的冲击——坝前有了回浪。

几个年轻人最先反应过来,跳起来欢呼着。

听到欢呼声,陈大河和冬尼娅才睁开眼睛。

冬尼娅失声痛哭起来。

渐渐的,欢呼的人们纷纷跑下堤岸,不知谁喊了一声:"毛主席万岁!"

所有的人开始发出比洪水的吼声更大的喊声:"毛主席万岁!"

阿布杜拉和吐尔逊高喊着:"毛主席万岁!"

痛哭着的陈大河和冬尼娅也站起来和大家拥抱着,喊着:"毛主席万岁!共产党万岁!"

冬尼娅从阿娜尔罕手里接过小陈南疆,高高举起来,小孩子被吓得"哇哇"大哭。

反修大坝四周的大堤上,火把挥舞着恍如星光,万岁声此起彼伏……

塔里木地区行署办公室。

吐尔逊停了一会儿,果断地说:"现在这个时间,地面抢救已经来不及了,让指挥部马上联系空军,请直升机沿着老河道搜索,有情况随时联系。"

塔里木河故道附近的沙漠。

随着吴亮的喊声:"是斯迪克!斯迪克在这儿!"

贝尔娜跑向斯迪克。

斯迪克瘫软在一个沙丘后面。

吴亮撕开斯迪克的衣服,浇水。贝尔娜用衣服给斯迪克扇风降温。

贝尔娜:"斯迪克!斯迪克!"

斯迪克慢慢睁开眼睛,咧着嘴说不出来。

吴亮:"南疆在哪儿?斯迪克,老大在哪儿?"

斯迪克终于哭出了声音:"我找不到他了,我找不到他了……"

贝尔娜正准备四处去找,吴亮大吼:"别动!地上有他们的脚印,谁也别乱走!把这里的坐标发给指挥部。"

吴亮立刻拿出卫星定位仪测量着。

吴亮带着贝尔娜沿着地上的脚印慢慢搜索过去。

每隔二十米，吴亮就插上一个矿泉水瓶。

梨花市某军用机场。

飞行员快速跑向直升机。

绿色的军机紧急起飞。

塔河故道附近的沙漠。

天色渐暗，终于，沿着脚印，他们发现了俯卧在地上的陈南疆。

贝尔娜尖声叫："陈博士！他在这儿！陈博士在这儿！"

吴亮小心翼翼地把陈南疆翻过身来。

陈南疆紧闭双唇，满脸通红。

吴亮撕开他的上衣，准备给他浇水降温时忽然愣住了。

陈南疆的前胸被灼热的沙土烤出了一片片拳头大的血泡。

贝尔娜："立刻把坐标传回指挥部，就说十万火急，人找到了！"

吴亮跑到沙丘上面用海事卫星电话："指挥部！指挥部！人找到了！人找到了！十万火急！我们的坐标是……"

贝尔娜把他的头扶起来。

贝尔娜慢慢地把水送进了陈南疆的嘴里。

贝尔娜大声吼："怎么样？"

吴亮："飞机已经起飞了！"

这时候陈南疆的嘴唇似乎动了一下。

吴亮盯着他："老大，你说话了？说什么？"

贝尔娜俯下头听了好一会儿，哭着说："听不清，我听不清，哥哥！哥，你是在叫妈妈吗？……"

高山峡谷。

陈大河背着冬尼娅在满是鹅卵石的河道上走着。

冬尼娅："你放我下来算了，我自己能慢慢地走。"

陈大河："胡说，脚都肿成那样了怎么走？"

冬尼娅："那我们回去怎么办？"

陈大河喘着粗气："我背你。"

冬尼娅："背到英苏？"

陈大河："背到英苏。"

冬尼娅开心地笑了："好了,放下来吧,你看是不是这里,那个拐弯点?"

陈大河抬头看："是,是这里。"

冬尼娅坐在一块石头上,陈大河架好了测量仪器。

冬尼娅："你爬上去的时候小心点啊!"

陈大河："你行吗?"

冬尼娅："坐在这儿又不用走路怎么不行?"

陈大河："我是说你会不会看?"

冬尼娅："给你这个水利专家当老婆不会看这个能行吗?"

陈大河笑了："那我上去了,你要是觉得仪器上有电,就戴上手套,要赶快叫我。"

冬尼娅笑容灿烂地说："知道了,大地放电。"

陈大河爬上了几十米的山崖,他回头,看到冬尼娅在向自己招手。

冬尼娅看到陈大河竖起了测量杆,于是开始测量记录。

这时候,冬尼娅似乎听到一种雷鸣的声音,她抬头看看,没觉得异常,又继续测量。

冬尼娅看到山上的陈大河扔掉测量杆,发疯似的向自己跑过来,看着陈大河莫名其妙地挥舞着双手,大喊着什么。

陈大河在拐弯的高点已经看到洪水的水头咆哮着向山下奔涌……

陈大河大喊着向山下跑去："冬尼娅!快跑!冬尼娅!"

冬尼娅在听清了丈夫喊声的同时也看到了不远处过来的水头,她惊慌地向大河跑去,没跑几步就摔倒了。冬尼娅极力站起来,跑了几步,再次摔倒。

洪水涌过来。

陈大河发疯了一样地往山下跑……

受伤的脚踝让冬尼娅再也站不起来了。

冬尼娅在石头上奋力爬着大声喊："大河!别下来!大河!别下来!"

陈大河："不!冬尼娅!快跑啊!!"

冬尼娅看到逼近的洪水,忽然变得非常平静,她竭尽全力喊着。

冬尼娅用俄语喊："大河!大河!我的保尔!照顾好孩子!照顾好孩子!"

陈大河哭喊着："涅(不)!冬尼娅!!"

冬尼娅在喊出"我爱你"的那一个瞬间被巨浪卷走……

陈大河昏死在山崖之上。

阿布杜拉家院子。

英苏村的老百姓围满了院落。

吐尔逊走出房门，沉痛地摇了摇头。

阿布杜拉再次走进去。

热孜婉坐在床上，怀里紧紧抱着一个布包，谁也不理。

阿布杜拉走过去，坐在热孜婉身边，轻声说："老伴儿……"

热孜婉使劲儿摇头。

阿布杜拉叹口气："你听我说，冬尼娅没找到，可能再也找不到了……"

热孜婉的肩膀抽动着，没有声音。

阿布杜拉老泪纵横："按照他们的习惯，棺材里要放一些冬尼娅的东西，咱们要为孩子着想啊……"

听了阿布杜拉的话，热孜婉这才慢慢摊开手里的布包。

一把金色的头发，正是当初那把冬尼娅剪下来的金发。

就在阿布杜拉拿着头发走出房门的一刻，热孜婉悲痛欲绝，撕心裂肺地大声哭起来……

塔里木河河岸。黄昏。

长长的河堤上走着长长的队伍。

陈大河、吐尔逊和一群年轻人抬着包裹好的抬床慢慢行走。

大群的老百姓纷纷跟随着，替换着他们……

谁都知道，棺材里放着什么：《钢铁是怎样炼成的》和那把金发以及孩子的衣服……

队伍走过那些我们熟悉的河岸、胡杨林、村落、木桥。

队伍远去了……

阿娜尔罕坐在河边，用手扶着两个小卡盆，里面躺着两个睡着的孩子，吐尔逊的孩子贝尔娜和小陈南疆。

阿娜尔罕含泪唱着那首维吾尔族歌谣："睡吧，睡吧，妈的巴郎子。睡吧，睡吧，妈的宝贝蛋。摇床断了，妈妈累了，巴郎子睡在卡盆里，塔里木就变成了妈。睡吧，睡吧，摇床断了，妈妈累了，宝贝蛋睡在大河上，胡杨树就变成了爸……"

塔里木河故道附近的沙漠。夜。

远远传来的直升机的轰鸣声。

贝尔娜和吴亮抬头搜索着。

直升机内，驾驶员："坐标处已到，我们看不到他们，重复一遍，我们已到达坐标处上空,……"

贝尔娜通过电话:"请你们按照坐标降低高度,我们已经看到你们了!"

电话中传来:"看到你们了,看到你们了……"

直升机降落,卷起漫天黄沙。

半年后,塔里木地区行署。

吐尔逊的秘书急匆匆走进办公室。

秘书:"专员,刚刚接到的自治区党委电传。"

吐尔逊接过来看:"南疆恢复得怎么样? 你打个电话问问。"

秘书:"刚刚和他通过电话,伤口结痂了,其他都正常。"

吐尔逊:"你通知他一下,如果可以,马上出院,准备一下,明天和我一起飞北京,自治区领导和我们前后脚到达。"

秘书意外的:"有大事了?"

吐尔逊笑了:"比天都大。"

人民大会堂。

几辆车井然有序的停在大会堂台阶下。

(字幕)2001 年 2 月 28 日,国务院总理亲自主持召开了总理办公会议,听取了水利部和新疆维吾尔自治区关于塔里木河流域综合治理方案。

英苏村。

陈大河的汽车驶进了荒败的英苏村。

陈大河迈步向村子里走去。

胡杨树,枯死的胡杨树……

葱郁的胡杨树阴下,坐着几个慈眉善目的老太太,她们在搓包谷。

一个老太太看见陈大河走过来,向他招手。

年轻的陈大河跑过去,把坎土曼撂下,两只手在衣服上蹭着。

老太太从身后拿出缝好的军便服让陈大河试衣服……

陈大河继续往村子里慢慢走着。

他仿佛看到年轻的自己正在和一群半大小子踢着破足球。

一个黑小子机灵的从他脚下抢走足球。

陈大河重心不稳,跌倒在地。

缺牙的老头开怀大笑着。

双眉相连的俊俏姑娘捂着嘴笑着。

这时候，"皮泰①、皮泰"的喊叫声让陈大河转过头去。

巴吾东正在从巨大的馕坑里拿出焦黄的包谷面热馕。

忽然，那些热闹的村落顿时消失了，只留下破墙烂瓦。

陈大河看着残垣断壁，内心的恐惧涌了上来。

方文刚："大河，快来啊，愣着干什么？"

陈大河听到方文刚的叫声，又回头望去。

穿着大裤衩的方文刚领着一群光屁股小孩儿在招手。

陈大河低头一看自己也只穿着大裤衩。

村里的姑娘们尖叫着跑开了。

方文刚带领孩子群跑向大堤。

方文刚飞身跳下了被太阳烤热的塔里木河，孩子们一个个在水里面砸出浪花。

陈大河跑到了昔日的塔里木河大堤上，看到的是流沙，龟裂的河床早已化为了细沙。

陈大河跪在依稀可见的堤岸边，悲伤不已。

年老的陈大河走进了阿布杜拉的房间。

陈大河："老爹，我来了。"

须发银白的阿布杜拉从床上探起身："大河。"

陈大河上前扶着年迈的阿布杜拉坐起来。

阿布杜拉："叫你来也没有大事，能不能用你的汽车把我和我的老卡盆拉到有水的地方，我想看看大河。"

陈大河："行，老爹，行啊，到大海子水库行不行？"

阿布杜拉点头："有水就行了。"

塔里木河沿岸及大海子水库。

吉普车拉着一个干裂的大卡盆沿着干涸的河道向前驶去。

看到大海子水库，老人阿布杜拉的眼睛里泛出了光彩。

车停下，他们将卡盆慢慢推进水里面。

陈大河搀扶着老人走到水边。

阿布杜拉脱开陈大河的手，居然灵巧地跨进卡盆里。

---

① 皮泰：维吾尔语，意为熟了。

阿布杜拉高兴地拍着卡盆:"老伙计,我渴了,你比我还要渴!"

陈大河跨进卡盆里,阿布杜拉大叫着:"坐好了,巴郎子。"

老人操起桨叶灵活无比。卡盆像一个沉稳的短剑犁开水面进入河道。

陈大河坐在船头,用手撩拨着河水:"老爹,我想让你搬到梨花市去,想住在吐尔逊那里也行,住烦了就搬到我这里,我陪你。"

老人兴致勃勃地:"你说的这个话,吐尔逊和阿娜尔罕跟我说了一千遍了。"

陈大河:"吐尔逊忙,他是国家的人啊,昨天还在北京开会呢。"

阿布杜拉:"国家的人好啊,国家让我穿上了衣服,吃饱了肚子,又娶了老婆有了家,国家让我过了这么长的好日子,我也没有啥东西还,就手就把吐尔逊送给国家了。"

陈大河大笑着。

阿布杜拉:"我的孙子呢?陈南疆读书要读到我这个年龄呢吗?"

陈大河:"毕业了,又考上了研究生,要再读两年。"

阿布杜拉感慨:"哎呀呀,那我就等于顺手把孙子也送给国家了,划不来了。"

陈大河沉默了,卡盆静悄悄地前进着。

阿布杜拉:"巴郎子,咋不说话了,老头子喜欢听你说话。"

陈大河:"老爹,这次我出来,把这条大河走了一遍,下面的胡杨全死光了,这条河只剩下半口气了,连咱们英苏都二十年没见到水了,我就在想,如果当时我们不修那些水库,如果我们……"

陈大河话音未落,背上就挨了老人一桨。

阿布杜拉:"陈大河,你老了,你比我都老吗?我问你,胡大为啥没让人的眼睛珠子长到后脑勺子上面?"

陈大河笑着:"你说,你说老爹。"

阿布杜拉:"胡大是让我们的眼睛朝前看,不要往后面看。懂吗?"

陈大河答应着。

阿布杜拉自豪地说:"人家都说,猫有九条命,我说一个热孜婉都不知道的秘密?"

陈大河:"哎……"

阿布杜拉:"我们的塔河,有一百条命!"

陈大河:"有那么多?"

阿布杜拉:"说不定比这个多呢!它现在就是睡了一觉,就算打了个盹儿。它死不了,它比我们活得好,欢实……可惜啊,咱们连猫都不如,能给上两条命也划得来呢……唉……"

陈大河坐在船头偷偷笑着。

陈大河："老爹,咱们真有了两条命,你想干啥?"

卡盆慢慢地停了。

陈大河回头:"老爹? 老爹?"

阿布杜拉嘴角含笑,已经气绝走远……

陈大河唱叹一声,双目垂泪:"塔里木河最好的老人走了!"

陈大河的书房。晨。

陈大河(画外音):"南疆,我今天安葬了你阿布爷爷,塔里木河最好最长寿的人走了。爷爷最终还是死在了这条大河上,可惜我没有让他看到原来那条最漂亮的大河。如果生命可以延续,你就是我和你妈妈的第二条命,我们看不到的东西你能看到。好了,就写到这,爸爸也累了……"

陈大河瘫倒在书桌前,仿佛睡着了一般。

地上飘落的那些纸张是留给儿子的笔记。

窗户的微风吹进来,卷起几张纸飘出画面。

塔里木河河道陈大河墓。

那几张纸从画外飘落在墓碑前。

陈南疆连忙跪下来捡起来放进文件夹。

另一双脚入画,也帮他捡。

陈南疆抬头:"爸爸,你怎么也来了?"

吐尔逊:"过两天就要炸开这个大坝放水了。我听你妈妈说,你不打算迁坟了,为什么?"

陈南疆:"爸爸,这几天我一直在想,为什么爷爷临终前要到大海子水库来,为什么我父亲感觉身体不好的时候也坚持要把我母亲的坟迁到这个河道上来?他们离不开这条大河,他们已经属于这条大河了。就算我把他们迁到更好的地方,可是听不到塔里木的涛声,闻不到河水的味道了,他们也会怪我。所以,我不动他们了,就让河水漫过他们的身体,就让塔里木河永远陪伴他们。"

吐尔逊转过身看着陈南疆。

吐尔逊:"我小的时候,你爷爷问过我,世界上最好的骑手是怎么驯服野马的?"

吐尔逊看着陈南疆。

陈南疆:"当然他有最好的骑术。"

吐尔逊:"错。你爷爷说,什么样的鞭子和缰绳都驯服不了野马,最好的骑手是用心来骑马。不骂它不打它,让它感觉不到你在它的背上。那样你就驯服它了。我告诉你,塔里木河就是这样一匹野马。南疆,这条大河归你了,好好照顾它。"

吐尔逊:"等这个工程开始,我也就退休了,你好好干吧。我走了,你再多陪一会你爹娘。"

吐尔逊说完,走了。

陈南疆望着吐尔逊的背影感慨万分地叫了一声"爸爸。"

大海子水库。

大海子水库的三面高地被四里八乡赶来的群众围得满满当当。

指挥部的上方横幅在大风下猎猎作响。

大海子水库大坝爆破现场指挥部。全场几千人,却鸦雀无声。

指挥长:"我宣布,大海子水库大坝爆破马上开始,请在场观看的同志们确定已经站在了安全线以外。同志们,为了给塔河输水,为了母亲河的健康,我们的爆破进入二十秒倒计时。"

开始倒计时。

英苏村的乡亲们在朝天祈祷……

(闪回)

冬尼娅把孩子递给阿娜尔罕,走向陈大河。

热孜婉和一些妇女开始哭喊。

冬尼娅紧贴着陈大河坐下来,和丈夫一起看着河床上面微微跳动的石子。

已经可以看到洪水卷着恶浪开始冲刷不远处的河床。

陈大河紧紧闭住双眼,体会着洪水的到来,等待着它冲击自己面前大坝闸口的那个时刻。

阿布杜拉和吐尔逊连同几个年轻人也跳下堤岸,坐在了他们身边。

"咔嚓"声开始响起来,那是石头打断坝前木桩的声音。

岸上的老百姓开始哭喊,年纪大一些的人开始双手朝天,向胡大祈祷。

陈大河和冬尼娅双手紧紧握在一起,低下头,伴随着每一个巨大的木桩折断声,他俩的身体都不由自主地抖动一次,就这样一次又一次的浑身颤抖着……

(闪回结束)

吐尔逊搂着阿娜尔罕,阿娜尔罕在流泪……

贝尔娜拿着摄像机在等待,但是泪水模糊了她的双眼……

陈南疆搂住贝尔娜。

高耸的反修大坝最后的静穆。

大坝下面肃穆的陈大河冬尼娅夫妇之墓。

（闪回）

冬尼娅在石头上奋力爬着大声喊："大河！别下来！大河！别下来！"

陈大河："不！冬尼娅！快跑阿！"

冬尼娅看到逼近的洪水，忽然变得非常平静，她竭尽全力喊着。

冬尼娅用俄语："大河！大河！保尔！照顾好孩子！照顾好孩子！"

陈大河哭喊着："涅（不）！冬尼娅！"

冬尼娅在喊出"我爱你"的那一个瞬间被巨浪卷走……

（闪回结束）

陈南疆的鼻翼在轻轻颤动。

贝尔娜紧紧抱住陈南疆。

倒计时："十、九、八、七……"

英苏村的老百姓中开始有人哭泣。

（闪回）

听到欢呼声，陈大河和冬尼娅才睁开眼睛。

冬尼娅失声痛哭起来。

渐渐的，欢呼的人们纷纷跑下堤岸，不知谁喊了一声："毛主席万岁！"

所有的人开始发出比洪水声音更大的喊声："毛主席万岁！"

阿布杜拉和吐尔逊高喊着："毛主席万岁！"

痛哭着的陈大河和冬尼娅也站起来和大家拥抱着，喊着："毛主席万岁！共产党万岁！"

冬尼娅从阿娜尔罕手里接过小陈南疆，高高举起来。小孩子被吓得"哇哇"大哭。

反修大坝四周的大堤上，火把挥舞着恍如星光，万岁声此起彼伏……

（闪回结束）

倒计时："三、二、一，起爆！"

三声巨响之后，烟尘四起，巨大的大坝被炸得粉碎。

在烟尘没有散尽的时候大海子的水流汹涌而出，扑向下游河道。

水流漫上河床，干透的沙土冒起了水泡和气泡。

大水漫过了陈大河、冬尼娅之墓。

大水在稍事停留后继续前进。

陈南疆、吐尔逊,所有的人都在看。

水头在前进。

似乎阿布杜拉、陈大河、冬尼娅、方文刚……所有的人都在和他们站在一起。

河道。

那一片干涸的河道消失了,换成了往日充盈的河道。

阿布杜拉和热孜婉出现了……

陈大河和冬尼娅出现了……

孩子们拍打着河水,进行着卡盆大赛和渔舟唱晚……

> 塔里木河啊故乡的河,
>
> 多少次你在我的梦中流过,
>
> 无论我在什么地方,
>
> 都要向你倾诉心中的歌。
>
> …………

歌声中,一棵巨大的干涸枯死的胡杨树,它的干裂的树皮发生了变化:一小棵嫩绿的小芽开始生长,小绿芽钻出树皮顽强生长,小绿芽终于长成了一片绿叶。

在这个小绿芽生长的过程中叠出字幕。

(字幕)2001 年 2 月 28 日,国务院总理亲自主持召开了总理办公会议,听取了水利部和新疆维吾尔自治区关于塔里木河流域综合治理方案。

同年,人大常委会批准了《关于塔里木河流域综合治理方案》同时批准了人民币107 亿元的预算。

塔里木河流域综合治理工程由于其工程投资和工程量和三峡大坝工程、青藏铁路、南水北调工程一起被称为"中国西部大开发四大工程。"

2001 年 7 月 14 日,塔里木河通过大海子水库首次向下游输水 1.3 亿立方米。到2004 年为止,共输水九次。断流干涸三十年的塔里木中下游迎来了生机,塔里木河尾端台特马湖已是一片大湖,水鸟回栖,动物归野。

——剧 终